HEYNE <

*Das Buch*

Evan Michaels ist anders als andere Menschen: Er erinnert sich nicht nur an sein eigenes Leben, sondern auch an das zweier weiterer Personen, die lange vor ihm gelebt haben. Die eindrücklichen Bilder aus der Vergangenheit machen ihm mehr und mehr zu schaffen, und so wird Evan zunehmend zum Außenseiter – bis er eines Tages der faszinierenden Poppy begegnet. Sie versteht Evans Ängste, denn auch sie hat schon mehrere Leben gelebt. Bald verliebt sich Evan nicht nur unsterblich in Poppy, er findet auch heraus, dass seine neue Freundin Mitglied eines geheimen Bundes ist, den Cognomina. Dessen Mitglieder haben im Laufe ihrer zahlreichen Leben beinahe übermenschliche Kräfte und Fähigkeiten erworben, die sie sich seit Jahrhunderten zunutze machen, um im Verborgenen die Geschicke der Welt zu lenken. Poppy nimmt Evan mit zu den Cognomina, doch bevor er in das Geheimnis der Unsterblichkeit eingeweiht wird, muss Evan sich einer Reihe von gefährlichen Prüfungen unterziehen …

*Der Autor*

D. Eric Maikranz wurde 1967 in Evansville, Indiana, geboren. Er studierte Russische Literatur an der University of Colorado und arbeitete in verschiedenen Berufen, bevor er anfing für die »Denver Post« zu schreiben. Maikranz lebte zwei Jahre in Rom, wo er als Tourguide arbeitete und zwei Reiseführer verfasste. Sein Debütroman *Infinite* ist ein großer Indie-Erfolg und wurde mit Mark Wahlberg in der Hauptrolle verfilmt.

D. ERIC MAIKRANZ

# INFINITE

## DIE UNSTERBLICHEN

Roman

Aus dem Amerikanischen übersetzt
von Stefanie Adam

WILHELM HEYNE VERLAG
MÜNCHEN

Titel der Originalausgabe
THE REINCARNATIONIST PAPERS



MIX
Papier aus verantwortungsvollen Quellen
FSC® C083411

Penguin Random House Verlagsgruppe FSC® N001967

Das Gedicht *The Progress of the Soul* von John Donne
wurde von Stefanie Adam übersetzt.

Deutsche Erstausgabe 09/2022
Redaktion: Sabine Kranzow

Printed in the EU
Umschlaggestaltung: DAS ILLUSTRAT, München,
unter Verwendung eines Motivs von kksr / Shutterstock
Satz: Uhl+Massopust, Aalen
Druck und Bindung: CPI books GmbH, Leck

ISBN 978-3-453-32223-3
www.diezukunft.de

# VORBEMERKUNG DES VERFASSERS

DIESES MANUSKRIPT GELANGTE IN MEINEN BESITZ, als ich um die Jahrtausendwende in Rom lebte. Ich entdeckte die drei schlichten Notizbücher in einem Antiquitätengeschäft in der Via dei Coronari, unweit der Piazza Navona. Zu dieser Zeit recherchierte ich für mein erstes Buch, *Insider's Rome*, einen Reiseführer zu einigen der weniger bekannten, aber nichtsdestotrotz interessanten Sehenswürdigkeiten der Stadt. Die Notizbücher schienen in dem Antiquitätengeschäft fehl am Platz, denn sie wirkten zwar abgegriffen, aber nicht sehr alt. Ohne mir groß etwas dabei zu denken, blätterte ich durch das erste Buch und war überrascht, eine kyrillische Handschrift darin zu entdecken. Da ich Russisch beherrsche, faszinierten mich die Seiten, also kaufte ich die Bücher für zwanzigtausend Lire, damals etwa zehn US-Dollar.

Allerdings konnte ich den Text der Notizbücher nicht richtig übersetzen und kam schließlich zu dem Schluss, dass sie auf Serbisch, Bulgarisch oder Ukrainisch, aber definitiv nicht auf Russisch verfasst waren.

Ein Bauchgefühl führte mich dann zur bulgarischen Botschaft in der Via Pietro Rubens. Dort kam ich mit einer Dame an der Rezeption ins Gespräch, die mir bestätigte, dass es sich um Bulgarisch handelte.

Marina Lizhiva, so hieß die Dame, war von den ersten

Seiten so beeindruckt, dass sie sich bereit erklärte, mir bei der Übersetzung zu helfen. Wir arbeiteten einen Sommer lang daran, indem sie laut übersetzte und ich mittippte. Auf diese Weise verbrachten wir die Abende in meiner Wohnung an der Via Caio Mario, ganz in der Nähe des Vatikans, und verfolgten fasziniert, wie die Geschichte sich entfaltete. Als die Übersetzung fertig war, überprüfte ich Evans Behauptungen, soweit es mir möglich war. Die Ergebnisse meiner Nachforschungen sind in den Fußnoten vermerkt, die die einzige redaktionelle Bearbeitung des Textes nach der Übersetzung darstellen.

D. Eric Maikranz

# ERSTES NOTIZBUCH

»Genau wie schon damals, als ich Schafhirte war in Assyrien, so schauen die Sterne auch jetzt in Neu-England auf mich herab.«

HENRY DAVID THOREAU, 1853

# I

DIE SCHLINGE SAH ALBERN AUS. Sie bestand aus einem Verlängerungskabel und war deswegen vermutlich sowieso zu steif, um sich damit das Genick zu brechen. Stattdessen würde sie mich langsam strangulieren, während ich in stummer Panik mit den Armen ruderte. Die asymmetrische Schlaufe an ihrem Ende stand nach rechts ab, sodass die ganze Schlinge wie eine lang gezogene Sechs aussah, und die leuchtend orange Farbe der geflochtenen Nylonhülle verlieh dem ganzen Vorhaben etwas Zirkushaftes. Ob sie mein Gewicht überhaupt aushalten würde, da das Kabel lediglich um die billige Deckenleuchte gewickelt war?

Mittlerweile fällt es mir leicht, darüber zu schreiben, dass ich oft mit dem Gedanken gespielt habe, mir das Leben zu nehmen. Dass ich bis ins Detail über das Wie nachgedacht habe: Ertrinken, Überdosis, Ersticken – Verbrennen war mein persönlicher Favorit. Sogar mit irgendwelchen Fremden im Bus habe ich schon die Vor- und Nachteile der verschiedenen Methoden erörtert.

»Warum um alles in der Welt sollten Sie so etwas tun?«, war eine häufige Erwiderung. Aber ich denke, das ist der falsche Ansatz. Meiner Meinung nach sollte die Frage besser »Warum sollte ich es *nicht* tun?« lauten.

»Was hält *dich* davon ab, so etwas zu tun? Gefällt es dir hier so gut? Bist du verliebt? Gibt es Menschen, die auf dich angewiesen sind? Bist du nur nie auf die Idee gekommen? Hast du Angst davor?«

Ich habe keine Angst.

Wenn du wüsstest, dass du wieder zurückkommst, wenn du wüsstest, dass ein weiteres Leben vor dir liegt – ich meine nicht glauben, sondern wissen –, warum solltest du es dann nicht in Erwägung ziehen?

Aber ich habe mir diese Schlinge dann doch nicht um den Hals gelegt, nicht etwa aus Angst, sondern eher aus Höflichkeit, denn dieser Ort und eine solche Verzweiflungstat wären eine zu schlimme Erinnerung gewesen. Das ist das Problem, wenn man sich für immer an alles erinnert. Das Gute daran ist, dass man sich an alles erinnern kann. Das Schlechte daran ist, dass man sich an alles erinnern kann. Ersteres lässt einen weise werden, aber Zweiteres nimmt einem jegliche Hoffnung. Ich habe mich entschieden, diese Geschichte niederzuschreiben. Und ich tue das in der Gewissheit, dass ich sie mit anderen Augen in einer anderen Zeit noch einmal lesen werde – und dass ich mich dabei daran erinnern werde, wer ich einmal war.

Vor drei Jahren habe ich Minnesota verlassen. Das war, als ich anfing, mich zu erinnern. Ich ging, um mich selbst zu finden, fand mich dann aber lediglich in Los Angeles wieder. In Los Angeles ist niemand, was er scheint. Hinter dem alltäglichen Leben eines jeden verbirgt sich noch ein anderes. Niemand ist nur Arzt, Student oder Verkäufer. Der Arzt ist Arzt und Kunstsammler, der Student hat nächste Woche ein Vorsprechen, der Verkäufer schreibt an einem Drehbuch. Hier – viel mehr als an jedem anderen Ort, den ich kenne – kann man sich dahinter verstecken, mehr zu sein, als man auf den ersten Blick scheint. Und das erklärt besser als alles andere, warum ich hier gelandet bin.

Es waren immer noch etwas über dreißig Grad, als ich mich auf den Weg in den Club machte. Wenn es in dieser Stadt heiß ist und kein Wind geht, hängt der Gestank ihrer Eingeweide dick in der Luft. Er fällt dich richtiggehend an. Trotzdem fühlte es sich gut an, draußen zu sein, irgendwo anders als in meinem Hotelzimmer.

Ich hatte drei Tage am Stück in meinem Zimmer verbracht, denn ich war mir sicher, dass der Hotelmanager die Tür nicht mit einem Vorhängeschloss von außen verschließen würde, solange noch jemand drin war. Ich lebte – wenn man es denn so nennen will – mittlerweile schon fünf Monate im Iowa Hotel[1] und jedes Mal, wenn ich auch nur einen Tag zu spät mit der wöchentlichen Miete dran war, brachte dieser Mistkerl ein blau lackiertes Vorhängeschloss an meiner Tür an. Wenn man seine Miete dann nicht bis Ende der Woche bezahlte, nahmen sie das Vorhängeschloss wieder ab, aber auch deine ganzen Habseligkeiten mit. Das war mir bislang nicht passiert, aber in vier Tagen würde es so weit sein. Als ich auf dem Weg nach draußen an der Rezeption vorbeiging, kramte Leo, der Hotelmanager, bereits in der Schublade nach dem blauen Vorhängeschloss.

Vor dem Necropolis Club hatte sich bereits eine Schlange gebildet. Wie immer eigentlich, aber zum Glück ließ mich der Türsteher sofort durch. Um Mitternacht war ich dort mit Martin verabredet, und als ich ankam, war es Viertel vor elf.

Das früher einmal ruhige Necropolis war schon seit einem Jahr mein Lieblingsclub, aber nach einer Erwäh-

1 Das Iowa Hotel befindet sich an der Ecke 7th Street und Ceres Avenue.

nung in der *LA Weekly*[2] kamen sie sogar extra aus Simi Valley oder Chino hierher. Auch wenn es nun plötzlich angesagt war, hatte das Necropolis sich eigentlich nicht verändert. Der Club befand sich in einem alten Kino. Man hatte lediglich die Sitze entfernt, den Boden begradigt und alles mit ägyptischen Motiven ausgestattet. Entlang der Seitenwände gab es Theken, und vor der Leinwand war eine Bühne aufgebaut. Während der Bandauftritte ließen sie dort im Hintergrund alte Filme laufen. Die Bartresen bestanden aus dicken, von unten mit blauweißem Neonlicht beleuchteten Milchglasplatten, sodass es so aussah, als würden den Gästen ausschließlich leuchtend blaue Drinks serviert. Die kahlen, schwarz gestrichenen Wände waren mit sechs Meter hohen weißen Flachreliefs von seltsam aussehenden ägyptischen Gottheiten bedeckt.

»Hallo, Evan«, sagte eine vertraute Stimme hinter der Theke.

»Henry.« Ich grinste ihn an und setzte mich auf den letzten freien Platz an der hinteren Bar.

»Was darf's sein?«

»Ein Bier.«

»Macht zwei Dollar«, erwiderte er und nickte gleichzeitig jemandem am anderen Ende der Theke zu, der ein leeres Glas hochhielt.

Ich hatte weniger als zwei Dollar bei mir. »Mach mir einen Deckel, okay? Ich werde noch eine Weile hier sein.« Ich zündete mir eine Zigarette an. Henry grinste und ging dann zu dem Mann mit dem leeren Glas hinüber.

Um Mitternacht war der Club brechend voll. Die zweite

---

2 *LA Weekly* ist ein Stadtmagazin mit Club-Empfehlungen für Los Angeles.

Band des Abends begann zu spielen, während hinter ihr ein wütender Godzilla lautlos das Tokio des Jahres 1958 dem Erdboden gleichmachte. Das Stroboskoplicht zerlegte die Bewegungen der Menschen auf der vollen Tanzfläche in eine Reihe von Standbildern. Es war halb eins, und der Türsteher ließ immer noch Leute in den Club.

Ich hatte Martin den Weg zum Necropolis beschrieben und ihm eingeschärft, rechtzeitig da zu sein, ehe es immer voller wurde. Er sollte dem Türsteher gegenüber meinen Namen erwähnen und ihm ein Trinkgeld geben. Ich hatte ihm auch gesagt, nach einem eins achtzig großen, einundzwanzig Jahre alten weißen Mann mit blauen Augen und kurzen blonden Haaren in einem schwarzen T-Shirt Ausschau zu halten. Wenn ich mich umschaute, sah ich etwa drei Dutzend andere, auf die diese Beschreibung ebenfalls passte. Martin hatte von einem öffentlichen Telefon aus angerufen und war im Begriff gewesen, mir auch eine Beschreibung von sich zu geben, aber ich hatte ihm versichert, dass ich ihn schon erkennen würde. Bis jetzt jedenfalls war er noch nicht aufgetaucht.

Henry kam mit einem Bier zu mir. »Hier bitte«, sagte er, während er es auf einer neuen Serviette platzierte. »Hey, sieh dir den Lackaffen an.« Er deutete über meine Schulter hinweg auf einen Mann in mittleren Jahren mit einer beginnenden Glatze, der ein Kamelhaarsakko und cremefarbene Stoffhosen trug. Er entschuldigte sich fortwährend, während er sich durch die Menge drängte.

»Oh.« Ich musste schmunzeln. »Der gehört zu mir.«

»Ja klar«, sagte Henry, indem er sich abwandte.

Ich ging direkt auf Martin zu.

»Evan?«, fragte er nach Luft japsend. Er wirkte ziemlich durch den Wind.

»Ja. Martin, Sie kommen zu spät.«

»Ich weiß, ich hatte Probleme an der Tür.«

»Kann mir gar nicht vorstellen, warum.« Ich musterte ihn von oben bis unten, von seiner beginnenden Glatze bis zu seinen Penny-Loafers.

»Das hier ist ja wirklich mal ganz was anderes. Wie Sie gesagt haben. Ziemlich cool. Warum müssen wir uns unbedingt hier treffen?«, fragte er.

»Weil eine Wanze Ihnen hier nichts nützen würde, wenn Sie ein Cop wären«, rief ich ihm zu, während ich mit meinen Händen den Pullunder unter seinem Sakko nach einem Aufnahmegerät abtastete. »Stimmt's?« Er wand sich unter meiner Berührung.

Dann riss er sich zusammen und strich sich beruhigend über den Revers, während ich mich wieder setzte. »War das hier mal ein Kino?«, fragte er.

»Ja. Wie kommen Sie noch mal auf mich?« Ich nahm einen kräftigen Schluck Bier.

»Preston. Er hat gesagt, dass Sie mir helfen können.«

Ich nickte.

»Können Sie mir denn helfen?«, sagte er und zog die Augenbrauen nach oben, um seiner Frage mehr Nachdruck zu verleihen.

»Ja. Haben Sie das Geld dabei?«

Er griff in die Tasche seines Sakkos und holte einen nicht zugeklebten weißen Umschlag hervor, den er neben mein Bier auf die leuchtende Theke legte. »Bin ich froh, das los zu sein. Es macht mich nervös, in diesem Teil der Stadt mit so viel Bargeld herumzulaufen.«

Ohne auf seine Bemerkung einzugehen, betrachtete ich den Umschlag, der dort auf dem matten Glas lag. Er war mehrere Zentimeter dick. Dann nahm ich ihn so vorsichtig, als ob er zerbrechen könnte. In dem Umschlag befanden sich fünfundzwanzig Hundert-Dollar-Scheine, eine handgeschriebene Adresse und ein Schlüssel. »Die andere Hälfte ist fällig, wenn alles erledigt ist.«

»Ich weiß«, erwiderte er. »Das hat mir Preston schon gesagt.«

Henry kam wieder zu uns rüber. Zuerst warf er mir einen neugierigen Blick zu, dann musterte er Martin. »Noch eins?«

Ich nickte.

»Und was darf ich Ihnen bringen, Paps?«, fragte Henry mit sarkastischem Unterton.

Martin sah mich an. »Was? Macht der sich etwa über mich lustig?«

Ich schüttelte den Kopf und unterdrückte ein Grinsen.

»Ich hätte gerne einen Weißwein.«

Henry grunzte und griff nach einem Glas.

»Irgendwelche Sonderwünsche?«, fragte ich Martin.

Er zog reflexhaft den Kopf ein und beugte sich zu mir. »Na ja, es muss natürlich wie ein Unfall aussehen, sonst taugt es einfach nichts.«

»Und abgesehen davon«, wischte ich seinen Kommentar beiseite, »gibt es sonst noch etwas, was ich wissen sollte?«

»Der Schlüssel ist für den Seiteneingang. Das ist eine schwere Eisentür, die können Sie gar nicht verfehlen.«

»Fenster?«

»Ja, im ersten Stock, aber keine im Erdgeschoss. Die sind schon vor Jahren zugemauert worden.«

Ich lächelte und griff nach meinem Bier. »In einer Woche ist es erledigt. Am Samstag danach treffen wir uns noch mal hier, um Mitternacht«, sagte ich und stopfte mir den dicken Umschlag in die vordere Hosentasche.

»Das war's?«

Ich sah ihn von der Seite an. »Nein«, sagte ich ernst. »Wir sind fertig, nachdem wir uns noch mal getroffen haben.«

»Na gut, dann bis zum nächsten Mal.« Er prostete mir mit seinem Weinglas zu.

Ich stieß mit ihm an und nahm einen tiefen Schluck. Das kalte Bier dämpfte das aufregende Gefühl, finanziell wieder flüssig zu sein. Er schüttelte meine Hand und nickte kurz zum Abschied. Als er gehen wollte, legte ich ihm eine Hand auf die Schulter. »Ich hoffe, Sie sind versichert«, flüsterte ich ihm ins Ohr und konnte mir dabei kaum das Lachen verkneifen.

Er grinste freudlos und ergriff dann schnell die Flucht, so als wollte er sich von all dem hier distanzieren. So sind sie immer beim ersten Mal.

»Wer war das?«, fragte Henry.

»Keine Ahnung, finden wir's raus.« Ich hielt sein Portemonnaie aus Aalleder in die Höhe und zog seinen Führerschein heraus. »Martin Shelby.«

»Nicht schlecht«, strahlte er. »Arbeitest du wieder?«

»Ja, hab einen neuen Auftrag.«

»Warum hast du ihm das Portemonnaie geklaut? War in dem Umschlag etwa nicht genug Geld? Zum Teufel, ich hab ihn doch gesehen. Der war so dick.« Henry zeigte mit Daumen und Zeigefinger eine Breite von etwa zweieinhalb Zentimetern an.

Ich griff nach seiner Hand und korrigierte den Abstand zwischen den beiden Fingern, bis er nur noch halb so groß war. »*So* dick ist er. Und nein, es geht nicht um das Geld. Hier drin sind nur acht Dollar. Aber der Rest könnte von Nutzen sein.«

Ich zog die acht Dollar heraus, steckte das Portemonnaie wieder weg und holte stattdessen meine Zigaretten und das Feuerzeug hervor. »Henry, Mr. Shelby würde mir gerne noch ein Bier spendieren.«

»Aber gerne, Mr. Shelbys Wunsch ist mir Befehl«, antwortete er und schenkte mir noch ein Bier ein.

»In ein paar Tagen könnte ich deine Hilfe brauchen. Das Übliche, zum üblichen Tarif. Hast du Zeit?«

»Für dich immer. Außerdem kann ich das Geld gut brauchen. Ruf mich einfach an, wenn es losgeht. Noch ein Bier?«

Ich griff in meine Tasche, holte den Umschlag hervor und nahm die handgeschriebene Adresse heraus. »Nein, das war's für heute. Ich mache jetzt einen Spaziergang.«

Müll und zerbrochene Fensterscheiben bedeckten die Bürgersteige im Viertel rund um Martins Lagerhaus. Drei von vier Gebäuden wirkten verlassen. Im Vorbeigehen las ich die Hausnummern an den Türrahmen: 2678, 2674, 2670. Martins Haus war aus verputztem, grau angestrichenem Backstein. Es hatte zwei Stockwerke, im oberen gab es auf der Straßenseite vier intakte hohe und schmale Fenster. Die zwei großen Panoramafenster an der Hausfront waren schon vor langer Zeit mit Sperrholz vernagelt worden, das mittlerweile durch Smog und Regen dieselbe graue Farbe wie der Anstrich angenommen hatte. Ein einsamer Scheinwerfer bei einem Lagerhaus auf halbem Wege die Seitengasse hinunter ließ lange Schatten auf die Rückseite des Gebäudes fallen. Die von Martin beschriebene Tür war über einen Meter breit und fast zweieinhalb Meter hoch, aus Metall und mit horizontalen Stahlbändern mit Nieten verstärkt. Sie passte eher zu einem Gefängnis als zu einem Lagerhaus.

Ich sah mich um, hob eine alte Zeitung auf und faltete sie so, dass sie in meine linke Hand passte. Mit der Rechten zog ich den Schlüssel hervor und legte meine Hand auf die große eiserne Türklinke, wobei ich darauf achtete, dass ich sie nur mit der Zeitung berührte, um keine Fingerabdrücke zu hinterlassen. Vorsichtig steckte ich den Schlüssel in das Schloss. Er ließ sich mit Leichtigkeit und ohne Geräusch drehen.

Das wenige Licht, das aus der Seitengasse hereinfiel, erreichte das Innere nur ein paar Schritte weit. Ein fahler Lichtschein, der durch die Fenster im ersten Stock drang, fiel auf eine alte Holztreppe, die an der Wand entlang nach oben führte. Ich zog mein russisches Feuerzeug hervor, schlug es dreimal gegen meine Hand und machte es an. Die kleine Flamme tauchte das Hinterzimmer und die Treppe, die hoch zum Dachgebälk im ersten Stock führte, in spärliches Licht. Zu meiner Linken führte eine offen stehende Tür in ein schmutziges Badezimmer. Der Rest des Erdgeschosses vor mir lag im Dunkeln.

Ich ging hinein und achtete dabei darauf, nicht aus dem kleinen Lichtkreis meines Feuerzeugs zu treten. Die Decke bot ein verwobenes Muster aus Querbalken, den Bodendielen des ersten Stocks und Elektroleitungen. Es gab keine Sprinkleranlage. Der Betonboden hatte dieselbe schlachtschiffgraue Farbe wie die Außenwand des Gebäudes, und acht grob behauene Holzpfähle trugen das Gewicht des ersten Stocks. Nirgendwo war Licht oder sonst ein Lebenszeichen zu sehen. Ich ging zurück zu der Treppe an der Rückwand.

Jahrzehntelanger Gebrauch hatte die grob gezimmerten Treppenstufen in der Mitte geglättet. Mit jeder Stufe wurde es heller, denn durch die hohen Fenster, die ich von der Straße aus gesehen hatte, fielen lang gezogene rechteckige Lichtfelder auf den Holzboden des Obergeschosses. Ich ging an der der Seitenstraße zugewandten Wand entlang und überprüfte mit meiner von der Zeitung bedeckten Hand, ob sie sich öffnen ließen. Sie waren alle fest verschlossen. Die graue Farbe des Außenanstrichs war großflächig bis über die Fensterrahmen verteilt worden und hatte sie verklebt. Die Decke sah exakt genauso aus wie die des Erdgeschosses und besaß ebenfalls keine Sprinkleranlage. Ich sah mich auch im Obergeschoss um. *Von hier oben breitet es sich bestimmt am besten aus*, teilte ich den in meinem Kopf erwachenden Stimmen mit. *Dann wollen wir mal überlegen, wie wir das alles hier am besten abfackeln.*

# 2

AUF DEM RÜCKWEG NACH DOWNTOWN ging ich die einzelnen Schritte meiner geplanten Brandstiftung immer wieder im Kopf durch. Als ich das Iowa Hotel erreichte, lugte die Sonne schon fast über den Horizont. Ich öffnete die Tür und durchquerte die leere Lobby, wobei mir bewusst wurde, dass ich noch nie am frühen Morgen hier gewesen war. Normalerweise saßen hier immer ein paar kaputte Typen auf ebenso kaputten Möbeln. Der in einer Ecke unter der Decke angebrachte Schwarz-Weiß-Fernseher war zum ersten Mal in meiner Erinnerung nicht eingeschaltet, und die verschlissene Couch bei der Rezeption sah ohne jemanden darauf noch jämmerlicher aus. Die Lobby wirkte seltsam friedlich, wie das Bühnenbild eines heruntergekommenen Theaters lang nach dem Abgang des letzten Schauspielers. Ich ging leise zu der verlassenen Rezeption und genoss die Stille noch einen Moment lang, bevor ich mehrmals hintereinander mit der Hand auf die Klingel auf dem Tresen schlug und damit Schockwellen des Lärms durch den dreckigen braunen Vorhang in das Büro des Managers dahinter jagte. Ich fuhr damit fort, dreimal pro Sekunde auf die Klingel zu hauen, als wollte ich Alarm schlagen, bis der vertraute Glatzkopf endlich durch den Vorhang lugte.

»Guten Morgen, Leo«, grölte ich. »Nimm das Scheißschloss von meiner Tür ab. Ich zahl jetzt meine Miete.«

Der schmuddelige Manager kam hinter dem Vorhang

hervor, hob die kleine Klingel hoch und schleuderte sie an meinem Kopf vorbei in die leere Lobby. Das kam so schnell und so unerwartet, dass ich nicht einmal die Zeit zum Zusammenzucken fand, als sie nah an meinem Kopf vorbeiflog. Sie landete vor der gegenüberliegenden Wand auf dem Boden und gab dabei eine Kombination aus gedämpftem Klingeln und dumpfem Poltern von sich.

»Her mit dem Geld.« Seine Stimme klang heiser.

Ich zog zwei Scheine aus der Tasche und legte sie auf die saubere kreisförmige Fläche auf der Theke, an der die Klingel gestanden hatte. »Für diese und für die nächste Woche.«

Er schnappte sich die beiden Hundert-Dollar-Scheine mit derselben Geste wie zuvor die Klingel, und ich erwartete schon fast, dass er sie mir gleich an den Kopf schmiss. Doch stattdessen griff er nach seinem Quittungsblock und kritzelte etwas darauf.

Dann ging er zu der Treppe, die zu den Zimmern im ersten Stock führte, und suchte dabei an seinem großen Schlüsselring nach dem blauen Schlüssel. Nachdem er mein Zimmer aufgeschlossen hatte, drehte er sich zu mir um, hielt seine blutunterlaufenen kleinen Augen aber auf meine Kniescheiben gerichtet. »Wehe, du fasst die Scheißklingel noch einmal an.« Jedes einzelne Wort bohrte sich wie ein ausgestreckter Zeigefinger in meine Brust.

Ich schwieg, als er an mir vorbei zurück nach unten in die Lobby ging, und legte mich sofort schlafen.

Ich wusste nicht, warum ich im Iowa wohnte. Ich wusste nicht, wohin ich wollte oder warum ich nicht längst dorthin unterwegs war. Jeder Tag in diesem Zimmer verschwamm mit dem nächsten, ohne Sinn oder Zweck, und ich fragte mich immer häufiger, ob ich nicht einfach Schluss machen und noch einmal von vorne anfangen sollte. Die steife orangene Schlinge hing immer noch jederzeit einsatzbereit an der Deckenlampe. Ich fragte mich, ob es das nächste Mal anders sein würde. Ob es möglich war zu vergessen, dass ich mich erinnern kann.

Ich stand auf und sah aus dem Fenster hinunter auf die dunkle Straße. Die Uhr an der Bankfiliale gegenüber zeigte halb zehn.

*Es muss wohl Abend sein, draußen ist es dunkel*, dachte ich, während ich auf der Suche nach dem Busfahrplan für Los Angeles in den englischen und bulgarischen Zeitungen auf der Küchenanrichte wühlte. Dann setzte ich mich aufs Bett, blätterte in dem mit Kaffeeflecken verunzierten Heftchen und plante meinen Weg vom Club zum Lagerhaus und zurück.

Als ich nach unten ging, um zu telefonieren, war die Lobby voller Leute. Leo saß auf einem Stuhl hinter der Theke und versuchte, auf dem schneeigen Fernsehbild in der anderen Ecke des Raums etwas zu erkennen. Red, Murphy, Cotton und ein alter Mann, den ich noch nie gesehen hatte, spielten an einem Kartentisch hinter einem der Sofas Gin.

»Hey, Kleiner, hast du das Geld für die Miete zusammengekratzt?«, rief Red mir quer durch die Lobby zu. Er kicherte in sich hinein und widmete sich wieder seinem Gespräch.

Das Iowa war schon seit Jahrzehnten kein normales Hotel mehr. Hier stiegen zwei Sorten von Männern ab: Solche, die nicht gerne Pläne machten und lieber von Woche zu Woche lebten, und solche, die hier einen Zwischenstopp einlegten, bevor sie endgültig auf der Straße landeten. Ich hoffte, dass ich zu der ersten Sorte gehörte.

Ich ging zu dem Münztelefon hinüber und wählte die Nummer des Clubs.

»Henry!«, rief ich über den Hintergrundlärm an seinem Ende der Leitung hinweg. »Ich bin's, Evan. Hey, morgen ist es so weit.«

Ein lautes Klopfen riss mich aus dem Tiefschlaf. Ich rieb mir die Augen und öffnete die Tür.

»Guten Morgen, Sonnenschein!« Henry kicherte.

Ich winkte ihn herein.

»Allerliebst. Ist das eine Henkersschlinge?«, fragte er sarkastisch.

»Nein, das versteht man hier unter Zimmerdeko«, antwortete ich aus dem Bad und versuchte dabei fieberhaft, mir noch etwas Schlaueres auszudenken. »Das gehört zur neuen Motivationsinitiative für die Absteigen an der 7th Street.«

Henry sah sich um. Das Zimmer war sauberer als sonst. »Mann, du musst hier irgendwas machen. Das ist ja wie im Knast – keine Bilder, keine Kunst, nix Gemütliches, nur Bücher, Kleidung, ein Bett ... und eine Henkersschlinge. Warum hängst du nicht wenigstens ein paar Vorhänge auf? Weißt du, was hier helfen würde? Pflanzen. Was Grünes, Lebendiges.«

»Bist du fertig?«, erwiderte ich gereizt. »Dann können wir ja los. Bist du mit dem Pick-up da?«

Henry nickte. »Kannst du das lesen?«, fragte er und nahm eine der bulgarischen Zeitungen vom Tisch, die voll von jenen für ihn seltsamen kyrillischen Buchstaben war.

»Ja.« Ich schloss die Tür hinter uns ab. Er hatte recht

in Bezug auf das Zimmer, und das nervte mich. Es gab keinen Grund, so zu leben, an so einem Ort – eine reine Gewohnheitssache. Aber würde ich mir bessere Gewohnheiten zulegen, bräuchte ich auch eine geregelte Arbeit, um sie mir leisten zu können. Und was hilft einem schon ein höherer Lebensstandard, wenn man selbst nicht dem Standard entspricht.

Als wir seinen weißen Pick-up erreichten, zögerte ich kurz, bevor ich die Beifahrertür öffnete, und sah ihn durch das offene Fenster an. »Mach dir keine Sorgen wegen der Schlinge. Ich hab sie nur aufgehängt, um das Hotelmanagement zu ärgern.«

»Wohin soll es gehen?«

»Sierra Chemical Company, bei Riverside und State Route 2.[3] Ich zeig dir, wo lang.«

Henry fuhr auf den Parkplatz der Chemical Company und ließ den Motor laufen. »Du gehst also einfach rein und kaufst das, oder wie?«

»Klar. Die verkaufen hier Chemikalien, das ist also nichts Ungewöhnliches. Und sie wissen ja nicht, wofür es dann letztendlich verwendet wird.«

Wie erwartet gab es keine Probleme beim Kauf, und ein paar Minuten später kam ich mit einem Kanister Industriealkohol wieder, der etwa zwanzig Liter fasste.

»Das ging ja schnell«, sagte Henry.

»Schnell und problemlos. Los geht's.«

Henry bog in die Seitengasse und hielt vor der Tür von

---

3 Evan erwähnt, dass er das Zubehör von der Sierra Chemical Co. hatte. Er meint damit vielleicht Sierra Color and Chemical an der North Coolidge Avenue.

Shelbys Lagerhaus. »Mach dich vom Acker, wenn ich das Zeug ausgeladen habe, und komm in einer Stunde wieder. Länger sollte es nicht dauern – ich mache die Tür auf, wenn ich fertig bin. Sollte sie zu sein, wartest du noch eine Stunde.« Ich zog schwarze Gummihandschuhe an und stieg aus. In weniger als fünfzehn Sekunden hatte ich die Tür des Lagerhauses geöffnet, alles aus dem Pickup ausgeladen und die Tür wieder hinter mir geschlossen.

Mein Herz raste und ich setzte mich auf die Treppe, bis meine Beine wieder aufhörten zu zittern. Dieses Mal war es heller, und ich konnte die Stufen hinaufsehen. Ich nahm mir eine Zigarette und rauchte sie bis zum Filter herunter. Dann drückte ich die Kippe aus und steckte sie in die Tasche, bevor ich die Farbwanne und den Wischmopp auspackte. *Du denkst nicht mit. Du hättest das Verpackungsmaterial vorher loswerden sollen. Konzentrier dich.*

Ich legte die durchsichtige Plastikfolie neben die Tür, damit ich sie nicht vergaß – nicht vergessen *konnte. Konzentrier dich.* Ich trug die gesamte Ausrüstung auf einmal die Treppe hinauf. Die Außentemperaturen waren schon wieder auf fünfunddreißig Grad gestiegen, und mit jeder Treppenstufe schienen noch ein oder zwei Grad dazuzukommen. Das heiße, stickige Obergeschoss wirkte im hellen Tageslicht kleiner, und mir fiel auf, dass ich in der Dunkelheit vorgestern Nacht zwei Kisten bei dem hinteren Stützpfosten übersehen hatte.

Ich öffnete den Alkoholkanister und füllte die Farbwanne. Dann wartete ich, bis sich der Wischmopp richtig vollgesogen hatte, und bestrich methodisch den Boden damit. Ich begann an der vorderen Ecke gegenüber der Treppe. Das Methanol ließ sich gut verteilen und wurde sofort von den Bodendielen aufgesogen. Ich arbeitete schnell und hielt mich dabei von den vorhanglosen Fenstern fern, indem ich mit längeren Schwüngen von der Seite über diese Stellen strich.

Die erste Lage endete an einer imaginären diagonalen Linie zwischen dem letzten Fenster an der hinteren Wand und dem Treppenabsatz. Als ich damit fertig war, hatte ich noch etwa elf Liter übrig. Mein T-Shirt war schweißnass, und beißender Alkoholgeruch hing in der stehenden Luft des Obergeschosses. Die Stützpfosten waren als Nächstes dran. Ihr raues, grob behauenes Holz schluckte im Handumdrehen zwei Lagen. Ich ließ den Mopp sinken und holte mein Feuerzeug und eine Zigarette für meine strapazierten Nerven hervor. Ich schlug das Feuerzeug zweimal an, bevor mir einfiel, dass es wohl besser wäre, es nicht in der alkoholgeschwängerten Luft des Obergeschosses zu entzünden.

Im Badezimmer im Erdgeschoss war die Luft erfrischend kühl. Ich zündete meine Zigarette an und sah in den Spiegel, der so dreckig war, dass ich mich darin kaum erkennen konnte. Meine blonden Haare wirkten braun und klebten an meiner verschwitzten Stirn. Selbst in dem fahlen Licht hier wirkte ich blass. Ich zog lange und tief an meiner Zigarette. Das glühende rote Ende beleuchtete mein Gesicht im Spiegel. Ich ging näher heran, um mich besser in dem verschmierten Glas betrachten zu können.

»Das ist der schlimmste Teil«, sagte ich laut. »Gleich hast du es geschafft. Konzentrier dich.« Ich nahm die Zigarette mit meiner schwarz behandschuhten Hand aus dem Mund und blies den Rauch in Richtung meines Spiegelbilds, während ich weitersprach. »Bis bald, mein alter Freund.«

Henrys Pick-up hielt mit quietschenden Reifen vor dem Lagerhaus. Ich riss die Tür auf, warf meine Sachen auf den Rücksitz und sprang hinein.

»Gib Gas, bloß schnell weg hier«, sagte ich und knallte die Tür zu.

Er sah mich alarmiert an. »Warum? Fliegt gleich alles in die Luft?«

»Nein, hier fliegt nichts in die Luft. Aber lass uns einfach schnell verschwinden.« Ich steckte den Kopf aus dem Fenster und versuchte, mir mit meinen nun wieder bloßen Händen den Schweiß aus den Haaren zu wischen. Als wir davonfuhren, blickte ich mich nach dem Gebäude um. »Jetzt ist alles startklar.«

Auf halbem Weg zurück zum Iowa holte ich zweihundert Dollar hervor und gab sie Henry.

»Wofür ist der Fünfziger extra?«

»Für mein Alibi morgen Abend.«

»Prima, du warst den ganzen Abend da.«

»Ich werde morgen Abend vorbeischauen und mich dann heimlich wieder vom Acker machen. Zur letzten Runde komme ich wieder, und du fährst mich heim.«

Er hielt vor dem Hotel an. »Wie ich der Polizei schon sagte: Du warst den ganzen Abend da. Hier wären wir.«

»Dann wollen wir mal hoffen, dass die Polizei erst gar nicht fragt. Danke für deine Hilfe.«

»Danke für die Kohle. Bis morgen.«

Ich wartete, bis Henry um die nächste Ecke verschwunden war, und leerte über ein Dutzend Kippen aus meiner Tasche auf den Gehweg. Dann überquerte ich die Straße, ging durch die Lobby und nach oben in mein Zimmer, ohne mit jemandem zu reden.

Mit dem getrockneten Schweiß klebte mein T-Shirt inzwischen an meiner Brust wie eine Vakuumverpackung. Ich zog es aus und nahm es mit unter die kalte Dusche. Dort wusch ich den Schweiß, so gut es ging, heraus. Ich trocknete mich nicht ab, damit die kühlende Wirkung der Wassertropfen auf meiner Haut noch etwas anhielt.

Henry hatte recht, dieses Zimmer wurde mehr und mehr zu einer Gefängniszelle und ich zu einem geradezu mustergültigen Sträfling. Weder schlug ich mit meiner Tasse gegen die Gitterstäbe, noch verbrannte ich aus Protest gegen die Haftbedingungen mein Toilettenpapier. Vielmehr akzeptierte ich, dass dieser Raum mich allmählich zermürbte, wie er auch seine anderen Bewohner vor mir zermürbt haben musste. Ich ging um die Schlinge herum zum Fenster und öffnete es, damit der Straßenlärm in meine stille Zelle dringen konnte.

# 3

LEERE SCHNAPSFLASCHEN LAGEN ÜBERALL auf der Seitengasse hinter dem Hotel herum. Auf meinem Weg zum Club nahm ich vier intakte Flaschen und ebenso viele Steine mit, bevor ich im Schnapsladen meine letzten Ausrüstungsstücke erstand: eine große Flasche billigen Wodka und zwei Päckchen Zigaretten einer Allerweltsmarke. Ich steckte die volle Flasche zu den vier leeren in meinen Rucksack und die Zigaretten in meine Jackentasche.

Als ich um die Ecke bog, gab es bereits eine kleine Schlange vor dem Club. Ich ging an ihr vorbei direkt zum Eingang, nickte dem Türsteher zu, betrat den Club und wartete, bis Henry kam.

»Was darf's sein?«, fragte er, indem er hinter die Theke ging.

»Ein Bier und einen Old Grandad.«

Henry zog eine Augenbraue hoch. »Heute geben wir uns aber gleich richtig die Kante, was?«, sagte er und griff nach einer Flasche mit braunem Whiskey hinter der Theke.

Ich steckte mir eine Zigarette in den Mund und wartete darauf, dass er sie mir ansteckte. »Tu mir bitte einen Gefallen. Nimm meinen Rucksack und deponier ihn hinter der Bar.«

»Klar doch«, sagte er und zündete ein Streichholz an. »Ich mach dir auch einen Deckel. Und den bezahlst du dann so gegen halb zwei.«

»Und auf der Rechnung steht die Zeit. Sehr gute Idee.«

»Jep, du bist den ganzen Abend hier. Wir unterhalten uns später, okay? Ich muss erst mal klar Schiff machen, bevor es voll wird.«

Er füllte das Spülbecken und wusch die von letzter Nacht übrig gebliebenen Gläser ab. Ich trank von meinem Bier und behielt die bittere Flüssigkeit noch etwas im Mund, bevor ich sie herunterschluckte. Die bläulich weiße Beleuchtung von unten ließ den Whiskey wie grünes Sumpfwasser aussehen. Ich betrachtete ihn eine Weile, trank ihn dann in einem Zug aus und knallte das Glas wieder auf die Theke. Der Schnaps lief mir warm die Kehle hinunter.

»Noch einen?«, fragte Henry, ohne vom Waschwasser aufzublicken.

»Ja«, sagte ich matt. »Besser noch ein paar.«

Ich trank stetig weiter. Henry schenkte mir immer sofort nach, egal wie beschäftigt er gerade war. Um zehn spürte ich langsam die Wirkung des Alkohols und verlangsamte mein Tempo. Als ich das Glas mal wieder auf der Theke abstellte, kam er mit der Flasche in der Hand zu mir herüber, lehnte sich gegen die Bar und beugte sich zu mir vor. »Hey, ich hab das jetzt ja schon ein paarmal mitgemacht. Und jedes Mal frage ich mich, warum du alles so sorgfältig planst, nur um dich dann am fraglichen Abend volllaufen zu lassen.«

Ich sah von meinem Glas mit dem grünen Whiskey zu ihm auf und dachte sorgfältig über eine Antwort nach – wohl wissend, dass ich mich für immer daran erinnern würde. »Mut.«

Er sah mich lange schweigend an, so als ob er versuchte, den wahren Grund herauszufinden. »Verstehe«, sagte er schließlich, »du willst gerade benebelt genug sein, um es auch durchzuziehen?«

»So was in der Art«, sagte ich und drehte mich zu der Band um, die gerade zu Füßen von Vincent Price im Laborkittel ihre Instrumente stimmte.

»Gib mir mein Zeug, ich muss los.«

»Hier entlang.« Henry führte mich in den Lagerraum hinter dem schwarzen Vorhang. »Durch diese Tür kannst du raus und wieder rein. Ich werde sie ein Stück offen stehen lassen, bis wir schließen.«

Ich ging schnell zu einer Haltestelle in der Nebenstraße und wartete auf einer ansonsten leeren Bank auf den Bus der Linie 37. Dabei ertappte ich mich, wie ich nervös mit dem Fuß auf den Boden klopfte, und presste beide Schuhsohlen flach auf den Boden, um das zu unterbinden. Ich schloss die Augen und stellte mir vor, wie die Flammen an den Stützpfosten emporzüngelten.

Der Bus hielt direkt vor mir, ich stieg ein und bezahlte bei der Fahrerin, ohne sie anzusehen. Während wir losfuhren, setzte ich mich auf einen Platz gegenüber der hinteren Tür. Aus dem Augenwinkel zählte ich sechs weitere Fahrgäste.

Mein Fuß begann wieder zu klopfen, und ich spürte, wie sich die Anspannung in mir breitmachte. Am liebsten hätte ich lauthals herausgeschrien, was ich gerade vorhatte. Diese sechs anderen Menschen hochgeschreckt, indem ich sie mit meiner Realität konfrontierte. Bald würde ich eine Verbindung zu dem Menschen herstellen, der ich einmal gewesen war. Aber was ich wirklich wollte, war, mit diesen Menschen um mich herum Kontakt aufzunehmen, oder überhaupt mit irgendwem. Ich starrte sie einen nach dem anderen an, mein Fuß trommelte mittlerweile laut auf den Boden. Es war ihnen egal. Sie saßen nur da, blöde, abwesend, tot.

Seit meinem Weggang von zu Hause hatte ich niemandem mehr die Wahrheit über mich erzählt. Manchmal hatte ich mit dem Gedanken gespielt, mich Freunden oder Bettgefährtinnen anzuvertrauen, hatte es aber doch nie getan – und das schien sie alle früher oder später zu vergraulen. Ich mache mir da nichts vor: Während dieser drei Jahre hatte ich es vermisst, jemandem nahe zu sein, jemanden zu haben, der mich wirklich kannte. Henry hatte ich schon mehrmals fast eingeweiht. Aber jedes Mal entschied ich mich dann lieber wieder dazu, ihn wie alle anderen im Dunklen zu lassen. Gleichzeitig wollte ich ihn aber, solange es ging, in meiner Nähe behalten. Mir war ein unwissender Freund schon immer lieber gewesen als einer, der mir nicht glaubte. Seit ich Minnesota verlassen hatte, überkam mich oft das Bedürfnis, einfach gegenüber irgendwelchen Fremden herauszubrüllen, was ich keinem Freund zu erzählen wagte. Aber bislang hatte ich dieser Versuchung immer irgendwie widerstanden. Ich habe niemandem erzählt, dass all die reuigen Sünder und die braven kleinen Jungen nach ihrem Tod nicht in den Himmel kommen – sondern stattdessen manchmal in L.A. landen. Ich habe auch niemandem erzählt, dass es da oben sowieso keinen interessiert, ob sie brav oder ungezogen waren. Ich habe sie nicht angeschrien, dass sie ihren öden Job aufgeben und ihr ödes Leben ändern sollen – denn wenn sie sich nicht erinnern, ist das alles, was sie jemals haben werden. Ich werde ihnen das nicht erzählen, weil ich meine Fassade aufrechterhalten muss, damit ich weiterhin so tun kann, als wäre ich so wie sie. Und dann endet es immer damit, dass ich meine Fassade mit nach Hause nehme und mir selbst meine ganzen Geschichten immer wieder erzähle, um sicherzugehen, dass ich sie nicht vergessen habe. Ich vergesse nie etwas.

Anscheinend hatten die anderen Fahrgäste keine Lust gehabt, noch länger zu warten, ob ich der Versuchung vielleicht doch noch nachgeben würde, denn als wir meine Haltestelle erreichten, war der Bus leer. Die Türen am hinteren Ausgang öffneten sich, und ich stieg aus in die dunkle, leere Straße, ohne auch nur einmal in Richtung der Fahrerin zu sehen. Der Bus bog um die nächste Ecke und nahm dabei auch jedes Anzeichen von Leben mit sich. Ich habe mich in dieser Art von trostloser Umgebung immer wie zu Hause gefühlt. Mir war es dann fast so, als ob diese verlassenen Viertel mich darum bäten, sie aus ihrer Einsamkeit und schändlichen Existenz zu erlösen.

Das einzelne Scheinwerferlicht an der Seitengasse hinter dem Lagerhaus war hell genug, um den Schlüssel herauszusuchen und die Handschuhe anzuziehen. Ich nahm den Rucksack ab und ging hinein. Ein leichter Lösungsmittelgeruch strömte mir aus dem Obergeschoss entgegen.

Ich setzte den Rucksack an der Treppe ab und holte die beiden Zigarettenpäckchen heraus. Dann nahm ich vier normale Zigaretten und zwei Lights. Ich steckte mir die sechs Zigaretten in den Mund und zündete sie alle auf einmal mit meinem Feuerzeug an. Dabei achtete ich darauf, den konzentrierten Rauch nicht in die Lunge zu bekommen. Die sechs Zigarettenenden glühten rot in der Dunkelheit. Ich ließ das Feuerzeug brennen und stellte es auf die vierte Stufe der Treppe, dann legte ich die Zigaretten eine nach der anderen daneben, wobei ich die Glut über die Stufe ragen ließ, damit sie bis zum Filter herunterbrennen konnten. Als es so weit war, drückte ich sie alle auf dem grau angestrichenen Betonboden des Hinterzimmers aus. Anschließend holte ich die zwei leeren Flaschen aus dem Rucksack und warf sie auf den Boden. Dabei stellte ich mir vor, wie ein Brandexperte durch die verkohlten Überbleibsel gehen würde. Die Weinflasche zerbrach, die Ginflasche machte dagegen einen Satz und landete vor der Badezimmertür.

Ich hob mein Feuerzeug wieder auf, wobei ich darauf achtete, dass die Flamme weiter brannte, und wiederholte im ersten Stock die gleiche Prozedur mit den übrigen Zigaretten. Die beiden schwarzen Klappstühle platzierte ich einander gegenüber beim mittleren Stützposten, an dem ich meinen Brandherd geplant hatte. Jedes Mal, wenn ich eine Zigarette auf dem methanolgetränkten Boden austrat, achtete ich darauf, die Gummisohle meines Schuhs lange genug auf dem Stummel zu lassen, damit sich der Boden nicht entzündete. Ich setzte mich in den den Fenstern zugewandten Stuhl, nahm die letzten drei Flaschen aus meinem Rucksack und stellte die volle neben das brennende Feuerzeug.

Die Flamme des Feuerzeugs brach sich in der Ein-Liter-Wodka-Flasche und warf kleine Lichtflecken in den Spektralfarben auf den blanken Boden. Ich hob die Flasche hoch, drehte sie hin und her und beobachtete, wie die kleinen Regenbogen durch den dunklen Raum tanzten. Dann brach ich das Siegel, schraubte den Plastikverschluss auf, setzte die Flasche an den Mund und ließ mir die Flüssigkeit in die Kehle laufen. Es brannte. Ich biss die Zähne zusammen, bevor ich einen zweiten

Schluck nahm. Dann einen dritten. Schließlich stand ich auf, hielt die Flasche an ihrem Boden fest und verteilte den Wodka in weiten Schwüngen in Richtung der Gebäudevorderseite auf dem Boden. Die Flüssigkeit zeichnete drei, vier, fünf lange Bögen auf den Boden – wie sich ausstreckende Finger. Mit den letzten Tropfen verband ich sorgfältig alle Bogenenden mit meinem geplanten Brandherd. Als die Flasche leer war, stellte ich sie neben die beiden anderen und trat dann dagegen, sodass sie alle quer durch den Raum rollten. Ich schob den Stuhl zurück und ließ mich auf allen vieren neben der kleinen Wodkalache am Brandherd nieder, nahm das immer noch brennende Feuerzeug von dem anderen Stuhl in meine linke Hand und zog mit meinem behandschuhten Zeigefinger eine nasse Spur. Nach mehrmaligem Streichen mit dem Finger war die Wodkaspur etwa einen halben Meter lang, zweieinhalb Zentimeter breit und ungefähr so tief wie die Wodkapfütze selbst. Ich nahm das Feuerzeug in die rechte Hand und ließ die Flamme ein paar Zentimeter über dem Ende der Spur schweben. Dann hielt ich einen Moment lang inne und betrachtete das Feuerzeug. Die seltsamen kyrillischen Buchstaben darauf und der rote Hintergrund mit dem Sternenmuster waren in dem Licht gut erkennbar. Meine Sicht verschwamm, und die kleine Flamme in meiner zitternden Hand begann zu tanzen.

Während meines vorletzten Jahres in der Highschool war mir klar geworden, dass ich anders war als die anderen. Ich brauchte nur eine Weile, um zu verstehen, was an mir anders war. Ich träumte während des Unterrichts häufig vor mich hin und wurde dafür von meinen Lehrern ermahnt – was aber kaum etwas brachte, wie sich später meinen Zeugnissen entnehmen ließ. Ich war einfach plötzlich geistig abwesend, ohne Vorwarnung oder erkennbares Muster. Diese sogenannten *Anfälle* kamen immer wieder. Manche dauerten nur eine Sekunde, andere mehrere Minuten. Zu dieser Zeit war mir nicht klar, was da mit mir passierte. Das Gefühl lässt sich am ehesten mit einem Besuch im Kino vergleichen. Damals wäre ich nicht auf die Idee gekommen, dass es sich dabei um Erinnerungen handeln könnte. Denn wie könnte sich jemand an etwas erinnern, was er gar nicht erlebt hat?

Zuerst waren es immer keine besonders langen Episoden, eher wie zehn- oder zwanzigminütige Kurzfilme, aber am Ende des Jahres hatten sie sich zu mehrstündigen Epen ausgewachsen, die in meinem Kopf keinen Platz mehr für die normale Gedankenwelt eines Teenagers ließen. Einige wiederholten sich immer und immer wieder, andere sah ich nur ein einziges Mal. Aber nach einer Weile entdeckte ich, dass sie alle – die langen wie die kurzen – eine Gemeinsamkeit besaßen. Und die machte mir Angst.

Die ersten Szenen boten immer einen Panoramablick, sie waren ländlich, friedlich, manchmal geradezu langweilig. Die Handlung begann erst später. Merkwürdige Menschen kamen und gingen, tauchten in anderen Szenen wieder auf. Seltsamerweise gab es keinen Hauptdarsteller und auch keinen roten Faden, der diese eigenartigen Menschen miteinander verbunden hätte. Erst als das, was ich hörte, sah und ertastete, bei mir emotionale Reaktionen auslöste, kristallisierte sich für mich eine Erklärung des Ganzen heraus. Die Szenen waren doch um einen Hauptdarsteller herum angelegt. Dieser war nicht zu sehen, sondern schien sich bei jeder Szene hinter der

Kamera zu befinden. Zuerst war es nur so ein Gefühl, dann dachte ich lange darüber nach und war mir schließlich sicher: Dieser Hauptdarsteller war der rote Faden, alle anderen interagierten mit ihm, alles drehte sich um ihn – und das hieß, dass alles, was ihm passierte, durch diese seltsame Ich-Perspektive indirekt auch mir passierte.

Mit der Zeit und etwas Übung gelang es mir dann, diese Filme gezielt abzurufen und sie so immer wieder ansehen beziehungsweise erleben zu können. Ich versuchte, sie in eine chronologische Reihenfolge zu bringen. Je öfter ich einen bestimmten Film sah und je vertrauter ich mit ihm wurde, desto mehr fühlte ich mich auch darin bestärkt nachzuahmen, was ich in meinem Kopf so hautnah miterlebte.

Der unsichtbare Hauptdarsteller war ein Bauer, ein Soldat, ein Häftling. Mit der Zeit wusste ich jedes Detail auswendig, bis hin zu seiner Lieblings-Zigarettenmarke. Und ich lernte alles, was er konnte – wobei das fremde Alphabet den Anfang machte.

Im Herbst desselben Jahres begann ich damit, mir seine seltsame Sprache beizubringen. Die Ns waren spiegelverkehrt, ebenso die Rs, außerdem gab es einige mir unbekannte Buchstaben, während andere gar nicht auftauchten. Ich musste ein Jahr lang lernen, bevor ich die Sprache einigermaßen lesen und schreiben konnte, ohne jedes Mal wieder in die Vergangenheit dieses Mannes eintauchen zu müssen, der in meinem Kopf herumspukte. Mit der Zeit erfuhr ich auch seinen Namen: Wassili Blagawitsch Arda.

Die Erklärung dafür, wie ich auf wundersame Weise Bulgarisch – mittlerweile hatte ich die Sprache identifiziert – lesen und schreiben gelernt hatte, war meinen Eltern nur schwer vermittelbar.

Ich schrieb viele Seiten voll und las ihnen laut aus bulgarischen Büchern vor, die ich mir von der University of Minnesota hatte schicken lassen. Aber nichts davon konnte sie überzeugen. Zunächst amüsierte sie meine Behauptung, aber als ich dann behauptete, dass jeder Bulgare verstehen könne, was ich da geschrieben hatte, machten sie sich Sorgen. Als ich dann auch noch behauptete, dass ich die Sprache mithilfe der Erinnerungen eines fremden Mannes erlernt hätte, wurden sie ärgerlich, und als ich schließlich behauptete, dass ich mich an ein anderes Leben in einem anderen Land und zu einer anderen Zeit mit einer anderen Familie erinnern könnte, wurden sie wütend, vor allem mein Vater.

Ich hätte so gerne mit ihnen darüber gesprochen – mit ihnen oder mit überhaupt irgendwem –, und ich wollte, dass sie es verstanden, aber je mehr ich von meinen Erinnerungen erzählte, umso zorniger wurden sie, bis ich am Ende lieber schwieg. Das war das letzte Mal, dass ich versuchte, jemanden ins Vertrauen zu ziehen.

Obwohl ich nur noch zwei Monate in der Highschool hätte durchhalten müssen, teilte ich ihnen schließlich mit, dass ich auf Nimmerwiedersehen verschwinden würde – was nach den vielen schockierenden Dingen, die sie schon von mir gehört hatten, fast unterging. Fast.

Als sie begriffen, dass ich es wirklich ernst meinte, bemühte sich mein Vater halbherzig um eine Versöhnung, und meine Mutter schenkte mir dieses Feuerzeug mit dem russischen Schriftzug. Vermutlich waren ihr die kyrillischen Buchstaben auf der abgegriffenen Oberfläche aufgefallen, denn es waren dieselben wie in den bulgarischen Texten, die ich ihr gezeigt hatte. Zwei Tage vor meiner Abreise drückte sie es mir nach dem Abendessen wortlos in die Hand. Dann zog sie mich an sich, strich mir über mein blondes Haar und wiegte mich neben dem Tisch in ihren Armen. Ich ging hinauf in mein Zimmer, packte meine Sachen und weinte die ganze Nacht.

Die Streitigkeiten zwischen mir und meinen Eltern waren vorbei, die neuen Erinnerungen aber immer noch da. Und in der nächsten Nacht, meiner letzten Nacht zu Hause, nahm ich mein neues Feuerzeug und zündete die Scheune damit an. Sie brannte komplett ab.

Als ich wieder in die Realität zurückfand, war ich immer noch in Shelbys Lagerhaus, und das Feuerzeug zitterte immer noch ein paar Zentimeter über der Wodkaspur am Boden. *Konzentrier dich.* Ich nahm einen langen Zug von der Zigarette in meinem Mundwinkel und blies den Rauch gegen meine zitternde rechte Hand, als wäre ich ein Schamane, der einen Dämon ausräuchern will. Dann rückte ich mit dem Kopf noch näher an die Bodendiele, um das Wunder aus nächster Nähe zu beobachten. Es herbeizurufen ist immer der aufregendste Teil. Die Leute tragen Feuerzeuge mit sich herum und benutzen dessen Flamme als etwas ganz Alltägliches. Aber die wenigsten denken dabei daran, dass Feuer die Macht hat, wie ein wütendes Monster alles um sich herum zu verschlingen.

Ich brachte das Feuerzeug langsam immer näher an die feuchte Wodkaspur. Für mich ist es das Größte, dieses Monster zu rufen. Es baut Brücken in die Vergangenheit und enthüllt so die Wahrheit, es frisst kleine Jungs und bringt die Erlösung. Ich hielt das Feuerzeug noch näher und rief damit nach dem Monster, bis es schließlich käme. Als der Abstand zum Boden endlich klein genug war, sprang das winzige flackernde Flämmchen von dem Feuerzeug in meiner Hand über und raste die schmale Spur entlang. In meiner Hand war es gelb gewesen, aber am Boden wurde es zu einem blassgelb geränderten Blau. Die Flamme erreichte die Pfütze und leuchtete nun in einem brillanten Blau auf, das das ganze Obergeschoss erstrahlen ließ, dann liefen die Flammen lautlos jeden einzelnen der langen Bogenfinger entlang. Der Raum wurde immer heller, es näherte sich langsam.

Ich stand auf, um besser sehen zu können. Die Flammen liefen bis ans Ende jedes Fingers und zögerten dann, während sie den Raum weiterhin mit einem grellen elektrischen Blau erfüllten. Dann begannen sie langsam, ganz langsam, sich außerhalb der Wodkafinger auf den methanolgetränkten Bodendielen auszubreiten. Ich konnte fühlen, wie es zum Leben erwachte. Die Flammen brannten blau und lila, während sie den Wodka tranken und an dem Brandbeschleuniger leckten. Das Feuer breitete sich aus, wenn auch langsamer, als ich erwartet hatte. Und dann, wie durch ein Wunder, war das Monster plötzlich da, hier in dem Raum, mit mir. Das Feuer erhob sich auf seine Knie und bemächtigte sich des zentralen Stützpfostens neben dem Brandherd. Die kleinen Flämmchen leckten zunächst an seinem Holz und kletterten langsam nach oben. Dann färbten sie sich orange und begannen, mit aller Kraft am Holz des Pfostens zu nagen. Wenn es einmal so richtig in Fahrt kommt, ist ein Feuer nicht mehr aufzuhalten. Das habe ich gelernt, als ich es das erste Mal rief.

Während meiner letzten Woche in Minnesota wurde ich von einer neuen geisterhaften Erinnerung heimgesucht. Sie war stärker als die anderen und anders, denn ich hatte keinerlei Kontrolle über sie. Sie versetzte mich nach Macon in Georgia in den Siebzigerjahren. Hauptdarsteller war diesmal ein kleiner Junge namens Bobby Lynn Murray. Ich habe nicht viele Erinnerungen von Bobby geerbt, aber diese, durch die Augen eines Kindes betrachtet, ist die intensivste.

Ich beobachtete, wie die kleinen Flämmchen an dem Pfosten bis ganz nach oben zu den Dachsparren emporkletterten und wie das Feuer den ganzen Raum eroberte. Dabei wurde mir klar, dass eigentlich ich der Geist war – das hier war für den kleinen Bobby.

Für einen sechsjährigen Jungen war er unglaublich clever, und an diesem, seinem letzten Tag hatte er einen Spielzeugholzturm errichtet, der größer als er selbst war. Der Turm stand in einer Ecke seines Zimmers am Fenster. Die tragenden Elemente bestanden aus verschiedenfarbigen dünnen Holzstäben, die von Holzscheiben mit gebohrten Löchern zusammengehalten wurden. Er hatte den ganzen Tag daran gebaut, und nach dem Abendessen ging er wieder in sein Zimmer, um weiterzuspielen. Er ordnete die Stäbe an der Seite neu, sodass die Farben zusammenpassten, bis um acht seine Mutter Judith kam und ihn trotz seiner Proteste ins Bett steckte. Er wäre lieber aufgeblieben, um seinen Turm noch höher zu bauen. Vom Bett aus sah er zu ihm hinüber und fragte sich, ob er ihn vielleicht ins Freie bringen sollte, damit er ihn so hoch bauen konnte, wie er wollte.

Vor seinem Fenster leuchtete wie jede Nacht die Straßenlampe, und die Silhouette seines Turms zeichnete sich vor den Vorhängen ab. Bobby stand auf und ging hinüber, um ihn in dem schwachen Licht noch einmal zu inspizieren. Die Vorhänge ließen sich mit zwei Kordeln bedienen, aber er konnte nur diejenige erreichen, mit der man sie schloss. Es gab noch einiges an dem Turm zu tun, aber in dem schwachen Licht ließ sich nicht erkennen, welche Stäbe welche Farbe hatten, und solange dieser Teil des Turms nicht das gleiche Farbschema wie der Rest hatte, konnte er auch nicht weiterbauen. Das Licht anzumachen kam aber nicht infrage, da seine Mutter dann immer sofort mitbekam, dass er nicht im Bett war.

Bobby hatte schon einmal gesehen, wie William, der neue Freund seiner Mutter, Streichhölzer angezündet hatte, um im Dunkeln etwas zu sehen. Das war, als sie alle zusammen mit dem Auto nach Atlanta gefahren waren. Bobby hatte daraufhin das Streichholzbriefchen vom Armaturenbrett genommen und eingesteckt für den Fall, dass das beruhigende Licht der Straßenlaterne jemals verlöschen sollte. Er ging zu der Truhe am Fußende seines Betts, öffnete den Deckel, steckte seine kleine Hand hinein und tastete herum, bis er das Streichholzbriefchen fand. Dann ging er zurück zum Turm, nahm ein Streichholz und versuchte, es zu entzünden, indem er imitierte, was Will damit getan hatte. Nach ein paar Versuchen schlug ein Hölzchen Funken und entzündete sich. Die rote Spitze leuchtete auf und war innerhalb einer Sekunde verbrannt. Bobby war zu beschäftigt damit, dem Streichholz beim Brennen zuzusehen, um im dabei erzeugten Licht auf seinen Turm zu achten. Das Flackern der blau-orangen Flamme faszinierte ihn. Er beobachtete, wie die blaugraue Pappe des Streichholzes schwarz wurde, sich verdrehte und verschrumpelte. Als die Flamme Daumen und Zeigefinger erreichte, ließ er das Streichholz fallen und steckte sich seine verbrannten Finger in den Mund. Das Streichholz erlosch, noch bevor es den grünen Teppichboden erreichte.

Vorsichtig entzündete er ein zweites Streichholz und betrachtete dabei aufmerksam die am Boden liegenden verschiedenfarbigen Stäbe. Er hob einen gelben auf und hielt ihn zusammen mit dem Streichholz nahe an den Turm, um herauszufinden, ob dies die gelbe Seite war. Wie durch ein Wunder sprang die Flamme von dem Streichholz auf den Stützpfeiler seines Turmes über. Bobby staunte, dass so ein kleiner Funke von ganz allein zu so etwas in der Lage war. Die Flamme raste an dem Stab nach oben, die gelbe Farbe warf Blasen und wurde dann schwarz. Dann sprang die Flamme über die noch nicht komplett mit den anderen Bauteilen verbundene Scheibe bis zum obersten Stab. Der kleine Bobby beobachtete wie hypnotisiert diese Verwandlung direkt vor seinen Augen. Es dauerte nur wenige Minuten, dann brannte das ganze Grundgerüst des Turms und die Ränder der Vorhänge dahinter. Der Polyester der Vorhänge zerfloss zu Plastiktropfen, die den Teppich anzündeten. Als das Turmgerüst zu brennen aufhörte und Bobby erkannte, was hier vor sich ging, hatte sich das Feuer schon an der hölzernen Wandverkleidung rund um das Fenster und bis zur Decke hin ausgebreitet.

Wenn das Monster gerufen wird, benimmt es sich immer gleich. Es hatte sich mittlerweile auf dem Boden und bis zur vorderen Wand hin ausgebreitet und arbeitete sich nun bis zu den Raumecken vor. Ich wich vom Brandherd zurück in Richtung Treppenabsatz. Der mittlere und der vordere Pfosten brannten bereits lichterloh, der hintere bis zur halben Höhe. Als ich mich zurückzog, stand der Boden in gelben, knapp einen Meter hohen Flammen. Jene blutroten Flammen, die sich wellenförmig an der Decke ausbreiteten, waren viel kühler und schlugen nur dreißig Zentimeter hoch. Das lag am Sauerstoffmangel. Bald würden auch die Flammen am Boden dunkler werden, erst orange, dann rot – und dann, kurz bevor das Feuer anfing, sich zu langweilen und müde zu werden, würde ich es befreien.

Ich wich noch weiter vor der Flammenwand zurück und bewegte mich in Richtung eines Fensters. Die Hitze wurde unerträglich, auch wenn meine Lederjacke ein wenig Schutz bot. Das Feuer verschlang knisternd und knackend das Holz. Nun blieb mir nicht mehr viel Zeit. Die Flammen am Brandherd selbst waren höher als der Rest und formten einen symmetrischen, vulkanartig aussehenden Berg, der fast die ruhigeren Flammen an der Decke erreichte. Als der Kegel immer höher wurde, veränderte sich seine Farbe von gelb zu orange zu rot an der Spitze. Gleich war es so weit.

Ich sog die dünne Luft in langen Atemzügen durch den weit offenen Mund ein wie ein verschütteter Bergarbeiter. Dann öffnete ich den Reißverschluss meiner linken Jackentasche und holte den baseballgroßen Stein aus der Seitengasse hervor. Der Vulkan wurde dunkler und bereits wieder kleiner. Zwischen den beiden Flammenlagen bewegte sich nun eine träge, etwa dreißig Zentimeter dicke graue Rauchschicht. Da ich langsam schläfrig wurde und die Augen nur noch mit Mühe offen halten konnte, bückte ich mich und atmete tief die Luft auf Kniehöhe ein. Dann richtete ich mich wieder auf und schleuderte den Stein gegen die Scheibe des hohen Fensters, das mir am nächsten war.

Der Stein durchbrach das Glas, dessen Splitter nach innen explodierten, als der frische Sauerstoff in Richtung des Feuers gezogen wurde. Als die Luft in den Raum schoss, wandte ich mich von dem Windstoß und dem umherfliegenden Glas ab. Das Monster brüllte voller Wut, während wir beide tief einatmeten. Ich blickte gerade noch rechtzeitig auf, um die Spur zu sehen, die der Stein durch die Flammen an der Decke gezogen hatte. An deren Spitze waren sie immer noch blutrot, aber dahinter wurden sie hellgelb und kletterten hungrig nach unten. In der dicken Schicht aus grauem Rauch entstanden Wirbel, als sie die frische Luft aufsog. Und in diesen sich beständig verändernden Formen des Rauchs sah ich Bobby.

Der Junge wich zurück in die Mitte seines Zimmers. Der brennende Teppich unter dem Turm sandte knisternde Flammen aus, und das Monster fauchte, als es die dünnen Wände seines Bauwerks fraß. Bobby sah dabei zu, wie der Turm sich nach links neigte und dann nach ein paar Sekunden umkippte.

»Mommy!«, rief er, als er sah, wie sein Werk zerstört wurde. »Mommy!«, rief er noch einmal, als er zur Tür lief und feststellte, dass die obere Hälfte bereits in gelbe und orange Flammen gehüllt war. Er blieb stehen und sah, wie das Feuer an der Tür und der Wand darum herum nach unten kroch. Aus seiner kindlichen Wut wurde Angst, als ihm klar wurde, was gerade geschah.

»Mommy! Mommy! Mommy!«, schrie Bobby, bis er in der dünnen Luft kaum noch atmen konnte. Keuchend stand er nur da und sah dabei zu, wie die Flammen die Tür fraßen. Die kleinen gelben Vorderzähne nagten an ihr, während die orangen Backenzähne mit aller Kraft kauten. Die Hitze drängte ihn von der Tür weg zu der Truhe am Fußende seines kleinen Betts.

Das Feuer hatte sich bereits über die Decke und drei Wände, aber erst auf einem Drittel des Bodens ausgebreitet. Bobby setzte sich auf seine Spielzeugtruhe und konnte vor lauter Rauch kaum noch die Augen aufhalten. In seinem Kopf drehte sich alles.

»Mommy«, hauchte er. Das Wort war durch das laute Knacken und Krachen der Wandverkleidung kaum hörbar.

»Bobby!«, rief eine Stimme hinter der Tür, irgendwo am anderen Ende des Flurs. »Bobby!«, schrie seine Mutter, jetzt lauter, näher an der Tür.

Bobby atmete schwer und blickte gerade rechtzeitig auf, um zu sehen, wie sich der Türknauf drehte. Schneller, als seine Augen folgen konnten, flog die Tür nach innen auf und knallte gegen die brennende Wandverkleidung. Seine Mutter Judith stand im Türrahmen, umgeben von dunklen orangen Flammen, und sah erstaunt ihre Hand an, die eben noch den Türknauf gehalten hatte. Dann hob sie den Blick auf der Suche nach ihrem Sohn, während das Monster mit langen gelben Zungen in Richtung der frischen Luft raste. Im selben Moment ging ihr abgetragener blau-weißer Baumwollbademantel in Flammen auf.

Die unerträgliche Hitze des blitzartig auflodernden Feuers warf Bobby von der Truhe auf den Boden. Er flüchtete unter sein Bett und schaute von dort hervor, nachdem der Blitz vorbei war. Im Türrahmen schlug die in

Flammen stehende Silhouette seiner Mutter wild um sich.

Das ist die letzte Erinnerung, die ich von Bobby habe.

Die wütenden gelben Flammen brodelten von der Decke herab und zwangen mich in die Knie. Ich fuhr mir mit der behandschuhten Hand über die Haare, um sicherzugehen, dass sie nicht Feuer gefangen hatten. Dann legte ich kurz die kühle Handfläche auf meinen verbrannten Nacken, damit die Schmerzen etwas nachließen.

Ich hatte einen Fehler gemacht. Am Boden hatte sich der Brand genau wie geplant entwickelt, aber ich hatte nicht damit gerechnet, dass das Feuer an der Decke sich so schnell so weit nach hinten hin ausbreiten würde. Die blutroten Flammen hatten sich still und leise auf der ganzen Decke verteilt und als ich das Feuer befreite, wäre ich beinahe selbst in die Falle getappt. Nun drückte mich die Hitze des Brandes wie eine riesige Hand nach unten.

Ich kroch auf allen vieren zur Treppe und richtete mich erst auf, nachdem ich kopfüber zwei Drittel der Stufen nach unten gerutscht war. Dort hielt ich einen Moment inne, um mich zu beruhigen, und lauschte auf das Getöse über mir. Es hörte sich an, als ob im Obergeschoss gerade ein Düsenflugzeug landen würde. Ich drehte mich um, rannte die restlichen Stufen hinunter und öffnete den Türriegel. Die Tür schwang auf, und mir schlug der Gestank von Müll entgegen. Ich ließ die Tür offen, lief die Seitengasse entlang, überquerte die Straße und hielt an einem Gebäude gegenüber an. Die Hitze hatte zwei weitere Fenster zerstört, und die Flammen züngelten daraus in den Nachthimmel empor. Ich drehte mich um und betrat die einladende Dunkelheit des nächtlichen Los Angeles, während hinter mir mein Monster auf der Suche nach dem kleinen Jungen von einst in dem leeren Lagerhaus wütete.

Als ich etwa die Hälfte einer weiteren Seitengasse hinter mich gebracht hatte, fiel von hinten das Licht eines Scheinwerfers auf mich. Ich drehte mich um und sah einen Polizeiwagen, der am Ende der Gasse parkte. Ich ging weiter, folgte meinem langen Schatten vor mir am Boden. Mein Herz raste, mein Mund war trocken und mein Nacken tat weh. *Bleib ruhig, sie wissen nicht, dass ich das war. Sie können gar nicht wissen, dass ich das war. Entspann dich, geh einfach weiter. Sie werden mich befragen, vielleicht nehmen sie mich sogar mit, aber sie können mich nicht mit dem Lagerhaus in Verbindung bringen, außer …* Ich fuhr mit meiner immer noch in dem Handschuh steckenden Hand über die Vordertasche meiner Jeans und ertastete die Umrisse des Lagerhausschlüssels. *Fuck, Fuck Fuck!*

»Bleiben Sie stehen und heben Sie die Hände! Umdrehen!«, rief eine Respekt einflößende Stimme über die Lautsprecheranlage.

Ich zog meinen rechten Handschuh aus und schob ihn in die Tasche, sodass sich der Schlüssel nun darunter befand. Ich hatte das Ende der Gasse schon fast erreicht.

»Jetzt sofort, Arschloch!«, rief die Stimme.

Ich rannte los.

# 4

AUF DER SUCHE NACH DEM SCHUTZ der Dunkelheit bog ich am Ende der Gasse um die Ecke und warf dabei noch kurz einen Schulterblick nach hinten. Der Streifenwagen war weg, aber vor dem Hintergrund des brennenden Lagerhauses sah ich die Silhouette eines hochgewachsenen Cops auf mich zurennen, er war schon etwa bis zur Mitte der Gasse vorgedrungen. Ich stolperte fast, als ich den Schlüssel aus meiner Tasche fischte und auf das Dach des Eckhauses warf. Meine Hightop-Sneakers machten kaum ein Geräusch. So konnte ich auf die Schritte der harten Schuhsohlen des Cops hinter mir lauschen. Er hatte etwas aufgeholt, als ich den Schlüssel losgeworden war, fiel aber wieder zurück, während wir auf dem Bürgersteig an aufgegebenen Läden und leeren Schaufenstern vorbeirannten.

Die Sirenen waren bereits in der Ferne zu hören gewesen, als ich losgerannt war. Nun rasten uns zwei weiße Feuerwehrautos entgegen. Durch den Lärm konnte ich nun weder meinen Verfolger noch das Polizeiauto hören. Der Cop fiel immer weiter zurück, hatte nun aber seine Waffe gezogen, die sich beim Laufen unkoordiniert in seiner rechten Hand mitbewegte. Er rief mir etwas zu, verstummte aber, als die Sirenen näher kamen. Der Löschzug war nun nur noch einen halben Block entfernt. Das Führungsfahrzeug holte nach rechts aus, um links in die Querstraße vor mir abbiegen zu können.

Ich machte einen langen Schritt vom Bürgersteig auf den Asphalt, fest entschlossen, es noch vor dem Feuerwehrauto auf die andere Straßenseite zu schaffen. Das weiße Feuerwehrauto scherte weit aus, damit es um die Kurve herumkam. Die Augen des Fahrers weiteten sich, als sich unsere Blicke trafen, und sein Beifahrer zog wie wild an der Schnur der Drucklufthupe. Das mitten auf den Kühlergrill montierte Horn dröhnte mir direkt ins linke Ohr, und ich erhöhte mein Tempo noch einmal, als sich die schwere verchromte Stoßstange meinem Bein bis auf ein paar Zentimeter näherte.

Dann rannte ich weiter und sah mich dabei um. Der Cop überquerte die Straße, nachdem der zweite Feuerwehrwagen an ihm vorbeigerauscht war. Als ich mich zu ihm umdrehte, richtete er seine halbautomatische Pistole auf mich. »Stehen bleiben oder ich schieße!«

Ich rannte weiter und maß in Gedanken die Entfernung bis zur nächsten Seitengasse, die nach einer aus Steinen errichteten Kirche abzweigte. Hinter mir ertönte ein Schuss. Mir lief es kalt den Rücken hinunter.

»Anhalten! Letzte Warnung!« Er war stehen geblieben und zielte nun mit der Waffe auf mich.

Es waren nur noch ein paar Meter bis zur Seitengasse. Meine Beine schienen sich in Zeitlupe zu bewegen, und mit jedem Schritt fiel mir das Laufen schwerer. Ich bog scharf nach rechts in die einladende Dunkelheit der Gasse.

Ich spürte den Schuss, noch bevor ich ihn hörte. Ein scharfer Schmerz an meiner linken Ferse, als ob mich dort ein Baseballschläger getroffen hätte. Dann erst folgte der Knall. Als ich mit dem nächsten Schritt den linken Fuß nach vorne setzte und mein Gewicht darauf verlagerte, brach ich zusammen. Ich streckte die Arme aus, um meinen Sturz abzufangen, knallte gegen ein niedriges Geländer, fiel darüber und dann eine dunkle Treppe hinunter vor einen zugemüllten Kellereingang.

Ein etwa dreißig Zentimeter hoher Haufen aus alten Zeitungen, Kartons und anderem Müll bremste meinen Aufprall. Der Schmerz in meinem Fuß ließ mich fast ohnmächtig werden. Ich legte die rechte Hand auf die Ferse und erfühlte ein über zwei Zentimeter großes Loch an der Rückseite meines Sneakers. In der Dunkelheit der Treppe unterhalb des Straßenniveaus konnte ich meine Hand auch dann kaum erkennen, als ich sie mir direkt vor das Gesicht hielt, aber ich fühlte, dass sie mit warmem, glitschigem Blut überzogen war, viel Blut.

Ich hörte, wie das Polizeiauto an der Straßenecke hielt, und drückte mich tiefer in einen dunklen Winkel des Treppenabsatzes. Dann griff ich nach Zeitungen und anderem Müll und türmte ihn über mir auf. Ich rollte mich unter meiner Tarnung zusammen und biss ohne einen Laut die Zähne gegen den Schmerz zusammen. Autotüren wurden geschlossen, und zwei Paar harter Sohlen machten sich auf den Weg in die Gasse.

»Du hast ihn doch nicht etwa getroffen, oder?«, fragte eine Stimme über mir.

»Nein, ich habe auf ihn geschossen, aber ich glaube, ich habe ihn verfehlt«, antwortete der Cop von vorhin.

»Großer Gott, Willard, was hast du dir dabei gedacht? Er ist doch nur weggerannt.«

»Weggerannt vom Tatort eines Verbrechens, meinst du wohl.«

»Das wissen wir nicht!«

»Ich weiß das. Wenn er unschuldig war, warum ist er dann weggerannt?«

»Großartige Logik, Willard, einfach großartig. Ich hoffe, du hast noch einen Plan B, falls das mit der Polizei nicht klappen sollte?«

»Hilf mir einfach, nach Blutspuren oder so zu suchen, okay?«

»Glaub mir, du willst diesen Typ gar nicht finden, jedenfalls nicht, wenn du ihn tatsächlich getroffen hast.«

»Hilf mir einfach, okay? Er ist in diese Gasse gelaufen.«

Ich lag zusammengerollt unter dem Müll, presste die rechte Hand gegen meine Ferse und stellte mir vor, unsichtbar zu sein. Der Alkohol verlor seine Wirkung, und nun zitterte ich vor Schock und Angst. Das war das Einzige, was ich tun konnte, um nicht die Kontrolle über mich zu verlieren und mich zu bewegen. Ich versuchte, meinen Fuß in eine weniger schmerzhafte Stellung zu bringen, aber jede Bewegung, egal wie klein, machte alles nur noch schlimmer.

Ich hörte, wie sie über mir vorbeigingen, und stellte mir vor, wie sie die Gasse mit Taschenlampen und gezogenen Waffen absuchten. Meine Hände waren glitschig vor Blut.

»Er ist weg, du hast ihn verfehlt. Lass uns verdammt noch mal abhauen, ich hab Hunger.«

»Ich wette mit dir um fünf Dollar, dass es Brandstiftung war«, sagte Willard.

Sie kamen auf dem Rückweg zu ihrem Wagen wieder an mir vorbei.

»Da hat er aber Glück gehabt«, fuhr Willard fort.

»Wieso? Scheiße, wenn du ihn wirklich getroffen hättest, hätte er Glück gehabt. Mann, wir sind hier in Kalifornien – der verklagt unser Department auf Millionen. Du bist der, der hier Glück gehabt hat, Willard.«

»So ein Schwachsinn, das war Brandstiftung. Wirst schon sehen.« Sie standen nun direkt über mir.

Ich spähte durch den Müll und sah den hellen Lichtstrahl einer Taschenlampe, der schnell über mich hinwegglitt und dann wieder verschwand. In meinem Fuß pulsierte es im Takt meines rasenden Herzschlags. Mir war schwindlig, und ich brauchte unbedingt eine Zigarette. Die Stimmen über mir entfernten sich, und ich hörte nun vor allem meinen eigenen Atem, der mittlerweile zu einem stakkatohaften Schnaufen geworden war. Außerdem zitterte ich unkontrollierbar. Zwei Autotüren schlossen sich, aber dann dauerte es noch fünf lange Minuten, bis sie davonfuhren. Fünf Minuten, in denen ich weiterblutete und vor Angst zitterte.

Zuerst steckte ich nur vorsichtig den Kopf heraus und erwartete fast schon, Officer Willard oben an der Treppe stehen zu sehen, der darauf wartete, dass ich aus meinem Versteck kam. Aber es waren nur die normalen Geräusche der Stadt um Mitternacht zu hören, dazu in einiger Entfernung immer noch die Feuerwehrsirenen – aber kein Willard weit und breit. Ich sah mich auf der dunklen Treppe um, während ich mich behutsam aus dem Müll schälte. Vierzehn Betonstufen führten hinauf zur Straße. Die Hauswand bestand aus grob behauenen Kalksteinblöcken, die sich bis hoch in den Nachthimmel erhoben. Ich war an der Hintertür der Kirche gelandet. Die Tür fühlte sich hölzern an, und die bunten Glasfenster an der Wand über mir wurden von einer schwachen Lichtquelle im Inneren beleuchtet.

Als ich mich auf dem Betonboden aufsetzte und gegen die Stufen lehnte, verzog ich das Gesicht. Der pulsierende Schmerz durchfuhr mich mit jedem Herzschlag.

Ich holte meine Zigaretten und das Feuerzeug aus der Tasche. Die Schachtel war bei meinem Sturz zerdrückt worden und erst die fünfte Zigarette, nach der ich griff, war noch ganz. Als das zitternde weiße Zigarettenstäbchen rot aufleuchtete, bemerkte ich die braunen Blutflecken an seinem Ende. Ich ließ das Feuerzeug an und betrachtete meine ebenfalls blutbefleckten Hände. Dann beugte ich mich langsam vor und hielt es neben meinen linken Fuß. Die Kugel hatte die Gummisohle durchschlagen und meine Ferse getroffen. Blut tropfte aus der offenen Wunde auf die Zeitungen. Ich ließ das Feuerzeug zuschnappen, schloss die Augen, lehnte mich wieder zurück und zog an der Zigarette.

Gegen die Treppe gelehnt, rauchte ich weiter und überdachte meine Optionen. Ich konnte mich noch nicht einmal hinkend oder kriechend fortbewegen, geschweige denn gehen. Und wenn mir jemand zu Hilfe käme, müsste ich ein Krankenhaus aufsuchen, und zwar ohne einen Polizeibericht darüber, wo, wie und warum ich angeschossen worden war. *Ich werde bestimmt nicht in einer Vier-Millionen-Stadt wegen einer Schussverletzung am Fuß verbluten,* dachte ich und stocherte dabei vorsichtig in dem Müll herum, bis ich eine Flasche entdeckte, die noch nicht zerbrochen war. Dann klopfte ich damit, so fest ich konnte, rhythmisch gegen die Holztür, ohne dabei meinen Fuß zu stark zu bewegen. Das massive Holz schien den Lärm fast komplett zu verschlucken, also biss ich die Zähne zusammen und schlug noch fester zu.

»Aufmachen!«, schrie ich zwischen den Schlägen und hieb dann weiter auf die Tür ein. Minuten vergingen. Die Flasche, mit der ich immer weiter auf die Tür eindrosch, wurde zusehends schwerer in meiner Hand. Die Umrisse der Tür verschwammen vor meinen Augen. Meine Schläge wurden immer unkoordinierter. Ich verlor die Balance, die Flasche entglitt mir und landete hinter mir im Müll. Ich schlug noch ein paarmal mit der Hand gegen die Tür, dann drehte ich mich um und lehnte mich mit dem Rücken dagegen. Die Treppe vor mir schien wegzukippen und sich dann zu drehen, also schloss ich die Augen. Nichts an meiner Situation war lustig, aber ich konnte mich nicht beherrschen und fing an zu lachen, als ich mir vorstellte, wie ein verängstigter Priester hinter der Tür kauerte. Ich stellte mir Henry vor, der an der Hintertür des Necropolis nach mir Ausschau hielt. Fragte mich, was Officer Willard jetzt gerade wohl aß.

Gerade als ich meinen Lachanfall unter Kontrolle bekam und mich wieder etwas beruhigte, schwang die Tür hinter mir auf. Ich öffnete die Augen und griff hinter mich, um mich abzustützen, fiel aber stattdessen eine weitere, kurze Treppe hinunter in den hell erleuchteten Keller der Kirche. Mein blutender linker Fuß knallte gegen eine weiß angestrichene Stufe, dann landete ich mit meinem ganzen Gewicht auf ihm.

Ich schrie und schrie. Das Licht wurde immer schwächer. Als es irgendwann wieder heller wurde, saß ich zusammengekrümmt auf dem Betonboden und hielt meinen linken Fuß in beiden Händen. Meine Hände und meine Kleidung waren blutverschmiert. Um meinen Fuß besser untersuchen zu können, drehte ich ihn etwas und spürte im gleichen Moment den leichten Druck eines kalten Waffenlaufs an meinem Hinterkopf.

Ich erstarrte, samt meinem in einem schmerzhaften Winkel verdrehten Fuß in der Hand. Von hier aus konnte ich den Besitzer der Waffe hinter mir nicht sehen. Er stieß mich noch einmal leicht damit an, und ich hörte, wie der Hahn gespannt wurde. »Vater?«, sagte ich und schloss die Augen vor Angst und Schmerz.

»Na, der bin ich ganz bestimmt nicht«, antwortete eine weibliche Stimme mit Akzent.

Ich drehte meinen Kopf langsam nach rechts, bis ich sie sehen konnte. Sie sah asiatisch aus, etwa in meinem Alter, und sie war sehr schön. Ihre dunklen mandelförmigen Augen sahen mich mit dem durchdringenden Blick einer Katze auf der Jagd an. Sie trug einen schwarzen, seidenen Morgenmantel, auf den auf jede Schulter mit goldenem Faden eine Gebirgsansicht gestickt war, aus der jeweils ein Bach die Vorderseite hinunterlief. Die beiden Wasserläufe vereinigten sich an ihrer Taille zu einem einzigen Strom, der sich dann an einer Seite weiter hinabschlängelte. Der Morgenmantel hing lose an ihr herab, die unteren Enden teilten sich leicht unterhalb ihrer Taille und gaben den Blick auf ihre gebräunten Beine von den Innenseiten ihrer Oberschenkel über die Knie bis hin zu den schmalen Füßen frei, die in weißen, mit Stoffbändern geschnürten Holzsandalen steckten. Trotz der Hochsteckfrisur war deutlich zu erkennen, dass sie sehr lange Haare hatte. So, wie sie aussah, hätte sie direkt aus dem mittelalterlichen Japan stammen können – wenn man von dem großen schwarzen Revolver in ihrer schmalen Hand einmal absah.

»Raus mit der Sprache«, kommandierte sie kühl.

Ich öffnete gehorsam den Mund, merkte dann aber, dass ich mir noch gar nicht überlegt hatte, was ich sagen sollte.

»Los!«, rief sie und schüttelte die Waffe vor meinem Gesicht.

»Ich ... Jemand hat auf mich geschossen«, sagte ich kleinlaut.

»Das sehe ich. Wer hat auf dich geschossen?«

In Gedanken ging ich schnell mehrere mögliche Antworten durch. »Irgendwelche Typen aus einem fahrenden Auto heraus«, sagte ich und sah auf meine Füße. Ich fühlte, wie mir schon wieder schwindlig wurde.

»Das nehme ich dir nicht ab. Ich habe gesehen, wie die Polizei hier in der Gasse nach dir gesucht hat.« Sie trat zwei Schritte zurück und sprach weiter. »Weißt du, was ich glaube? Ich glaube, du bist auf der Flucht vor der Polizei. Ich glaube, die Cops haben dich verwundet und dann bist du hier eingebrochen und wurdest dabei leider erschossen. Genau so ist es passiert.«

Ich sah wieder hoch zu der Waffe. Die Frau hatte etwas Abstand zwischen uns gebracht und das linke Auge geschlossen, während sie auf mich zielte. Das war's, da war ich mir sicher. So ist es also, wenn dein Leben gerade sein Ende nimmt. *Immer noch besser als die orange Schlinge.* Das war ein seltsamer Gedanke, aber gleichzeitig sehr klar und konkret. Ich wusste, dass sie es ernst meinte, ich konnte es in ihren feinen Gesichtszügen lesen. Da überkam es mich wie ein schwindelerregender Rausch, eine Kombination aus dieser Erkenntnis mit Alkohol, Blutverlust, Schmerz, Adrenalin und – schließlich – Wut. Ich sah Rot und brüllte los.

»Dann tu's doch! Na los! Mach schon, du Miststück, du durchgeknallte Psychoschlampe, drück schon ab! Ja, genau. Geh noch einen Schritt zurück, damit du bloß keinen Blutspritzer abbekommst. Na los! Mach schon!«, schrie ich und kroch auf den schwarzen Lauf der Waffe zu.

»Drück schon ab. Mach schon, drück ab. Na los!«,

fauchte ich sie an. »Wahrscheinlich komme ich sowieso wieder zurück«, sagte ich schließlich und musste nach Atem ringen. »Wahrscheinlich komme ich sowieso wieder.« Ich wiederholte diese Worte immer leiser, bis ich schließlich zu weinen anfing.

Ich heulte hemmungslos, wie ein Kind. Als ob ich nie wieder damit aufhören könnte. Nach einiger Zeit blickte ich auf. Die Frau war immer noch da. Die Waffe in ihren Händen zitterte, Tränen rannen über ihr Gesicht. Ich versuchte selber erfolglos, mit dem Schluchzen aufzuhören, und sank wieder mit dem Gesicht voran zu Boden. Ich hörte, wie sie den Abzug des Revolvers entspannte, und fühlte dann ihre Hand auf meiner Schulter.

Sie legte die Waffe auf den Boden und nahm meine rechte Hand. Dabei bemerkte ich ein etwa briefmarkengroßes Tattoo zwischen Daumen und Zeigefinger. Es hatte eine auffällige Form, wie drei miteinander verbundene Berggipfel, zwei kleine über einem größeren, oder wie zwei überkreuzte altägyptische Wedel:

Sie drehte meine Hand um und strich mit ihrer Linken über die nackte Haut an der gleichen Stelle, an der sie das Tattoo hatte. Dann sah sie mir in die Augen, als ob sie nach etwas suchte. »Ich rufe einen Krankenwagen. Mach dir keine Sorgen, es ist nicht so schlimm.«

»Nein, bitte nicht«, sagte ich und hob den Kopf. »Bitte nicht«, flehte ich sie an, als sie sich von mir entfernte.

»Du hattest recht mit der Polizei. Sie haben auf mich geschossen. Wenn ich ins Krankenhaus komme, lande ich im Gefängnis. Ein Freund kann mich abholen. Bitte hilf mir, lass mich dein Telefon benutzen«, sagte ich und verschmierte Blut unter meiner laufenden Nase, als ich sie mir mit der Hand abwischte.

Sie blieb stehen und drehte sich wieder zu mir um. »Ich habe eine bessere Idee. Bin gleich wieder da.« Dann stieg sie eine Treppe auf der anderen Seite des Kellers hinauf und kam mit einem kleinen älteren Mann zurück. Er war Latino, bestimmt schon sechzig oder siebzig, hielt sich aber stolz und gerade wie ein Soldat. Sein dichtes schneeweißes Haar und sein Schnurrbart hoben sich deutlich von seiner dunkelbraunen Haut ab.

*»Ayudame, Antonio«*, sagte sie zu ihm und zeigte auf meinen rechten Arm. Er packte ihn, sie nahm meinen linken und zusammen halfen sie mir auf die Knie.

»Was jetzt?«

»Wir nehmen dich mit nach oben und machen dich sauber«, sagte sie.

Ich nickte und hielt mich an ihnen fest, während sie mir hochhalfen, damit ich mich auf meinen rechten Fuß stellen konnte. Sie war etwa eins sechzig groß und Antonio nur eins fünfzig. Ich musste den Rücken krümmen, um mich auf den Schultern der beiden abstützen zu können.

Wir kämpften uns die Treppe hinauf in einen Hauswirtschaftsraum, wo meine beiden Helfer sich kurz ausruhen mussten, bevor sie mich durch eine offen stehende Tür in ein uralt wirkendes Badezimmer schleppten.

»Wir legen dich in die Badewanne – pass auf deinen Fuß auf«, warnte sie mich und sprach dann wieder auf

Spanisch mit Antonio. Er stieg vor mir in die auf Löwenpranken stehende Wanne und stützte mich. Indem ich meinen linken Fuß über den Wannenrand hängen ließ, hielt ich mich mit beiden Händen fest und rutschte dann ohne Schmerzen in die Wanne.

Antonio verschwand wieder im Hauswirtschaftsraum.

»Was tun wir jetzt?«, fragte ich und benutzte dabei absichtlich den Plural.

Sie ging hinüber zum Waschbecken und drehte das heiße Wasser auf. »Zuerst einmal mache ich deine Wunde sauber und lege dir einen Verband an. Ich habe noch nicht entschieden, was ich danach tun werde.« Sie wusch sich das Blut von den Händen und hielt einen frischen Waschlappen unter den Hahn. »Hier« – sie gab mir den warmen, nassen Lappen –, »wasch dir das Gesicht und die Hände, du siehst furchtbar aus.«

Ich machte mich, so gut es ging, sauber. Der Lappen färbte sich rosa. Antonio kam wieder und reichte ihr eine kleine Schere. Sie betrachtete meinen Fuß, der in dieser hochgelegten Position nicht mehr so stark blutete. Auch der pulsierende Schmerz hatte nachgelassen. Antonio holte einen Stuhl und stellte ihn hinter ihr ab. Sie setzte sich, ohne hinzusehen, legte den Daumen und zwei Finger auf die saubere Oberseite des Sneakers und hob ihn vorsichtig an, um die Ferse besser sehen zu können. »Tut das weh, wenn ich ihn bewege?«

Ich nickte, obwohl sie so behutsam war, dass es eigentlich gar nicht schmerzte.

»Ich muss dir den Schuh ausziehen. Ich versuche, das so vorsichtig wie möglich zu tun. Bereit?«

Ich nickte.

Sie platzierte die Schere unten am Schnürsenkel und

durchtrennte ihn geschickt überall dort, wo er sich zwischen den Löchern überkreuzte. Dann glitt sie mit der Schere an meinem Knöchel entlang unter den Leinwandstoff des Schuhs und schnitt das zähe Material bis hinunter zur Gummisohle durch.

Ich umklammerte den Badewannenrand so fest, dass meine Fingerknöchel weiß hervortraten, doch der Schmerz blieb aus. Vorsichtig schnitt sie auch die andere Seite meines Schuhs auf, ohne ihn dabei zu bewegen.

Schließlich legte sie die blutige Schere auf den Boden. »Das wird jetzt wahrscheinlich wehtun«, sagte sie und griff gleichzeitig nach dem herunterhängenden Schuhteil an der Rückseite und der rot-weißen Schuhvorderseite. Sie zog gleichmäßig an der Rückseite, bis sich die Gummisohle bog und ein Stück von der Ferse löste, dann zog sie den Schuh gerade vom Fuß herunter. Es tat nicht weh. Meine weiße Socke hatte sich an der Fußsohle und bis zum Knöchel hinauf hellrot verfärbt. »War nicht so schlimm, oder?«

»Nein«, sagte ich trotzig. Ich sah sie an und fragte mich unwillkürlich, in was für einer Beziehung sie zu dieser Kirche stand und was sie tun würde, wenn sie mit meinem Fuß fertig war.

Sie stellte den Schuh ab, nahm die Schere wieder in die Hand und beugte sich vor, um besser an die Socke heranzukommen. Dann schnitt sie sie schnell von oben bis zu den Zehen auf und pellte sie von meinem Fuß. Wieder spürte ich keine Schmerzen.

»Dann wollen wir uns das mal genauer ansehen«, sagte sie und zog meinen Fuß am großen Zeh nach oben. Sie sagte etwas auf Spanisch, woraufhin Antonio nach meinem Zeh griff. Ich spürte, wie sie einen Daumen und einen Zeigefinger an die Ränder der klaffenden Wunde legte und sie vorsichtig öffnete. Aber nicht vorsichtig genug. Ich schrie vor Schmerz und Schock laut auf. Sie ließ los, noch bevor ich mich wieder gefangen hatte.

»Tut mir leid«, sagte sie verlegen. »Soweit ich sehen kann, handelt es sich um einen glatten Durchschuss. Die Kugel hat keinen Knochen getroffen und auch keine Sehne.«

»Was machen wir jetzt?«, fragte ich, sobald ich wieder Luft bekam.

»Na ja ... Ich nähe die Wunde, und du entspannst dich.«

Der pulsierende Schmerz in meinem Fuß ließ mich winseln. »Das glaube ich nicht.«

»Keine Sorge, du bist hier genau am richtigen Ort gelandet«, sagte sie, stand auf und ging ins Nebenzimmer. Sie ließ die Tür offen, und ich hörte ihre Holzsandalen laut klappern.

Antonio hielt immer noch meinen großen Zeh fest, vermutlich weil sie nichts davon gesagt hatte, ihn wieder loszulassen. Offenbar war er ein Bediensteter, und er wirkte wie einer von jener Sorte, die jede Order befolgen, egal wie seltsam sie auch sein mochte. Ich sah ihn an und fühlte mich peinlich berührt, weil ein Fremder meinen Fuß auf derart seltsam persönliche Art und Weise anfasste. Er erwiderte meinen Blick, und ich wusste, dass es ihm genauso ging wie mir. Die Verlegenheit ließ nach, als ich ihm bedeutete, dass er loslassen könne.

»Sprechen Sie Englisch?« Ich redete langsam.

»Ein bisschen.«

»Ich kann ein bisschen Spanisch. Sie heißen Antonio, richtig?«

Er nickte.

»Antonio, sagen Sie mir, wie sie heißt?«

Er schüttelte energisch den Kopf. »Das müssen Sie sie selbst fragen.«

»Okay«, sagte ich beschwichtigend. »Ist sie eine Nonne?«

Wieder schüttelte er den Kopf. »Bitte, Señor, das müssen Sie ...«

Die Tür knarrte hinter ihr, als sie lautlos wieder den Raum betrat. Sie hatte sich umgezogen und trug nun ein blaues Hemd, eine Jeans mit Farbflecken und schmutzige weiße Sneakers. In der Hand hielt sie ein abgenutztes kleines, braunes Ledereetui.

*»Muy bien, Antonio.«* Sie öffnete den Reißverschluss des Etuis.

*»Aye, dios mío.«* Sobald er das Etui sah, verdrehte er die Augen in Richtung der mit Zinnfliesen verkleideten Decke und verließ das Zimmer.

Ich hatte verstanden, was er gesagt hatte, und setzte mich in der Wanne auf. »Wohin will er? Was hast du da in der Hand? Warum hat er das gesagt?« Mir gefiel weder seine Reaktion noch die lange Pause, bevor sie mir antwortete.

Während sie näher kam, öffnete sie langsam das Etui. Ich wurde mit jedem ihrer Schritte nervöser. Dann glitt ihre Hand in das Etui und holte eine uralte Spritze aus Messing hervor. »Er mag keine Spritzen«, sagte sie und setzte sich wieder auf den Stuhl.

»Bist du Ärztin?«, fragte ich. Man konnte die Besorgnis in meiner Stimme hören.

Sie lächelte und sah die Spritze liebevoll an. »Das war ich einmal, vor sehr, sehr langer Zeit.«

»Weißt du, was du da tust? Was, wenn doch eine Sehne verletzt wurde?«

»Dann wirst du in Zukunft hinken«, antwortete sie, während sie die Spritze zusammenschraubte.

Ich dachte über ihre Antwort nach und beobachtete, wie sie ein Glasfläschchen mit einer hellbraunen Flüssigkeit hervorholte. »Ich mag auch keine Spritzen.«

»Wäre es dir ohne Betäubung lieber?«

Ich sah sie an und ging in Gedanken schnell meine sehr kurze Liste an Optionen durch. »Nein.«

Sie lächelte und hantierte weiter mit dem altmodischen medizinischen Instrument herum.

Dann goss sie etwas Reinigungsalkohol auf einen Wattebausch und desinfizierte damit die Nadel, bevor sie sie an der Spritze festschraubte. Die Spritze hatte in etwa die Größe einer Rolle Münzen. Am Ende des Kolbens saß ein breiter Messingring für den Daumen. Nachdem sie die Spritze fertig zusammengesetzt hatte, steckte sie die Nadel in das durchsichtige Fläschchen, zog den Kolben hoch und damit etwa zweieinhalb Zentimeter Flüssigkeit aus dem Fläschchen.

»Wie viel wiegst du?« Sie zog die Nadel wieder aus dem Fläschchen heraus und drehte sie um, um die Luftblasen herauszudrücken.

»Fünfundsiebzig Kilo«, antwortete ich und betrachtete die Flüssigkeit durch das schmale skalierte Fenster, das über die ganze Länge des Spritzenkörpers aus glänzendem Messing verlief. Sie verkorkte das Fläschchen wieder und verstaute es in dem Etui. »Möchtest du eine rauchen, bevor wir anfangen?«

Ich nickte. Sie strahlte so viel Selbstbewusstsein aus, dass ich allmählich selbst glaubte, dass sie mir helfen konnte. Vielleicht wollte ich es auch nur gerne glauben. Aber selbst dann war das immer noch besser, als wenn sie die Polizei rief und ich im Verhör erklären müsste, warum ich von einem brennenden Gebäude weggelaufen war.

Sie holte eine orange-weiße Schachtel hervor und steckte mir eine Zigarette in den Mund. Ich erkannte sie an den markanten Farben der Packung: »Lendts«, eine seinerzeit in der Türkei sehr beliebte Marke. Ich erinnerte mich, dass sie auch Wassilis Lieblingsmarke gewesen war.

Sie entzündete ein Streichholz und hielt es an das Ende der kurzen, filterlosen Zigarette. »Seit Jahrhunderten bewährter Geschmack«, zitierte ich nüchtern den Lendts-Werbeslogan aus Wassilis Erinnerung.

Sie sah mich erstaunt an, während sie ihre Zigarette anzündete. »Hast du schon mal eine Lendts geraucht?«, fragte sie und stieß eine Rauchwolke aus.

»In einem anderen Leben.« Ich lehnte mich zurück und legte meinen Kopf auf den Rand der Badewanne. Der Tabak war stärker, als ich es gewöhnt war. Wir schwiegen eine Weile, während wir rauchten. Ihre schönen katzenartigen schwarzen Augen blickten mich dabei die ganze Zeit unverwandt an.

»Danke«, sagte ich schließlich in die Stille hinein.

»Wofür?«

»Für die Zigarette, für deine Hilfe.«

»Nun, Euer Wankelmütigkeit, wie gesagt, du bist hier am richtigen Ort gelandet. Apropos Hilfe, ich wär jetzt so weit. Schließ bitte die Augen – das könnte etwas piksen.«

Sie legte ihre linke Hand auf die vordere Seite meines Fußgelenks und drückte fester zu, als ich es ihr zugetraut hätte. Dann stach sie mit der Spritze in eine hervortretende Vene am Spann. Zuerst brannte es, dann wogte eine orange-cremefarbene Welle langsam mein Bein hinauf. Es fühlte sich orange und friedvoll an, und alles, was die Welle überspülte, würde in Ordnung kommen – eine bessere Beschreibung fällt mir nicht ein.

Ich öffnete die Augen und erwartete halb, dass mein Fuß sich orange gefärbt hätte. Er sah normal aus, tat aber nicht mehr weh. Es würde alles in Ordnung kommen. Die Welle erreichte meine Hüfte, rollte mein anderes Bein hinunter und gleichzeitig meinen Rumpf hinauf. Als sie die Nadel herauszog, sah ich an dem Glasfenster, dass der halbe Inhalt immer noch in der Spritze war. Sie wischte die Nadel mit einem weiteren alkoholgetränkten Wattebausch ab und überprüfte sie dann noch einmal auf Luftbläschen. Die Welle erreichte nun langsam meine Brust, dann meinen Hals und glitt ein paar Herzschläge später über mein Gesicht und meinen ganzen Kopf. Alles würde in Ordnung kommen. Sie rückte ihren Stuhl zurecht und machte die Spritze für einen weiteren Einsatz bereit.

»Ich glaube, ich brauche wirklich keine zweite Dosis.« Die Worte kamen langsam und schleppend in einer langen orange-cremefarbenen Linie aus meinem Mund. Aber auch das war in Ordnung. Ich musste mich konzentrieren, damit mir nicht alles vor den Augen verschwamm.

Sie lachte. »Du bist ja süß.« Dann stach sie sich selbst mit der Spritze in eine Vene an ihrem Handrücken und leerte sie. Auch das war in Ordnung.

Die kleine Operation, die nun folgte, verlief schnell und schmerzlos. Ich bekam sie kaum mit. Sie nähte meine Ferse und wickelte einen weißen Verband um meinen Fuß und das Fußgelenk. Der Alkohol, das Feuer, das Adrenalin, der Schock und die Spritze taten ein Übriges, und als sie den Verband fertig angelegt hatte, konnte ich kaum noch die Augen offen halten.

»Wie geht's dir?«

Ich wusste nicht, wessen Stimme das war. Sie schien

gleichzeitig von überallher zu kommen. »Besser. Müde.« Meine Worte hatten schon fast wieder ihre ursprüngliche Farbe angenommen.

»Ich lasse Antonio ein Gästezimmer für dich vorbereiten. Ruh dich aus. Bin gleich wieder da.«

Ich schlief in der Badewanne ein und wachte wieder auf, als mich jemand an den Armen hochzog. Mir war immer noch schwindlig von dem Zeug, das sie mir gespritzt hatte – was immer das gewesen war –, und ich hatte Probleme, auf dem einen Bein das Gleichgewicht zu halten. Die beiden schleppten mich durch einen großen Raum in ein kleines Zimmer am anderen Ende der Kirche. Währenddessen sprachen sie auf Spanisch miteinander. In dem Gästezimmer wartete ein Einzelbett mit einladend zurückgeschlagener Decke auf mich. Sobald ich meinen Kopf auf das Kissen gelegt hatte, schlief ich ein und träumte seltsame und unangenehme Dinge.

# 5

EINE MUTTER UND IHR SOHN saßen sich an einem Küchentisch gegenüber. Es handelte sich um Bobbys Mutter Judith. Sie war jung und sah genauso aus, wie ich sie aus der Erinnerung kannte. Der abgetragene blau-weiße Bademantel war eng um ihre schmale Taille gegürtet.

Ich sah mich in dem Zimmer um – falls man das so nennen konnte, denn es hatte keine erkennbaren Wände. Stattdessen breitete sich zu allen Seiten eine unendlich weite weiße Fläche aus. Ein elfenbeinfarbenes Glühen beleuchtete den Raum gleichmäßig bis in alle Winkel – falls es hier überhaupt Winkel gab. In einiger Entfernung war leise, aber deutlich vernehmbar der Klang von tropfendem Wasser zu hören. Wir blickten auf ein leeres Spielfeld vor uns, dann sahen wir einander an.

»Dieses Mal bin ich zuerst dran, Bobby«, sagte sie und betrachtete die mit Buchstaben versehenen Spielsteine in ihrem Körbchen. Dann sah sie hoch und lächelte zuckersüß.

»Ich habe mein Wort.« Sie legte die Steine einen nach dem anderen in einer Linie mitten auf das Spielbrett. T-O-T-E-N-G-R-Ä-B-E-R.

»Totengräber«, sagte sie, »wie die Käfer, die wir letzten Sommer mal im Garten gesehen haben. Erinnerst du dich an die, Bobby?«

»Ja, Mommy, ich erinnere mich.« Die Kinderstimme kam aus meinem Mund. Ich sah auf meinen Körper herab und entdeckte meine ganz normalen, langen Erwachsenenbeine ausgestreckt unter dem Tisch.

»Mal sehen, das sind ein Punkt plus zwei, dann dreimal einer, zwei, einer, dann sechs, drei und noch zweimal einer, macht zusammen zwanzig, und dann doppelt wegen dem rosa Feld, also vierzig. Nicht schlecht für den Anfang«, sagte sie und notierte das Ergebnis ohne Stift oder ein Blatt Papier direkt auf den Tisch.

»Aber Mom …« Ich verstummte für einen Moment, als ich meine normale, erwachsene Stimme hörte. »Aber Mom, wieso heißen die denn Totengräber?«

Sie hob langsam ihren Blick, bis ihre hellblauen Augen mich direkt ansahen. Die Umrisse ihres Baumwollbademantels und die Spitzen ihres braunen Haares verschmolzen mit dem weißen Umgebungslicht des Raums. Das helle Tropfgeräusch des Wassers im Hintergrund klang wie ein Metronom.

»Hmm«, sagte sie und legte den Kopf schief, während sie das Spielbrett betrachtete, »da sollten wir mal nachschauen.« Dann sah sie mich wieder an und deutete zur Kante des Spielbretts. »Willst du ihn nicht öffnen?«

Ich blickte nach unten und entdeckte an der linken Seite des Spielfelds einen Brief und dazu einen Brieföffner mit einem Holzgriff auf der rechten.

»Na los, mach ihn auf«, verlangte sie.

Ich griff gleichzeitig nach Brief und Brieföffner und im gleichen Moment nahm der Raum um uns Gestalt an. Sie schien die Veränderung nicht zu bemerken, aber nun befanden wir uns im Wohnzimmer unseres kleinen Hauses in Georgia. Ich sah mich um und alles war wie immer: der grüne Teppichboden, die billige Wandverkleidung aus Holz, die Bilder im Flur.

»Und, was steht drin?«, fragte sie ungeduldig.

Ich begann, mit der Klinge die Lasche des Umschlags aufzuritzen, als der Brieföffner unkontrollierbar in meiner rechten Hand zu zittern begann. Da ließ ich den Umschlag zu Boden fallen und hielt den Brieföffner mit beiden Händen fest in dem Versuch, seine mittlerweile bedrohlich heftigen Zuckungen unter Kontrolle zu bekommen.

»Bobby?«, fragte sie besorgt.

Ich hielt den Brieföffner so fest ich konnte in den Händen und kämpfte in wilden Verrenkungen gegen die unsichtbare Macht, die ihn bewegte.

»Bobby, hör auf, das ist nicht lustig.«

Ich schaffte es weder, etwas zu sagen, noch brachte ich genügend Kraft auf, um das, was auch immer die Kontrolle über die Klinge übernommen hatte, zu bändigen.

»Bobby, du machst mir Angst.«

Ich verlor das Gleichgewicht und wurde von jenen unsichtbaren Händen vom Stuhl gestoßen. Als ich auf dem Boden aufschlug, ließ ich den Brieföffner los. Er flog unnatürlich weit durch die Luft und landete drei Meter entfernt von mir auf dem grünen Teppichboden.

Mom fing an, laut zu schreien – ein jeweils schrilles Aufkreischen in regelmäßigen, vorhersagbaren Abständen, da sie dazwischen nach Luft schnappte. Ich wendete den Blick nicht von dem Brieföffner ab, der bewegungslos auf dem Teppich lag. Seine Spitze war auf mich gerichtet. Ich hatte mich auf alle viere erhoben, starrte ihn an und wartete darauf, dass er sich bewegte. Trotz des schrillen Kreischens meiner Mutter hörte ich mich keuchen. Ich wandte den Kopf leicht in ihre Richtung, behielt dabei aber den Brieföffner im Blick. Als ich mich so weit gedreht hatte, dass ich ihn nur noch mit einem Auge sehen konnte, rührte er sich. Ich erstarrte und beobachtete ihn weiter aus dem Augenwinkel. Die Spitze der Klinge hob sich um fast acht Zentimeter vom Boden und blieb dann auf unnatürliche Weise in der Luft hängen. Jedes Mal, wenn ich ausatmete, zitterte sie ganz leicht. Moms Schreie waren mittlerweile ebenso monoton wie zuvor das tropfende Wasser. Der Brieföffner zitterte weiter bedrohlich jedes Mal, wenn ich ausatmete.

Ich wusste, was ich zu tun hatte. Wenn ich mich nur stark genug konzentrierte, konnte ich die Klinge dazu bringen, sich nicht mehr zu bewegen. Aber das ging nicht, solange diese verdammte Frau schrie. Ich starrte den Brieföffner an und konzentrierte mich darauf, bis er zu zittern aufhörte. Im gleichen Moment hörte sie auf zu schreien.

»Bobby, Liebling, lass diese Spielchen, das ist gefährlich«, sagte sie in dem warmen, mütterlichen Tonfall, wie ich ihn als ihr Kind so oft gehört hatte.

Unwillkürlich drehte ich mich zu ihr um. Der Brieföffner rauschte in einem silbernen Blitz an meinen Augen vorbei und bohrte sich fünf Zentimeter tief in die hölzerne Wandverkleidung.

Sie lächelte mich mit einem neckischen, beinahe verführerischen Blick an. Im Augenwinkel konnte ich beobachten, wie der Brieföffner in der Wand zappelte, um sich so zu befreien.

Ich wandte mich um und rannte zur Tür, in der Hoffnung, dass der Brieföffner mich nicht einholen würde. Ich griff nach dem Türknauf und drehte mich noch einmal um, doch dort, wo die Klinge in der Wandvertäfelung gesteckt hatte, war nur noch ein Loch zu sehen. Mit dem

Rücken zur Tür suchte ich verzweifelt den Raum ab. *Konzentrier dich.* Dann drehte ich am Türknauf und öffnete die Tür einen Spalt. Draußen in der Einfahrt hörte ich das Aufheulen eines Motors und das Quietschen von Reifen.

»Geh da nicht raus«, sagte Mom streng.

»Alles okay, Mom, ich bin gleich wieder zurück«, erwiderte ich, riss die Tür weit auf und ging die drei Stufen zur Einfahrt hinunter. Es war ein schöner sonniger Tag in Georgia.

Das Motorheulen und Reifenquietschen stammten von einem kleinen roten viertürigen Pkw, der in unserer ringförmigen Auffahrt entgegen dem Uhrzeigersinn seine Runden drehte. Er fuhr so schnell, dass er bei jeder Runde mehrmals fast umkippte. Der Fahrer und sein Beifahrer lachten so sehr, dass sie gar keine Notiz von mir nahmen, aber auf dem Rücksitz befand sich noch jemand, der mich bemerkte. Ich sah dem Auto ein paar Runden lang zu. Jedes Mal, wenn es an mir vorbeikam, sah mich der junge Mann auf dem Rücksitz ganz aufgeregt mit hellbraunen und mir irgendwie bekannten Augen an. Mit jeder Runde wurden sie schneller, und jedes Mal wirkte der Mann auf dem Rücksitz wütender, bis er schließlich wild um sich schlug, schrie und auf das Fenster eindrosch in dem verzweifelten Versuch, zu mir zu gelangen. Mir stellten sich die Nackenhaare auf, und als sie das nächste Mal an mir vorbeifuhren, drehte ich mich weg, um nicht noch einmal sein wutverzerrtes Gesicht sehen zu müssen.

Ich rannte zurück ins Haus, um nach meiner Mutter zu sehen. Sie saß nicht mehr an ihrem Platz, aber ich hörte sie hinter der ersten Tür auf der rechten Seite des Flurs herumpoltern. Vorsichtig ging ich in Richtung des Geräuschs, doch es verstummte im selben Moment, als von draußen Reifenquietschen und zersplitterndes Glas zu hören waren. Judith kam aus der Tür und schloss sie hinter sich. Dass ich wieder im Haus war, schien sie zu überraschen und sie plapperte nervös drauflos.

»Ich habe nur schnell die Schrotflinten weggeschlossen. Du weißt schon, es ist nicht sicher, wenn sie einfach so herumliegen. Gerade in diesen Zeiten.« Sie ging hinüber zur Couch und setzte sich. Ich hatte den Eindruck, dass ihr Gang sich leicht verändert hatte, hätte den Unterschied aber nicht genauer benennen können. Als ich mich nach dem Brieföffner umsah, entdeckte ich zu meinen Füßen den halb geöffneten Brief. Ich nahm ihn, riss ihn auf und holte einen dreifach gefalteten Papierbogen heraus. Das Blatt war auf beiden Seiten völlig leer. Als ich von dem Brief aufsah, kam meine Mutter gerade erneut aus der Tür, hinter der es so rumort hatte, in den Flur. Sie sah mich mit einer geradezu bedrohlichen Selbstsicherheit an.

Sie hatte sich völlig verändert, trug ein eng anliegendes pinkfarbenes Top, einen kurzen glänzenden schwarzen Latexrock, Netzstrumpfhosen mit Strapsen an einem nicht sichtbaren Hüftgürtel und dazu pinke, zehn Zentimeter hohe High Heels mit Pfennigabsätzen. Ihre jetzt dauergewellten dunkelbraunen Locken umspielten ihr stark geschminktes Gesicht, und an den Ohren baumelten Plastikohrringe. In ihren schmalen Händen hielt sie eine Pumpgun.

Ich sah sie ungläubig an, dann drehte ich mich zur Couch, wo meine echte Mutter zu einem kläglichen Häufchen zusammengesunken war. Ihr linker Arm und ihr linkes Bein zuckten, und sie starrte mit leerem Blick gen Boden.

Dann betrachtete ich noch einmal das Blatt Papier in meiner Hand. Es war immer noch leer. Ich sah wieder zu der Mutter im Flur, die nun auf mich zukam.

»Totengräber«, sagte sie sanft, während sie flink eine Patrone in die Kammer der Waffe lud.

»Totengräber!«, quiekte sie dann, zog das Ä lang, bis sie klang wie ein verletztes Tier. Sie kam auf mich zu und zielte mit der Schrotflinte direkt auf mein Gesicht. Ich sah sie ungläubig an. Ihre Augen hinter dem Lauf, die eigentlich hellblau hätten sein sollen, waren nun komplett schwarz – nicht nur die Iris, sondern auch die Augäpfel.

»Totengräber!«, schrie sie, als die Waffe in ihren Händen einen Satz machte und es in ihrem Lauf aufblitzte.

Ich fuhr im Bett hoch und sah mich panisch und schlaftrunken im Zimmer um. Die junge asiatische Frau saß in einem alten Holzstuhl neben mir und rauchte. Ich fühlte mich schwach, und mir war heiß. Mein Gesicht war schweißbedeckt. »Mein Gott, gibt es denn keine Gnade?«, murmelte ich.

Sie beobachtete mich stoisch dabei, wie ich den Kopf drehte und mich mehrmals im Raum umsah, bis ich wieder wusste, wo ich war.

»Besser?«, fragte sie.

Ich nickte. Mir war schlecht.

»Hast du Hunger? Möchtest du etwas frühstücken?«

»Mir ist übel«, sagte ich und hatte dabei kaum genug Luft und Energie, um die einzelnen Silben herauszubringen. Ich rang nach Atem, und in meinem Mund sammelte sich Speichel. Ein schlechtes Zeichen.

»Du hast gestern Abend stark nach Alkohol gerochen, also habe ich Antonio eine Schüssel bringen lassen, falls du dich übergeben musst. Sie steht neben dir auf dem Boden«, sagte sie nüchtern.

Neben dem Bett stand ein alter hölzerner Nachttisch und davor auf dem Boden eine weiß emaillierte Waschschüssel, wie man sie früher benutzte, bevor es fließendes Wasser gab. Ich – oder besser gesagt Wassili – hatte in Bulgarien eine ganz ähnliche besessen. Als ich mich über die Bettkante beugte, um zu sehen, worauf sie deutete, reichte das völlig aus, damit ich mich übergab, und zwar gleich dreimal schnell hintereinander.

»Auf dem Nachttisch liegt ein Handtuch. Ich sehe mal nach Antonio und dem Frühstück.« Sie ging, bevor ich mich sauber gemacht hatte. Ich übergab mich noch ein weiteres Mal, dann kam Antonio herein. Er wischte die Schweinerei weg und gab mir einen sauberen, warmen Waschlappen, dann nahm er das dreckige Handtuch und die volle Waschschüssel mit. Als er gegangen war, lehnte ich mich zurück und versuchte zu rekonstruieren, was alles in der letzten Nacht geschehen war. Ich schob die Bettdecke weg und hob den linken Fuß an, damit ich ihn sehen konnte. Eine Linie aus roten Punkten zog sich über den weißen Verbandmull.

»Wie geht's dem Fuß?«, fragte sie und trug ein Tablett mit Essen herein.

»Gut.«

»Brauchst du eine neue Schüssel?«

Ich schüttelte den Kopf und zog die Decke über meine Brust, als sie näher kam. Ich war nackt.

»Ich dachte mir schon, dass es dir heute Morgen nicht so besonders gehen wird. Deswegen habe ich Antonio gebeten, dir ein ordentliches Frühstück zu machen: Rührei, Toast und Tomatensaft.« Sie stellte das Tablett vor mir ab, setzte sich wieder in den Stuhl neben dem Bett und schälte sich selbst eine Orange.

Ich nahm die Gabel, schluckte die Spucke herunter, die sich schon wieder in meinem Mund sammelte, und aß. Binnen Minuten ging es mir besser. Ich verputzte alles, während sie ihre Orange schälte, die einzelnen Fruchtstücke herauslöste und verzehrte.

»Danke für das Frühstück, und dafür, dass ich bleiben durfte. Für alles. Du hattest recht, ich muss ziemlich betrunken gewesen sein, denn ich erinnere mich nicht daran, mich ausgezogen zu haben. Ich erinnere mich auch nicht an deinen Namen.«

Sie sah mich an und kaute. Die Art, wie sie mich musterte, machte mich nervös. Wenn einen jemand anstarrt, geht das normalerweise mit einer gewissen Entschlossenheit und Anspannung einher. Doch in ihrem Gesicht war nichts als völlig entspannte Selbstsicherheit zu erkennen. Sie schluckte und räusperte sich. »Meine Freunde nennen mich Poppy.«

»Wie nennen dich deine Patienten?«, erwiderte ich.

Sie lächelte und streckte mir ihre schmale Hand entgegen. »Hallo, mein Name ist Poppy.«

Ich beugte mich zu ihr vor und legte meine rechte Hand in ihre. »Evan Michaels.«

»Ja, ich weiß. Ich habe dich gestern Nacht ausgezogen, als du bewusstlos warst. Dein Portemonnaie ist auf den Boden gefallen und aufgeklappt, als ich deine Hose zusammengelegt habe. Ich hoffe, das ist okay – deine Sachen waren voller Blut, und ich wollte die Bettwäsche nicht ruinieren.«

Ich nickte. »Danke. Du siehst nicht aus wie eine Nonne«, bemerkte ich, immer noch etwas irritiert.

»Danke ... Ich nehme an, das sollte ein Kompliment sein?«

»Wir sind hier doch in einer Kirche, oder nicht?«

Sie lächelte. »Ach so. Das war mal eine, vor langer Zeit. Ich wohne hier«, sagte sie und betrachtete die alten, holzverkleideten Wände. »Sobald es dir besser geht, machen wir eine Führung durchs Haus.«

Ich fragte mich, ob sie mich bei ihr bleiben lassen wollte, bis mein Fuß geheilt war. Die Gastfreundlichkeit, mit der sie mich bis jetzt behandelt hatte, wäre sogar für eine Nonne viel zu großzügig. Das machte mich misstrauisch.

»An was erinnerst du dich noch?«, fragte sie.

»Ich bin mir nicht sicher. Ich erinnere mich an eine Waffe, an die Badewanne, das Nähen der Wunde. Was fehlt?«

»Eigentlich nichts«, sagte sie und verfiel wieder in ihr entspanntes Schweigen.

»Lebst du allein hier?«

»Nein, Antonio wohnt auch hier.«

»Also nur ihr beide?«

»Ja.«

»Warum hast du mir gestern Abend geholfen, anstatt die Polizei zu rufen?«

Sie blickte zur Decke, als ob die Antwort dort geschrieben stünde.

»Ich kann die Polizei nicht leiden und weiß noch nicht mal, wofür sie überhaupt gut ist«, sagte sie. »Ich habe dir geholfen, weil du Hilfe brauchtest. Und weil du mich an jemanden erinnerst, den ich einmal kannte.«

»Da hab ich aber Glück. Hast du noch eine Lendts für mich?«

Sie zog das orange-weiße Päckchen hervor, gab mir eine Zigarette und Feuer. »Wie viele Stiche?«, fragte ich.

»Zwölf, die Wunde sollte sich gut schließen. Ich denke, sie wird ohne Probleme verheilen.«

»Wie lange sollen die Fäden drinbleiben?«

»Etwa fünf Tage. Wir wechseln bald den Verband. Wenn wir das regelmäßig machen, verheilt die Wunde schneller.«

»Gut«, sagte ich und fragte mich dabei, wie bald der Verband gewechselt werden würde und wann ich hier wohl verschwinden musste. Je länger ich meinen Fuß nicht zu belasten brauchte, desto besser. »Du hast gestern gesagt, dass du einmal Ärztin warst. Wo war das?«

»Hier und da, aber reden wir nicht von mir, sondern lieber von dir. Woher kommst du?« Sie nahm sich ebenfalls eine Zigarette.

»Von einer Farm in Minnesota.«

»Hast du Geschwister?«

»Nein.«

»Und warum bist du nach Los Angeles gekommen, Evan Michaels?«

Es gefiel mir, wie sie meinen Namen aussprach. »Nachdem ich Minnesota verlassen hatte, bin ich ein bisschen durch die Gegend gereist. In L.A. hat es mir einfach gefallen. Hier lebt es sich angenehm.«

Sie lächelte. »Ja, das stimmt. Das liegt an der Anonymität.«

Ich nickte. Es war seltsam angenehm, mit ihr über mich zu sprechen, so als ob ich ihr vertrauen könnte – auch wenn ich mir das nicht erlaubte, schon aus Gewohnheit nicht. »Was möchtest du sonst noch wissen?«

»Was machst du so?«, fragte sie.

»So ziemlich alles, wenn ich Geld dafür kriege.«

Sie lachte. »Die Antwort gefällt mir. Wo wohnst du?«

»In einem Hotel Nähe Slauson Avenue und Crenshaw Boulevard.«

Sie legte den Kopf schief. »Ziemlich ungemütliche Gegend, oder?«

»Ja, aber dafür billig. Hier scheint es aber auch nicht viel sicherer zu sein.«

»Na ja, hier ist es nicht mehr so, wie es mal war, mit der Zeit verändert sich so ein Viertel. Was hattest du gestern Nacht hier zu suchen?«

Ich zog lange an der Lendts, während ich mir eine Geschichte ausdachte.

Sie unterbrach meinen Gedankengang. »Bevor du mir jetzt eine Lüge auftischst, denk dran, dass ich die Polizei nicht geholt habe und es auch weiterhin nicht vorhabe. Als ich dir gestern Nacht die Klamotten ausgezogen habe, ist mir aufgefallen, dass dein Haar am Hinterkopf angesengt ist, und dein Nacken hat auch was abbekommen.«

Ich verschluckte mich fast angesichts dieser Warnung. Wieder dieser Blick, der mich so verunsicherte, er schien mich förmlich zu durchleuchten. »Und was, wenn mir nicht ganz wohl dabei ist, dir das zu verraten?«

Sie dachte einen Moment lang nach, bevor sie antwortete. »Dann würde das aber ein schlechtes Licht auf meine Gastfreundlichkeit werfen, oder?«

Ich saß in der Falle. Sie war echt gut. »Bekomme ich noch eine Zigarette?«, fragte ich und drückte die alte im Aschenbecher auf dem Nachttisch aus. Sie gab mir eine. Ich lehnte mich gegen das Kopfteil des Betts und zog lang an der neuen Zigarette. »Ich war gestern Abend bei einem Brand.«

»Ja, das dachte ich mir. Ich habe die Feuerwehr vorbeifahren gehört. Anscheinend war es das alte Lynnman-Lagerhaus drüben an der Marion Avenue.«

»Das stimmt«, gab ich zu und konnte gar nicht glauben, dass ich das so freimütig erzählte.

»Hmmm«, murmelte sie. »Bist du verheiratet? Hast du Kinder?«

»Nein«, antwortete ich prompt, froh darüber, dass sie das Thema wechselte. »Ich muss mal«, schob ich hinterher und wechselte es damit gleich noch einmal.

Sie lächelte mich an. »Wie wir das am besten machen, habe ich mir noch gar nicht überlegt. Ich schaue mal, ob ich ein paar Krücken finde«, sagte sie und verließ das Zimmer.

Als sie gegangen war, setzte ich mich vorsichtig auf und schwang meine Beine über den Bettrand. Sobald ich meinen Fuß Richtung Boden bewegte, pulsierte er wieder. Ich rutsche seitwärts in Richtung des Fußendes und sah dahinter auf die Truhe, zu der sie während unserer Unterhaltung ab und zu geblickt hatte. Darauf lagen eine Unterhose – nicht die, die ich gestern getragen hatte –, meine Lederjacke, mein Portemonnaie und die hundertfünfzig Dollar, die ich bei mir gehabt hatte.

Ich lehnte mich über den Rand, griff nach der Unterhose und zog sie mir über die Beine, wobei ich darauf achtete, nicht den Verband zu berühren. Portemonnaie und Geld steckte ich in die Jacke und rutschte dann wieder zurück zum Kopfende des Betts.

Sie kam mit einer einzelnen Krücke zurück, die aussah, als stammte sie noch aus dem Bürgerkrieg. Der obere Teil, den man sich unter die Achsel klemmte, bestand aus einem klobigen, grob behauenen Holzstück, und der untere Teil war nicht mehr als ein teilweise in sich verdrehter, glatt polierter Ast. Es gab keinen Griff, man musste sich wohl an dem Ast festhalten, wo auch immer man ihn zu fassen bekam.

Ihr Blick huschte zu der Unterhose, die ich jetzt trug, und dann wieder zu meinen Augen. »Sehr gut. Willst du es probieren?«

»Ja, unbedingt.« Ich musste wirklich dringend pinkeln.

»Tut mir leid, ich habe nur eine gefunden.« Sie hielt mir die Krücke hin. Ich stand auf und verlagerte mein Gewicht darauf, wobei mir sofort klar wurde, dass es nicht lange dauern würde, bis meine Achsel schlimmer schmerzte als mein Fuß. Meine Hand passte perfekt in eine glatt gescheuerte Verkrümmung auf etwa halber Länge des Astes.

»Das ist eine echte Antiquität, oder?«, fragte ich und machte vorsichtig einen Schritt, wobei ich mich auf ihrer Schulter abstützte.

Sie sah die Krücke einen Moment lang an. »Ja, sie ist mittlerweile wohl etwas alt«, meinte sie dann.

Ihre Worte hallten in meinem Kopf nach, während ich einen weiteren Schritt machte. *Sie ist mittlerweile wohl etwas alt.* Das klang so vertraut, dass es unheimlich war, wie etwas, was ich sagte, wenn ich nicht aufpasste. Nachdem Wassilis und Bobbys Erinnerungen ein Teil von mir geworden waren, war etwas Merkwürdiges passiert: Ich verlor mein Zeitgefühl. Es geschah so unauffällig, dass ich es die ersten paar Jahre gar nicht merkte. Und auch heute passiert es mir noch manchmal, dass ich Dinge aus meiner Vergangenheit zeitlich falsch verorte. Zu meinen Erinnerungen gehörten wichtige historische Begebenheiten aus der Zeit Wassilis, zum Beispiel die Eröffnung des

Panamakanals oder der erste Flug der Brüder Wright – und dann las ich plötzlich in der Zeitung vom fünfzigsten oder fünfundsiebzigsten Jubiläum dieser Begebenheiten. Und erst da wurde mir klar: Hey, das ist vor langer Zeit passiert. Wassilis und Bobbys Erinnerungen sind für mich genauso deutlich wie meine eigenen, und auch wenn ich immer zuordnen kann, um wessen Erinnerungen es sich handelt, bilden sie in meinem Kopf eine ununterbrochene Zeitleiste. Ereignisse, die während ihrer Lebenszeit passiert sind, habe ich genauso miterlebt – nur wurden sie im Stillen älter, ohne dass ich das bemerkte. *Sie ist mittlerweile wohl etwas alt.* Ich dachte weiter darüber nach, wie vertraut das klang und wie seltsam es war, so etwas von jemand anderem zu hören. Aber vielleicht hatte sie sich nur unglücklich ausgedrückt.

Die Tür führte direkt in den Kirchenraum. Dieser Raum, den ich schon einmal in benebelter Dunkelheit durchquert hatte, wirkte im hellen Tageslicht riesig. Die Wände der Langseiten waren bis zu einer Höhe von viereinhalb Metern mit Holzpaneelen bedeckt, dann neigten sie sich nach innen und trafen sich in einem hohen Gewölbe. Der ganze weite Raum mit dem Dielenboden war leer bis auf zwei einsame alte Kirchenbänke zu beiden Seiten vor der kleinen Bühne, wo sich einst der Altar befunden hatte. Die Rückwand war aus grob behauenen Steinen. Ich erkannte sie wieder, letzte Nacht hatte ich sie von außen gesehen. Die drei hohen Buntglasfenster mit spitzen gotischen Bögen leuchteten nur schwach im fahlen Licht, sodass ich die darauf dargestellten Szenen nicht erkennen konnte. Ich drehte mich zu Poppy um. »Wie spät ist es?«

Sie sah nach oben und zeigte auf die Uhr an der Wand über mir. »Halb neun. Abends.«

Dieser unerklärliche Zeitverlust trug zu meiner Desorientierung bei. »Wow, was hast du mir da gespritzt?«

»Laudanum.[4] Das kann einen schon mal für eine Weile ausknocken, wenn man nicht daran gewöhnt ist.«

Sie war offensichtlich daran gewöhnt. Meine Krücke machte bei jedem Schritt ein Geräusch auf dem Holzboden, das in dem großen Raum widerhallte.

»Die letzte Tür auf der rechten Seite. In dem Badezimmer warst du heute Nacht schon. Ich warte hier draußen auf dich«, sagte sie und ging zu einer der Kirchenbänke.

Ein paar Minuten später war ich fertig, und sie half mir zurück ins Schlafzimmer. Es war unmöglich zu laufen, ohne den Fuß doch ein wenig zu belasten, und als wir wieder im Schlafzimmer ankamen, tat er weh.

»Schmerzt der Fuß?«, fragte sie.

»Merkt man das?«

»Ja, du hast ihn weniger belastet als auf dem Hinweg.«

»Stimmt, er tut weh. Ich würde mich gerne hinlegen.« Ich hielt im Türrahmen an und sah mich noch einmal in dem Raum um. Dann setzte ich mich auf das Bett, legte meine Beine hoch und seufzte dabei tief. Poppy blieb in der Tür stehen.

»Es tut mir leid, aber ich muss jetzt gehen und mich um ein paar Dinge kümmern. Antonio wird dir etwas Obst und ein paar Bücher aus meiner Bibliothek bringen. Ruh

---

4 Bei dem, was Poppy hier als »Laudanum« bezeichnet, handelt es sich wohl eher um Morphium oder Heroin. Ihre Verwendung des Begriffs könnte euphemistisch zu verstehen sein. Laudanum, ein Opiat, das man mit Alkohol zu einer Tinktur verdünnte, war im neunzehnten Jahrhundert ein beliebtes Analgetikum.

dich aus, wir sehen uns morgen früh. Wenn du etwas brauchst, gib einfach Antonio Bescheid.«

»Danke, gute Nacht.« Ich wusste nicht, was ich sonst noch sagen sollte. Ich hatte schon seit Langem niemandem mehr vertraut, doch nun regte sich dieses seltsame und ungewohnte Gefühl in mir, sobald sie in meiner Nähe war. Trotzdem konnte ich die Frage, warum sie einem völlig Fremden, der gerade von der Polizei angeschossen worden war, mit so viel Hingabe half, nicht ignorieren. Normal war das nicht. *Ich möchte gerne wissen, an wen ich sie erinnere*, dachte ich, während ich zu der weiß verputzten Decke hochblickte.

Es war beinahe mitleiderregend, dass Misstrauen meine erste Reaktion auf jede Art von Freundlichkeit war. Ich glaube nicht, dass Wassili seinerzeit genauso reagiert hätte. Falls es in dieser Welt noch so etwas wie Altruismus gab, hatte ich ihn in dieser Stadt noch nie erlebt.

# 6

REGEN PRASSELTE AUF DAS DACH und hallte durch den Kirchenraum, Blitze ließen die Fenster hell aufleuchten. Antonio war mir gegenüber etwas freundlicher, als er mir das Obst und die Bücher brachte. Es waren drei uralte Bände: Kants *Kritik der reinen Vernunft*, eine Gedichtsammlung von John Donne und J.M.E. McTaggarts *Some Dogmas of Religion.*[5]

Die meisten Werke Kants waren mir aus Wassilis Erinnerungen vertraut, denn er hatte sich in seinen späteren Jahren für Philosophie interessiert. Ich nahm den *John Donne* und las ein paar Gedichte, deren Stimmung durch die näher kommenden Donnerschläge noch verstärkt wurde.

Das dritte Buch, *Some Dogmas of Religion*, war das neueste. Es sah aus wie eine Collegeausgabe aus den Fünfzigern, und der Titel klang, als wäre seine Lektüre trocken genug, um mich zum Einschlafen zu bringen. Ich hatte noch nie von Dr. McTaggart gehört, aber als ich hundertzwanzig Seiten seines Werks verschlungen hatte,

---

5 J.M.E. McTaggart war ein in seiner Heimat England angesehener hegelianischer Philosoph und überzeugter Atheist. In *Some Dogmas of Religion* geht er einigen interessanten Facetten der Reinkarnation nach. Insbesondere stellt er die Theorie auf, dass uns Interessen, Begabungen und Fähigkeiten unserer früheren Inkarnationen vererbt werden. Also zweifellos eine interessante Lektüre für Evan Michaels.

suchte ich bereits in der Bibliografie nach weiterführenden Titeln.

Der erste Abschnitt behandelte Religion und Dogma und war genauso trocken, wie ich es erwartet hatte. Beim nächsten Teil, in dem es um menschliche Unsterblichkeit ging, wurde ich aber wieder wach. Und die dann folgende Sektion über menschliche Präexistenz war eine echte Offenbarung. McTaggart war Metaphysiker gewesen und hatte um die Wende zum zwanzigsten Jahrhundert in Cambridge gelehrt. Und er glaubte an die Wiedergeburt.

Seit mir bewusst geworden war, dass ich etwas Besonderes war, hatte ich viele Bücher über Reinkarnation gelesen. Aber alles, was ich bislang dazu gefunden hatte, bewegte sich im Kontext östlicher Philosophien. Einige Elemente des Hinduismus und Buddhismus konnte ich nachvollziehen, aber sie waren nicht das Richtige für mich, weil ich das ihnen zugrunde liegende Konzept des Karmas nicht akzeptieren konnte. Keine Erfahrung, die ich bislang in meinen drei Leben gemacht hatte, hatte die Vorstellung von karmischer Schuld bestätigt.

Aber McTaggart hatte einen anderen Ansatz:

Selbst die besten Menschen befinden sich bei ihrem Tod nicht in einem solchen Zustand intellektueller und moralischer Vollkommenheit, der es ihnen erlauben würde, sofort in den Himmel einzugehen […]. Dies ist allgemein bekannt, und üblicherweise nimmt man eine von zwei Alternativen an, die diesem Umstand Rechnung tragen können. Die erste ist, dass im Augenblick des Todes eine gewaltige Verbesserung eintritt – eine Verbesserung, die in keinem Verhältnis zu dem steht, was jemals im Leben beobachtet werden kann [...]. Die andere und wahrscheinlichere Alternative ist, dass der Prozess der allmählichen Verbesserung in jedem von uns auch nach dem Tod des gegenwärtigen Körpers nicht abgeschlossen ist.

Wenn die zweite, wahrscheinlichere Variante von McTaggarts Alternativen zutraf, hieße das auch, dass wir uns alle in mehr als einem Leben behaupten müssten. Und mehrere Leben bedeutete mindestens drei: das jetzige, das davor und das danach. Doch wahrscheinlicher war, dass es noch mehr gab.

McTaggart untermauerte seine Theorie von der Pluralität der Leben und der Präexistenz damit, dass sich typische Fähigkeiten und Neigungen dadurch erklären ließen, dass diese in einem vergangenen Leben gekannt und praktiziert wurden. Und dass der Charakter eines Menschen direkt von den nicht mehr erinnerten Erlebnissen vergangener Leben geformt werde.

Ich streckte mich auf dem Bett aus und drückte das Buch an mich. Welche Genugtuung, endlich auf einen Text gestoßen zu sein, der sich mit meinem Problem beschäftigte. Der Sturm war abgeflaut, aber nach der Lektüre des Buches war ich zu aufgeregt, um einzuschlafen.

Ich fühlte mich klaustrophobisch in meinem Zimmer und beschloss, im Kirchenraum weiterzulesen. Leise hüpfte ich zur Kirchenbank. Die Schrift war im fahlen Licht des anbrechenden Morgens kaum zu entziffern. Ich hatte die ganze Nacht gelesen.

Ich saß in dem schwachen, vielfarbigen Licht, das durch die hohen bunten Glasfenster fiel, und fragte mich, warum sie ausgerechnet diese drei Bücher für mich ausgewählt hatte – ganz besonders das von McTaggart. Selbst in einer Bibliothek mit Zehntausenden von Büchern hätte sie für mich nichts Passenderes finden können als dieses Werk. Kein normaler Mensch interessierte sich für so etwas, und niemand würde so etwas einem Gast zu lesen geben. Ich nahm mir vor, sie zu fragen, ob ich das Buch behalten dürfte.

Draußen wurde es heller, und ich konnte nun verschiedene Formen und Szenen in den bunten Glasfenstern vor mir erkennen. Die drei Fenster bestanden aus insgesamt neun verschiedenen Szenen. Ich studierte jedes Detail, während sie in der morgendlichen Stille Form annahmen. Eines nach dem anderen erwachten sie zum Leben und begannen, in lebendigen Rot-, Blau-, Gelb- und Weißtönen zu leuchten. Ich bewunderte die darauf dargestellten Dinge leicht verwirrt etwa eine halbe Stunde lang, ohne dass mir irgendetwas bekannt vorgekommen wäre. Keine der Darstellungen hatte, soweit ich es erkennen konnte, etwas mit der Bibel zu tun. Durch Wassili kannte ich mich gut mit dem orthodoxen Christentum aus, außerdem war ich ein wenig mit dem Protestantismus vertraut und konnte mir nicht vorstellen, dass katholische Darstellungen radikal anders sein sollten – sofern dies überhaupt eine katholische Kirche gewesen war.

In den ersten beiden Abschnitten war ein und dieselbe Hauptperson zu sehen: ein junger, indianisch aussehender Mann. Er war dünn und hatte mittellanges glattes schwarzes Haar. In der ersten Szene saß er an einer Werkbank und bewunderte ein Schmuckstück. Derselbe junge Mann war in dem mittleren Abschnitt des linken Fensters zu sehen. Hier saß er auf einem Felsen über einer Pueblo-Siedlung, wie es sie im Südwesten der USA gibt, und küsste eine junge Frau.

In der dritten und vierten Szene – im unteren Abschnitt des linken Fensters und im oberen Abschnitt des mittleren – war eine andere Hauptperson zu sehen: ein hochgewachsener schwarzer Junge. Zuerst ritt er auf einem Schimmel durch eine weite Landschaft, und dann tanzte er in einem Pueblo-Dorf, das dem in der zweiten Szene ähnlich sah, um ein Feuer. Es wirkte wie eine Zeremonie.

Im mittleren Abschnitt dieser drei Fenster war eine Frau aus dem Nahen Osten zu sehen. Sie war allein, trug ein rotes Kleid, goldene Ketten und Stirnbänder, an denen mehrere blutrote Tücher festgesteckt waren. Ihre Augen schienen aus dem Glas heraus direkt in meine Seele zu blicken. In der Szene darunter ruderte ein weißer Mann in einem Boot von einer brennenden Insel davon. Derselbe Mann, nun etwas älter, war auch im obersten Abschnitt des rechten Fensters zu sehen. Er wurde nachts von einer in einen Mantel gehüllten Gestalt mit einem Dolch durch eine alte europäische Stadt verfolgt. Die tiefen Blau-, Lila- und Grautöne der nächtlichen Szene verliehen diesem Bild eine besonders intensive Wirkung.

Das nächste Fenster gefiel mir am besten. Es zeigte einen blassen, dünnen Mann in einem barocken französischen Kostüm. Dazu trug er eine gepuderte Perücke und einen aufgemalten Schönheitsfleck. Er blickte geradeaus und hatte in der rechten Hand eine Steinschlosspistole neben seinem Kopf wie zum Duell erhoben. Hinter ihm war in einem Garten mit blühenden Kirschbäumen die Silhouette seines Gegners zu sehen. Es war ein wahres Meisterwerk. Ich konnte die Anspannung in seinem Gesicht sehen und seine Emotionen geradezu spüren. Es gab keinen Zweifel daran, dass es für diesen Mann um Leben und Tod ging. Sein selbstbewusster Gesichtsausdruck verriet keine Angst. Und wenn man ihn lange genug betrachtete, schien er fast ein Lächeln zu unterdrücken. Das letzte Bild zeigte denselben Mann, wie er in einer Werkstatt eine orange Glaskugel blies und in Form brachte.

Ich saß da und betrachtete die Szenen in verschiedener Reihenfolge in dem Versuch, mir einen Reim darauf zu machen. Die Sonne war nun über den Horizont gestiegen, erleuchtete die Glasfenster und zauberte Hunderte farbige Lichtflecken auf den Dielenboden um mich herum. Ich sah nach unten zu den Büchern auf der Kirchenbank und bemerkte, dass auch sie in buntes Licht getaucht waren.

»Morgens ist es hier besonders schön, oder?«

»Poppy?«

»Hier oben.«

Ich riss mich von dem farbigen Licht los und blickte nach oben zu der Empore am anderen Ende des Raums. Die Unterseite dieser Empore hatte ich bereits bemerkt, mir war aber nicht bewusst gewesen, dass sie sie als Schlafzimmer benutzte. Poppy stand am Geländer und sah zu mir herunter. Sie hatte ihren schwarzen Morgenmantel eng um die schmale Taille geschlungen.

»Ja, es ist wunderschön …«

»Welches der Fenster gefällt dir am besten?«, fragte sie, noch bevor ich meinen Satz beenden konnte.

Ich drehte mich um und betrachtete die verschiedenen Szenen. »Das da«, sagte ich und deutete auf das rechte Fenster. »Der Duellant. Definitiv.«

»Geht mir auch so.«

»Wer sind die alle?«, fragte ich und ließ den Duellanten dabei nicht aus den Augen.

Sie schwieg, bis ich mich wieder zu ihr umdrehte. »Unwichtige historische Persönlichkeiten. Ich habe die Gläser selbst geschnitten, koloriert und zusammengesetzt. Ich stehe immer mit der Sonne auf, um die Fenster im Licht zu sehen.«

»Du hast die gemacht? Beeindruckend.« Ich drehte mich wieder um, um sie zu bewundern. »Wo hast du die Idee dazu her? Warum gerade diese Personen? Diese Szenen wirken ziemlich persönlich ... So echt.«

Ich drehte mich wieder um und sah zu ihr hoch. Sie stand immer noch am Geländer, hatte die Arme vor der Brust verschränkt und starrte mich an. »Warte kurz, ich bin gleich unten.«

Ich griff nach der Krücke und den Büchern und hüpfte, nur mit der geliehenen Unterhose bekleidet, durch den Kirchenraum. Als ich ein paar Schritte gemacht hatte, kam Antonio aus seinem Zimmer. Er war unrasiert und sein dichtes weißes Haar ganz zerzaust. Sein frisches weißes Hemd von der kubanischen Art, die man sich nicht in die Hose steckt, hatte er in der Eile schief zugeknöpft, was ihm eine deutliche Schlagseite nach links verlieh. Er wirkte überrascht, mich zu sehen.

»Guten Morgen«, sagte ich und lächelte ihn an.

Antonio drehte sich zu Poppy um, die nun am unteren Ende der Treppe erschien, und sprach auf Spanisch mit ihr.

»Hast du Hunger?«, fragte sie mich.

Ich nickte eifrig.

»Was hältst du von verlorenen Eiern, Croissants und Kaffee?«

»Klingt gut.«

»Das Frühstück ist in zehn Minuten fertig. Antonio

bringt dir einen Bademantel.« Sie ging wieder nach oben und sprach dabei laut auf Spanisch mit Antonio.

Ich trug die Bücher in mein Zimmer. »Frühstück in fünf Minuten«, sagte er herzlich, als er mir den Bademantel brachte.

Ich zog den Mantel über und machte mich auf den Weg in die Küche, aus der mir das Klirren von Geschirr entgegenhallte. Bei Tageslicht und klarem Verstand entdeckte ich in dem Kirchenraum Details, die mir vorher nicht aufgefallen waren.

Vor den großen Holztüren der Kirche befand sich ein Vorraum mit einem nicht mehr benutzten steinernen Taufbecken, das aussah wie ein leeres Vogelbad. Die Empore über mir stand auf Holzpfeilern, die Decke darunter hatte normale Höhe. Die Treppe nach oben befand sich an der linken Seite der Eingangstür.

Als ich in die Küche kam, füllte Antonio gerade drei Wassergläser und stellte sie auf den gedeckten Tisch. Er deutete auf den Stuhl direkt neben der Tür.

»Wie viele?«, fragte er dann und hielt einen Eierkarton in die Höhe.

»Drei, aber als Rührei bitte. Wie gestern.«

Er nickte und machte sich an dem Gasherd an die Arbeit. Die Küche war mit einer Menge moderner Gerätschaften ausgestattet. Normalerweise wäre mir das nicht weiter aufgefallen, aber hier schien die Küche der einzige moderne Raum zu sein.

Als Antonio gerade den Saft verteilte, kam Poppy herein. »Guten Morgen.«

»Guten Morgen«, antwortete ich.

»Wie geht es deinem Fuß? Hast du Schmerzen?«

»Ja, ein bisschen, aber es ist schon besser.«

»Hier.« Sie gab mir ein Döschen mit Tabletten. »Die habe ich oben gefunden. Sie sollten gegen die Schmerzen helfen.«

»Danke.« Ich stellte das Döschen auf den Tisch und nahm eine Gabel. Erst als wir fast fertig mit dem Frühstück waren, sagte sie wieder etwas.

»Wie hast du geschlafen?«

»Eigentlich gar nicht.«

»Warum? Ich hoffe, der Sturm hat dich nicht wach gehalten?«

»Ich mag keine Blitze, aber daran lag es nicht. Ich habe die ganze Nacht gelesen.«

»Hat dir meine Buchauswahl gefallen?«

»Ja, sehr interessant. Ich wollte dich fragen, warum du gerade die für mich ausgesucht hast.«

»Das sind die letzten drei Bücher, die ich gelesen habe.«

Ich nickte nachdenklich und aß meine Eier.

»Warst du einfach in Lesestimmung oder hat dich irgendetwas daran besonders interessiert?«

»*Some Dogmas of Religion* hat mich fasziniert. Ich habe auch ein paar Gedichte gelesen, aber das Buch von McTaggart hat mich wach gehalten.« Ich suchte in ihrem Gesicht nach irgendeiner Reaktion.

»Das ist interessant. Ich hätte nicht gedacht, dass dir ausgerechnet das gefällt. Was hat dich daran so fasziniert?«

Ich steckte mir den letzten Bissen Ei in den Mund, um etwas Zeit zu gewinnen. »Es ist anders als alles, was ich jemals im Bereich westlicher Philosophie gelesen habe.« Das klang lahm.

»Liest du viel Philosophie?«

»Ein bisschen. Kant, Hegel, Hume und ein paar andere.«

Ich griff nach den Tabletten. »Wie viele davon soll ich nehmen?«

»Zwei«, meinte Poppy und klang etwas enttäuscht über den Themenwechsel. »Du siehst müde aus, Evan. Willst du dich ausruhen?«

»Ja. Kann ich später vielleicht ein Bad nehmen?«

Sie tupfte sich ihre Mundwinkel mit der weißen Stoffserviette ab. »Im Spanischen sagt man *mi casa es su casa* – das heißt, mein Haus ist auch dein Haus.«

Die Kirche schien verlassen, als ich am Nachmittag aufstand, um das Bad zu nehmen. *Wenn das hier auch mein Haus ist, dann habe ich ein wunderbares Zuhause*, dachte ich, als ich durch die leere Kirche ging. Ich hatte immer davon geträumt, so zu wohnen. Nicht unbedingt in einer Kirche, aber in einem schönen Gebäude wie diesem hier, das mir gehörte. Der Gedanke, dass das hier mein Haus war, erfüllte mich mit Stolz – auch wenn das nur eine Höflichkeitsfloskel gewesen war.

Das heiße Bad war wunderbar. Ich trocknete mich gerade ab, als es an der Badezimmertür klopfte. Kaum war ich in meinen Bademantel geschlüpft, als Poppy schon die Tür öffnete und mir meine Kleidung gab.

»Antonio hat sie gerade aus dem Trockner geholt. Ich dachte, du hättest deine Sachen gerne wieder.«

»Danke.« Ich musste lachen. »Irgendwie sage ich das ständig zu dir.«

Sie lächelte. »Das kannst du gerne noch eine Weile so beibehalten, denn wir müssen deinen Fuß neu verbinden.«

»Gute Idee.«

»Zieh dich an, ich bin gleich wieder da.«

Ich machte mich fertig und nahm den alten Verband ab, bevor sie zurückkam.

»Sehr gut«, sagte sie und betrachtete meinen nackten weißen Fuß, der aus dem schwarzen Hosenbein herausragte. »Los geht's. Heb bitte das Bein hoch.« Sie ging in die Knie und inspizierte meine Wunde. »Sie ist schon dabei, sich zu schließen. Achtung, das könnte jetzt etwas wehtun.« Sie schmierte etwas weiße Salbe auf die genähte Stelle. Dabei strich sie sanft mit den Fingern über die Wundnaht und suchte in meinen Augen nach einer Reaktion. »Tut das weh?«

»Nein, überhaupt nicht.«

»Das ist ein gutes Zeichen.«

Ich riss mich von ihrem Blick los und sah mich im Badezimmer um. »Du wohnst wirklich schön, Poppy. Wie bist du da drangekommen?«

Sie rollte etwa einen halben Meter frischen Verband ab. »Noch mal Achtung. Ich werde den Fuß ziemlich fest verbinden.« Zuerst tat es weh, doch nachdem sie den Verband dreimal um meinen Fuß geschlungen hatte, ließ der Schmerz nach. »Ich habe es geerbt, zusammen mit viel Geld«, antwortete sie dann, während sie weiter Verband um meinen Fuß wickelte.

»Das dachte ich mir schon. Eine junge Frau wie du kann sich so ein großes Haus normalerweise nicht leisten. Entschuldigung, das klang jetzt bescheuert. Ich meinte, dass …«

Sie lächelte. »Ich verstehe schon. Du hast recht in Bezug darauf, dass eine junge Frau wie ich normalerweise nicht in den Genuss von so einem Luxus kommt. Ich genieße dieses Privileg schon so lange, dass ich oft vergesse, wie das nach außen wirken muss. Ironie des Schicksals, denn ich verdiene fast genug, um mir all das hier auch so leisten zu können.«

»Was machst du beruflich?«

Sie wickelte den Verband vorsichtig bis zu meinen Zehen weiter. »Evan, vor dir steht einer der letzten echten Glasmaler.«

»Was meinst du mit *echt*?«

»Das ist eine gute Frage.« Sie wickelte weiter Verband um meinen Fuß. »Die heutigen Buntglasfenster sind, wenn sie überhaupt noch aus Glas bestehen, Massenprodukte. Sie werden in großen Platten hergestellt und mit stinknormaler Industriefarbe gefärbt. Deswegen wirken sie so flach und leblos, wenn man sie mit den alten, traditionell hergestellten und gefärbten Fenstern vergleicht.

Früher wurde Glas von Hand hergestellt. Egal, wie erfahren der Handwerker war, in unpoliertem geblasenem Glas gab es immer ein paar Unregelmäßigkeiten. Diese – heute nicht mehr vorhandenen – kleinen Unregelmäßigkeiten in Kombination mit traditionellen Farben ermöglichten jene Qualität, die du heute Morgen bewundert hast.«

»Die sind unheimlich eindrucksvoll, das muss ich zugeben. Aber kann man damit wirklich so viel Geld verdienen?«

»Der Markt ist klein, aber die Zahl derer, die diese Kunst noch beherrschen, ist noch kleiner. Was macht man also, wenn man für eine Kathedrale aus dem dreizehnten Jahrhundert ein paar Ersatzscheiben braucht?« Sie zuckte mit den Schultern. »Es gibt nicht viele, die das können.«

»Und von wem hast du dieses ausgestorbene Handwerk gelernt?«

»Mein Wohltäter, von dem ich auch dieses Haus hier geerbt habe, hat es mir beigebracht. So, fertig«, sagte sie und befestigte das Ende der Bandage. »Wie fühlt es sich an?«

»Sehr eng, aber das macht nichts.«

»Nimm noch ein paar Schmerztabletten. Je fester der Verband anliegt, desto leichter kannst du damit laufen«, fuhr sie fort. »Ich hoffe, du fühlst dich heute gut genug, um mal vor die Tür zu gehen. Ich habe mir erlaubt, Antonio einen Picknickkorb für uns zusammenstellen zu lassen. Das Wetter ist großartig.«

»Klingt wunderbar.«

»Also abgemacht. Dann mach dich in Ruhe fertig. Du darfst gerne Antonios Toilettensachen verwenden.«

Ich nickte ihr zu.

Sie blieb zögernd im Türrahmen stehen. »Evan, ich will dir nicht zu nahe treten, aber brauchst du eventuell Hilfe mit deinem Haar?«

»Sieht es so schlimm aus?«, fragte ich und fuhr mir mit der Hand über den Hinterkopf. Die verbrannte Stelle fühlte sich rau und verfilzt an, wie das Fell eines verwahrlosten Hundes.

»Es ist ja schon feucht, ich schaue mal, was man damit machen kann.« Sie nahm eine Schere und einen Kamm vom Waschbecken und kam wieder zu mir.

»Halt das mal«, sagte sie und inspizierte das verbrannte Haar an meinem Hinterkopf, indem sie ihre schmalen Finger soweit es ging unter das verklebte Haar schob. Ich schloss die Augen und konzentrierte mich auf ihre Berührung.

»Es wird ziemlich kurz werden, hinten vermutlich kaum länger als einen Zentimeter.«

»Kein Problem, viel länger trage ich sie normalerweise auch nicht. Aber vor drei Monaten ist der Friseur, zu dem ich die letzten paar Jahre gegangen bin, gestorben, und ich habe noch keinen neuen.«

Sie strich mein Haar liebevoll in verschiedene Richtungen. »Vielleicht hast du ja gerade einen Ersatz gefunden.«

»Ja«, sagte ich mit immer noch geschlossenen Augen.

»Gib mir die Schere, Evan.«

Sie hielt einzelne Strähnen zwischen den Fingern fest und kürzte sie. Meine Kopfhaut spannte bereits weniger, als sich die verklebte Haarmatte allmählich löste.

»Du hast schöne Haare. Moment ... So, das war's«, sagte sie, während sie das angesengte Stück Haare von der Größe einer zusammengefalteten Serviette entfernte. »Gib mir den Kamm bitte.« Sie fuhr mir damit durch das Haar, bis sie es entwirrt hatte. Dann kürzte sie auch die unversehrt gebliebenen Haare.

»Hier«, sagte sie und gab mir ein Päckchen Lendts und ein Feuerzeug. »Zünde mir bitte auch eine an.« Sie schnippelte weiter an meinem Haar herum. Ich zündete zwei Zigaretten an, nahm eine aus dem Mund und gab sie ihr.

»Woher stammst du?«, fragte ich.

»Ich wurde in Osaka geboren und bin dort aufgewachsen. Aber ich bin Schweizer Staatsbürgerin.«

»Und du bist hierhergekommen, weil du die Kirche geerbt hast?«

»Im Prinzip ja«, sagte sie und kürzte das Haar um mein Ohr herum.

»Du bist mir ein Rätsel.«

»Was möchtest du wissen?«, fragte sie.

Ich achtete darauf, mich nicht zu bewegen, während sie schnitt. »Wer war denn dieser Wohltäter?«

»Pass auf deinen Fuß auf«, sagte sie und schwang ein Bein über meinen Schoß. Dann saß sie rittlings auf meinen Oberschenkeln, betrachtete abwechselnd die Länge der Haare an meinen beiden Ohren und bearbeitete dann meinen Pony. Ihr Gesicht war nur ein paar Zentimeter von meinem entfernt, und sie schaute unverwandt die Schere an, während sie schnitt.

»Eine Verwandte«, sagte sie leise. »Diese Kirche ist seit achtzig Jahren im Besitz meiner Familie.«

»Verstehe.«

Sie rutschte näher und bearbeitete nun den oberen Teil meines Kopfes. Die weiche Haut ihres Halses strich an meiner Wange entlang, als sie ihren Kopf an meinen legte, um besser sehen zu können. Das war eigentlich gar nicht notwendig – mir war völlig klar, was sie da tat. Ihre Brüste pressten gegen meinen Oberkörper, als sie ihr Gewicht auf meinem Schoß verlagerte. Es war erregend.

»Nur noch eine Minute, ich bin fast fertig«, flüsterte sie mir ins Ohr.

»Alles prima«, sagte ich.

Sie nahm den Blick von der Schere und blickte mir in die Augen. »So«, sagte sie dann, machte noch einen letzten Schnitt und stand schließlich auf. »Dir hat der McTaggart also gefallen?«

»Ja, sehr.«

»Ich habe noch mehr Lesestoff von dieser Sorte, falls du möchtest.«

»Ja, unbedingt. Interessierst du dich für dieses Thema?«, fragte ich.

»Ich interessiere mich für viele Dinge«, erwiderte sie und fuhr mit dem Kamm durch meine Haare. »So, fertig.«

»Wie sehe ich aus?«

Sie stand mit verschränkten Armen vor mir. »Du siehst gut aus, sehr attraktiv. Überzeug dich selbst.« Sie deutete auf den Spiegel über dem Waschbecken.

»Gib mir bitte die Krücke.«

Ich stand auf und ging zum Spiegel. »Das ist super geworden, danke. Ich komme gerne wieder.«

»Hmmm, wir werden sehen. Antonios Rasierzeug ist hinter dem Spiegel. Ich gehe mich schnell umziehen. Antonio hat dir deinen Schuh ans Bett gestellt.«

Sie ging, und ich betrachtete mich noch einmal im Spiegel. Sie hatte ganze Arbeit geleistet. Ich ließ das Wasser laufen, nahm Antonios Rasiercreme und seine Klinge, um dem Ganzen den letzten Schliff zu verpassen. Während ich mich rasierte, dachte ich die ganze Zeit an Poppy. Je mehr ich über sie erfuhr, desto rätselhafter kam sie mir vor.

Antonio hatte meinen Schuh geputzt, und nun stand er einsam auf dem Boden zwischen Bett und Nachttisch. Ich zog die Socke an, die ich im Schuh fand, band den Sneaker zu und hüpfte nach draußen in Richtung der Tür zum Vestibül. Ein geflochtener Weidenkorb stand am Fuß der Treppe, die hinauf zur Empore führte. Ich stolperte beinahe, als ich mich nach unten beugte, um hineinzusehen. Eine Rot- und eine Weißweinflasche lagen neben Frischkäse, aufgeschnittenem Roastbeef, einer Packung Cracker und einer Dose Kaviar. Als ich leichte Schritte auf der Treppe hörte, sah ich auf.

»Meinst du, das reicht?«, fragte Poppy.

»Ja«, sagte ich, irgendwie verblüfft bei ihrem Anblick. Gerade hatte sie noch Jeans und ein Baumwollhemd getragen. Aber nun kam sie in einem kurzen, engen schwarzweißen Kleid die Treppe hinunter. Dazu trug sie schwarze

High Heels und einen weißen Hut mit einem schwarzen Netzschleier vor dem Gesicht. In einer Hand hielt sie eine kleine schwarze Handtasche und in der anderen einen kunstvoll verzierten Gehstock. Vorsichtig umrundete sie den Korb am Fuß der Treppe.

»Hier«, sagte sie und gab mir den Gehstock. »Für dich. Ich habe ihn heute Morgen gefunden und dachte, damit hast du es leichter als mit der unhandlichen Krücke.«

Ich nahm ihn aus ihrer ausgestreckten Hand entgegen und sah ihn an. Der Schaft war fast vier Zentimeter dick und bestand aus glattem, dunklem Holz, das in einer abgenutzten Messingspitze zusammenlief. Als Knauf diente ein Drachenkopf, der sorgfältig aus demselben dunklen Holz geschnitzt worden war. Die Kunstfertigkeit und Detailfreude waren unglaublich. Jede kleine Schuppe des Reptils war minutiös herausgearbeitet worden. Das offene, fauchende Maul besaß im Ober- und Unterkiefer eine Reihe kleiner, spitzer Zähne aus Elfenbein. Zwei facettierte Augen aus blauen Edelsteinen sahen mich an und dort, wo der Kopf mit dem Schaft verbunden war, bildete ein eingelegtes Perlmuttband das Halsband des Drachen.

»Poppy, der ist ja wunderschön.« Ich drehte ihn in meiner Hand und betrachtete ihn von allen Seiten.

»Na ja, ich würde dir ja gerne viele Jahre Freude damit wünschen, aber eigentlich wäre es mir lieber, wenn du ihn nur ein paar Wochen lang brauchen wirst. Danach dient er hoffentlich nur noch als Deko.«

Ich hielt den Stock ungläubig in der Hand. »Verstehe ich das richtig? Soll das heißen, dass du ihn mir schenkst?«

»Ja, er gehört dir.«

»Ich … Ich weiß nicht, was ich sagen soll. Ich meine, die Augen, die sehen aus wie …«

»Saphire?«, soufflierte sie.

»Ja, Saphire.«

»Das sind auch welche.«

»Ich verstehe nicht ganz«, sagte ich verwirrt.

»Probier ihn mal aus«, erwiderte sie und forderte mich mit einer Geste dazu auf, wie ein Model auf und ab zu laufen. Ich war so verblüfft, dass ich gehorsam das Taufbecken umrundete. Der Stock erleichterte mir das Gehen erheblich. Er hatte genau die richtige Länge, genau das richtige Gewicht und lag perfekt in der Hand.

»Steht dir gut.« Sie begutachtete mich zufrieden. »Und die Drachenaugen haben dieselbe Farbe wie deine, sehr schön.«

»Poppy, warum tust du das?« Ich bemühte mich um einen ernsthaften Gesichtsausdruck. Sie erwiderte meinen Blick mit ebenso ernster Miene. »Ich nehme mal an, dass du mich verarztet hast und dass ich hierbleiben durfte, hat mit deinem schlechten Gewissen zu tun, nachdem du mich fast erschossen hättest. Aber das hier«, sagte ich und hielt den Stock in die Höhe, »das hier geht viel zu weit. Ich will wissen, warum du das tust.«

Sie hörte auf, mich anzustarren, blickte zur Decke und atmete langsam aus, bevor sie mich wieder ansah. »Ich zeig dir, warum.«

# 7

»VORSICHT AUF DER TREPPE«, sagte Poppy und setzte sich unter dem Schleier eine dunkle Sonnenbrille mit Hornrand auf. Sie griff nach dem Weidenkorb und öffnete eine der großen Portaltüren zur Welt da draußen. Ich folgte ihr, und sie schloss die Türen hinter uns. Die Nachmittagssonne strahlte am Himmel, und ich musste meine Augen abschirmen, denn die Granitstufen hinunter zur Straße reflektierten das Licht. Als ich zehn Stufen gegangen war, drehte ich mich zu der Fassade der Kirche um, in der ich die letzten zwei Tage verbracht hatte. Ein etwa dreieinhalb Meter hoher gotischer Bogen aus grob behauenem Kalkstein überspannte die beiden schweren Türflügel. Weiter oben an der Fassade befand sich ein rundes Buntglasfenster. Der Glockenturm zur linken Seite überragte den restlichen Bau um etwa sechs Meter. Vor den kleinen offenen Bögen war Drahtgitter angebracht, damit keine Vögel hineinflogen.

Poppy war auf der Hälfte der Treppe, als Antonio aus einem glänzend schwarz lackierten alten Cadillac stieg. Das aus den frühen Sechzigerjahren stammende Modell war in einem makellosen Zustand. Antonio umrundete die Vorderseite des Wagens und nahm den Picknickkorb, dann öffnete er die hintere Tür für Poppy. Er trug eine schwarze Stoffhose und schwarze Schuhe, dazu dasselbe, nun aber korrekt zugeknöpfte, weiße kubanische Hemd mit den kurzen Ärmeln und eine schwarze Chauffeurmütze, die sein weißes Haar fast vollständig verdeckte. Mit der Hand an der offenen Tür sah er mir zu, wie ich langsam die Treppe hinunterstieg. Ich ließ mich neben Poppy auf die breite Rückbank fallen, und er schloss die Tür.

Der Cadillac war sehr geräumig. Zwischen Rück- und Vordersitzen war etwa eineinhalb Meter Platz – ganz offensichtlich, um Abstand zum Chauffeur zu schaffen. Die grauen Lederbezüge und der ebenfalls graue Teppich sahen brandneu aus, ebenso wie die Einlegearbeiten aus poliertem knotigem Walnussholz an den Armlehnen und am Armaturenbrett.

Antonio platzierte den Picknickkorb auf dem Beifahrersitz und setzte sich hinter das Steuer. Während er den Wagen startete, gab Poppy ihm einen kurzen Befehl auf Spanisch und dann waren wir in Richtung Downtown L. A. unterwegs.

Als wir uns etwa eine Meile von der Kirche entfernt hatten, holte Poppy eine zehn Zentimeter lange Zigarettenspitze und dazu die mir mittlerweile vertraute orangeweiße Schachtel mit den türkischen Zigaretten aus ihrer Handtasche. Sie blickte mich durch ihre dunklen Gläser an und hielt mir die offene Packung hin. Ich nahm eine Zigarette und beobachtete sie dabei, wie sie ihre in die schmale silberne Spitze steckte. Dann schob sie das dünne Ende der Zigarettenspitze durch eine der weiten Maschen ihres Schleiers, öffnete eine Abdeckung an der hölzernen Armlehne an der Tür und drückte auf den Zigarettenanzünder. Ich hielt den Gehstock in der linken Hand und tat dasselbe mit dem Zigarettenanzünder auf meiner Seite.

Ich hatte leichte Gewissensbisse, weil ich ihr Geschenk hinterfragt hatte. Ob sie nun glaubte, dass mich ihre Gastfreundschaft ebenso misstrauisch machte? Das stimmte zwar, aber ich wollte trotzdem nicht, dass sie so von mir dachte. Dummerweise war es dafür aber bereits zu spät. Ich beschloss, nun vorerst zu schweigen, bis wir den Picknickplatz erreichten oder sie von sich aus etwas sagte. In der Stille fragte ich mich, welche Überraschungen am Ende der Fahrt auf mich warteten.

Poppys Anzünder sprang zuerst heraus. Ich betrachtete ihr Profil, während sie ihn an ihre Zigarette hielt. Sie war ebenso elegant wie rätselhaft. Dann sprang auch mein Anzünder mit einem klickenden Geräusch heraus. Während ich rauchte, sah ich aus dem Fenster. Es war ein wunderschöner Tag. *Heute Abend muss ich Henry anrufen. Ich hätte mich gestern schon melden sollen*, dachte ich, steckte den Anzünder zurück in seine Halterung und schloss die Abdeckung darüber.

Antonio fuhr in langsamem Tempo durch Wohngebiete und mied weitgehend größere Durchgangsstraßen, außer um in das nächste Viertel zu gelangen. Poppy blickte geradeaus und sprach nur noch ein weiteres Mal mit ihm. Ich sah ebenfalls nach vorne, und manchmal verstohlen zu ihr hinüber. Sie hatte die rechte Hand über die linke gelegt, und ich konnte das Tattoo sehen, das mir schon vorher aufgefallen war. Es war mattschwarz und hob sich deutlich von ihrer schönen Haut ab.

Wir fuhren am niedrigen Zaun des großen Evergreen Cemetery[6] entlang, hinter dem sich hintereinander drei

6 Der Evergreen Cemetery befindet sich östlich der Innenstadt an der Ecke 1st Street und Evergreen Avenue. Es handelt sich dabei um den ältesten Friedhof von L.A. Evans Beschreibung als Oase der Ruhe mitten in der Stadt ist sehr zutreffend.

kleine Hügel voller Grabmäler erhoben. Als er nach rechts in den Friedhof abbog, drosselte Antonio die Geschwindigkeit, bis wir fast standen.

Ich drehte mich zu Poppy um und öffnete den Mund, um etwas zu sagen, hielt aber inne, als ich bemerkte, dass sie mich bereits ansah. »Wir sind fast da. Ich hoffe, du hast Hunger.« Ein leichtes Lächeln umspielte ihre Mundwinkel.

»Ja, habe ich«, sagte ich, sobald sich die erste Überraschung gelegt hatte. Ich blickte wieder aus dem Fenster und wartete weiter ab. *Ein Picknick auf dem Friedhof, das ist mal wirklich was anderes*, dachte ich.

Antonio ließ den Wagen in respektvollem Schritttempo weiterrollen.

Je weiter nach hinten wir kamen, umso älter sahen die Grabsteine aus. Zwei Friedhofsgärtner auf großen Aufsitzrasenmähern tuckerten einen Moment lang neben uns her, bevor sie wie Kampfjets im Formationsflug abschwenkten und Slalom um eine lange Reihe von Grabmälern aus Granit fuhren. Der vordere Teil des Friedhofs war mit den hellbraunen Rechtecken frischer Gräber übersät. Wir sahen Blumengestecke und Trauernde. Weiter hinten dagegen, auf dem dritten Hügel, standen Bäume im grünen Gras, was die Idee eines Picknicks etwas weniger seltsam erscheinen ließ. Alte graue Kreuze über Soldatengräbern, Grabsteine und große Mausoleen standen einsam und verlassen da wie die Reste einer aufgegebenen Stadt. In diesem ältesten Teil des Friedhofs gab es keine Blumengestecke und keine Besucher. Nur Friedhofsgärtner, Vögel und Eichhörnchen leisteten den Toten Gesellschaft. Dies war vermutlich der friedlichste und ruhigste Ort in der ganzen Stadt.

Wir rollten außer Sichtweite der Gärtner mit ihren Rasenmähern und erreichten einen Abschnitt mit großen Grabsteinen und Grabgewölben, an denen Jahreszahlen aus dem späten neunzehnten Jahrhundert standen. Antonio bugsierte den Cadillac einen schmalen Weg zwischen den Gräbern entlang und hielt dann zwischen einigen mittelgroßen Familiengräbern.

»Wir sind da«, sagte Poppy und drückte ihre Zigarette aus.

Antonio stieg aus und öffnete erst ihre, dann meine Tür. »Hier ist es wunderschön, Poppy. Das wäre mir nie eingefallen«, sagte ich und stützte mich auf den Gehstock. Die Geräusche der weit entfernten Stadt waren kaum noch hörbar.

»Komm.« Sie nahm Antonio den Picknickkorb ab. »Da drüben ist es.« Dann sagte sie noch etwas auf Spanisch zu Antonio und warf einen Blick auf seine Uhr. Während er davonfuhr, folgte ich Poppy auf den Friedhof.

Sie ging mit forschen Schritten vor mir her. Trotz des Gehstocks fiel mir das Gehen auf dem weichen Rasenuntergrund schwer, und ich war schon versucht, ihr zuzurufen, dass wir doch auch gleich hier picknicken könnten. Sie lief in Richtung eines großen, grauen Mausoleums. Zwei dicke Säulen bewachten eine doppelflügelige, schmiedeeiserne Tür. Als wir uns näherten, flitzten zwei Eichhörnchen davon. Über dem Türbogen war dort, wo man den Namen der Familie erwarten würde, das Symbol von Poppys Tattoo in den Marmor des verwitterten und mit Wasserflecken übersäten Baus gemeißelt worden. Erst jetzt wurde mir klar, dass sie ein ganz bestimmtes Ziel ansteuerte.

Ich behielt mein gleichmäßiges langsames Tempo bei,

während sie den Picknickkorb vor der Tür abstellte und sich zu mir umdrehte. Frische lila Blumen schmückten die Metallvasen vor den beiden Säulen. Die umgebenden Grabsteine waren groß und reich verziert. Ich warf im Vorbeigehen einen Blick darauf: »Phillip Clairmonte 1820 – 1892« war am unteren Ende eines zweieinhalb Meter hohen Obelisken zu lesen, »Regina Duncan 1888 – 1889« ruhte unter einem verwitterten, in Lebensgröße dargestellten knienden Lamm.

»Das hier ist ein ganz besonderer Ort für mich«, sagte Poppy, als ich nur noch etwa zwanzig Schritte von ihr entfernt war.

»Warum?«

»Hier liegen meine Wohltäter begraben.«

Nun wurde mir auch klar, warum sie sich umgezogen hatte, und ich kam mir in meinen Jeans und dem T-Shirt etwas komisch vor. Zumindest war beides schwarz. Die lila Orchideen vor dem Mausoleum waren der einzige Blumenschmuck weit und breit. »Kommst du oft hierher?«

»Immer dann, wenn ich in Ruhe nachdenken möchte«, sagte sie und holte einen schwarzen, altertümlich aussehenden Schlüssel aus ihrer Handtasche, schloss auf und öffnete dann nacheinander beide Türflügel.

Das Innere der Grabstätte wurde zu meiner Überraschung von zwei kleinen Oberlichtern erhellt. Ein Lichtstrahl fiel mitten auf den Boden, der andere auf die Wand zur linken Seite. An beiden Seitenwänden waren glänzende Messingplaketten über einfachen Steinbänken angebracht.

Sie griff nach dem Korb und ging hinein. Ich blieb zögernd in der Tür stehen, während sie den Korb auf einer der Bänke platzierte, sich daneben hinsetzte, den Schleier hob und die Sonnenbrille abnahm. »Willst du nicht reinkommen?«

Dies schien mir die richtige Gelegenheit, das Thema, das mir auf den Nägeln brannte, noch einmal anzusprechen. »Du wolltest mir doch noch etwas über den hier erzählen«, sagte ich und klopfte mit der Messingspitze des Gehstocks auf den Steinboden.

»Warum fragst du nicht die da?«, antwortete sie und deutete auf die Messingschilder an der ihr gegenüberliegenden Wand.

*Die da?*, dachte ich, als ich zu ihr hineinging. Die Luft im Inneren war kühl. *Die da*. Ich drehte Poppy den Rücken zu und betrachtete die Gedenktafeln. Die vom einfallenden Licht beleuchtete strahlte so hell, dass man die anderen nur mit Mühe lesen konnte. Sie war etwa sechzig Zentimeter breit und vierzig Zentimeter hoch. Auf ihr standen nur ein Name, ein Geburts- und ein Todesjahr: »Graciela L. Cruz 1889 – 1977«.

»Graciela Cruz – war sie deine … Hast du von ihr gesprochen?«, fragte ich und drehte mich zu Poppy um.

Poppy hatte zwei Weingläser neben den Korb auf die Bank gestellt. »Ja, sie hat die Kirche gekauft. Was hättest du gerne zuerst, roten oder weißen?«

»Weißwein bitte.«

»In Ordnung. Ich dachte, wir fangen mit Kaviar und Frischkäse an.«

»Hmm«, murmelte ich. »War das ihr Gehstock?«

»Nein, der ist von Louis.«

»Wer?«

»Louis, hier auf dieser Seite«, sagte sie und deutete auf die dunkle Wand hinter ihr.

Es dauerte ein paar Sekunden, bis meine Augen sich von dem in der Sonne leuchtenden Messing auf der anderen Seite umgewöhnt hatten. Es waren sechs Plaketten, jeweils drei in einer Reihe, alle mit Namen und Daten versehen. Sie zeigte auf die mittlere in der unteren Reihe: »Louis Lucas de Nehon 1657 – 1723«.

Ich las wieder und wieder die Jahreszahlen. Dabei umklammerte ich den Gehstock neben meinem Bein und rechnete kurz nach: Der Stock war über zweihundertfünfzig Jahre alt. Ich hatte mir schon gedacht, dass er ein paar Jährchen auf dem Buckel hatte, aber ich hätte nie geglaubt, dass er so alt war. Der Drachenkopf schien in meiner Hand wärmer zu werden, als ich über den Wert dieses Geschenks nachdachte. Was ging hier nur vor sich?

Mein Blick wanderte weiter zu den Plaketten daneben, während ich im Kopf meine nächste Frage formulierte. Die Plakette zur Linken trug die Inschrift »Marco Parcalus 1630 – 1657«, die zur Rechten lautete »Colleen Korin McGregor 1723 – 1761«. So langsam erkannte ich ein Muster in den Jahresangaben. Ich richtete mich auf, um die oberste Reihe zu betrachten. »Nez-Lah 1506 – 1524«, »Bando 1524 – 1540« und »Bahram Al-Malick 1540 – 1630« war hier von links nach rechts zu lesen. Der Stock machte ein Geräusch auf dem Steinboden, als ich mich umdrehte, um die Schilder an der anderen Wand anzusehen. »Diana Marie Duggan 1761 – 1824« stand in der oberen Reihe links und »Dr. Hans M. Roder 1824 – 1889« in der Mitte. Graciela zur Rechten strahlte immer noch im Sonnenlicht. Die Plaketten der unteren Reihe waren unbeschriftet.

Alles verschwamm vor meinen Augen, als ich über meine eigene Zeitachse nachdachte: drei Leben, ununterbrochen von 1892 bis heute. Nun ergab alles einen Sinn:

die Waschschüssel aus Emaille, die klobige Krücke, McTaggart und der Gehstock. Ich strich mit der Hand über das warme Messing von Gracielas Gedenktafel, während verschiedene Gedankenfetzen in meinem Kopf miteinander verschmolzen. Sie war drei Jahre älter als Wassili gewesen. Ich drehte mich zu Poppy um. Sie starrte mich wieder an, aber dieses Mal war ich darauf gefasst. »Ich glaube, jetzt habe ich es verstanden«, sagte ich mit fast brechender Stimme.

»Das glaube ich auch«, sagte sie, und ihre Miene wurde freundlicher. »Du bist wie ich, stimmt's?«

Ich sah sie eine Weile unverwandt an, zu überwältigt, um etwas zu sagen. Dann nickte ich. *Du bist wie ich.* Die Worte hallten in meinem Kopf wider. Dort, wo sich bis vor ein paar Sekunden meine Realität befunden hatte, herrschte nur noch Leere. *Du bist wie ich.* Ich hätte nie gedacht, dass ich wie irgendjemand anderes sein könnte. Oder, andersherum betrachtet, dass es jemanden geben könnte, der so war ich.

Poppy entkorkte die Flasche und füllte die Gläser. »Setz dich.« Sie tätschelte die Bank mit der Hand. »Setz dich und trink etwas Wein.«

Ich ließ mich neben ihr nieder. Mein Weinglas musste ich mit beiden Händen festhalten, damit es nicht zitterte. Ich trank es zur Hälfte aus, aber es half nicht gegen meinen trockenen Mund. »Ich weiß nicht, was ich sagen soll.« Ich stellte mein Glas wieder auf der Bank ab.

»Nicht so schlimm, Evan, das verstehe ich. Ich kenne das aus eigener Erfahrung. Nimm dir Zeit, wir haben jede Menge Proviant dabei«, sagte sie und öffnete den Korb.

Ich war immer noch wie erstarrt, vermutlich wirkte ich geradezu katatonisch. Aber in meinem Inneren tobte es. Mich nach so vielen Jahren jemandem anzuvertrauen machte mich nervös, aber gleichzeitig freute ich mich unbändig über die Möglichkeit, dass das alles wahr sein könnte. Ich wollte unbedingt mehr herausfinden, fühlte mich gleichzeitig aber auch unbehaglich bei dem Gedanken, dass ich dann nicht mehr einzigartig wäre. *Du bist wie ich.* Während der letzten drei Jahre hatte ich mir oft vorgestellt, wie es wäre, jemanden zu finden, der so war wie ich. Jemanden, der sich erinnerte.

Nach ein paar Minuten hatte ich mich wieder in der Gewalt. »Erinnerst du dich an all diese Menschen?«, fragte ich, indem ich meinen Blick über die Gedenktafeln um mich herum schweifen ließ.

»Ja, irgendwie schon, aber ich würde es nicht erinnern nennen. Ich *war* sie, jeder Einzelne von ihnen. Und sie leben in mir weiter. Ein und dieselbe Person in immer neuen Körpern, inklusive diesem hier«, sagte sie und betrachtete dabei wohlwollend ihre ausgestreckten dünnen Arme. »Dieser Körper wird einmal dort liegen.« Sie deutete auf das noch leere Schild links unten.

Ich griff nach der Kante der Steinbank in dem vergeblichen Versuch, meine sich unkontrollierbar drehende Welt nicht völlig aus den Fugen geraten zu lassen. Wenn sie wie ich war, wer oder was war ich dann? Alles hatte damit begonnen, dass ich mich an Wassili und Bobby erinnerte. Ich hatte sie mir immer als meine Vorgänger vorgestellt, mein Leben aber nie als nahtlose Fortsetzung der ihren begriffen.

»Evan?« Sie berührte leicht meinen rechten Arm. »Alles klar?«

Ich betrachtete die leeren Plaketten in der unteren Reihe, die künftig ebenfalls als Epitaphe dienen würden.

»Ich … Also … So habe ich das noch nie gesehen. So betrachtet ändert sich alles.«

»Wie meinst du das?«

Ich drehte mich langsam zu dem ältesten Schild um: »1506 – 1524«. Das bedeutete, dass sie Erinnerungen aus fast fünfhundert Jahren mit sich herumtrug – sie war fünfhundert Jahre alt. »Das weiß ich gerade auch noch nicht so genau. Das ist alles so … Das, also, das war nicht, was ich mir vom heutigen Tag erwartet hatte, Poppy.« Ich lachte nervös.

Sie strich leicht über meinen Arm, während sie mir nachschenkte. »Ich musste es dir einfach sagen«, erwiderte sie und machte mit der Weinflasche in der Hand eine ausholende Geste. »Ich hatte mir vorgenommen, es dir sofort zu sagen, sobald ich mir sicher bin, denn ich weiß, wie es ist, wenn man nicht Bescheid weiß.«

»Was bin ich?«, fragte ich.

Sie lächelte mich ein paar Sekunden lang an. »Der Fachausdruck für uns lautet *Palingenesisten*.«[7]

»Was heißt das?«

»Das kommt aus dem Griechischen und bedeutet wiedergeboren, im wörtlichen Sinn. Aber wir bezeichnen uns selbst als Infinite, also Menschen, die sich komplett an ihre vergangenen Leben erinnern.«

Ich nickte mechanisch, während ich darüber nachdachte, ob sie sich wirklich und wahrhaftig an all die Menschen auf diesen Gedenktafeln erinnerte.

---

7 Dass Poppy hier diesen Begriff verwendet, ist bemerkenswert. Das Wort Palingenese beschreibt die metaphysische Doktrin der Seelenwanderung oder, laienhaft ausgedrückt, der Reinkarnation.

»Wie alt bist du?«, fragte sie.

»Einundzwanzig.«

»Nein.« Sie zwickte mich in den Unterarm. »Ich meine nicht das Alter deines Körpers. Du bist so alt wie dein Verstand.« Sie hob die Hand und berührte ihre Schläfe mit dem Finger. »Hier oben, meine ich.« Ihre dunklen Augen loderten.

Ich wusste, was sie meinte, aber ich war immer noch zu durcheinander, um es auszurechnen. »Seit 1892.«

»Wie viele Reisen?«

»Wie?«

»Entschuldige: Leben, ich meine, an wie viele Leben erinnerst du dich?«

»Das hier ist mein drittes.«

Sie kramte in dem Korb herum und holte den Kaviar, die Cracker und den Frischkäse hervor. »Wie lang weißt du schon, dass du anders bist?«

»Seit drei, vier Jahren.«

Sie sah mich neugierig an. »Das kann nicht sein. Siebzehn ist ein normales Alter, in dem man anfängt, sich zu erinnern, aber du hast gesagt, das sei deine dritte Reise.«

»Ja.«

»Hast du dich an nichts erinnert, als du zum ersten Mal wiedergekommen bist?«, fragte sie.

*Wiederkommen* – so konnte man es wohl nennen, wenn man es wie sie betrachtete. »Nein. Ich kann mich erst seit drei oder vier Jahren an die vorherigen Leben erinnern.«

»Interessant«, sagte sie und sah mich mit zusammengekniffenen Augen an. »Wie alt warst du, als du gestorben bist?«

Ich sah zur Decke, als stünde es dort geschrieben. »Vierundsechzig beim ersten und sechs beim zweiten Mal.«

»Ah, das erklärt einiges. Bei deiner zweiten Reise bist du zu früh gestorben, deswegen hast du dich erst bei deinem dritten Leben an die beiden vorhergehenden erinnert. Wirklich sehr interessant.«

»›Reise‹? Das ist eine komische Bezeichnung. Warum nennst du das ›Reisen‹?«

»Nach einer Weile kommt es einem so vor. Wenn die Lebensjahre sich immer weiter addieren, wird einem irgendwann klar, dass diese physischen Körper nur etwas Temporäres sind«, sagte sie und musterte mich von Kopf bis Fuß. Die Art, wie sie mich ansah, war unangenehm, so als wäre ich eine Art lebender Leichnam.

»Du hast gesagt, ich sei beim zweiten Mal zu früh gestorben, um mich zu erinnern. Was hast du damit gemeint?«

»Dein physisches Alter ist einundzwanzig, richtig?«

Ich nickte.

»Du hast dich vor etwa drei Jahren zum ersten Mal erinnert. Das bedeutet, dass die Veränderung mit achtzehn eingetreten ist.«

»Was für eine Veränderung? Das verstehe ich nicht.«

»Damit meine ich, dass du angefangen hast, dich daran zu erinnern, wer du bist, oder vielmehr wer du einmal warst – je nachdem, wie man es betrachtet. So war es doch, oder?«

Ich nickte.

»Das ist normal, das passiert bei jeder neuen Inkarnation, wenn der Körper erwachsen wird, normalerweise im Alter zwischen siebzehn und achtzehn. Das wäre auch bei deiner zweiten Reise geschehen, wenn du alt genug geworden wärst.«

*Das ist normal. Normal* war ein Wort, das schon lange

nicht mehr auf mich zutraf. *Du bist so normal wie ich*, dachte ich und sah ihr dabei zu, wie sie die Kaviardose öffnete. »Warum ist das so?«, fragte ich.

»Wer weiß das schon.« Sie zuckte mit den Schultern. »Ich jedenfalls nicht. Und ich versuche schon seit ein paar Jahrhunderten, genau das herauszufinden. Es ist immer derselbe Ablauf, so viel ist sicher. Du verlebst eine normale Kindheit, bis dein Körper erwachsen wird und dich plötzlich all diese Erinnerungen überrollen. Manchmal braucht es viele Jahre, bis man sie alle sortiert hat, manchmal geht es auch schneller. Jedes Mal wird es ein bisschen einfacher, weil du dich erinnerst, dass du bei deinen vorherigen Reisen genauso verwirrt warst. War es schwer für dich, als die Erinnerungen an die anderen Leben hochkamen?«

»Ja. Ich dachte, dass ich verrückt werde.«

»Es ist immer sehr verwirrend. Da hast du gerade angefangen, dich an die Veränderungen in deinem heranwachsenden Körper zu gewöhnen, und dann bricht diese Flut von Erinnerungen über dich herein. Du weißt nicht mehr, wer du bist oder wer du einmal sein wirst.«

»Ich frage mich immer noch, was aus mir werden soll«, sagte ich.

»Zum Glück gibt es diese amnesische Periode, wie ich sie nenne«, fuhr Poppy fort. »Die Zeitspanne, nachdem man einen neuen Körper bekommen hat und sich noch nicht erinnert. Ich finde es schön, sich für eine Weile unschuldig und frei zu fühlen, bevor man wieder mit seiner Vergangenheit konfrontiert wird. Warst du glücklicher vor der Veränderung?«

»Ja.« Darüber musste ich nicht lange nachdenken.

»Ja, so geht es mir meistens auch. Hast du schon mal

iranischen Kaviar probiert?« Sie platzierte einen Klecks winziger schwarzer Fischeier auf einem mit Frischkäse bestrichenen Cracker.

»Nein.«

»Wirklich? Du bist über hundert Jahre alt, und das ist dir bis jetzt entgangen?«, sagte sie und gab mir den Cracker. »Du kannst *echt* von Glück reden, dass ich dich gefunden habe.«

Ich biss ein kleines Stück ab. Es schmeckte intensiv nach Fisch und Salz. »Gut.«

»Noch einen?«

»Bitte. Und da du es gerade ansprichst: Woher wusstest du, dass ich wie du bin?«

»Das habe ich schon am ersten Abend gemerkt.«

Ich zog erstaunt die Augenbrauen hoch, während sie mir einen weiteren Cracker reichte.

»Ja. Nach so langer Zeit erkenne ich die Anzeichen. Du erinnerst dich vielleicht nicht – du warst in einer ziemlich schlechten Verfassung, nachdem du die Treppe heruntergefallen warst –, aber du hast es mir im Prinzip selbst gesagt. In dem Moment, als ich fast auf dich geschossen hätte – übrigens auf deinen eigenen Wunsch hin, wenn ich das hinzufügen darf –, hast du gesagt, dass du vermutlich sowieso wieder zurückkommen würdest.«

»Daran erinnere ich mich. Hat dir das als Hinweis gereicht?«

»Es war erst einmal nur ein Verdacht. Aber als ich dir die Zigarette gab, wusste ich es. Du kannst Türkisch weder sprechen noch lesen oder schreiben, richtig?«

Ihre Frage verwirrte mich. »Ich kenne ein paar Ausdrücke. Ich war eine Zeit lang in Istanbul. Vor diesem Leben hier.«

»Das dachte ich mir«, sagte sie aufgeregt, griff in ihre Handtasche und nahm eine Packung Lendts heraus. »Kannst du das hier lesen?«, fragte sie und zeigte auf die kleinen türkischen Wörter unter der englischen Schrift.

»Nein, das kann ich nicht. Das konnte ich noch nie. Aber ich weiß, was da steht.«

»Wirklich?«, hakte sie nach.

»Da steht *Seit Jahrhunderten bewährter Geschmack.*«

»Das ist der Beweis. Dort stand früher einmal *Seit Jahrhunderten bewährter Geschmack*, aber sie haben den Werbeslogan Ende der Sechzigerjahre geändert – also vor deiner letzten Wiedergeburt. Ab da war ich mir so gut wie sicher und habe das Buch benutzt, um dich zu ködern. Und nach deiner Reaktion darauf hatte ich gar keine Zweifel mehr. Ich glaube nicht, dass irgendjemand auf dieser Erde die ganze Nacht aufbleiben würde, um McTaggart zu lesen. Es sei denn, er ist wie ich. Der Mann schreibt derart gespreizt und trocken, dass man schon nach einem Kapitel wahnsinnig wird.«

Sie hatte wirklich ein Gespür dafür, auf was sie achten musste. Ich hatte gar nicht gemerkt, dass ich ihr so viele Hinweise gegeben hatte. »Was steht da jetzt?«, fragte ich und zeigte auf die Zigarettenschachtel.

»*Der Stolz der Türken* oder so was. Ich kann es auch nicht lesen, aber ich erinnere mich daran, dass der Slogan geändert wurde. Ich rauche diese Marke schon seit sehr langer Zeit.«

»Als Antonio mir die Bücher brachte, habe ich etwas geahnt. Dein Köder, wie du es nennst, schien mir doch ein viel zu großer Zufall zu sein.«

»Du hast es geahnt?« Poppy lächelte verlegen.

»Ein bisschen.« Ich lächelte zurück.

»Ich habe dich außerdem überprüfen lassen, nur um sicherzugehen«, fügte sie vorsichtig hinzu.

»Wie bitte?« Vor Angst bekam ich einen Kloß im Hals.

»Ich habe in deinen Patientenakten nach psychischen Erkrankungen gesucht. Wenn du einem normalen Menschen anvertraust, wer du wirklich bist, kann dir das leicht eine Diagnose als schizophren, wahnhaft oder etwas Ähnliches einbringen. Es wäre nicht das erste Mal, dass so etwas passiert.«

»Und was hast du gefunden?«

»Nichts. Da gibt es nichts in die Richtung. Hätte ich etwas finden sollen?«

»Nein, ich habe außer meinen Eltern nie irgendjemandem davon erzählt.«

»Aber jetzt mir«, sagte sie und legte ihre zarte Hand auf meine und drückte sie. »Erzähl mir von Istanbul.« Ihre Augen leuchteten.

»Okay, aber dafür muss ich etwas weiter ausholen. Schenkst du mir etwas Wein nach?«

Poppy füllte mein Glas und machte noch ein paar Cracker fertig, während ich zu erzählen begann. Meine Geschichte jemandem – egal wem – zu erzählen und dabei nicht nur mein eigenes Gesicht im Spiegel zu sehen, dessen Mund sich bewegte, machte mich nervös.

»Ich wurde 1892 in einem kleinen bulgarischen Dorf nordwestlich von Warna als Wassili Blagawitsch Arda geboren. Er war – ich war – das einzige Kind eines Bauern, also stellte sich gar nicht die Frage, was einmal aus mir werden sollte. Ich arbeitete auf dem Hof meines Vaters, bis ich dreiundzwanzig Jahre alt war. Dann trat Bulgarien in den Krieg gegen die Alliierten ein und alle alleinstehenden Männer in meinem Dorf wurden zwangsrekrutiert. Ich war bis zum Ende des Ersten Weltkriegs in der Armee.

Danach arbeitete ich zwei Jahre lang wieder auf dem Hof, bis zum Tod meines Vaters. Ich erbte das Land und heiratete im Jahr darauf meine Frau Wanja. Fünfundzwanzig Jahre, bis zum Ende des nächsten Krieges, haben wir zusammen ein friedliches Leben auf unserem Bauernhof geführt. Dann nahmen uns die Kommunisten unser Land weg und warfen uns beide ins Gefängnis. Meine Frau hat es nicht überlebt. Ich wurde 1948 entlassen und schaffte es am Ende desselben Jahres über die Grenze in die Türkei. Meine letzten Lebensjahre verbrachte ich in Istanbul.«

»Hattet ihr Kinder?«, fragte Poppy in die nächste Pause hinein.

»Nein, wir konnten keine …«

»Wie hat dir die Stadt gefallen?«

»Istanbul war ein Schock für jemanden wie mich, der aus dem ländlichen Bulgarien kam. Es war vielleicht ein bisschen wie heute L.A.: Jeder versucht, irgendwie über die Runden zu kommen. Die Stadt zieht Menschen aus den unterschiedlichsten Kulturkreisen an, und es ist immer etwas los. Am Anfang war ich dort einsam, zum Glück gab es eine große bulgarische Gemeinde mitten im ältesten Stadtteil, direkt bei der Meerenge. Dort verbrachte ich die meiste Zeit. Ich erinnere mich an die vielen Boote – hauptsächlich kleine Fischerboote.«

»Wenn du so eine starke Verbindung zu Istanbul hattest, liegt es nahe, dass es dich in diesem Leben nach L.A. gezogen hat.«

»Wer Istanbul einmal gesehen hat, vergisst es nie wieder. Die Stadt ist auf sieben Hügeln erbaut, und auf jedem steht eine beeindruckende Moschee. Vom Fenster meiner damaligen Wohnung aus sah ich nichts als Minarette und farbenprächtige Kuppeln in den Himmel ragen. Nachts und frühmorgens, wenn die Stadt noch ruhig war, hörte man die Gebetsrufe der Muezzins.«

»Klingt wunderschön.«

»Ja, das war es, aber im Vergleich zum Gefängnis war alles schön.«

»Möchtest du gerne eines Tages wieder nach Istanbul?«

»Oh ja, ich würde gerne noch einmal mein altes Haus besuchen und sehen, was sich alles verändert hat. Wahrscheinlich nicht viel, so wie ich Istanbul kenne. Aber viel lieber würde ich noch einmal nach Bulgarien. Ich möchte die Straßenschilder lesen und mich mit anderen Bulgaren unterhalten. Ich vermisse die Sprache.«

»Ich war noch nie in Bulgarien. Wie ist es dort?«

Ich aß noch einen Cracker und dachte über ihre Frage nach. »Auf dem Land sieht es so ähnlich aus wie in Idaho.«

Ich nahm die Flasche und füllte ihr Glas auf. »Aber genug von mir. Ich würde gerne etwas über deine Vergangenheit erfahren.«

»Okay«, sagte sie und sah hinauf zum Oberlicht. »Zum ersten Mal geboren wurde ich fünfhundert Meilen östlich von hier in einem kleinen Pueblo-Dorf, das heute in Arizona liegt.« Sie verstummte kurz, während sie ihr Glas wieder nahm, und ich nutzte die Pause, um noch etwas nachzubohren.

»Warst du jemals wieder dort?«

»Ja, zwei Mal.« Sie deutete zu der Bando-Plakette an der Wand hinter ihr. »1540, bei meiner zweiten Reise, bin ich noch einmal dorthin, weil ich wieder dort leben wollte. Und 1854, als die Gegend von Europäern besiedelt wurde, war ich auch noch einmal da.«

»Wie war es, noch einmal dorthin zurückzugehen?«, fragte ich und dachte dabei an mein altes Bulgarien.

»Schön und gleichzeitig schrecklich – die Dinge ändern sich, weißt du.« Sie schwieg einen Moment lang und trank. »Jedenfalls waren meine ersten beiden Leben nur kurz. Bei meiner dritten Reise bemühte ich mich sehr um ein normales Leben. Ich wurde in eine wohlhabende persische Familie verheiratet, bevor ich alt genug war, um zu merken, wer ich war. Aber mein vierter Ausflug sollte mich für immer verändern.« Sie verstummte, tauchte ihren Mittelfinger in den Wein und fuhr damit am Glasrand entlang. Eine gespenstische hohe Note brachte das Glas bei der zweiten Runde zum Singen. »Als Marco habe ich Glas für mich entdeckt.«

»Einen Moment«, unterbrach ich sie, »du warst mal Frau, mal Mann?«

»Aber sicher, das folgt dem Zufallsprinzip«, sagte sie und lachte leise.

»Entschuldige, ich wollte dich nicht unterbrechen. Es ist nur, ich hatte nicht … Es kam mir gar nicht in den Sinn, dass das möglich sein könnte.«

»Keine Sorge, du wirst auch mal als Frau geboren werden – dafür sorgt der Zufall schon. Und sobald du einmal beides gewesen bist, lösen sich Konzepte wie Geschlecht zunehmend auf. Die Grenzen verschwimmen. Das wirst du auch noch merken. Es ist cool, beides sein zu können. Es eröffnet interessante Perspektiven.«

Ich hatte schon oft darüber nachgedacht, wie es wäre, zurückzukommen und mich an dieses Leben auf die gleiche Weise zu erinnern, wie ich mich an die anderen erinnerte. Aber die nüchterne Art, in der sie darüber sprach, ließ diese theoretische Möglichkeit zur Tatsache werden.

Wenn sie tatsächlich so wie ich war, dann war sie schon viel öfter als ich in dieser Situation gewesen, in der ich mich jetzt befand – oft genug, um es als selbstverständlich zu betrachten, dass sie immer wieder neu auf die Welt kam. Der hohe Ton hielt noch ein paar Sekunden an, nachdem sie den Finger vom Rand des Glases genommen hatte. »Bitte erzähl weiter … Du hast gerade über Marco gesprochen.«

»Ja. 1630 wurde ich zum vierten Mal geboren, und zwar auf Murano als Marco Parcalus. Murano ist eine kleine Insel bei Venedig, dort waren die Glasmacher der Stadt zu Hause.[8] Ich wurde in eine Familie geboren, die seit Generationen auf der Insel lebte und arbeitete. Mein Vater gab die Geheimnisse der venezianischen Glasmacherkunst an mich weiter, wie es Tradition war. Das edelste Glas der Welt kam von dieser Insel, und ich wurde der beste Handwerker, der jemals dort an den Glasöfen gearbeitet hat.«

Es war ihr deutlich anzumerken, dass sie sich gerne an dieses Leben erinnerte. Ich wollte mehr erfahren. »In welchem Alter hast du angefangen, mit Glas zu arbeiten?«

»Mein Vater begann mit meiner Ausbildung, als ich alt genug war, eine Glasmacherpfeife zu halten. Mit fünf oder sechs, schätze ich. Er lehrte mich alles über die Herstellung von Flachglas, Bleiglas, farbigem Glas, Spiegeln und *cristallo* wie dieses hier.« Sie sah mich mit einem Auge durch das Weinglas hindurch an. »Mit sechzehn war ich

8 Bis ins achtzehnte Jahrhundert war Venedig weltweit führend in der Glasherstellung, aber produziert wurde das Glas eigentlich auf der nahe gelegenen Insel Murano, nachdem die venezianischen Glasöfen 1291 nach mehreren Bränden aus Sicherheitsgründen dorthin verlegt worden waren.

bereits ein Meister meines Fachs. Ich konnte Glas in jeder Farbe, Dicke, Textur und Form herstellen. Und ich konnte Glasplatten machen, die um die Hälfte größer waren als die der anderen Glasmacher.

Die Familien auf Murano standen sich sehr nahe. Sie hatten gar keine andere Wahl, denn wer in eine solche Familie geboren wurde, wurde auch in die Kunst des Glasmachens hineingeboren. Und deshalb durfte keiner die Insel verlassen.«

»Nie?«, fragte ich, verblüfft über die Tatsache, dass sich eine ganze Gesellschaft derart strengen Regeln beugte.

»Nie. Ich blieb also erst einmal da, aber du darfst dabei nicht vergessen, dass ich gerade ein ganzes langes und frustrierendes Leben damit verbracht hatte, so zu tun, als wäre ich normal. Bei der Vorstellung, das wieder tun zu müssen, riskierte ich lieber die Flucht.«

»Moment.« Ich sah mich in dem Mausoleum um. »Das hier sind die Menschen, die in den Szenen auf den Glasfenstern in deiner Kirche dargestellt sind, oder?« Nun begriff ich die Verbindung.

»Ja, aber wie ich schon sagte: Ich *bin* diese Menschen. Das sind Szenen aus meinen Leben.«

»Genau. Marco ist der, der von der Insel wegrudert.«

»Ja, schließlich gelang mir in einem kleinen Boot die Flucht. Offiziell durften nur Schiffe unter venezianischer Flagge im Hafen von Murano anlegen. Diese Schiffe versorgten uns mit allem Notwendigen und nahmen umgekehrt große Mengen Fensterglas, Spiegel und *cristallo* für den Handel mit nach Venedig. Auf jedem Schiff befanden sich immer etwa zehn oder fünfzehn Soldaten, die nach blinden Passagieren Ausschau hielten, wenn sie im Hafen die Ladung überprüften. Und der Statthalter war verpflichtet, alle Inselbewohner zu zählen, nachdem ein Schiff den Hafen verlassen hatte. Nur zwei Männern gelang jemals die Flucht, und die wurden schließlich von den Leuten des Dogen entdeckt und getötet.[9] Ihre Leichen wurden am Schiffsbug festgebunden zurück nach Murano gebracht, als abschreckendes Beispiel. Venedig hielt die Insel über Jahrhunderte in Geiselhaft und sorgte so dafür, dass das europäische Glasmonopol in seinen Händen blieb. Aber mir eröffnete das die Chance auf ein angenehmes Leben in Wohlstand.«

Poppy nippte an ihrem Wein. »Die Umsetzung meines Plans nahm ein ganzes Jahr in Anspruch. Meistens kamen immer dieselben beiden Schiffe zur Insel, um die Waren abzuholen. Sie wechselten sich wöchentlich ab, es sei denn, es ging um Spezialaufträge.«

Ich nickte. Völlig gefesselt von ihrer Geschichte, saugte ich jedes ihrer Worte in mich auf.

»Das Einladen der Fracht gehörte eigentlich nicht zu meinen Aufgaben, aber die Träger hatten nichts gegen eine helfende Hand einzuwenden. Ich machte also monatelang beim Beladen der Schiffe mit, bis mich die Besatzungen beider Schiffe kannten. Dann war es Zeit für meinen nächsten Schachzug.

Sie benutzten dieselben Kisten immer wieder. Die leeren brachten wir ins Lagerhaus, damit sie für die Verschiffung der nächsten Glasladung verwendet werden konnten.«

---

9 Tatsächlich war es den Glasmachern bei Todesstrafe verboten, die Lagune zu verlassen. So schützte Venedig sein europäisches Glasmonopol. Dies wird in vielen Büchern ausführlich beschrieben, insbesondere in *Mirror, Mirror* von Mark Pendergrast.

Sie verstummte einen Moment lang, den Blick gedankenversunken in die Ferne gerichtet. »Meine eigentliche Arbeit bestand darin, Glas zu blasen und zu formen, und das beherrschte kaum jemand so gut wie ich. Ich stellte wie am Fließband Stücke in Museumsqualität her: Blumen, Kugeln, Vasen, Figuren. Die verpackte ich in strohgefüllte Kisten, wobei ich jedes Stück gut sichtbar obenauf legte. Die Kisten platzierte ich heimlich in einem unbenutzten Teil des Lagerhauses. Dann wartete ich auf das nächste Schiff.

Sobald die Kirchenglocken die Ankunft des Schiffs verkündeten, ging ich wie immer zum Hafen und half beim Entladen der leeren Kisten. Als es Zeit war, das Schiff wieder zu beladen, holte ich meine Meisterstücke hervor. Ich war bei jeder fünften Kiste an der Reihe, nur nahm ich meine eigenen Kisten hinten im Lagerhaus. In den Kisten der anderen lag obenauf Stroh, meine Meisterstücke aber strahlten in der Sonne. Wenn ich mit ihnen an den Wachen vorbeiging, beobachtete ich das Gesicht jedes einzelnen Soldaten. Beim sechsten Mal hatte ich meine Wahl getroffen. Seine Augen leuchteten jedes Mal, wenn ich an ihm vorbeiging, und er verrenkte den Hals, um meine Werke besser betrachten zu können. Bei meinem nächsten Gang hielt er mich auf und hob einen großen lilafarbenen Schwan hoch, den ich gerade erst vor vier Tagen fertiggestellt hatte, um ihn zu bewundern.

Ich redete ein paar Minuten lang mit ihm und erzählte, dass ich selbst der Meister war, der dieses Kunstwerk hergestellt hatte. Er lobte mein Können und kündigte an, noch mehr von meiner Arbeit sehen zu wollen, wenn er das nächste Mal nach Murano kam. Da wusste ich, was zu tun war.

Tagsüber erledigte ich meine üblichen Aufträge, Spiegel und Glasplatten und so weiter, aber nachts heizte ich den Glasofen nur für mich an und arbeitete an meinen eigenen Werken. Das ging einen ganzen Monat lang so. Dabei entstanden neunzehn Objekte, darunter eine unheimlich schwer herzustellende Kugel aus Spiegelglas von der Größe einer Orange. Als das Schiff wiederkam, holte ich auch dieses Mal meine eigenen Kisten aus dem hinteren Teil des Lagerhauses. Der Soldat sprach mich gleich bei meinem ersten Gang an und wies mich an, meine Kisten in einer hinteren Ecke des Laderaums abzustellen. Er kam mit nach unten und sah sich jedes einzelne Stück an, sobald ich eine neue Kiste hereintrug. Mit gierigen Blicken betrachtete er meine Glasobjekte und schien seine Aufgabe darüber völlig zu vergessen. Nachdem ich die letzte Kiste hereingetragen hatte, setzte ich mich und unterbreitete ihm meinen Vorschlag.

Ich bot ihm neunzehn Glasobjekte von noch höherer Qualität als diejenigen in den Kisten um uns herum an – im Tausch gegen ein kleines Boot, das mir in drei Wochen um Mitternacht zum westlichen Ende der Insel gebracht werden sollte. Dort würde er dafür die neunzehn Stücke erhalten. Er betrachtete meine Werke, und wir wussten dabei beide, dass sie so viel wert waren, dass man damit buchstäblich einen König hätte freikaufen können.

Zu guter Letzt griff ich in meine Jackentasche und holte die Spiegelkugel hervor. Er machte große Augen. »Um Mitternacht in drei Wochen von heute an. Komm nicht zu früh und nicht zu spät«, sagte ich und legte ihm die Kugel in die Hand.

Bis zu meiner Flucht machte ich jede Nacht ein weiteres Stück fertig. Die zwanzig Glasobjekte passten in fünf

Kisten, die ich in der Nähe des verabredeten Treffpunkts im Unterholz versteckte. Ich hatte meinem Vater und den anderen Glasbläsern erzählt, dass ich spätabends noch arbeitete, um mit neuen Techniken zu experimentieren. Sie hatten sich daran gewöhnt, nachts aus dem Schornstein des Glasofens rote Funken in den Himmel aufsteigen zu sehen, und ließen mich in Ruhe. An meinem letzten Abend auf der Insel schürte ich den Ofen wie immer an, ließ mein Werkzeug aber im Regal liegen. Ich setzte mich auf einen hohen Stuhl vor den Ofen und zog an dem Seil, das die Blasebalge bewegte. Die einzigen Besitztümer, die ich bei mir hatte, waren meine Kleidung, etwas Gold, wie wir es in der Werkstatt verwendeten, und mein Tagebuch, das ich während meines siebzehnten und achtzehnten Lebensjahrs geführt hatte.

In dieser Zeit hatte ich auch damit begonnen, die Erinnerungsfetzen und Erlebnisse aufzuschreiben, die mir im Kopf herumspukten – in der Hoffnung, sie so vielleicht zu entschlüsseln und meine wahre Natur zu entdecken. Ich schürte das Feuer weiter an, bis es hell genug zum Lesen war. Es strahlte eine gewaltige Hitze aus. Ich öffnete die Lederriemen, die die losen Blätter zusammenhielten, und las jede Seite, bevor ich sie ins Feuer warf.

Zur verabredeten Zeit wartete ich im Gebüsch bei den Kisten, bis ich das Geräusch von Rudern im Wasser hörte. Der Soldat kam erst an Land, nachdem ich ihm mehrmals zugerufen hatte. Im Mondlicht sah ich einen weiteren Mann in einem zweiten Boot. Der Soldat grüßte mich erfreut und inspizierte alle zwanzig Stücke, indem er sie gegen das Licht einer Laterne hielt. Ihre Qualität stand außer Frage. Bis heute sind sie das Beste, das ich je geschaffen habe.

Die beiden Männer verschwanden schnell mit dem zweiten Boot wieder in der Dunkelheit, und ich glaubte, sie über das Geräusch der Ruderschläge hinweg »Buona Fortuna« rufen zu hören. Zuerst folgte ich mit meinem Boot dem Licht ihrer Laterne, schließlich konnte ich im Morgenlicht die Umrisse der italienischen Küste ausmachen. Ich drehte nach Westen ab und ging an Land – und dachte, ich hätte die Freiheit jenseits von Venedig erreicht.« Sie trank ihr Glas aus und stellte es neben mich.

Ich öffnete den Rotwein und füllte unsere Gläser. »Das ist eine fantastische Geschichte, Poppy. Auf dem Glasfenster war ein Mann mit einem Messer, der Marco verfolgt. Ist das der Auftragsmörder?«

»Die Auftragsmörderin«, korrigierte sie mich. »Sie hat mich drei Jahre später in Prag getötet. Aber das spielt keine Rolle. In meinem nächsten Leben machte ich mir die Geheimnisse von Murano zunutze und wurde damit reich. Davon lebe ich bis heute. Und ich habe die Glasmalerei seitdem immer weiter betrieben, damit ich nicht aus der Übung komme.«

Ich nickte und reichte ihr das Glas. Dabei fiel mir wieder das Tattoo ins Auge. »Ich würde dich gerne noch etwas fragen, Poppy.«

»Ja?«

»Das Symbol auf deiner Hand – es ist auch über der Tür draußen an der Grabstätte. Was ist das?«

»Ach das«, sagte sie und drehte die Hand, um es zu betrachten, »das ist ein *Embe*. Es ist so Tradition bei uns.«

# 8

»BEI UNS?«, fragte ich verwirrt. »Wer ist *uns*?«

»Die anderen, die wie wir sind.«

»Es gibt noch andere?« Meine Stimme wurde lauter.

»Ja«, sie nickte, »aber die sind viel älter.«

Es fiel mir schwer, einen klaren Gedanken zu fassen. In meinem Kopf drehte sich alles. »Wie viele gibt es denn noch?«

»Achtundzwanzig, mich mitgezählt. Ich gehöre zu den Jüngeren.«

*Achtundzwanzig.* Jede ihrer Antworten warf etwa zehn neue Fragen auf. »Wie alt sind die?«

»Nun ja, wir wissen aus Erfahrung, dass jeder, der einmal wiederkommt, immer wieder wiederkommen wird. Das gilt für uns alle, und so sind manche von uns wirklich sehr alt.« Sie sah auf, während sie nachrechnete. »Die Ältesten stammen aus dem ersten Jahrhundert nach Christus, das sind etwa vierzig Inkarnationen oder so. Die anderen wurden irgendwann dazwischen zum ersten Mal geboren. Du bist auf jeden Fall der Jüngste.«

»Erzähl mir von den anderen!«

»Das kann ich nicht«, sagte sie streng. »Evan, ich weiß, es ist unfair, wenn man der Wahrheit über sich selbst so nahe ist und dann doch nicht alles erfährt, aber es gibt gute Gründe ...«

»Gute Gründe? Was für gute Gründe?«, fragte ich irritiert.

Sie sah mich in ihrer gelassenen Art an. »Alle achtundzwanzig Mitglieder dieser Gemeinschaft haben sich zur Geheimhaltung verpflichtet. Ich denke, die meisten von ihnen werden dir ihre Identität erst enthüllen, nachdem du aufgenommen worden bist.«

»Aufgenommen?«

»Das gehört zu den Dingen, die ich dir sagen darf. Wir achtundzwanzig bilden eine Art erweiterten Familienkreis. Formell gehören wir alle zu einer Gemeinschaft, die vor Jahrhunderten von den Ersten, die sich gegenseitig gefunden haben, gegründet wurde. Diese Gemeinschaft nennt sich Cognomina. Das ist Lateinisch und bedeutet ›denselben Namen erinnern‹.[10] Das Tattoo«, sagte sie und strich mit dem Daumen darüber, »tragen wir alle, in jedem Leben, nachdem wir die Anhörung absolviert haben und wieder aufgenommen worden sind.«

Ich sah sie fragend an.

»Die Anhörung ist so etwas wie ein Test, den wir alle in jeder neuen Inkarnation durchlaufen müssen, bevor wir Cognomina wieder beitreten dürfen. Im Prinzip müssen wir den anderen beweisen, dass wir dieselbe Person in einem neuen Körper sind – daher der Name: *Cognomina*.«

»Wie kann man aufgenommen werden, wenn einen keiner kennt?«

»Nun ja«, sagte sie und lachte, »das ist heute auf jeden Fall einfacher als früher. Damals, noch vor meiner Zeit, wurden neue Kandidaten einfach von einem Mitglied

---

10 Poppys Verwendung der Bezeichnung »Cognomina« scheint eine Anspielung auf die römische Namensgebung zu sein, bei der ein dritter Namensteil, ein Cognomen, üblich war. Dieser Name konnte entweder geerbt oder angenommen werden.

mit einem Speer durchbohrt. Sie wurden nur akzeptiert, wenn sie wieder zurückkamen und im nächsten Leben ihren Mörder identifizieren konnten. Heutzutage muss man nur eine Jury davon überzeugen, dass man schon einmal gelebt hat: Namen, Daten, Orte, Dinge, die sich überprüfen lassen. Beim ersten Mal ist es am schwierigsten.«

»Was passiert, wenn ich durchfalle? Ich meine, was passiert, wenn man beim ersten Mal versagt?«

»Keine Sorge, Evan, du fällst schon nicht durch. Außerdem werde ich deine Fürsprecherin sein.«

»Was bedeutet das?«

»Ich werde ihnen erzählen, wie ich dich gefunden habe.«

Ich fragte mich im Stillen, wie die anderen wohl waren. Achtundzwanzig Menschen, die dieses Leben kannten. Achtundzwanzig Menschen, die ich nicht anlügen musste, um sie näher kennenzulernen. Achtundzwanzig Menschen, die ich jetzt und in der Zukunft kennen würde.

»Poppy, erzähl mir mehr über diese Gemeinschaft. So viel, wie du darfst.«

»In Ordnung.« Sie nahm sich noch etwas Wein. »Diese Gemeinschaft, Cognomina, wurde von den ersten sechs von uns im Jahre 839 in dem damals kleinen Örtchen Zürich in der heutigen Schweiz gegründet. Aber dass die Ersten unter uns in aufeinanderfolgenden Leben regelmäßig zusammenkamen, lässt sich bis ins dritte Jahrhundert nach Christus zurückverfolgen. Als sich die ersten beiden gefunden hatten, verabredeten sie sich jedes Jahr zur Sommersonnenwende bei den Pyramiden von Gizeh. Falls einer starb, wusste der andere, dass er schließlich in einem neuen Körper wieder zum gleichen Ort kommen würde. Nach ein paar Leben kamen sie überein, sich mit dem Symbol ihres Treffpunkts zu markieren, um die Identifikation einfacher zu machen, wenn sie in einer neuen Inkarnation aufeinandertrafen. Daher stammt dieses Symbol.« Sie fuhr den Umriss ihres Tattoos mit dem Finger nach. »Die drei Spitzen der Pyramiden.«

Ich nickte.

»In einem dieser ägyptischen Sommer, am längsten Tag des Jahres, kam einer der Freunde nach achtzehnjähriger Abwesenheit als frischer junger Mann zurück und traf auf seinen alten Freund – und neben diesem alten Freund standen zwei weitere mit demselben Embe-Symbol. Der Erste hatte einen anderen gefunden, der wiederum bereits einen weiteren kannte. So kam die Gemeinschaft zustande, oder zumindest wird es so erzählt. Ich bin seit 1649 dabei.«

»Und die leben alle noch?«, fragte ich und versuchte, mir vorzustellen, wie es sein musste, so alt zu sein.

»Ja, sie sind immer noch da. Wie ich schon sagte, wenn du einmal zurückkommst, wirst du immer wieder zurückkommen. Das gilt für uns alle, und so ist es immer gewesen«, sagte sie in einem Tonfall, der beinahe traurig klang.

Welche Erinnerungen – gute und solche, die einen quälten –, Liebschaften und Fähigkeiten mochten sich in Hunderten oder sogar Tausenden von Jahren ansammeln und wie alte Backsteine zu Spukhäusern aufschichten? In genau so einem Spukhaus hatte ich über drei Jahre verbracht und war dabei ganz auf mich gestellt gewesen. Die Vorstellung, auch nur einen Tag länger allein darin zu leben, war mehr, als ich ertragen konnte. Ich sah hinüber zu Poppy, die gerade das Roastbeef auspackte, und alles schien plötzlich Sinn zu ergeben. Sie hatten sich einfach zusammenschließen müssen, und sei es nur, um nicht wahnsinnig zu werden.

»Das klingt, als wären sie in Ägypten bereits fest verwurzelt gewesen – warum also nach Zürich umziehen und dort neu anfangen?«

»Nun ja, unser Zustand hat uns immerhin mit einem Luxus gesegnet: Wir sind technisch gesehen unsterblich, auch wenn ich immer fand, dass es das nicht ganz trifft. Wir sterben ja, aber der Unterschied ist, dass wir uns daran erinnern können, schon mal gestorben zu sein – also sind wir eher unvergessen. Und ich sage *technisch gesehen* unsterblich, weil wir dazu in der Lage sind, uns selbst in jedem Leben Erfahrung und Weisheit der vorherigen Leben weiterzugeben. Aber wir waren nie dazu in der Lage, den Reichtum, den wir anhäuften, oder das Land, das wir in unseren Besitz brachten, an uns selbst weiterzuvererben und so weiter davon zu profitieren.

Als es dann fünf von uns gab, standen die Chancen viel besser, dass immer einer gerade am Leben war – *am Leben* im Sinne von alt genug, um zu wissen, wer er ist und dass es die anderen gibt. Und seitdem wird immer einer dazu auserkoren, die Besitztümer der anderen, die gerade eben gestorben sind, zu verwalten, bis sie in ihrer nächsten Inkarnation wieder so weit sind. Sie erhalten ihren Besitz dann von ihm zurück, sobald ihre Identität bei der Anhörung bestätigt wurde. Sollte der Verwalter sterben, gehen alle seine Besitztümer und die Besitztümer der anderen an seinen Stellvertreter über. So funktioniert es bis heute. Da wir einander also vertrauen müssen und voneinander abhängig sind, macht uns das zu einer Familie, in der wir uns alle sehr nahestehen. Die Kirche, der Wagen, meine Häuser und Apartments überall auf der Welt, meine zwanzig Prozent Anteil an der weltweit größten Glasfabrik – all das wurde mir von meinen Wohltätern hinterlassen«, sagte sie und zeigte in Richtung der Gedenktafeln. »Von mir selbst.« Sie gab mir zwei Cracker mit Roastbeef und Käse dazwischen. »Hier bitte, ein Sandwich.«

Ich nahm es wortlos und dachte beim Essen über das Konzept Familie nach. Darüber, was das Wort »Familie« für mich bedeutete. Seine Bedeutung hatte sich in dem Moment für immer verändert, in dem ich mich verändert hatte. Ich hatte drei Familien erlebt: meine, Wassilis und Bobbys. Bevor ich von zu Hause weggegangen war, hatte ich versucht, mit meinen Eltern darüber zu reden, aber die Erinnerungen an meine vorhergehenden Familien hatten meine jetzige zerstört, und auch sie war nun nicht mehr als eine Erinnerung. Bis zu dem Moment in der Grabstätte mit Poppy war mir nicht klar gewesen, dass ich mich nach einer Familie sehnte – wenn auch nicht unbedingt nach einer Familie im üblichen Sinne. Ich sehnte mich nach einer Familie, die nicht nur vorübergehend Bestand hatte, die nicht fragil war oder mir mit Unverständnis begegnete – wie ich es bisher erlebt hatte –, sondern eine, in der ich so, wie ich war, akzeptiert wurde. »Wie muss ich mir dieses Aufnahmeritual für einen Neuling wie mich denn vorstellen?«

»Was meinst du?«

»Was muss ich tun? Gibt es so was wie ein Initiationsritual? Du hast gesagt, du seist meine Fürsprecherin – heißt das, es gibt so etwas wie eine Verhandlung?« Ich holte tief Luft und fuhr dann etwas ruhiger fort. »Poppy, was du mir da erzählst, diese Gemeinschaft, die Leute –

das ist mehr, als ich mir in meinen wildesten Träumen ausgemalt hätte. Viele Jahre lang habe ich mich gefragt, warum ich anders bin und was mich dazu gemacht hat. Ich habe jeden Tag mit dem Gedanken gerungen, ob ich den Leuten um mich herum etwas davon erzählen soll oder nicht. Ich habe mich nächtelang mit Fantasiepersonen unterhalten, die Verständnis für mich hatten – und jetzt entdecke ich, dass es wirklich solche Leute gibt. Poppy, ich möchte wissen, was ich tun muss, um sie kennenzulernen.«

Ich kämpfte mit den Tränen, und sie nahm meine Hand. »Ich weiß, wie du dich fühlst, Evan. Ich habe dich gefunden, und es ist meine Pflicht, dich bei Cognomina vorzustellen. Ich werde dir alles sagen, was ich dir erzählen darf.« Sie strich mir zärtlich über den Nacken.

»Der Aufnahmeprozess lässt sich am besten mit einer Gerichtsverhandlung vergleichen«, fuhr sie fort. »Die Anhörung findet vor einer Jury, bestehend aus fünf Mitgliedern statt, die das letzte Wort bei deiner Beurteilung hat. Und du wirst einen Fürsprecher haben, der dir bei dieser Anhörung zur Seite steht. Zuerst wird man dich bitten, deine Lebensgeschichten zu erzählen. Dann wird dir die Jury Fragen stellen, hauptsächlich zu Daten, Orten, Menschen, allem, was sich nachprüfen lässt und deine Aussage untermauert. Die Anhörung kann Tage, sogar Wochen dauern. Oft gibt es Unterbrechungen, weil irgendwelche Fakten überprüft werden müssen. Wenn alle Fragen beantwortet sowie Namen und Daten bestätigt sind, beraten sich die fünf Mitglieder und treffen eine Entscheidung. Und dann wird es lustig.« Ein Lächeln erhellte ihr Gesicht. »Nach der Bestätigung gibt es ein großes Fest, bei dem der Neuling sich einen Namen gibt, den nur die anderen Mitglieder kennen. Alle gerade lebenden Mitglieder werden dafür zusammengerufen. Und nachdem du deinen Namen angenommen hast, wirst du jedem Einzelnen vorgestellt.«

»Anscheinend zweifelst du nicht daran, dass ich aufgenommen werde.«

»Natürlich nicht, ich bin ja schließlich deine Fürsprecherin.«

»Wirklich?«, fragte ich und wurde dabei immer aufgeregter.

»Ja, es ist so üblich, dass derjenige, der dich findet, auch dein Fürsprecher wird.« Sie schwieg und sah mich ernst an. »Es wäre mir eine Ehre, Evan.«

»Großartig. Wie oft hast du das schon gemacht?«, fragte ich und drückte ihre Hand.

»Ich war noch nie Fürsprecherin für irgendjemanden, aber es ist nicht so schwer. Im Prinzip bin ich dafür zuständig, dir bei der ganzen Prozedur zur Seite zu stehen. Die Fragen zu beantworten ist deine Aufgabe.«

»Wo findet das Ganze statt? In Zürich? Gibt es so etwas wie einen Hauptsitz?«

»Auch das darf ich dir noch nicht verraten. Ich habe dir eigentlich schon viel zu viel erzählt. Aber ich kann dir noch sagen, dass ein paar andere von uns bereits von dir wissen, und ich habe mir erlaubt, für uns am Sonntagabend einen Flug nach Zürich zu buchen – du wirst also nicht zu lange auf die Antworten auf deine Fragen warten müssen. Du willst doch mitkommen, oder?« Sie sah mich fragend an.

Darüber musste ich nicht lange nachdenken. Schließlich würde ich so Antworten auf tausend Fragen bekommen. »Ja, das will ich.«

»Sehr gut. Ich werde Bescheid geben, damit sie mit den Vorbereitungen beginnen können.«

»Was muss ich mitbringen?«

»Eigentlich nichts, nur was du auch normalerweise mit auf eine Reise nehmen würdest. Hast du einen Anzug?«

»Nein, brauche ich einen?«

Sie füllte den restlichen Wein der zweiten Flasche in mein Glas. »Als deine Fürsprecherin rate ich dir, dir zwei oder drei zu besorgen. Hast du genug Geld?«

»Ich denke schon, zumindest werde ich es morgen haben. Ach ja, ich müsste heute Abend mal telefonieren.«

»Kein Problem, ich habe gerade eines dieser neuen tragbaren Telefone gekauft.« Sie nahm ein Handy aus ihrer Handtasche. »Du kannst gleich anrufen.«

Ich schüttelte den Kopf. »Es ist noch zu früh, er ist erst ab neun da.«

»Was hast du denn morgen vor?«, fragte sie.

»Ein Typ schuldet mir Geld, das will er mir morgen Abend wiedergeben. Ich bin in einem Club mit ihm verabredet. Möchtest du mitkommen?«

»Ich denke darüber nach. Wir sollten gehen, es wird langsam spät. Fertig?«

Ich nickte und trank den Wein aus. Sie schaltete das Handy ein, tippte eine Nummer und sah mich an, während sie in den kleinen Apparat sprach. *»Listos, Antonio.«*

Sie schloss die Türen des Mausoleums ab, und ich ging schon einmal vor. Als wir wieder den Weg erreichten, wartete Antonio mit geöffneten Wagentüren auf uns. Die Sonne versank bereits in orange, rot und lila getönten Wolken und die Vögel zwitscherten. Ich dachte darüber nach, wie mein Leben von jetzt an sein würde. Seit langer Zeit hatte ich mich wie ein Ausgestoßener gefühlt, der allein auf seiner einsamen Insel herumwanderte. Aber nun hatte ich nicht nur einen fremden Fußabdruck im Sand gefunden, sondern gleich achtundzwanzig.

Antonio schien zu bemerken, dass ich Bescheid wusste, und verhielt sich mir gegenüber so unterwürfig, wie er es auch bei Poppy tat. Nun verstand ich seine Ehrerbietigkeit ihr gegenüber besser. Wir stiegen in den Wagen, und er fuhr langsam auf demselben schmalen, kurvigen Weg über den Friedhof zurück, auf dem wir gekommen waren.

»Kannst du mir sagen, warum sich Cognomina in allem so geheimniskrämerisch gibt?«

Es dauerte einen Moment, bis sie antwortete. »Dafür gibt es zwei Gründe. Der erste ist ein pragmatischer, der andere ein geschichtlicher. Wir alle leben lang genug, um zu wissen, dass wir mit normalen Menschen kaum etwas gemeinsam haben. Die einzigen Menschen, die uns verstehen, sind wir selbst. Wir sind alle so alt, haben so viele Erinnerungen und Erfahrungen aus unseren Leben, dass Außenstehende, die sich nicht erinnern können, unsere Existenz niemals auch nur ansatzweise verstehen könnten. Es gibt einfach keinen guten Grund, etwas mitzuteilen, das nicht verstanden werden kann. Aber das weißt du sicher selbst.«

Sollte ich noch Zweifel gehabt haben, dass sie so wie ich war, dann waren sie nun endgültig verflogen. »Du hast recht«, gab ich zu.

»Der zweite Grund hat etwas mit unserer Geschichte zu tun. Alles begann kurz nachdem wir in die Schweiz umgezogen waren, also etwa um die erste Jahrtausendwende. Zu der Zeit hatte Cognomina sieben Mitglieder, und diese hatten bereits so viele Reichtümer angehäuft, dass sie mehr besaßen als viele der Königreiche um sie herum. Eines der ältesten Mitglieder entschied, während sie gerade die Aufgabe des Verwalters erfüllte, ohne die Zustimmung der anderen alle Dorfbewohner im Umkreis eines Sieben-Tages-Ritts von Cognomina in Kenntnis zu setzen. Sie gab später an, dass sie vorgehabt hatte, ein neues Königreich zu errichten, das die sieben Mitglieder abwechselnd regieren sollten. Die Nachricht von den *tätowierten Teufeln* verbreitete sich schnell im ganzen Land, und es dauerte kaum zwei Wochen, da hatten die Dorfbewohner alle Mitglieder getötet und die Reichtümer von Cognomina an sich gerissen. Seitdem bewahren wir striktes Stillschweigen über Cognomina.«

Antonio hielt vor der Kirche. Ich stieg aus und nahm die Treppe in Angriff. Mein Fuß tat weh vom Gang über den Friedhof.

»Ich muss nach oben und mich um ein paar Dinge kümmern. Ich komme bald wieder«, sagte Poppy.

Ich beobachtete das Muskelspiel in ihren Beinen, als sie die Treppe hinaufging, und humpelte dann direkt ins Gästezimmer, um meine Schmerzmedikamente zu nehmen. Sie wirkten bereits nach ein paar Minuten, und ich fühlte mich viel besser, als ich mich auf den Weg zur Toilette machte. Antonio saß auf einer Kirchenbank und las. Als ich wieder aus dem Badezimmer kam, setzte ich mich zu ihm. »Ist sie noch beschäftigt?«

Er nickte und schloss das Buch, eine englischsprachige Bibel. »Sie telefoniert.«

»Sie lesen auf Englisch?«

»Ich versuche zu üben, aber ich verstehe nicht viel«, sagte er und betrachtete das Buch. »Sie hat Sie heute mit zur Grabstätte genommen. Sie sind also wie sie, ja?« Er sprach leise und hielt den Blick gesenkt. Ich fragte mich, ob das eine Art Test war, mit dem sie mich auf die Probe stellen wollte.

»Was meinen Sie?«

Er atmete tief ein. »Ich kenne sie schon lange. Graciela Cruz hat mich vor fünfundvierzig Jahren eingestellt, und seit den Fünfzigerjahren wohne ich hier in dieser Kirche. Und nie hat sie jemand anderen auf den Friedhof mitgenommen. Sie geht sonst immer allein. Ich denke, Sie sind wichtig für sie.« Diese Tatsache schien ihn sehr zu beschäftigen. »Sie hat nicht einmal die anderen, die so sind wie sie, mit dorthin genommen, wenn sie zu Besuch waren.«

»Sie haben die anderen kennengelernt?«, flüsterte ich aufgeregt.

»Seit ich hier bin, waren drei andere zu Besuch da. Zwei davon kommen alle paar Jahre.«

»Woher wussten Sie, dass sie so sind wie sie?«

»Das Tattoo«, sagte er nüchtern, und ich kam mir ziemlich dämlich vor, weil es so offensichtlich war. »Aber ich hätte es auch so gemerkt«, fuhr er fort. »Sie haben alle so etwas Unverwechselbares. Ich glaube, ich würde so jemanden immer erkennen, auch ohne Tattoo.«

»Was ist dieses Unverwechselbare?«

Antonio sah mich an. »Macht. Sie haben Macht über dich, vor allem mit ihrem Blick.«

Da konnte ich ihm nur zustimmen. Zumindest was Poppy anging. Sie sah dich an und wusste ganz genau, was du denkst – oder ließ dich umgekehrt ganz genau wissen, was sie dachte. »Warum erzählen Sie mir das, Antonio? Sie wissen doch sicher, wie geheimniskrämerisch Poppy ist.«

»Geheimnisse hat sie nur vor dem Rest der Welt, nicht vor ihresgleichen. Sie haben Glück«, sagte er und stand auf. »Ich wünschte, ich wäre wie Poppy.«

Ich sagte nichts mehr. Er ging, aber seine Worte schienen weiter in der Luft zu hängen, bis ich ihre Bedeutung verdaut hatte. Ich hatte mich selbst nie als jemanden gesehen, der Glück hatte. Allein zu sein machte mich nicht besonders glücklich. Aber je mehr ich darüber nachdachte, umso glücklicher erschien mir mein Schicksal. Der Tod war nicht das Ende für mich, sondern ich würde weiterleben. Ich würde irgendwann denselben Lebensstil wie Poppy pflegen können, und ich würde immer ich selbst bleiben, meine Identität behalten. Poppy hatte recht, das kam der Unsterblichkeit schon ziemlich nahe. In diesem Moment wurde mir etwas klar: Ich hatte eigentlich schon immer gewusst, dass ich wieder und wieder zurückkommen würde – aber diese Tatsache hatte mir Angst gemacht. Wie bei einer Achterbahn, die niemals anhält, um einen aussteigen zu lassen. Bis heute hatte ich allein in dieser Achterbahn gesessen. Aber ich gehörte zu den Glücklichen, nicht, weil ich wiederkommen würde, sondern weil ich nun jemanden hatte, zu dem ich zurückkommen konnte. Weil ich nun ein Zuhause haben würde.

Die Glasbilder von Nez-Lah, Bando, Marco und Louis verblassten langsam und waren schließlich nicht mehr zu erkennen, während ich allein in der Dunkelheit zurückblieb. Zum ersten Mal seit Jahren blickte ich voller freudiger Erwartung in die Zukunft. Endlich würde ich Antworten auf meine Fragen erhalten.

Poppy rief nach Antonio, und er war bereits auf der Hälfte der Treppe, noch bevor sie fertig gesprochen hatte. Es dauerte kaum eine Minute, dann kam er wieder herunter, bog nach rechts ab und verschwand wortlos durch die Haustür.

»Ist er weg?«, fragte sie von oben.

»Ja.«

»Ich bin fertig, komm rauf, wenn du telefonieren möchtest.« Jetzt konnte ich sie sehen. Sie trug wieder den Morgenmantel und hatte die Haare hochgesteckt. »Schaffst du es die Treppe hinauf?«

Ich nickte. Das Geländer verdeckte sie zur Hälfte, aber es sah fast so aus, als ob der Mantel offen an ihrem Körper hinge.

»Betrachte es als Physiotherapie. Das ist eine ärztliche Anordnung.«

Ich lächelte, stand auf und stieg die Treppe nach oben zu ihr.

»Du kannst dich aufs Bett setzen, das Telefonkabel reicht weit genug«, sagte sie und deutete auf das schwarze, mit einer Tagesdecke bedeckte Doppelbett.

Am Kopf- und Fußende war es mit Ranken und Blättern aus schwarzem Gusseisen verziert. Ein rot-weiß-schwarzer Perserteppich verdeckte den größten Teil des Dielenbodens. Der Raum wurde von zwei alten Messinglampen beleuchtet, die auf einer großen, reich mit Schnitzereien verzierten Kommode gegenüber vom Bett standen. Auf der Mitte der Kommode befand sich neben einem Spiegel die lebensgroße Steinbüste einer lächelnden Frau. Das Haar bauschte sich über ihren Schultern, als ob sie gerade eine Windböe erfasst hätte, und um ihren steinernen Hals hing eine grobe Kette aus einem Lederriemen mit gehämmerten Silberplättchen. Ich setzte mich auf das hintere Ende des Betts, in der Nähe der Stelle, an der Poppy eben noch am Geländer gestanden hatte.

»Hier bitte.« Sie stellte ein verchromtes Telefon im Stil der Vierzigerjahre mit Wählscheibe aufs Bett. »Ich hätte dir ja das Handy gegeben, aber hier hat es wegen der Steinwände keinen Empfang. Ich hole neues Verbandsmaterial. Bin gleich wieder da.«

Ich hängte den Gehstock an das Geländer und streckte mich über das Bett nach dem Telefon. Dabei sah ich das runde Buntglasfenster der Kirchenfassade aus der Nähe. Es hatte einen Durchmesser von etwa viereinhalb Metern und bestand aus sechs Tortenstücken um ein kleines rundes Feld im Zentrum. Draußen war es bereits zu dunkel, als dass ich viele Details hätte erkennen können, aber ich ging davon aus, dass hier weitere Szenen aus ihren Leben dargestellt waren.

Ich wählte die Nummer des Necropolis aus dem Gedächtnis und musste ein paar Minuten warten, bis ich Henry ans Telefon bekam.

»Henry, ich bin's, Evan.«

»Evan, wo zum Teufel steckst du? Ich habe dich schon überall gesucht. Dachte schon, die Cops haben dich in irgendeinem Loch in Downtown in der Mangel. Oh, fuck, du rufst doch nicht etwa aus dem Knast an?«

»Nein, ich bin nicht im Knast, und mir geht's so weit gut.«

»Was ist passiert?«

»Sie haben mir auf der Flucht in den Fuß geschossen.«

»Ist es schlimm?«

»Nein. Die Wunde ist schon genäht worden, aber Mann, echt, das waren die seltsamsten Tage meines Lebens. Ich erzähl es dir morgen Abend, wenn ich Shelby treffe und das Geld kassiere.«

»Verdammt, du hättest echt mal anrufen können, weißt du. Ich würd dir am liebsten ordentlich in den Arsch treten.«

»Schon gut, ich erklär es dir morgen. Hältst du mir zwei Plätze frei? Ich bringe vielleicht noch jemanden mit.«

»Zwei Plätze? Wusst ich's doch, dass da eine Frau dahintersteckt.«

Ich lachte. »Wir sehen uns morgen. Ich muss los.« Ich legte den Hörer wieder auf die Gabel.

»Bist du fertig?«, rief Poppy von unten.

»Ja.«

Sie kam mit einer alten, abgewetzten schwarzen Arzttasche in der Hand wieder nach oben. »Der Verband ist bei unserem Ausflug heute sicher dreckig geworden. Lass mal sehen«, sagte sie und zog den Stuhl von der Kommode herüber. »Rück ein Stück rüber und gib mir deinen Fuß.« Sie nahm ihn in die Hände und wickelte den schmutzigen Verband ab. »Besser?«

»Ja.« Es fühlte sich gut an, ihn los zu sein.

»Vielleicht sollten wir es heute Abend ohne Verband versuchen«, sagte sie und drückte meine Wade. »Wenn etwas Luft drankommt, heilt es besser. Du musst schnell wieder gesund werden, wir wollen ja schließlich am Sonntag nach Zürich.«

»Wirklich?«

»Ja. Ich habe vorhin ein paar andere Mitglieder angerufen. Sie freuen sich schon sehr darauf, dich kennenzulernen.«

Ich saß da und sah ihr dabei zu, wie sie etwas von der Salbe auf die Wundnaht auftrug. *Sie freuen sich.* Bei all der Aufregung hatte ich gar nicht darüber nachgedacht, wie es den anderen wohl damit ging. Sie mussten ebenfalls aufgeregt sein. »Es kommt nicht oft vor, dass jemand Neues Mitglied bei Cognomina wird, oder?«

»Ja, das stimmt. Nicht so selten wie früher. Vielleicht weil die Welt immer kleiner und es dadurch immer leichter wird, verlorene Brüder wie dich aufzuspüren. Höchstwahrscheinlich gibt es immer noch viele andere von uns, jahrhundertealte vielleicht sogar, die nicht wissen, dass es uns gibt. Deswegen halten wir immer die Augen offen und sind auf der Suche. So wie ich auf der Suche nach dir war.«

»Wie lange ist es her, seit das letzte neue Mitglied aufgenommen wurde?«

»Etwa sechzig Jahre, aber er war nicht so jung wie du. Er war sogar älter als ich. Du hast Glück, dass du uns so jung gefunden hast, weißt du. Bei manchen dauert es Jahrhunderte, bis sie entdeckt werden. Kannst du dir vorstellen, wie es sein muss, so zu leben?«

»Meintest du das mit deiner Verpflichtung, mir von dir zu erzählen?«

»Ganz genau«, antwortete Poppy.

»Wie alt warst du, als du entdeckt wurdest?«

Sie lachte. »Ich war jünger als du, sehr viel jünger. Das war bei meiner zweiten Reise, ich war also insgesamt etwa vierunddreißig.«

»Das heißt, du hattest auch Glück.«

»Hmmm, ja, ich schätze schon. Ich weiß, dass ich die Jüngste war, die jemals gefunden wurde, aber ich bin Cognomina erst bei meiner vierten Reise als Marco beigetreten.«

»Warum hast du so lange damit gewartet?«

»Meine zweite Reise endete, kurz nachdem ich entdeckt worden war, und bei meiner dritten war es mir nicht gestattet, Persien zu verlassen.« Sie hielt inne und dachte einen Moment lang nach, bevor sie weiter Salbe auftrug. »Na ja, die Wahrheit ist, dass ich Persien schon hätte verlassen können, wenn ich wirklich gewollt hätte. Ich habe es nicht getan, weil ich keinen Kontakt zu der Person haben wollte, die mich entdeckt hatte. Am Ende musste ich das natürlich doch. Er wurde zu meiner Anhörung gerufen, aber ihn hundert Jahre später und dazu in einem anderen Körper wiederzusehen machte es leichter für mich.«

»War er dein Fürsprecher, so wie du es für mich sein wirst?«

»Auf gar keinen Fall!«, rief sie laut. Sie klang so entrüstet, dass ich zusammenfuhr. »Nein, das habe ich abgelehnt, und mir wurde jemand anderes zugeteilt. Jemand, der mir seitdem sehr nahesteht.«

Es war deutlich herauszuhören, dass sie nicht darüber sprechen wollte. »Hat es deine Aufnahme erschwert, dass du einen anderen Fürsprecher haben wolltest?«

»Das hätte so sein können, aber meine erste Anhörung dauerte aufgrund der besonderen Umstände nur zwei Tage. Derjenige, der mich entdeckt hatte, war anwesend und musste bezeugen, dass er mich schon zwei Reisen zuvor gekannt hatte.

Nach der ersten laufen die meisten Anhörungen so ab. Du teilst Erinnerungen mit anderen Mitgliedern, die deine Angaben bestätigen können. Beim ersten Mal ist es immer am schwierigsten«, sagte sie und fuhr mit der Hand an meinem Hosenbein entlang bis zum Knie und strich dann mit den Fingernägeln an meiner Wade wieder hinunter.

»Ich verstehe, was du meinst.« Ich lehnte mich auf dem Bett zurück, während sie weiter mein Bein streichelte und meinen rechten Schuh öffnete. Endlich passierte es. Ich hatte sie begehrt, seit ich sie das erste Mal in jener Nacht im Keller gesehen hatte. Und je mehr ich über sie und wer sie war erfuhr, desto mehr begehrte ich sie. Ich schloss meine Augen und bewegte mein Bein in ihrer Hand. *Ich hoffe, das ist kein Traum*, dachte ich.

Als der Schuh zu Boden fiel, ließ Poppy mein Hosenbein los. Ich hörte, wie sie aufstand, und stützte mich auf den Ellbogen auf. Sie nahm das braune Etui mit der Spritze aus der obersten Schublade der Kommode.

Um Heroin hatte ich immer einen Bogen gemacht. Ich erinnerte mich, wie verbreitet es in Istanbul gewesen war und wie viele Menschen es zerstört hatte. Mit Marihuana und Kokain hatte ich experimentiert – man konnte hier ja gar nicht leben, ohne es einmal zu versuchen. In dieser Woche hatte ich aber zum ersten Mal in meinem Leben eine Nadel in einer Vene gehabt. »Ich habe keine Schmerzen«, sagte ich, um ihr zuvorzukommen.

Sie drehte sich mit dem Etui in der Hand zu mir um und fing an zu lachen. Ich setzte mich auf und fragte mich, was ich so Lustiges gesagt haben könnte. Meine Erektion störte das nicht. Sie öffnete das Etui und baute die Spritze mit geübten Handgriffen zusammen. »Das ist für mich«, sagte sie, immer noch lachend. Sie nahm die Spritze und das Fläschchen und krabbelte auf allen vieren zu mir auf das Bett. »Aber du *könntest* doch Schmerzen haben«, flüsterte sie, während sie mit der Zunge die Umrisse meines Ohres nachzeichnete. »Was, wenn ich in einem Anfall von Leidenschaft zufällig gegen deinen Fuß stoße?«, sagte sie und tippte mit ihrem Bein gegen meines.

Ich zuckte zusammen.

»Da hast du's! Ich werde weniger nehmen als das letzte Mal«, flüsterte sie verführerisch. »Mach eine Faust.« Sie entzog sich mir und nahm das Fläschchen von der rechten in die linke Hand, die sie auf die sich nun deutlich unter meiner Jeans abzeichnende Erektion legte. Sie ließ die Hand, wo sie war, und drückte, während sie das Fläschchen mit Daumen und Zeigefinger entkorkte. Dann tauchte sie die Nadel ein und zog etwas mehr als einen Zentimeter der braunen Flüssigkeit mit der Messingspritze auf. Mit meiner zunehmenden Erregung ließ meine Gegenwehr nach. Ich ballte meine Hand zu einer Faust und hielt sie ihr hin.

Sie verkorkte das Fläschchen wieder, legte es auf das Bett und hielt mein Handgelenk ebenso fest, wie sie es beim ersten Mal mit meinem Fuß getan hatte. Ich spürte, wie die Nadel eindrang, aber ich konnte nicht hinsehen. Als sie mich losließ, überrollte mich erneut die warme orange-cremefarbene Welle.

»Und jetzt machst du dasselbe bei mir.« Sie hielt mir ihre linke Faust hin. Die Spritze war noch zu mehr als der Hälfte gefüllt. Ich legte meine Hand um ihr zartes Handgelenk und drückte zu, bis kleine blaue Venen unter ihrer samtigen Haut sichtbar wurden. Sie stach in eine davon und leerte die ganze Spritze. Ich ließ los und sah fasziniert dabei zu, wie sich das Loch schloss und die blaue Vene wieder unter der Haut verschwand – wie ein Fisch, der in die Tiefen eines Teiches abtauchte.

Ich lehnte mich zurück und spürte der Welle nach, die von links nach rechts durch meinen Körper brandete. Poppy räumte das braune Etui zurück in die Kommode. Ihr Morgenmantel öffnete sich leicht, als sie sich wieder zu mir umdrehte, und ich sah, dass sie darunter nackt war. Sie stand am Fußende des Betts und blickte mich an. Der Samtgürtel um ihre Taille war immer noch zugeknotet, aber der Morgenmantel floss nun locker um ihre Brüste und gab auch das kleine auf dem Kopf stehende Dreieck aus dunklem Haar frei. Sie ließ mich nicht aus den Augen, während sie ihre Haarnadel herausnahm. Das offene Haar fiel in seidenen rabenschwarzen Wellen über ihre Schultern. Die Droge ergriff Besitz von mir. Ich setzte mich auf, und es war, als bewegte jemand meinen Körper für mich. Ich griff nach einer der Quasten an dem Samtgürtel. Sie beugte sich vor, legte die Hände auf meine Schultern und küsste mich stürmisch. Mein Mund öffnete sich und sie stieß ihre Zunge tief hinein, während ihre Lippen gegen meine drückten. Dabei bewegte sie den Kopf heftig hin und her und ihre Zähne stießen mit einem Klicken gegen meine, während ich gierig versuchte, ihr zu folgen. Sie küsste mich nicht einfach, sondern sie presste, sog, erforschte und biss, alles auf einmal. Ich versuchte, ihre Bewegungen vorauszuahnen oder wenigstens mit ihr mitzuhalten, bevor ich schließlich aufgab und ihr die Führung überließ.

Sie gab mir einen heftigen Schubs. Überrascht sank ich rückwärts auf das Bett und hatte dabei das Gefühl, meinen Körper zu verlassen. Ich trieb durch ein oranges Fegefeuer, während sie sich an dem Reißverschluss meiner Jeans zu schaffen machte, und hob meine Hüften, damit sie die Hose besser abstreifen konnte. Meine Erektion zeichnete sich deutlich unter meinen rot-weiß gestreiften Boxershorts ab. Sie griff nach meinem T-Shirt. »Runter damit«, sagte sie, zog daran und ließ es wieder los. Ich gehorchte, während Poppys Hände langsam an den Innenseiten meiner Oberschenkel nach oben und in die offenen Beine meiner Boxershorts fuhren. Ihre Finger berührten nur die Haare rund um mein Geschlecht, von denen jedes einzelne eine Schockwelle durch meinen gesamten Körper sandte. Voller Verlangen drückte ich meinen Rücken durch. Sie zog die Boxershorts herunter, mein Penis verfing sich unter dem Gummibund und klatschte gegen meinen Bauch, als er sich wieder löste.

Sie kniete sich zwischen meine Beine, und der Blick ihrer Katzenaugen wanderte über meinen Körper. Ich war nicht nur nackt, sondern ich fühlte mich auch so – wie wenn man zum ersten Mal nackt neben einem anderen Menschen liegt. Grazil öffnete sie den Samtgürtel um ihre Taille und ließ den Morgenmantel von ihren Schultern auf das Bett gleiten. Die Droge machte mich unsicher. Ich wusste nicht, was ich als Nächstes tun sollte. Also lag ich nur bewegungslos da und betrachtete sie.

Ihr Haar fiel über die rechte Schulter und bedeckte die Brust. Ihre Haut war von Kopf bis Fuß leicht gebräunt. Ich streckte die Hand aus und berührte ihren weichen Oberschenkel. Es währte nur eine Sekunde, und noch bevor ich wusste, was los war, hockte sie nur Zentimeter entfernt über mir. Sie sah mir in die Augen, als sie nach mir griff. Ich stöhnte leise, als sie meinen Penis mit ihrer schmalen Hand drückte. Dann verlagerte sie ihr Gewicht, und ich drang mühelos in sie ein. Sie legte die Hand auf meine Brust, um nicht das Gleichgewicht zu verlieren, während sie sich langsam auf und ab bewegte. Dabei stemmte sie die Füße aufs Bett, sodass unsere Körper sich ansonsten nicht berührten. Das Gefühl war überwältigend, es war gleichzeitig Verführung und Befriedigung. Sie bewegte sich immer schneller und warf dabei den

Kopf hin und her, bis ihre Bewegungen zu einer einzigen Welle aus schwarzem Haar verschmolzen. Ich schloss die Augen und hielt mich, solange es ging, zurück und öffnete sie erst im letzten Moment wieder. Sie warf den Kopf zurück und grub ihre Fingernägel in meine Brust. Dann wurde sie immer langsamer, bis ich aufhörte zu zittern.

Ich lag bewegungslos auf dem Bett. Ob es Minuten oder Stunden waren – ich hätte es nicht sagen können. Zeit schien nicht mehr zu existieren. Das sanfte, flackernde Licht war wie ein Schlaflied für mich. Vielleicht döste ich sogar ein. Dann sagte Poppy: »Wow, das war ein Mordsspaß.«

Ich beobachtete aus den Winkeln meiner halb geschlossenen Augen, wie sie aufstand und sich ihre Zigaretten von der Kommode holte. Dabei blitzte etwas Grün-Oranges an ihrem Rücken auf. Ich setzte mich auf und fuhr mir über die Augen, um mich zu vergewissern, dass ich nicht halluzinierte. Sie stand mit dem Rücken zu mir und öffnete eine neue Zigarettenschachtel. Kaum zu glauben, dass ich es bisher nicht bemerkt hatte: Sieben knallorange Mohnblumen erstreckten sich von ihrer Hüfte bis zu ihren Schulterblättern. Jede Blüte war etwa so groß wie meine Hand und hatte einen langen dunkelgrünen Stängel. Ich hatte noch nie ein Tattoo mit derart leuchtenden Farben gesehen. Es war, als wäre eine Fotografie direkt auf ihre Haut übertragen worden. Die Linien waren so scharf gezogen, jedes Detail derart präzise, dass die Blumen fast dreidimensional wirkten. So als könnte ich nach ihnen greifen und sie von ihrem Rücken pflücken.

»Woher hast du das?«

»Woher habe ich was?«, fragte sie und steckte sich zwei Zigaretten in den Mund.

»Die Mohnblumen.«

»Ach, die.« Sie betrachtete ihren Rücken im Spiegel. »Aus Osaka, ein Freund hat sie mir gestochen. Er macht die Tattoos der Top-Yakuza in Japan.«

»Wann war das?«

»Gleich nach meinem achtzehnten Geburtstag. Es hat ungefähr zwei Monate gedauert«, sagte sie und zündete die Zigaretten an. »Hast du Tattoos?«

»Nein.«

»Gefällt es dir?«, fragte sie und gab mir eine Zigarette, wobei mir wieder das Embe-Tattoo an ihrer rechten Hand ins Auge fiel.

»Ich könnte damit leben.« Ich nahm die Zigarette und lächelte sie an.

Sie drehte die Flammen der beiden Lampen kleiner, sodass ich ihr Gesicht kaum noch erkennen konnte, als sie sich neben mich legte. Es dauerte lange, bis sie das Schweigen wieder brach. »Du wirst bei den anderen vermutlich erst einmal ganz schön beliebt sein.«

»Warum, weil ich neu bin?«

»Ja, das auch. Du bist neu, aber du bist auch jung. Um genauer zu sein: Du benimmst dich jung, und du denkst jung. Und viele werden das sehr attraktiv finden. Weißt du, die meisten von uns sind Gewohnheitsmenschen, und unsere Gewohnheiten sind sehr alt. Jemand, der so jung ist wie du, erinnert sie daran, wie es war, ein ganz normales Leben zu führen – schließlich hatten wir das alle einmal. Das ist alles nichts Negatives, aber ich habe das schon miterlebt und ich will dich darauf vorbereiten«, sagte sie.

»Du sprichst von *normal*, aber ich fühle mich überhaupt nicht normal. Ich gehe durch die Stadt, sehe all die Menschen und frage mich dabei, ob einer von ihnen so ist wie ich. Und dann merke ich, dass ich mich als Außenseiter fühle, als Fremder. Ihre Gedanken, ihre Motivationen, ihre Ängste und Wünsche sind so anders als meine eigenen.«

Sie zog lange an ihrer Zigarette, und der fahle orange Schein erhellte ihr Gesicht. »Vielleicht bist du doch nicht so jung, wie ich dachte.«

»Bist du auch ein Gewohnheitsmensch?«, fragte ich sie nach einer langen Pause.

»Ja.« Ich spürte, dass sie sich zu mir herumdrehte. »Und alle meine Gewohnheiten sind schlecht«, sagte sie mit rauer Stimme und biss mir in die Schulter.

Ich nahm noch einen letzten, tiefen Zug von der Zigarette und rollte dann hinüber zu dem Nachttisch, um sie auszudrücken. Das Lampenlicht spiegelte sich in einem der blauen Juwelenaugen des Gehstocks am Geländer. Poppy strich mir mit der Hand über den Rücken, während mir das Drachenauge zuzwinkerte. »Erzähl mir die Geschichte dieses Gehstocks.«

»Okay«, sagte sie und sah hoch zur Decke. »Es war in Frankreich, und ich war zu dieser Zeit Louis Lucas de Nehon.[11] Ich weiß noch, dass es regnete, und die verdampfenden Tropfen zischten unablässig im Schlot und im Schmelzofen …«

---

11 Mehrere Quellen bestätigen die Existenz von Louis Lucas de Nehon. In einigen Texten wird er auch Néhou genannt. Im Jahr 1999 stellte der französische Autor Maurice Hamon gemeinsam mit der Compagnie de Saint-Gobain mit *Du soleil à la terre, 1665 – 1999: Une histoire de Saint-Gobain* eine umfassende Unternehmensgeschichte zusammen. Louis Lucas de Néhou wird darin als zweimaliger Direktor von Saint-Gobain aufgeführt, und sogar ein Bild von ihm wird gezeigt.

# 9

ES REGNETE UND DIE VERDAMPFENDEN TROPFEN zischten unablässig im Schlot und im Schmelzofen. Louis sah nach dem Eisentopf in der Feuerstelle und ordnete dann die flachen, viereckigen Kupferformen auf dem dunkelgrünen Granitarbeitstisch.

»Monsieur, Monsieur!«, rief sein Diener Serge hinter der Tür.

»Nicht jetzt!«, knurrte Louis und beugte sich über die Formen.

»Aber Monsieur, Madame Ruebal möchte Euch sprechen«, sagte Serge entschuldigend durch die Tür der Werkstatt.

»Ruebal ... Ruebal ...«, murmelte Louis leise vor sich hin, während er die Formen noch einmal neu anordnete. »Ramsay!«, rief er dann, richtete sich auf und stieß dabei gegen den Arbeitstisch. Seine gesamte Ordnung geriet wieder durcheinander. »Zum Teufel!«

»Monsieur?« Serge streckte den Kopf durch die Tür.

»Na gut, führ ihn herein«, sagte Louis und warf seine Hände mit einer angewiderten Geste in die Luft.

»Monsieur?«

»Verzeihung, *sie*. Führ *sie* herein.«

»Sofort, Monsieur.« Der Kopf des Dieners verschwand wieder hinter der Tür, und kurze Zeit später trat eine zierliche Frau ein. Sie war höchstens eins fünfzig groß und etwa neunzig Pfund schwer. Die oberen Knöpfe ihres mit

Schmutzflecken übersäten roten Samtkleides standen offen.

»Ah, die entzückende Miss Ruebal. Es ist mir wie immer eine Freude«, sagte Louis, nahm ihre zierliche Hand und küsste das schwarze Embe-Tattoo auf der hellen Haut. »Danke, Serge.«

»Mit Vergnügen, Monsieur«, erwiderte Serge und schloss die Tür.

Louis trat einen Schritt zurück und betrachtete sie von Kopf bis Fuß. Sie hatte milchweiße Haut, entwaffnende braune Augen und brünettes Haar, das unter einen schmutzigen, schief auf dem Kopf sitzenden Hut aus schwarzem Samt gesteckt war.

»Meine Güte, du siehst ja furchtbar aus.«

Die Muskeln in ihrem Kiefer spannten sich an und bewegten sich leicht, als sie die Arme energisch vor der schmalen Brust verschränkte. »Du hattest noch nie besonders gute Manieren, oder? Zu deiner Information: Ich bin gerade einen ganzen Tag lang mit der Kutsche von Trianon hierhergefahren, um dir eine Nachricht zu überbringen.«

»Oh, was für eine Nachricht?«, fragte Louis.

Sie schüttelte den Kopf wie ein bockiges Kind. »Zuerst will ich was trinken.«

»Du liebe Zeit, aber selbstverständlich. Wo bleiben nur meine Manieren. Brandy, richtig?«

Sie nickte.

»Ich glaube, ich habe hier irgendwo welchen. Ah, hier ist er«, sagte er und zog eine schwarze Flasche und zwei Silberbecher aus einem Werkzeugkasten. Er entkorkte die Flasche und füllte beide Gläser bis obenhin. »Ramsay, alter Freund, schön, dich wieder mal zu treffen. Ich freue mich immer, dich zu sehen, aber ich glaube nicht, dass ich mich an diesen lächerlichen Körper jemals gewöhnen werde.«

Sie nahm einen tiefen Schluck aus dem Becher. »Du musst ihn dir wenigstens nur ansehen, stell dir vor, darin zu leben. Aber es könnte schlimmer sein – wenigstens bin ich ganz niedlich.«

»Das stimmt«, sagte er lächelnd. »Also, was hat Le Brun gesagt?«

»Er wird dich in einer Woche empfangen, aber er hat mir auch anvertraut, dass das nichts ändern wird.«

»Hmmm.« Louis stellte die Flasche wieder hin. »Mach dir deswegen keine Sorgen. Ich muss nur die Gelegenheit bekommen, mit ihm zu reden, dann werde ich den Auftrag schon bekommen.«

»Gut, Louis, die Gelegenheit bekommst du. Auf deinen Erfolg«, sagte sie und prostete ihm zu.

Sie leerten ihre Becher gleichzeitig. »Was ist Le Brun für ein Mensch?«, fragte Louis und griff nach der Flasche.

»Er hat unglaubliches Talent: Malerei, Skulptur, Architektur, Radierungen, alles vom Feinsten. Kein Wunder, dass er der offizielle Porträtmaler des Königs ist. Er hat viel Einfluss bei Hof, und das hauptsächlich, weil er die meisten anderen für ihre Speichelleckerei verachtet. Das könnte für dich von Vorteil sein. Du sollst ihn beeindrucken, hat er gesagt. Der aussichtsreichste Kandidat für den Auftrag der Galerie des Glaces ist ein Glasmacher namens Joubert. Wie ich höre, ist er sehr begabt und in Paris und Versailles gerade äußerst gefragt.«

»Warum das?«

»Er ist wirklich ziemlich genial. Er hat Spiegel erfunden, die einen schlank machen.«

»Er hat was?«

»Schlank machende Spiegel. Er gibt den Spiegeln eine leicht konkave Oberfläche. So lassen sie einen schmaler erscheinen, als man eigentlich ist. Es geht das Gerücht um, dass sogar Seine Majestät einen besitzt, auch wenn er es wirklich nicht nötig hat. Jouberts Stern geht gerade auf, mein Freund.«

»Nutzloses Zeug. Ha! Schlank machende Spiegel, was für ein Blödsinn. Merken diese eingebildeten Schweinchen denn nicht, dass sie trotzdem immer noch genauso fett sind, wenn sie im Park flanieren oder in ihren Opernlogen sitzen?«

»Darum geht es nicht. Es geht vielmehr darum, dass er es in diese Kreise geschafft hat und du nicht. Aber wie gesagt, Le Brun hat ein gutes Auge und wertschätzt gute Handwerkskunst. Und darüber habe ich auf dem Weg hierher nachgedacht: Ist ein normaler Spiegel nicht einer wie der andere? Wie willst du ihn beeindrucken?«

»Ah«, sagte Louis und ging zu seiner Ledermappe, die auf einer unbenutzten Werkbank an der Wand lag, »sieh dir das hier an.« Er holte einen Spiegel von der Größe eines Buches aus der Tasche. Sie nahm ihn und hielt ihn sich vors Gesicht. »Was hältst du davon?«, fragte er und verschränkte die Arme vor der Brust.

Sie betrachtete ihr Spiegelbild ein paar Sekunden lang, bevor sie antwortete. »Beeindruckend, das Glas hat gar keine Unregelmäßigkeiten. Es gibt das Bild wieder wie ein Metallspiegel, aber viel detaillierter. Wie hast du das gemacht?«

»Ich habe das Glas gegossen, nicht geblasen. Deswegen hat der Spiegel eine so makellose Oberfläche. Leider bin ich bislang nicht dazu in der Lage, größere Spiegel als diesen hier herzustellen. Aber das ist nur eine Frage der Zeit.[12] Meinst du, Le Brun wird das hier zu schätzen wissen?«

»Bestimmt, es ist bemerkenswert«, sagte sie und drehte den Kopf hin und her, während sie sich betrachtete. »Puh«, seufzte sie. »Ich glaube nicht, dass ich mich jemals an dieses Gesicht gewöhnen werde.«

Louis lachte leise. »Ich weiß nicht, mir gefällt es eigentlich. Irgendwie passt es zu dir.«

Sie grinste ihn spöttisch an und gab ihm den Spiegel zurück. »Schenk mir nach.«

Louis sah nervös zu Serge, der ihm in der Kutsche gegenübersaß und die Ledermappe mit den einzigen sechs aus Gussglas hergestellten Spiegeln der Welt in seinen Händen hielt.

»Wie schätzt Ihr unsere Chancen ein, Monsieur?«, fragte Serge, der unter Louis' wachsamem Blick nervös auf seinem Sitz herumrutschte.

»Welche Chancen?«

»Die Chancen, Spiegel für den König herzustellen.«

»Gut, denke ich. Morgen werden wir mehr wissen«, meinte Louis, während die Kutsche am Marktplatz zum Stehen kam. Louis öffnete die Tür und stieg aus. »Gib mir das Glas.« Er beugte sich zu Serge in die Kutsche hinein. »Ich werde uns Zimmer besorgen, und du wirst zusam-

---

12 Der Autor Mark Pendergrast scheint Poppys Schilderung dieses innovativen Glasgießens in seinem Buch *Mirror, Mirror* zu bestätigen, denn er beschreibt, wie Louis Lucas de Néhou sehr große Glasscheiben goss, von denen aber nur wenige den Prozess des Abkühlens überstanden.

men mit dem Kutscher möglichst unauffällig Erkundigungen über einen einheimischen Glasmacher namens Joubert einziehen. Wie sitzt meine Perücke?«, fragte er und posierte vor Serge.

»Sehr gut, Monsieur.«

»Hast du genug Geld?«

»Ja, Monsieur.«

»Gut, dann geh jetzt. Wir sehen uns heute Abend.«

Es war bereits dunkel, als Serge und der Kutscher in den kleinen Gastraum der Herberge kamen, in dem Louis gerade zu Abend aß. »Setzt euch und greift zu«, sagte Louis. Die beiden jungen Männer verschlangen alles wie hungrige Löwen. Louis sah ihnen eine geschlagene Viertelstunde lang dabei zu. »Nun, was habt ihr herausgefunden?«, fragte er schließlich.

Serge schluckte einen großen Bissen herunter. »Er lebt hier in Trianon, aber seine Werkstatt ist in Vaux. Er ist etwa vierzig Jahre alt und in königlichen Kreisen wohlbekannt.«

»Woher weißt du das?«

»Man merkt es an der Art, wie die Menschen über ihn sprechen. Sie scheinen großen Respekt vor ihm zu haben.«

»Und vergiss nicht seine Frau«, unterbrach ihn der junge Kutscher mit vollem Mund.

»Wir haben seine Frau auf der anderen Seite des Platzes gesehen.«

»Und?«, bohrte Louis ungeduldig nach.

Die beiden jungen Männer sahen einander an und mussten sich anscheinend das Lachen verkneifen. »Und ... sie ist gewaltig«, sagte Serge. Sie brachen in heulendes Gelächter aus.

»Gewaltig?«, fragte Louis und betrachtete ihre verzerrten Gesichter.

»Ja«, sagte Serge, der sich sichtlich bemühen musste, sich wieder zusammenzureißen, »gewaltig. Dicker als wir alle drei zusammen.«

»Du scherzt.«

»Nein, Monsieur, das ist kein Scherz. Jean hier ist mein Zeuge«, sagte Serge und deutete auf den Kutscher, der kauend nickte. »Und das Kleid! Ich habe noch nie in meinem ganzen Leben so viel Gelb auf einmal gesehen.«

»Ich habe kleinere Schabracken an Schlachtrössern gesehen«, sagte Jean kichernd.

»Na gut, was sonst?«

»Er hat keine Kinder und wohnt einen kurzen Ritt entfernt von der Stadt in westlicher Richtung.«

»Habt ihr gesehen, wo?«

Serge nickte. »Sein Grund und Boden hat in etwa die gleiche Größe wie Euer Besitz, soweit ich das beurteilen kann, aber das Haus ist größer.«

»Sonst noch etwas?«

Serge schüttelte den Kopf.

»Gute Arbeit, Jungs. Ihr seid in Zimmer Nummer zwei untergebracht. Wir sehen uns bei Sonnenaufgang«, sagte Louis und stand auf.

Serge und Jean warteten bereits neben der Kutsche, als Louis hinaus in die Morgensonne trat. Er trug eine hellblaue Jacke und gleichfarbige Hosen, dazu weiße Strümpfe und schwarze Schuhe. Eine gepuderte Perücke mit kleinen Löckchen bedeckte sein braunes Haar. »Wie sehe ich aus?«, fragte er Serge, der auf ihn zueilte.

»Fantastisch, Monsieur.« Serge umkreiste ihn wie eine

Arbeitsbiene ihre Königin. »Oh, hier zeigt sich ein wenig Haar. Lasst mich nur kurz ...« Er steckte eine braune Locke unter die Perücke. »Nun seid Ihr perfekt, Monsieur.«

»Dann los«, sagte Louis nervös, gab Serge die Ledermappe und stieg in die Kutsche.

Die Fahrt nach Versailles nahm weniger als eine Stunde in Anspruch. Das Schloss war eine einzige Baustelle. Serge sprang aus der Kutsche und platzierte den schwarz lackierten Tritthocker vor der Kutschentür. »Soll ich Euch begleiten, Monsieur?«

»Nein, du sorgst dafür, dass die Kutsche bereit zur Abfahrt ist. Ich finde mich schon zurecht.« Louis strich seine Jacke glatt, nahm die Spiegel und stieg die breiten Marmorstufen zum Eingang hinauf. Ein Bediensteter kam ihm auf halber Höhe der Treppe entgegen und führte ihn ins Schloss.

Le Brun verzichtete ganz entgegen den Sitten seiner Zeit auf Perücke und Schminke. Sein schütteres langes schwarzes Haar fiel um sein rundes Gesicht und reichte fast bis zum Schreibtisch herab, über den er sich beugte.

»Monsieur Le Brun?«, sagte der Bedienstete leise. »Ein Monsieur Louis Lucas de Nehon möchte Euch sprechen.«

»Ja, danke«, reagierte Le Brun, indem er zu Louis aufsah.

»Ich freue mich sehr, Eure Bekanntschaft zu machen, Monsieur«, sagte Louis und streckte ihm die Hand entgegen.

Le Brun nahm seine Hand und warf noch einen zweiten Blick darauf, als er die Tätowierung bemerkte. »Sagt, dieses Symbol an Eurer Hand, Madame Ruebal trägt dasselbe. Welche Bedeutung hat es?«

»Es ist ein ägyptisches Glückssymbol, das wir beide auf einer gemeinsamen Reise entdeckten. Es gefiel uns, und deshalb beschlossen wir, es als Erinnerung für immer mit uns zu tragen.«

»Interessant. Ich hatte mich schon immer darüber gewundert, hielt es aber nicht für angemessen, eine Dame nach dessen Bedeutung zu fragen … Ihr wisst ja, wie das ist. Eines möchte ich gleich klarstellen, Monsieur …«

»De Nehon.«

»Ja, natürlich, Monsieur Nehon. Wie Ihr an dem Chaos da draußen erkennen könnt, bin ich ein viel beschäftigter Mann. Ich habe dem Treffen mit Euch nur zugestimmt, weil Madame Ruebal mir versicherte, dass Ihr große Fähigkeiten als Glasmacher besitzt. Und sie hat Andeutungen über ein neues Herstellungsverfahren gemacht.«

»Nun, dann kommen wir doch gleich zur Sache«, meinte Louis und öffnete die Ledermappe. »Madame Ruebal hat recht, es gibt tatsächlich ein neues Verfahren. Wie Ihr zweifellos wisst, werden Gläser und Spiegel durch Blasen, Formen und Schneiden hergestellt. Dadurch entstehen auch bei den besten Glasmachern kleine Unebenheiten und Fehler. Aber dieser Spiegel hier«, sagte er und holte eines seiner Musterstücke hervor, »wurde anders hergestellt, und er weist keinen einzigen Fehler auf.«

Le Brun legte seine Notizen beiseite und nahm den Spiegel vorsichtig aus Louis' Händen. »Äußerst dünn«, stellte er fest und untersuchte ihn von der Seite, bevor er das Spiegelbild seines fleischigen Gesichts begutachtete. Er betrachtete den Spiegel aus verschiedenen Winkeln, ging dann zu einem Fenster und verglich die Oberflächen. »Dieser Spiegel wurde gegossen, richtig?«

»Das stimmt.«

Er drehte sich um und ging mit schnellen Schritten auf Louis zu. »Das ist fantastisch!«, sagte er aufgeregt. »Wie habt Ihr das gemacht? Nein, das ist mir egal. Könnt Ihr mehr davon herstellen?«

Louis griff in die Mappe und holte die anderen fünf hervor. Einen nach dem anderen positionierte er sie Kante an Kante auf den Tisch. Le Brun legte den sechsten dazu und vervollständigte so den Eindruck einer einzigen großen Spiegelfläche. »Ich kann so viele herstellen, wie Ihr braucht, Monsieur. Tatsächlich hatte ich gehofft, einige Tausend davon für den Spiegelsaal produzieren zu dürfen.«

Le Brun fixierte Louis. »Interessante Idee, Monsieur de Nehon, sehr interessant. Sagt, könnt Ihr auch größere machen?«

Louis schluckte schwer. »Nein, Monsieur, das sind die größten, die ich bislang produziert habe, aber ich arbeite auch erst seit fünf Monaten mit dieser neuen Technik. Ich bin mir sicher, mit etwas mehr Zeit könnte ich versuchen ...«

Le Brun hob die Hand, und Louis verstummte. »Ich verstehe. Nehmt Euch so viel Zeit, wie Ihr braucht. Ich würde gerne Stücke von dieser Qualität für den Spiegelsaal verwenden, aber es gibt noch ein weiteres Problem, das etwas Zeit kosten wird. Dieser Auftrag wurde bereits jemandem versprochen. Aber seine Arbeit erreicht nicht einmal annähernd diese Qualität.« Er betrachtete sein Abbild in den sechs Spiegeln.

»Joubert.«

Le Brun sah ihn an und zog überrascht die Augenbrauen hoch. »Ja, Joubert. Seid Ihr mit ihm bekannt?«

»Ich habe von ihm gehört.«

Le Brun nickte. »Ich kann Euch folgendes Angebot machen, Monsieur: Die Ausstattung des Saals beginnt, sobald die Schreiner und Maurer fertig sind, also in etwa sechs Monaten. Während dieser Zeit bekommt Ihr Zugang zu den Glaswerkstätten in Tourlaville, um Euer Herstellungsverfahren zu perfektionieren.[13] Ich halte mich über Eure Fortschritte auf dem Laufenden. Schafft Ihr es, Stücke von der gewünschten Größe zu produzieren, gehört der Auftrag Euch. Falls nicht, geht er an Joubert. Ist das ein akzeptables Angebot?«, fragte Le Brun.

»Wann kann ich in Tourlaville anfangen?«

Auf Le Bruns Anordnung hin bekam Louis Zugang zu allen Einrichtungen, Rohstoffen und Gerätschaften sowie eine eigene Werkstatt und ein eigenes Büro. Durch die Erfahrungen aus seinem vergangenen Leben in Murano war er den anderen Glasmachern weit voraus. Aber nach den ersten enthusiastischen Wochen gingen Tage, Wochen und Monate ins Land, in denen es nur kleine Fortschritte bei der Vergrößerung der Glasplatten zu verzeichnen gab. Die Falten in Louis' Gesicht verrieten seine Anspannung – und sie wurden nach jedem Termin bei Le Brun, bei dem er sich wieder und wieder entschuldigte, tiefer.

---

13 Tourlaville war zu dieser Zeit ein kleines Dorf in Cherbourg im Nordwesten Frankreichs, in dessen Umgebung – begünstigt durch die Verfügbarkeit natürlicher Ressourcen (z. B. Holz für Brennmaterial und Sand für die Glasherstellung) und einen Fluss als Verkehrsader – ein neues Zentrum der Glasbläserei entstand (bis dahin hatte das venezianische Murano das Monopol in der europäischen Glasherstellung). Später wurde die Herstellung nach Saint-Gobain verlegt (*Du soleil à la terre, 1665 – 1999: Une histoire de Saint-Gobain*).

»Vielleicht sollten wir eine Pause machen«, schlug Serge vor und rieb sich die müden, roten Augen.

»Nein, wir liegen jetzt schon hinter unserem Zeitplan. Sieh noch einmal nach, ob die Feuerstelle schon heiß genug ist«, sagte Louis und beugte sich über die Kupferformen, um sie richtig anzuordnen.

»Bereit!«, rief Serge von der anderen Seite des Raums.

»In Ordnung, ich komme. Mach den Topf bereit.«

Serge zog seine schwere lederne Kniebundhose und dazu eine Schürze mit Ärmeln und Handschuhen an. Louis knöpfte seine Schürze zu, als er hinüber zur Feuerstelle ging. Der schwere Eisentopf, der zum Schmelzen des Rohglases verwendet wurde, verfügte über dicke Lederüberzüge an den Henkeln, damit man ihn tragen konnte. Jeder packte ihn an einer Seite, dann gingen sie damit vorsichtig hinüber zu den Formen. Sie bewegten sich so synchron wie Tänzer, denn sie hatten diesen Weg schon Hunderte Male zurückgelegt. Sollte einer von ihnen stolpern, würde das geschmolzene Glas ihnen beiden schwere Verbrennungen zufügen.

Sie hielten an dem kleinen Arbeitstisch an, neigten den Topf vorsichtig und füllten die sechs Formen mit der kochenden orangen Flüssigkeit.

»Gut, das war's, stellen wir den Topf ab. Notier die Zeit«, befahl Louis. Serge drehte das Stundenglas neben ihm um. »Gut, gut«, murmelte Louis dann vor sich hin, während er die Handschuhe abstreifte und sich Notizen machte.

»Monsieur, wir werden die Frist kaum einhalten können, nicht wahr?«

Louis ignorierte ihn und machte sich weiter fieberhaft Notizen. Serge sah ihm zu, bis er mit dem Schreiben fertig war. »Ich habe Euch doch von dem Ball morgen Abend erzählt, oder etwa nicht?«, sagte er dann.

»Zweimal«, antwortete Louis.

»Ja, genau. Ich habe mich umgehört. Alles, was Rang und Namen hat, wird dort sein.«

»Dann halte mein hellblaues Gewand bereit.«

»Sehr wohl, Monsieur«, antwortete Serge gähnend. Er schaute auf das Stundenglas. »Es ist Zeit.«

Louis blickte von seinen Notizen auf und ging hinüber zu Serge. Die Formen hatten mittlerweile die doppelte Größe der Vorführstücke, die er Le Brun gezeigt hatte, waren aber immer noch erst halb so groß wie die, die sie für den Spiegelsaal brauchten. Das sich abkühlende Glas nahm erst eine weizengelbe Farbe an und wurde dann wie durch ein Wunder genau in der Reihenfolge, in der es gegossen worden war, plötzlich klar. Louis hielt den Atem an und beobachtete, wie der Boden der glänzenden Kupferformen langsam sichtbar wurde. Als das erste Stück in vier Teile zersprang, seufzte er. Die anderen fünf folgten in exakt gleichen Zeitabständen. Als auch das letzte Stück zersprungen war, schloss Louis die Augen und ließ den Kopf hängen.

»Es ist schon spät, Monsieur, vielleicht sollten wir morgen früh weitermachen.«

»Nein, hol mehr Rohglas. Lass es uns noch einmal versuchen.«

Als Louis im Vorzimmer stand, wo ein Bediensteter seine Einladung entgegennahm, waren ihm die langen Arbeitsstunden deutlich anzusehen. »Wenn Monsieur bis zum Ende dieses Tanzes warten wollen, kann ich Euch vorstellen«, sagte der Bedienstete.

»Nicht nötig«, erwiderte Louis einsilbig und ging in den Saal. Pärchen wirbelten und hüpften über den Marmorboden, während die Zuschauer sich unterhielten und sich mit Fächern Luft zuwedelten. Die vielen vergoldeten Statuen an den Wänden glänzten im Licht der Kristallkronleuchter.

*Ich weiß nicht, warum ich überhaupt zu diesen Veranstaltungen gehe*, dachte Louis, während er sich im Saal umsah. *Ich sollte lieber arbeiten. Nein, nicht heute Abend. Morgen. Morgen fange ich noch mal ganz von vorne an. Oder vielleicht erst übermorgen. Es ist sowieso zu spät, um den Termin noch einzuhalten. Vielleicht sollte ich mir einfach ein junges Ding anlachen, um mich bis morgen etwas abzulenken.* Er nahm zwei mit Champagner gefüllte Gläser vom Tablett eines vorbeigehenden Bediensteten.

Der Tanz endete, und jeder in der Nähe der Tür drehte sich um, als der hohe Ton einer Glocke die Neuankömmlinge ankündigte. »Der Königliche Minister der Finanzen, Monsieur Jean-Baptiste Colbert[14], und seine Gattin Marie.« Das Paar trat unter dezentem Applaus in den Saal. »Madame LaMae du Gascon und ihre Tochter Michelle.« Louis stellte das erste bereits geleerte Glas wieder ab und verpasste so den Blick auf die Madame. »Vicomte Joubert und seine Gattin Émilie.« Louis stellte sich auf die Zehenspitzen, um eine bessere Sicht über die zurückhaltend ap-

---

14 Jean-Baptiste Colbert, eine legendäre Persönlichkeit der französischen Politik, wurde nach dem unrühmlichen Abgang seines Vorgängers Fouquet Finanzminister unter König Ludwig XIV. Colbert wurde außerdem zum königlichen Bauinspektor ernannt und war mit der Beaufsichtigung des Versailles-Projekts beauftragt (*Versailles* von Jean-Marie Perouse de Montclos, 1996).

plaudierende Menge hinweg zu bekommen. Joubert war groß, hager und eleganter, als Serge ihn geschildert hatte. Selbstbewusst schritt er durch die Menge und nickte dabei dem ein oder anderen zu. Seine Frau war dagegen genau so, wie Serge sie beschrieben hatte. Sie trug ein wogendes Gewand in leuchtendem Lila, das an das Zelt eines Scheichs erinnerte.

Louis spürte einen leichten Stoß in den Rippen und sah neben sich herab, wer das wohl war. »Ich sehe nichts. Was trägt sie?« Ramsay grinste.

Louis musste ebenfalls lächeln und sah sich noch einmal nach Émilie um, um sicherzugehen, dass er nicht vor Erschöpfung halluziniert hatte. »Sie trägt Lila, und zwar einen ganzen Berg davon.«

»Typisch«, meinte Ramsay.

»Meine Güte, ich kann es einfach nicht glauben. Sie ist wirklich gewaltig«, sagte Louis.

Ramsay lachte. »Ihre Kutsche ist eine Spezialanfertigung mit Doppelflügeltüren und extra starken Federn.«

»Eine Frau wie diese könnte in einer Badewanne mit nur einem Weinglas voll Wasser auskommen«, sagte er und leerte sein Glas.

»Sei nicht so grausam, das passt nicht zu dir«, schalt ihn Ramsay. »Le Brun hat mir verraten, dass es in Tourlaville nur schleppend vorangeht.«

Louis seufzte und sah sich nach mehr Champagner um. »Es ist schwerer, als ich gedacht hatte.«

»Wichtige Dinge sind niemals leicht.«

Louis stellte sein leeres Glas auf ein Tablett und nahm sich zwei neue. »Sehr geistreich, das muss ich mir merken«, reagierte er in sarkastischem Ton.

»Ach, ich bitte dich, mach doch nicht so ein langes Gesicht. Wir sehen uns nachher noch.« Sie verschwand in der Menge.

Louis ließ sich in einen Stuhl in der Ecke fallen und blieb dort für die nächsten sechs Tänze und vier weitere Gläser Champagner sitzen, bevor er sich in der Menge auf die Suche nach Ramsay machte.

»Pardon, Monsieur«, hörte er eine Stimme hinter sich. Louis drehte sich um. Vor ihm stand ein alter Mann mit einer langen weißen Perücke und einem Zwicker. »Ich kenne hier jeden bis auf Euch. Erlaubt, dass ich mich vorstelle: Mein Name ist Mansalles, Hofmarschall Seiner Majestät. Und Ihr seid?«

»Ich bin«, lallte Louis, »sehr erfreut, Euch kennenzulernen. Louis Lucas de Nehon, Meisterglasmacher.« Louis hielt ihm die Hand hin.

»Soso, Monsieur«, sagte Mansalles, nahm seine Hand, schüttelte sie aber nicht, aus Angst, er könnte ihn aus dem Gleichgewicht bringen. »Was führt Euch nach Versailles?«

»Ich arbeite in Tourlaville an speziellen neuartigen Spiegeln für die Galerie des Glaces.«

Mansalles wich leicht zurück und entzog Louis seine Hand, womit er ihn fast zu Fall brachte. »Da müssen Sie etwas falsch verstanden haben, Monsieur. Ich kenne den Herrn, der die Spiegel für den Saal anfertigt. Er ist gerade eingetroffen. Sein Name ist Jou...«

»Sprechen Sie diesen Namen nicht in meiner Gegenwart aus!«, keifte Louis los. »Sein Name verdient es nicht, in meiner Gegenwart genannt zu werden. Ich bin ein Künstler, ein Handwerker, und er ... er ist nicht mehr als ... als ein opportunistischer feiner Pinkel.« Eine Menschentraube sammelte sich um die beiden, und der so bedrängte Mansalles sah sich nervös nach einer Fluchtmöglichkeit um. Louis sah bereits doppelt, sprach jedoch weiter so laut, dass sich noch mehr Leute um ihn versammelten.

»Monsieur, ich bitte Euch, beruhigt Euch, die Leute starren schon«, sagte Mansalles und lächelte nervös.

»Leute! Was für Leute, diese dünnen Leute? Dünn gemacht durch Joubert. Ha! Er ist nichts weiter als ein Hoflieferant, der die neuesten Moden bedient. Er lebt von dieser einen Spielerei.«

»Monsieur«, sagte Mansalles nun so laut, dass es alle hören konnten, »ich muss darauf bestehen, dass Ihr aufhört, Euch in dieser Art über Monsieur Joubert zu äußern. Ein derart grobes Benehmen kann ich nicht dulden.«

»Grobes Benehmen!« Louis spuckte Mansalles die Worte förmlich ins Gesicht. »Wisst Ihr, warum er sich diese schlank machenden Spiegel ausgedacht hat? Damit seine dicke Frau in den Spiegel schaut und die Courage hat, dieses unsägliche lila Kleid auszuführen. Das ist grobes Benehmen!« Die Menschenmenge hielt kollektiv den Atem an, dann begannen mehrere Leute zu kichern. Mansalles wurde so weiß wie seine Perücke. Jemand tippte Louis auf die Schulter. Mit einem leichten Grinsen kicherte dieser in sich hinein, als er sich umdrehte. Durch seinen Ausbruch hatte er etwas von der Anspannung und Frustration abgebaut, die sich über die letzten paar zermürbenden Monate in ihm aufgestaut hatten.

Die Hand, die ihn angetippt hatte, verpasste ihm nun eine Ohrfeige, die zwar nicht heftig war, aber ausreichte, um den überraschten Louis zu Fall zu bringen. Der blickte auf und sah zuerst schwarze Schuhe, dann weiße Strümpfe, graue Kniebundhosen und eine Jacke. Dann sah er Joubert, der sich die rechte Hand rieb und mit einem arroganten Gesichtsausdruck auf ihn herabblickte. Louis setzte sich auf, dann griff ihm jemand unter die Arme und half ihm hoch. Es war die zierliche Ramsay.

»Jetzt hast du es wirklich geschafft«, flüsterte sie Louis ins Ohr.

Joubert warf stolz den Kopf zurück. »Monsieur, ich weiß nicht, wer Ihr seid, aber Ihr habt mich verleumdet und meine Gattin beleidigt«, sagte er, als Louis sich vor ihm aufrichtete. »Und dafür verlange ich Satisfaktion.« Louis rieb sich verblüfft die linke Wange. »Man merkt deutlich, dass Ihr betrunken seid, Monsieur, und ich gebe Euch deswegen die Möglichkeit, das Gesagte vor all diesen Menschen zu widerrufen.« Er sah sich mit selbstgefälliger Miene um. Louis bemühte sich, nicht zu schwanken und den Kopf wieder einigermaßen klar zu bekommen. Ramsay presste ihren Finger in seine Rippen und warf ihm einen entschlossenen Blick zu, als ob sie ihn ermuntern wollte.

»Wie Ihr wünscht, Monsieur. Aber sagt mir doch zuerst, ob es stimmt, was man sich erzählt«, sagte Louis und deutete auf Jouberts Frau.

»Verzeihung?«, fragte Joubert verwirrt.

»Ich bitte Euch. Ihr müsst es doch sicher wissen. Seit Hunderten von Jahren geht in vielen verschiedenen Kulturen das Gerücht um, dass eine dicke Frau, eine Frau mit dem Körperumfang Eurer Gattin zum Beispiel, die die sexuelle Ekstase erlangt, vor Vergnügen anfängt zu quieken wie ein Schwein.«

Die Menge schrie schockiert auf und brach dann in schallendes Gelächter aus. Joubert stotterte etwas mit einem blöden Ausdruck im Gesicht. Seine Frau erblasste und sank in einem lila Haufen zu Boden, wobei sich einige der Umstehenden beeilten, ihr Platz zu machen. Ramsay verdrehte die braunen Augen. Mansalles gelang in dem Durcheinander die Flucht vor noch mehr Peinlichkeit. Louis stand nun selbstgefällig vor Joubert, die Hände in den Hosenbund gesteckt. »Ich werde Euch Eure Unwissenheit nachsehen«, fuhr Louis fort, noch bevor Joubert etwas erwidern konnte. »Es ist ja wohl offensichtlich, dass Eure Frau mehr ist, als Ihr jemals in Ekstase versetzen könntet.«

Der mittlerweile puterrote Joubert zitterte sichtlich am ganzen Körper. »Ihr … Ihr … Ich verlange Satisfaktion! Ich bestehe darauf!« Er stampfte unkontrolliert mit dem Fuß auf den Boden. »Es ist mein gutes Recht, ein Duell zu verlangen, um meine Ehre und die Ehre meiner Frau zu verteidigen. Wählt die Waffe.«

Ramsay zerrte an Louis' Jacke, bis sie seine Aufmerksamkeit hatte. »Pistolen … Pistolen«, zischte sie ihm zwischen zusammengepressten Zähnen zu.

»Pistolen«, lallte Louis laut. Seine Stimme war im gesamten Ballsaal zu hören. »Übermorgen.«

»In Ordnung«, erwiderte Joubert ernst. »Euer Sekundant soll meinen morgen in meinem Hause aufsuchen. Es befindet sich …«

»Ich weiß, wo es ist«, zischte Louis.

»Übermorgen bei Sonnenaufgang also«, sagte Joubert und beugte sich zu seiner Frau herunter, um ihr aufzuhelfen.

Louis nickte und stolperte durch die Menge zur Ausgangstür. »Wir nehmen meine Kutsche«, sagte Ramsay, als sie den Ballsaal verließen.

»Warum Pistolen? Ich habe noch nie eine in der Hand gehabt, geschweige denn damit geschossen«, fragte Louis.

»Wenn mich die Erinnerung nicht täuscht, hast du auch noch nie einen Degen gehalten, richtig?«

»Ja.«

»Dann ist eine Pistole deine einzige Hoffnung. Du übernachtest heute in meinem Château. Morgen üben wir, nachdem du deinen Rausch ausgeschlafen hast«, sagte Ramsay.

Louis war kalkweiß und zuckte bei dem Knall zusammen, als Ramsay den ersten Schuss aus der Steinschlosspistole abgab. »Wie geht es deinem Kopf heute Morgen?«

»Dem ging es schon mal besser.«

»Darauf möchte ich wetten. Hier, sie ist wieder geladen«, sagte sie und reichte ihm die Waffe. »Versuch es mal.«

Louis nahm die Pistole in beide Hände. »Was muss ich tun, zielen und abdrücken?«

»Zuerst musst du einmal den Hahn spannen. So.« Sie zog den Hahn zurück, bis er einrastete. »Dann zielst du sorgfältig und drückst ganz leicht den Abzug durch.«

»Na schön. Worauf soll ich zielen?«

Ramsay sah sich auf dem Hof um. »Das Hühnchen da drüben am Zaun. Wenn du es triffst, können wir es heute Mittag essen.«

»Die Wette gilt«, sagte er, schloss das linke Auge und legte die Waffe auf das ahnungslose Federvieh an. Er zuckte beim Knall des Schusses erneut zusammen und hielt im abziehenden weißen Rauch nach dem Hühnchen Ausschau. Der Vogel gackerte und flatterte aufgeregt herum. Er hatte ihm keine Feder gekrümmt. »Ich glaube, ich habe es verfehlt.«

»Ja, allerdings. Gib her, ich lade sie dir neu.« Ramsay nahm die Pistole und stopfte ein wenig Pulver in den Lauf. »Sag, warum hast du gestern Abend nach deinem Ausbruch keinen Rückzieher gemacht? Warum hast du dich nicht entschuldigt, als du die Gelegenheit dazu hattest?«

Louis seufzte. »Aus Frust wahrscheinlich. Ich arbeite seit Monaten an immer größeren und vollkommeneren Spiegeln, während dieser talentlose Possenreißer ein Vermögen mit einer Spielerei macht. Das treibt mich zum Wahnsinn.«

»Hier, bitte«, sagte Ramsay und gab ihm die Waffe wieder. »Nun, falls du das Glück haben solltest, Joubert morgen zu töten, wirst du mit ziemlicher Sicherheit den Auftrag bekommen.«

»Dieser Gedanke kam mir heute Morgen auch schon«, sagte Louis und feuerte die Waffe ab. Wieder gab der sich verziehende Rauch die Sicht auf ein unversehrt herumlaufendes Hühnchen frei. Louis betrachtete den Vogel, dann wieder den Lauf seiner Pistole, dann wieder den Vogel. »Dieses verdammte Huhn ist einfach zu dumm, um zu merken, dass es längst tot ist.«

»Eine unerwartet schwierige Aufgabe«, stellte Ramsay fest. »Versuchen wir es noch einmal.«

»Selbst wenn ich morgen als Sieger hervorgehen sollte, sind mir vermutlich alle Türen, die nach Versailles führen könnten, verschlossen. Ich habe gestern Abend wohl etwas übertrieben.«

»In der Tat. Aber du hast nur ausgesprochen, was viele Leute schon lange sagen wollten. Wenn du morgen gewinnst, werden sie dir vergeben und dich in ihrer Mitte willkommen heißen. Du solltest ihn töten.«

»Muss das sein? Ich habe noch nie jemanden getötet.«

Ramsay sah ihn an. »Noch nie? Bei keiner einzigen Reise?«

»Nein, nie«, sagte Louis und zuckte mit den Schultern. »Und ich weiß nicht, ob ich jetzt damit anfangen will.«

»Nun ja, es ist nun leider zu spät, um kalte Füße zu bekommen, meinst du nicht?«, sagte sie und gab ihm die Pistole.

»Nein, so meinte ich das nicht. Kann ich ihn nicht einfach so verwunden, dass er nicht mehr arbeiten kann?«

»Großer Gott, Mann, du kannst nicht einmal ein still dasitzendes Hühnchen aus fünfzehn Schritt Entfernung treffen, und jetzt willst du einen Mann gezielt verletzen. Dazu braucht es Können.«

»Ach ja? Dann sieh dir das mal an«, sagte Louis, zielte und schoss. Der Rauch verzog sich, und das Hühnchen freute sich immer noch seines Lebens. Er hatte fast das Gefühl, dass es sich über ihn lustig machte »Verdammt!«

»Noch einmal.« Ramsay seufzte.

Sie waren immer noch am Üben, als Serge von seinem Besuch bei Joubert zurückkehrte. Louis' Zielgenauigkeit hatte sich um keinen Deut verbessert.

»Hast du Neuigkeiten für mich?«, rief Louis Serge zu, als dieser zu ihm eilte.

»Es ist alles abgemacht – morgen früh, eine Stunde nach Sonnenaufgang, im königlichen Kirschgarten.«

»Perfekt!«, meinte Ramsay.

»Warum ist das perfekt?«, fragte Louis.

»Weil ich eine Idee habe, wie du vielleicht deine Haut retten könntest«, sagte sie und spannte den Hahn der Pistole. »Aber zuerst muss ich etwas essen.« Sie zielte auf das weiße Hühnchen.

»Ich glaube, der Lauf ist krumm. Deswegen lässt sich nicht richtig damit zielen«, mutmaßte Louis.

»Hmm. Wenn du einen Fasan oder ein Hühnchen erlegen willst, zielst du am besten auf den Kopf, dann bleiben die Bruststücke unversehrt«, sagte sie und drückte ab.

»Volltreffer!«, rief sie, noch bevor der Rauch sich verzogen hatte.

»Was ist das für eine Idee?«, fragte Louis und beobachtete durch den Qualm, wie das kopflose Huhn wild flatternd versuchte, wieder auf die Beine zu kommen.

»Nimm es mit«, sagte Ramsay und ging ins Haus. »Wir besprechen alles beim Essen.«

»Ich habe mir Folgendes überlegt: Du willst aus Gewissensgründen niemanden töten«, sagte Ramsay in einem leicht sarkastischen Tonfall. »Aber wenn du ihn verwundest, sagen wir zum Beispiel am Arm oder an der Schulter, könnte er nicht mehr arbeiten und müsste den Auftrag für Versailles abgeben, richtig?«

Louis nickte kauend.

»Wie viel ist dieser Auftrag wert?«

»Eine Menge. Genug, damit ich mir für eine lange Zeit, vielleicht mehrere Leben lang, keine Gedanken mehr über Geld machen müsste.«

»Gut. In Ordnung ... Du wärst wahrscheinlich nur mit viel Glück dazu in der Lage, ihn zu treffen, und noch mehr Glück bräuchtest du, um ihn gezielt zu verletzen. Du müsstest mindestens einen Monat lang trainieren. Hier also mein Vorschlag: Geh morgen früh zu dem Duell, mach alles so, wie es sich gehört, aber wenn bis zehn gezählt wird und ihr euch umdreht und feuert, möchte ich, dass du dich eine halbe Sekunde früher umdrehst und sofort schießt. Du sollst ihn nicht treffen, sondern möglichst weit danebenschießen, mit voller Absicht.«

Louis hörte auf zu essen und sah sie ausdruckslos an.

»Hast du mich verstanden?«, fragte Ramsay.

»Ja, ich frage mich nur gerade, worauf du da hinauswillst.«

»Ich habe eine Jagdmuskete, mit der ich sehr genau treffen kann, sogar aus weiter Entfernung – und sie hat ein kleines Kaliber, wie die Pistole. Ich werde mich hinter dir auf dem kleinen Hügel positionieren, von dem aus man den Obstgarten überblicken kann. Im selben Moment, in dem du danebenschießt, werde ich ebenfalls feuern und ihn an der Schulter verletzen. Aber wir müssen vorsichtig sein und unsere Schüsse zeitlich perfekt aufeinander abstimmen, sonst erregen wir Verdacht. Und wir müssen ganz knapp vor ihm abdrücken. Denn wenn du zu früh schießt, bevor er schussbereit ist, darf er in aller Ruhe noch einmal auf dich zielen. Und seiner Laune gestern Abend nach zu urteilen, denke ich, dass er dich wirklich töten will. Der Hügel liegt westlich vom Obstgarten, achte also darauf, dass du die Position in Richtung Osten einnimmst, sonst müsste ich ihm in den Rücken schießen.«

»Das hört sich gut an«, sagte Louis. »Ein perfekter Plan, aber was ist, wenn unsere Schüsse nicht gleichzeitig fallen?«

»Keine Sorge. Denn das werden wir nun für den Rest des Tages üben.«

Die Morgensonne versteckte sich noch hinter dem Horizont, als sie die Kutsche bestiegen. Um Louis' Augen hatten sich während der schlaflosen Nacht dunkle Ringe gebildet. Er stieg in die Kutsche und setzte sich wortlos neben Ramsay und Serge.

»Hier, nimm einen Schluck.« Ramsay hielt ihm ein kleines silbernes Fläschchen hin. »Das wird deine Nerven beruhigen.«

»Meinen Nerven geht es blendend«, sagte Louis und sah aus dem Fenster.

Ramsay zuckte mit den Schultern und nahm noch einen Schluck aus dem Fläschchen. »Du wirst bald ein reicher Mann sein.«

»Ich wünschte nur, es würde nicht auf diese Art und Weise passieren.«

Ramsay verdrehte die Augen und nahm noch einen Schluck.

»Hast du dich schon einmal duelliert?«, fragte Louis.

»Ja, ich war schon Dutzende Male an Duellen beteiligt. Als Soldat wird man öfter in so etwas verwickelt, als du glaubst.«

»Hast du sonst noch einen Rat für mich?«

»Ja«, sagte sie und lachte. »Pass bitte auf, dass du den heutigen Morgen überlebst.«

Louis sah sie ernst an.

»Mach dir keine Sorgen«, sagte sie. »In ein paar Minuten ist alles vorbei. Ich muss hier aussteigen und mir eine gute Position suchen. Der Obstgarten ist gleich hinter dem Hügel.« Der Kutscher hielt, und sie sprang heraus. Sie trug die schäbige braune Kleidung eines Bauern und neue braune Lederstiefel. Der Kutscher reichte Ramsay die Muskete und eine Tasche. Die Waffe war so lang, wie sie groß war. »Vergiss nicht, mich auf dem Rückweg wieder aufzusammeln«, sagte sie und verschwand flink wie ein Kaninchen im dichten Gestrüpp neben der Straße.

Die noch tief stehende Morgensonne fiel durch die Kirschbaumreihen. Die weißen Blüten leuchteten wie Votivkerzen in einer Kirche. Die kühle, windstille Luft war durchdrungen vom Duft des Geißblatts, das am Rand des Obstgartens wuchs. Neben dem Garten stand eine doppeltürige Kutsche, und zwischen den ersten beiden Baumreihen gingen drei Männer auf und ab.

»Das werden sie sein«, sagte Louis zu Serge. »Du erinnerst dich doch, was Ramsay dir gezeigt hat? Wie man die Pistolen überprüft?«

»Ja, ich war fast die ganze Nacht wach und habe geübt. Ich bin bereit«, sagte der Diener.

»Gut«, sagte Louis und drückte Serges Knie. »Gehen wir.«

Sie gingen zu den zwischen den niedrigen Bäumen wartenden Männern hinüber. Es waren Joubert, sein Sekundant und ein Unparteiischer, der die Holzkiste mit den Pistolen bei sich trug. Serge und Jouberts Sekundant schüttelten sich die Hände und sprachen leise miteinander, bevor sie mit dem dritten Mann zur Seite traten, um die Waffen zu inspizieren. Joubert sah ebenso müde aus wie Louis.

»Es ist noch nicht zu spät für eine Entschuldigung, Monsieur Nehon«, rief Joubert Louis zu.

Louis drehte sich auf dem Absatz herum und sah ihn kühl an. Er ging davon aus, dass Joubert vor diesem Vorfall noch nie von ihm gehört hatte. Und nun verachtete Louis ihn noch mehr als je zuvor. Nur ein Feigling würde eine derart grobe Beleidigung vergeben. Louis holte tief Luft. »Ich bin hier, um meine Worte zu verteidigen, nicht um vor Euch auf den Knien zu rutschen.«

»Wie Ihr es wünscht.« Jouberts Stimme brach.

»Wir sind bereit«, sagte Serge, der eine Steinschlosspistole aus Mahagoni in seinen Händen hielt.

»Ich möchte darum bitten, die Plätze einzunehmen, Messieurs«, sagte der Unparteiische und bedeutete Joubert und Louis, zu ihm zu kommen. Die Bäume waren in Reihen gepflanzt, die sich nach Osten bis zu dem mit Brombeersträuchern bewachsenen Hügel erstreckten, über dem gerade die strahlende Sonne aufging. »Wir werden auslosen, wer gegen die Sonne schießen muss«, fuhr der Unparteiische fort.

»Das wird nicht notwendig sein«, sagte Louis schnell. »Ich werde mit dem Gesicht zur Sonne schießen, oder erhebt Ihr Einspruch?«

Joubert schüttelte den Kopf, trat zwischen zwei Baumreihen und spannte den Hahn seiner Pistole. Louis tat dasselbe und nahm seinen Platz Rücken an Rücken mit Joubert ein.

»Messieurs, ich werde die Schritte zählen. Wenn ich die Zehn erreiche, dreht Ihr Euch um. Verstanden?«

Joubert und Louis nickten gleichzeitig.

»Viel Glück. Eins, zwei, drei ...«

Louis fasste den Griff seiner Pistole mit jedem Schritt fester. Seine Augen suchten auf dem sonnenbeschienenen Hügel vor ihm nach einem Hinweis auf Ramsay. Vor seinem geistigen Auge sah er, wie sie gegen einen Baum gelehnt in ihrem Versteck saß und sorgfältig mit dem langen Lauf der Muskete zielte. Wie sie ihn in genau diesem Moment beobachtete und seine Schritte mit ihm zusammen zählte.

»Acht, neun, z...«

Louis wirbelte herum und feuerte seine Kugel in einer Wolke aus weißem Rauch mitten auf die lodernde

Sonne, die hinter Joubert am Himmel hing. Er hörte nur den Knall eines einzigen Schusses, genau wie bei ihren Übungen am gestrigen Nachmittag. Joubert machte einen Schritt zurück, dann sank er mit einem erstaunten Gesichtsausdruck auf die Knie, die Pistole immer noch fest in der Hand. Allmählich erkannte Louis den knienden Joubert im sich verziehenden Rauch. Ein schmales Blutrinnsal quoll aus einem kleinen kreisrunden schwarzen Loch oberhalb seiner rechten Augenbraue. Louis sah ihn entsetzt an, während Joubert drei- oder viermal blinzelte und auf den Knien hin und her schwankte. Die Pistole bäumte sich in seiner erschlaffenden Hand auf, dann fiel er mit dem Gesicht voran in das kurz gemähte Gras. Jouberts Schuss streifte Louis leicht unterhalb des Knies.

Louis sank zu Boden, griff nach seinem Bein und blickte wütend zu dem teilnahmslosen Hügel auf. Serge eilte zu ihm. Der Unparteiische sah nach Joubert und kam dann ebenfalls herüber. Louis blutete stark und musste hundert Meter durch den Garten bis zum Palast getragen werden, wo ein königlicher Chirurg seine Wunde versorgte.

Während der Chirurg seine Arbeit tat, kniff Louis vor Schmerz die Augen zusammen. Aber dann sah er jedes Mal Jouberts blasses, müdes Gesicht und seine ungläubig blinzelnden Augen vor sich. Er verfluchte Ramsay dafür, dass sie Joubert getötet hatte. Er stellte sich vor, wie zufrieden sie ausgesehen haben musste, nachdem ihr ein so guter Schuss geglückt war – er hätte ahnen müssen, was sie vorhatte.

Der Chirurg schloss die Wunde und verband das Kniegelenk von der Mitte des Oberschenkels bis zur Mitte der Wade. Louis schlief währenddessen ein und wachte erst am späten Nachmittag wieder auf, als Ramsay in einem rot-schwarzen Kleid hereinkam.

»Wie geht es dir?«, fragte sie.

Louis setzte sich vorsichtig in dem großen Bett auf. »Gut. Man hat mir gesagt, dass ich wahrscheinlich ein Hinken zurückbehalten werde, aber …«

»Wenigstens ist es dir besser ergangen als Joubert. Guter Schuss übrigens, das hätte ich dir nicht zugetraut«, sagte sie und lächelte.

»Du Bastard!«, platzte es aus Louis heraus. »Ich hätte ahnen sollen, dass du ihn einfach erschießen würdest. Ich hätte es wirklich ahnen sollen.«

»Was soll das heißen? Ich habe nicht geschossen. Meine Muskete hat leider versagt. Du hast ihn selbst erschossen.«

Louis' Augen verengten sich. »Du lügst.«

»Denk, was du willst, Kleiner, aber ich sage dir, ich habe nicht geschossen. Ich muss in geschäftlichen Dingen nach Sachsen, aber du solltest wissen, dass die Neuigkeit sich schnell verbreitet hat. Wie sich herausstellt, war der Verstorbene gar nicht so beliebt. Du bist bereits eine kleine Berühmtheit. Ich rate dir, so bald wie möglich wieder auf die Beine zu kommen, du wirst dich nämlich vor Arbeit nicht mehr retten können. Wir sehen uns.« Ramsay drehte sich um und ging zur Tür, wo ihr der groß gewachsene, dunkelhaarige Le Brun entgegenkam.

»Madame Ruebal, es ist mir wie immer ein Vergnügen«, sagte er und küsste ihre behandschuhte Hand.

»Das Vergnügen ist ganz meinerseits.« Sie lächelte Louis zu, bevor sie durch die Tür verschwand.

Le Brun sah ihr einen Moment lang hinterher, bevor er eintrat. Er hatte einen reich verzierten, geschnitzten

Gehstock mit einem mit Juwelen besetzten Drachenkopf in der Hand. »Wie geht es Euch?«

»In ein paar Tagen werde ich wieder wohlauf sein. Ich will so schnell wie möglich wieder an die Arbeit gehen.«

»Ja«, sagte Le Brun und öffnete das Fenster. »Ich sollte Euch wohl gratulieren.«

»Wie ist das zu verstehen?«

»Na, na, Ihr wisst doch ganz genau, was ich meine. Ich wünschte nur, es hätte nicht so weit kommen müssen. Ich gebe Euch den Auftrag, denn Ihr seid nun, soviel ich weiß, der einzige brauchbare Glasmacher Frankreichs. Aber unter uns: Ich hätte Euch den Auftrag so oder so gegeben. Hier«, sagte er und hielt Louis den Gehstock hin, »der ist für Euch. Der Arzt sagte, Ihr werdet einen brauchen. Die Verträge warten in meinem Büro auf Euch. Kommt vorbei, sobald Ihr dazu in der Lage seid. Ich wünsche Euch noch einen schönen Tag, Monsieur.« Er ging, ohne sich noch einmal umzudrehen. Louis hielt den Gehstock in seinen Händen und blickte, so lange er konnte, in die saphirblauen Augen des Drachen.

# 10

»ICH HIELT DEN GEHSTOCK in meinen Händen und blickte, so lange ich konnte, in die saphirblauen Augen des Drachen«, beendete Poppy ihre Geschichte.

»Hast du die Spiegel perfektionieren können?«, fragte ich.

Poppy zuckte zusammen. Fast, als wäre sie überrascht, dass ich noch wach war. »Ja, aber für den Spiegelsaal musste ich sie noch in Handarbeit herstellen. Sie sind nicht perfekt, aber nah dran. Erst gegen Ende des Auftrags erreichte ich einen Durchbruch in der Gusstechnik. Ich nahm meinen letzten Lohn von Le Brun und investierte ihn in eine Manufaktur im französischen Saint-Gobain, wo ich dieses neue Glas in großen Mengen fertigen ließ.«

»Was ist daraus geworden?«

»Es wurde ein Erfolg. Die Fabrik gibt es noch heute. Und ich besitze immer noch viele Anteile an der Firma.«[15]

»Wie lief es gesellschaftlich für dich in Versailles, nachdem du dich erholt hattest?«

»Ich wurde dafür respektiert, dass ich ausgesprochen hatte, was alle anderen immer gedacht, sich aber nicht zu sagen getraut hatten. Jämmerliche Kreaturen, aber das sind Menschen ja immer. Ich verachtete sie, aber das

---

15 Saint-Gobain ist heute mit einem Jahresumsatz von vierzig Milliarden Euro eine der größten Firmen Europas.

machte mich natürlich in ihren Augen noch attraktiver. Genauso wenig gefiel mir der Gedanke, dass jeder glaubte, ich hätte Joubert getötet. Jeden Tag wünschte ich mir, allen die Wahrheit sagen zu können, aber das ging natürlich aus naheliegenden Gründen nicht.«

»Hast du jemals herausgefunden, wer ihn wirklich erschossen hat?«

»Ramsay war es. Hast du nicht zugehört?«, ermahnte sie mich streng. »Sie hat es zwar nie zugegeben, aber sie war es. Das ist die einzige mögliche Erklärung. Und wenn wir schon beim Thema sind: Es könnte sein, dass Ramsay in Zürich ist. Lass weder sie noch irgendwen anders wissen, dass ich dir ihren Namen verraten habe.«

»Geht klar«, sagte ich gähnend und blickte wieder zur Seite auf den Gehstock. Ich starrte ihn so lange an, bis ich einschlief.

Als ich erwachte, stand Poppy am Geländer und sah nach unten in den Kirchenraum. »Guten Morgen«, sagte ich und suchte nach meiner Unterhose.

»Guten Morgen.« Sie drehte sich zu mir um und erriet, was ich suchte. »Die liegt am Fußende.«

»Danke.« Ich zog die Unterhose an und rutschte quer über das Bett zu ihr. Dann griff ich nach dem Geländer, zog mich hoch und stellte mich auf mein rechtes Bein. Es war ein atemberaubender Anblick. Die Sonne schien mit der gleichen Brillanz durch das Glas wie am gestrigen Vormittag, aber von hier oben konnte man erkennen, dass die bunten Lichtflecken die Szenen der Glasfenster auf dem Parkettboden abbildeten.

»Das ist ja fantastisch.« Ich sah sie an. Sie stand zwei Schritte hinter dem Geländer, lächelte mich an und blickte dann wieder zögerlich nach unten in den Kirchenraum. Ich humpelte zu ihr und wollte den Arm um sie legen, aber sie wich zurück und ging hinüber zur Kommode. »Was ist los?«, fragte ich.

»Nichts, ich hab nur Höhenangst, das ist alles.«

Ich setzte mich wieder auf das Bett und zog meine Hose an, während sie in den Schubladen der Kommode herumkramte. Als ich nach meinem T-Shirt griff, bemerkte ich, dass das Tageslicht nun auch das runde Buntglasfenster über der Empore beleuchtete. Die oberste Szene zeigte eine junge Frau im blauen Rüschenkleid in einer Menschenmenge, offenbar bei einer Art Tanzgesellschaft. Im rechten Bild hielt ein Mann in mittleren Jahren mit einem braunen Bart und einer Brille mit runden Gläsern eine Messingspritze in die Höhe, als ob er die Luftblasen herausdrücken wollte. Die Spritze sah genau aus wie die, die Poppy benutzte. In der untersten Szene ritt eine Frau mit langem rotem Haar auf einem Schimmel durch eine Wüstenlandschaft, und das letzte Bild zur Linken zeigte vermutlich Graciela Cruz vor den Türen dieser Kirche. In der Mitte des Fensters befand sich eine runde Scheibe aus blau gefärbtem Glas.

»Ich würde heute Abend gerne mitkommen. Wie nennt sich der Club noch mal?«, fragte sie.

»Necropolis.«

»Ich glaube, ich habe in *LA Weekly* davon gelesen. Das ist in einem alten Kino, oder?«

»Ja, richtig.«

»Klingt ja ganz lustig. Wann müssen wir los?«

»So um halb elf.«

»Okay, dann sehen wir uns später. Du hast Antonio und den Wagen heute zu deiner freien Verfügung, falls du vor unserer Abreise morgen noch Besorgungen machen musst.«

Auf dem Weg zum Iowa Hotel fuhr Antonio an dem ausgebrannten Lagerhaus vorbei. Die grauen Außenwände standen noch, aber über jedem der offenen Fenster war schwarzer Ruß zu sehen. Weil das Dach fehlte, erhellte das Tageslicht die Fenster im Obergeschoss.

Das schmuddelige Äußere des Hotels wirkte trostlos. Das große Panoramafenster im Erdgeschoss war mit einem dünnen Schmierfilm überzogen, der in dem strahlenden Sonnenschein besonders ins Auge fiel. Ein strenger Geruch nach Urin und Müll kroch aus der Seitengasse. Als ich hereinkam, saßen vier neue Hotelgäste auf den Sofas und Stühlen und sahen sich gerade eine Talkshow an. Zwei der vier Kartenspieler lächelten mich an und warfen einen Blick auf meinen Fuß mit dem weißen Verband, während ich zur Treppe humpelte. Die vertraute braune Farbe der Flurwände hieß mich willkommen. Ich zögerte, bevor ich die Tür zu meinem Zimmer öffnete – als ob ich Angst davor hätte, mich selbst darin sitzend vorzufinden, immer noch gefangen in jenen elenden Gedanken, die dieser Ort für mich verkörperte, immer noch nichts von dieser neuen Realität ahnend.

Schließlich öffnete ich langsam die Tür und ließ sie offen stehen. Als wir am Lagerhaus vorbeigefahren waren, hatte ich nicht das Gefühl gehabt, an einen Tatort zurückzukehren, aber hier in diesem Zimmer war das anders. Die Schlinge aus dem orangen Verlängerungskabel wartete immer noch an der billigen Deckenlampe. Ich verlor keine Zeit und holte mein restliches Geld aus dem Versteck in der Kochplatte. Dabei blickte ich immer wieder zu der offenen Tür hinüber, denn ich wurde das Gefühl nicht los, dass sie plötzlich zufallen könnte und ich dann hier gefangen wäre. Ich sah mich schnell um, ob ich noch irgendetwas mitnehmen wollte, denn ich war mir sicher, dass ich nie wieder auch nur einen Fuß in dieses Zimmer setzen würde. Schließlich nahm ich nur ein paar Kleidungsstücke mit, mehr wollte ich von diesem Leben nicht behalten. Dann schloss ich die Tür und ging schnell wieder nach draußen zum Auto. Antonio nahm mir den kleinen Wäschebeutel mit meinen Habseligkeiten ab, während ich einstieg.

»Wohin, Sir?«, fragte er und ließ den Motor an.

Ich sah zu der verwitterten Fassade des Hotels hinüber und beobachtete die geisterhaften Silhouetten der Männer hinter dem schmutzigen Glas. »Mir egal, nur weg hier.«

Antonio fuhr den Rest des Nachmittags und des Abends mit mir in Los Angeles herum. Wir hielten nur an, um den letzten Rest meines Geldes auszugeben. Für siebenhundert Dollar kaufte ich zwei Anzüge, vier Hemden, vier Krawatten, einen Gürtel, ein Paar Schuhe und einen Koffer. Ich legte alles auf das Gästebett und hatte schon die meisten Preisschilder abgeschnitten, als Poppy hereinkam.

»Sehr schick. Wirst du einen davon heute Abend anziehen?«

Ich musste fast lachen und drehte mich zu ihr um. »Ich glaube nicht, dass das passend wäre. Heute Abend werde ich das hier anziehen«, sagte ich und führte ihr ein schwarzes Hemd vor, das ich aus dem Hotel mitgebracht hatte.

»Ist das hier denn dann passend?«, fragte sie und drehte sich langsam einmal um die eigene Achse. Sie trug einen hautengen schwarzen Catsuit mit langen Ärmeln und Rollkragen. Er betonte ihre Figur und ließ sie noch dünner erscheinen. Das glänzende schwarze Haar fiel ihr auf die Schultern und bildete einen perfekten Rahmen um ihr Gesicht.

»Es ist vollkommen, genau wie du«, sagte ich und streckte meinen linken Arm nach ihr aus. Sie runzelte die Stirn, so als ob ich sie einen Moment lang irritiert hätte. Dann hatte sie sich wieder im Griff, lächelte mir zu, kam einen Schritt näher und nahm meine ausgestreckte Hand in ihre.

»Fertig?«, fragte sie.

Ich fühlte mich unbehaglich, als hätte ich etwas falsch gemacht. »Ja, klar. Lass mich nur meinen neuen Schuh anziehen.«

Antonio hielt am Eingang des Clubs, vor dem sich bereits eine lange Schlange gebildet hatte. Auf der altmodischen Tafel am Vordach des ehemaligen Kinos stand mit beweglichen Lettern »Samstag: The Naked Kobolds«.

»Was für Musik ist das?«, fragte Poppy, als wir an dem nickenden Türsteher vorbei hineingingen.

»Wirst du gleich sehen«, sagte ich und genoss es, sie zur Abwechslung einmal durch meine Welt zu führen. Sie folgte mir durch die Menge. Henry sah mich schon von Weitem und deutete auf die Mitte der Theke.

»Okay, ihr zwei, verschwindet«, sagte er zu den beiden Männern, die dort saßen. Sie schimpften vor sich hin, als sie ihre Drinks nahmen und Platz machten. »Soso, sieh mal einer an, wer noch am Leben ist«, sagte er und schüttelte mir die Hand. »Wer hat sich denn um deinen Fuß gekümmert?«

»Das war sie. Sie war mal Ärztin«, sagte ich und klopfte Poppy auf die Schulter, damit sie sich uns zuwandte. »Henry, das ist Poppy. Poppy, das ist Henry.« Henrys Gesicht nahm einen seltsamen Ausdruck an, als er ihre Hand schüttelte. Sie ließ seine Hand schnell wieder los und ließ ihren Blick dann wieder durch den Club schweifen.

»Na gut, dann erzähl doch mal, was passiert ist«, sagte er und ließ Poppy dabei nicht aus den Augen.

»Später. Ich habe Durst.«

Er lächelte. »Ein Bier für dich, und was hätte deine Begleitung gerne?«

»Wodka Martini«, sagte sie, ohne ihn eines Blickes zu würdigen.

»Er ist noch nicht da, oder?«, fragte ich Henry, während er unsere Getränke fertig machte.

»Nein. Hey, ich muss mal mit dir reden«, drängte Henry.

»Ja, ich weiß, es tut mir wirklich lei…«

»Nein, darum geht es nicht, sondern um etwas anderes. Hier bitte«, sagte er und stellte unsere Drinks auf die Glastheke. »Ich mach dir einen Deckel.« Dann ging er.

»Hier gefällt's mir«, sagte Poppy. »Ist das der Freund, von dem du gesprochen hast?«

»Ja, ihn habe ich gestern Abend angerufen, aber es kommt noch jemand. Der, der mir das Geld schuldet. Er sollte so gegen Mitternacht auftauchen. Er wird leicht zu erkennen sein.«

Sie zuckte mit den Schultern. »Wo sind die Damentoiletten?« Ich zeigte ihr die Richtung.

»Henry«, rief ich ihm zu, als er an mir vorbeiging. »Worüber wolltest du mit mir reden?«

»Woher kennst du die?«

Ich erzählte Henry, was in der Nacht passiert war, in der ich das Feuer gelegt hatte. Dass sie meine Wunde versorgt und mich bei sich hatte unterkommen lassen. Mehr nicht.

»Du hast recht, das ist eine ziemlich krasse Geschichte«, sagte Henry, »aber ich habe eine noch krassere auf Lager: Ich kenne sie.«

»Wie bitte?«, fragte ich ungläubig.

»Ja, Mann. Sie wohnt in einer Kirche drüben in Commerce, richtig?«

»Woher kennst du sie?«

Er überging meine Frage mit einem Kopfschütteln. »Wie gut kennst du sie, Kumpel?« Ein besorgter Tonfall hatte sich in seine Stimme geschlichen.

»Ziemlich gut.« Das schien mir eine passende Antwort. Ich kannte sie zwar erst drei Tage, aber ich kannte sie bereits besser, als ich jemals irgendwen sonst in meinem Leben gekannt hatte. Ich konnte ihm nur nicht erzählen, warum das so war. »Warum fragst du? Worauf zum Teufel willst du hinaus?«

»Mit der ist was faul, Mann. Halte dich lieber fern von ihr.«

Da war es wieder, dieses nur allzu vertraute Gefühl, und ich verdrehte die Augen zur Decke. *Es ist nicht seine Schuld*, sagte ich mir. *Wie könnte er das jemals verstehen.* »Dann spuck schon aus, was du zu sagen hast.« Ich sah ihn wieder an.

Er nahm einen Schluck von meinem Bier. »Letztes Jahr, nachdem ich meinen Job im Whiskey verloren hatte, hab ich meinem Kumpel Dominic bei ein paar Drogenlieferungen geholfen. Vor allem Heroin, aber auch ein bisschen Kokain. Ich habe das nicht sehr lang gemacht, aber ich brauchte Geld für die Miete. Egal, eines Abends bekommt er eine Pager-Nachricht von seinem Boss. Ein Spezialauftrag. ›Das ist was Großes‹, hat er gesagt. Wir halten also auf dem Parkplatz vom Members Only, so einem Schwulen-Saunaclub an der Vine Street. Fünf Minuten später kommt er mit einer kleinen Reisetasche unter dem Arm wieder raus. Dann fahren wir von dem Saunaclub zur Kirche. Ihrer Kirche.

Da war gerade eine Riesenparty im Gange, deswegen mussten wir zwei Blocks weiter parken. Wir gehen also rein, und bei der Party geht es echt voll ab. Die Luft ist dick vom Rauch: Zigaretten, Marihuana, Opium, alles, was du dir überhaupt vorstellen kannst. Im Kirchenraum sind alle wie wild am Tanzen. Auf der kleinen Bühne spielt irgendeine Hardcore-Gothic-Band, die ich noch nie gesehen hab. Der Sänger steht auf der Kanzel, und rechts und links von der Band tanzen nackte Männer und Frauen. Knallbunt angemalt. In Käfigen.«

»Das ist doch Bullshit«, fiel ich ihm ins Wort.

»Nein, kein Scheiß, Mann, frag sie doch selbst. Aber das war noch gar nichts. Wir kommen also vor der Kirche an und können gar nicht glauben, was wir da sehen. Dann taucht dieser Schwarze auf, der größte Mann, den ich je gesehen hab. Der muss mal professioneller Wrestler gewesen sein oder so. Er trägt seidene Pumphosen mit einer roten Schärpe als Gürtel und sieht aus wie der Riese aus *Der Dieb von Bagdad*. Ich mach mir fast in die Hosen, aber es wird noch besser. Er kommt zu uns, schaut auf uns runter und fragt uns nach unseren Fischen. Dominic und ich schauen uns nur an, dann zeigt der Riese auf ein altes Weihwasserbecken aus Stein. ›Eure Fische, ihr wisst schon, für die Party‹, sagt er. Seine Stimme ist so tief, die geht mir durch und durch. Dominic und ich beugen uns vor und schauen in das Becken. Das ist voll mit diesen fischförmigen Jesus-Symbolen, wie sie die Leute als Aufkleber am Kofferraum haben. Es müssen Hunderte gewesen sein, manche hatten einfach nur Fischform, auf anderen stand *Jesus*, manchmal auch in griechischen Buchstaben. Er sieht uns an und sagt, dass das eine Jesus-Fisch-Party ist und dass wir das Emblem von einem Auto klauen und in die Schale schmeißen müssen, wenn wir reinwollen. Dominic hat ihn nach deiner Freundin Poppy gefragt, aber das half auch nicht. El Gigantor will davon nichts hören und ist kurz davor, uns rauszuschmeißen, da hält Dominic die Reisetasche hoch und sagt, dass er keinen kleinen, sondern einen ganz großen Fisch dabeihat. Der Riese nimmt die Tasche und schaut rein. ›Warum hast du das nicht gleich gesagt‹, bellt er uns an, gibt uns die Tasche zurück und lässt uns durch.

Deine Freundin ist nicht schwer zu finden. Sie trägt ein schwarzes rückenfreies Cocktailkleid und hat ein krasses Blumentattoo am Rücken …«

Ich beobachtete, wie sich seine Lippen bewegten, und dachte über seine Worte nach. Konnte das alles so stimmen? Sehr wahrscheinlich schon, aber egal, sie hatte sich diese Art Freiheit mehr als verdient. Schließlich hatte ich selbst viele Nächte lang versucht, meine Erinnerungen im Alkohol zu ertränken. Und was Erinnerungen betraf, hatte sie ungleich mehr zu bewältigen.

»Und komisch war auch: Eine Menge Leute dort hatten das gleiche Tattoo an der Hand wie sie. Keine Ahnung, was es damit auf sich hatte«, fuhr Henry fort.

»Wirklich?«, fragte ich.

»Ja, eine Menge Leute. Aber egal, etwa eine Stunde später kommt sie mit Dominic die Treppe wieder runter. Dominic kommt ohne die Tasche zu mir rüber und zieht mich von dem gelb angemalten nackten Mädchen weg. Mit der hab ich getanzt, nachdem ich sie aus dem Käfig rausgelassen hatte. Wir gehen nach draußen und gerade als mir auffällt, dass ich überall gelbe Farbe an meinen Klamotten hab, holt er den dicksten Packen Hunderter hervor, den ich je gesehen hab, und gibt mir davon zehn Scheine. Evan, sie hat China White im Wert von fünfzigtausend Dollar gekauft, für eine verdammte Party, Mann. Und du willst überhaupt nicht wissen, was Dominic gesagt hat, was da oben noch alles abging. Mann, ich bin erstaunt, dass das überhaupt jemand überlebt hat.«

»Na und?«, sagte ich trotzig.

»Na und?«, wiederholte er überrascht. »Na und? Na ... sei vorsichtig, okay?«, fügte er dann in einem sanfteren Tonfall hinzu. Er stützte sich auf die Milchglastheke und wartete auf meine Reaktion. Das weiche blaue Licht von unten verlieh ihm etwas Geisterhaftes.

Ich spürte, wie in mir eine heiße Quelle zu sprudeln begann. Hass. Ich hasste Henry für das, was er mir erzählt hatte. Jedes Wort, das aus seinem Mund kam, war wie ein Keil, der sich zwischen die beiden Welten schob, in denen ich mich gerade bewegte.

Aus dem Augenwinkel sah ich, wie Leute Gläser und Rechnungen hochhielten und versuchten, Henry auf sich aufmerksam zu machen. Er beachtete sie überhaupt nicht. »Du verstehst das nicht«, sagte ich und konnte ihm dabei nicht in die Augen sehen.

»Okay, dann verstehe ich es eben nicht.« Er beugte sich zu mir vor, bis unsere Nasen nur noch ein paar Zentimeter voneinander entfernt waren. »Warum erklärst du es mir dann nicht einfach, Evan?«

Ihn anzusehen war, wie direkt in die Sonne zu blicken. Wie sollte ich ihm das alles nur erklären? In Gedanken hatte ich es ihm schon Hunderte Male erzählt, und jedes Mal hatte er mir nicht geglaubt. Ich versuchte, meinen Ärger herunterzuschlucken.

»Ich bin anders, Henry.« Dann atmete ich nervös aus und suchte in seinem Gesicht nach einer Reaktion. Es fühlte sich gut an, diese Worte auszusprechen. Irgendwie richtig. Aber gleichzeitig klang es hohl, als ob ich das schon vor Monaten, wenn nicht Jahren hätte sagen sollen.

Er lächelte und schüttelte den Kopf. »Das war's? *Ich bin anders, Henry*«, wiederholte er in einem spöttischen Tonfall. »Mann, du bist ein professioneller Brandstifter. Klar bist du anders. Sag mir was, was ich nicht schon weiß.« Er bat die Leute vor dem Tresen, die seine Aufmerksamkeit erregen wollten, mit erhobenem Finger um etwas Geduld.

»Das meine ich nicht.« Diese einfachen Worte fühlten sich an wie die ersten Tropfen, die durch einen kleinen Riss in einem Damm drangen. Und hinter ihnen warteten Millionen Liter Wasser darauf, ihn brechen zu lassen. »Ich bin nicht wie die anderen …« Ich verstummte, als ich merkte, wie er erstarrte und über meine Schulter blickte.

»Später«, sagte er und ging wieder an die Arbeit.

Poppy legte mir die Hand auf die Schulter, als sie sich wieder setzte. Ich betrachtete das matte Glas der Theke und versuchte, nicht an das zu denken, was Henry mir gerade über sie erzählt hatte.

»Alles okay mit dir? Du siehst aus, als hättest du einen Geist gesehen«, meinte sie.

»Mir geht's gut«, sagte ich und bemühte mich um ein Lächeln. »Mein Geist ist noch nicht da.«

Auf der Kinoleinwand war nun *Planet der Affen* zu sehen. Die Band legte los.

»Wann wollte dein Freund denn kommen?«

»Er müsste jeden Augenblick hier sein.«

»Bin gleich wieder da«, sagte sie, gab mir einen Kuss auf die Wange und verschwand dann in der Menschenmenge auf der Tanzfläche.

Ein paar Minuten später tauchte Martin Shelby auf. Dieses Mal trug er ein blassgraues Golf-Poloshirt, dazu schwarze Stoffhosen und Budapester. »Sie sind aber früh dran«, sagte ich, als er sich setzte.

»Dieses Mal hatte ich weniger Probleme an der Tür«, erwiderte er und sah sich um. Er war offensichtlich sehr nervös.

»Wurden Sie zu dem Brand befragt?«, fragte ich ihn und schob mein leeres Glas über die Theke in Henrys Richtung.

»Von zwei verschiedenen Ermittlern. Sie meinten, dass es vielleicht eine Untersuchung gibt«, sagte er ängstlich.

»Machen Sie sich keine Sorgen, das sagen die immer. Wenn sie etwas gegen Sie in der Hand hätten, wären Sie bereits in Haft.« Es war deutlich, dass diese Bemerkung seine Nerven nicht gerade beruhigte.

»Bekomme ich hier auch mal was zu trinken?«, rief Martin ungeduldig.

Henry wirkte genervt, als er herüberkam. »Chardonnay?«

»Whiskey Sour«, sagte Martin leise. Ich hob einen Finger, um Henry zu signalisieren, dass ich noch ein Bier wollte. »Sie können sich gar nicht vorstellen, was ich für eine Woche hinter mir habe«, fing Martin an, während er Henry beim Mixen des Cocktails zusah.

»Ach, wissen Sie, vielleicht schon.«

»Erstens war ich sowieso schon nervös wegen der ganzen Sache, und dann tauchen auch noch diese grässlichen Schnüffler auf. Sie haben Proben genommen und Messungen gemacht. Und sie haben Fragen gestellt. Viele Fragen«, sagte er und sah mich an. »Und obendrein sagt meine Versicherung, dass sie nicht bezahlen, bevor nicht der Prüfer nächste Woche da war.«

*Proben und Messungen*, dachte ich. Es würde also tatsächlich eine Untersuchung geben. Sie hatte schon begonnen. Mit meiner Flucht vom Tatort hatte ich wohl Verdacht erregt.

»Das macht acht Dollar«, sagte Henry unfreundlich. Martin zählte acht Ein-Dollar-Scheine ab.

»Und dann kommt noch dazu, dass ich hier letzte Woche mein Portemonnaie mit meinen ganzen Kreditkarten verloren habe.«

»Ach ja, gut, dass Sie das ansprechen, Martin.« Er fuhr zusammen, als ich ihn beim Namen nannte. Ich holte sein Portemonnaie aus der Tasche und hielt es ihm hin.

»Was zum Teufel?«

»Ich habe es letzte Woche hier gefunden, nachdem Sie gegangen waren. Und weil ich ja wusste, dass wir uns wiedersehen, habe ich es für Sie aufbewahrt.«

»Danke«, sagte er und griff danach.

Ich zog es weg, bevor er es nehmen konnte. »Na, na, na«, sagte ich und schüttelte den Kopf. »Ich glaube, Sie schulden mir noch ein wenig Geld.«

Nun war der Groschen gefallen, das war ihm deutlich

anzusehen. Er nickte düster und holte einen Umschlag aus der Hosentasche.

»Nicht auf die Theke legen«, sagte ich. Er hielt mitten in der Bewegung inne und reichte mir den Umschlag dann unter dem Tresen. Ich öffnete ihn beiläufig und zählte die Scheine. Dann gab ich ihm das Portemonnaie, hielt es aber noch einen Moment lang fest. »Ich denke, Sie gehen jetzt besser. Man sollte uns beide wirklich nicht zusammen sehen. Verstanden?« Ich sah ihm in die Augen.

Er nickte. Er war nervös, noch nervöser als beim Reinkommen. Dann stand er auf, nahm seinen Drink, kippte ihn in einem einzigen langen Zug herunter und ging auf direktem Weg zum Ausgang.

»Das ging aber schnell«, rief Henry über den Lärm der Band hinweg, als ich den Umschlag einsteckte.

Ich nickte. »Der wird bald ein richtig gefragter Typ sein. Deswegen wollte ich ihn so schnell wie möglich wieder loswerden.«

»Warum ›gefragt‹?« Henry beugte sich wegen des Lärms vor.

»Das gehört zu den Dingen, die ich dir erzählen wollte. Ich wurde gesehen, als ich von dem brennenden Lagerhaus abgehauen bin. Die Cops haben mich eine Weile verfolgt, und einer hat auf mich geschossen. Ich hatte den Typ schon fast abgehängt, dann plötzlich *wumm,* und es hat mich erwischt. Eigentlich wollte ich dich anrufen, damit du mich abholst, aber dann hat Poppy mich gefunden und verarztet.«

»Wie bist du ihnen entkommen, wenn du angeschossen warst?«

»Ich habe mich in der Seitengasse hinter der Kirche versteckt.«

Er nickte nachdenklich. »Hey, Mann, tut mir leid, was ich vorhin über sie gesagt habe. Es sollte nicht so hart klingen. Weißt du, was? Die Palookas spielen am Donnerstag im Billy Club. Wollen wir nicht alle drei hingehen? Ich lade euch ein. Was hältst du davon?« Er lächelte.

Ich wäre gerne mitgekommen. Und ich glaube auch, dass dann alles wieder in Ordnung gekommen wäre. Aber ich konnte nicht in beiden Welten gleichzeitig sein. »Geht leider nicht, Henry. Ich fliege morgen in die Schweiz, und ich weiß nicht, wann ich wiederkomme.«

»Schweiz? Fuck, wie das?« Seine Miene veränderte sich von versöhnlich zu misstrauisch. »Mit ihr?«

In diesem Moment wurde mir klar, dass es längst zu spät war, ihm mein Geheimnis anzuvertrauen. Hätte ich es ihm wirklich erzählen wollen, dann hätte ich das in einer unserer vielen durchzechten Nächte schon getan. Und selbst wenn ich in diesem Moment den Mut aufgebracht hätte – es hätte keine Rolle gespielt. Ich wusste – oder zumindest hoffte ich –, dass ich nicht als der Evan, den er kannte, aus Zürich zurückkehren würde. Und nun musste ich die Konsequenzen meiner ewigen Geheimniskrämerei tragen. »Ja, mit ihr.«

»Was ist los mit dir, Mann? Du hängst drei Tage lang bei ihr rum, und jetzt fliegst du mit ihr gleich um die halbe Welt?«

Ich nahm mein Bier und trank, während ich überlegte, was ich ihm antworten sollte. »Wir verstehen uns nun mal gut. Sie will dort ein paar Freunde treffen und hat mich eingeladen mitzukommen.« Jedes einzelne Wort war wie ein zehn Pfund schweres Gewicht auf meiner Brust. »Mehr steckt nicht dahinter. Ich weiß nur noch nicht, wie lange wir weg sein werden.«

Er nahm einen Lappen und wischte über die Theke. »Cool, bring mir was mit«, sagte er mit ausdrucksloser Stimme.

»Tut mir leid, Henry.«

»Was tut dir leid? Dass du nicht angerufen hast? Ist schon okay.«

Ich schüttelte langsam den Kopf. »Nein, einfach alles.« Er zog die Augenbrauen hoch und wischte weiter, als ob er nicht wüsste, was er darauf antworten sollte. »Ich muss los, Mann. Was schulde ich dir?«

»Nichts, aber vergiss nicht, was ich dir gesagt habe«, sagte er und deutete erneut auf die Tanzfläche. »Viel Spaß.«

Ich zwang mich zu einem Lächeln, entfernte mich von der Theke, so schnell das mit Gehstock möglich war, und stieg ein paar Stufen zu dem Podest neben der Tanzfläche hinauf. Jeder Schritt, mit dem ich mich von Henry entfernte, war ein Schritt auf Zürich zu. Ich fühlte mich, als könnte ich einfach aus der Tür des Clubs heraus dorthin marschieren.

Poppy war nicht schwer zu finden. Sie tanzte in einer Ecke der Tanzfläche in sexy, schlangenartigen Bewegungen. Sie hatte die Arme über den Kopf gehoben, was die Wirkung noch verstärkte. Männer und Frauen starrten sie wie hypnotisiert an, während sie sich zum Rhythmus der Gothic-Band hin und her wiegte. Ich betrachtete sie. Sie war der Grund für die großen Veränderungen, die gerade in meinem Leben passierten. Als das Lied zu Ende war, war der Bann gebrochen. Sie sah direkt zu mir hoch, als ob sie wüsste, dass ich sie beobachtete, und schenkte mir ein strahlendes Lächeln, bei dem ihre Zähne zu sehen waren. Ich bedeutete ihr, mich am Fuß der Treppe zu treffen.

»Tolle Musik«, sagte sie und warf mir die Arme um den Hals. »In Paris gibt es einen ganz ähnlichen Club. Da gehen wir mal hin.«

»Klingt gut. Willst du noch bleiben?«

Sie schüttelte den Kopf. »Hast du deine Geschäfte geregelt?«

»Ja, ich bin hier fertig. Gehen wir.«

Antonio hielt vor der Kirche, blieb aber im Wagen, als wir ausstiegen. »Komm morgen früh um neun«, sagte Poppy zu ihm, als ich vor ihr die Treppe hinaufstieg.

»Wo ist er heute Nacht?«, fragte ich.

»Ich habe eine kleine Wohnung am anderen Ende der Stadt. Dort hält er sich auf, wenn ich allein sein möchte«, sagte sie und ging hinein. »Geh nach oben, ich komme gleich nach.«

Sie erschien ein paar Minuten später mit einem Medizinfläschchen in der Hand. »Das wird dir sicher gefallen. Das ist etwas ganz Besonderes, sehr sanft«, sagte sie und rollte das Fläschchen zwischen Daumen und Zeigefinger.

»Nein danke, das brauche ich nicht.«

Sie sah mich überrascht an. »Wie du willst, aber es gibt keinen Grund, so zimperlich zu sein.«

»Ich bin nicht zimperlich«, erwiderte ich defensiv. »Es ist nur nicht mein Ding.« Was Henry mir erzählt hatte, spielte sich in Endlosschleife in meinem Kopf ab. »Warum nimmst du das?«

»Weil es mir gefällt«, sagte sie nüchtern. »Das ist dasselbe, als ob ich dich fragen würde, warum du rauchst. Weil es dir schmeckt, oder etwa nicht? Die Zigaretten bringen dich genauso um wie das hier.« Sie hielt die fertig zusammengebaute Spritze in die Höhe. »Wo ist da der Unterschied?«

»Ich habe noch gut in Erinnerung, wie es damals in der Türkei war. Ich habe gesehen, wie viele Menschen es zerstört hat.«

»Schwache Menschen«, sagte sie. »Du und ich«, sie zeigte auf mich, »und alle, die wie wir sind, sind anders. Für uns gelten nicht dieselben Regeln. Daran solltest du dich gewöhnen. Und ganz nebenbei hilft es dabei, sich die Zeit zu vertreiben. Das wirst du auch noch merken.« Sie hielt den Atem an und stach mit der Nadel zwischen ihre Zehen, dann atmete sie aus, während sie den Kolben der Spritze nach unten drückte. »Oh ja, das ist gut.«

Ich wandte mich ab und suchte nach etwas, um mich von Henrys warnenden Worten abzulenken. »Wer ist das?«, fragte ich und deutete auf die Steinbüste auf der Kommode.

»Ihr Name war Teszin, und sie war meine erste Liebe, mein Süßer«, sagte sie und strich mir mit der Hand über meine kurzen Haare. Ich drückte meinen Kopf sanft gegen ihre Hand, und sie küsste meinen Hals, während wir auf das Bett sanken. Sie setzte sich auf mich und presste ihren Mund gegen meinen Hals und sog sanft daran.

»Fester«, hörte ich mich flüstern. Henrys Stimme war verstummt. Ich öffnete den oberen Teil ihres Catsuit und ließ meine Hände über die weiche Haut ihres Pos gleiten, während sie mit der Zunge über mein Schlüsselbein fuhr. Ich hielt sie mit meinen Händen fest und berührte sie mit einem Finger dort, wo es feucht war. Sie stöhnte leise, was ich mehr über ihren Körper fühlte, als aus ihrem Mund hörte. Sie kam näher, sodass ich tiefer in sie eindringen konnte. Ich stellte mir ihren sexy Tanz vor und schmeckte die salzige Haut ihrer Brüste. Ich rollte sie herum und zog den Catsuit mit einer einzigen Bewegung bis zu den Knöcheln herunter. Sie warf ihn von sich und steckte sich die Hand zwischen die Beine, während sie mir dabei zusah, wie ich mich auszog. Ich kniete zwischen ihren Oberschenkeln. Sie griff nach mir und nahm mich in sich auf, während ich mich auf sie legte. Dann schien die Zeit wieder stillzustehen. Sie bewegte sich mit mir im Rhythmus jedes Stoßes und sah mich dabei die ganze Zeit mit ihrem durchdringenden Blick an, bis ich es nicht mehr aushielt und mein Gesicht an ihrem Hals vergrub, während ich mich der Ekstase hingab.

Ich lag neben Poppy und ließ meine Finger über ihren Arm gleiten, während ich um Atem rang. »Wie sind die anderen?«

»Sie sind so wie ich.«

»Nehmen sie auch so viele Drogen?«

»Wenn nicht sogar noch mehr. Ich muss zugeben, dass wir es uns schon ziemlich gut gehen lassen, wenn man mal von den Moralvorstellungen normaler Menschen ausgeht. Aber das liegt nun mal daran, dass wir sind, was wir sind.«

»Und was sind wir?«

»Tja, das weiß niemand so genau. Woher sollen wir das auch wissen? Es sagt uns ja niemand. Manche glauben, dass wir gesegnet sind, weil wir immer weiterleben. Andere halten uns für verflucht, weil wir diesem Kreislauf niemals entkommen können.«

»Und was glaubst du?«

»Möchtest du das wirklich wissen?«

»Ja, natürlich.«

»Ich denke, dass Gott mit uns etwas Besonderes geschaffen hat – und dann hat er uns verlassen. Er will nichts mehr von uns wissen, weil wir abscheulich sind – nicht viel anders als die Kreatur, die Frankenstein erschaffen und dann sich selbst überlassen hat. Seine Motive waren ebenso edel.

Weißt du, uns hat ja nie jemand gesagt, warum wir anders sind oder was wir mit unserer Gabe anfangen sollen. Es gibt keine große Offenbarung, wenn wir sterben, kein Jüngstes Gericht, keine Erklärung. Wir bleiben einfach weiterhin hier gefangen, weil wir immer und immer wieder zurückkommen. Und irgendwann fragst du dich dann, warum du rechtschaffen und gut sein sollst, wenn du trotzdem immer wieder hier landest. Bei deiner nächsten Reise verändert sich ja nie etwas zum Besseren oder Schlechteren, nur weil du vorher ein Mörder oder ein Mönch warst. Ich habe es ausprobiert, das haben wir alle. Und deswegen lassen wir es uns gut gehen. Und warum auch nicht? Das habe ich gemeint, als ich eben sagte, dass du nur gesehen hast, wie Heroin schwache Menschen zerstört. Normale Menschen verstehen nicht, wie anders wir sind. Das können sie gar nicht, selbst wenn sie wollten.«

»Woher willst du wissen, dass normale Menschen nicht zurückkommen?«

»Oh, ich glaube schon, dass sie zurückkommen. Hat dir nie jemand erzählt, dass er eine unerklärliche Sympathie oder Abneigung gegenüber jemandem spürt, den er gerade erst kennengelernt hat? Das liegt daran, dass er denjenigen schon einmal kannte. Wir sind nicht deswegen etwas Besonderes, weil wir zurückkommen, sondern weil wir uns erinnern. Weil wir wissen, dass wir zurückgekommen sind und wieder zurückkommen werden.

Das Problem ist, dass wir in einer christlich geprägten Gesellschaft leben, deren Hauptziel es ist, das ewige Leben im Himmel zu erlangen – oder, einfacher ausgedrückt: Unsterblichkeit. Die christliche Doktrin sagt, du musst an einen Erlöser glauben, damit du wieder auferstehst. Was die Leute aber eigentlich bräuchten, ist der Glaube daran, dass sie schon einmal gelebt haben. Das ist der wahre Kern der Unsterblichkeit. Weißt du, das Christentum nutzt ganz geschickt die Schwächen und Unsicherheiten der Menschen aus, indem es ihnen falsche Hoffnung gibt, ihnen einen falschen Himmel verspricht, der sie für ihr vergeudetes Leben entschädigen soll. Es ist entsetzlich, dass sie die Wahrheit nicht kennen und auch niemals erfahren werden, dass sie belogen werden.«

»Und was ist die Wahrheit?«, unterbrach ich sie.

»Die Wahrheit ist nicht, was man sieht, sondern das, was man nicht sieht. Die Wahrheit ist, dass die Menschen nicht so leben, wie sie es gerne würden. Sie folgen nicht ihrer Natur. Stattdessen leben sie so, wie man es ihnen vorschreibt. Sie verstecken sich hinter dieser falschen Spiritualität. So müssen sie auch nie die Verantwortung für ihre eigene Existenz übernehmen, solange sie nur an diesen Gott glauben, der sie gar nicht beachtet, und Vergebung bei ihm finden. Wenn das keine Sünde ist, dann weiß ich auch nicht.

Und das Frustrierende daran ist, dass wir nichts für sie tun können, auch wenn wir die Wahrheit kennen und nach ihr leben. Egal, wie laut wir schreien, sie können uns nicht hören. Du möchtest nach den Gitterstäben greifen und an ihren Käfigen rütteln, bis sie dir zuhören, aber wenn du das tust, hast du am Ende doch nur Luft in der

Hand. Und dann wird dir klar, dass du nichts ausrichten kannst. Es würde bedeuten, eine Legende zu töten, und wie tötet man eine Legende? Gar nicht. Man kann sie höchstens durch eine andere ersetzen.«

# ZWEITES NOTIZBUCH

»Warum könnte jeder einzelne Mensch auch nicht mehr als einmal auf dieser Welt vorhanden gewesen sein?«

G.E. LESSING, DIE ERZIEHUNG DES MENSCHENGESCHLECHTS, 1778

# 11

ALS DIE REIFEN DES FLUGZEUGS mit einem harten Geräusch auf der Landebahn aufsetzten, beschleunigte sich mein Puls. Der Flugbegleiter sagte in vier Sprachen durch, dass es drei Uhr Ortszeit sei. Graue Wolken und Nieselregen hingen tief über der Stadt und verliehen dieser neuen Welt eine düstere und schicksalsschwangere Atmosphäre.

Als wir durch die gläserne Schiebetür in die feuchte Luft vor dem privaten Terminal des Züricher Flughafens traten, wartete schon ein schwarz gekleideter Chauffeur neben einer grauen Mercedes-Stretchlimousine auf uns. In der Hand hielt er eine weiße Tafel mit einem schwarzen Embe-Symbol darauf.

»Die ist wohl für uns«, sagte ich, während wir in die Limousine einstiegen.

»Nicht speziell für uns, aber er wird uns fahren. Hier wird bis morgen Abend ständig ein Chauffeur warten. Für die Mitglieder, die noch eintreffen.«

»Was passiert morgen Abend?«

»Da beginnt deine Anhörung«, sagte Poppy und schloss die Autotür.

Wir ließen das Terminal hinter uns. Die Scheibenwischer wischten in regelmäßigem Takt den Nieselregen weg. *Morgen Abend*, dachte ich. Das Leben geht seltsame Wege. Man kann sich monate-, jahre- oder sogar jahrzehntelang im Kreis bewegen, und dann plötzlich verändert sich alles mit einem Schlag. Wie wenn dich ein Sturm auf offener See Hunderte von Meilen vom Kurs abbringt – und dich dabei zu der Erkenntnis zwingen mag, dass du von Anfang an überhaupt keinen Kurs hattest. Ich wusste eigentlich gar nicht, auf was ich mich da einließ, aber ich machte einfach mit. Ich wollte mehr über die Infinite erfahren, und über mich. Ich war mir sicher, dass das eine Veränderung zum Besseren für mich war – das musste es einfach sein.

Deutschsprachige Straßenschilder am Straßenrand wiesen den Weg in das Herz der Altstadt. Der Fahrer fuhr auf einer Hauptstraße an der langsam dahinfließenden Limmat entlang. Je länger wir fuhren, desto älter schien die Stadt zu werden. Jahrhundertealte Kirchtürme streckten sich gen Himmel. Im Vorbeifahren konnte ich einen Augenblick lang in geheimnisvolle schmale Kopfsteinpflastergassen sehen. Wir überquerten den Fluss auf einer alten steinernen Brücke und fuhren in eine verwinkelte Einbahnstraße, die gerade einmal breit genug für ein Auto war. »Augustiner Straße«[16] stand in einem aufgemalten Rechteck an einer Hauswand. Der verwinkelte Weg über nasses Kopfsteinpflaster endete vor der weißen Steinfassade des Hotels St. Germain. Wir fuhren die ringförmige Auffahrt hinauf und hielten vor der schwarzen Tür. Ich sah mich Hilfe suchend zu Poppy um. Mein Herz raste.

»Das hier ist Cognomina, mein Zuhause«, sagte sie und wartete, bis der Fahrer ihr die Tür öffnete.

---

16 Hier scheint sich Evan in seiner Erinnerung zu täuschen, denn es gibt keine »Augustiner Straße« in Zürich. Möglicherweise meint er die Augustinergasse, eine schmale Gasse ohne Autoverkehr in der Altstadt von Zürich.

Ich folgte ihr. Sie zog an einer weißen Schnur neben der Tür, woraufhin eine Glocke im Inneren ertönte. Ich stellte mein Gepäck ab und steckte meine Hände in die Taschen, damit sie aufhörten, nervös zu zittern. Ich wippte vor und zurück, sah zu Poppy, dann wieder zur Tür. Zwei Riegel schnappten auf, dann öffnete sie sich mit einem Knarren.

Ein großer, schlanker Mann im Smoking erschien im Türrahmen. Er war etwa eins fünfundachtzig groß, und das Smokingjackett hing locker um seinen schlaksigen Körper. Sein schmales Gesicht mit den fein gemeißelten Zügen schien alterslos, aber dem leichten Grau in seinem schwarzen Haar und seiner müden Haltung nach schätzte ich ihn auf etwa fünfzig. An seiner Hand war kein Tattoo zu sehen. Er lächelte, als er Poppy sah. »Hallo, Madame, wie schön, Sie wiederzusehen«, sagte er auf Englisch mit einem starken deutschen Akzent.

»Danke. Wie geht es Ihnen?«

»Sehr gut, Madame. Danke der Nachfrage.« Dann wandte er sich mir zu und hob das Kinn. »Und Sie müssen Herr Michaels sein.« Ich nickte. »Mein Name ist Leopold Diltz, ich bin der Hüter dieses Hauses. Es ist mir eine Freude, Sie kennenzulernen. Willkommen im Hotel St. Germain. Bitte folgen Sie mir, ich habe ein Zimmer für Sie vorbereiten lassen.« Er machte eine leichte Verbeugung und wandte sich dann an Poppy. »Ihre Suite ist natürlich wie immer für Sie bereit, Madame.« Er schloss und verriegelte die Tür hinter uns und führte uns in die Lobby. Ein großer Kronleuchter aus Silber und Kristallglas hing von der Decke und erhellte jeden Winkel des Raums. Ölgemälde und Zeichnungen zierten die weißen Wände, darunter standen mit rotem Samt bezogene Sessel und Sofas.

»Kannst du mir heute Abend die Stadt zeigen?«, flüsterte ich Poppy zu, während wir Diltz folgten.

»Tut mir leid, mein Süßer, keine Zeit. Ich habe heute Abend noch eine Verabredung«, sagte sie und holte Diltz mit zwei schnellen Schritten ein. »Sind schon andere eingetroffen?«, fragte sie ihn.

»Ja, etwa die Hälfte der Mitglieder ist bereits anwesend, Madame«, sagte er und ging nach rechts in einen kurzen Flur mit einer Tür an jeder Seite. Er öffnete die zu unserer Rechten. »Dies ist Ihr Zimmer, Sir. Das Abendessen wird um acht im Speisesaal serviert.«

Poppy stand hinter ihm. Ich zögerte in der offenen Tür und sah zu ihr. »Ruh dich aus, Evan. Wir sehen uns später, bevor ich zu meiner Verabredung gehe«, sagte sie und verschwand.

»Geben Sie mir bitte gerne jederzeit Bescheid, wenn sich jemand um Ihre Verletzung kümmern soll, Sir«, sagte Diltz.

Er schloss die Tür, und ich war wieder allein. Das Mobiliar war alt, aber gemütlich. Die dunkle Holzverkleidung der unteren Wandhälften war passend zum Farbton des Parkettbodens gewählt worden. Ich schaute mir die Bücher in dem in die Wand eingelassenen Regal an, ging dann ins Badezimmer und ließ die große Badewanne volllaufen.

Um Viertel vor acht weckte mich ein Klopfen an der Tür. »Ihr Abendessen ist in ein paar Minuten fertig«, sagte die junge Frau in schwarz-weißer Dienstmädchenuniform und kämpfte dabei mit ihrem Englisch.

Ich zog den dunklen Anzug und dazu schwarze Schuhe und Socken an und ging dann den Flur entlang in die Lobby.

»Bitte hier entlang, Sir«, sagte Mr. Diltz und öffnete zwei dunkle Holzschiebetüren, die in einen großen Speisesaal führten. An dem langen Tisch standen zwanzig mit Schnitzereien verzierte Holzstühle mit hoher Lehne und roten Lederpolstern. Am Ende des Tischs war ein einziger Platz mit einem weißen Teller gedeckt. »Bitte setzen Sie sich, Ihr Essen wird gleich serviert.«

»Wo sind die anderen? Isst Poppy nicht mit?«

»Madame hat sich entschieden, nach Ihnen mit den anderen zu Abend zu essen.« Er verließ den Raum durch eine Seitentür und erschien beinahe sofort wieder mit drei weiblichen Bediensteten im Schlepptau, die je ein Serviertablett mit silberner Haube trugen. Sie stellten die Tabletts vor mir ab, während zwei weitere Bedienstete mit Wein, Wasser und Gläsern erschienen. Köstliche Gerüche strömten mir entgegen, als nacheinander die silbernen Hauben von den Tabletts genommen wurden. »Kiewer Kotelett, nur leicht angebratenes Roastbeef und pochierter Lachs mit frischem Dill, samt jeweils passender Gemüsebeilage«, erläuterte Diltz und ließ sich von einer der jungen Frauen einen Vorlegelöffel reichen.

»Ich hätte gerne zuerst etwas von dem Fisch«, sagte ich.

Er servierte mir ein Filet mit Reis und gedünstetem Rosenkohl. »Wünschen Sie noch etwas?«

»Nun ja ...« Ich zögerte.

»Ja, Sir?«

»Es ist nur, dass ich mich ein wenig unwohl fühle, hier allein in dem großen Saal zu essen.«

»Ja?«

»Würden Sie mir Gesellschaft leisten?«

Mr. Diltz sah mich ein paar Sekunden lang erstaunt an. »Ja, natürlich«, sagte er dann und setzte sich zwei Plätze weiter. »Bringen Sie mir ein paar Roggenbrötchen und ein Selters bitte«, sagte er zu der Bediensteten, die neben der Seitentür stand.

»Waren Sie schon einmal in Zürich?«, fragte er mich dann.

»Nein. Das ist meine erste Reise nach Europa, seit … Nun ja, es ist schon eine Weile her«, stammelte ich. Die junge Frau kam mit den Brötchen zurück und stellte sie zwischen uns auf den Tisch.

»Es tut mir leid, dass Sie nun allein zu Abend essen müssen. Bedauerlicherweise kann ich das im Moment nicht ändern, aber ich muss zu meiner Schande gestehen, dass ich das bei den Vorbereitungen für Ihre Ankunft nicht bedacht hatte. Bitte verzeihen Sie.«

»Macht nichts. Man hat mir alles erklärt«, sagte ich. »Sie wissen, warum ich hier bin, oder nicht?«

»Oh ja«, antwortete er.

»Aber Sie sind kein Mitglied?«

»Nein, ich nehme hier die Position eines Butlers ein. Man könnte mich aber auch als Organisator oder als eine Art Sekretär bezeichnen«, sagte er und schmierte sich Butter auf sein Brötchen.

»Wie sind Sie zu dieser Position gekommen?«

»Ich habe diese Stellung geerbt. Meine Familie hat eine besondere Beziehung zu Cognomina. Meine männlichen Vorfahren stellen seit fünf Generationen die Butler in diesem Haus. Wir sind die einzigen Menschen auf der ganzen Welt, denen sie – sich selbst ausgenommen – vollkommen vertrauen können.«

»Und wie lange sind Sie schon hier?«

»Ich bekleide diese Position seit dem Tod meines Vaters.«

Ich dachte über seine Antwort nach, während ich aß.

»Poppy hat mir erzählt, dass der letzte Neophyt – also der letzte Neuankömmling – in den 1920er-Jahren bei Cognomina eintrat. Sie mussten sich also noch nie um jemanden wie mich kümmern.«

»Das ist richtig, Sir. Es ist für uns beide das erste Mal, könnte man sagen«, sagte er und griff nach seinem Glas. »Bitte lassen Sie mich wissen, wenn irgendetwas nicht zu Ihrer Zufriedenheit ist.«

»So weit ist alles ganz wunderbar. Aber vielleicht hätten Sie ja einen Stadtplan mit den hiesigen Sehenswürdigkeiten für mich, wenn es keine Umstände macht? Ich würde gerne etwas die Stadt erkunden, und Poppy hat noch eine Verabredung. Es sieht also so aus, als wäre ich heute Abend auf mich allein gestellt.«

»Das macht überhaupt keine Umstände. Wir befinden uns hier im ältesten Teil der Stadt, und es gibt eine Menge Sehenswürdigkeiten in der näheren Umgebung. Ich werde Ihnen eine Karte besorgen, damit Sie sich nicht verlaufen – wir haben hier sehr viele kleine Seitenstraßen und Sackgassen. Da kann man schnell die Orientierung verlieren.«

Ich war mit dem Essen fertig und legte die Serviette auf den Teller.

»Hätten Sie gerne einen Nachtisch?«, fragte Diltz.

»Vielleicht später, wenn ich zurück bin.«

»Wie Sie wünschen, Sir«, sagte er und stand auf, um die Türen zu öffnen.

Ich fühlte mich lächerlich in meinem Anzug – ich hatte mich herausgeputzt, um dann allein zu essen. Sobald ich wieder in meinem Zimmer war, schloss ich die Tür, nahm eine von Poppys Schmerztabletten und legte mich hin. Ich döste immer wieder ein, kam aber nicht richtig zur Ruhe, denn aus dem Speisesaal drang nun der Lärm einer ausgelassenen Gesellschaft. Also stand ich auf, zog Jeans und ein Hemd an, nahm meinen Gehstock und ging wieder in die Lobby. Diltz hatte sich wie eine Wache vor den Türen des Speisesaals postiert. Hinter der Tür war Rufen, Lachen und Klirren von Geschirr zu hören, was mich etwas aus dem Konzept brachte.

»Ah, Herr Michaels. Ich habe wie gewünscht einen Stadtplan für Sie vorbereitet«, sagte er und nahm ein gefaltetes Blatt aus seiner Hemdtasche. »Ich habe Ihnen verschiedene Sehenswürdigkeiten markiert, außerdem ein paar Wirtshäuser. Wünschen Sie einen Wagen?«

»Nein. Ich gehe zu Fuß«, sagte ich und nahm den Stadtplan. Gelächter und Gespräche wurden lauter, als eine der Türen hinter ihm aufglitt. Ich sah kurz zwei Frauen und einen Mann am anderen Ende des mit Tellern vollgestellten Tischs lachen, dann kam Poppy heraus.

»Haben Sie den Fahrer rufen lassen, wie ich Sie gebeten habe?«, fragte sie Mr. Diltz in ungeduldigem Tonfall.

»Ja, Madame. Ihr Fahrer wird in Kürze hier sein«, sagte er und griff hinter sie, um die Tür wieder zu schließen.

»Geben Sie mir sofort Bescheid, wenn er eintrifft.« Sie wandte sich zu mir. »Wie geht's dir? Tut mir leid, dass ich dich heute Abend allein lassen muss, aber diese Verabredung ist wahnsinnig wichtig. Vielleicht können wir uns nachher noch sehen?«

»Das wäre schön.« Ich lächelte.

»Bis später dann«, sagte sie und schlüpfte zwischen den Schiebetüren zurück in den Speisesaal.

»Danke für den Stadtplan«, sagte ich zu Diltz. »Ich bin bald wieder hier.«

»Ich begleite Sie nach draußen, Sir.«

Als ich die Auffahrt hinunterging, hörte ich, wie die beiden Türriegel hinter mir einrasteten. Der Regen hatte aufgehört, und die Nachtluft roch frisch. Eine schmale Mondsichel hing tief über der Silhouette der umgebenden Dächer. Als ich ziellos in den uralten Straßen herumwanderte, dachte ich darüber nach, dass ich mich gerade auf dem Weg in meine Zukunft befand. Aber sosehr ich mich bemühte, nach vorne zu blicken, ich konnte Henrys Warnung nicht vergessen. *Mit der ist was faul*, hatte er gesagt. Und damit hatte er recht. Mir war völlig klar, was für eine Verabredung sie hatte. Aber so recht er damit hatte, so unrecht hatte er mit allem anderen. Er verstand es nicht, und er würde es auch nie verstehen. Und so wichtig er mir war – er würde niemals nachvollziehen können, wie sehr es einen psychisch anstrengte, die Hoffnungen, Enttäuschungen und Lieben von so vielen Seelen mit sich herumzutragen, die schon lange tot sein sollten. Wie ihre Stimmen deine Gedanken wie ein Virus infizierten. Er würde niemals die Enttäuschung verstehen, die einen überkam, wenn man merkte, dass man die größte Lüge von allen geglaubt hat. Und er würde niemals die Hoffnungslosigkeit verstehen, die einen überkommt, wenn sich das Puzzle zusammensetzt und man erkennt, dass einen im Jenseits keine Belohnung für gute Taten erwartet und auch keine Strafe für schlechte. Wenn man schließlich erkennt, dass es nur die Einsamkeit des Seins gibt. Aber wie sollte er auch? Poppy dagegen verstand es. Und mit der Zeit würde auch ich es immer besser verstehen, ob mir das nun gefiel oder nicht. Er hatte recht, was ihre Laster betraf, und sie störten mich auch, doch wie hätte ich ihr diese Reaktion auf Herausforderungen übel nehmen können, die mir erst noch bevorstanden?

Ich holte den Stadtplan hervor und ging zum vier Straßen entfernten Wirtshaus am Fraumünster, das Mr. Diltz für mich darauf markiert hatte.

Das Lokal befand sich in einem Eckhaus und war genau so, wie ich es mir vorgestellt hatte.[17] Akkordeonmusik hallte wie Sirenengesang durch die engen Gässchen des Viertels und lockte alle in Hörweite in die Kneipe. Ich setzte mich an die kurze Holztheke, trank allein und hing meinen Gedanken nach.

Für den Fußweg zurück zum Hotel St. Germain brauchte ich eine volle Stunde. Als das zweistöckige weiße Gebäude in Sicht kam, waren meine Gedanken wieder ganz bei den bevorstehenden Ereignissen. Ich war nur noch weniger als eine Querstraße davon entfernt, als die vertraute graue Mercedes-Stretchlimousine an mir vorbeifuhr und in die Auffahrt einbog. Ich humpelte so schnell, wie ich nur konnte, um die Eingangstür gleichzeitig mit dem Passagier des Wagens zu erreichen.

Der Fahrer öffnete die Hintertür der Limousine genau in dem Moment, in dem ich dort ankam. Der Fahrgast stieg aus und sah mich direkt an. Er war etwas größer als ich und trug einen langen, weiten Pullover, der seinen voluminösen Oberkörper noch breiter erscheinen ließ, als er vermutlich war. Sein braunes, gelocktes Haar wurde am Oberkopf bereits dünn und verschmolz an den Kopfseiten mit dem dünnen Bart, der Kiefer und Kinn nur spärlich

---

17 Das Wirtshaus am Fraumünster befindet sich in der Nähe des Fraumünster am westlichen Ufer der Limmat.

bedeckte. Er streckte sich und blickte mich mit seinen hellbraunen Augen direkt an.

»Hallo«, sagte er mit dröhnender Stimme. Ich war zu verblüfft, um etwas zu erwidern. Als er sich fertig gedehnt hatte und die Arme wieder herunternahm, war das Tattoo an seiner Hand deutlich sichtbar. »Sind Sie sich sicher, am richtigen Ort zu sein, junger Mann?«, fragte er in einem jovialen Tonfall.

Ich nickte schnell.

»Verstehe.« Sein Bariton hallte durch die Anonymität der Nacht. Er ging zur Tür und läutete. »Sind Sie heute angekommen?«

»Ja.« Mich überkam ein Gefühl von Panik.

»Sie sind zum ersten Mal hier?«

»Ja.«

»Nun, es ist eine gemächliche Stadt, aber hervorragend für unsere Zwecke geeignet. Ah, endlich«, sagte er, als zu hören war, wie die Riegel geöffnet wurden.

»Sie haben es geschafft«, begrüßte ihn Mr. Diltz. »Wie schön, Sie zu sehen, Sir. Ich fing schon an, mir Sorgen zu machen.«

»In Tanger gab es ein paar Probleme, aber nichts Dramatisches, und sehen Sie mal, wen ich mitgebracht habe«, sagte er und deutete auf mich.

»Ja«, sagte Mr. Diltz. »Das hier ist Herr Michaels.«

»Ah, sehr erfreut, Sie kennenzulernen«, meinte der Fremde und schüttelte meine klamme Hand. Ich nickte. »Nach Ihnen.« Er bedeutete mir voranzugehen.

»In Ihrer Suite ist alles für Sie vorbereitet, Sir«, teilte Diltz ihm mit.

»Sehr gut. Wann gibt es morgen Frühstück?«

»Um zehn Uhr.«

»Dann sehen wir uns morgen früh«, sagte er und stieg die Treppen zum ersten Stock hinauf. »Ihnen ebenfalls eine gute Nacht, Mr. Michaels.«

Diltz ging mit mir den Flur entlang zu meinem Zimmer.

Ich sah dem Neuankömmling hinterher, bis er verschwunden war. »Ist Poppy schon zurück?«, fragte ich dann.

»Nein, Sir.«

»Hat sie angerufen?«

»Nein, Sir.«

Dies verpasste meiner Laune einen empfindlichen Dämpfer. »Könnten Sie ihr eine Nachricht übermitteln, wenn sie zurückkommt?«

»Aber selbstverständlich. Was soll ich ihr ausrichten?«

»Sagen Sie ihr, dass sie mich wecken soll, wenn sie zurück ist. Ich würde sie gerne sehen.«

»Wie Sie wünschen, Sir. Wäre es Ihnen recht, um neun Uhr zu frühstücken?«

Ich nickte, ging in mein Zimmer und legte mich aufs Bett. Dann nahm ich ein Buch vom Nachttisch und versuchte zu lesen, aber es fiel mir schwer, mich zu konzentrieren. Ich konnte die Stiche in meinem Herzen nicht ignorieren. Liebe kennt weder Gnade noch Gerechtigkeit. Und es ist ihr auch egal, ob man sie gerade brauchen kann oder nicht. Wenn sie dich überkommt, kannst du nichts dagegen tun. Und so ging es mir, als ich dort allein in dieser seltsamen neuen Welt auf meinem Bett lag. Ich las denselben Absatz drei- oder viermal, unfähig, meine Gedanken unter Kontrolle zu bekommen. Ich hatte Poppy einfach alles zu verdanken: Sie hatte meinen Fuß verarztet, dafür gesorgt, dass ich nicht im Gefängnis gelandet war, und mir diese Reise, diese neue Familie, dieses ganze neue Leben geschenkt. Ich schloss die Augen und legte das Buch zur Seite.

Ein energisches Klopfen riss mich aus dem Tiefschlaf. Die Hälfte des Betts war in Sonnenschein getaucht. Es klopfte erneut. Ich ging zur Tür und öffnete.

»In einer halben Stunde gibt es Frühstück, Sir«, sagte Diltz.

»Wie spät ist es?«, fragte ich schlaftrunken.

»Halb neun Uhr morgens.«

»Ich hatte Sie doch gebeten, Poppy zu sagen, dass sie mich wecken soll.«

»Ja, Sir, das hatten Sie. Leider konnte ich ihr die Nachricht nicht übermitteln, da sie bislang noch nicht zurückgekehrt ist.«

Ich kratzte mich am Kopf. »Sie ist noch nicht zurück?«, fragte ich besorgt.

»Nein, aber machen Sie sich deswegen keine Gedanken, Sir. Daran ist nichts Ungewöhnliches. Kommen Sie bitte in den Speisesaal, sobald Sie fertig sind«, sagte er und ging.

Ich humpelte in das Badezimmer und bearbeitete die Wundnähte mit Nagelschere und Pinzette. Die Wunde hatte sich geschlossen und juckte weniger, sobald ich die Fäden gezogen hatte. Dann legte ich einen neuen, festen Verband an, bevor ich in den Speisesaal ging.

Ich aß allein und las die aktuelle Londoner Ausgabe der *New York Times*, die mir Diltz hingelegt hatte. Er kam herein, als ich gerade fertig war.

»Wann geht es heute Abend los?«, fragte ich.

»Um Punkt halb neun wird das Abendessen serviert, danach beginnt Ihre Anhörung.«

Ich nickte. Ich konnte auf keinen Fall den ganzen Tag hier herumsitzen und auf Poppy warten. »Ich dachte, ich gehe bei dem schönen Wetter noch einmal für eine Weile an die frische Luft.«

»Das ist eine wunderbare Idee, Sir.«

»Würden Sie Poppy Bescheid geben, dass ich sie vor dem Abendessen gerne hier treffen würde?«

»Aber natürlich, Sir. Ich begleite Sie nach draußen.«

Das Sonnenlicht wärmte mich, als ich die Belastbarkeit meines Fußes erprobte, indem ich die meiste Zeit des Tages damit verbrachte, die verschiedenen Sehenswürdigkeiten zu besuchen, die Diltz mir auf dem Stadtplan markiert hatte. Drei Museen, zwei Kirchen und eine alte Festungsmauer, mir war alles recht, um mir die Zeit zu vertreiben und mich von Poppy abzulenken – und von dem, was mir am Abend bevorstand.

Ich ging gerade eine Straße mit vielen Cafés am Fluss entlang, als ich es entdeckte. Dass die Mitglieder von Cognomina hier in Zürich beinahe vollzählig versammelt sein mussten, war mir noch gar nicht in den Sinn gekommen. Es überraschte mich also, als ich das mittlerweile vertraute Embe-Tattoo an einer Frauenhand entdeckte. Die Frau saß nur etwa fünf Meter entfernt von mir allein an einem Tisch auf der Terrasse des Cafés Grossmünster und las eine Zeitung, die ihr Gesicht verdeckte. Ihre Hand war aber eindeutig zu hell für Poppy. Ich holte mir einen Kaffee und betrat dann die Terrasse neben dem Bürgersteig. Zum Glück waren alle Tische besetzt, und ich humpelte zu ihr hinüber.

»Würde es Ihnen etwas ausmachen, wenn ich mich dazusetze?«

»Nein, ganz und gar nicht«, sagte sie mit einem Akzent, der ein bisschen bulgarisch klang, ohne die deutsche Zeitung vor ihrem Gesicht sinken zu lassen.

Ich hängte meinen Gehstock an die Tischkante und setzte mich. Dann trank ich meinen Kaffee und beobachtete den Bootsverkehr auf dem Fluss, während ich überlegte, wie ich ein Gespräch beginnen könnte. »Ihr Akzent – ist das Bulgarisch?«

Die Zeitung bewegte sich ein wenig, als sie auf ihrem Platz herumrutschte. »Ich komme aus Polen.«

»Interessant«, sagte ich.

»Was ist interessant? Aus Polen zu stammen? Nicht besonders«, kam es spöttisch hinter der Zeitung hervor.

»Ich finde nur Ihren Akzent interessant«, reagierte ich etwas pikiert. »Normalerweise kann ich sie ziemlich gut unterscheiden, aber auf Polnisch wäre ich nicht gekommen.«

Sie blätterte eine Seite um und las weiter. »Sprechen Sie denn Bulgarisch?«, fragte sie in einem süffisanten Tonfall auf Bulgarisch.

Ich verschluckte mich beinahe an meinem Kaffee. »Ja, ich spreche Bulgarisch. Ich heiße übrigens Evan«, sagte ich in meiner alten Muttersprache.

Sie faltete die Zeitung sorgfältig zusammen und legte sie auf den Tisch. »*Das* wiederum ist interessant. Ich heiße Nadya«, sagte sie und hielt mir über den Tisch hinweg ihre tätowierte Hand hin. Sie fühlte sich knochig an. Nadya hatte eine große, schmale Nase, stahlgraue Augen, eine hohe, gewölbte Stirn und ein ausgeprägtes Kinn. Sie schien in den Zwanzigern zu sein, aber ich fragte mich, wie alt sie wirklich war.

»Nett, Sie kennenzulernen, Nadya. Ich hoffe, ich störe Sie nicht.«

»Nein, tun Sie nicht. Ihr Bulgarisch ist ausgesprochen gut. Ich hätte gedacht, dass alle Amerikaner, die Bulgarisch können, bei der CIA sind, aber so sehen Sie mir nicht aus. Wo haben Sie das gelernt?«

»Ich habe vor langer Zeit in Bulgarien gelebt«, antwortete ich und lächelte.

Sie sah mich neugierig an, so als ob sie versuchte, sich darauf einen Reim zu machen. Dann wollte sie nach ihrer Kaffeetasse greifen, hielt aber mitten in der Bewegung inne. »Na hallo, den kenne ich doch«, sagte sie, nahm den Gehstock, drehte ihn in der Hand und betrachtete ihn wie einen alten Freund, den man lange nicht gesehen hat. »Evan? Etwa Evan Michaels?«, fragte sie.

»Genau der bin ich. Ich wollte nicht mit der Tür ins Haus fallen, aber ich habe gesehen, dass Sie dasselbe Tattoo haben wie Poppy, und ich dachte …«

»Nein, überhaupt nicht. Willkommen, Evan. Machen Sie sich keine Gedanken. Es ist mir eine Freude, Sie kennenzulernen«, sagte sie und schüttelte noch einmal meine Hand. »Ich dachte, wir sehen uns erst heute Abend. Mein richtiger Name innerhalb unserer Familie ist Ramsay.«

»Sind Sie heute Abend auch dabei, Ramsay?«, fragte ich und trank einen Schluck Kaffee.

»Ja, allerdings. Ich gehöre zur Jury.«

»Sie sind eine von den fünf Richtern, die über mein Schicksal entscheiden?«, fragte ich und bemühte mich, nicht besorgt zu klingen.

»Meine Stimme ist nur eine von fünf. Ich freue mich schon darauf, mehr über Sie zu erfahren.«

»Ich kann es kaum erwarten. Verstößt es nicht gegen die Regeln, wenn wir uns schon vorher treffen?«

»Nein, jetzt noch nicht, aber wir dürfen nach Beginn

der Anhörung nicht mehr miteinander sprechen oder irgendwie anders in Kontakt treten – so lange, bis eine Entscheidung getroffen ist. Sie können sich also entspannen.

Sie waren also einmal Bulgare?«, fragte sie mit einem Lächeln.

»Ja, beim ersten Mal.«

»Was haben Sie in diesem Leben gemacht?«

»Ich war Bauer, bis das Land von den Kommunisten verstaatlicht wurde.«

»1946«, sagte sie erstaunt. »Ist das hier erst Ihre zweite Reise?«

»Nein, meine dritte.«

»Wie schön. Ich bin gespannt, mehr zu hören.«

»Wenn wir schon davon sprechen: Ich frage mich, ob Sie mir irgendwelche Tipps geben können, damit das Ganze auch problemlos abläuft.«

»Nein – und ich denke, es ist klar, warum. Poppy wird Ihre Fürsprecherin sein, richtig?«

»Ja, falls sie jemals wieder auftaucht.«

Ramsay lachte. »Jaja, das ist so ihre Art, aber machen Sie sich deswegen keine Sorgen«, sagte sie. »Sie wird da sein, und sie wird Sie unterstützen.«

Ich nickte ernst. »Ich hätte noch eine Frage. Was passiert mit einem Neophyten, wenn er nicht die Mehrheit der Stimmen auf sich vereinen kann?«

Sie schüttelte den Kopf. »Seien Sie doch nicht so negativ. Ich habe da vollstes Vertrauen. Poppy hätte Sie nicht hergebracht und uns alle zusammengetrommelt, wenn sie nicht glauben würde, dass Sie wirklich sind, was Sie zu sein behaupten. Wenn Sie tatsächlich einer von uns sind, werden wir das auch bestätigen. Wir sind sehr gründlich, und wir finden immer die Wahrheit. Sie können sich also entspannen.«

»Danke, das werde ich. Jetzt geht's mir schon viel besser«, sagte ich, obwohl es nicht stimmte. Ich hatte einen Knoten im Magen, und der starke Kaffee trug sein Übriges dazu bei.

»Wie haben Sie Poppy kennengelernt?«

»Ich wurde hinter ihrer Kirche angeschossen«, sagte ich und hob meinen Fuß. »Sie hat mich gefunden und meine Wunde genäht.«

Ramsay kicherte und schüttelte den Kopf. »Normale Menschen würden es wohl seltsam finden, wie so eine Zufallsbegegnung ein ganzes Leben verändern kann. Aber ich lebe nun schon so lange, dass mir klar ist, dass eigentlich nichts reiner Zufall ist.«

Ich nickte beeindruckt und trank meinen Kaffee. Sie war faszinierend.

»Ich würde mich ja gerne noch weiter mit Ihnen unterhalten, aber das muss warten – ich muss nämlich leider los«, sagte sie und stand auf. »Wenn Sie mich entschuldigen wollen.« Sie verließ mit selbstbewussten Schritten das Café, ohne sich noch einmal umzudrehen.

Ich trank meinen Kaffee aus und ging zurück zum Hotel St. Germain. Dabei machte ich ein paar Umwege, sodass ich erst kurz vor halb neun dort eintraf.

»Ist Poppy mittlerweile zurück?«, fragte ich Mr. Diltz, als er die Haustür hinter uns schloss.

»Nein, aber sie hat angerufen und lässt ausrichten, dass sie auf dem Rückweg ist.«

»Auf dem Rückweg von wo?«

»Luzern. Sie sagte, sie werde rechtzeitig zum Essen wieder hier sein. Übrigens dachte ich, dass ich heute

Abend wieder mit Ihnen zusammen esse, wenn es Ihnen recht ist.«

»Ich würde mich freuen«, antwortete ich mechanisch, in Gedanken immer noch bei Poppy.

»Ausgezeichnet«, sagte er mit einem leichten Lächeln. »Ich werde Sie rufen lassen, wenn alles bereit ist.«

Von Poppy fehlte immer noch jede Spur, als ich Diltz vor der Tür zum Speisesaal traf.

»Heute Abend sieht das Arrangement etwas anders aus«, erklärte er. »Wir werden das Abendessen zur gleichen Zeit wie die anderen in einem Nebenzimmer einnehmen – damit wir alle gleichzeitig fertig sind und beginnen können. Bitte bedienen Sie sich.« Und damit öffnete er die Schiebedoppeltür, hinter der sich der lange Esstisch unter dampfenden Speisen aller Art bog. »Nehmen Sie sich eine ordentliche Portion.« Er gab mir einen großen Teller. »Wenn es hier losgeht, wird ganz schnell nichts mehr übrig sein.«

Ich lud mir den Teller voll und folgte ihm durch einen Flur in ein einfaches Nebenzimmer, in dem vor weißen Wänden ein normal dimensionierter Holztisch stand. Der Tisch war mit erlesenem Geschirr und Besteck sowie Weingläsern eingedeckt, außerdem waren verschiedene Salate vorbereitet. Mr. Diltz hatte gerade den Wein eingeschenkt, als die Glocke läutete. Ich sah durch den Flur, wie er die Tür entriegelte und öffnete.

Poppy trat in Begleitung eines nicht sehr großen jungen Mannes mit dunklem Teint und ebenso dunklen Haaren ein. Als sie mich entdeckte, kam sie mit geöffneten Armen auf mich zu. »Es tut mir leid. Diltz hat mir gesagt, dass du dir Sorgen um mich gemacht hast.«

»Sorgen um dich? Nimm dich nicht so wichtig. Ich mache mir Sorgen um mich. Meine Anhörung fängt in ungefähr einer Stunde an, und ich habe absolut keine Ahnung, was zum Teufel mich da erwartet«, betonte ich mit Nachdruck.

»Kein Grund, sich aufzuregen.«

»Kein Grund, sich aufzuregen?«, sagte ich und schüttelte den Kopf. »*Aufgeregt* habe ich mich gestern Abend. Vielleicht auch noch heute Morgen. Aber mittlerweile ist es mehr als das.« Mein kühler, ruhiger Tonfall schien sie kein bisschen zu beeindrucken. »Wo warst du überhaupt?«

Ihre Miene hellte sich auf. »Ich habe zufällig Jea...« – sie biss sich auf die Zunge – »einen Freund getroffen.« Sie deutete über ihre Schulter auf den attraktiven dunkelhaarigen Mann, der mit den Händen in den Sakkotaschen an der Tür stand und mit Diltz sprach. »Wir sind uns gestern Abend zufällig über den Weg gelaufen und haben uns ein wenig unterhalten. Und bevor wir wussten, wie uns geschah, waren wir schon in Luzern.«

»Also echt, das ist wirklich ganz großartig.« So langsam verlor ich die Beherrschung. »Ein paar Stunden vor dem größten Ereignis meines Lebens – meiner Leben –«, korrigierte ich mich, »verschwindest du einfach und gehst feiern – mit einem *Freund*?«, fragte ich verbittert.

»Wow, jetzt mach mal halblang. Du tust gerade so, als würde dich die Inquisition erwarten. Ich habe mich mit meinem Freund über deine Situation unterhalten und dann entschieden, dass es am besten ist, wenn du dich so wenig wie möglich darauf vorbereitest, damit deine Antworten völlig authentisch und ehrlich sind.«

Es fiel mir schwer, meine Wut im Zaum zu halten. Mir

war völlig klar, dass sie mir eine Lüge auftischte. Sie hatte keinen Gedanken an mich oder irgendwelche Vorbereitungen verschwendet, bis sie eben durch diese Tür getreten war. Ein guter Lügner erkennt immer einen anderen. Aber was konnte ich schon tun? Ich war nicht in der Position, sie zu maßregeln, sondern ihr vielmehr ausgeliefert – und das wusste sie ganz genau. Also schluckte ich meine Verbitterung und meine Wut hinunter und heuchelte stattdessen Einverständnis. »Vielleicht hast du recht.«

»Bist du aufgeregt?«, fragte sie lächelnd.

»Ich bin nervös. Mr. Diltz und ich wollten gerade essen, warum leistest du uns nicht Gesellschaft?«

»Oh, das geht nicht. Ich esse schnell etwas mit den anderen, und dann muss ich dringend noch ein paar Vorbereitungen treffen. Ich komme und hol dich ab, wenn alles bereit ist.

Wir sind nicht zu spät dran, oder?«, fragte sie Diltz.

»Nein, Madame, Ihr Timing ist perfekt, Sie kommen gerade rechtzeitig zum Essen.«

»Großartig. Bis gleich«, sagte sie und küsste mich auf die Wange. Ich sah Poppy nach, wie sie mit ihrem Freund in den Speisesaal ging, und bemerkte dabei gar nicht, dass Mr. Diltz neben mich getreten war. »Sind Sie bereit?«

»Hä?«, fragte ich abgelenkt.

»Das Abendessen, Sir. Sind Sie bereit?«

»Ja, lassen Sie uns etwas essen.«

Nachdem ich meinen nervösen Magen mit ein paar Happen etwas beruhigt hatte, sah ich Diltz beim Essen zu, beobachtete, wie die Muskeln in seinen langen, hohlen Wangen sich beim Kauen bewegten. Durch die Tür drangen laute Gespräche und das Klirren von Geschirr zu uns herein. »Sie hat recht, dass weniger Vorbereitung von Vorteil ist. Nach allem, was ich weiß, kann man sich auf die Anhörung gar nicht vorbereiten. Das ist wie bei einem Intelligenztest. Das Ergebnis steht sozusagen schon vorher fest. Ich habe mehrere Mitglieder dazu befragt, und sie haben mir alle dasselbe gesagt.«

Ich war immer noch der Ansicht, dass Poppy gelogen hatte. »Das mag stimmen, aber es beruhigt mich nicht«, meinte ich und stocherte mit der Gabel im Essen herum.

»Das verstehe ich«, erwiderte er und aß etwas Hummer. »Falls es Ihnen ein Trost ist: Ich bin immer für Sie da. Geben Sie mir einfach Bescheid, wenn ich etwas für Sie tun kann.«

»Ich danke Ihnen.« Ich schaute von meinem Teller zu ihm hoch. »Das zu wissen beruhigt mich etwas.« Ich sah ihm noch eine Zeit lang beim Essen zu. Im großen Speisesaal war es inzwischen etwas leiser geworden.

»Sie sagten, Sie haben mit einigen Mitgliedern über den Aufnahmeprozess gesprochen«, sagte ich.

»Ja, und auch ganz spezifisch über die Aufnahme von Neophyten. Ich hatte nicht damit gerechnet, jemals eine derartige Anhörung zu erleben – und jetzt, da doch eine ansteht, wollte ich mich so gut wie möglich auf alle Eventualitäten vorbereiten.«

»Sagen Sie mir bitte: Haben Sie auch gefragt, ob es schon einmal vorgekommen ist, dass ein Neophyt gescheitert ist?«

»Ja. Das habe ich.«

»Und?«

Er nahm einen tiefen Schluck Wein. »So, wie es mir geschildert wurde, Sir, ist das schon vorgekommen, aber keines der Mitglieder kann sich daran erinnern, selbst schon einmal gescheitert zu sein.« Es klopfte leise an der Tür, und Mr. Diltz stand auf, um sie zu öffnen. »Es ist nun wohl an der Zeit, Sir.«

# 12

»HALLO.« POPPY STECKTE DEN KOPF INS ZIMMER. »Wir sind bereit.«

»Danke, Madame«, sagte Diltz und legte seine Serviette auf den Tisch. »Dann sehen wir uns unten.« Diltz ging an ihr vorbei, als sie eintrat. Sie trug eine lange graue Samtkutte mit weißen Zierleisten am Ärmelaufschlag und am Kragen. Wie sie dort in der offenen Tür stand, wirkte sie geradezu königlich.

»Ich bin bereit«, sagte ich und stand auf, »aber ich sollte noch schnell in mein Zimmer gehen und einen Anzug anziehen.«

»Ein Jackett reicht, einen Schlips brauchst du nicht.« Sie ging vor mir den Flur entlang, in dem die Lichter etwas gedimmt worden waren. Außer unseren Schritten auf dem polierten Parkett war nichts zu hören. Ich warf einen Blick durch die offenen Türen des Speisesaals, als wir daran vorbeigingen. Das Licht war aus, lediglich der matte Schein aus dem Flur wurde von den silbernen Tabletts und Hauben reflektiert, die zwischen den dreckigen Tellern auf dem Tisch standen. Die ganze Szenerie wirkte unheimlich, wie ein hastig verlassenes Schiff.

Sie blieb vor meiner Tür stehen. »Ich warte auf dich.«

Ich trat ein, schloss die Tür hinter mir und ging direkt ins Badezimmer. Dort drehte ich den Hahn auf, und kaltes Wasser schoss ins Waschbecken. Ich beugte mich vor und hielt mich mit den Händen am Rand des Beckens fest.

Mir war übel, in meinem Kopf hämmerte es und meine Beine fühlten sich an, als ob sie gleich unter mir nachgeben würden. Ich hielt meine hohlen Hände unter den Wasserhahn und spritzte mir das eiskalte Wasser ins Gesicht. Nach der dritten Handvoll war ich etwas ruhiger. Ich nahm mir eine Zigarette und zündete sie mit dem Feuerzeug an. Dann richtete ich mich auf und betrachtete mich in dem perfekten, makellosen Spiegel. Ich zog lange an der Zigarette, und ihr Ende leuchtete orange auf. Während ich den Rauch ausströmen ließ, wanderte mein Blick wieder zur Zimmerdecke. Dann sah ich noch einmal in den Spiegel. Ich starrte in meine blauen Augen und lauschte dem Rauschen des Wassers.

»Sag ihnen einfach die Wahrheit«, schärfte ich mir ein und sah mir fest in die Augen. »Du hast dein ganzes Leben darauf gewartet, endlich jemandem die Wahrheit sagen zu können.«

Ich zog noch einmal an der Zigarette und ließ sie in das volle Waschbecken fallen. Dann nahm ich das Jackett vom Bettpfosten und ging nach draußen zu Poppy.

»Gut siehst du aus«, sagte sie. »Folge mir.«

Zu meiner Überraschung marschierte sie weiter den Flur entlang, in dem sich auch mein Zimmer befand. Bislang hatte ich nie jemanden in diese Richtung gehen sehen. Sie öffnete die Tür hinten auf der linken Seite, trat ein und blieb vor dem Badezimmer stehen. Das Zimmer sah genau wie meines aus. Sie sah mich an und strich meinen Kragen glatt.

»Sei einfach du selbst, Evan.«

Ich lächelte sie an, nun weniger nervös als vielmehr neugierig darauf, was sich hinter der Badezimmertür verbarg. Sie drehte sich um und öffnete die Tür.

Ich konnte nur einen schwachen Lichtschein erkennen, der vom Boden heraufzuleuchten schien. Sie trat ein, und die Dunkelheit umschloss sie wie ein dichter Nebel. Ich blieb in der Tür stehen und hielt nach ihr Ausschau, sah aber nur, wie sich der weiße Kragen und Ärmelaufschlag ihrer Kutte unterhalb von mir bewegten. Der schwache Lichtschein kam von den Fackeln an der Steinmauer neben einer langen Treppe, die in die Tiefe führte. Ich wartete, bis meine Augen sich an die Dunkelheit gewöhnt hatten, und folgte ihr dann die Stufen hinunter. Meine linke Hand tastete nach Rissen, Vorsprüngen oder Griffen in dem alten Gemäuer. Die Messingspitze des Gehstocks gab bei jedem Schritt ein hallendes Klicken von sich. Wir stiegen vielleicht fünfundsiebzig oder hundert Steinstufen hinab und erreichten einen höhlenartigen Raum. Das geisterhafte Flackern der letzten Fackel markierte das untere Ende der Treppe. Als ich dort ankam, wartete Poppy bereits auf mich. Sie legte einen Finger auf die Lippen, um mir zu bedeuten, dass ich still sein sollte.

Die hohe Decke der Höhle wurde von einem Dutzend dicker Pfeiler gestützt, die oben und unten mit in den Stein gehauenen verschlungenen Ornamenten verziert waren. Die Wände bestanden aus demselben grob behauenen Stein wie die Treppe, der Boden war dagegen mit einem raffinierten Mosaik aus dunklem, glatt poliertem Granit bedeckt, der ihn wie die mondbeschienene Oberfläche eines still daliegenden Teiches wirken ließ. In der Mitte des Raums stand ein einfacher Holztisch mit zwei Stühlen an einer Seite. Dem Tisch gegenüber befand sich eine Art Richterbank aus Holz und zu seiner Rechten eine Empore mit zwei Stuhlreihen. Hinter der Empore hing ein schwerer, bodenlanger schwarzer Vorhang, der über die gesamte Breite der Höhle verlief und so einen weiteren Teil abzutrennen schien. Mehrere große Fackeln waren in frei stehenden Haltern mit Silberfüßen im Raum verteilt.

Außer uns war niemand da. Ich folgte Poppy in die Mitte des Raums und versuchte dabei, den Gehstock möglichst leise aufzusetzen, aber es half nicht. Jedes Geräusch, jeder Schritt und jedes Rascheln der Kleidung sandte Schallwellen aus, deren Echos wild in der Höhle herumsprangen. Poppy führte mich zu dem Tisch in der Mitte des Raums, auf dem ein Aschenbecher, eine Wasserkaraffe und Gläser auf uns warteten.

»Es geht los«, flüsterte sie hinter vorgehaltener Hand. »Sie werden gleich kommen.« Sie wies auf die Stelle, an der der lange Vorhang in der Nähe der Richterbank auf die Wand traf.

Ich sah mich um und versuchte, die riesigen Dimensionen der Höhle zu erfassen. Eigentlich war es unmöglich, dass es unter einer modernen Stadt einen solchen Raum geben sollte. Aber trotzdem existierte er. Ich ließ meinen Blick umherschweifen, bis er wieder auf Poppy traf. »Danke.« Ich formte die Worte lautlos mit den Lippen. Sie lächelte und griff nach meiner Hand. Das Echo eines schweren mechanischen Geräts durchbrach die Stille, als der Vorhang sich etwa einen Meter weit von der Wand löste.

Nun kamen sie einer nach dem anderen dahinter hervor, mit etwa fünf Schritten Abstand zueinander. Die ersten fünf trugen lange weiße Kutten mit schwarzen Zierleisten. Sie gingen an der Wand entlang und betraten der Reihe nach die Richterbank. Die anderen trugen normale Kleidung, dazu aber schmale schwarz-rote Seidenstolen um die Schultern, die ihnen über die Brust fielen. Sie nahmen auf der Empore Platz. Alle bewegten sich gemessenen Schrittes und schwiegen. Einzig das dumpfe Rauschen, zu dem sich die Geräusche ihrer Schritte und Bewegungen vereinten, verriet mir, dass es sich nicht um ein Hirngespinst handelte.

Während es sich die fünf Richter gerade auf ihren Plätzen bequem machten, entdeckte ich direkt hinter ihnen an der Wand den Speer, von dem mir Poppy erzählt hatte. Er war etwa von der Länge eines Mannes, hatte einen weißen Holzschaft und eine schwarze Spitze, so groß wie eine Hand, unter der ein Büschel aus rot gefärbtem Rosshaar angebracht war. An der Spitze klebte verkrustetes braunes Blut. Ich stand wie erstarrt da, unfähig, den Blick von der Waffe zu lösen. Dann ließ Poppy meine Hand los, und der Bann war gebrochen.

Bei dem Richter ganz links handelte es sich um den attraktiven jungen Mann, mit dem Poppy aus Luzern gekommen war. Rechts von ihm saß ein groß gewachsener, spindeldürrer Mann mit dichtem schwarzem Haar und einer langen, schmalen Nase, auf der eine Brille mit Drahtgestell saß. Er sah aus wie ein strenger, Ehrfurcht gebietender Professor. In der Mitte, direkt unter dem Speer, hatte ein wettergegerbter Mann in den Sechzigern mit langem weißem Haar und einem dazu passenden langen weißen Bart Platz genommen. Tiefe Falten durchzogen sein ledernes Gesicht. Neben ihm entdeckte ich Ramsay. Als unsere Blicke sich trafen, lächelte sie leicht. Am äußersten rechten Rand, direkt am Vorhang, saß ein graziler asiatischer Mann mit kahl geschorenem Kopf – oder eine Frau, da war ich mir nicht ganz sicher.

Von den zwanzig Plätzen auf der Empore zu meiner Rechten waren weniger als die Hälfte besetzt. Ein junger Mann, der die gleiche Kutte wie die Richter trug, ließ sich am Ende der Empore nieder, öffnete ein großes ledergebundenes Buch und nahm einen kunstvoll verzierten Füllfederhalter zur Hand. Das war wohl der Protokollführer. Die einzigen bekannten Gesichter auf der Empore waren Diltz und der Mann, den ich am Abend zuvor an der Eingangstür getroffen hatte. Diltz lächelte mir aufmunternd zu. Als ich den Blick wieder der Richterbank zuwandte, sah mich der alte Mann in der Mitte direkt an. Die anderen vier Richter ließen sich ebenfalls nieder und wandten sich uns einer nach dem anderen zu. Poppy räusperte sich.

»Ich stelle euch hiermit Evan Michaels vor«, sagte sie an die Jury gewandt. »Ein Neophyt, der angibt, wie wir ein Infinite zu sein. Ich glaube, dass das der Wahrheit entspricht, und habe euch deswegen hier versammelt, damit ihr euer Urteil über ihn sprecht. Es ist sein Wunsch, in die Cognomina aufgenommen zu werden.«

»Sehr gut. Wurde der Kandidat umfassend informiert?«, fragte der alte Mann. Seine müde Stimme hallte bedrohlich durch den Raum.

»Ja, er ist informiert. Ich werde als seine Zeugin und Fürsprecherin fungieren.«

Der alte Mann verlagerte sein Gewicht, als er nun mich direkt ansprach. »Möchten Sie, Evan Michaels, Teil unserer Familie und Mitglied bei Cognomina werden?« Seine grauen Augen unter den schweren Lidern waren so unergründlich wie die Zeit selbst.

Ich spürte die Blicke aller Anwesenden auf mir. Ich wusste, was diese Entscheidung für mein ganzes bisheriges Leben und mein künftiges Leben, wie ich es hier vor mir sah, bedeuten würde. »Ja«, sagte ich schließlich einfach nur und entschied mich damit für diese neue Welt.

»Sehr gut. Dann lasst uns beginnen«, sagte er und lehnte sich in seinem Stuhl zurück.

Poppy bedeutete mir, mich zu setzen. Der junge Schreiber füllte die leeren Seiten mit seiner schwungvollen Handschrift.

Der alte Mann sah zu uns hinüber und nickte dem Professor zu, der seinen kantigen Kopf zurücklegte und mich über die lange Nase hinweg musterte. Das wollartige Haar auf seinem Kopf erinnerte an den Radiergummi an einem Bleistift. »Fangen wir einfach am Anfang an, Mr. Michaels. An wie viele Leben erinnern Sie sich?«

Ich sah Poppy Hilfe suchend an.

»Antworte ihm einfach«, flüsterte sie.

Ich wandte mich wieder der Jury zu und suchte den Blick der tief liegenden Augen des Professors. »Drei, dieses hier mitgezählt.« Der Federhalter des Schreibers kratzte über das Blatt.

»Wann begann das erste?«

»Am 4. April 1892, in der Nähe eines kleinen Dorfes namens Woditza in Bulgarien,[18] etwa sechzig Meilen entfernt von Warna.«

»Gut, sehr gut«, sagte der Professor. »Je detaillierter und exakter Ihre Angaben sind, desto einfacher wird sich die ganze Anhörung gestalten.

Was lautete Ihr Name in der ersten Inkarnation?«

»Wassili Blagawitsch Arda.«

»Wie hießen Ihre Eltern?«

---

18 Evan meint die heutige Stadt Wodiza in Bulgarien.

»Mein Vater hieß Blag Iwanowitsch Arda und meine Mutter Liuda Boriskowna Arda.«

»Wie hießen Ihre Geschwister?«, fragte der Professor herausfordernd, sobald ich geantwortet hatte.

»Ich hatte keine Geschwister.«

»Wann, wo und wie sind Sie das erste Mal gestorben?«

Ich trank einen Schluck Wasser aus dem Glas auf dem Tisch. »Das war im Herbst des Jahres 1968. Ich lebte damals in Istanbul. Ich weiß nicht, wie ich gestorben bin, und auch nicht, an welchem Tag genau. Ich erinnere mich nur daran, dass ich in meinem Zimmer zusammenbrach und auf den Boden fiel.«

»Was ist Ihre nächste Erinnerung?«

»Ich war ein kleiner Junge in Macon im amerikanischen Bundesstaat Georgia.«

»Wie hießen Sie?«

»Bobby Lynn Murray.«

»Wie hießen Ihre Eltern?«

»Judith Anne Murray. Meinen Vater kannte ich nicht.«

»Wann, wo und wie starben Sie zum zweiten Mal?«

»Das passierte in unserem Zuhause in Macon. Ich starb bei einem Unfall«, sagte ich und zögerte.

»Was für eine Art von Unfall war das?«

»Ein Brand«, sagte ich und sah ihn durchdringend an. Er konsultierte seine Notizen, bevor er die nächste Frage stellte.

»Konnten Sie Bobbys Todestag in Erfahrung bringen?«

»Ja, ich bin vor drei Jahren nach Macon gefahren, um mir das Grab anzusehen. Ich wollte mir beweisen, dass ich nicht verrückt bin.«

»Und, sind Sie verrückt?«, unterbrach mich der androgyne Asiate am anderen Ende der Bank.

Ich schwieg einen Moment und sah die Richter nacheinander an. »Nein. Aber zu diesem Zeitpunkt war ich mir nicht sicher.«

»Erläutern Sie das näher«, verlangte der Professor.

Ich beugte mich zu Poppy. »Darf ich rauchen?«, flüsterte ich ihr ins Ohr. Sie nickte, und ich steckte mir eine Zigarette an. »Wenn es Ihnen recht ist, fange ich am Anfang an.«

Der Professor nickte langsam.

»Im Herbst jenes ersten seltsamen Jahres hatte ich erstmals komische Träume und Visionen, meistens im Wachzustand. Zuerst waren sie zusammenhanglos, aber mit der Zeit ordneten sie sich und ergaben mehr Sinn. Mir wurde klar, dass es Erinnerungen waren. Meine ersten Erinnerungen waren Wassilis Erinnerungen an sein Leben auf dem Land in Bulgarien. Als der Winter anbrach, wurden die Visionen – oder Erinnerungen – immer länger, lebendiger und detaillierter. Mit der Zeit gelang es mir, sie zu kontrollieren, sodass ich sie schließlich immer wieder betrachten konnte, so lange, bis mir Einzelheiten wie Sprache oder Musik aus den Erinnerungen dieser Person vertraut waren. Am Anfang hatte ich das Gefühl, den Bezug zur Realität zu verlieren, da ich die Erinnerungen als Teil eines fremden Bewusstseins begriff. Ich stellte meine Identität infrage und wusste nicht, was ich von all dem halten sollte. Im darauffolgenden Sommer konnte ich bereits Bulgarisch lesen, schreiben und sprechen. Die Erinnerungen waren nun viel konkreter geworden. Sie schienen echt.

Mit siebzehn oder achtzehn konnte ich natürlich nicht nach Bulgarien reisen und die Orte besuchen, an denen Wassili gewesen war. Auch wenn das der sicherste Weg gewesen wäre, mir zu beweisen, dass diese Erinnerungen wirklich echt waren. Dass es Wassili tatsächlich gegeben hatte. Diese Möglichkeit – und das gab mir etwas von meinem Seelenfrieden wieder – eröffnete sich erst mit dem zweiten Schwung Erinnerungen, nämlich denen des kleinen Bobby Lynn Murray. Alle Erinnerungen an sein kurzes Leben kamen mir innerhalb von zwei Wochen. Im Anschluss daran verließ ich meine Eltern und mein Zuhause, um mich auf die Suche nach der Wahrheit zu machen.

Ich packte ein paar Kleidungsstücke ein, hob meine wenigen Ersparnisse ab und machte mich mit meinem Motorrad auf den Weg nach Georgia. Es war unheimlich, als ich mich Macon näherte und bestimmte Details wiedererkannte. Ich fuhr irgendwo lang und wusste plötzlich, dass ich bald an eine Brücke gelangen würde. Oder welche Straße ich nehmen musste, noch bevor ich auf die Karte geschaut hatte. Ich fuhr durch die Stadt, ohne zu ahnen, dass ich einer bestimmten Route folgte – bis mein Motorrad vor Bobbys altem Haus zum Stehen kam. Der Anblick schockierte mich. Es war natürlich anders, als ich es in Erinnerung hatte, da das ursprüngliche Haus ja niedergebrannt war und ein neues auf den alten Fundamenten errichtet worden war. Es unterschied sich deutlich von den älteren Bauten darum herum. Ich erkannte die Nachbarhäuser und Bobbys Schule wieder. Stundenlang lief ich wie in Trance in dem Viertel herum, jedes Gebäude, jede Straße, jeder Riss im Bürgersteig sprach zu mir wie der vernachlässigte Geist eines vor langer Zeit Verstorbenen, der nun um meine Aufmerksamkeit bettelte.

Ich entdeckte Bobbys Grab nach dreistündiger Suche auf dem städtischen Friedhof. Er hatte nur einen einfachen weißen Grabstein mit Blockschrift, keine Verzierungen – einer von der Sorte, wie man ihn vom Staat bekommt, wenn die Angehörigen kein Geld haben.

Mehr Beweise brauchte ich nicht. Da war ich also, ganz allein auf dem Friedhof mit mir selbst und meiner Mutter. Die warme Sonne und der Duft der Magnolien luden mich zum Verweilen ein. Ich berührte sanft den Grabstein meiner Mutter, wie man es von einem guten Sohn erwartet, und legte mich dann auf den Rasen über Bobby, als ob mich das so nahe zu ihm bringen würde, dass sich die Erinnerungen wieder mit seinem Körper vereinen konnten.«

Als ich geendet hatte, war minutenlang außer dem Kratzen des Füllfederhalters auf dem Papier nichts zu hören.

»Was haben Sie dann gemacht?«

»Zuerst hatte ich kein bestimmtes Ziel. Ich zog von Stadt zu Stadt, nahm Gelegenheitsjobs an, um mir etwas Geld für Benzin und Essen zu verdienen. Und schließlich landete ich in Los Angeles.«

»Verstehe ich das richtig, dass Sie bis vor drei Jahren nicht wussten, dass Sie ein Infinite sind?«, fragte der alte Mann und beugte sich vor.

»Das ist richtig.«

»Und Sie haben sich an Ihre erste und an Ihre zweite Inkarnation erst in diesem Leben, Ihrem dritten Leben, erinnert?«

»Ja«, sagte ich. Die Mitglieder der Jury lehnten sich zurück und sprachen leise miteinander. »Was ist los?«, fragte ich Poppy. Sie nahm den Blick nicht von der Jury.

»Nichts. Du bist ein ungewöhnlicher Fall, das ist alles. Du machst das prima.«

Sie besprachen sich ein paar Minuten lang, dann beugte sich der Professor wieder vor. »Wir würden gerne noch ein paar Details erfragen, damit wir uns ein lebendigeres Bild machen können, wenn Sie verstehen?«

»Ich denke schon.«

»Fangen wir am Ende an. Ihre Reise von Minnesota nach Georgia«, sagte er und sah dabei in seine Notizen, »wie lange haben Sie dafür gebraucht?«

»Etwa eine Woche.«

»Haben Sie dabei irgendwelche Verkehrsregeln gebrochen?«

»Nein«, antwortete ich leicht verwirrt.

»Und auf der Fahrt von Georgia nach Kalifornien?«

»Ja, eine Geschwindigkeitsübertretung in Texas.«

»Wo genau in Texas war das?«

»In Slayton.«

»Können Sie uns sagen, wo Sie auf dem Weg von Georgia nach Kalifornien gejobbt haben?«

»Vieles davon waren Gelegenheitsjobs, oft nur für einen Tag, aber ich erinnere mich an die Firmen, für die ich gearbeitet habe: die Farmergenossenschaft in Huntsville in Alabama, Masher Gartenbau in Lake Charles in Louisiana, The Baily Cotton Gindestillerie in Amherst in Texas, die Bergbaugesellschaft Globeville Mining Co. in Globeville in Arizona und der California Dreamin' Motorradladen in Barstow in Kalifornien.«

»Können Sie mir das Baujahr und den Hersteller des Motorrads nennen, mit dem Sie unterwegs waren?«

»Es war eine Honda, Baujahr 1976.«

»War? Befindet sie sich nicht mehr in Ihrem Besitz?«

»Nein, sie wurde mir gestohlen.«

»War sie auf Ihren Namen registriert?«

»Ja«, sagte ich und zündete mir noch eine Zigarette an. Er betrachtete seine Notizen, als stünde dort die nächste Frage geschrieben. »Sie war übrigens blau«, bemerkte ich und steckte das Feuerzeug wieder ein. »Falls sie während Ihrer Ermittlungen wieder auftauchen sollte, hätte ich sie wirklich gerne zurück«, fügte ich noch mit einem nervösen Lachen hinzu. Von der Empore und von der Jury war Gekicher zu hören. Der Professor lächelte und fuhr mit einer Reihe schnell aufeinanderfolgender Fragen fort.

»Welche Augenfarbe hatte Ihre Mutter Judith?«

»Blau.«

»Haarfarbe?«

»Braun.«

»Wo hat sie gearbeitet?«

»In einer Teppichbodenfabrik.«

»Was für ein Auto fuhr sie? Erzählen Sie mir von Ihren Großeltern. Wo haben sie gelebt? Wo sind Sie zur Schule gegangen? Hat sich Bobby jemals verletzt?« Der Professor wollte endlos viele Dinge von mir wissen. Das Hin und Her von Frage und Antwort zog sich über Stunden hin. Ich richtete meinen Blick auf seinen Mund, während er sprach, und konzentrierte mich auf die Lücken zwischen seinen Zähnen, um mich nicht einlullen zu lassen. »Hatten Sie in Georgia Haustiere?«

»Nein«, antwortete ich mechanisch und drückte meine Zigarette neben den über zwanzig anderen Kippen aus.

»Hatte Ihre Mutter irgendwelche Liebhaber?«

»Hä?«, fragte ich und hatte das Gefühl, aus einer Art Trance zu erwachen.

»Ihre Mutter Judith. Hatte sie ...« Der alte Mann in der Mitte hob seine Hand, um ihn zu unterbrechen.

»Das reicht für heute. Ein sehr guter Anfang, Mr. Michaels.« Der lange weiße Bart tanzte unter seinem Kinn. »Wir machen morgen an dieser Stelle weiter.«

Poppy führte mich aus dem Raum, während die anderen aufstanden und sich unterhielten. »Du siehst müde aus«, sagte sie, während sie vor mir die Treppe hinaufstieg.

»Ich bin erschöpft. Psychisch. Wann geht es morgen weiter?«

»Wieder nach dem Abendessen. Ich werde dich abholen, wenn wir bereit sind.«

»Ich hatte gehofft, dass du mir beim Abendessen Gesellschaft leistest. Seit wir hier angekommen sind, habe ich dich so gut wie gar nicht zu Gesicht bekommen.«

»Ich ... ähm ... sicher, das lässt sich einrichten. Aber ich müsste eventuell etwas früher gehen, wegen der Vorbereitungen.«

»Super.« Ich stieg ein paar weitere Stufen hinauf, bevor ich weitersprach. »Ich würde dich gerne etwas fragen. Zuerst einmal: Ist das der Speer, mit dem sie die Kandidaten getötet haben? Der, von dem du mir erzählt hast?«

Sie brach in Gelächter aus. Das Geräusch drang die Steintreppe vor uns hinauf und wurde dann wieder zu uns zurückgeworfen. »Bei dir klingt das so verdrießlich, aber ja, das ist er.«

»Warum hängt er immer noch hinter der Jury?«

»Das weiß ich eigentlich gar nicht. Ich denke, wir behalten ihn als Symbol der Wahrheitsfindung. Apropos: Du hast dich heute Abend gut geschlagen. Ich bin zuversichtlich, dass es mit deiner Aufnahme sehr schnell gehen könnte.«

»Wieso das?«

»Aus zwei Gründen: Heutzutage lassen sich vergangenheitsbezogene Fakten relativ gut nachprüfen. Und zweitens hast du nur zwei Reisen hinter dir, die überprüft werden müssen. In den Zwanzigerjahren ging es bei der letzten Person, die sich dieser Prozedur unterzogen hat – die, die älter war als ich –, monatelang so weiter wie heute Abend. Das war wirklich mühsam. Ich denke, bei dir wird es viel schneller gehen.

Alle anderen Fragen müssen leider noch etwas warten«, sagte sie und öffnete die Tür am oberen Ende der Treppe. »Ich werde jetzt schlafen gehen und rate dir dasselbe. Bis dann.« Sie eilte den Flur entlang und dann die Treppe nach oben zu ihrer Suite. Als ich mich kurz darauf in meinem Zimmer auszog, sah ich aus dem Fenster. Helllila und blaue Lichtstreifen zeichneten sich bereits am Morgenhimmel über der Stadt ab.

»Wie spät ist es?«, fragte ich Diltz, der gerade auf dem Weg in die Küche war.

»Fünfzehn Uhr, Sir. Im Speisesaal ist noch etwas für Sie übrig.«

»Wenn es keine Umstände macht, hätte ich gerne einen Fahrer für den restlichen Tag. Ich möchte etwas frische Luft schnappen«, sagte ich.

»Kein Problem. Wann würden Sie gerne abfahren?«

»Gleich nachdem ich etwas gegessen habe.«

Er nickte.

»Wann muss ich wieder hier sein?«

»Um sieben Uhr, Sir.«

»Oh, das hätte ich fast vergessen: Poppy wird heute mit uns essen, Mr. Diltz.«

»Ich werde die notwendigen Vorkehrungen treffen, Sir.«

Der Fahrer kannte die Stadt wie seine Westentasche, dafür sprach er kaum Englisch. Und nach drei Stunden der schweigenden Betrachtung von Alpenpanoramen konnte ich es kaum erwarten, zurückzukehren und weiterzumachen.

»Wie war Ihre Spazierfahrt, Sir?«, fragte Mr. Diltz, als er mir die Tür öffnete.

»Großartig. Die Landschaft hier ist wunderschön. Das nächste Mal würde ich gerne eine Bootsfahrt über den See machen.«

»Darum kümmere ich mich gerne, Sir.«

Als ich hineinging, bemerkte ich zum ersten Mal, dass an der Außenseite der Eingangstür weder Türgriff noch -knauf angebracht waren, noch nicht einmal ein Schlüsselloch zum Entsperren der Riegel. Die Tür konnte nur von innen geöffnet werden. Es musste also immer jemand im Haus sein – es stand niemals leer.

»Wir werden in demselben Raum essen wie gestern. Ich habe gerade mit Madame Poppy gesprochen. Sie wird gleich zu uns stoßen.«

Wir bedienten uns an den makellos angerichteten Essensplatten im Speisesaal und zogen uns dann wieder in das Nebenzimmer zurück.

»Ich muss sagen, die Mahlzeiten mit Ihnen sind eine wahre Freude für mich«, sagte Diltz, als er seinen Platz einnahm. »Ich esse sonst meistens allein.«

»Haben Sie keine Familie?«

»Nein. Meine Aufgaben hier nehmen mich vollkommen in Anspruch und lassen mir kaum Zeit für Gesellschaftliches. Und nebenbei ließe sich ein Privatleben mit der Verschwiegenheit, zu der mich meine Position verpflichtet, nur schwer vereinbaren.«

Ich wusste nicht, was ich darauf antworten sollte. Ich

hatte den Eindruck, dass er nicht besonders glücklich über diesen Zustand war, es ihm seine guten Manieren aber nicht erlaubten, darüber zu sprechen. Damit war er perfekt für diesen Job geeignet, oder der Job für ihn – das war schwer zu sagen. Vielleicht beides.

Poppy kam mit einem Teller und einer Flasche Wein herein.

»Wie ist die Stimmung im Speisesaal, Madame?«, fragte Diltz.

»Oh, ganz hervorragend.«

»Danke, dass du heute mit uns isst«, sagte ich und nahm ihr die Flasche ab.

»Hier drin ist es ja so schön ruhig.«

»Ja, und ich kann dir endlich die Fragen stellen, für die wir gestern keine Zeit mehr hatten.«

»Okay.« Sie nahm Platz.

»Was hat es mit dieser Höhle auf sich? Sie ist riesig und wirkt sehr alt.«

»Sie gehörte einmal zu einer Kirche. Viele Hundert Jahre lang hat sich Cognomina dort gegen eine Tributzahlung Zugang verschafft. Als die Kirche 1743 bei einem Brand zerstört wurde, haben wir die Ruine gekauft und auf den alten Grundmauern dieses Haus bauen lassen.«

»Wie alt ist die Höhle?«

»Das weiß keiner so genau, aber sie stammt vermutlich noch aus römischer Zeit. Ich glaube, dass es hier einmal einen Mithrastempel gab.«[19]

---

19 Mithrastempel, auch Mithräen genannt, gab es überall im Römischen Reich. Man legte sie in natürlichen oder künstlichen Höhlen an, um den Ort nachzubilden, an dem Mithras den heiligen Stier tötete.

»Sehr beeindruckend«, sagte ich und starrte das Essen auf meinem Teller an.

»Du kennst bislang nur einen kleinen Teil davon. Die Höhle ist noch viel größer, aber das wirst du ja bald mit eigenen Augen sehen. Das große Fest nach deiner Aufnahme wird nämlich dort stattfinden.«

Ich malte mir aus, was es hinter dem Vorhang noch alles zu entdecken gab, und wir aßen ein paar Minuten lang schweigend weiter. Dabei merkte ich deutlich, dass Poppy in Gedanken bei der lärmenden Gesellschaft am anderen Ende des Flurs war. »Gibt es sonst noch etwas, über das du gerne reden würdest?«, fragte sie schließlich.

»Ja. Ich habe mir über das, was du in der Nacht vor unserer Abreise gesagt hast, Gedanken gemacht. Inwiefern sich unsere Gabe auf unsere Menschlichkeit auswirkt. Du warst der Meinung, dass die Menschen unnatürlich leben.«

»Ja?«

»Ich bin mir nicht sicher, ob ich dich da richtig verstanden habe.«

»Es ist ganz einfach. Der moderne Mensch lebt in einer unnatürlichen Welt. In einer Welt, die von Dogmen beherrscht wird. Nimm zum Beispiel das Christentum oder den Islam – oder auch jede andere Religion, denn sie sind alle nach den gleichen Prinzipien aufgebaut. Der gläubige Mensch lebt in einem unnatürlichen Zustand, denn er muss sich jeden Tag seines Lebens im Zaum halten. Er darf nicht sagen oder tun, was er will. Und warum? Damit er in den Himmel kommt? Damit sein Name in das Buch des Lebens eingeschrieben wird? Nein!« Sie machte eine wegwerfende Bewegung mit ihrer Gabel. »Du und ich sind der Beweis dafür, dass das alles nur Bullshit ist.

Betrug. Auf jeden Tag, an dem der Mensch sich im Zaum hält, folgt doch nur ein weiterer, an dem er dasselbe tut, und noch einer und noch einer. Und so verbringt er dann sein ganzes stumpfsinniges Leben. Das ist eine bemitleidenswerte, unerfüllte und jämmerliche Existenz, die den Menschen schwächt. Was glaubst du denn? Frag mal irgendeinen dieser ach so frommen Menschen, was sie tun würden, wenn sie erführen, dass es keinen Gott gibt und dass am selben Tag mit dem Sonnenuntergang die Welt endet. Vermutlich würden dich die Antworten ziemlich erstaunen. Und genauso erstaunt wären Männer über die Antworten ihrer Frauen, Mütter über die ihrer Söhne und Brüder über die ihrer Schwestern. Sie müssten ihr wahres Gesicht nicht mehr länger hinter einer Fassade verstecken. Sie würden sich von ihren Fesseln befreien, von der Entfremdung von ihren völlig natürlichen Bedürfnissen, wie ein starker, uralter Fluss, der die kurzlebigen und unbeständigen Dogmen und Religionen fortspült.«

Diltz legte seine Gabel beiseite. »Das mag zwar so sein, aber ich weiß nicht, ob ich so weit gehen würde, Religion als Betrug zu bezeichnen«, sagte er.

»Islam, Christentum und davor schon das Judentum«, fuhr sie fort, »sind der größte Betrug in der Geschichte der Menschheit. Sie rauben dem Menschen seine Würde und seine Freiheit. Es heißt, dass Religion die Basis unserer Zivilisation sei. Doch wahrlich, ich sage dir, sie ist das Verderben des Menschen. Der Mensch lebt innerhalb eines als Familie bezeichneten sozialen Konstrukts und verkauft seine Zeit Stunde für Stunde, weil er zu viel Angst davor hat, in diesen Stunden zu leben. Und er hat viel zu viel Angst davor, hinter den Schleier zu blicken, denn er wird in diese Ketten geboren und kennt es nicht anders. Und das alles, weil ein paar uralte Texte ihm sagen, dass er so leben soll. Darin liegt das Verderben und somit der wahre Sündenfall des Menschen. Auch darüber wird er belogen. Man sagt ihm, der Sündenfall sei passiert, weil ein Mann und eine Frau am Anbeginn der Zeiten gesündigt hätten. Und dass wir ihre Schuld als Erbsünde in uns tragen. Das ist doch ein schlechter Witz. Und zum Unglück der Menschheit einer, der sich am erfolgreichsten hält.

Die Hauptlehre der abrahamitischen Religionen lautet, dass die Menschen sich dafür schämen sollen, dass sie sich von Gott entfremden, wenn sie sich ihrer Natur entsprechend verhalten und von ihren Trieben leiten lassen. Und dass sie diese Entfremdung von Gott nur überwinden können, wenn sie ihn um Erlösung bitten – genau jenen Gott, der sie mit göttlichen Begierden geschaffen und dann verlassen hat.

Aber, wie ich schon vor unserer Abreise sagte: Für uns gelten andere Regeln. Dieser Betrug funktioniert doch nur, weil er auf dem Konzept von Schuld basiert, das wird dir jeder Gläubige auch gerne freimütig bestätigen. Ohne das bricht alles zusammen. Aber unsere Welt dagegen, Evan, ist der Garten Eden. Hier wandeln wir durch die Elysischen Felder, frei von allen Fesseln, weil Schuld in unserer Welt keine Bedeutung, keinen Zweck, keinen Platz hat. Das ist das Paradies«, sagte sie mit rauer Stimme und sah mich mit erhobenem Glas an. »Willkommen, Bruder.«

Diltz und ich aßen schweigend weiter, während wir versuchten, ihre Worte zu verdauen. Einige dieser Gedankengänge kannte ich von mir selbst, daher konnte ich nachvollziehen, warum sie so dachte. Wir gingen beide denselben Weg, nur war sie schon viel weiter als ich. Und wieder einmal konnte ich mich nicht dazu durchringen, sie für ihre Reaktion auf die Probleme, die unsere Existenz mit sich brachte, zu verurteilen.

»Was ist mit den östlichen Religionen?«, fragte Diltz.

»Buddhisten und Hindus sind kaum besser. Zwar haben sie zumindest erkannt, dass wir alle immer wiederkehren, aber auch sie müssen wieder alles mit Schuld verderben, nur dass sie sie Karma nennen. Ohne Schuld funktioniert es nicht, das ist die Gemeinsamkeit aller Religionen. Nach der Karmalehre musst du bei deiner Reise ein tugendhaftes, dich selbst herabwürdigendes, ja erniedrigendes Leben führen, wenn du dich dann bei deinem nächsten Leben mit einem gereinigten und edleren Geist in einer besseren Position wiederfinden willst. Dafür sollst du Leben um Leben verschwenden. Die Annahme, dass du durch all diese Mühen schließlich das Nirwana erreichst, ist ganz offensichtlich ebenso irregeleitet wie die westlichen Vorstellungen. Wir haben es alle versucht und diese Idee mit der akkuratesten Methode, die es überhaupt nur geben kann, widerlegt: der eigenen Erfahrung.

Das Konzept des Karmas, also die Idee von ausgleichender Gerechtigkeit, ist genauso dämlich wie die Geschichte vom heiligen Nikolaus, der Buch darüber führt, wer brav und wer unartig war. Das erzählen Eltern ihren Kindern, damit sie sich benehmen. Religion folgt demselben Prinzip, nur in einer ganz anderen Größenordnung. Es ist alles ein Betrug. Im Himmel oder im Nirwana ist niemand, der mit Block und Stift dasitzt und aufschreibt, was wir tun. Falls es jemals so jemanden gab, dann ist er vor langer Zeit gestorben.«

Sie trank ihren Wein aus und legte die Serviette auf ihren Teller. »Ich sehe mal nach, ob die anderen schon fertig sind. Bitte entschuldigt mich.«

Mr. Diltz und ich aßen schweigend weiter und sahen uns ab und zu unsicher an. Nach Poppys hitzigem Wortschwall fiel uns einfach keine gute Überleitung zu einem anderen Gesprächsthema ein.

Als Poppy und ich in die Höhle traten, saßen die Mitglieder der Jury und die Teilnehmer auf der Empore bereits auf ihren Plätzen.

»Guten Abend, Mr. Michaels«, sagte der Professor. »Ich würde gerne mit ein paar Fragen zu Ihrer ersten Inkarnation als Wassili beginnen.«

Ich nickte.

»Erzählen Sie mir von Ihren frühesten Kindheitserinnerungen.«

Ich beugte mich vor. »Wassili wuchs auf dem Bauernhof seines Vaters auf. Er spielte viel draußen, meistens allein, manchmal auch mit Freunden – drei Brüdern, die ungefähr im gleichen Alter wie er selbst waren und nur fünf Minuten entfernt wohnten.«

»Wie hießen sie?«

»Hristo, Sorgi und Thaxos.«

»Nachname und Vatername bitte.«

»Siltykow, Hristowitsch«, sagte ich und schenkte mir etwas Wasser ein.

»Könnten Sie noch etwas ausführlicher über Ihre Kindheit sprechen?« Der Professor lehnte sich zurück, als ob er eine längere Antwort erwartete.

»Da gibt es wirklich nicht viel zu erzählen. Wassili lebte mit Mutter und Vater auf einem Bauernhof mit etwa dreißig Hektar Land in der Nähe des Dorfes Woditza. Er arbeitete auf dem Hof, wurde zu Hause von seinem Vater unterrichtet und ging zweimal in der Woche im Ort zur Messe. So verlief sein Leben bis 1915, als die Armee mobilgemacht wurde und er den Hof verlassen musste, um seine Ausbildung beim Militär anzutreten.«[20]

»Sie sagten, dass Sie zweimal die Woche zur Messe gingen. Welche Religion war das?«

»Damals gab es dort nur eine einzige Religion. Heute weiß ich, dass es die orthodoxe Kirche war.«

»War Ihre Familie sehr religiös?«

»Mein Vater schon, also galt das auch für den Rest der Familie. Er war in einem orthodoxen Kloster nahe der griechischen Grenze erzogen und unterrichtet worden. Daher konnte er mir auch Schreiben und Lesen beibringen.«

»Sie können Bulgarisch?«

»Ja.« Ich zündete mir eine Zigarette an, während er sich mit dem alten Mann und Ramsay besprach.

»Sie sagten, Sie seien beim Militär gewesen. Haben Sie im Ersten Weltkrieg gekämpft?«

»Ich habe von 1916 bis zur Unterzeichnung des Waffenstillstands 1918 in der bulgarischen Armee gedient.«

»Was haben Sie danach getan?«

»Ich bin nach Hause zurückgekehrt und habe meinem Vater noch ein Jahr lang auf dem Hof geholfen. Ich wollte mir gerade ein eigenes Stück Land kaufen, als mein Vater starb. Also habe ich mir auf den geerbten dreißig Hektar

---

20 Bulgarien trat im Oktober 1915 in den Ersten Weltkrieg ein. Im Zuge der Mobilmachung gab es Massenrekrutierungen (*November 1918* von Gordon Brook-Shepard).

ein eigenes Haus errichtet, das Land bewirtschaftet und mich um meine Mutter gekümmert, bis sie im darauffolgenden Jahr, 1920, ebenfalls starb. Im selben Jahr trat ich vor den Traualtar.« Ich drückte die Zigarette in dem Aschenbecher aus.

»Fahren Sie fort.«

»Ich lernte Wanja kennen, als ich nach Woditza kam, um ein Pferd zu kaufen. Sie war die Tochter des Mietsstallbesitzers. Vier Monate später haben wir geheiratet.«

»Wie hießen Ihre Kinder?«

»Wir hatten keine.«

»Warum nicht?«

»Unfruchtbarkeit, vermute ich. Es lag nicht daran, dass wir es nicht versucht hätten, das kann ich Ihnen versichern. Falls Sie jemals ein großes Stück Land bewirtschaften mussten, wissen Sie, wie wertvoll jede helfende Hand ist.«

Der Professor starrte mich eine gefühlte Ewigkeit lang an. »Haben Sie die Kinder verloren, oder gab es gar keine Schwangerschaften?«

»Sie ist nicht schwanger geworden«, sagte ich. Diese Fragen machten mich langsam wütend. Der junge Mann zu seiner Rechten am Ende der Reihe tippte dem Professor auf die Schulter und riss ihn aus seiner Konzentration. Ich zündete mir eine weitere Zigarette an, während sie sich leise berieten.

»Ich würde gerne den Vorschlag machen, nun erst einmal die Aussage der Zeugin anzuhören«, sagte der junge Mann.

»Ich unterstütze den Antrag«, schloss sich der alte Mann in der Mitte der Richterbank an. Poppy nahm eine aufrechte Haltung ein.

»Bitte«, sagte der Professor und nickte ihr zu.

Poppy sah den alten Mann an, während sie sprach. »Es passierte alles in meinem Haus in Los Angeles – die meisten von euch waren ja schon mal da. Ich bekam mit, wie die Feuerwehr vorbeifuhr, und ging nach draußen, um nachzusehen, was los war. Als ich wieder ins Haus zurückwollte, hörte ich ganz in der Nähe einen Schuss. Das war in den vergangenen Jahren schon öfter vorgekommen, deswegen schenkte ich dem Ganzen keine große Beachtung. Aber dann teilte mir mein Diener mit, dass jemand laut an die Kellertür klopfte. Mit der Waffe in der Hand ging ich hinunter, um nach dem Rechten zu sehen. Der Urheber des Lärms war Evan Michaels hier. Ein Polizist hatte ihm in den Fuß geschossen, als er vom Tatort einer Brandstiftung flüchtete.« Poppy hielt inne, um einen Schluck Wasser zu trinken. Der Mann mit dem voluminösen Oberkörper, den ich vorgestern Abend kennengelernt hatte, wurde munter und beugte sich auf seinem Sitz nach vorne.

»Ich war gerade drauf und dran, ihn mit einem Schuss über den Kopf in die Flucht zu schlagen, als er mir, ohne es zu merken, den ersten Hinweis gab. Er reagierte sehr ungewöhnlich, als ich mit der Waffe auf ihn zielte: Er wurde wütend, rastete förmlich aus und bekam einen irren Blick. Es war unheimlich. ›Mach schon, drück ab‹, sagte er. ›Wahrscheinlich komme ich sowieso wieder zurück.‹ Das waren seine exakten Worte. Und da kam mir logischerweise ein erster Verdacht.

Ich nahm ihn bei mir auf, kümmerte mich um seine Wunde und lud ihn ein, etwas länger zu bleiben – in der Hoffnung, noch etwas mehr herausfinden zu können.«

»Und wie genau hast du das angestellt?«

»Der zweite Hinweis fiel mir noch am selben Abend auf.« Sie griff in ihre Kutte, holte ein Päckchen Zigaretten hervor und hielt sie Diltz hin. Der Butler ging zu ihr, nahm die Schachtel und händigte sie dem Professor aus. »Kannst du die türkische Schrift darauf lesen?«, fragte sie.

Der Professor legte seinen schmalen Kopf in den Nacken, damit er das Päckchen im Licht der Fackel an der Wand hinter ihm besser sehen konnte. »›Der Stolz der Türken‹. Wieso?«

»Dort stand früher einmal ›Seit Jahrhunderten bewährter Geschmack‹. Evan wusste das. Der Werbeslogan wurde in den Siebzigern geändert. Ich habe am nächsten Tag die Firma angerufen und das überprüft. Später fand ich heraus, dass Wassili nach dem Zweiten Weltkrieg während seines Exils in der Türkei dieselben Zigaretten geraucht hatte. Zwei Tage später habe ich ihn mit zu meiner Grabstätte in Los Angeles genommen und ihm von mir erzählt. Genauer gesagt, er hat es selbst herausgefunden, als er die nahtlos aneinander anschließenden Lebensdaten auf den Gedenktafeln gesehen hat. Noch am selben Tag habe ich Diltz angerufen.«

»Wie reagierte er auf diese Entdeckung?«, fragte der Professor, als wäre ich gar nicht anwesend.

»Er war sichtlich erschüttert und saß dann eine Weile einfach nur bewegungslos da. Als er sich wieder gefasst hatte, stellte er mir eine Menge Fragen über mich und über uns«, sagte sie und ließ den Blick durch die Höhle schweifen.

»Bist du der Ansicht, dass es sich bei dem Kandidaten zu deiner Rechten um einen von uns handelt? Dass er ein Infinite ist?« Die Frage des alten Mannes ließ mein Herz schneller schlagen.

»Ja. Er ist einer von uns.« Poppy drehte sich zu mir um.

Die Jury schwieg mehrere Minuten, dann ergriff der alte Mann wieder das Wort. »Machen wir eine kurze Pause.«

»Ich würde gerne mehr über den Brand erfahren«, sagte der Professor nach der Unterbrechung. »Ist Poppys Wiedergabe der Geschehnisse akkurat? Waren Sie bei dem Brand, von dem sie erzählt hat?«

Ich füllte mein Glas mit Wasser und trank, während ich mir verschiedene Lügengeschichten überlegte. Sie taugten alle nichts. Als ich das Glas ausgetrunken hatte, hatte ich mich dazu entschlossen, die Wahrheit zu sagen. Wenn sie mir auf die Schliche kamen, konnte das die ganze Anhörung ungünstig beeinflussen. Das ist das Problem mit den Lügen: Eine führt immer zur nächsten. Und dann braucht es immer neue Lügen, damit die alten nicht auffliegen. Eine Lüge bleibt niemals allein. »Ja, ich war bei dem Brand. Ich habe ihn gelegt.«

»Warum haben Sie den Brand gelegt?«

»Ich habe Geld dafür bekommen, das Gebäude anzuzünden.« Aus dem Augenwinkel sah ich, dass der Mann mit dem voluminösen Oberkörper wieder interessiert zuhörte.

»Wer hat Sie dafür bezahlt?«

»Der Besitzer des Gebäudes. Martin Shelby.«

»Wie viel bekamen Sie dafür?«

»Fünftausend Dollar.«

»Wie haben Sie seine Bekanntschaft gemacht?«

»Ich wurde ihm empfohlen.«

»Von wem?«

»Von einem meiner früheren Kunden. Tom Preston.«

Schweigen.

»Können wir also davon ausgehen, dass Sie ein professioneller Brandstifter sind?«

»Damit verdiene ich mein Geld, ja.«

»Wie viele Brände gehen auf Ihr Konto?«

»Meinen Sie die, für die ich bezahlt wurde?«

»Wie viele Brände gehen auf Ihr Konto?«

Ich nahm mir eine Zigarette aus der Packung auf dem Tisch und zündete sie mit meinem Feuerzeug an. Winzige Funken sprühten. »Hunderte«, sagte ich und ließ den Deckel des Feuerzeugs über der Flamme zuschnappen.

Wieder herrschte Schweigen.

»Wie kamen Sie dazu, das professionell zu betreiben?«

Ich lachte leise. »Das ist eigentlich eine lustige Geschichte. Ich wurde von der Polizei aufgegriffen – oder besser gesagt von einem Cop, und zwar von einem korrupten. Das war in Los Angeles. Ich kam gerade aus einem verlassenen Apartmenthaus, da legte er mich in Handschellen, setzte mich auf den Rücksitz seines Streifenwagens und überprüfte meine Personalien. Was er zu diesem Zeitpunkt nicht wusste: Ich hatte in einem der Apartments Feuer gelegt. Eigentlich hatte ich vorgehabt, mir den Brand von der gegenüberliegenden Straßenseite aus anzusehen, aber nun saß ich in dem Polizeiwagen fest.

Als der erste Rauch aus den Ritzen zwischen den Sperrholzbrettern drang, mit denen man die Fenster verrammelt hatte, wurde ich ganz nervös und zappelig. Wie auch immer – er überprüfte meine Daten, es lag aber nichts gegen mich vor. Natürlich hielt ihn das nicht davon ab, mich weiter festzuhalten. Er wollte wissen, was ich um zwei Uhr nachts in einem verlassenen Gebäude zu suchen gehabt hatte. Ich erinnere mich noch, wie er sich auf dem Fahrersitz nach hinten wandte, um mich während unserer Unterhaltung anzusehen – und es verlangte mir höchste Konzentration ab, mir eine Geschichte auszudenken und mich dabei nicht von dem Rauch ablenken zu lassen, der nun in dicken Schwaden aus den Fenstern hinter ihm drang. Ich erzählte ihm, dass ich das Areal für ein geplantes Fotoshooting ausgekundschaftet hätte. Als ich mit meiner Geschichte fast am Ende angekommen war, waren durch die offene Haustür schon gelbe Flämmchen zu sehen. Ich wusste, dass der Cop sich umdrehen würde, sobald ich mit dem Reden aufhörte, und dass es dann um mich geschehen wäre. Also redete ich weiter. Mittlerweile schlugen schon Flammen aus den Fenstern im Obergeschoss. Immer noch redete ich munter drauflos, in der Hoffnung, ihn ablenken zu können. Dabei achtete ich darauf, ihm die ganze Zeit direkt in die Augen zu schauen, sogar dann noch, als sich sein Glatzkopf nur noch als Silhouette vor den Flammen abzeichnete. Ich hörte nicht auf zu reden. Meine Geschichte wurde immer unglaubwürdiger, aber mir blieb keine andere Wahl, als weiterzumachen. Vielleicht glaubte ich, seine Aufmerksamkeit so lange fesseln zu können, bis das Gebäude hinter ihm komplett niedergebrannt war. Schließlich hat er wohl den Widerschein der gelben Flammen auf meinem Gesicht bemerkt. Oder er hat mir nicht abgekauft, dass ich der Starfotograf des *Rolling Stone* war, der nächste Woche einen Fototermin mit Bruce Springsteen hatte. Wie auch immer, er drehte sich langsam auf seinem Sitz um und sah das brennende Haus direkt vor sich.

›Heilige Scheiße!‹, schrie er und legte den Rückwärtsgang ein. Als wir uns etwa zwei Blocks weit entfernt hatten, rief er die Feuerwehr. ›Fotograf, so ein Bullshit‹, sagte er. Dann beschuldigte er mich, das Feuer gelegt zu haben. Ich erwiderte, dass er das nicht beweisen könne, woraufhin er antwortete, dass er das gar nicht bräuchte. Dann versuchte ich, ihm einzureden, dass ich der Stadt einen Gefallen getan und ihr eine Menge Geld gespart hätte, da das Gebäude sowieso abgerissen werden sollte.

Er betrachtete das Feuer einen Moment lang. ›Der Stadt musst du keinen Gefallen tun, aber mir!‹, sagte er und lachte.

Dann kam er ohne Umschweife zur Sache: Wenn ich sein Haus anzündete, ließe er mich dafür laufen. Ich brauchte ungefähr zwei Sekunden, um eine Entscheidung zu treffen, und wir planten das Ganze direkt im Streifenwagen. Er erzählte mir, dass er sich gerade scheiden ließ und seine Frau das Haus bekommen sollte. Der Richter hatte entschieden, dass jeder Partei die Hälfte des Vermögens von sechzigtausend Dollar zustand, aber seine Frau konnte ihm seine Hälfte nicht ausbezahlen, ohne das Haus zu verkaufen – was sie aber nicht wollte. Deswegen wurde sie dazu verurteilt, ihm für die nächsten fünfundzwanzig Jahre jeden Monat hundert Dollar zu zahlen. Zinslos. Er wurde richtig wütend, als er mir seine Situation schilderte. Sollte das Haus aber beispielsweise einem Brand zum Opfer fallen, würde er seine dreißigtausend Dollar sofort auf einen Schlag von der Versicherung bekommen. Außerdem hätte seine Frau dann kein Dach mehr über dem Kopf – was ihn daran wohl besonders freute, denn als er mir das erzählte, sah ich ihn im Rückspiegel grinsen. Er gab mir einen Schlüssel von seinem Schlüsselbund und schrieb mir seine Adresse auf.

Wenn das Haus bis zum nächsten Abend abgebrannt sei, bekäme ich im Austausch meinen Ausweis wieder.

Andernfalls werde er angeben, dass er den Ausweis neben dem brennenden Apartmenthaus auf dem Boden gefunden habe, und mich festnehmen.

Ich nickte, und es war abgemacht. Ich erledigte den Auftrag und traf ihn wie vereinbart wieder. Danach ging alles seinen gewohnten Gang, bis etwa eine Woche später ein mir unbekannter Mann in meinem Hotel auftauchte. Er sagte, dass ein Polizist ihn an mich verwiesen habe, und gab mir einen Umschlag mit einer Adresse und zweitausend Dollar. Ich hatte keine Ahnung, wie es dazu gekommen war, aber ich nahm das Geld und erledigte den Auftrag. Die ersten sieben oder acht Mal lief es ähnlich ab. Später war es dann einfach Mund-zu-Mund-Propaganda, schätze ich. Und seitdem mache ich das.«

»Wie viele dieser Aufträge haben Sie seitdem erledigt?«

»Der letzte, von dem Ihnen Poppy erzählt hat, war mein neunzehnter.«

»Wie hieß der Polizeibeamte?«

»Shirer.«

»Haben Sie ihn jemals wiedergesehen?«

»Nein. Nicht seit dem Abend, als er mir in einem Diner den Ausweis zurückgegeben hat.«

»Wie hieß das Hotel, in dem Sie der Mann aufgesucht hat, den Shirer an Sie verwiesen hatte?«

»Das war das Altmore. Dort habe ich bis vor einem Jahr gewohnt. Dann bin ich ins Iowa Hotel umgezogen.«

Der Professor kramte in seinen Notizen herum. Ich lehnte mich zurück und streckte mich.

»Wie lange sind wir jetzt schon hier unten?«, fragte ich Poppy im Flüsterton.

»Erst zwei oder drei Stunden. Bist du müde?«

»Nein. Mir geht's gut. Ich fühle mich prima. Ich habe

das meiste davon noch nie jemandem erzählt. Das ist geradezu kathartisch«, sagte ich. Sie zwinkerte mir zu.

Ramsay beugte sich zu dem alten Mann und flüsterte ihm etwas zu. Sie unterhielten sich etwa eine Minute lang, dann richtete sie sich auf und sah mich mit ihren blassgrauen Augen an. »Mr. Michaels, ich würde gerne noch einmal zu der Zeit zurückkehren, als Sie während des Ersten Weltkriegs in der bulgarischen Armee gedient haben. Machen Sie dabei bitte möglichst genaue und detaillierte Angaben«, sagte sie mit ihrem slawischen Akzent. »Man hat Sie zwangsrekrutiert, wann war das?«

»1915, direkt nach dem Angriff auf Rumänien. Ich war ein kräftiger, untersetzter junger Mann und wurde der Artillerie als Munitionsträger zugewiesen.«

»Wurde Ihre Einheit in Kampfhandlungen verwickelt?«, fragte Ramsay.

»Nur in der letzten Kriegswoche. Aber dabei habe ich in einer Nacht genug fürs ganze Leben gesehen.«

»Wo war das?«

Als ich gerade zu einer Antwort ansetzen wollte, spürte ich Poppys Hand auf meinem Arm. Sie beugte sich zu mir. »Die, die da gerade die Fragen zum Krieg stellt, das ist Ramsay – die mit dem Duell in Frankreich und dem Gehstock«, flüsterte sie mir ins Ohr. »Soweit ich weiß, war Ramsay auch im Ersten Weltkrieg sehr aktiv, also überleg dir deine Antworten sorgfältig. Je detailreicher und wahrheitsgetreuer du alles erzählst, umso leichter lässt es sich nachprüfen.«

Ich wandte mich wieder an die Jury. Ramsay sah mich unverwandt an und wartete auf meine Antwort. »Das war im Herbst 1918 im Wardar-Tal. Wir kämpften gegen die Franzosen und die Serben. Ich war wie gesagt aber nur an einem Gefecht beteiligt. Kurz darauf brach unsere Front zusammen.«

»Wer war Ihr befehlshabender Offizier?«

»Hauptmann Eumen Hoxa.«

Sie sah mich überrascht an. »Erzählen Sie mir von Hoxa, von dem Gefecht, alles.«

»Wir hatten Glück, denn wir hätten eigentlich gar nicht dort sein sollen. Und das ist wahrscheinlich auch der einzige Grund, warum wir sie überraschen konnten und warum wir überlebten. Zu diesem Zeitpunkt, genauer gesagt am 18. und 19. September 1918, wurde die bulgarische Armee bereits immer weiter zurückgedrängt ...«[21]

---

21 Evans Beschreibung des Zusammenbruchs der bulgarischen Streitmächte trifft weitestgehend zu. In der dritten Septemberwoche 1918 befand sich die gesamte bulgarische Armee auf dem Rückzug (*The Marshall Cavendish Illustrated Encyclopedia of World War I* von Peter Young, 1984).

# 13

AN DIESEN BEIDEN TAGEN, dem 18. und 19. September 1918, als sich die gesamte bulgarische Armee bereits auf dem Rückzug befand, nahm die Legende von Eumen Hoxa ihren Anfang. Wassili war kein Militärstratege, aber er erkannte auch so, dass das kleine dreieckige Stück Land, das sich dort gebildet hatte, wo die Crna in den Wardar floss, ein denkbar schlechter Ort für eine Verteidigungsstellung war, auch wenn sie nur eine Nacht halten sollte.

Wassili stapelte in der Herbstsonne fünfunddreißig Kilogramm schwere, sechzig Zentimeter lange Artilleriegranaten in drei langen Reihen neben der Geschützstellung auf. Die fünf neuen Krupp-77mm-Haubitzen waren nach Süden in Richtung Griechenland ausgerichtet. Dort irgendwo befanden sich die beiden französischen Divisionen. Als sein Vorgesetzter an ihm vorbeikam, legte Wassili die Granate ab, die er gerade in der Hand hielt.

»Wie viele Granaten soll ich ausladen, Herr Hauptmann?«, fragte er.

Hoxa zwirbelte das Ende seines dicken Schnauzbarts, während er den Blick über die mazedonische Landschaft schweifen ließ. »Am besten alle, Soldat, nur zur Sicherheit. Und wenn du damit fertig bist, hilfst du der Geschützgruppe eins«, antwortete er und ging dann hinunter zum Fluss.

Wassili ließ den Kopf hängen und seufzte, bevor er weitere Granaten aus dem Pferdekarren holte. Zwei Stunden später hatte er sechs ordentliche Reihen gestapelt und ging zum nächsten, acht Meter von ihm entfernten Geschütz. Der Lade- und der Verschlusskanonier schaufelten gerade Erde um die großen stählernen Speichenräder der Haubitze, um die Stellung zu befestigen. Der Munitionsträger hatte erst die Hälfte seines Karrens entladen, und seine Granaten waren in unordentlichen Reihen aufgeschichtet, die sich gefährlich zur Seite neigten.

»Danke für die Hilfe«, sagte er zu Wassili, als dieser auf den Karren stieg und ihm die Granaten reichte. »Hoxa hat mich schon den ganzen Nachmittag auf dem Kieker.«

»Keine Sorge, wir machen das schon. Aber wenn du mich fragst: Mir gefällt es überhaupt nicht, dass wir ausgerechnet hier unser Lager aufschlagen.«

»Weißt du, wenn wir nicht jeden beschissenen Tag diese Granaten ein- und ausräumen müssten, wären wir schon längst in Skopje. Und da gehören wir auch hin«, sagte der kleinere Munitionsträger der Geschützgruppe eins. Er musste sich anstrengen, um mit Wassilis Tempo mitzuhalten. »Hoffentlich lässt er ein paar davon abfeuern, damit wir sie morgen früh nicht wieder alle einladen müssen. Am liebsten würde ich einfach welche verballern, nur um ein bisschen Dampf abzulassen.«

»Dazu könntest du heute Nacht glatt die Chance bekommen, Soldat«, sagte Hauptmann Hoxa, der hinter dem Karren hervortrat. »Und jetzt beweg deinen faulen Arsch! Zurück an die Arbeit!«

Dann wandte Hoxa sich an seine Männer. »So, Mädels, das Ganze wird wie folgt ablaufen«, rief er so laut, dass ihn alle fünf Geschützmannschaften hören konnten. »In einer Stunde müssen sowohl die Geschütze einsatzbereit als auch das Lager fertig aufgeschlagen sein. Heute

Abend wird nur ein einziges Feuer angezündet, damit Werga kochen kann, und das wird gelöscht, bevor es dunkel ist. Zwei komplette französische Divisionen schlagen heute Nacht ebenfalls hier im Tal ihr Lager auf, also seid vorsichtig.«

Wassili betrachtete über den Rand seines Bechers die besorgten Gesichter um ihn herum. Zweiundzwanzig müde, schmutzige Männer, die dünne Graupensuppe aus ihren Metallbechern tranken, was wie ein einziges ununterbrochenes Schlürfen klang. Die Sonne versank bereits hinter den Hügeln im Westen und ließ die Ausläufer der Sturmwolke, die im Süden vom Thermaischen Golf heraufzog, in fantastischen Farben erstrahlen.

»Was halten Sie davon, Herr Hauptmann?«, fragte ein Soldat.

»Ich denke, es wird regnen. Macht euch auf eine unangenehme Nacht gefasst. Jeder hält nach Feuern Ausschau – die Franzosen haben weniger Angst vor uns als wir vor ihnen.«

»Mit einem Feuer werden sie es allerdings auch wesentlich gemütlicher haben als wir«, rief jemand in dem Versuch, die Stimmung etwas aufzulockern.

»Ihr kennt doch die Franzosen. Die gehen nirgendwohin, wo es ungemütlich werden könnte«, meinte ein anderer.

»Ich habe gehört, die haben sogar Huren dabei. Natürlich nur für die Offiziere«, sagte ein junger Soldat und sah den Hauptmann an.

»Dann sollten wir sie überfallen und den Wein und die Frauen mitnehmen.«

»Überfallen? Warum greifen wir sie nicht einfach direkt an? Ein Bulgare nimmt es doch wohl locker mit zwanzig Franzmännern auf – weil er nämlich für die gerechte Sache kämpft«, warf ein anderer Soldat ein und erntete heftiges Gelächter.

»Das reicht«, bellte Hoxa. »Das hier ist kein Kaffeekränzchen. Seid still und haltet die Augen offen.«

Der Hauptmann stieg auf die mittlere der fünf Haubitzen, setzte sich rittlings ganz oben auf das Rohr und hielt sich an der Mündung fest, während der Verschlusskanonier das Rohr nach oben Richtung Nachthimmel kurbelte. Hoxa suchte den Horizont mit seinem Feldstecher ab.

»Sattelt mein Pferd«, sagte er dann von seinem Hochsitz aus.

»Sehen Sie etwas?«, fragte der Unteroffizier.

Der Hauptmann bejahte, indem er den Kopf schüttelte.[22] »Runter mit dem Rohr, damit ich absteigen kann.«

Hauptmann Eumen Hoxa ist eine bulgarische Legende. Ihm war gleich in der ersten Kriegswoche der Tapferkeitsorden erster Klasse verliehen worden, die höchste Gefechtsauszeichnung.[23] Im Alleingang und ohne entsprechenden Befehl gelang es ihm, mit seiner Kompa-

---

22 Dieses Kopfschütteln ist ein interessantes Detail. In Bulgarien bedeutet Kopfschütteln Ja und Kopfnicken Nein, was eine Ausnahme im westlichen Kulturkreis darstellt (*Culture Shock!* von Agnes Sachsenroeder, 2008).

23 Dies war in der Tat zu dieser Zeit die höchste bulgarische Gefechtsauszeichnung, aber die Behauptung, dass Hauptmann Hoxa die erste Klasse dieses Ordens erhalten habe, ist mit Sicherheit übertrieben, da die Klassen nach Dienstgrad unterteilt waren, wobei den jüngeren Offizieren ausschließlich die Klassen III und IV verliehen wurden (*World Orders of Knighthood and Merit* von Guy Stair Sainty und Rafal Heydel-Mankoo, 2006).

nie eine große rumänische Kolonne, die sich gerade auf dem Rückzug von Petrila befand, auszumanövrieren. Dafür ließ er in einem Gewaltmarsch, der einen Tag und eine Nacht dauerte, siebzig Mann und zehn Artilleriegeschütze dreißig Meilen zurücklegen. Das dann von ihm durchgeführte Umzingelungsmanöver war ein militärisches Bravourstück: Seine Kompanie eröffnete bei Tagesanbruch das Feuer, rieb die feindliche Kolonne völlig auf und nahm dabei vier Generäle des rumänischen Oberkommandos gefangen. Hoxas Tapferkeit wurde nur noch von seiner Abneigung gegenüber jener Art von Befehlshabern übertroffen, die sich selbst möglichst nicht die Hände schmutzig machen wollten – deshalb kam er auch nie über den Rang eines Hauptmanns hinaus. Als Belohnung für seinen unerschütterlichen Mut und seine Initiative wurde er direkt an die Front versetzt, wo er sich ausgeruhten und vor Selbstbewusstsein nur so strotzenden feindlichen Truppen gegenübersah.

Hoxa sprang vom Rohr herunter, murmelte etwas vor sich hin und stieg dann auf sein Pferd. »Tut nichts, bevor ich zurück bin«, rief er. Er durchquerte die flache, schnell dahinfließende Crna in Richtung der zweiten und dritten Artilleriekompanie, die etwa eine Meile weiter nördlich Stellung bezogen hatte. Etwa fünf Minuten lang herrschte Schweigen, dann sprang der Unteroffizier auf das Rohr, auf dem gerade noch Hoxa gesessen hatte.

»Können Sie etwas sehen?«, fragte Wassili.

»Ja«, antwortete der Unteroffizier. »Ein Feldlager mit etwa zwanzig Feuerstellen.«

»Denken Sie, dass er sie angreifen will?«, fragte ein Soldat nervös.

»Nein, natürlich nicht«, sagte der Unteroffizier, immer noch auf der Haubitze sitzend. »Er will nur die anderen Truppenführer über die feindliche Position informieren.«

»Wie weit entfernt sind sie von uns?«

»Etwa zwei Meilen, würde ich sagen.«

»Sie haben recht. Er wird niemanden angreifen, aber vielleicht müssen wir noch heute Nacht das Lager abbrechen und weitermarschieren.«

»Und die gottverdammten Granaten alle wieder aufladen«, sagte der Munitionsträger der Geschützgruppe eins. »Was sagst du dazu, Wassili?«

»Ich habe ein ziemlich mieses Gefühl, besonders, was unsere Stellung hier angeht.«

»Aber Hoxa hat schon so viel erlebt, der macht keinen Quatsch«, sagte der andere Munitionsträger in dem Versuch, sich selbst davon zu überzeugen.

Wassili griff in den leeren Munitionskarren und holte seine schmutzige graue Uniformjacke daraus hervor. »Der Mann ist zu allem fähig.«

So schnell wie er verschwunden war, war Hoxa auch wieder zurück im Lager. Er sprang vom Pferd und drückte die Zügel dem nächstbesten Soldaten in die Hand. Seine Augen leuchteten vor Aufregung. »Die anderen Kompanien sind bereit«, sagte er und lief hinter den Haubitzen am Flussufer entlang.

»Bereit? Wofür?«, fragte der Unteroffizier.

»Für die große Abrechnung«, antwortete der Hauptmann und holte eine abgenutzte Landkarte aus seiner Tasche.

»Sie wollen doch nicht etwa angreifen? Ich bin auch auf die Haubitze gestiegen und habe das Lager mit eigenen

Augen gesehen. Das sind mindestens vierhundert Mann«, wandte der Unteroffizier ein.

»Mindestens«, sagte Hoxa voller Begeisterung.

»Das können Sie nicht tun, Herr Hauptmann. Das ist Selbstm…«

Noch bevor der Unteroffizier den Satz beenden konnte, riss Hoxa seinen Revolver aus dem Halfter und zielte ihm damit mitten ins Gesicht. »Sobald es zu regnen anfängt und sie in ihren Zelten sind, werden wir einen Überraschungsangriff starten. Und jeder, der mit diesem Befehl nicht einverstanden ist, wird es mit meinem Revolver zu tun bekommen.« Der Unteroffizier starrte entsetzt die Waffe an. »Alle auf ihre Posten. Normale Granaten vorbereiten. Nur ihr hier«, sagte er und zeigte auf Wassili und die anderen drei Männer der Geschützgruppe zwei. »Ihr bereitet fünf Phosphorgranaten vor. Wir markieren das Ziel für die anderen beiden Kompanien. Das Feldlager können sie nicht sehen, aber sie werden ganz bestimmt mitbekommen, wo diese Granaten explodieren. Wir warten, bis die Feuer in dem Feldlager fast heruntergebrannt sind. Wenn sie schlafen, radieren wir sie aus.«

Blitze leuchteten auf und tauchten das offene südliche Ende des Tals hinter dem französischen Feldlager in helles Licht.

Wassili sah zu Hauptmann Hoxa hinüber, der auf dem hoch aufgerichteten Rohr der Haubitze der Geschützgruppe drei saß. Schweigend warteten sie Stunde um Stunde. Im Tal hallte der Donner des sich nähernden Gewitters wider. Schließlich prasselten dicke kalte Regentropfen auf die stählernen Waffen und die schmutzigen Uniformen. Schon bei der kleinsten Bewegung Hoxas stieg die Anspannung bei Wassili und seinen Kameraden schlagartig. »Rohr absenken«, befahl der Hauptmann schließlich und hielt sich am Ende des Laufs fest. »Gebt mir etwas Lehm.« Die Mitglieder der Geschützgruppe drei sahen sich verwirrt an. »Lehm. Irgendjemand soll mir etwas Lehm bringen.«

»Ich glaub, ich weiß, was er meint«, sagte der Verschlusskanonier von Wassilis Geschützgruppe, lief zum Flussufer und kam mit zwei Handvoll feuchtem Lehm wieder. Hoxa nahm sich mit den Fingerspitzen eine kleine Menge davon und formte sie zu einer daumendicken Rolle, die er dann teilte und in die Ohren stopfte. Alle beeilten sich, es ihm gleichzutun.

»Höher«, kommandierte Hoxa.

Der Verschlusskanonier drehte langsam an der Kurbel, und das Rohr hob sich.

»Geschützgruppe zwei, auf dreiundzwanzig Grad anheben und laden!«, bellte Hoxa.

Wassili reichte dem Ladekanonier eine Phosphorgranate, die dieser vorsichtig in den Ladungsraum des Rohres einführte. Er zog seine Hand zurück, und der Verschlusskanonier schloss die runde, vier Zoll dicke Klappe der Kammer. Der Unteroffizier wickelte den Reiber zweimal um seine Hand, damit er straff gespannt war.

»Bereit, Herr Hauptmann.«

Ein starker Wind wehte nun aus südlicher Richtung vor dem Sturm her wie die Bugwelle vor einem Dampfer. Blitze, Donner und Regen entluden sich direkt über dem französischen Feldlager. Der Sturm befand sich also jetzt genau da, wo Hoxa ihn haben wollte. »Auf das Ziel einschießen!«

Wassili bedeckte seine Ohren mit den behandschuhten Händen. Der Unteroffizier zog fest am Reiber, der den Zündstift auslöste. Eine fast zwei Meter lange orange Flammenzunge schlug aus dem Rohr in den Nachthimmel, während die Granate kreischend in Richtung der schon fast erloschenen französischen Lagerfeuer flog. Das Echo des gewaltigen Schusses war bereits verhallt, als das Projektil zwei Meilen entfernt einschlug. Alle sahen voller Ehrfurcht zu, wie sich das explodierende Phosphor sofort beim Aufprall entzündete und geisterhaft weiße Rauchspuren hinterließ, als sich die brennenden Fragmente in weiten eleganten Bögen verteilten. Es wirkte fast wie ein Feuerwerk.

»Zwei Grad tiefer«, rief der Hauptmann, den Feldstecher immer noch vor den Augen. Die Männer luden die Haubitze erneut. Der Verschlusskanonier justierte die Neigung mit vier Umdrehungen der Kurbel. Das Rohr bewegte sich etwas nach unten. »Fertig!«

»Feuer!«

Die Granate schlug nach sechs langen, unheimlichen Sekunden ein.

»Alle Geschütze auf den Einschlag ausrichten. Einundzwanzig Grad. Normale Granaten außer bei Nummer zwei«, befahl Hoxa, indem er von Haubitze Nummer drei stieg.

»Fertig«, riefen alle Geschützgruppen nacheinander.

»Feuer!«, bellte Hoxa.

Die Mündungsfeuer der fünf Haubitzen blitzten gleichzeitig in der Dunkelheit auf und tauchten das gesamte Lager für den Bruchteil einer Sekunde in gleißendes Licht. Die Erde bebte unter dem kollektiven Rückstoß der Geschütze. Die Geschützmannschaften luden bereits nach, während die erste Salve mit kurzen weißen Blitzen explodierte. Hoxa stand zwischen der zweiten und dritten Haubitze und hielt seine Reitgerte in die Luft, um ihnen zu signalisieren, dass sie noch warten sollten. Ein matter Blitz, gefolgt von einem tiefen Donnern, kam von der Westseite des Tals hinter ihnen. Die Geschosse der ersten Kompanie klangen wie pfeifende Wasserkessel, als sie hoch über ihnen durch die Luft sausten. Eine weitere Salve folgte eine Sekunde später aus etwas weiter östlicher Richtung hinter ihnen.

»Es klappt, Jungs. Feuer!«, rief Hoxa und ließ die Gerte nach unten zischen, als wollte er damit das Startsignal für ein Rennen geben.

Mit jeder Salve fiel auch der Regen dichter, als ob die Granaten Löcher in den Himmel schlügen.

»Feuer! Feuer! Feuer!«, rief der Hauptmann immer wieder, sobald die Geschütze neu geladen worden waren.

Die Geschosse dreier Kompanien regneten erbarmungslos auf das französische Lager herab. Der Himmel leuchtete jedes Mal auf, als ob der ganze Südteil des Tals explodierte.

Die Geschützmannschaften tanzten wie ein in Raserei verfallenes Ballett, während sie die nimmersatten Geschütze fütterten. Sobald der Ladekanonier ein weiteres Geschoss in das Geschütz geschoben hatte, knallte der Verschlusskanonier die Klappe der Ladekammer zu und verfehlte dabei die Hand des anderen nur um Millimeter.

Der strömende kalte Regen zischte und kreischte auf den heißen Rohren der Haubitzen wie Würstchen auf einem Grill. Es war ein heftiger Platzregen, und angesichts der gleichzeitig über ihren Köpfen explodierenden gewaltigen Blitze wirkte das Getöse ihrer Kriegsmaschinerie geradezu lächerlich und unbedeutend.

Unbeirrt vom Toben der Elemente, bellte Hoxa weiter

Befehle. »Feuer! Laden! Ein Grad nach oben! Feuer! Laden! Feuer!«

Wassili griff nach den rauchenden Granatenhülsen, sobald sie aus dem Geschütz ausgeworfen wurden und im aufgewühlten Schlamm dahinter landeten. Seine nassen Baumwollhandschuhe boten gerade genug Schutz, um die sengend heißen Hülsen einen Moment lang in die Hand zu nehmen und auf den immer größer werdenden Haufen unten am Flussufer zu schmeißen. Die fünf Geschosse gaben alle zehn Sekunden eine neue Salve ab. Wassili und den anderen Munitionsträgern blieb kaum genug Zeit, dem Ladekanonier ein weiteres Geschoss zu reichen, damit der ganze Vorgang wieder von vorne beginnen konnte.

»Feuer! Laden! Feuer!« Je später es wurde, desto heftiger wurden die Blitze und der Regen. Wassili warf die heißen Granatenhülsen eine nach der anderen über seine Schulter und ignorierte dabei das Wetter, so gut es ging. Dann hörte er zwischen zwei Salven, wie eine Hülse mit einem Platschen ins Wasser fiel.

*Das Wasser*, schoss es ihm durch den Kopf, während er dem Ladekanonier ein weiteres Geschoss reichte. Er griff nach der nächsten Hülse und warf sie hinter sich. Dieses Mal sah er ihr hinterher. Die Hülse fiel ebenfalls mit einem Platschen ins Wasser. Kurz darauf leuchtete neben der Haubitze Nummer eins ein Blitz auf und tauchte das ganze Areal hinter dem Lager in helles Licht. Die flache, schnell fließende Crna war zu einem reißenden Strom angeschwollen. Ihre braune schlammige Brühe bewegte sich wie eine gigantische Schlange zwischen den Ufern. Wassili hielt während zweier weiterer Blitze verdutzt inne und beobachtete den Fluss. Er konnte förmlich dabei zusehen, wie er immer weiter stieg.

»Wassili! Wassili«, schrie der Ladekanonier. »Granate! Granate!«

Wassili kam zu sich und fiel wieder in den Laderhythmus ein.

»Der Fluss steigt. Ich habe es gesehen, als es geblitzt hat!«, rief Wassili dem Ladekanonier zu, als er ihm die nächste Granate reichte. Die Geschütze brüllten alle zusammen auf.

»Das waren keine Blitze!«, schrie der Ladekanonier zurück. »Die erwidern unser Feuer!«

Wassili bückte sich und griff nach einer leeren Hülse, als ein weiterer Blitz etwa zehn Meter entfernt von Haubitze Nummer eins einschlug. Die darauffolgende Explosion riss ihn von den Füßen.

»Laden, laden, laden!«, schrie Hoxa und ließ die Gerte durch die elektrisch aufgeladene Luft sausen. »Feuern nach eigenem Ermessen!«

Die Haubitze Nummer eins verstummte, aber die restlichen Geschütze feuerten nun unabhängig voneinander in einem asynchronen Stakkato. Ihre beständig aufflammenden Lichtblitze machten die Nacht zum Tage. Die Einschläge um sie herum, die Blitze und die abgeschossenen Granaten hämmerten auf ihre Sinne ein wie ein chaotischer Chor der Zerstörung. Es klang, als ob die Erde selbst explodieren würde.

Wassili arbeitete immer schneller. Mit einem Auge behielt er die schwindenden Munitionsvorräte im Blick, mit dem anderen den Fluss, der die leeren Granathülsen, die er hinter sich warf, sofort verschluckte.

Hauptmann Hoxa machte eine schnelle Runde und kletterte dann mit dem Feldstecher in der Hand auf die schweigende Haubitze Nummer eins. Der Unteroffizier des verstummten Geschützes lag mit dem Gesicht nach unten im Schlamm, den Reiber immer noch um die leblose Hand gewickelt.

Wassili, der mittlerweile halb taub und halb an die beständigen Explosionen um ihn herum gewöhnt war, nahm plötzlich ein leises, aber trotzdem deutlich unterscheidbares Geräusch wahr. Ein Geräusch, das mitten in diesem Tumult fehl am Platz wirkte: ein Klingeln. Um sich von der Angst abzulenken, die wie ein Schatten an ihm klebte, konzentrierte er sich darauf. *Kling, k-kling, kling-kling, kling.* Je angestrengter er lauschte, desto klarer wurde der ätherische Ton, und das Chaos um ihn herum verschwamm immer weiter. Adrenalin rauschte durch seine Venen. Er hielt die Granaten noch fester und warf die leeren Hülsen noch weiter von sich weg, während der Lärm der surrealen Szenerie um ihn herum langsam verstummte. Blitze und Erschütterungen waren nun lautlos. Wassilis Augen hielten nach dem Ursprung des Klingelns Ausschau, während er weiterarbeitete. Die lautlos zuckenden und Feuer spuckenden Haubitzen boten einen bizarren Anblick. *Kling, kling, k-kling.* Jedes Mal, wenn einer der Unteroffiziere am Reiber zerrte, ertönte das Klingeln. *Kling, kling, kling.* Das Geräusch stammte von dem mittels einer Sprungfeder aktivierten daumengroßen Zündstift, der die Metallrückseite der Granaten in den Geschützrohren anstieß. Dass Wassili das hörte, war eigentlich völlig unmöglich, aber die Zündstifte gaben ganz deutlich ein klingelndes Geräusch von sich, wie ein Schmied, der in weiter Entfernung auf einen Amboss einschlug.

»Sie kommen!«, schrie Hoxa. Seine Stimme holte Wassili zurück in das wilde Durcheinander um ihn herum.

»Sie kommen!« Hoxa sprang ungeschickt von dem nassen Geschütz herunter und landete neben dem toten Unteroffizier bäuchlings im Schlamm. Unbeeindruckt stand er auf und versetzte jedem der noch übrigen Unteroffiziere einen Schlag mit der Gerte. Alle vier stellten das Feuer ein, rieben sich die schmerzenden Striemen unter der Uniform und warteten auf die Befehle ihres Hauptmanns.

»Rohre auf vierzig Grad nach oben, Phosphorgranaten laden! Feuern auf mein Kommando.«

»Was ist los?«, rief Wassili.

Als Antwort schrie Hauptmann Hoxa nur ein langes Wort über die Explosionen der Einschläge um sie herum. »Infanterie!«

Die Verschlusskanoniere kurbelten wie wahnsinnig, und die schweren, rauchenden Rohre bewegten sich langsam himmelwärts, um auf die sich nähernden Truppen zu zielen. »Bereit«, riefen die Kanoniere nacheinander.

»Bereit machen zur Zielanpassung!«, rief Hoxa. Er hob seine Gerte. »Feuer!«

Die Phosphorgeschosse waren leichter als die normalen Granaten, was den Ladevorgang um eine ganze Sekunde beschleunigte. Hoxa hatte den anderen beiden Kompanien den Befehl gegeben, ihre Geschütze jeweils neu auszurichten, sobald sie weiße Phosphorexplosionen sahen, und wie geplant folgten auf die ersten Einschläge größere weißgelbe Blitze.

»Zwei Grad nach oben! Laden! Feuer! Ein Grad hoch! Feuer! Ein Grad hoch!« Das Gefecht schien Stunden zu dauern, und das Gewitter tobte weiterhin über dem Tal. Während der gesamten Zeit stand Hoxa auf einer kleinen Erhebung zwischen den Haubitzen Nummer zwei und drei und blickte durch seinen Feldstecher. Er hob und senkte seine Gerte wie ein Dirigent, und jedes Mal wurde eine neue kreischende Salve abgefeuert. Die Rohre neigten sich immer weiter nach oben und markierten so das Vorrücken der französischen Infanterie. Die Crna hinter ihnen war noch höher gestiegen und machte jeden Rückzug unmöglich. Der Winkel der Geschützrohre erhöhte sich von fünfzig auf sechzig und schließlich auf fünfundsiebzig Grad. Bei jeder neuen Salve schlugen die Granaten etwas näher an der eigenen Stellung ein und ließen weiße Phosphorblumen aufblühen. Die Phosphorspuren verbanden sich zu geisterhaften Mustern. Wie gigantische weiße Spinnen, die alles verschlangen, was sich in ihren Netzen verfing.

Hauptmann Hoxa passte die Neigung der Haubitzen an, während er weiterhin durch seinen Feldstecher blickte. »Zwei Grad hoch! Ein Grad hoch! Ein Grad hoch!« Die Verschlusskanoniere justierten die Neigung, bis die Rohre beinahe senkrecht in den Himmel ragten. Die Geschosse flogen nun erst einmal eineinhalb Kilometer in die Höhe, bevor sie keine dreihundert Meter entfernt einschlugen. Hoxa drehte sich um und blickte nach oben in den Regen zu den hocherhobenen Geschützrohren, sichtlich angewidert von der Tatsache, dass sie sich nicht weiter verstellen ließen. Dann wanderte sein Blick weiter hinauf, als ob er sich wünschte, er könnte die Geschosse senkrecht in den Himmel schießen.

»Bereit!«, riefen die vier Verschlusskanoniere im Chor. Wassili stellten sich die Nackenhaare auf. Er sah Hoxa direkt in die Augen, als ein Blitz Haubitze Nummer 3 hinter dem Kopf des Hauptmanns traf und alles in grelles Licht tauchte. Mit verzerrtem Gesicht formte sein Mund tonlos den erneuten Befehl zum Feuern. Der ohrenbetäubende Donner, der auf den Blitz folgte, schien direkt aus dem Mund des Hauptmanns zu kommen. Wassili starrte wie gebannt auf dieses Schauspiel, studierte jedes Detail in Hoxas bedrohlichem Gesicht: den getrockneten Schlamm auf seiner trotzigen Stirn, die entschlossen zusammengebissenen Kiefer, die zornigen Augen.

Die Druckwelle schleuderte den Verschlusskanonier und den Unteroffizier ein paar Meter nach hinten. Der Ladekanonier und der Munitionsträger blieben wie durch ein Wunder von dem Blitzeinschlag verschont. Sie standen nur da, fassungslos und verwirrt angesichts dessen, was gerade passiert war.

»Laden und Feuern nach eigenem Ermessen!«, schrie Hoxa, bevor er sich wieder umdrehte, um die Einschläge zu beobachten. »Schneller, Jungs! Schneller!«, rief er, während er durch den Feldstecher blickte. »Das wird knapp!«

Die Granateneinschläge hielten die gegnerischen Truppen für ein paar Minuten auf knapp dreihundert Meter Abstand, während die beiden anderen bulgarischen Kompanien aus allen Rohren feuerten und das Gelände in die Hölle auf Erden verwandelten. Hoxa suchte das Flammenmeer vor ihnen mit dem Feldstecher ab, bis er etwas zu entdecken schien, dann ließ er den Feldstecher fallen, zog den Revolver und lief schreiend und mit erhobener Waffe in Richtung des flammenden Infernos. Wassili war der Einzige, der ihn davonrennen sah. Die anderen Soldaten fuhren damit fort, in demselben fieberhaften Tempo zu laden und die leeren Hülsen zu entfernen.

Als der Morgen über dem Bergkamm anbrach, ließ das Gewitter nach. Sie waren so erschöpft, dass sie die Haubitzen immer seltener abfeuerten, dann hörten sie ganz damit auf. Die Soldaten nahmen den Lehm aus den Ohren. Es war still geworden, und der Geruch von Schießpulver hing in der Morgenluft. Die Überlebenden liefen schweigend im Lager herum, zählten die Toten und sahen sich die Schäden an. Viele Minuten vergingen, bevor jemand etwas sagte. »Wo ist der Hauptmann?«, fragte ein Soldat schließlich. Hoxa war nirgendwo zu sehen.

»Er ist dorthin gerannt«, sagte Wassili und deutete auf das zerstörte Heideland vor ihnen. »Vor etwa einer Stunde.«

»Wir sollten ihn suchen gehen«, sagte der Unteroffizier und ließ die Schultern hängen. Er deutete auf Wassili und dann auf drei andere Männer. »Du, du, du und du, ihr kommt mit.«

Die fünf schwärmten aus, wateten durch kniehohes feuchtes Gras und Gestrüpp. Wassili ging in die Richtung, in die Hoxa verschwunden war. Nach etwa hundert Metern veränderte sich die Landschaft. Das verbliebene Gras war platt getreten und verbrannt, der Boden mit großen Kratern übersät. Etwa fünfzig Meter weiter wurde der Schlamm nahezu unpassierbar. Die Granateneinschläge hatten den Boden in einen suppigen braunen Morast verwandelt, der sich bis zu den rauchenden Überresten des französischen Lagers ausbreitete. Über der zerwühlten Erde hing ein hellgrauer Dunstschleier. Bei genauerer Untersuchung entdeckten sie im Schlamm unnatürlich verdrehte Körperteile. Das Einzige, was auf der ganzen verwüsteten Ebene noch lebte, war ein nasser, zitternder und hoffnungslos verdreckter Hund, der an den mit Blut und Schlamm verschmierten Resten seines abgerissenen Hinterbeins leckte.

Wassili wandte sich ab und kämpfte sich durch den Schlamm zurück zum Lager, während die anderen vier Soldaten weiter nach ihrem Anführer suchten. Er blieb an der kleinen Erhebung zwischen den schweigenden Haubitzen stehen und hob Hoxas weggeworfenen Feldstecher auf. Er wischte den Schlamm von den Gläsern, hängte ihn sich um den Hals und stapfte zurück zu den Resten ihres Lagers.

# 14

»ER WISCHTE DEN SCHLAMM von den Gläsern, hängte ihn sich um den Hals und stapfte zurück zu den Resten ihres Lagers.«

Meine Geschichte hatte alle Anwesenden in ihren Bann gezogen. Niemand wollte die darauffolgende Stille stören. Ich drehte mich zu Poppy um, die mich mit demselben gespannten Gesichtsausdruck ansah wie die Mitglieder der Jury. Dann fuhr ich fort.

»Wir mussten zu Fuß weitermarschieren. Die Zugpferde, die wir in der Nähe des Flusses angebunden hatten, waren verschwunden. Wir ließen also die gesamte Ausrüstung zurück und schlossen uns der ersten Kompanie an. Zum Glück wurde noch in derselben Woche ein Waffenstillstand vereinbart.«

»Was wurde aus Hoxa?«, fragte Ramsay.

»Die vier Soldaten kamen schlammverdreckt zurück. Sie hatten über eine Stunde nach ihm gesucht, aber er blieb spurlos verschwunden. So wurde Hoxa zu einer Legende. Noch im Zweiten Weltkrieg erzählte man sich, dass Hoxas Geist käme, wann immer eine bulgarische Einheit in der Klemme saß, und …«

»Ich bin vertraut mit den Geistergeschichten um Hauptmann Hoxa«, fiel mir Ramsay ins Wort.

»Sie erwähnten vorhin, dass Sie in der Türkei im Exil lebten. Warum haben Sie Bulgarien verlassen?«, fragte der Professor.

»Während des Zweiten Weltkriegs blieb ich mit meiner Frau auf unserem Bauernhof, bis die Kommunisten an die Macht kamen und alles verstaatlichten. Wir wurden verhaftet, weil wir uns weigerten, den Hof abzugeben. Ich war anderthalb Jahre im Gefängnis. Meine Frau starb kurz nach ihrer Inhaftierung. Ich floh noch im Jahr meiner Entlassung in die Türkei und lebte dann bis zu meinem Tod in Istanbul.«

»Wie hieß das Gefängnis, in dem Sie inhaftiert waren?«

»Es hatte keinen Namen, nur eine Nummer: Staatsgefängnis Nummer vier.«

»In welchem Zeitraum genau waren Sie dort interniert?«

»Vom Dezember 1946 bis zum Juni 1948.«

»Wo befand sich das Staatsgefängnis Nummer vier?«

»Am Stadtrand von Sofia.«

»Wie flohen Sie in die Türkei?«

»Zu Fuß.«

»Womit haben Sie in Istanbul Ihren Lebensunterhalt verdient?«

»Ich habe auf Gemüsemärkten Kisten geschleppt.«

»Woran ist Wanja gestorben?«

»Das weiß ich nicht. Ich war im Gefängnis.«

Schweigen.

»Sie war während derselben Zeit interniert wie Sie?«

»In etwa während derselben Zeit, vielleicht mit ein paar Tagen Unterschied.«

Der alte Mann in der Mitte beugte sich vor, und die anderen Jurymitglieder wandten sich ihm zu. »Es ist schon spät«, sagte er. »Lassen Sie uns an dieser Stelle unterbrechen und morgen Abend eine Pause einlegen.

Wir werden übermorgen weitermachen.« Die Mitglieder auf der Empore standen auf und sprachen leise miteinander, sobald der alte Mann sich wieder zurückgelehnt hatte.

Poppy stieg vor mir die Treppe hinauf. Der Rauch der Fackeln wurde nach oben hin immer dichter. »Warum geht es nicht schon morgen Abend weiter?«, fragte ich.

»Vermutlich wollen sie die Pause nutzen, um ein paar Dinge zu überprüfen. Das war zu erwarten.«

»Wie wollen sie denn das alles an nur einem Tag nachprüfen?«

»Das können sie natürlich nicht, aber sie werden morgen damit anfangen. Cognomina hat Dutzende Kontaktleute auf der Gehaltsliste, die jederzeit für die Recherche bereitstehen.«

»Bist du so an meine medizinischen Daten gekommen?«

»Ganz genau.«

»Was passiert, wenn einer von euren Kontakten zur Polizei geht oder irgendeinen anonymen Tipp per Telefon abgibt, um mich zu verpfeifen?«

»Evan«, seufzte Poppy. »Sieh dich hier doch mal um. Hast du den Eindruck, dass wir besonders scharf darauf sind, irgendwelche offiziellen Stellen zu involvieren?«

»Das wollte ich damit nicht sagen. Ich bin nur vorsichtig, mehr nicht.«

»Mach dir keine Sorgen. Deine Vergangenheit ist bei uns in sicheren Händen.« Sie öffnete die Tür am oberen Ende der Treppe. Als sie sie wieder hinter uns schloss, machte ich einen raschen Schritt um sie herum und stellte mich vor sie hin.

»Wie wär's«, begann ich vorsichtig, »wenn wir uns morgen vielleicht treffen könnten, da wir ja nun freihaben. Ich vermisse dich.« Die letzten Worte platzten einfach so aus mir heraus.

In ihrem Blick lag eine ungewohnte Wärme. »Okay, morgen Abend. Normalerweise gehen die Mitglieder an freien Abenden in der Stadt zusammen essen, aber danach hätte ich Zeit. Warum kommst du nicht hoch in mein Zimmer? Ich werde so um Mitternacht wieder da sein. Suite Nummer siebzehn«, sagte sie und kam näher. »Du hast das eben ganz wunderbar gemeistert.« Sie stellte sich auf die Zehenspitzen und gab mir einen Kuss. »Ruh dich aus, Evan, du siehst müde aus. Bis morgen.«

»Ich wünsche Ihnen einen schönen guten Tag«, begrüßte mich Diltz, als ich auf der Suche nach Frühstück den Flur durchquerte.

Ich lächelte ihn an. »Ich würde heute gerne zum Zürichsee, falls ein Fahrer verfügbar ist.«

»Möchten Sie die Schiffsrundfahrt machen?«, fragte er. Ich nickte. »Dann sollten Sie sich besser beeilen, das letzte Schiff legt um drei Uhr ab. Jetzt ist es Viertel vor zwei, Sie könnten es also gerade so schaffen. Ich packe Ihnen das Frühstück ein.«

»Super. Sagen Sie dem Fahrer, dass ich in fünf Minuten bereit zur Abfahrt bin.«

Als das Schiff um elf Uhr abends wieder anlegte, wartete der Fahrer in der Nähe des Stegs. Um Viertel vor zwölf war ich wieder im Hotel.

»Wie hat Ihnen die Bootstour gefallen?«, fragte Diltz, als er mir die Tür öffnete.

»Gut, die Landschaft ist sehr malerisch. Ist Poppy da?«

Er zögerte, und sein Blick schwirrte nervös hin und her, während er um die richtige Antwort rang. »Ja«, sagte er schließlich.

»Großartig. Sie hat mich in ihr Zimmer eingeladen.« Ich wollte an ihm vorbeigehen, doch er machte ebenfalls einen Schritt und hob den Arm. Ich hatte den Eindruck, dass er mir mit voller Absicht den Weg verstellte. Wir waren nur Zentimeter voneinander entfernt, und ich konnte spüren, wie unangenehm ihm das Ganze war.

»Es wäre vielleicht besser, sie im Moment nicht zu stören«, sagte er schnell und ohne mich dabei anzusehen.

Ich fixierte ihn so lange, bis er meinem Blick nicht länger ausweichen konnte. »Hat Poppy Sie gebeten, mir das so auszurichten?«

Wieder zögerte er. »Nun, also … Ich würde nicht … Nein, sie hat nicht … Es ist nur so … Nun, ich denke, es wäre besser, wenn Sie mit Ihrem Besuch bis morgen warten würden, Sir.«

»Sie hat mich aber ausdrücklich eingeladen.« So langsam verlor ich die Geduld und drängte mich an ihm vorbei.

»Aber Sir, Sir«, rief er mir hinterher, als ich den Flur entlang zur Treppe ging. Ich stellte den Gehstock auf die erste Stufe und sah mich zu ihm um. Seine wie immer in einen Smoking gekleidete Gestalt stand wie verloren mitten im Flur. Er stammelte etwas, als kämpfte er mit Worten, die er nicht über die Lippen brachte – er schien nichts mehr gemein zu haben mit dem Mann, den ich in den letzten drei Tagen kennengelernt hatte.

Ich wandte mich von ihm ab und stieg die Treppe hinauf, voller Neugier, wie der Rest meines neuen Zuhauses wohl aussehen mochte. Die Treppe führte zu einem Flur, der sich über die ganze Länge des Hauses erstreckte. Ein langer schmaler persischer Läufer bedeckte den Boden, und kleine Kristallkronleuchter hingen über jedem Paar sich gegenüberliegender Türen. Zu meiner Rechten war leise klassische Musik zu hören. Auf der Suche nach Poppys Zimmer ging ich direkt darauf zu. Die Nummern standen in römischen Ziffern auf Silberplaketten über jeder Tür: XI, XX, XV, XXVI, II. Ihre Reihenfolge schien völlig willkürlich. Die Musik kam aus dem Zimmer XXVI ganz am Ende des Gangs. Die XVII entdeckte ich schließlich auf halbem Weg zum anderen Ende. Einen Moment lang hielt ich vor der Holztür inne und klopfte dann sachte an. Nun gesellten sich leise Stimmen zur sanften Musik. Mein Herz schlug schneller, als sich der Türknauf drehte, und setzte beinahe aus, als die Tür sich öffnete.

In der Tür erschien ein gut gebauter, dunkelhaariger Mann in einem roten Fußballtrikot. Von der Taille abwärts war er nackt, seine behaarten Beine waren mit Narben, verschorften Wunden und Abschürfungen übersät. Ich wandte den Blick von seiner Erektion ab und spähte ins Zimmer hinein, das mit meinem nicht viel Ähnlichkeit hatte. Der Raum wurde von einem großen Bett dominiert. Die prächtige Tagesdecke passte zur roten Filztapete an den Wänden, das große Kopfstück aus Holz hatte die Form einer Sonne, die aussah, als würde sie gerade über dem blutroten Bett aufgehen. Und mitten auf dem Bett lag auf mindestens einem Dutzend rot-schwarzer Kissen die nackte Poppy. Ein weiterer Mann im gleichen roten Trikot wie der Erste hatte seinen Kopf zwischen ihren Schenkeln vergraben und noch zwei weitere knieten rechts und links von ihr auf dem Bett und masturbierten. Sie schloss gerade den Reißverschluss ihres braunen Spritzenetuis und sah zu mir auf. Der Blick ihrer mandelförmigen Augen wirkte völlig entspannt.

»Ich habe mich gerade schon gefragt, wo du bleibst. Komm rein, wir haben eben erst angefangen.« Sie grinste mich schelmisch an.

Ich wurde kreidebleich. Ohne die Stütze des Gehstocks wäre ich wahrscheinlich zusammengebrochen. Meine Hand zitterte, als ich nach dem Türknauf griff und die Tür wieder zuzog. Ich schloss die Augen und hielt den Türknauf noch eine Zeit lang fest in der Hand, um sicherzugehen, dass sich die Tür nicht wieder öffnete.

»Kann ich Ihnen einen Drink ausgeben?«, fragte eine tiefe Stimme hinter mir. Ich öffnete die Augen und drehte mich um. Die klassische Musik war immer noch zu hören. Es war der Mann mit dem voluminösen Oberkörper von der Empore, dem ich vorher schon einmal begegnet war. »Kann ich Sie auf einen Drink einladen, mein Freund? Sie sehen aus, als ob Sie einen gebrauchen könnten.«

Ich nickte langsam, ließ den Türknauf aber nicht los.

»Kommen Sie mit, da weiß ich genau den richtigen Ort«, sagte er, legte einen breiten Arm um meine Schultern und führte mich weg von Poppys Tür.

»Einen Rotwein bitte«, sagte er, als die Bedienung an unseren Tisch kam. »Und für Sie?«, fragte er mich.

»Einen Bourbon und ein Bier.«

Die Bedienung ging ohne ein weiteres Wort. Das Wirtshaus am Fraumünster hatte sich seit vorgestern Abend nicht verändert. Sie brachte unsere Getränke und nahm den Zehn-Franken-Schein, den der Mann auf den Tisch gelegt hatte.

»Danke.« Ich hob mein Glas. »Sie hatten recht, das kann ich jetzt wirklich brauchen.«

»Auf uns«, sagte er und stieß mit mir an.

Ich lächelte.

»Wir haben uns noch gar nicht vorgestellt. Ich heiße Samas«, stellte er sich vor, indem er mir seine Hand hinhielt.

»Und nach der Aufnahme werden Sie mir dann Ihren richtigen Namen verraten?«, fragte ich ein wenig sarkastisch.

»Nein, Samas ist mein richtiger Name. Mein Cognomina-Name.«

Ich legte den Kopf schief und sah ihn an. »Warum verraten Sie ihn mir dann? Ich dachte, dass die Namen ein Geheimnis sind und man sie erst erfährt, nachdem man aufgenommen wurde.«

Er machte eine wegwerfende Handbewegung. »Ach ja, so ist das normalerweise ja auch, aber in meinen Augen handelt es sich dabei um eine reine Formalität. Ich weiß, was Sie sind und dass Sie zu uns gehören. Das ist seit der Sitzung gestern Abend völlig klar.«

Seine offene und ehrliche Art überraschte mich, und ich fand seine entwaffnende Persönlichkeit sehr angenehm. »Evan Michaels«, sagte ich und nahm seine Hand.

»Es freut mich, Sie kennenzulernen.«

»Es freut mich ebenfalls, Samas. Wie sind Sie zu diesem Namen gekommen, wenn ich das fragen darf?«

»Es war der Name meines Vaters.«

»Ihres Vaters?«

Er nickte. »Samas war der Name meines allerersten Vaters.«

»Wann war das?«

»1026.«

Das Erstaunen stand mir wohl ins Gesicht geschrieben.

»Ja, ich weiß, ich bin nicht mehr der Jüngste«, meinte er lächelnd. »Aber ich habe das Gefühl, gerade erst die Blüte meines Lebens zu erreichen.«

»Würden Sie mir etwas über sich erzählen?«, fragte ich.

Er lachte herzhaft, wobei seine Stimme durch das gesamte Wirtshaus dröhnte. »Aber sicher doch, das ist mein Lieblingsthema. Und außerdem ist es nur fair, denn bei der Anhörung erfahre ich ja schließlich auch eine Menge über Sie.«

Je länger ich mich mit ihm unterhielt, umso weniger dachte ich an Poppy. Ich fühlte mich gleich viel besser. »Gut, das freut mich, darf ich Sie etwas fragen?«

»Aber gerne«, sagte er und machte der Bedienung ein Zeichen, damit sie uns eine weitere Runde brachte.

»Wo wohnen Sie?«

»An dem wunderbarsten Ort der Welt: in Marokko, am Meer. Mein Haus steht direkt am Strand.«

»Das klingt wirklich schön. Da würde ich auch gerne mal hin.«

»Sie können mich gerne jederzeit besuchen und bleiben, solange Sie wollen. Mögen Sie marokkanisches Essen?«

»Ich habe es noch nie probiert.«

Seine Augen leuchteten. »Meine Frau ist eine exzellente Köchin. Und die einheimische Küche ist ihre Spezialität.«

»Sie sind verheiratet?«, fragte ich überrascht. Ich konnte mir nicht vorstellen, dass so etwas Normales und Alltägliches wie eine Ehe für so unnormale Menschen wie uns infrage kam.

»Ja, mit Zohra, seit dreizehn Jahren.«

»Weiß sie Bescheid?«

»Dass wir verheiratet sind? Das will ich doch sehr hoffen«, sagte er und lachte. Dann betrachtete er sein Tattoo. »Natürlich weiß sie Bescheid. Ich habe es ihr gesagt. Wie könnte ich sie lieben und es ihr gleichzeitig verheimlichen? Völlig unmöglich.«

»Wie hat sie darauf reagiert?«

»Ich habe es ihr erst nach der Hochzeit gesagt, da gab es kein Entkommen mehr.« Er kicherte. »Da hatte sie sich das meiste sowieso schon zusammengereimt. Und ganz nebenbei: Sie liebt mich und akzeptiert mich so, wie ich bin. Liebe ist etwas Wunderbares.«

»Waren Sie auch bei anderen Reisen verheiratet?«

»Ja.«

»Das ist faszinierend.«

»Warum?«, fragte er.

»Weil es mir eine völlig neue Perspektive eröffnet. Seit meinem gescheiterten Versuch, mit meinen Eltern darüber zu sprechen, habe ich niemanden mehr ins Vertrauen gezogen. Wahrscheinlich fehlt mir einfach der Mut, mich jemandem zu öffnen.«

»Das ist weniger eine Frage des Muts als der Einstellung. Man muss mit sich selbst im Reinen sein, um mit anderen offen umgehen zu können. Am Anfang ging es mir genau wie Ihnen, aber denken Sie daran, dass Sie alle Zeit der Welt haben.« Er lächelte.

»Haben Sie Kinder?«

Das Gesicht des Mannes nahm einen merkwürdigen Ausdruck an. »Nein, natürlich nicht.«

Diese Antwort verwirrte mich.

Er sah mich verwundert an. »Sie wissen es nicht, oder?«

»Was weiß ich nicht?«

»Wir sind unfruchtbar. Wir alle, in jedem Leben.«

Ich sah ihn mit zusammengekniffenen Augen an. »Sie meinen, ich kann keine … Ich kann niemals …«

Er schüttelte den Kopf.

»Warum?«, fragte ich.

Er zuckte mit den Schultern. »Das gehört wohl zu unserer Natur. So war es schon immer. Ich dachte, Poppy hätte es Ihnen vielleicht erzählt.«

»Ich glaube langsam, dass Poppy mir eine Menge verschwiegen hat.«

Samas sah mich an. »Das mag erst einmal ein Schock für Sie sein, aber wenn Sie einmal darüber nachdenken, was Sie dafür alles gewinnen, ist es kein großer Verlust. Die meisten normalen Menschen würden sofort mit Ihnen tauschen. Und was man nie hatte, kann man auch nicht wirklich vermissen.«

Er hatte recht. Vielleicht hatte ich es unbewusst schon geahnt, denn ich spürte weder Bedauern noch Verlust. Und auch was den Neid anging, hatte er recht – da musste ich mir nur Antonio ins Gedächtnis rufen.

»Ich frage mich, wie offen wir uns miteinander unterhalten können«, sagte ich.

»Wie meinen Sie das?«

»Am Nachmittag vor dem Beginn meiner Anhörung habe ich Ramsay kennengelernt. Sie hat mir gesagt, dass ich nach dem Beginn der Anhörung keinen Kontakt mehr zu ihr haben dürfe. Und über einige Dinge durfte sie sich mit mir nicht unterhalten, weil sie zur Jury gehört. Das verstehe ich, aber von Poppy, meiner Fürsprecherin, erfahre ich auch nicht viel. Sie ist der Meinung, dass es umso besser läuft, je weniger ich weiß. Das ist ziemlich frustrierend. Der Einzige, mit dem ich reden kann, ist Mr. Diltz.«

»Diltz ist ein guter Mensch, wie auch schon sein Vater vor ihm. Ihre Lage ist nur zu verständlich, Evan. Ich bin übrigens an keine Vorschriften gebunden, denn ich bin nur als Zuschauer hier – und weil ich Sie kennenlernen will. Jedes Mal, wenn ein weiterer Infinite gefunden und aufgenommen wird, bekommt unsere Familie ein neues Mitglied. Das kommt nicht sehr oft vor und ist immer ein Grund zur Freude. Sie können mich gerne alles fragen, ich habe keine Geheimnisse vor Ihnen, Evan.«

»Gut, denn ich habe ungefähr eine Million Fragen.«

»Leider hat das Wirtshaus nicht so lange auf«, kicherte er.

»Am meisten Sorgen bereitet mir, dass ich nur eine sehr vage Vorstellung davon habe, was ich bei der Anhörung tun soll.«

»Das ist mir nicht aufgefallen. Sie haben sich gestern Abend gut geschlagen«, sagte er.

»Das meine ich nicht. Ich habe kein Problem damit, von mir zu erzählen, im Gegenteil. Schließlich ist es das erste Mal, dass ich diese Geschichten jemand anderem als mir selbst erzähle. Aber ich bin verunsichert, weil Poppy mich darüber im Ungewissen lässt, was als Nächstes passieren wird.«

»Ihre Sorge ist berechtigt. Und ich weiß nicht, warum sie Ihnen das vorenthält.«

»Meistens erklärt sie mir nur, was gerade passiert ist. Ich würde aber gerne wissen, was als Nächstes kommt.«

»So würde es jedem in Ihrer Lage ergehen. Ich finde, Sie haben ein Recht darauf, mehr zu erfahren«, sagte er.

»Also gut.« Ich sah ihm direkt in die braunen Augen. »Was wird denn als Nächstes passieren?«

Er lächelte. »Als Nächstes werden unsere Kontaktleute Ihre Angaben überprüfen. Ein Richter in Texas wird nachprüfen, ob Sie tatsächlich ein Bußgeld für eine Geschwindigkeitsübertretung bezahlen mussten. Ein Angestellter in Georgia wird nachsehen, ob Bobbys Mutter auf ihrem Führerscheinbild wirklich braune Haare und blaue Augen hatte. Ein bulgarischer Verwaltungsbeamter wird in den alten Militärakten nach einem Wassili Blagawitsch Arda suchen, der im Herbst 1918 in der 138sten Kompanie unter Hauptmann Hoxa gedient hat.«

»Wer sind diese Kontaktleute?«

»Das sind Leute, die wir für genau diese Fälle auf Abruf bereitstehen haben. Es lässt sich nicht vorhersehen, über wen oder was wir Erkundigungen einziehen müssen.«

»Was geschieht nach dieser Überprüfung?«

»Nun, morgen Abend geht es weiter. Es wird weitere Fragen geben, noch eine, vielleicht zwei Sitzungen, dann folgen mehrere Tage Pause, bis unsere Kontaktleute alle Angaben bestätigt haben. Dann wird man Sie und Ihre Fürsprecherin rufen. Vielleicht gibt es noch ein paar Fragen, dann zieht sich die Jury zur Beratung zurück und verkündet anschließend die Entscheidung. Sobald Sie aufgenommen worden sind, gibt es zusammen mit allen im anderen Teil der Höhle ein großes Fest, bei dem Sie sich einen Namen aussuchen und allen noch einmal ganz offiziell vorgestellt werden.«

»Was passiert, sollte ich nicht aufgenommen werden?«

»Es ist seit über zweihundert Jahren nicht mehr vorgekommen, dass ein Neophyt nicht aufgenommen wurde«, wich er meiner Frage aus.

»Was ist mit diesem Kandidaten passiert?«

Er trank sein Glas in einem langen Zug aus. »Wir haben sie getötet«, sagte er ruhig. »Sie kam nicht wieder, also lagen wir wohl richtig.«

»Das erinnert mich an die Hexenprozesse von Salem. Wenn du nicht ertrinkst, bist du eine Hexe. Wenn doch, bist du zwar unschuldig, aber trotzdem tot.«

Er lachte. »Ja, ich verstehe, wie Sie zu diesem Vergleich kommen.« Sonst sagte er nichts mehr dazu.

»Werde ich auch getötet, wenn ich nicht aufgenommen werde?«

»Ja«, antwortete er und machte der Bedienung ein Zeichen für eine weitere Runde. »Aber wenn Sie fest daran glauben, dass Sie sind, was Sie behaupten zu sein, brauchen Sie sich deswegen keine Sorgen zu machen.«

»Wie meinen Sie das?«, fragte ich, verwundert darüber, dass ihn mein möglicher Tod so kaltließ.

»Wenn Sie wissen, dass Sie schon einmal gelebt haben und, noch wichtiger, dass Sie wieder leben werden, dann nimmt das dem Tod doch seinen Schrecken, oder nicht?«

»Wenn man einmal zurückkommt, kommt man immer wieder zurück, hat Poppy gesagt. Wenn das eine unabänderliche Tatsache ist, dann haben Sie sicher recht.«

Er lehnte sich über den Tisch zu mir und kam mir dabei so nah, dass ich den Alkohol in seinem Atem riechen und das Muster seiner hellbraunen Iris in jeder Einzelheit erkennen konnte. »Das ist die Wahrheit«, sagte er leise. »Ich bin sechzehnmal wiedergekommen. Das macht im Ganzen siebzehn Leben, und ich erinnere mich an jedes noch so kleine Detail aus jedem dieser Leben – so, als wäre es alles erst gestern passiert. Sie werden immer und immer wieder zurückkommen, so wie wir alle. Und jedes

Mal werden Sie wieder auf Ihre eigenen Schultern steigen und dadurch ein bisschen größer werden, ein bisschen weiter nach vorn und auch in die Vergangenheit blicken können.«

»Logisch betrachtet ist das wohl so. Ich bin mir nur nicht sicher, ob ich das Ganze schon wirklich so richtig glauben kann … Aber da arbeitet die Zeit ja für mich, oder?«

»So ist es.« Er erhob sein Glas.

»Auf den Glauben«, sagte ich. »Ich würde gerne noch etwas anderes wissen. Kann ein Kandidat seinen Fürsprecher wechseln?«

Er schwieg ein paar Sekunden lang. »Sie sind ziemlich wütend auf sie, oder?«

»Keine Ahnung, vielleicht.«

»Haben Sie sich mit ihr eingelassen?«, fragte er.

Ich nickte.

»Ich verstehe. Einen Wechsel wird sie Ihnen sicher ziemlich übel nehmen.«

»Ihre Gefühle sind mir im Moment herzlich egal«, erwiderte ich kühl. »Ich will vor allem, dass nichts schiefgeht.«

»Also gut«, sagte er mit einem Seufzen. »Es gibt zwei Möglichkeiten. Entweder Sie bitten die Jury, einen neuen Fürsprecher für Sie auszuwählen. Oder Sie suchen sich selbst einen aus – der allerdings von der Jury akzeptiert werden muss.«

Sein Blick hatte etwas Tröstliches. »Würden Sie mein neuer Fürsprecher werden?«

»Ich?« Er wirkte erstaunt und geehrt.

»Ja, Samas, ich hätte Sie gerne als meinen Fürsprecher.«

Er dachte einen Moment lang nach. »In Ordnung. Aber Sie müssen es Poppy selbst beibringen. Okay?«

»In Ordnung.« Wir gaben uns die Hand darauf – und als ich meine wieder wegzog, zweifelte ich bereits an meiner Entscheidung. Er hatte recht, die Anhörung verlief gut, und das hatte ich nicht nur mir selbst, sondern vor allem auch Poppy zu verdanken. Aber ich mochte einfach keine Ungewissheiten – immer auf alles vorbereitet zu sein gehörte nun mal zu meiner Lebensstrategie. Überraschungen bedeuteten nur selten etwas Gutes. Und das machte mir bei ihr am meisten Angst. Und das zu Recht.

Während der Heimfahrt dachte ich darüber nach, wie ich Poppy meine Entscheidung beibringen sollte und wie sie es aufnehmen würde. Dabei wollte ich mich nicht mal an ihr rächen. Ich begehrte sie und verachtete sie gleichzeitig, liebte sie für das, *was* sie war, und hasste sie dafür, *wie* sie war. Aber was noch wichtiger war: Ich konnte sie sehr gut verstehen – und mir wurde in diesem Moment klar, dass ich das nicht wollte.

Am nächsten Morgen erwachte ich mit Kopfschmerzen und einer überwältigenden Angst davor, Poppy mit meiner Entscheidung zu konfrontieren. Als ich in den Speisesaal kam, saß Samas gerade zusammen mit Mr. Diltz und zwei anderen Zuschauern von der Empore am Tisch.

»Guten Tag, Herr Michaels. Kaffee?«, fragte Mr. Diltz.

»Eigentlich habe ich Hunger.«

»Ich lasse Ihnen frische Brötchen bringen«, sagte er und stand auf.

Ich lächelte den drei anderen Anwesenden zur Begrüßung zu und setzte mich. Eine dünne Frau mittleren Alters mit harten Gesichtszügen saß rauchend neben Samas. Ihr schwarzes Haar steckte in einem Dutt, der so streng saß, dass er einige der Falten rund um ihre kleinen, blutunterlaufenen Augen zu straffen schien. Die junge Frau neben ihr sah nicht älter als achtzehn oder neunzehn aus. Sie trug einen teuren, auf ihre Figur maßgeschneiderten Herrenanzug.

»Haben Sie wirklich vom Rücksitz eines Polizeiwagens aus zugesehen, wie ein ganzes Haus abbrannte?«, fragte die Frau mit dem Dutt.

»Ja.«

»Das war bestimmt ein ziemlich eindrucksvolles Schauspiel. Ich kann es mir lebhaft vorstellen«, meinte die Frau im Anzug.

»Ja, allerdings«, antwortete ich. Samas hörte mir aufmerksam zu, aber die Frau in dem Anzug wirkte gelangweilt und geistesabwesend. Vielleicht war ich gerade in ein Gespräch über mich hereingeplatzt. Diltz brachte einen Korb mit frischen Brötchen und stellte ihn auf den Tisch. Im selben Moment hörte ich, wie hinter mir die Tür aufglitt, und erriet an Samas' Gesichtsausdruck, dass es Poppy war.

»Hallo, Bando«, grüßte er.

»Hallo, Juan«, antwortete sie in einem abfälligen Tonfall. Beim Klang ihrer Stimme verließ mich mein letztes bisschen Mut.

»Darf ich Ihnen etwas bringen, Madame?«, fragte Diltz.

»Kaffee und ein Croissant.«

»Kommt sofort.« Er verschwand in der Küche. Ich hatte mich immer noch nicht zu ihr umgedreht.

»Ich muss los«, sagte Samas. »Bitte entschuldigt mich.«

»Ich ebenfalls«, tönten die beiden Frauen im Chor. Sekunden später war ich mit Poppy allein. Sie ging um den Tisch herum und setzte sich auf den Stuhl mir gegenüber.

Sie steckte eine Zigarette in ihre silberne Zigarettenspitze. »Warum bist du gestern Abend nicht geblieben?«, fragte sie nonchalant.

»Ich hatte keine L… Ich, also … Ich hatte etwas anderes erwartet«, sagte ich und starrte den Brotkorb an.

»Na und, die Typen haben meine Erwartungen auch nicht erfüllt. Aber das konnte ich ja nicht ahnen, als ich sie aufgegabelt habe. Das heißt nicht, dass man nicht trotzdem Spaß haben kann. Du hättest bleiben sollen.«

»Also, das, na ja, war einfach nicht, was ich erwartet hatte.«

»Was hattest du denn erwartet?«

»Das ist doch jetzt egal.«

»Warum dann so ein langes Gesicht, mein Süßer? Sag bloß nicht, ich habe deine Gefühle verl…«

»Hör auf!«, unterbrach ich sie wütend. »Deine herablassende Art kannst du dir sparen! Jetzt hör mal gut zu: Ich bin dir wirklich sehr dankbar für alles, was du für mich getan hast. Ich schulde dir eine Menge – aber so kann ich nicht weitermachen. Ich habe um einen neuen Fürsprecher gebeten.«

Sie zeigte keinerlei Gefühlsregung. »Verstehe«, sagte sie dann kühl. »Darf ich fragen, wer dein neuer Fürsprecher sein wird?«

Ich zündete mir eine Zigarette an und inhalierte tief. »Samas.«

»Sie haben dir Samas zugeteilt?«, fragte sie erstaunt.

»Nein, ich habe ihn mir ausgesucht.«

Sie stand auf und beugte sich über den Tisch zu mir. »Sei bloß vorsichtig, was den angeht.«

Ich sah zu ihr hoch und dachte an Henry. »Weißt du, die gleiche Warnung habe ich in Bezug auf dich auch bekommen.«

Ich sah ihr nicht nach, als sie zur Tür ging. »Wir sehen uns nach deiner Aufnahme, falls es überhaupt dazu kommt«, sagte sie hinter mir und schloss die Tür.

Ein paar Sekunden später kam Diltz mit einem Tablett herein. »Wo ist Poppy?«, fragte er.

»Sie ist gegangen.«

Er zog die Augenbrauen hoch und seufzte. »Ich hatte gestern Abend ja versucht, Sie zu warnen«, sagte er und stellte das Tablett ab. »Wie geht es Ihnen, Sir?«

»Schon besser«, antwortete ich und starrte immer noch den leeren Stuhl an.

Zum Abendessen kam Samas mit zwei vollen Tellern ins Nebenzimmer. Die leblose Schere eines Hummers hing über den Rand des rechten Tellers und schwang bei jedem Schritt hin und her. »Ich dachte, ich leiste Ihnen Gesellschaft«, sagte er.

»Es ist mir immer ein Vergnügen, Sir«, antwortete Diltz.

Ich war froh, ihn zu sehen. Seine bloße Anwesenheit beruhigte mich. Ich grinste ihn breit an.

»Haben Sie alles mit ihr geklärt?«

»Ja, habe ich. Ich denke, sie ist gegangen.«

»Wie hat sie reagiert?«, fragte Samas.

»Gefasst.«

»Hat sie irgendetwas gesagt?«, fragte Samas.

»Nicht wirklich.« Ich fing an zu essen und behielt meine Gedanken besser für mich.

Diltz nahm seine Mahlzeit so ein, wie er sein ganzes Leben führte: diszipliniert und maßvoll. Sofern Samas'

Essgewohnheiten ebenfalls widerspiegelten, wie er lebte, wollte ich ihn unbedingt noch besser kennenlernen. Er futterte wie jemand, der gar nicht genug bekommen konnte. Während er an einem Bissen kaute, beäugte er schon den nächsten auf seinem Teller und griff ihn sich, sobald er geschluckt hatte. Als befürchtete er, dass alles vor seinen Augen verderben könnte. Die Geräusche, die er dabei machte, klangen eher nach höchster Leidenschaft als nach dem Hauptgang eines Essens.

Diltz tat so, als ob er von all dem gar nichts mitbekäme, doch ich war wie hypnotisiert von der ganzen Palette an Gefühlsregungen, die sich in Samas' Gesicht widerspiegelte. Er schnitt sich ein dickes Stück Lamm ab und steckte es sich in den Mund.

»Mmmm«, stöhnte er. »Esmeralda sollte sich künftig Rosmarine nennen, dieses Lammkotelett ist einfach perfekt gewürzt. Bitte richten Sie ihr meine Komplimente aus«, sagte er mit vollem Mund.

»Das gebe ich gerne weiter. Versuchen Sie die Muscheln, Sir, die hat sie ebenfalls zubereitet«, erwiderte Diltz.

Samas grunzte zustimmend und stopfte sich einen weiteren Bissen in den Mund. Erst nach einer Dreiviertelstunde waren die ersten leeren Stellen auf den beiden Tellern zu sehen. Sein Tempo wurde langsamer, und sein Enthusiasmus ließ etwas nach. »Gibt es Nachtisch?«, fragte er.

Diltz nickte.

Ich konnte mich nicht länger beherrschen. »Sie können doch unmöglich noch mehr essen!«

»Doch«, sagte er, immer noch kauend. »Ich würde alles aufessen, wenn ich könnte, Evan. Und warum sollte ich auch nicht?«, bellte er und griff sich eine Handvoll der kleinen Muscheln. »Was hat das Leben für einen Sinn, wenn es keinen Spaß macht? Und am schönsten sind meistens die einfachen Freuden, wie zum Beispiel Esmeraldas Kochkünste.« Er brach eine Muschel auf und steckte sich den Inhalt in den Mund. »Mmmm. Was ist das für ein Gewürz, Dill?«

Diltz nickte.

»Vorzüglich. Hier, sehen Sie selbst, was ich mit den einfachen Freuden meine.« Er ließ ein halbes Dutzend Muscheln auf meinen Teller fallen. Während ich sie öffnete, kam eine Frau mit einem Dessertwagen herein, auf dem farbenfrohe Torten, Kuchen und Puddings angerichtet waren.

Samas begutachtete die Auswahl wie ein Juwelier, der wertvolle Steine inspizierte. »Ich nehme die Zitronentarte und die Pawlowa. Und könnten Sie mir einen Armagnac bringen? Den 51er, wenn noch etwas davon übrig ist«, sagte er. Diltz und ich verzichteten auf ein Dessert. Die Frau erschien noch einmal mit einer Kristallkaraffe und drei Gläsern.

»Ich habe nachgedacht«, sagte Samas, während er unsere Gläser füllte. »Ich würde die Jury gerne um eine kleine Pause bitten, zwei oder drei Tage. Ich dachte, wir könnten diese Zeit bei mir in Marokko verbringen und ein bisschen die Sonne genießen. Bei der Gelegenheit könnten wir uns besser kennenlernen und auf den weiteren Verlauf der Anhörung vorbereiten. Und ganz nebenbei würden Ihnen ein paar Tage Ablenkung ganz guttun.«

»Wäre das denn möglich?«, fragte ich.

»Unter den gegebenen Umständen bin ich mir ziemlich sicher, dass die Jury es gestatten wird.«

»Das wäre toll. Ich könnte eine Pause gebrauchen«, sagte ich erfreut.

»Also abgemacht«, sagte er und hob sein Glas. »Wir reisen morgen ab.«

# 15

IM FLIEGER HATTEN SAMAS UND ICH die komplette erste Klasse mit den vielen breiten Ledersesseln für uns allein. Ich setzte mich auf einen Platz am Fenster und sah dabei zu, wie die karge, bräunliche Landschaft der nordafrikanischen Küste aus dem blauen Mittelmeer aufstieg.

»Ist das Marokko?«

»Ja.«

»Wie viel schulde ich Ihnen für das Ticket?«, fragte ich. Seit wir abgehoben waren, machten mir die Kosten der aus einer Laune heraus gekauften Erste-Klasse-Tickets nach Rabat Bauchschmerzen.

»Aber bitte machen Sie sich darüber keine Gedanken. Sie sind mein Gast.«

»Wie viel kostet so ein Ticket nach Marokko denn?«

»Die Kosten des Flugs haben keine Bedeutung, wenn man bedenkt, welche Erfahrungen auf uns warten. Geld an sich besitzt keinen Wert, es zählt nur das, was es dem Leben an Mehrwert bringen kann. Das ist wie der Unterschied zwischen potenzieller und kinetischer Energie. Geld ist nur nützlich, wenn es in Bewegung ist.«

»Haben Sie denn viel Geld?«

Er nickte. »Lassen Sie es mich so formulieren: mehr, als ich jemals in Bewegung setzen könnte.«

»Poppy hat mir erklärt, wie man sich über Cognomina sein Geld selbst vererben kann. So ist sie auch zu ihrem Reichtum gekommen.«

»Ach ja, die berüchtigte Glasfabrik. Da hat sie sich eine hübsche kleine Geldmaschine geschaffen. Sie war schon immer sehr umtriebig, und sie hat ein Händchen für Schmuck. Eine wahre Künstlerin.«

»Wie sind Sie zu Ihrem Geld gekommen?«

Das Flugzeug drosselte die Motoren und setzte zum Landeanflug an.

»Ich bin Geschäftsmann, man könnte mich auch Talentscout nennen – ich handele mit Kunst und Antiquitäten, das ist meine Passion. Wir haben alle unsere Leidenschaften, etwas, für das wir uns Leben für Leben begeistern können. Und ich habe für mich das perfekte Geschäftsmodell gefunden: Ich kaufe die Kunstwerke einer Ära und behalte sie so lange, bis sie etwas wert sind. Am Ende stellen sich etwa neunzig Prozent davon als Plunder heraus, aber die restlichen zehn Prozent sind mehr oder weniger unbezahlbar. Mittlerweile werde ich aber tatsächlich immer besser darin, die Melkmans von den Monets zu unterscheiden. Meine Trefferquote liegt jetzt bei etwa achtzig zu zwanzig Prozent.«

»Melkman?«, fragte ich.

»Sehen Sie! Sie haben noch nie von ihm gehört. Er zählte zu den neunzig Prozent.«

»Behalten Sie auch einmal etwas?«

»Oh, natürlich. Die besten Stücke gebe ich nicht mehr her. Ich werde sie Ihnen heute Abend zeigen.« Samas beugte sich zu mir vor und deutete aus dem Fenster. »Wenn Sie beim Landen an der Küste entlangblicken, können Sie die Straße zu meinem Haus sehen.«

Ich nickte und schaute beim Landeanflug aus dem Fenster.

Als wir aus dem Terminal hinaus in die heiße, trockene Luft Marokkos traten, lief eine zierliche dunkelhäutige Frau in den mittleren Jahren auf Samas zu. Er hob sie mühelos hoch, und sie verschwand beinahe völlig in seinen mächtigen Armen.

»Mmmm, es ist so schön, dich wiederzusehen«, sagte er und presste sie wie eine Puppe an sich.

»Ich habe dich vermisst, Habibi«, sagte sie auf Englisch mit britischem Akzent und schmiegte ihren Kopf an seinen dicken Hals.

»Zohra, meine Liebe, das ist Evan Michaels.« Er ließ sie wieder auf dem Boden Fuß fassen und drehte sie zu mir um. Sie war sehr schön. Ihr dunkler Teint schien mit ihren schwarzen Haaren und Augen förmlich zu verschmelzen. Ein paar lange graue Strähnen in den rabenschwarzen Haaren verliehen ihr eine distinguierte Ausstrahlung. Sie sah mir selbstbewusst in die Augen und hatte einen festen Händedruck.

»Samas hat mir von Ihnen am Telefon erzählt. Sie sind genauso, wie er Sie mir beschrieben hat. Ich heiße Zohra. Sehr erfreut, Sie kennenzulernen.«

»Danke für die Einladung.«

»Das Auto steht dort drüben, sollen wir aufbrechen?«

»Ja bitte«, sagte Samas.

»Hast du Hunger, Habibi?«

»Immer, meine Liebe. Von deinen Kochkünsten kann ich gar nicht genug bekommen«

»Dann werde ich mich gleich darum kümmern«, sagte sie und sah ihn dabei voller Wärme an.

Zohra lenkte den weißen Jeep eine schmale zweispurige Straße direkt an der felsigen Küste entlang. Ich saß auf dem Rücksitz und beobachtete die beiden. Er schien so gar keine Gemeinsamkeit mit Poppy zu haben, und wenn ich es nicht gewusst hätte, wäre ich nie auf den Gedanken gekommen, dass auch er ein Infinite war. Poppy hatte sich in einem selbst auferlegten Exil hinter den Mauern ihrer Kirche verkrochen. Samas dagegen war immer an des Lebens vorderster Front. Mir gefiel seine Lebensweise, auch wenn mein eigenes Leben im Moment viel mehr mit Poppys gemeinsam hatte.

»Da wären wir«, sagte er und deutete auf ein großes Haus an einem schmalen Strand. Der weiße Putz strahlte im hellen Sonnenlicht. Als Zohra auf eine unbefestigte Straße bog, die sich in Richtung Meer schlängelte, geriet es wieder außer Sicht. Es roch intensiv nach Meer. Zwei Deutsche Doggen – eine schwarze und eine weiße mit schwarzen Flecken – liefen unserem Wagen entgegen. Zohra rief ihnen etwas auf Arabisch zu.

»Zeig doch Evan schon mal alles, ich kümmere mich solange um das Abendessen«, sagte sie, indem sie den Jeep hinter dem zweistöckigen Haus zum Stehen brachte.

Im Inneren war das Zuhause der beiden wie ein Museum. Alle paar Meter standen Vitrinen auf weißen Podesten, in denen griechische, römische, ägyptische oder chinesische Objekte präsentiert wurden. An den Wänden hingen zahllose gerahmte Kohlezeichnungen. Die Räume waren nur spärlich möbliert, damit nichts von den Kunstwerken und antiken Objekten ablenkte.

»Wie lange leben Sie schon hier?«, fragte ich.

»Ich habe dieses Haus vor dreizehn Jahren bauen lassen, als ich Zohra geheiratet habe.«

»Wirklich? Ich hatte mit einem wesentlich älteren Haus gerechnet.«

»Ich besitze auch ältere Anwesen, aber vor längerer Zeit kam ich hierher, um ein Geschäft abzuschließen. Ein Kunde kaufte mir einen perfekt erhaltenen ägyptischen Sarkophag der dreizehnten Dynastie ab. Als der Mann starb, erwarb ich sein Haus, ließ es abreißen und dafür dieses hier bauen.«

»Warum hier? Abgesehen davon, dass es hier natürlich wunderschön ist.«

»Dafür gibt es zwei Gründe. Kommen Sie, ich werde es Ihnen erklären«, sagte er lächelnd und führte mich nach oben ins Schlafzimmer. Die gesamte Ostwand bestand aus Glasschiebetüren, hinter denen das fantastische Panorama des Atlantiks zu sehen war. Er machte alle Türen auf, sodass sich der gesamte Raum zum Meer hin öffnete. Eine frische Brise bewegte das Moskitonetz über dem Bett, und das langsame, stetige Geräusch der Brandung erfüllte den gesamten Raum und vertrieb die Stille.

»Während meiner letzten drei Leben hatte ich Schlafprobleme«, sagte er. »Sehen Sie?« Er deutete auf einen leicht gebogenen Landstreifen, der sich etwa eine Viertelmeile die Küste hinauf ins Meer hinein erstreckte. »Diese Landzunge bildet zusammen mit dieser Felsformation dort an der Küste eine Art Echokammer, die den Hall verstärkt. Und bei dieser konstanten Geräuschkulisse kann ich besser schlafen. In Zürich habe ich sogar eine Aufnahme davon.«

»Die Schlaflosigkeit hat Sie über drei Reisen hinweg verfolgt?«

»*Verfolgt* trifft es gut. Die Schlafprobleme fangen erst an, wenn ich mich an meine Vergangenheit zu erinnern beginne. Als Kind habe ich keine Probleme.«

»Gab es ein Ereignis, das das ausgelöst hat?«

»Nein, es ist einfach so passiert. Aber es hat mich an diesen wundervollen Ort geführt«, sagte er und ging hinaus auf den Balkon.

»Und was war der andere Grund?«

»Ich wollte Zohra heiraten. Ihre Familie lebt in Rabat, und mir war klar, dass sie eher einwilligen würde, wenn wir in der Nähe ihrer Angehörigen bleiben.«

Ich nickte, trat an das Geländer, betrachtete lange den weiten Horizont und hatte dabei das Gefühl, den Klang des Ozeans in Stereo zu hören. *Der wunderbarste Ort der Welt* – er hatte wirklich nicht übertrieben.

»Kommen Sie, ich zeige Ihnen Ihr Zimmer«, sagte Samas und ging wieder ins Haus.

Das Gästezimmer befand sich im Erdgeschoss. Durch eine Glasschiebetür gelangte man direkt zum Sandstrand. Auf der anderen Seite stand ein großes Bett, über dem ein Moskitonetz hing.

»Haben Sie hier Probleme mit Mücken?«

»Nicht so sehr, aber zu dieser Jahreszeit gibt es eine Menge blutsaugende Fliegen.« Ich sah ihn erstaunt an. »Wir sind hier in Afrika, mein Freund«, sagte er und lachte. »Ich glaube, den schönsten Teil des Hauses zeige ich Ihnen dann nach dem Essen. Wir schauen mal, wie weit Zohra ist.«

Im zur Küche hin offenen Esszimmer war an einem kleinen, schwarz lackierten Tisch für drei Personen gedeckt. Samas räusperte sich, um Zohra auf sich aufmerksam zu machen, die sich gerade zum Ofen hinunterbeugte.

»Noch zwei Minuten«, sagte sie, ohne aufzusehen. »Setzt euch bitte.« Der Duft von geröstetem Knoblauch und Zwiebeln lag in der Luft. Sie servierte das Essen in einer roten Tonschale direkt aus dem Ofen.

»Aber das wäre doch nicht nötig gewesen«, sagte Samas, als er sah, was es zu essen gab.

»Es duftet ganz köstlich. Darf ich fragen, was ist das ist?«, warf ich ein.

»Gebratenes Kaninchen und Perlhuhn mit Couscous. Samas' Lieblingsessen.«

»Allerdings. Aber genug geredet, schreiten wir zur Tat«, sagte er und nahm sich etwas von dem Kaninchen. Ich machte es ihm nach und lächelte Zohra dankbar an. Während wir zu essen begannen, brachte sie Reis, ungesäuertes Brot, Joghurt und Minztee. Samas war mit dem ersten Kaninchen bereits fertig und machte sich gerade über ein Perlhuhn her, als sie sich zu uns setzte. Beim Essen gab er mit den gleichen Gesten dieselben Geräusche von sich wie in Zürich.

»Das schmeckt wirklich köstlich«, sagte ich zu ihr. Samas murmelte etwas, das wohl dasselbe bedeuten sollte. Ich aß schweigend weiter, unsicher, über welche Themen ich sprechen konnte und was ich in ihrem Beisein sagen durfte.

»Sind Sie zum ersten Mal in Marokko, Evan?«, fragte Zohra.

»Ja.«

»Waren Sie schon einmal in einem muslimischen Land?«

»Ich habe einmal in Istanbul gelebt.«

»Ah, da habe ich einmal gespielt.«

»Gespielt?«

»Ja, ich bin Cellistin. Ich war mit der Calais Repertory Company dort.«

»Sie ist sogar erste Solocellistin«, fügte Samas zwischen zwei Bissen hinzu.

»War das während eines Ihrer vorherigen Leben?«, fragte sie. Auf diese Frage war ich nicht vorbereitet, auch nicht darauf, dass sie über mich Bescheid wusste. Ich blickte unauffällig zu dem kauenden Samas hinüber, der kaum merklich nickte.

»Ja, genau.«

»Darf ich fragen, wie lange das her ist?«

Ich lächelte. »Das war in den 1950er- und 1960er-Jahren.«

»Waren Sie Muslim?«

»Nein, das war ich nicht. Sind Sie Muslimin?«

»Ja, ich bin Sunnitin«, antwortete sie nicht ohne Stolz. »Wenn die Fenster geöffnet sind, kann man hier oft den Ruf zum Gebet hören.«

Ich nahm noch etwas von dem Kaninchen und wandte mich dann an Samas. »Wie halten Sie es mit dem Glauben?«

Er sah mich an, als hätte ich in einer ihm unverständlichen Sprache geredet. »Das ist doch nicht Ihr Ernst? Religion basiert auf Glauben. Sie und ich, wir brauchen keinen Glauben, weil wir Wissen und Erfahrung haben. Wir haben Beweise. Die Lehren und die Grundsätze der Religionen gelten für uns nicht. Wir haben dafür die Philosophie. Ich bin Epikureer.«

»Was ist das?«

»Das ist jemand, der den Lehren des Epikur folgt. Epikur war ein griechischer Philosoph, der die Ansicht vertrat, dass man sein Leben so gut wie möglich leben soll und dass das Streben nach höchster Lebensfreude letztendlich zum Guten führt.

Erinnern Sie sich an irgendetwas aus der Zeit zwischen dem Sterben und der nächsten Geburt? Das wird man Sie früher oder später fragen«, sagte er.

»Nein, an gar nichts.«

»Ganz genau«, sagte er mit Nachdruck. »An absolut nichts. Oder genauer, an nichts Göttliches. Es ist nicht mehr als eine Wiederkunft, richtig?«

Ich nickte.

»Das können wir alle bestätigen: Uns hat sich absolut nichts Göttliches offenbart. Es gibt nur das Hier und Jetzt. Dieses Essen, dieses Gespräch, Freunde, Liebe, alles, was dir wichtig ist – nur daraus besteht deine Welt. Mehr hast du nicht, und mehr hat keiner von uns. Du und ich, wir sind gesegnet – oder verflucht, je nachdem, wie man es sehen will –, weil wir wissen, dass nach dem Tod nichts Neues mehr kommt. Dass diese Welt und wir als Menschen schon alles sind, was es gibt. Und deshalb sollten wir unsere Zeit auf dieser Erde genießen und danach streben, es so angenehm zu gestalten, wie es uns überhaupt möglich ist. Denn wenn wir das tun, machen wir auch unsere Welt zu einem besseren Ort. Und das gilt für normale Menschen noch viel mehr als für uns, denn ihnen bleibt dazu viel weniger Zeit – wenn man es ganz pragmatisch betrachtet. Wir besitzen ein Bewusstsein, das den Tod überdauert, und deswegen können wir den Tod als Individuen überstehen. Dazu sind normale Menschen nicht in der Lage – oder sie können sich einfach nur nicht daran erinnern, was auf dasselbe hinausläuft. Deswegen sind die epikureischen Lehren für sie noch viel wichtiger.«

»Kaufen Sie ihm das alles ab?«, fragte ich Zohra.

»Ich muss ihm gar nichts abkaufen, denn ich habe meinen Glauben«, sagte sie lakonisch, woraufhin Samas in schallendes Gelächter ausbrach.

»Sehen Sie, deswegen liebe ich sie«, sagte er, immer noch lachend.

»Poppy sagte etwas Ähnliches, nur war sie in ihrer Sicht auf die Dinge sehr viel ... wütender.«

»Poppy?«, fragte Zohra.

Samas zeigte auf sein Tattoo. »Du kennst sie nicht. Sie hat Evan zu uns gebracht.« Dann wandte er sich wieder mir zu. »Lassen Sie mich raten. Sie verachtet alle normalen Menschen, weil sie unser Wissen nicht teilen. Liege ich damit ungefähr richtig?«

Ich kicherte. »Jep, das ist ziemlich nah dran. Sie müssen sie schon sehr lange kennen.«

»Ja, das tue ich. Ich kenne sie sogar von Anfang an. Sie versteht nicht, dass man selbst für sich und sein Glück verantwortlich ist. Nimm Zohra zum Beispiel«, sagte er und deutete auf seine Frau. »Sie glaubt, dass sie in den Himmel kommt, wenn sie sich an die Regeln im Koran hält. Wenn sie das glücklich macht, macht es mich auch glücklich. Und wer weiß, vielleicht hat sie ja recht? Nur weil es für uns keinen Himmel gibt, heißt das noch lange nicht, dass das auch für normale Menschen gilt – vielleicht lebt sie ja genau deswegen nur ein Mal. Genau das meine ich: Wir wissen eigentlich gar nichts, und deswegen sollten wir das Hier und Jetzt genießen, mit allem, was es uns zu bieten hat. Und deswegen sollten Sie sich auch an diesem hervorragenden Mahl satt essen, Evan.«

Samas faszinierte mich. Er hatte Poppy und mir eine Menge voraus. Er war glücklich und zufrieden mit seiner Existenz. Seine Augen strahlten, wenn er davon sprach, dass wir als Individuen in die Welt zurückkehrten. Er konnte es offenbar gar nicht erwarten, wieder neu geboren zu werden.

»Haben Sie genug?«, fragte er.

»Ja, ich bin fertig«, sagte ich und wandte mich an Zohra. »Danke für das wunderbare Essen.«

Samas stand auf und holte eine Flasche Wein und zwei Gläser aus der Küche. »Wir werden uns nun in meine private Galerie zurückziehen, denn da würde ich Ihnen gerne das ein oder andere zeigen. Dabei können wir auch über Ihre Aufnahme sprechen.«

»Klingt gut«, sagte ich.

»Danke, meine Liebe. Es war wie immer absolut köstlich.« Er beugte sich zu ihr herab und gab ihr einen Kuss. »Hier entlang«, sagte er dann zu mir und ging voraus.

Er tippte einen Code in das Tastenfeld eines Sicherheitssystems neben einer weißen Tür und achtete dabei darauf, dass ich die Ziffern nicht sehen konnte. Die Tür war massiver, als man von außen vermutet hätte, und gab beim Öffnen ein zischendes Geräusch von sich, so als ob in dem dunklen Raum dahinter eine kontrollierte Atmosphäre herrschte. Samas schaltete das Licht ein, und der Raum explodierte förmlich in Farben und Formen. Die Wände waren über und über mit Gemälden bedeckt. Die verschieden großen, Rahmen an Rahmen hängenden Bilder formten ein gigantisches Puzzle, das sich über alle vier Wände erstreckte. Das diffuse Licht wurde von dem sterilen Weiß von Decke und Boden zurückgeworfen, sodass der Raum wie ein medizinisches Labor wirkte. In der Mitte warteten zwei Holzstühle und ein kleiner weißer Tisch auf uns.

»Kommen Sie, schnell«, sagte Samas. Ich trat ein, und er schloss die Tür sofort hinter mir. »Die Seeluft ist Gift für meine Schätze«, sagte er und ließ den Blick durch den Raum schweifen. »Sie ist sehr aggressiv und sorgt dafür, dass die Farben in nur wenigen Jahrzehnten verblassen. Aber ein guter Wein hilft sicher dabei, sie wieder erstrahlen zu lassen. Zumindest, wenn man genug davon trinkt«, fügte er hinzu, indem er den Korken aus der Flasche zog.

Ich studierte einige der Werke, während Samas uns einschenkte. An jedem Rahmen gab es unten eine kleine Messingplakette, auf der Titel, Künstler und Datierung vermerkt waren.

»Das ist meine ganz private Sammlung – nirgendwo bin ich lieber als hier.« Samas prostete mir zu. »Sie sehen hier nur das Beste, was Kunst und Kultur vieler Jahrhunderte hervorgebracht haben. Viele Leben befinden sich hier gerade mit uns in diesem Raum – manche waren eine Quälerei, andere erfüllt, aber alle wurden gelebt.«

Während er sprach, schlenderte ich durch den Raum und betrachtete die Gemälde und die Plaketten an ihren Rahmen: Cézanne, Bassano, Gauguin, Caravaggio, David, van Dyck und Manet waren dabei, um nur einige zu nennen. »Wie viel ist so eine Sammlung wert?«

»Puh, das ist schwer zu sagen, solange man sie nicht verkauft. Aber ich würde behaupten, dass jedes dieser Werke bei einer Auktion mehrere Hundert Millionen Pfund einbringen würde. Ich besitze viele dieser Bilder schon so lange, dass die meisten Kunsthistoriker sie für unwiederbringlich verloren halten. Allein diese Tatsache macht sie noch wertvoller. Meines Wissens ist das die einzige derartige Sammlung auf der ganzen Welt.«

»Was ist Ihr Lieblingsbild?«

Er deutete über meine Schulter auf einen etwa sechzig

mal neunzig Zentimeter großen leeren Fleck an der Wand. »Natürlich das eine, das ich nicht haben kann.«

»Sie meinen ein bestimmtes Bild?«

»Ja, aber das führt jetzt vielleicht zu weit«, sagte Samas und gab mir ein Glas Wein. »Sprechen wir über Sie.«

»In Ordnung.«

»Um ehrlich zu sein, ich sehe da ein mögliches Problem bei Ihrer Aufnahme.«

»Und das wäre?«, fragte ich und beugte mich in meinem Stuhl nach vorne.

»Sie haben nur zwei Reisen vorzuweisen, oder eigentlich sogar nur eineinhalb. Ihre erste Inkarnation fand in Bulgarien statt. In vielen Ländern dieser Erde sind Informationen heutzutage leicht zu bekommen, aber Ihre alte Heimat gehört nicht dazu. Die Aufzeichnungen werden schwer zu beschaffen sein, sofern sie überhaupt erhalten sind. Aber das größere Problem ist Ihre zweite Reise. In den Vereinigten Staaten kommt man besonders leicht an die entsprechenden Informationen, aber das bedeutet auch, dass Sie sich diese theoretisch ebenfalls beschafft haben könnten.«

»Worauf wollen Sie hinaus?«

»Ich übernehme jetzt einfach mal den Part des Advocatus Diaboli und sage Ihnen, was die Jury denkt. Ich saß selbst schon auf der Richterbank und kann das deswegen beurteilen. Und im Moment könnte die Jury alles, was Sie bislang erzählt haben, in Zweifel ziehen. Es wäre also gut, wenn Sie den Richtern etwas präsentieren könnten, was man weder bestätigen noch widerlegen kann.«

»Was schwebt Ihnen da vor?«

»Gefühle sind unwiderlegbar, ganz besonders Ihre Gefühle in Bezug auf Ihr Leben. Über Gefühle lässt sich nicht streiten, also müssen sie sie akzeptieren – und damit auch Sie akzeptieren. Vielleicht klingt das nach einem unwichtigen Detail, aber ich glaube, die Jury würde Sie so mit ganz anderen Augen sehen.«

Während ich einen Moment lang darüber nachdachte, wanderten meine Augen über die Millionenwerte an den Wänden. Jedes dieser Werke war genug wert, um mehrere Leben in Wohlstand zu finanzieren. Sein Vorschlag leuchtete mir ein, aber was noch wichtiger war: Er führte mir vor Augen, dass noch längst nicht alles in trockenen Tüchern war.

»Verstehen Sie mich nicht falsch«, fuhr er fort. »Ich finde, dass es gerade sehr gut läuft – Sie machen das wirklich großartig. Das sind nur ein paar Vorschläge, wie es noch besser laufen könnte.«

»Wissen Sie, genau das hat mich an Poppy gestört. Sie hätte nie etwas in dieser Art vorgeschlagen. Ich weiß auch nicht, ob sie überhaupt auf so eine Idee käme.«

»Nun ja, sie ist einfach ein bisschen anders gestrickt. Das ist weder gut noch schlecht. Natürlich wirkt sich unsere Form der Existenz auf jeden Einzelnen anders aus.«

»Das sehe ich auch so«, sagte ich und schenkte uns nach. »Das ist ein guter Wein. Woher haben Sie ihn?«

»Der stammt zufälligerweise aus Zürich. In Marokko wird Wein nur in speziellen Läden für Ausländer verkauft, so will es die islamische Gesetzgebung. Selbstverständlich ist die Qualität nicht besonders. Das hier ist ein toller Jahrgang, aber wenn meine Frau in der Nähe ist, muss ich mich ziemlich zurückhalten. Sie ist sehr religiös und würde sich nicht einmal im selben Zimmer aufhalten, wenn ich etwas trinke. Sie toleriert es gerade einmal so, dass Alkohol im Haus ist.«

»Sie beide sind wirklich ein ungewöhnliches Paar«, sagte ich lachend. »Wie haben Sie sich kennengelernt?«

»Das war, als ich noch in Rom lebte – eine großartige Stadt für alle, die im Kunstgeschäft tätig sind. Sie war gerade mit dem London Philharmonic Orchestra auf Tournee, und ich besuchte eines ihrer Konzerte mit ein paar japanischen Kunden, an die ich sechs Kunstwerke verkaufen wollte. Dabei sah ich sie unter den Streichern sitzen und war völlig hin und weg. Bei dem Empfang nach dem Konzert sorgte ich dafür, dass wir einander vorgestellt wurden. Sie reagierte zuerst kühl, und dann eiskalt, als sie merkte, dass ich keinerlei Ahnung von Musik habe. Aber ich schaffte es zumindest, sie zu überreden, am nächsten Tag mit mir ein paar sehr exklusive Galerien zu besuchen.«

»Und dann haben Sie mit Ihrem Wissen über Kunst und Ihrem Charme ihr Herz im Sturm erobert? So in der Art?«, fragte ich lächelnd.

Er lachte. »Mitnichten, mein Freund. Sie kannte sich fast genauso gut mit zeitgenössischer Kunst aus wie ich und blieb mir gegenüber weiterhin reserviert. Und da wurde mir klar, dass ich sie einfach haben musste, egal was es mich an Geld, Zeit oder Gefühlen kosten würde. Ich war längst bis über beide Ohren in sie verliebt. Man könnte also auch sagen, dass sie mein Herz im Sturm erobert hat.

Ich konsultierte den Tourneeplan des London Philharmonic Orchestra und besuchte in der darauffolgenden Woche zwei Konzerte in Florenz – nur um sie spielen zu sehen. Ich blieb in der Anonymität der Zuschauermenge und sah ihr zu, hörte jede von ihr gespielte Note aus den anderen heraus. In meiner Fantasie musizierte sie ganz für mich allein, während das restliche Orchester sie lediglich begleitete. Ich war nach Florenz gekommen, um herauszufinden, ob meine Faszination für sie anhielt, und konnte diese Frage dann auch in Triest, Belgrad und Athen mit einem Ja beantworten.

Unser zweites persönliches Treffen fand dann nach dem Auftritt ihres Orchesters in Kairo statt. Wir unterhielten uns etwa eine Stunde lang und begannen anschließend, uns regelmäßig zu schreiben. Fünf Jahre, zwei Dutzend Treffen und einhunderteinen Brief später wurde sie meine Frau. Ich ließ mich zu einer großen Geste hinreißen und versprach ihr, sie in der Moschee von Córdoba zu heiraten – und sie nahm mich beim Wort. Es hat mich ein Vermögen gekostet, und jetzt bin ich einem Dutzend wichtiger Leute einen Gefallen schuldig, aber das war es alles wert.«

»Und Sie haben ihr wirklich erst nach der Hochzeit alles über sich erzählt?«

»Nun ja«, zögerte er, »nicht ganz. Sie wusste bereits, dass ich anders war.« Er lehnte sich in seinem Stuhl zurück, sah zur Decke auf und lächelte, als ob die Erinnerung daran ihn sehr glücklich machte. »Ich habe ihr immer aus meinem Leben erzählt. Von Ländern, die ich besucht hatte und die schon nicht mehr existierten, von Ereignissen, bei denen ich anwesend war, die aber vor Jahrhunderten stattgefunden hatten. Ich hatte ihr Leute beschrieben, die ich einst gekannt hatte. Zuerst dachte sie wohl, dass ich mir das nur zusammenfantasiere – dass ich mir diese Geschichten entweder spontan ausdachte oder vor einem Rendezvous Tage damit verbrachte, sie mir bis ins Detail auszumalen. Am Ende ist sie dann von selbst darauf gekommen. Von Cognomina hatte ich ihr allerdings nichts erzählt. Zuerst war sie wütend, aber als ich ihr die Gründe für die Geheimhaltung erklärte, verstand sie es – oder zumindest hat sie es akzeptiert.«

Ich stand auf, um meine Beine zu strecken, und betrachtete ein paar weitere Gemälde. »Poppy hat einmal erwähnt, was zu der Geheimhaltung geführt hat. Sie meinte, dass einst ein Mitglied den Tod aller anderen verursacht hatte.«

»Ja.« Er nickte. »Genauso war es. Sie hieß Brevicepts und war dafür verantwortlich, dass sie selbst und die anderen vier getötet und unsere gesamten Schätze geraubt wurden. Aber noch viel dramatischer war, dass sie damit drohte, es wieder zu tun, kaum dass alle wiedergekommen waren. Brevicepts wollte alle Dörfer, die sich gegen sie gewandt hatten, plündern. Sie glaubte, dass es als Infinite ihr göttliches Recht sei, über die Menschen zu herrschen, und dass dies unsere Bestimmung sei. Cognomina hatte wegen ihrer Großmachtfantasien schon alles verloren. Die anderen flehten sie an, wieder wie zuvor ein unauffälliges und anonymes Leben zu führen, aber sie ließ sich nicht umstimmen. Irgendwann kamen die anderen dann zu dem Schluss, dass sie wahnsinnig geworden war. Und dass dieser Wahnsinn sich nun als Teil ihres transzendenten Ichs manifestiert hatte und deswegen jedes Mal zu ihr zurückkehren würde, sobald sie sich wieder erinnerte. Es blieb ihnen also keine andere Wahl, als sie aus Cognomina auszuschließen. Die Entscheidung musste einstimmig erfolgen. Erinnern Sie sich an den alten Mann in der Mitte der Jury?«

»Ja?«, sagte ich und wandte mich zu Samas um.

»Er entschied sich als Letzter gegen sie.«

»Und was ist aus ihr geworden?«

»Was soll schon mit ihr passiert sein? Sie hat uns verlassen und ist irgendwann gestorben. Und dann wurde sie wiedergeboren und ist wieder gestorben, und wieder und wieder. Sie ist auch heute Nacht irgendwo da draußen, vermutlich allein.« Das Mitleid in seiner Stimme war unüberhörbar.

»War die Entscheidung Ihrer Meinung nach ungerecht?«

»Ich denke, dass die Entscheidung entweder unfair war oder dass die ursprünglichen vier uns etwas zu der ganzen Affäre verschweigen. Denken Sie mal nach, Evan. Können Sie sich eine schlimmere Strafe vorstellen, als für immer aus der einzigen Familie ausgeschlossen zu werden, die Sie jemals haben können? Sie haben sie zur Einsamkeit verdammt. Stellen Sie sich vor, tausend Jahre lang so zu leben, wie Sie gelebt haben, bevor Sie entdeckt wurden. Nur, dass sie nicht mit Ihrer Unkenntnis gesegnet ist. Sie weiß von uns. Sie weiß, wer wir sind und wo wir sind. Ich will mir gar nicht ausmalen, was für eine grauenhafte Qual so ein Leben sein muss, wenn man es denn überhaupt *Leben* nennen kann – keine Ahnung. Mittlerweile wird über dieses Thema nicht mehr gesprochen.«

Eine solche Strafe ging auch über meine Vorstellungskraft. Ich habe mich oft gefragt, wie ich es so lange allein geschafft hatte. Während dieser drei Jahre war ich verloren in der Wildnis meiner eigenen Identität gewesen. Die Vorstellung, erneut in diese fürchterliche Wildnis gezwungen zu werden, ohne jemals zurückkehren zu dürfen, obwohl man den Weg genau kannte, war einfach zu fürchterlich.

»Wann müssen wir wieder in Zürich sein?«, fragte ich, um das Thema zu wechseln.

»In zwei Tagen.«

»Zwei Tage Pause, das klingt gut.«

»Die Sache mit Poppy hat Sie ganz schön mitgenommen, oder?«

Er hatte recht, aber ich war zu stolz, das zuzugeben. »Mit so etwas hatte ich nun wirklich nicht gerechnet, ich war ziemlich überrascht.«

»Na ja, bei ihr sollte man auf solche Dinge gefasst sein.«

»Was meinen Sie damit?«

»Nun ja: Ich kenne sie nun einmal, eine andere Erklärung habe ich nicht.«

»Sie haben sie Bando genannt. Kennen Sie sie schon lange?«

»Von Anfang an. Ich habe sie entdeckt, und zwar genauso, wie sie Sie gefunden hat. Durch Zufall.«

»Erzählen Sie mir davon«, sagte ich und schenkte mir noch etwas Wein nach.

Er nahm sein Glas und lehnte sich zurück. »Das ist eine lange Geschichte, aber eine gute«, sagte er stolz und ließ eine effektvolle Pause folgen. »Damals hieß ich Juan de Victoria.[24] Ich war ein junger Mann, der als Konquistador sein Glück machen wollte – und ich war seit zweihundertfünfzig Jahren Mitglied bei Cognomina und kämpfte darum, mit den anderen mithalten zu können, die durch ihre vielen Leben schon große Reichtümer angehäuft hatten. Angeblich gab es in der Neuen Welt große

---

24 Samas' Bericht über sein Leben als Juan de Victoria ist interessant, denn es gab in Coronados Expedition tatsächlich einen Mann dieses Namens, der aus Borgos in Spanien stammte (*Fundadores de Nueva Galicia Guadalajara Tomo I* von Guillermo Garmendia Leal, 1996).

Goldschätze, und ich wollte mich auf die Suche danach machen.«

»Haben Sie welche gefunden?«

»Oh ja«, sagte Samas und klang dabei etwas traurig. »Aber nicht ohne Verluste. Und das war auch die Zeit, als Bando – Poppy – auf der Bildfläche erschien. Ich erinnere mich noch, der Botenjunge mit dem königlichen Brief in der Hand war ganz außer Atem, als er die Freitreppe unseres Familiensitzes ...«

# 16

DER BOTENJUNGE MIT DEM KÖNIGLICHEN BRIEF in der Hand war ganz außer Atem, als er die Freitreppe unseres Familiensitzes hinaufstieg. Der maurische Diener war den ganzen Weg vom Palast des Alkalden, also des Bürgermeisters, hierher gerannt, weil der Brief das Siegel von Don Antonio de Mendoza trug, dem Vizekönig von Neuspanien.[25]

»Señor Juan de Victoria?«, fragte der Botenjunge an der Haustür und lächelte.

Der schlanke junge Mann hatte die weißesten Zähne, die Juan jemals gesehen hatte. Er nahm den Brief, betrachtete das Siegel, die Qualität des Papiers und die Abdrücke der Hände, durch die er bereits gegangen war.

Es war fast ein Jahr her, seit er Don Antonio in der Hoffnung geschrieben hatte, in Neuspanien in dessen Dienste treten zu dürfen. Es war ein Jahr voller Erwartung, aber auch voller Stillstand und Müßiggang gewesen. Ein verschwendetes Jahr. Er brach das Siegel und las den Brief in Anwesenheit des Boten und seines Dieners laut vor.

---

25 Antonio de Mendoza war zum Zeitpunkt, an dem der Brief verfasst wurde, tatsächlich Vizekönig von Neuspanien (*Historia verdadera de la conquista de la Nueva España* von Bernal Díaz del Castillo, 1568).

Neunzehnter August, im Jahre des Herrn 1539

Im Namen von Antonio de Mendoza, Vizekönig von Neuspanien, benötigen wir in Compostela in Neuspanien die Dienste von Juan de Victoria. Ihr seid beordert, im Rang eines Leutnants an der Expedition von Don Francisco Vásquez de Coronado teilzunehmen. Mit diesem Brief erhaltet Ihr die Erlaubnis, die Überfahrt nach Veracruz in Neuspanien auf einem königlichen Schiff Eurer Wahl anzutreten.

Don Antonio de Mendoza, Vizekönig von Neuspanien, im Auftrag Seiner Majestät König Ferdinand

»Pack meine Sachen«, rief Juan seinem Diener zu. »Ich reise noch heute Mittag ab.«

»Ja, Maestro«, antwortete sein Diener mit einem leichten Zittern in der Stimme. »Werdet Ihr denn zurückkehren?«

Juans von einem dichten, schwarzen Spitzbart umrahmter Mund verzog sich zu einem Lächeln. »Ich komme immer wieder.«

Die *Maria de la Luz* war kein besonders eindrucksvolles Schiff, aber dafür das einzige, das im Laufe des nächsten Monats in Richtung Neuspanien abfuhr. Kapitän Miguel de la Garza gewährte Juan die Passage nur widerstrebend.

De la Garza schien etwa Mitte zwanzig zu sein, also kaum älter als Juan. Er hatte einen ordentlich gestutzten schwarzen Vollbart, wie es bei den Marineoffizieren seiner Majestät Mode war. Die kleinen Fältchen um seine Augen, die vom Zusammenkneifen gegen die erbarmungslose Sonne herrührten, zeugten von all den Jahren auf See. Er hatte Juan nur aufgrund des Briefs mitgenommen, aber dabei ganz nonchalant so getan, als sähe er solche Briefe täglich. Auch wenn Juan im Auftrag des Königs unterwegs war, eines machte er ihm sofort klar: Auf diesem Schiff hatte der Kapitän das Sagen.

Am vierten Tag auf See wurde das Wetter schlechter, und das war auch der Tag, an dem er den Jungen zum ersten Mal bemerkte. Er erspähte ihn hinter einem Gurkenfass in den Mannschaftsquartieren. Dort waren auch überzählige Fässer und Kisten untergebracht worden, die nicht mehr in die Laderäume im Vorschiff oder in den Hauptladeraum gepasst hatten. Juans Pritsche befand sich neben der Treppe im hinteren Teil, gegenüber dem Bootsmannsquartier. Als Beleuchtung diente ihm eine Öllampe, die an einem Querbalken wild hin und her schwang und Licht und Schatten um Tisch, Stuhl, Koje und das Fass tanzen ließ, während das Schiff in dem bis zu zwanzig Fuß hohen Wellengang stöhnte und ächzte.

Juan legte sich ein zusammengefaltetes Kissen unter den Kopf, um über das Fußende der Koje hinwegblicken zu können. »Ich sehe dich«, sagte er.

Sie waren allein, da sich alle Mann der Besatzung an Deck befanden und im peitschenden Wind mit der Takelage kämpften. »Kennst du die Strafe für blinde Passagiere auf einem Schiff unter spanischer Flagge?«

Keine Antwort.

Juan stand auf und ging langsam auf den zitternden jungen Mann zu. Dann erkannte er, dass es sich um denselben maurischen Botenjungen handelte, der ihm die Einladung in die Neue Welt überbracht hatte.

Er nahm im Schneidersitz vor dem Jungen auf dem Boden Platz. Der blinde Passagier zitterte am ganzen Leib. So saßen sie schweigend da und beobachteten einander einige Minuten lang, bevor Juan wieder das Wort ergriff. »Juan«, sagte er und legte sich die Hand auf die Brust.

»Bando«, erwiderte der junge Afrikaner und sah ihm dabei zum ersten Mal in die Augen.

Zwei Stunden später hatte Juan herausgefunden, dass Bando ein wenig Spanisch sprach und in den letzten drei Tagen nichts als Gurken gegessen hatte. Als Juan ihm etwas Brot anbot, verschlang er es sofort. Juan sah Bando mit Genugtuung beim Essen zu – und fragte sich dabei, warum dieser abgezehrte Junge so ein großes und gefährliches Abenteuer gewagt hatte.

»Bando, warum hast du dein Dorf und deine Familie verlassen?«, fragte er ihn auf Spanisch.

»Ich möchte meine erste Familie wiederfinden«, antwortete der junge Afrikaner und nickte dabei, als könne er so die spanischen Wörter aus seinem Mund zwingen.

»Deine erste Familie?«, fragte Juan und lehnte sich vor.

»Ja, ich habe meine zweite Familie verlassen, um meine erste wiederzufinden.«

Juan hörte, wie jemand die Treppe herabkam. Er drehte sich um und sah Kapitän de la Garzas frisch polierte Stiefel auf den Stufen. Juan lief es vor Schrecken eiskalt den Rücken herunter. Bando sprang auf, um sich wieder hinter den Fässern zu verstecken.

»Verdammt noch mal, Junge, ich habe dir doch gesagt, dass du zu Hause bleiben sollst«, ermahnte Juan den panischen Bando mit lauter Stimme. »Ist dir klar, was du getan hast? Du könntest dafür hingerichtet werden.«

»Darauf steht tatsächlich die Todesstrafe«, ertönte die Stimme des Kapitäns von der Treppe her. »Und die wird *jetzt sofort* vollstreckt«, sagte Miguel seelenruhig, als er das Unterdeck erreichte.

»Kapitän, lasst diesem Jungen gegenüber Gnade walten. Er ist mein Knappe. Ich habe ihn in Cadiz zurückgelassen, aber er ist mir an Bord gefolgt. Ich bin seiner Familie verpflichtet und für seine Sicherheit verantwortlich.«

»Dann habt Ihr Eure Pflichten sträflich vernachlässigt, Señor Victoria«, sagte der Kapitän drohend, zog sein Schwert und kam auf sie zu.

»Muss ich Euch an den Brief des Königs erinnern, Kapitän?«

»Muss ich Euch daran erinnern, was für eine Strafe auf die Beherbergung eines blinden Passagiers auf einem Schiff des Königs steht?«, rief der Kapitän. Sie standen sich so dicht gegenüber, dass ihre Nasen sich fast berührten.

»Nein, Kapitän de la Garza, das müsst Ihr nicht«, sagte Juan und trat beiseite.

Miguels Schwert war auf Bandos Brust gerichtet. »Steh auf!«, kommandierte er. Bando gehorchte mit zitternden Knien. Während Miguel mit dem Jungen beschäftigt war, nahm Juan einen Lederbeutel mit Münzen von seinem Gürtel und ließ ihn geschickt zu Miguels Füßen fallen. Es war der größere von zwei Beuteln, die er mitgebracht hatte. Der Kapitän stellte seinen Fuß auf den Beutel und starrte Juan an. Juan erwiderte seinen Blick, sagte aber nichts.

»Wie kann ich mir sicher sein, dass er zu Euch gehört, Señor Victoria?«

»Bei allem Respekt, Kapitän, Ihr werdet wohl mein Wort als Edelmann akzeptieren müssen.«

»Und das ist ganz ohne Zweifel noch dazu das Wort eines reichen Edelmanns«, sagte Miguel, während er in dem Versuch, den Inhalt abzuschätzen, mit der Stiefelsohle über den Beutel fuhr.

»Das war ich einmal«, sagte Juan und sah auf Miguels Füße.

Der Kapitän hörte auf, seinen Stiefel zu bewegen, und nickte erst Bando und dann Juan an. »Ihr müsst Eure Ration mit ihm teilen, außerdem schläft er in Eurer Koje.«

»Wie Ihr wünscht, Kapitän.«

»Ich werde die Besatzung davon in Kenntnis setzen«, sagte Miguel und hob den Beutel auf.

Die nächste Unterhaltung zwischen Juan und Bando fand einen Tag nach diesem Vorfall statt. Juan entdeckte ihn hinter demselben Gurkenfass wie zuvor. »Komm heraus«, sagte er kühl. »Setz dich.« Er deutete auf seine Koje. Bando gehorchte, und Juan setzte sich neben ihn.

»Warum habt Ihr mir geholfen?«, fragte Bando.

Als Juan sich zurücklehnte, musste er den Kopf einziehen, um in den Alkoven zu passen. »Sag du es mir. Erzähl mir von deiner ersten Familie. Wie wurdest du genannt?«

»An diesem Ort heiße ich Nez-Lah. Ich mache Goldschmuck.«

»Wo lebt deine Familie?«

Bando zuckte mit den Schultern. »Der Ort heißt Latsei. Ich bin schon seit einem Jahr auf der Suche danach.«

Juan schüttelte den Kopf. »Sehen sie dort wie du aus?«

»Nein, ihre Haut ist heller, so wie die des Kapitäns, und ihr Haar ist schwarz und glatt, so wie Eures.«

»Erinnerst du dich an ihre Sprache?«

»Ja.«

»Sag etwas in dieser Sprache.«

Bando sah einen Moment lang zu dem Querbalken auf und brabbelte dann etwas Unverständliches. Als er in dieser seltsamen Sprache losredete, wirkte er viel aufgeweckter. Er lächelte, und seine Augen strahlten. *Er erinnert sich*, dachte Juan.

Juan kannte die Sprache nicht, obwohl er selbst dreizehn Sprachen sprach und außerdem in verschiedenen Ländern über fünfzig andere gehört hatte. Er kannte alle Völker entlang der Seidenstraße bis nach Indien und China. Er kannte auch die Karawanenrouten in Afrika und die Sprachen, die man dort sprach. Aber das, was Bando da von sich gab, klang vollkommen anders.

Juan stand auf und ging im Schiffsraum auf und ab. Dabei dachte er an die Briefe von Cabeza de Vaca und Pizarro. Er hatte Kopien davon gelesen, und diese hatten ihn dazu bewogen, sich um eine Stellung in der Neuen Welt zu bewerben, denn sie erzählten von seltsamen, prächtig bemalten Heiden, mächtigen Königen, von Magie und von Gold. Vielleicht lebten diese Menschen, die Bando suchte, irgendwo an der Grenze zu Neuspanien. »Du hast Goldschmuck gemacht?«, fragte Juan, ohne stehen zu bleiben.

»Ja.«

»Erzähl mir davon.«

»Ich mache aus dem Silber und Gold aus den Bergen Schmuck und Schalen für unser Volk. Wir handeln auch damit«, sagte Bando.

»Gold?«, unterbrach ihn Juan und blieb mit dem Rücken zu Bando stehen.

»Ja, viel Gold«, sagte Bando.

Juan drehte sich mit gesenktem Kopf zu Bando um. »Weißt du, wohin dieses Schiff fährt? Es fährt zu einem Ort, an dem es angeblich sehr viel Gold gibt. Das könnte dein Zuhause sein.«

»Werdet Ihr mir dabei helfen, nach meiner Familie zu suchen?«, fragte Bando.

Juan drehte sich wieder um und ging weiter in Richtung des Gurkenfasses. »Wenn wir sie finden, werden sie erlauben, dass du Goldschmuck für mich machst?«

»Oh ja, ich kann so viel Goldschmuck für Euch machen, wie Ihr wünscht.«

Erneut hielt Juan mitten im Schritt inne. Ein Lächeln breitete sich in seinem Gesicht mit dem makellos gestutzten Spitzbart aus. »Ich werde dir helfen.«

Compostela war eine kleine verschlafene Stadt am äußersten Rand der auf der Landkarte verzeichneten Gebiete – und dazu einer der wenigen spanischen Stützpunkte, die nicht auf einer einheimischen Ansiedlung erbaut worden waren. Als Juan und Bando eintrafen, befanden sich dort bereits zweihundertfünfzig Kavalleristen und Fußsoldaten.

Die offizielle Verabschiedungszeremonie am östlichen Stadtrand begann bei Sonnenaufgang. Nachdem der Gottesdienst beendet war, hielt der Vizekönig vor den versammelten Truppen eine kurze Rede über die Bedeutung der Treue jedes Einzelnen gegenüber Gott, dem König und Don Francisco Vásquez de Coronado. Danach musste jeder Soldat seine Hand auf ein Kreuz legen und Gott und König Ferdinand die Treue schwören. Juan war als Dreiundfünfzigster an der Reihe. Als der Letzte den Eid abgelegt hatte, formierten sie sich, entrollten die Wimpel an ihren Lanzenspitzen und ritten vorbei an einem strahlenden Mendoza ins Unbekannte davon.

Aus Wochen wurden Monate, in denen die Expedition sich mühsam durch Flusstäler und über Bergpässe nach Norden bewegte. Juan und Bando und die anderen Kundschafter schwärmten wie tastende, knochige Finger aus. Sie ritten immer einige Tagesritte weit vor dem Rest des Trupps her. Je nördlicher sie kamen, desto öfter erkannte Bando Kakteen und andere Pflanzen wieder. Jeden Nachmittag entfernte sich Juans Knappe etwas weiter, und jeden Abend erschien er dann mit seiner Jagdbeute zum Essen.

Eines Abends stellte Juan seinem Freund eine direkte Frage, während er ihm gerade zwei Kaninchen abnahm. »Bando, erinnerst du dich an deinen Tod?«

»Ja.«

»Erzähl mir davon«, sagte Juan und begann mit den Essensvorbereitungen.

»Ich bin oberhalb meines Dorfes von einem Felsen gefallen. Dort habe ich mich immer heimlich mit Teszin getroffen. Sie war sehr schön, und sie hat mich geliebt, aber ihr Vater wollte, dass sie den Sohn eines anderen Anführers heiratet. Wir haben uns da oben oft zwischen den Felsen verabredet. An dem Tag bin ich schon frühmorgens dort hochgestiegen, um an unserem üblichen Treffpunkt auf sie zu warten. Dabei bin ich eingeschlafen. Als ich wieder aufwachte, war es schon Nacht, und ich war allein. Ich wollte die Felsen im Dunklen wieder herunterklettern und bin abgestürzt.«

»Was genau ist passiert?«, fragte Juan.

»Ich erinnere mich, dass ich zweimal ausgerutscht bin. Ich wusste, dass es steil nach unten ging, und ich hatte

Angst. Ich konnte den Wind fühlen. Er war kalt.« Bandos Augen wurden glasig. »Nachdem ich hinuntergefallen war, vergaß ich meine Familie für viele Sommer.«

Sie saßen beide schweigend da. Juan war sich nun sicher, dass Bando genau wie er war. Die Details sind immer das Ausschlaggebende. Niemand würde erzählen, dass es windig war, als er starb – es sei denn, es war genau so gewesen. Das reichte aus, um ihn zu überzeugen, und es würde auch reichen, die anderen zu überzeugen, dachte Juan. Während die Flammen des Lagerfeuers an den darüber bratenden Kaninchen leckten, wandte sich Juan an Bando. »Hast du schon einmal jemandem von deiner ersten Familie erzählt?«

»Ja, ich habe den Ältesten in meinem Dorf in Afrika davon erzählt. Und den Matrosen auf dem ersten Schiff, mit dem ich nach Spanien gefahren bin. Und Euch«, sagte Bando.

»Wie haben sie darauf reagiert?«

»Die Dorfältesten haben mich verbannt, und die Matrosen haben mich ausgelacht. Aber Ihr habt mir zugehört.«

Juan lächelte. »Du und ich, wir sind etwas Besonderes, Bando. Wir sind anders als andere Menschen, denn die erinnern sich nicht an ihre anderen Familien. Sie kennen nur die Familie, zu der sie gerade gehören, und deswegen glauben sie uns nicht. Sie lachen uns aus oder verstoßen uns.« Bando saß im Schein des Feuers da und starrte Juan an, während dieser weitersprach. »Von jetzt an solltest du niemand anderem mehr davon erzählen, zu deiner eigenen Sicherheit – und zu meiner. Verstehst du?« Bando nickte ernst. »Wenn du stirbst, wirst du in eine neue Familie geboren. Und du wirst dich an dieses Leben hier erinnern, so wie du dich jetzt an dein anderes Leben erinnerst.« Juan beugte sich vor, wie um das Gesagte noch einmal zu betonen. »Und in diesem nächsten Leben werden wir beide uns in anderen Körpern wiedertreffen. Wir können wieder Freunde sein und uns an dieses Leben hier erinnern, sogar daran, dass wir zwei Kaninchen in nur einer Nacht gegessen haben.«

Bando lächelte. »Ich würde sehr gerne immer wieder Euer Freund sein.«

»Das wirst du auch, Bando.«

Jeden Tag drängte Bando Juan dazu, noch etwas weiter vorauszureiten, damit er nach ihm von früher vertrauten Orientierungspunkten Ausschau halten konnte. Sie ritten auf beschwerlichen Wegen über Bergkämme, um den besten Ausblick über das Land dahinter zu haben, und es war auf einem dieser Bergrücken, als sie die fünf Musketenschüsse hörten, die allen Kundschaftern signalisierten, zum Expeditionstrupp zurückzukehren.

Einer der Hauptleute, Hernando de Alvarado, hatte am Horizont eine Stadt entdeckt.[26] Er beschrieb sie als Stadt über einer Stadt, ohne Tempel und Wehrbauten. Es war seit Wochen die erste größere Ansiedlung, die sie zu Gesicht bekamen. Coronado gab den Befehl, am nächsten Morgen dorthin zu reiten, und im Lager breitete sich eine Atmosphäre fieberhafter Erwartung aus. Jeder spekulierte darüber, was der nächste Tag bringen würde. Gerüchte über Gold und Edelsteine machten unter den Soldaten die Runde, während sie ihre Schwerter an den Schleifsteinen schärften.

---

26 Samas' Beschreibung ist korrekt. Hernando de Alvarado nahm als Hauptmann an der Expedition teil und entdeckte auch die Zuñi und ihre Stadt Hawiku (*The Journey of Coronado*, Fulcrum Publishing, 1990).

Am späten Vormittag des nächsten Tages näherten sie sich dann der Zuñi-Stadt Hawiku. Die mehrstöckigen Lehmhäuser mit grob gezimmerten Leitern davor wirkten nicht, als ob viel Widerstand zu erwarten wäre – und damit wohl auch wenig Gold. Unerschrocken rückten sie weiter vor. Sie sahen Menschen panisch herumlaufen. Zwei Männer rannten aus dem Erdgeschoss eines Hauses und begannen, mit Maismehl einen dünnen Kreis um ein paar Lehmbauten zu ziehen, die anscheinend die einzige befestigte Verteidigungsanlage bildeten.

Coronado ritt mit vier Offizieren bis zu dem Rand des Maismehlkreises und hielt an. Sie stiegen von ihren Pferden, überschritten die Maismehllinie und gingen auf die Lehmhäuser zu. Auf halbem Weg kamen ihnen fünf halb nackte einheimische Männer entgegen. In der Stadt herrschte große Aufregung, als sich die beiden Abordnungen rufend und gestikulierend gegenüberstanden. Plötzlich und ohne Vorwarnung warf jemand von einem Dach aus einen eigroßen Stein auf die Eindringlinge. Der Stein schien im Flug ziellos umherzutaumeln und dann einen Moment lang in der Luft zu hängen, bevor er gegen den weiß gefiederten Helm Coronados prallte. Coronado wurde von dem überraschenden Angriff zu Boden geworfen.[27] Die Offiziere schleiften ihren benommenen Anführer zurück über den Maismehlstreifen und gaben den Männern den Befehl zum Angriff.

---

27 Samas' dramatische Erzählung der Schlacht von Hawiku scheint durch den Autor Neil Mangum bestätigt zu werden, der beschreibt, dass Coronado wahrscheinlich eine Prellung im Gesicht erlitt, nachdem er von Steinen getroffen wurde (*In the Land of Frozen Fires* von Neil Mangum).

Die Zuñi-Verteidiger schossen mit Pfeil und Bogen auf die Pferde und ließen Steine auf den Haupttrupp niederregnen. Die Spanier erwiderten das Feuer mit Armbrüsten und Musketen. Der Kampf war schnell vorbei, und die überlebenden Verteidiger flohen zusammen mit den Frauen und Kindern in die umliegenden Berge.

Die Sieger betraten die Stadt und fanden dort nur karge Getreidevorräte und eine Handvoll behauener Steine vor. Bando ritt rund um den Maismehlkreis und suchte den Horizont ab. Juan putzte sich seine laufende Nase, nahm sein Skizzenbuch und machte eine Zeichnung der gefallenen Stadt. Er war beinahe fertig damit, als Bando so schnell zurückgaloppiert kam, dass er den am Boden sitzenden Juan fast über den Haufen geritten hätte.

»Was soll das?«, rief Juan.

»Folgt mir, ich kenne diesen Ort«, erwiderte Bando, gab seinem Schimmel die Sporen und ritt pfeilschnell Richtung Nordwesten. Juan sprang auf und packte in aller Eile seine Zeichensachen zusammen. Dann folgten sie im gestreckten Galopp einem staubigen Fußpfad, der an einem kleinen See endete. Juan verlagerte sein Gewicht nach hinten und zügelte sein Pferd, aber Bando ritt in voller Geschwindigkeit weiter, bis sein Pferd am Ufer plötzlich nach rechts ausbrach und er Hals über Kopf ins Wasser plumpste. Juan musste ein Lachen unterdrücken, stieg ab und lief zum Wasser.

Rund um den See hatte sich eine weiße Salzkruste gebildet, in der hier und da Fußspuren zu sehen waren.

Bando tauchte lachend und schreiend wieder aus dem brackigen See auf und planschte im Wasser herum.

»Was ist das hier für ein Ort? Was brabbelst du da?«, rief der verwirrte Juan.

Bando drehte sich zu ihm um. »Hier habe ich immer zusammen mit meinem Vater Salz geholt«, rief er enthusiastisch. »Alle haben hier ihr Salz geholt. Juan, ich war hier schon einmal. Es ist nicht mehr weit!«

»Kennst du den Weg?«, rief Juan laut, um Bandos Geplansche zu übertönen.

»Ja!«, schrie Bando und tollte weiter ausgelassen im Wasser herum.

»Also schön, wo müssen wir denn lang?«, fragte Juan und unterdrückte ein Niesen, während er sich die dort auf ihn wartenden Reichtümer vorstellte.

»Dort entlang!«, schrie Bando und lachte weiter. »Dort, dort!« Er deutete auf die Berge im Nordwesten.

Juan ging den salzverkrusteten Strand entlang und ließ Bando diesen Moment in Ruhe auskosten. Er kannte dieses Gefühl, wenn man endlich bestätigt bekommt, dass man nicht verrückt ist, nur zu gut. Er erinnerte sich auch noch lebhaft daran, wie es war, endlich alles abschütteln zu können, was einem gewöhnliche Menschen einreden wollen. Wie großartig es war, in der Zeit zurückzureisen und sich selbst zu treffen. Zu wissen, wer man ist, weil man sich daran erinnerte, wer man einmal gewesen war. Er hoffte, dass Bando dabei nun dieselbe Art von Ruhe empfand, wie man sie nur als Infinite empfinden konnte – vielleicht zum ersten Mal in seinem Leben. Und er fühlte sich Bando verbunden, während er ihm dabei zusah, wie er auf dem Rücken im Salzwasser dahintrieb und nach oben in den blauen Himmel blickte.

Coronado machte die verlassene Stadt Hawiku zu seinem Hauptquartier. Von dort wollte er Aufklärungstrupps ausschicken, die herausfinden sollten, ob die benachbarten

Stämme irgendetwas von Wert besaßen. Sie hatten zwei ausgetretene Fußpfade entdeckt, die von Hawiku wegführten – einer nach Osten und einer nach Nordwesten, in Richtung von Bandos Heimat. Juan und Bando meldeten sich freiwillig zur Erkundung des nordwestlichen Weges und erhielten den Befehl, vier Tage vor Hauptmann Tovar und dem Haupttrupp des zweiten Aufklärungstrupps aufzubrechen.[28] Coronado verabschiedete Juan und Bando persönlich. Wenn Bando recht hatte, dachte Juan, würde er Don Francisco Vásquez de Coronado und seinen Expeditionstrupp niemals wiedersehen. Ihm war klar, dass er auf einem anderen Weg zurückkehren musste, wenn er alles für sich allein haben wollte.

»Wie weit ist es bis zu deinem Dorf?«, fragte er Bando, als sie losritten.

»Fünf Tage zu Fuß. Zwei zu Pferd, schätze ich«, antwortete Bando über die Schulter gewandt.

»Führt dieser Pfad direkt dorthin?«

»Nein, morgen biegen wir in die Berge ab. Es ist nicht mehr weit.«

Bis zum Nachmittag des zweiten Tages ritten sie, so schnell sie konnten. Juan spürte, dass ihr Ziel schon zum Greifen nahe war. So nah, dass es nun an der Zeit war, Bando noch etwas zu verraten – für den Fall, dass es zum Schlimmsten kommen sollte. Juan gab seinem Pferd

---

28 Hauptmann Pedro de Tovar ritt tatsächlich vor Coronado in nordwestlicher Richtung von Hawiku aus los und wagte sich bis an den Rand des Grand Canyon vor (*Coronado's Expedition in 1540 from the City of Mexico to the Seven Cities of Cibola* von Merrill Freeman, 1917).

die Sporen, um ihn zu überholen, und stellte sich dann quer auf den schmalen Pfad. »Bando, falls uns irgendetwas zustoßen sollte, falls wir getrennt oder getötet werden, möchte ich, dass du weißt, wie du mich wiederfinden kannst. Verstehst du?«

»Ja.«

Sie ritten nun Seite an Seite. »Siehst du das hier?«, fragte Juan und zeigte auf die Tätowierung zwischen Daumen und Zeigefinger an seiner rechten Hand.

»Ja, ich sehe es.«

»Das ist das Symbol, mit dem sich die Mitglieder unserer Familie markieren. Es heißt Embe. Sollten wir getötet werden, wirst du dich an das, was ich dir jetzt erzähle, erinnern – genauso, wie du dich an diesen Ort und an deine erste Familie erinnerst. Mitten in Europa gibt es eine Stadt namens Zürich. Sie liegt an einem See in den Bergen. Jedes Jahr am längsten Tag des Sommers versammeln sich dort alle Mitglieder unserer Familie. Nördlich von dem See und westlich von einem Fluss steht eine Kirche aus rotem Backstein. Die Tür an ihrer Rückseite trägt dieses Symbol«, sagte Juan und deutete auf seine Tätowierung. »Das ist unser Treffpunkt. Und falls wir getötet werden sollten, werden wir uns beide dort wiedersehen, sobald wir uns wieder erinnern. Verstanden?«

Bando nickte.

»Im Sommer, wenn die Tage am längsten sind.«

Bando nickte noch einmal.

»Gut«, sagte Juan, zufrieden mit seiner Beschreibung.

»Wie sieht dein Dorf aus?«, fragte er dann.

»Es ist an einem Felsen gebaut«, sagte Bando und deutete auf den Gipfel eines Steilhangs in einiger Entfernung. »Dort.«

Hinter der nächsten Biegung kam das Dorf in Sicht. Am Fuße des etwa dreißig Meter hohen Sandsteinfelsens waren etwa dreißig Gebäude verschiedener Größe teilweise übereinander errichtet worden, sodass eine drei Stockwerke hohe Ansammlung aus Steinwänden und Leitern entstanden war.

Bando hielt sein Pferd an und stieg ab. »Das ist Latsei. Mein Zuhause.« Bei den letzten Worten brach seine Stimme.

Juan zog die Lederriemen an seinem Brustharnisch und den Kinnriemen seines Helms fester. »Bereit?«, fragte er nervös.

Bando nickte, ohne den Blick von seinem Dorf abzuwenden. »Lass die Pferde hier, wir gehen zu Fuß.«

Als die beiden Neuankömmlinge sich dem Dorf näherten, liefen die Bewohner zusammen. Bando ging fünfzig Schritte vor Juan mit hocherhobenem Kopf und vorgestreckter Brust auf die immer größer werdende Menschenansammlung zu. Mittlerweile hatten sich etwa fünfzig oder sechzig in Tierhäute, Silber- und Goldschmuck gekleidete Bewohner am Dorfrand versammelt, Männer, Frauen und Kinder. Als Bando zu ihnen trat, wich die Menge zurück und bildete einen Halbkreis. Der junge Afrikaner wirkte wie ein schwarzer Leuchtturm in der anwachsenden Menschenmenge. Die Kleinsten rannten furchtlos zu ihm, berührten seine ebenholzfarbene Haut und stoben dann kichernd davon. Ältere Kinder und einige Frauen berührten sein seltsames wollartiges Haar. Bando drehte sich zu Juan um. Er war viel zu ergriffen, um etwas zu sagen, doch die glitzernden Tränen auf seinem Gesicht sprachen Bände. Die Menge kam immer näher auf ihn zu. Als Bando dann etwas in der Sprache der Dorfbewohner sagte, traten die Menschen geschlossen wieder zwei Schritte zurück. Ein älterer Mann mit einem breiten goldenen Halskragen rief eine barsche Antwort und schritt durch die sich vor ihm teilende Menge.

Die Worte konnte Juan nicht verstehen, der Tonfall dagegen war unmissverständlich. Er legte die Hand an sein Schwert und ging langsam auf die Menge zu, als plötzlich die Stimme einer Frau zu hören war. Juan beobachtete aus der Distanz, wie sein Freund in der Sprache seiner alten Heimat einige Minuten lang mit der älteren Frau redete. Dann wischte sie ihm die Tränen ab und nahm ihn in die Arme. Sie sprachen weiter miteinander und umarmten sich, bis der ältere Mann, anscheinend der Anführer der Dorfleute, zwischen sie trat. Bando hörte ihm respektvoll zu, richtete dann ein paar einfache Worte an ihn und berührte den breiten goldenen Kragen um den sehnigen Hals des Häuptlings.

Juan beobachtete vom Dorfrand aus, wie der Häuptling nickte und Bando der Frau in den labyrinthartigen Pueblo folgte.

Der Häuptling blickte nun hinüber zu Juan und kam auf ihn zu. Die übrigen Dorfbewohner folgten ihm im Abstand von zwei Schritten. Juan blieb ruhig, ließ die Hand aber am Griff seines Schwertes. Die Menschen bildeten einen Kreis um ihn und kamen in derselben Weise auf ihn zu, wie sie es bei Bando getan hatten, aber mit weniger Vorsicht. Sie bewunderten seinen schwarzen Bart, berührten das kühle Metall seines glänzenden Harnischs und seines Helms.

Der Häuptling baute sich vor Juan auf und sprach einen langen unverständlichen Satz.

Juan starrte ihn, ohne mit der Wimper zu zucken, an und schwieg. Das hatte auf seinen Reisen in Länder, in denen man keine Fremden kannte, immer gut funktioniert, denn es verlieh ihm eine Aura von Überlegenheit und flößte den anderen Respekt ein – und das war allemal besser, als wie ein verängstigter Fremdling zu wirken.

Der Häuptling sagte dasselbe noch einmal. Juan reckte das Kinn und streckte unter seinem Harnisch die Brust hervor, woraufhin ihn der Häuptling irritiert ansah. Er ging um Juan herum und betrachtete ihn, als sei er eine Statue. Juan verfolgte ihn mit den Augen, blieb aber ansonsten völlig reglos. Dann streckte der Häuptling den Rücken durch und lächelte. Seine Zähne waren so gelb und krumm wie die eines Sechzigjährigen, obwohl der Mann die fünfzig noch nicht erreicht hatte. Das Lächeln des Häuptlings wurde immer breiter, während er weiter zu Juan sprach.

Juan sah sich um und bemerkte, dass die neugierigen Gesichter um ihn herum ihm nun mit aufrichtig freundlichen Blicken begegneten. Sie redeten miteinander und deuteten auf ihn, während ihr Anführer immer weitersprach. Juan spürte, wie sich seine Mundwinkel zu einem Lächeln kräuselten, seine Hand blieb aber weiterhin am Schwert. Aus purem Selbsterhaltungstrieb zwang er sich zu einem halben Lächeln und rechnete dabei immer noch damit, dass plötzlich von irgendwoher ein Pfeil oder ein Stein geflogen käme. Der Häuptling dagegen wurde immer fröhlicher und zeigte noch mehr seiner gelben Zähne. Er machte einen Schritt zurück Richtung Dorf und bedeutete Juan, ihm zu folgen. Juan tat, wie ihm geheißen, und die Menschenmenge begleitete die beiden, bis alle in der Dorfmitte angelangt waren.

Dort blieb der Häuptling an einem Hauseingang stehen, schob den davorhängenden Teppich beiseite und ging hinein. Er kam mit einer gewebten Decke zurück, legte sie vor seinem Hauseingang auf den Boden und setzte sich mit gekreuzten Beinen darauf. Dann forderte er Juan mit Gesten dazu auf, es ihm gleichzutun. Als Juan sich setzte, bohrte sich ihm sein Brustpanzer in die Oberschenkel und drückte unbequem gegen sein Kinn. Er grinste steif.

Aus der Menge traten zwei Frauen heraus, die bemalte Tonschalen und einen großen ausgehöhlten gelben Kürbis brachten. Die Jüngere stellte die Schalen vor ihnen auf der Decke ab und füllte sie mit einer dünnen, milchigen Flüssigkeit aus dem Kürbis.

Der Häuptling hob die Schale an den Mund und trank alles in einem langen, tiefen Schluck aus. Juan machte es ihm nach, aber als der Geruch nach verdorbenem Getreide in seine Nase stieg, musste er vor Abscheu würgen. Juan spürte die Blicke der Menge auf sich. Er atmete scharf durch die Nase aus und zwang sich, das Gebräu zu schlucken. Der Häuptling lachte, als Juan damit kämpfen musste, das Getränk bei sich zu behalten. Bevor er sie aufhalten konnte, füllte die junge Frau die Schalen ein zweites Mal. Juan wurde grün im Gesicht, und seine Augenlider begannen, unkontrollierbar zu zucken. Er konnte auf keinen Fall noch mehr davon trinken, aber der Häuptling setzte seine Schale gierig erneut an die Lippen und machte dem Spanier ein Zeichen, dasselbe zu tun. Der Häuptling trank seine zweite Schale aus und stellte sie dann neben Juans noch volle. Dieser nahm seine Schale, füllte die des Häuptlings damit wieder auf und legte sie dann umgedreht auf die Decke zurück. Ein anderer Mann nahm die Schale und hielt sie der jungen Frau hin, die sie wieder füllte. Der Häuptling und der Mann tranken weiter. Doch dann kam Unruhe auf, als Bando und die ältere Frau wieder auftauchten.

»Bando, ist alles in Ordnung bei dir?«, rief Juan auf Spanisch über den Lärm der Menschen hinweg. Alle Dorfbewohner hielten überrascht den Atem an, als sie Juan zum ersten Mal etwas sagen hörten.

»Ja, wir sind nun in Sicherheit«, antwortete Bando, während er sich durch die Zuschauermenge drängte. »Das hier«, sagte Bando und griff nach der Hand der Frau, »ist Teszin, die Frau, die ich einmal geliebt habe – und sie weiß noch, was ich alles getan und gesagt habe, als ich Nez-Lah war. Sie ist ein guter Mensch und möchte, dass ich bleibe. Der Häuptling mag mich nicht, er hält mich für einen bösen Geist. Aber Euch mag er«, sagte Bando und blickte zu Juan. »Er glaubt, dass Ihr ein guter Geist seid, weil Ihr glänzendes Metall tragt, so wie er.«

»Und was jetzt?«, fragte Juan und sah seinen Knappen Hilfe suchend an.

»Tragt stets Eure Rüstung und Euren Helm. Seht Ihr seinen goldenen Halskragen?«

»Ja«, antwortete Juan.

»Den habe ich damals für meinen Häuptling gemacht. Der Häuptling sagt, wenn ich noch so einen Halskragen in derselben Zeit machen kann, ist das der Beweis, dass ich es wirklich bin.«

»Kannst du das denn?«

Bando lächelte so breit, dass seine großen Zähne sichtbar wurden. »Ja, das kann ich. Sie lassen mich meine alte Werkstatt und meine Werkzeuge benutzen. Und ich darf hier schlafen. Ihr sollt Euer Lager am Dorfrand aufschlagen«, sagte Bando und deutete auf eine Stelle unter einem

Felsüberhang. »Ich werde mich jetzt gleich an die Arbeit machen.«

Als Juan am nächsten Morgen erwachte, herrschte im Dorf schon rege Betriebsamkeit. Frauen gingen nahe an seinem Lager unter dem Felsvorsprung vorbei, um Wasser zu holen. Schreiende Kinder spielten in Grüppchen. Am späten Vormittag suchte er die Werkstatt auf, um nach Bando zu sehen. Eine Weile lang schaute er seinem Knappen still zu, ohne sich bemerkbar zu machen. Bando hatte das zerschlissene Hemd und die Hose gegen einen Überwurf aus Hirschhaut eingetauscht, wie ihn die Dorfleute trugen. Er saß auf einem Stuhl und arbeitete mit geschickten Händen an einer grob gezimmerten Werkbank, ohne dass er hinsehen musste, wenn er nach den Steinwerkzeugen griff. Der Klang von Stein auf weichem Metall erfüllte den Raum und war durch die Tür bis draußen zu hören.

»Guten Morgen«, sagte Juan schließlich und riss seinen Freund aus seiner Konzentration.

»Seht doch, Juan, es klappt«, sagte Bando aufgeregt und zeigte ihm das breite Goldband, an dem er arbeitete. »Ich kann es immer noch!«

Juan berührte die glatte Oberfläche des Schmuckstücks. »Wunderschön.«

»Der Halskragen gehört Euch, sobald ich damit fertig bin. Der Häuptling hat keinen zweiten davon verdient«, sagte er und lächelte. »Und ich werde noch mehr davon machen, wie ich es Euch versprochen habe.« Bando lachte, als er wieder nach seinen Werkzeugen griff.

Am späten Nachmittag des darauffolgenden Tages kam Juan mit dem Halskragen aus Bandos Werkstatt. Die makellose Kopie des ersten hing schwer an seinem Hals. Eine stetig größer werdende Menschenmenge folgte Bando und Juan auf dem Weg zum Haus des Häuptlings. Der Häuptling trat mit dem Original um den Hals hinter dem Teppich vor seinem Hauseingang hervor und rief der Menge etwas zu.

Bando lächelte Juan mit Tränen in den Augen an. »Wir haben es geschafft. Heute Abend wird es ein großes Fest geben.«

Die Männer des Dorfes sammelten in der Umgebung trockene Zweige und schichteten sie in der Dorfmitte auf. Bei Sonnenuntergang entzündete der Häuptling das Freudenfeuer und die Dorfbewohner setzten sich im Kreis darum herum. Teszin, Bando und Juan durften als Ehrengäste neben dem Häuptling Platz nehmen. Ihnen gegenüber ließen sich fünf junge Männer nieder und begannen, ihre verschieden großen Trommeln zu schlagen. Die jungen Männer und Frauen aus dem Dorf drehten und wiegten sich im Rhythmus der Musik. Bando bewegte sich in vollkommener Harmonie mit den anderen, sodass Juan ihn nur aufgrund seines Erscheinungsbilds von ihnen unterscheiden konnte. Das lodernde Feuer warf riesige Schattenbilder der Tanzenden an die umgebenden Sandsteinfelsen.

Bando sprang um das Feuer herum zu Juan und zog den Konquistador mit in den Kreis der Tanzenden. Juan imitierte die Bewegungen, so gut er konnte, und achtete dabei darauf, seinen neuen goldenen Halskragen nicht zu verlieren. Er reihte sich vor Bando in den Kreis ein, immer mit Blick auf den Häuptling vor ihm, um seine seltsamen Bewegungen nachzuahmen. Dabei fiel ihm auf, dass der Häuptling nicht mehr mit den anderen mithalten konnte. Er wurde bei jeder neuen Runde langsamer und geriet manchmal ins Stolpern. Schließlich, bei der fünften Runde, gaben seine müden Beine nach. Er fiel der Länge nach hin und blieb regungslos liegen. Die Trommeln verstummten. Teszin lief zu ihm und drehte ihn auf den Rücken. Er kam schnell wieder zu sich, bedeutete ihr aber, dass er zu schwach sei, um weiter an dem Fest teilzunehmen. Teszin und zwei Männer trugen ihn in sein Haus, und der Tanz ging weiter, bis das Feuer niedergebrannt war.

Als Juan am nächsten Morgen erwachte, hatten sich die Dorfbewohner vor dem Haus des Häuptlings versammelt. Auf seinem Weg dorthin kam er auch an Bandos Werkstatt vorbei, doch Bando war nicht an seiner Werkbank.

Juan bahnte sich einen Weg zum Haus des Häuptlings, der nackt auf dem Rücken lag. Teszin kniete neben ihm und unterbrach regelmäßig ihren Sprechgesang, um ihm Rauch ins Gesicht zu blasen. Seine Brust, Hals und Arme waren mit daumennagelgroßen weißen Pusteln übersät. Bando stand hinter Teszin. Juan beugte sich vor, berührte ihn an der Schulter und gab ihm mit einem Zeichen zu verstehen, dass er ihn sprechen musste. Sie gingen zurück zur Werkstatt.

»Was ist mit dem Häuptling?«, fragte Bando.

»Er hat ein Fieber.«

»Was wird mit ihm passieren?«

Juan schüttelte den Kopf. Er musste sich mit aller Kraft dazu zwingen, seinen neuen Freund anzulügen. »Schwer zu sagen. Vielleicht überlassen wir ihn am besten euren Heilern.« Juan kannte die Krankheit, und er wusste auch, dass nur wenige sie überstanden. Er hatte miterlebt, wie sie in Samarkand ausgebrochen war und von dreißigtausend Einwohnern nur zweitausend am Leben gelassen hatte. Die Hälfte der Überlebenden waren Kinder gewesen, die dann in den leeren Straßen der Stadt herumgeirrt waren – keiner über fünfunddreißig hatte der Krankheit trotzen können.

»Ja, Ihr habt recht. Ich werde mich wieder an die Arbeit machen«, sagte Bando und holte seine Werkzeuge.

»Ich sehe später wieder nach dir«, sagte Juan und ging.

Bando arbeitete ununterbrochen den ganzen Tag und bis spät in die Nacht. Der Klang seiner Steinwerkzeuge verstummte nur, wenn Teszin ihm einen Korb mit Essen brachte. Später am selben Tag erkrankten drei weitere Dorfbewohner, und am nächsten Morgen waren ihre Körper ebenfalls mit Geschwüren bedeckt.

Am Vormittag kam Bando hinüber zu Juans Lager. »Der Häuptling möchte uns sehen«, sagte er mit finsterer Miene und ging dann langsam zum Dorf zurück. Juan steckte seine Zeichensachen weg und folgte ihm. Als sie ankamen, war Teszin wieder an der Seite des Häuptlings.

»Sind noch mehr krank geworden?«, fragte Juan Bando auf Spanisch.

»Zweiundzwanzig haben Schmerzen«, antwortete Bando und zeigte auf seinen Bauch, um deutlich zu machen, wo es ihnen wehtat.

Der Häuptling hob den Kopf und redete kurz mit Bando, bevor er Juan bedeutete näher zu treten. Er wollte etwas sagen, aber es drang lediglich ein Gurgeln aus seiner Lunge. Juan trat noch weiter nach vorne, achtete dabei aber darauf, ihn nicht zu berühren. Bando wandte sich ab und verließ den Raum, während der Häuptling ein paar Sätze an Juan richtete, die er zwischen immer flacher werdenden Atemzügen hervorstieß. Juan hätte nur zu gern die Sprache der Einheimischen beherrscht, um die letzten Worte des Häuptlings verstehen zu können. Ein paar Minuten später sagte der Häuptling nichts mehr, dann hörte er auf zu atmen und starrte Juan in die Augen. Juan lächelte ihn an. Der Häuptling zeigte noch einmal seine schiefen gelben Zähne, dann schloss er die Augen.

Teszin legte dem Häuptling die Arme gekreuzt über die Brust und strich sein weites Gewand glatt, während Juan den Raum verließ.

Als Juan zurück zu Bandos Werkstatt ging, war es im Dorf ungewöhnlich ruhig. Sein Knappe arbeitete fieberhaft, um sich abzulenken, ließ sein Werkzeug zu Boden fallen, sobald er mit etwas fertig war, nur um es gleich darauf wieder aufzuheben und weiterzuarbeiten. »Was hat der Häuptling gesagt, Bando?«

Bando zitterte sichtlich. »Er denkt, dass ich zurückgekommen bin, um ihnen ihre Seelen zu rauben. Er hat mich gebeten, nur seine zu nehmen und zu verschwinden.« Er schleuderte das gebogene Steinwerkzeug, mit dem er gerade gearbeitet hatte, gegen die Wand. »Er hat unrecht! Unrecht, unrecht, unrecht!«, rief er dabei wütend.

»Ich weiß, Bando, ich weiß«, sagte Juan, hob das Werkzeug auf und hielt es ihm hin. »Bando, ich hatte den Eindruck, dass der Häuptling dich nicht besonders gut leiden konnte.« Bando nickte, die Augen immer noch auf den Boden gerichtet. »Aber jetzt, wo er nicht mehr da ist, wird das Leben für dich hier vielleicht einfacher werden.« Bando nahm das Werkzeug entgegen, sah ihn aber weiterhin nicht an.

»Ich habe diese Krankheit schon einmal erlebt, in Asien«, fuhr Juan fort. »Normalerweise tötet sie nur die Alten und Schwachen. Wie den Häuptling. Die anderen sollten sich in ein paar Tagen erholen, und dann sind wir schon längst weg.«

Bando sah Juan mit Tränen in den Augen an. »Ihr wollt schon wieder weg?«

»Ja, und ich will, dass du mit mir kommst.«

»Das geht nicht.« Bando schüttelte den Kopf. »Ich bin doch so weit gereist, um wieder hier zu sein.«

Juan überlegte, was er am besten tun sollte. »Nun, dann muss ich möglichst bald aufbrechen und Tovar mitteilen, dass es hier nichts zu holen gibt – damit du in Frieden leben kannst.«

»Das würdet Ihr tun?«

»Ja, das werde ich, aber ich brauche noch mehr Schmuck«, sagte Juan und hielt eines der Schmuckstücke hoch, die Bando gerade fertiggestellt hatte.

»In zwei Tagen und zwei Nächten kann ich noch mehr machen.«

»Aus Gold?«

»Aus Gold und aus Silber. Ich habe beides da«, sagte Bando und zeigte mit dem Steinhammer auf die Tontöpfe in der Ecke seiner Werkstatt.

Juan ging zu den einfachen Tontöpfen hinüber und sah hinein. Darin befanden sich schimmernde Goldklümpchen und noch etwas, was aussah wie gefrorene Tropfen eines glänzenden flüssigen Metalls. »Bando, woher haben deine Leute das alles?«

»Wir finden manchmal Goldklümpchen, und manchmal legen wir glänzende Steine ins Feuer und fangen das geschmolzene Metall daraus auf. Das ist nur, was wir in den letzten Jahren entdeckt haben. Ist das genug für Euch?«

Die glänzenden Edelmetalle in den einfachen Tontöpfen fesselten Juans Blick. »Ja, das wird reichen.«

Juan ging zurück zu seinem Lager und nahm wieder sein Skizzenbuch zur Hand, in das er die Häuser und den darüber aufragenden Felsen zeichnete. *Wenn er morgen mit mir aufbricht und sich bis dahin vom Dorf fernhält, könnte er einer Ansteckung vielleicht entgehen*, dachte Juan, während er zwei junge Männer zeichnete, die einen Leichnam zu dem schwarzen Kreis am Boden trugen, wo das Freudenfeuer gebrannt hatte.

Bando arbeitete bis spät in die Nacht und bemerkte dabei nicht, wie sich die Lage im Dorf immer weiter verschlechterte. Er blieb zum Schlafen in seiner Werkstatt und kam erst spät am nächsten Morgen wieder heraus. Neben seiner Tür waren sieben Leichen aufgereiht.

Juan saß mit Skizzenbuch und Kohle in der Hand in seinem Lager und sah ab und zu auf, um seine Motive zu studieren. Dabei entdeckte er den erschöpften Bando, der ungläubig die sieben Toten anstarrte. Wäre ihre Haut nicht von Geschwüren übersät gewesen, hätte man glauben können, dass sie sich in einer Reihe zum Schlafen neben seine Tür gelegt hätten.

Juan beobachtete Bando, wie dieser sich in der leeren Stadt umsah, an einer Reihe von Wohnstätten vorbeiging und schließlich ein kleines Mädchen entdeckte, das aus einer Türöffnung lugte, sodass nur eine Hälfte ihres

Gesichts sichtbar war. Bando hatte sie am Tag seiner Ankunft schon einmal gesehen. Sie war eine der Ersten gewesen, die auf ihn zugerannt waren. Ihr Haar war so kurz geschnitten wie das eines Jungen, und sie mochte vielleicht fünf Jahre alt sein. Bando näherte sich ihr langsam und ging in die Hocke, um auf Augenhöhe mit ihr zu sein. Sie streckte ihre kleine Hand aus und griff nach der Steinwand, woraufhin Bando seine Hand mit etwas Abstand neben ihre an die Wand legte und sie anlächelte. Das Mädchen lächelte so breit zurück, dass auf ihrer sichtbaren Wange ein Grübchen erschien. Dann bewegte Bando seine Hand an der Mauer entlang zu ihr. Ihre dunklen Augen betrachteten seine Hand und dann seine weißen Zähne. Sie ließ die Hauswand los, griff nach seinen Fingern und kicherte, als sie ihn berührte. Er atmete erleichtert aus und nahm ihre winzige Hand.

Bando hatte nicht bemerkt, dass sich der Türvorhang hinter dem Mädchen bewegte, und erschrak, als die Mutter schimpfend dahinter hervorschoss und das Kind zurück ins Haus zog. Dann war er wieder allein. Bis auf einige andere raschelnde Türvorhänge regte sich nichts.

Bando drehte sich um und ging zurück in seine Werkstatt, aus der kurze Zeit später wieder der Klang von Steinwerkzeug auf weichem Metall drang.

Als Juan am späten Nachmittag wieder zu Bando in die Werkstatt kam, lagen zwei weitere Leichen neben den sieben anderen, und Bando hatte sieben weitere goldene Armreifen und ein silbernes Medaillon fertiggestellt. Juan probierte einen der Armreifen an.

»Wie viele sind noch gestorben?«, fragte Bando, ohne seine Arbeit zu unterbrechen.

»Zwei«, antwortete Juan und nahm den Armreif wieder ab.

»Werden bald noch mehr sterben?«

»Ja, Bando. Vielleicht sterben sie alle«, sagte Juan und probierte einen anderen Armreif. »Wenn wir nicht abreisen, sterben wir womöglich auch.«

Bando unterbrach seine Arbeit und blickte zu Juan auf.

»Ich werde morgen abreisen. Komm mit, es ist noch nicht zu spät – und es ist sicherer, als hierzubleiben«, sagte Juan.

»Und wohin reisen wir?«

»Nach Zürich, zu den anderen, von denen ich dir erzählt habe.«

Bando ging zu der offenen Tür und betrachtete die neun Toten.

»Nein, werde hierbleiben. Ich will es wiedergutmachen.«

»Wie willst du das bewerkstelligen, Bando? Du kannst nichts mehr für sie tun.«

Bando deutete auf die Toten. »Das sind meine Leute«, sagte er, den Tränen nahe.

Juan trat an ihn heran und nahm das dunkle Gesicht seines Knappen in beide Hände. »Komm morgen mit mir mit. Lass uns diesen Ort so verlassen, wie wir gekommen sind: gemeinsam«, bat er ihn inständig. »Bando, ich flehe dich an, es gibt so vieles, was ich dir zeigen möchte, so vieles, was du über dich selbst nicht weißt.«

Bando erwiderte Juans Blick, ließ sich aber nicht erweichen. Er griff nach Juans Händen und nahm sie sanft von seinem Gesicht. »Nein, mein Zuhause ist hier. Ich bleibe.«

»Also gut.« Juan wandte sich enttäuscht zum Gehen. »Wir werden uns so oder so wiedersehen.«

Juan umrundete die Leichen vor Bandos Werkstatt und bemerkte dabei, dass der neueste Leichnam in der Reihe genau den gleichen Armreif trug wie der, den er gerade anprobiert hatte.

Bei Sonnenuntergang lagen fünf weitere Tote neben den anderen, und das Wehklagen, das vorher nur sporadisch erklungen war, war nun beständig überall im Dorf zu hören. *Ich hoffe, es ist noch nicht zu spät*, dachte Juan. *Die weite Reise darf nicht umsonst gewesen sein. Mit diesem Gold wäre ich endlich reich genug, um mit den anderen Cognomina-Mitgliedern mithalten zu können.* Er wusste, dass dies hier seine große Chance war. Morgen würde er endlich als Gleicher unter Gleichen zu ihnen zurückkehren.

Das kollektive Wehklagen verklang erst bei den ersten Strahlen der Morgensonne. Juan hatte die Nacht kein Auge zugetan und war hellwach, als der Tag in brillanten Farben über dem Felsen oberhalb von Latsei anbrach. Er hatte gerade das meiste für seinen Ritt nach Süden zusammengepackt, als er sie von Weitem bemerkte.

Ein Dutzend Menschen, Männer und Frauen, marschierte zu Bandos Werkstatt. Einige schwangen grobe Knüppel über ihren Köpfen. Teszin war nicht unter ihnen.

Juan lief los. *Nein, nein, nein, nicht heute*, dachte er dabei, *an jedem anderen Tag, aber nicht heute.* »Bando, nimm dich in Acht«, schrie er auf Spanisch.

Der Mob bildete einen Halbkreis um den Eingang der Werkstatt. Juan zog sein Schwert, während er weiter auf die Leute zulief. Einen Moment lang zögerten sie an der Tür, doch dann gingen drei Männer und eine Frau schweigend hinein.

Bando schrie und wehrte sich, als er von zwei Männern, die ihn an den Oberarmen festhielten, aus der Hütte gezerrt wurde. Juan rannte los. Bando befreite sich aus dem Griff der Männer und fiel vor den wütenden Dorfbewohnern zu Boden. Er erhob sich auf alle viere und sah gerade in dem Moment auf, als ihn ein Knüppel direkt über dem linken Auge traf. Er sank in den Staub zurück. »Teszin! Teszin!«, schrie Bando zwischen Tritten und Knüppelschlägen auf den Kopf.

Juan schrie, die Angreifer hielten inne und wandten sich zu ihm um. Juan war noch etwa fünfzehn Meter entfernt und schwang das Schwert bedrohlich über dem Kopf, während er auf sie zustürmte.

Bando erhob sich auf die Knie und warf einen Blick durch die Beine der Menschen. Dann kroch er an der Wand entlang aus der Menge heraus. Juan wurde langsamer, als die Gruppe ihre Aufmerksamkeit ihm zuwandte.

Der Mann mit dem Knüppel drehte sich um, sah, wie Bando wieder auf die Beine kam und losrannte. Er schwang den Knüppel und traf ihn am Ohr. Die Wucht des Schlags schmetterte Bando gegen die Wand. Der Rest der Gruppe drehte sich ebenfalls um und verfolgte Bando, dessen dunkler Schatten um die nächste Ecke floh. Er hatte einen Vorsprung von etwa zehn Schritten und baute ihn weiter aus, während er den Weg entlangrannte, der an der Felswand hinaufführte.

Juan blieb vor Bandos Werkstatt stehen und stützte sich auf den Knien ab, während er nach Atem rang. Zwei kleine Blutlachen trockneten auf der Erde zu seinen Füßen. In der Werkstatt konnte er die fertigen Objekte sehen. Sie lagen auf einem Haufen am Ende der Werkbank und funkelten im schwachen Morgenlicht. Juan konnte nicht anders, als hineinzugehen und sie genauer zu betrachten. Der Haufen war noch größer, als er zu hoffen gewagt hatte, und auch schwerer. In seinem Kopf schwirrten tausend Dinge herum, um die er sich kümmern musste: das Gold, die Angreifer, Bando, das Gold. Er ging rückwärts aus der Tür, ohne den Haufen aus den Augen zu lassen. Als er wieder im Freien war, legte er den Kopf in den Nacken und schrie.

»Bando! Bando!« Juans Stimme hallte von den Felsen wider. »Wir treffen uns bei den Pferden, und dann nichts wie weg hier!« Er rief die Worte so langsam, dass jedes verhallte, bevor er das nächste herausschrie.

Er konnte Bando nirgendwo entdecken, aber er sah, dass seine Angreifer ihn nicht länger verfolgten, und vertraute darauf, dass sein Freund entkommen war. Also ging er wieder in die Werkstatt, nahm einen Teppich und packte in aller Eile die fertigen Schmuckstücke so darin ein, dass sie keinen Schaden nahmen. Dann holte er einen weiteren Teppich aus einer Ecke, leerte den Inhalt der Tontöpfe darin aus, packte jeden Teppich an allen vier Ecken und machte sich mit seinen schweren behelfsmäßigen Beuteln aus dem Staub.

Draußen hielt er erst nach den wütenden Angreifern Ausschau und sah sich dann den ihm am nächsten liegenden Leichnam an. Sein Blick blieb an der faserigen Schnur hängen, die um die Taille des toten Mannes geschlungen war. Er öffnete den Knoten und zog an einem Ende, bis sich der tote Körper bewegte und sie freigab. Als der Leichnam zurück in seine ursprüngliche Position rollte, bemerkte Juan ein Silberarmband an seinem Handgelenk. Er beugte sich vor und drehte es herum, um es genauer zu betrachten, wobei er darauf achtete, die feuchte Haut des Toten nicht zu berühren. Juan durchsuchte die Leichen, bis er eine weitere Schnur fand. Mit dem Schwert stach er kleine Löcher in die Ecken der Teppiche und zog die Schnüre durch sie hindurch – auf diese Weise passte nun noch mehr in seine Beutel. Er lauschte sorgfältig auf die wütende Menge, die sich aber immer weiter zu entfernen schien. Dann beugte er sich über den ersten Toten, nahm ihm seinen Armreif ab und steckte ihn in einen Beutel, während er bereits die Kette der Leiche einer Frau im Blick hatte. Er nahm ihr den Schmuck ab und trat dann vorsichtig zu einer weiteren toten Frau, um sich deren goldenen Halskragen ebenfalls unter den Nagel zu reißen.

Juan hatte etwa die Hälfte der Leichen geplündert, als er das schrille Kreischen einer Frau hinter sich hörte. Er drehte sich so schnell um, dass er das Gleichgewicht verlor und fast über die Toten zu seinen Füßen stolperte. Es war Teszin, die zu den Felsen oberhalb des Dorfs aufblickte.

Bando stand oben am Felsrand. Seine schwarze Silhouette zeichnete sich deutlich vor dem blauen Himmel ab. Er hatte seinen Überwurf aus Hirschhaut verloren, und Blut rann ihm vom Kopf über die Schultern und die Brust. Der Wind fuhr durch seine Haare. Bando reagierte nicht auf Teszins Schreie, sondern starrte Juan an, der gerade nach der ausladenden Silberkette am Hals einer toten Frau griff. Juan legte den Kopf in den Nacken und kniff die Augen gegen den leuchtend blauen Hintergrund zu, um Bandos Blick zu erwidern, und lächelte in seine Richtung.

»Bereit?«, rief Juan gerade laut genug, dass das Echo sein Wort zu Bando nach oben trug.

Bando schloss die Augen und sprang. Einen Moment lang schien er in der Luft zu schweben und wirkte dabei elegant und voller Selbstvertrauen. So als hätte er schon die ganze Zeit gewusst, dass er fliegen konnte, und nur geduldig auf den richtigen Zeitpunkt gewartet, allen seine einzigartige Fähigkeit zu zeigen. Juan sah ihn in jenem Moment anmutig fliegen und schloss dann fest die Augen, als Bando in die Tiefe stürzte. Mit dem Aufprall stieß Teszin einen Schrei aus, der noch lange von den Felsen widerhallte. Bandos Sturz hatte länger gedauert, als Juan gedacht hätte – wer weiß, vielleicht war sein Freund wirklich einen wunderbaren Moment lang geflogen.

# 17

»VIELLEICHT WAR SEIN FREUND wirklich einen wunderbaren Moment lang geflogen.«

»Warum ist Bando gesprungen?«, fragte ich und hatte dabei fast das Gefühl, dass die vielen Gesichter auf den Porträts an den Wänden um mich herum sich dasselbe fragten.

»Darüber habe ich auch oft nachgedacht. Das müssen Sie Poppy selbst fragen.«

»Sie hat von Ihnen gesprochen, bevor wir nach Zürich gekommen sind«, sagte ich.

»Und was hat sie gesagt?«, fragte Samas.

»Ich hatte sie gefragt, ob derjenige, der sie entdeckt hat, auch ihr Fürsprecher bei ihrer Anhörung war. Sie sagte Nein, und es war deutlich spürbar, dass sie nicht gut auf Sie zu sprechen ist.«

»Das haben Sie richtig beobachtet. Seit dieser Geschichte verhält sie sich mir gegenüber feindselig. Mittlerweile habe ich mich daran gewöhnt – und ich verstehe auch, warum.«

»Und warum ist das so?«, fragte ich neugierig.

»Nun, teilweise ist es ja ganz offensichtlich, wenn man bedenkt, was ich an meinem letzten Tag in Latsei getan habe. Aber das ist noch nicht alles. Sie leidet an einer Wunde, die auch die Zeit nicht heilen kann. Ich denke, sie fühlt sich für die Toten in ihrem Dorf verantwortlich. Wenn sie sich nicht auf die Suche nach ihnen gemacht hätte, dann hätten wir auch nicht diese Krankheit bei ihnen eingeschleppt. Egal, wie man es dreht und wendet: Fakt ist, dass sie der Auslöser war.«

»Das kann man ihr nicht zur Last legen«, nahm ich sie in Schutz.

»Oh nein«, sagte Samas und schüttelte den Kopf. »Verwechseln Sie nicht Schuld mit Kausalität – es ist wichtig, das zu unterscheiden. Es ist nicht ihre Schuld, aber es lässt sich nicht leugnen, dass das ohne sie nicht passiert wäre. Sie war die Ursache. Eine solche Verantwortung wird man nicht mehr los. Man trägt sie für immer mit sich herum, egal, wie man am Ende damit umgeht. Mein einziger Fehler in diesem Zusammenhang ist, dass ich dabei war. Haben Sie denn nie etwas Vergleichbares erlebt?«

Samas' Frage traf mich bis ins Mark. Manchmal hatte ich den Eindruck, dass alles, was ich tat, eine Reaktion auf eine einzige Tatsache war: Ich fühlte mich schuldig wegen des Feuers, das Bobbys Mutter getötet hatte. Dabei war es unerheblich, ob ich diese Schuld sozusagen geerbt hatte. Die Gefühle waren genauso echt, als wären sie meine eigenen, und mittlerweile wusste ich ja auch, dass sie tatsächlich meine eigenen waren – ein Teil von mir, ein Teil von dem, was *wir* waren. »Sind wir böse?«, fragte ich und sah ihn an.

»Welches *wir* meinen Sie? Wir Menschen? Wir Infinite? Oder nur wir beide?«

»Wir Infinite. Sind wir böse, weil wir die Leben derer vor uns ersetzen?«

Er sah mich erstaunt an. »So habe ich es noch nie betrachtet. Wie kommen Sie darauf?«

»Samas, ich schlage mich seit Jahren mit genau diesen Gedanken über Verantwortung und Schuld herum. Mittlerweile ist mir klar, dass es keine Vergebung für meine Sünden geben kann. Und seit Kurzem – seit ich Poppy und Sie kennengelernt habe – denke ich, dass das vielleicht auch gar nicht notwendig ist.«

»Das ist richtig«, sagte er mit Nachdruck. »Genauso ist es. Ich persönlich denke, dass Sie Poppy in dieser Hinsicht schon um einiges voraus sind.«

»Was meinen Sie damit?«

Er lehnte sich zurück, als sei er geradezu verärgert über meine Begriffsstutzigkeit. »Als Infinite sind wir mit dem Wissen geschlagen, dass nur wir allein für unsere Taten verantwortlich sind. Wir wissen, dass es keinen Gott gibt, dem wir die Schuld dafür geben können, wenn in unserem Leben etwas falsch läuft. Normale Menschen sind nur zu gerne dazu bereit, an eine göttliche Existenz zu glauben, die ihnen die Last ihrer Sünden von den Schultern nimmt. Wir wissen es besser, aber wir müssen immer im Hinterkopf behalten, dass die Welt den normalen Menschen gehört, nicht uns. Sie werden also irgendwann feststellen, dass das Verlangen nach Absolution unvereinbar mit Ihrem Wissen um die Wahrheit ist. Das Einzige, was Ihnen Trost spenden kann, ist Verantwortung.

Ungesühntes Unrecht kann einen heimsuchen wie böse Geister. Ich glaube, das ist bei Poppy bis heute der Fall und erklärt ihr Benehmen zumindest teilweise. Vielleicht werden auch Sie von so einem Geist heimgesucht, aber das wissen Sie selbst am besten. Letztendlich gibt es aber nur eine Methode, solche Gespenster loszuwerden: Akzeptanz.« Samas beugte sich vor und betrachtete eines der Porträts an der Wand. »Sie müssen Ihrem Geist direkt in die Augen sehen, ohne sich abzuwenden. Sie müssen sich jedes hässliche Detail seines abstoßenden Gesichts einprägen und sagen: ›Ich kenne dich, Bruder. Ich liebe dich so, wie ich mich selbst liebe, denn wir sind eins.‹ Erst dann hat dieser böse Geist keine Macht mehr über Sie. Nur wenn Sie Ihren dunklen Bruder annehmen, werden Sie frei sein.«

Ich schwieg lange, während ich über die Bedeutung dieser Worte nachdachte.

»Wenn Sie mich also fragen, ob wir böse sind, dann habe ich keine andere Wahl, als diese Frage mit Ja zu beantworten«, fuhr Samas fort. »Wir sind schon deshalb böse, weil wir das Potenzial dazu in uns tragen. Das Böse ist latent in uns, es lebt und atmet in diesem bösen Geist, unserem dunklen Bruder. Beantwortet das Ihre Frage?«

Ich nickte. »Ich glaube schon. Aber ich hätte noch eine andere Frage.«

»Nämlich?«

»Warum haben Sie in Latsei die Leichen gefleddert?«

»Oh je, Evan«, sagte er und seufzte. »Die Frage haben Sie sich doch schon selbst beantwortet. Sie waren tot, warum sollte es ihnen also schaden? Und ganz nebenbei hatten sie sowieso keine Vorstellung vom Wert dieses Schmucks.«

»Deswegen ist es trotzdem nicht richtig.«

Er schüttelte enttäuscht den Kopf. »Es geht hier nicht um richtig oder falsch. Ich kann damit leben, das ist alles, was zählt.« Er trank seinen Wein in einem langen Schluck aus. »Ich würde Sie gerne etwas fragen: Was würden Sie denn tun, wenn sich Ihnen eine ähnlich aussichtsreiche Möglichkeit böte?«

Er wusste ganz genau, dass ich diese Frage nicht beantworten konnte. »Schwer zu sagen. Dafür müsste ich erst einmal in eine solche Situation kommen.«

»Richtig, und als ich in so einer Situation war, habe ich diese Entscheidung getroffen.«

»Gut, da lässt sich nur schwer etwas gegen sagen«, sagte ich und füllte unsere Gläser neu.

»Mit dem, was ich mit diesen Objekten verdient habe, konnte ich mir schließlich all das hier aufbauen«, sagte er und betrachtete die Gesichter und Landschaften an den Wänden um uns. »Es hat mich zu dem gemacht, was ich heute bin. Mit der Zeit werden Sie noch etwas anderes feststellen – und auch das hat mit dem zu tun, was ich vorhin sagte. Das Leben ist es nicht wert, wenn man es nicht so richtig genießen kann. Und unglücklicherweise bedeutet das für die meisten Neophyten erst einmal gewisse finanzielle Mittel. Ich muss Ihnen sicher nicht erklären, wie sehr Geld das Leben eines Menschen verändern kann, all die schönen Dinge, die es einem ermöglicht.«

»Das hier ist in jedem Fall *sehr* schön«, sagte ich und betrachtete die Wände um mich herum.

»Wie ich schon sagte: Diese Sammlung ist meine Leidenschaft. Aber den Grund dafür kennen Sie noch nicht.«

»Und der wäre?«

»All die Werke hier in diesem Raum haben etwas gemeinsam: mich. Ich habe diese Arbeiten in Auftrag gegeben und für einige auch Modell gestanden. Ich habe mich in meinen letzten sechs Leben immer mindestens ein Mal porträtieren lassen. Das sind die schönen Dinge, ohne die ich nicht leben könnte«, sagte er mit der unerschütterlichen Entschlossenheit des Süchtigen.

»Was hing dort?«, fragte ich und deutete auf die kahle Stelle an der Wand hinter mir.

»Ein Porträt von mir, gemalt von Vermeer im Jahre 1670.«

»Was ist damit passiert?«

»Die Nazis haben es 1940 aus meinem Haus in Amsterdam gestohlen. Diese beiden Werke befanden sich ebenfalls dort«, sagte er und deutete auf zwei weitere Gemälde an der Wand, »aber dieser SS-Hauptmann war nur an dem Vermeer interessiert. Ich habe fünf Jahre lang nach dem Gemälde gesucht. Bis Kriegsende. Ramsay hat mir geholfen und in den letzten Kriegstagen ein Treffen mit einem Oberstleutnant der Luftwaffe in Berlin organisiert. Wie sich herausstellte, hatten die Nazis eine Menge geraubter Kunstschätze in den hohen Berliner Flaktürmen versteckt.

Der Oberstleutnant forderte zehntausend britische Pfund und eine Bootspassage von Rostock ins neutrale Schweden im Tausch gegen den Vermeer.« Samas seufzte und fuhr dann fort. »Ich legte zweihunderttausend Pfund bereit, für den Fall, dass der Oberstleutnant noch mehr gestohlene Kunstwerke in seinem Besitz hätte. Ich ließ für alle Fälle sogar einen Lastwagen bereitstellen, aber die Rote Armee war schneller. Als ich ankam, sah ich, wie sie flache Kisten in einen Lastwagen luden, der dann in Richtung Osten abfuhr. Ich hatte mich ganz in der Nähe in einem Gebüsch versteckt und sah ihnen zu, in der Hoffnung, einen Blick auf mein Gemälde zu erhaschen.«

»Haben Sie es gesehen? War es in einer der Kisten?«

Samas fuhr mit seiner Geschichte fort. »Der Oberstleutnant lag tot in seinem eigenen Blut vor dem verlassenen Turm, und die Soldaten trugen immer mehr Kisten mit einem schwarzen Adler darauf aus dem Betonturm. Nach einer Stunde Arbeit hatten sie auch die letzte Kiste eingeladen. Sie schlossen die Türen des Lastwagens und fuhren davon.«

Ich war fasziniert und bat ihn mit einem Nicken, weiter zu erzählen.

»Ich wagte mich erst eine geschlagene Stunde später aus der Deckung. Sie hatten alles mitgenommen. Stundenlang durchsuchte ich jeden Winkel des Turms nach Spuren. Dabei entdeckte ich zwischen den Papieren, die überall auf dem Boden verstreut herumlagen, ein handschriftliches Inventar auf Deutsch. Dort war alles aufgeführt, was in den letzten drei Jahren in den Turm gebracht worden war – alles, was man soeben vor meinen Augen in gerade einmal einer Stunde weggeschafft hatte. Diese Liste brachte mich zum Weinen. Evan, im Vergleich mit den Werken in diesen Kisten ist dieser Raum hier nicht mehr als das drittklassige Kabinett eines Hobbysammlers. Mein Porträt war auch auf der Liste.

Erst zwanzig Jahre später entdeckte ich es in der Sowjetunion wieder – im Depot der Eremitage, zusammen mit den anderen Werken aus diesem Inventar.«

»Und wo ist es heute?«

»1985 schenkte Generalsekretär Gorbatschow es zusammen mit einigen anderen Werken der italienischen Regierung – als politische Geste. Die Italiener verleihen die Werke heute an verschiedene Museen rund um die Welt, auch wenn diese Banausen die Zuschreibung an Vermeer als ›unter Vorbehalt‹ bezeichnen.«

»Wollten sie es Ihnen nicht verkaufen?«

»Nein. Seit drei Jahren mache ich ihnen jedes Jahr ein großzügiges Angebot, und sie lehnen es jedes Mal ab. Beim letzten Mal hätte ich sie sogar den Kaufpreis bestimmen lassen. Und trotzdem hatten sie kein Interesse. Ich hätte nie gedacht, dass Menschen so uneinsichtig sein können«, sagte er aufrichtig empört.

Die Vorstellung, dass es etwas geben könnte, was er sich nicht mit seinem Geld kaufen konnte, schien ihm großen Verdruss zu bereiten.

»Widerspricht das nicht Ihrer Aussage von vorhin, dass Reichtum das Leben verschönert? Schließlich ist das hier doch Ihre Passion. Das, was das Leben für Sie lebenswert macht«, sagte ich herausfordernd.

»Da liegen Sie falsch, mein Freund. Denn genau dieser Reichtum wird das Porträt wieder in meinen Besitz zurückbringen.«

»Wie das?«

»Ich werde jemanden damit beauftragen, es für mich zu stehlen. So wird mir mein Geld das Leben wieder schöner machen. Unterschätzen Sie nie das Potenzial von Geld in Bewegung«, sagte er lachend.

»Wie viel kostet so etwas?«

»Ich würde bis zu zwei Millionen Dollar dafür ausgeben.«

»Das ist eine Menge Geld«, sagte ich und bemühte mich, dabei genauso gelassen wie er zu wirken.

»Das ist relativ«, sagte er und sah mich an. »Es ist ein angemessener Preis für einen Teil meiner Identität. Sie würden an meiner Stelle dasselbe tun. Man muss die Gelegenheit ergreifen, wenn sie sich einem bietet, denn dann kann man mehrere Leben lang davon zehren. Mein Abenteuer mit Bando in Latsei ist da ein gutes Beispiel.«

Poppys Episode mit Joubert war ebenfalls ein gutes Beispiel. »Ich habe Ihre Geschichte gehört. Und ich habe Poppys Geschichte über den Auftrag für den Spiegelsaal gehört. Aber wir leben heute in einer anderen Welt. Solche Gelegenheiten sind selten geworden.«

Samas schüttelte langsam den Kopf. »Gelegenheiten

gibt es genug, Evan. Vielleicht bietet sich sogar gerade jetzt hier in diesem Raum eine. Eine könnte sich sogar hinter Ihnen an der Wand präsentieren«, sagte er und starrte mich an.

Ich drehte mich zu dem kahlen Fleck an der Wand um. »Wollen Sie damit andeuten, dass ich das Gemälde für Sie stehlen soll?«

Er hielt eine Hand abwehrend hoch. »Das haben Sie gesagt, nicht ich. Ich deute gar nichts an. Meine Situation ist diese: Ich habe den Italienern ein angemessenes Angebot gemacht, aber sie wollten nicht darauf eingehen. Und nun bin ich bereit, jemandem eine hübsche Summe dafür zu zahlen, dass er es mir beschafft, so ernst ist es mir damit. Das ist eine Gelegenheit – mir geht es um die Dienstleistung, und dabei ist es mir nicht wichtig, wen ich damit beauftrage, solange ich Vertrauen in die Fähigkeiten dieser Person habe.« Samas legte eine kurze Pause ein, damit seine Worte ihre volle Wirkung entfalten konnten.

»Ich habe Vertrauen in Ihre Fähigkeiten«, fuhr er dann fort, »weil ich weiß, wer Sie sind und was Sie sind. Also biete ich Ihnen diesen Auftrag zuerst an, als mein Geschenk an Sie. Sie müssen sich nicht sofort entscheiden, lassen Sie es sich erst einmal durch den Kopf gehen. Denken Sie darüber nach, was zwei Millionen Dollar für Sie und Ihre Zukunft bedeuten könnten.«

Ich betrachtete den Wein in meinem Glas und ließ Samas' Worte erst einmal sacken. »Warum glauben Sie, dass ich mich als Kunstdieb eigne?« Mir fiel ein, dass ich vor ein paar Tagen in der Höhle zu Protokoll gegeben hatte, in kriminelle Machenschaften verwickelt gewesen zu sein. »Halten Sie mich deswegen für geeignet, weil ich eine kriminelle Ader habe?«

»Das haben wir alle, Evan«, erwiderte Samas. »Ich habe Ihnen schließlich gerade gestanden, Tote bestohlen zu haben. Ich halte Sie für geeignet, weil es im Prinzip kein schwieriger Auftrag ist: Die Sicherheitsvorkehrungen sind mangelhaft. Und ich weiß, Ihnen wird das Ganze leichter fallen als anderen, aus Gründen, über die Sie wahrscheinlich selbst noch gar nicht nachgedacht haben«, sagte er und beugte sich zu mir vor. »Ich bin entschlossen, diesen Diebstahl zu beauftragen, egal, ob Sie mitmachen oder nicht, also machen Sie sich um mich mal keine Sorgen. Fragen Sie sich stattdessen lieber, ob Sie diese Gelegenheit beim Schopf packen wollen oder nicht. Das erinnert mich an die Zeit nach meiner Aufnahme bei Cognomina. An all die Abenteuer, die ich dabei auf meiner Suche nach Schätzen erlebte – nur um mit den anderen mithalten zu können. Wenn ich heute so darüber nachdenke, wünsche ich mir oft, ich hätte einen besseren Start in dieses Leben gehabt.« Dabei schwenkte Samas seinen Wein.

»Es wird langsam spät, und ich würde nun gerne schlafen gehen«, sagte er schließlich, stand auf und ging zur Tür. »Fertig?«, fragte er.

Ich nickte.

Er tippte den Code ein, und wir verließen zusammen den Raum. »Ich sehe Sie morgen früh, Evan. Denken Sie an das Moskitonetz, nachts stehen immer ein paar Fenster offen«, sagte er und ging.

Ich betrat mein Zimmer und ging direkt zur Schiebetür. Draußen war die Luft kühl, und die Sterne leuchteten klar am schwarzen Nachthimmel. Nachdem ich den ersten Schock überwunden hatte, erschien mir Samas' Angebot sehr großzügig. Und zwei Millionen Dollar würden ganz sicher jedem das Leben verschönern, aber was noch wichtiger war: Damit wäre ich den anderen Infinites ebenbürtig.

Ich war Gast in Samas' Haus, aber lange würde sich das finanzielle Missverhältnis zwischen uns nicht ignorieren lassen. Und ich wollte nicht der linkische junge Mann sein, der im Schatten seines erfolgreichen großen Bruders stand. So ist das vermutlich immer, wenn man in einer neuen Umgebung Fuß fassen will. Und wenn sie mich tatsächlich aufnahmen, würde ich dort als Letzter in der Cognomina-Hackordnung ganz unten anfangen müssen.

Ich ging zum Bett, schlug das Moskitonetz beiseite, holte das Banknotenbündel hervor und zählte mein Geld. Von den fünftausend waren noch dreitausendachthundertsiebzehn Dollar übrig. Der Geldscheinstapel war etwa zweieinhalb Zentimeter hoch. Seltsam, vor ein paar Wochen wäre das noch viel Geld für mich gewesen. Nun wurde mir auch klar, was Samas damit meinte, dass alles relativ ist.

Ich ging davon aus, dass ich im St. Germain kostenlos wohnen und essen durfte, wenn ich erst einmal Mitglied war. Aber das konnte nur eine Übergangslösung sein. Wenn ich mein bisschen Geld verbraucht hatte, musste ich entweder in Zürich etwas verdienen oder wieder nach L.A. zurückkehren, was mir aus verschiedenen Gründen weit gefährlicher erschien als Samas' Angebot. Ganz ehrlich, ich hatte keine Probleme mit dem kriminellen Aspekt – und das war Samas offenbar auch nicht entgangen. Vielleicht hatte er mir nur deswegen dieses Angebot gemacht. Ich wusste, dass mein altes Leben in L.A. mit weit geöffneten, ausgemergelten Armen auf mich warten würde.

Ich faltete das Geldbündel zusammen und steckte es wieder in meine Tasche. Während ich das Licht ausmachte und das Moskitonetz schloss, drangen die leisen, getragenen Klänge eines Cellos in mein Zimmer. Ich versuchte, meine sich überschlagenden Gedanken zu beruhigen, und irgendwann schlief ich schließlich ein.

Die Morgenluft im Haus war von Gewürzduft erfüllt. Samas' Angebot hatte mich bis in meine Träume verfolgt, und im Vergleich dazu war die Realität meines Gästezimmers blass und farblos.

Ich folgte dem Duft in die Küche. Zohra stand auf Zehenspitzen am Herd und spähte in einen großen Topf. »Was gibt es denn?«, fragte ich.

»Ich koche dreimal wöchentlich Couscous, das in der Moschee von Rabat an die Armen verteilt wird. Und ich habe heute Morgen Gebäck gemacht. Davon steht noch etwas auf dem Tisch, falls Sie Hunger haben. Samas ist schon wach. Er kommt sicher gleich herunter.«

Ich nahm von dem Gebäck, ging im Wohnzimmer umher und betrachtete die Kohlezeichnungen an den Wänden. Vor einer kleinen Zeichnung in einem einfachen schwarzen Rahmen blieb ich stehen. Die vergilbten, rissigen Ecken verrieten, dass sie sehr alt war. Sie zeigte einen jungen halb bekleideten schwarzen Mann, der neben einem Schimmel schlief. Ich betrachtete das Bild sehr lange und suchte nach Ähnlichkeiten mit der Person, die ich kannte, aber sosehr ich auch suchte, ich konnte zwischen den beiden keine Verbindung herstellen.

»Schwer zu glauben, dass es sich um dieselbe Person handelt«, sagte Samas hinter mir.

»Ja, da haben Sie recht.«

»Damals war sie mir viel sympathischer.« Er ging in die Küche. »Wann kommst du heute nach Hause?«, fragte er seine Frau.

»Am späten Nachmittag, aber im Ofen ist ein Lammkarree für euch zum Mittagessen. Kommt ihr heute Nachmittag allein zurecht?«

»Ich denke, wir kommen klar«, meinte er und spähte in den Ofen. »Wir haben noch ein paar Dinge zu besprechen.«

»Gut, ich muss los. Bis später.«

Samas kam zu mir ins Wohnzimmer. »Wie haben Sie geschlafen?«

»Ging so«, antwortete ich.

»Haben Ihnen die Fliegen Ärger gemacht?«

»Nein, aber ich lag lange wach und habe über Ihr Angebot nachgedacht.«

»Und?«, fragte er neugierig.

»Es ist sehr großzügig und sehr verlockend. Bis wann muss ich mich entscheiden?«

»Denken Sie ruhig noch eine Weile darüber nach. Bis nach der Aufnahme haben Sie sowieso noch Zeit. Und ich werde Ihnen auf jeden Fall Bescheid geben, bevor ich jemand anderem dasselbe Angebot mache.«

»Danke. Warum ist dieses eine Bild so wichtig für Sie?«

Er nickte. »Ich erinnere mich noch daran, wie ich zum ersten Mal ein Werk Vermeers in einer Bäckerei in Delft in Holland sah. Zu dieser Zeit war ich eine englische Dame und lebte in Amsterdam – und befand mich gerade auf dem Weg zum Sumerfest in Zürich.«

»Sumerfest? Was ist das?«

»Das ist unser jährliches Treffen zur Sommersonnenwende, bei dem wir schlemmen und es uns so richtig gut gehen lassen. Ganz früher, als Cognomina noch in den Kinderschuhen steckte, trafen sich die ersten Mitglieder zu jeder Sommersonnenwende am selben Ort, um in Kontakt zu bleiben. Mit der Zeit wurde das Sumerfest zu einer Tradition.«

»Wird das Sumerfest heute noch gefeiert?«

»Ja, es fand gerade vor einem Monat statt. Aber zurück zu dem Gemälde. Ich hielt in Delft an, um Brot zu kaufen, und sah ein fantastisches Bild in der Bäckerei hinter der Theke hängen. Es war nicht groß, aber unglaublich detailliert, und es zeigte eine junge Frau, die an einem Tisch saß und einen frischen Laib Brot betrachtete. Es stand einer heutigen Farbfotografie in nichts nach: die Schatten, die Farben, die Kontraste, die Einzelheiten – alles war perfekt. Besser als alles von da Vinci oder sogar Caravaggio. Vom Bäcker erfuhr ich dann den Namen des Künstlers – Jan Vermeer – und dass dieser ebenfalls in Delft wohnte. Für das Gemälde habe er Vermeer im Gegenzug ein halbes Jahr lang mit Brot versorgt, so erzählte er mir. Aber das war schon vor anderthalb Jahren gewesen. Ich wusste sofort, dass ich in diesem verschlafenen Ort einen großartigen Fund gemacht hatte. Vermeer kam jeden Montag in den Laden, also ließ ich ihm durch den Bäcker ausrichten, dass ich gewillt sei, ihn unter Vertrag zu nehmen, und dass ich ihn am Montag in zwei Wochen mittags in der Bäckerei treffen wolle.«

»Kam Vermeer zu dem Treffen?«

»Oh ja. Ich kehrte am angegebenen Tag nach Delft zurück, begierig zu sehen, wessen Hand solche Wunder erschaffen konnte. Vermeer war klein und trug seine besten Kleider, die aber trotzdem fadenscheinig waren. Er war ein unbescheidener Mann mit bescheidenen Mitteln, aber mit dem selbstbewussten Auftreten eines Künstlers, der sich seines Werts bewusst ist.

›Wenn ich recht verstanden habe, wollt Ihr mich in Eure Dienste nehmen?‹, fragte er mit einer piepsigen Stimme, die zu seinem schmalen Körper passte. Er war etwa Mitte vierzig und hatte krauses Haar, das unter seinem mit Farbe verschmierten Hut hervorstand. Wer hätte gedacht, dass ein so großer Künstler so ungepflegt auftreten könnte?« Samas kicherte.

»Ich fragte ihn, ob er bereits in den Diensten von jemandem stehe. Er verneinte und war bereit, sich mein Angebot anzuhören. Ich nannte ihm meinen Namen – zu der Zeit hieß ich Emily Restoud – und bot ihm fünfhundert Franc d'argent für mein Porträt.«

»Nahm Vermeer das Angebot an?«, fragte ich.

»Oh ja, er akzeptierte und erkundigte sich, wann er kommen solle. Ich bestellte ihn für die nächste Woche zu meiner Adresse in Amsterdam und gab ihm hundert Franc im Voraus, damit er sich mit den nötigen Materialien eindecken konnte.« Samas lächelte, als er sich an jenen Tag erinnerte.

»Er erschien pünktlich mit Leinwand und Malutensilien. In seiner farbverschmierten Kleidung war er recht ansehnlich. Beim Mittagessen erzählte er mir von sich. Ich erfuhr, dass er keine malerische Ausbildung genossen hatte und sich sein Naturtalent selbst nicht erklären konnte. Wir unterhielten uns bis Sonnenuntergang, und er nächtigte im Gästezimmer, damit er früh am nächsten Morgen mit der Arbeit beginnen konnte.«

»Wie lange brauchte er, um sein Werk zu vollenden?«

»Das einzige Problem mit Vermeer war, dass er quälend langsam arbeitete und ich stundenlang dieselbe Position halten sollte. Ich denke, dass er jedes Zeitgefühl verlor, sobald er einen Pinsel in der Hand hielt. Nur so konnte er wohl seine detailreichen Arbeiten schaffen. Ich war sowieso schon nicht die Geduldigste, aber ihm Modell zu stehen war ziemlich unerträglich.« Samas seufzte und sein Blick glitt in weite Ferne, während er sich das nächste Kapitel seiner Geschichte in Erinnerung rief. »Es brauchte eine Woche mit zehnstündigen Sitzungen, um das Gemälde fertigzustellen. Ich weiß noch, dass ich bereits nach einer halben Stunde in derselben Pose müde wurde und heimlich versuchte, sie leicht zu verändern. Jedes Mal, wenn ich das tat, legte er in aller Ruhe den Pinsel beiseite, stand auf, kam zu mir herüber und rückte mich vorsichtig wieder in die richtige Position. Seine kleinen elfenhaften Hände fühlten sich angenehm an, und mit der Zeit begann ich, absichtlich meine Position zu verändern, nur damit er sie korrigierte. Dieser Trick zeigte Wirkung, und am vierten Tag der Porträtsitzungen war er bereits mein Liebhaber.«

So langsam wurde mir klar, warum das Gemälde so wichtig für Samas war. Ich nickte ihm aufmunternd zu, damit er mit seiner Erzählung fortfuhr.

»Er nannte das Gemälde passenderweise *Das Rendezvous.*[29] Das war das einzige Bild, das ich von mir als Emily

---

29 Dieses Werk, das Samas hier beschreibt und das Evan in seinen Notizbüchern als *Das Rendezvous* bezeichnet, entspricht keinem der bekannten siebenunddreißig Gemälde des Künstlers, obwohl der Kunsthistoriker Théophile Thoré-Bürger Vermeer in einem im neunzehnten Jahrhundert erschienenen Essay sechsundsechzig weitere Werke zuschrieb, vgl. *Thoré-Bürger and the Art of the Past.* Thoré-Bürger wird allgemein die Wiederentdeckung Vermeers zugeschrieben

Restoud besaß, und es hing über zweihundertfünfzig Jahre in meinem Haus in Amsterdam. Im Herbst 1674 kaufte ich drei weitere Werke für fünfhundert Franc das Stück. Er brachte sie mir selbstverständlich persönlich vorbei. Im darauffolgenden Jahr starb er.«

Ich beugte mich vor. »Haben Sie zu allen Kunstwerken Ihrer Sammlung ein so persönliches Verhältnis?«

»Ich habe zu jedem eine persönliche Beziehung, und sie bedeuten mir alle sehr viel, aber *Das Rendezvous* ist etwas ganz Besonderes, so besonders, wie Jan war. Ich habe ihn geliebt, und ich habe sein Porträt von mir geliebt. Es hing über all die Jahre in demselben Zimmer, in dem er es gemalt hat. Als diese Missgeburten es von der Wand nahmen, verlor ich auch ein Stück von mir.«

»Wo befindet es sich jetzt?«

»Es ist in Tunis«, sagte er, wieder etwas besserer Laune. »Die Italiener haben es für ein Jahr dorthin ausgeliehen. Und ich will, dass es sich bis Ende des Jahres wieder in meinem Besitz befindet. Die Sicherheitsvorkehrungen in der Tunesischen Nationalgalerie sind lasch.«

»Und wen würden Sie damit beauftragen, wenn ich es nicht tue?«

»Es fallen mir verschiedene Personen ein, die ich kontaktieren könnte. Es wäre nicht das erste Mal, dass ich mir abseits des offiziellen Kunstmarkts ein Werk verschaffe«, erklärte er mit einem verschlagenen Unterton.

»Haben Sie schon einen Plan?«

»Ja, den habe ich.« Er grinste breit und lehnte sich zurück. »Kennen Sie sich mit Sicherheitssystemen aus?«

»Ein bisschen«, antwortete ich und dachte an meine vielen Aufträge als professioneller Brandstifter.

»Das ein oder andere weiß ich darüber auch«, sagte er,

»aber über die Sicherheitsvorkehrungen in der Tunesischen Nationalgalerie weiß ich einfach alles.«

»Wie meinen Sie das?«

»Ich bin im Besitz der Pläne des Sicherheitssystems und eines Gebäudegrundrisses. Beides habe ich letzten Monat von einem Insider gekauft.«

»Verstehe«, sagte ich lächelnd. »Was ist das für ein Gebäude?«

»Warten Sie hier, dann zeige ich es Ihnen.« Ein paar Minuten später kam er mit einem zusammengerollten Bauplan unter dem Arm zurück.

Ich sah ihm über die Schulter, als er den blau-weißen Plan auf dem Küchentisch ausbreitete. »Das Museum ist nicht besonders groß.«

»Ich weiß. Kleines Land, kleines Museum.« Er kicherte. »Allerdings ist das für uns eigentlich ein Nachteil. Meiner Erfahrung nach ist es leichter, etwas aus einem großen Gebäude zu stehlen als aus einem kleinen.«

Mir fiel auf, dass er nun im Plural sprach, sagte aber nichts dazu. »Was ist das hier?«, fragte ich stattdessen und deutete auf einen kleinen roten Aufkleber auf dem Grundriss.

»Dort hängt *Das Rendezvous*.«

»Woher wissen Sie das?«

Samas sah mich mit ernster Miene an. »Ich war dort und habe es mir angesehen. Zweimal. Und bei der Gelegenheit habe ich auch die Kameras und die Sensoren inspiziert, die auf diesem Plan verzeichnet sind.«

»Und?«

»Die Angaben sind alle korrekt, bis hin zu den Zeitplänen des Wachpersonals. Und das Bild hat sich nicht verändert – als ob seit damals kein einziger Tag vergangen wäre«, sagte er und legte einen dicken Finger auf den roten Punkt. »Aber wissen Sie, was daran wirklich bemerkenswert ist? Es wurde 1940 aus meinem Haus gestohlen und gelangte auf verschlungenen Pfaden nach Berlin. Dann war es vierzig Jahre lang in Russland, dann Rom, New York, Singapur, Johannesburg und schließlich Tunis. Und es befindet sich immer noch in demselben vergoldeten Eichenholzrahmen, in dem ich es aufgehängt hatte, sobald die Ölfarbe getrocknet war.«

»Faszinierend.«

»Und ein Glücksfall für uns.«

Ich sah ihn verwundert an.

»Ich habe es in diesen Rahmen gesteckt, und deswegen weiß ich auch am besten, wie man es wieder herausbekommt.«

»Gehört es zu unserem Plan, es aus dem Rahmen zu entfernen?«, fragte ich.

Er nickte.

»Dann lassen Sie mal hören.«

»Im Prinzip lautet der Plan: einbrechen, das Bild aus dem Holzrahmen holen und aus dem inneren Rahmen herausschneiden – und dann nichts wie weg.«

»Und welche Sicherheitsvorkehrungen sollen einen solchen Diebstahl verhindern?«

»Alle Türen sind alarmgesichert, ebenso die Fenster und die Oberlichter. Es sind immer zwei Wachleute im Dienst, die alle zwanzig Minuten ihre Runde drehen. Im gesamten Museum sind Bewegungsmelder angebracht, und die Aufhängungen der Gemälde sind mit Drucksensoren ausgestattet, die mit dem Alarmsystem verbunden sind.«

»Klingt für mich gar nicht so lasch.«

»Glauben Sie mir, das ist es. Die einzige wirkliche Schwierigkeit ist, aus dem Gebäude wieder herauszukommen.«

»Ich höre.«

»Zuerst einmal: Sie brechen nicht ein, sondern bleiben einfach dort.« Sein Gesicht leuchtete vor kindlichem Enthusiasmus, als er mir die Details darlegte. »Das Museum ist von Sonntag bis Donnerstag immer bis achtzehn Uhr geöffnet. Samstags finden nur Privatführungen statt. Sie betreten das Museum so gegen fünf oder halb sechs an einem normalen Wochentag. Das nötige Werkzeug nehmen sie in einer kleinen Gürteltasche mit. Ein paar Minuten vor Schließung gehen Sie in die Damentoilette und warten.«

»Werden die Toiletten nicht überprüft?«

»Doch, aber erst nachdem das Museum geschlossen wurde. Und dann eine nach der anderen. Der Wachmann wird zuerst in die Herrentoilette schauen. Wenn Sie ihn hineingehen hören, verstecken Sie sich möglichst schnell und lautlos in der Mülltonne, die zwischen der Damen- und der Herrentoilette steht. Die Mülltonne hat einen Deckel, man kann Sie also nicht sehen. Und sie ist groß genug, um darin einigermaßen bequem mehrere Stunden zu verbringen. Sie bleiben dort, bis es draußen dunkel wird. Wenn der Wachmann seine Runden dreht, warten Sie, bis er an Ihnen vorbeigekommen ist. Wenn sich die Wachleute an ihre Routine halten, haben Sie zwanzig Minuten, um sich das Gemälde zu verschaffen und aus dem Museum rauszukommen.«

»Woher wollen Sie wissen, dass der Wachmann immer zuerst in den Herrentoiletten nachsieht?«, unterbrach ich ihn.

»Weil ich es ausprobiert habe. Und außerdem aus Gewohnheit. In welche Toilette würden Sie denn zuerst gehen?«

Ich nickte. »Verstehe.«

»Was ist mit den Bewegungsmeldern?«

»Die sind wegen der Ratten gar nicht in Betrieb.«

»Ratten?«

»Ja.« Samas lachte. »Da gibt es eine alte Legende über Karthago, die Stadt, an deren Stelle sich das heutige Tunis befindet. Und dieser Legende nach wird Hannibal von den Toten auferstehen und die Karthager beschützen, sollte es jemals mehr Fremde als ursprüngliche Einwohner in Karthago geben – und mit diesen ursprünglichen Bewohnern sind Ratten gemeint. Hannibal schläft immer noch, so heißt es, weil es in der Stadt fünfmal mehr Ratten als Menschen gibt. Im Museum habe ich vier gesehen, die so groß wie Hauskatzen waren. Und wenn sie sich schon tagsüber blicken lassen, dann werden es nachts noch zehnmal mehr sein. Ich mache weltweit mit Kuratoren Geschäfte, und alle haben die gleichen Probleme mit diesen Sensoren. Die Systeme können nicht zwischen Mäusen, Ratten und Menschen unterscheiden. Moderne Sicherheitssysteme verwenden Laser, die den Raum mit etwa fünfzehn Zentimeter Abstand zum Boden scannen, um dieses Problem zu umgehen. Aber so ein System besitzen die Tunesier nicht.«

»Okay«, sagte ich und stellte diesen Punkt erst einmal zurück. »Was ist mit den Drucksensoren an den Aufhängungen?«

»Ah, genau.« Er hielt einen Finger in die Höhe. »Meine Quelle hat den Hersteller in Erfahrung gebracht. Ich habe dort angerufen, mich als Kaufinteressenten ausgegeben und ihren Verkäufer zu den Vor- und Nachteilen einer solchen Einheit gegenüber teureren Modellen befragt. Seine Verkaufsargumente waren sehr erhellend: Das in dem Museum verwendete Modell reagiert auf Gewichtsbelastung, normalerweise zwischen fünf und zehn Pfund. Sie sind so eingestellt, dass sie einen Alarm auslösen, wenn dieses Gewicht weggenommen wird. Macht man das Ganze schwerer, reagiert das System dagegen gar nicht. Und so können wir es überlisten.« Er zeichnete beim Sprechen etwas auf die Ecke des Grundrisses. »Wir werden eine Schlinge in eine Angelschnur knoten und diese hinter den Rahmen stecken. Hängt sie erst einmal an der Aufhängung, befestigen Sie einfach ein Gewicht von zehn Pfund daran und nehmen das Gemälde vorsichtig ab.«

»Einfach, aber genial«, sagte ich.

»Vielen Dank«, erwiderte er stolz.

»Wie geht es dann weiter?«

»Das Gemälde muss aus dem äußeren Rahmen genommen werden. Der innere Spannrahmen mit der Leinwand wird von zwei kleinen Nägeln an jeder der innenliegenden Ecken an seinem Platz im äußeren Rahmen gehalten. Diese können ganz einfach mit einem kleinen Hammer entfernt werden. Wenn Sie den äußeren Rahmen abgenommen haben, schneiden Sie die Leinwand an der Rückseite des inneren Spannrahmens entlang ab. Auf diese Weise bleibt noch genug Leinwand, um es später wieder in seiner normalen Größe aufspannen zu können. Dann rollen Sie das Gemälde mit der bemalten Vorderseite nach innen auf und machen sich aus dem Staub.«

»Die Wachmänner werden mich sicher mit Freuden einfach so aus der Tür spazieren lassen«, meinte ich sarkastisch. »Warum bleibe ich nicht einfach?«

»Darüber hatte ich auch schon nachgedacht, aber das würde nicht funktionieren. Um Mitternacht hat die Wachmannschaft Schichtwechsel, und kurz vor der Öffnung des Museums kommt jemand, der den Müll leert und die Böden wischt.

Wieder aus dem Museum herauszukommen ist der schwierigste Part, denn egal wie Sie es anstellen, Sie werden dabei den Alarm auslösen. Der Vorteil dabei ist, dass Sie das Bild dann schon haben. Im Prinzip ist es egal, aber ich denke, dass sich dieser Notausgang hier am besten eignet«, sagte er und deutete auf den Grundriss. »Er führt in eine Seitengasse. Von dort aus müssen Sie dann nur noch zum Hafen gelangen. Dort wird ein Boot samt Crew warten, das Sie hierher zu mir an den Strand bringt«, sagte er und zeigte aus dem Fenster des Wohnzimmers hinaus auf das Meer.

»Was ist mit den zwei Millionen?«, fragte ich.

»Keine Sorge. Nach Ihrer Aufnahme wird ein Konto für Sie eröffnet werden. Sobald ich das Gemälde habe, wird Diltz Ihnen das Geld überweisen. Sie können anrufen und sich das bestätigen lassen, wenn Sie möchten.«

Ich nickte bedächtig. »Ihr Plan kommt mir ein bisschen zu einfach für zwei Millionen Dollar vor.«

»Natürlich, ich verstehe Ihre Bedenken. Sie gehen natürlich ein wesentlich geringeres Risiko ein als ein normaler Mensch, aber das soll nicht heißen, dass Sie weniger verdient haben.«

»Warum sollte das Risiko für mich kleiner sein?«

»Das meinte ich gestern Abend: Die zwei Millionen wären angemessen für jemanden, der Angst davor haben muss, im Gefängnis zu landen, wenn er erwischt wird. Sie müssen diese Angst nicht haben, weil Sie sind, was Sie nun mal sind. Sollten Sie geschnappt werden, müssen Sie sich nur das Leben nehmen und warten, bis Sie sich wieder erinnern, wenn Sie zurückkommen. Das Geld wird bis zur nächsten Aufnahme auf Sie warten. Mit dem Gefängnis kann man Ihnen also nicht drohen.«

Da wurde mir schlagartig klar, dass es wirklich ganz einfach war. Die Gerichtsbarkeit der normalen Menschen konnte mir nichts anhaben. Sein Angebot wurde damit noch verlockender. Sollte man mich wirklich fassen, musste ich keine Strafe fürchten. Dieses Gefühl von Freiheit war berauschend. *Nichts* konnte mir mehr etwas anhaben. Ich begriff, warum Samas diese Art zu leben so genoss, und das löste in mir dieselbe Sehnsucht aus. »Ihre Einstellung gefällt mir«, sagte ich und wandte mich dem Grundriss zu.

»Vielen Dank. Ich habe die letzten drei Monate lang jeden Tag an diesem Plan gearbeitet. Er ist absolut wasserdicht.«

»Ich verstehe, was Sie damit meinen, dass die Gerichte der normalen Menschen uns nichts anhaben können. Aber dann frage ich mich, warum Sie das Gemälde nicht selbst stehlen.«

Er brach in schallendes Gelächter aus und stemmte die Hände in die Seiten. »Wie sollte ich mit dieser Leibesfülle in die Mülltonne passen? Und ganz nebenbei: Es ist eine verschmerzbare Summe. Es ist kein Schnäppchen, aber auch nicht zu viel. Ich hatte darüber nachgedacht, es selbst zu tun, und ich glaube auch, dass das viel befriedigender wäre. Aber dann musste ich mir eingestehen, dass die Erfolgschancen viel besser stehen, wenn es jemand Geeigneteres tut. Wenn *Das Rendezvous* wieder in meinen Besitz gelangt, wird mir das als Genugtuung reichen.

Ich möchte wirklich gerne …« Sein Telefon klingelte kurz und unterbrach ihn mitten im Satz. Dann schwieg es wieder. Er spitzte die Ohren, und fünfzehn Sekunden später war ein weiteres Klingeln zu hören.

»Ich weiß schon, wer da anruft«, sagte er und ging hinüber zu dem Telefon. »Mr. Diltz, was für eine angenehme Überraschung«, sagte er in den Hörer. »Ich verstehe, besten Dank und auf Wiederhören.« Er machte eine ernste Miene, als er wieder zum Tisch zurückkam. »Wir sollen doch schon morgen zurückfliegen. Sie stehen kurz vor der Entscheidung.«

»Das ist schneller, als Sie gedacht hatten.«

»Ja, aber das ist vermutlich ein gutes Zeichen. Diltz meinte, dass sie vorher noch eine weitere Befragung durchführen wollen.«

»Was hat das zu bedeuten?«, fragte ich.

»Das werden wir bald herausfinden, Evan.«

# 18

DAS MITTLERWEILE VERTRAUTE ZÜRICH empfing mich, als hätte es geduldig auf meine Rückkehr gewartet. Je näher wir dem Hotel St. Germain kamen, desto stärker wurde das Gefühl, das ich seit Diltz' Anruf hatte. Seltsamerweise war es weder Nervosität oder Angst, sondern Selbstvertrauen. Ich wusste, wer ich war und dass ich sie davon überzeugen konnte.

Samas stand neben mir vor der Jury in der Höhle. Die Empore vor dem Vorhang war nun bis auf den letzten Platz gefüllt. Ich sah viele neue Gesichter. Poppy war jedoch nicht dabei. Unter dem Knistern der Fackeln und dem Gemurmel der Zuschauer traten die fünf Jurymitglieder hinter dem Vorhang hervor und setzten sich. Ihre Mienen waren völlig ausdruckslos.

»Mr. Michaels«, sagte der alte Mann und beugte sich nach vorne. »Sind Sie und Ihr neuer Fürsprecher bereit, mit der Anhörung fortzufahren?«

»Ja«, antwortete ich.

»Sehr gut. Wir würden Ihnen gerne noch ein paar Fragen stellen«, sagte er und nickte den anderen Richtern zu.

»Hallo, Mr. Michaels«, sagte der Professor und lächelte mich warmherzig an. »Willkommen zurück.« Die Lücken zwischen seinen langen, schmalen Zähnen wirkten wie fehlende Latten an einem weißen Zaun. Seine unerwartete Freundlichkeit ließ meine Zuversicht weiter wachsen.

»Danke«, sagte ich.

Er nickte. »Kommen wir gleich zur Sache. Ich hätte gerne gewusst, ob Sie den Namen des Richters kennen, der Sie 1946 als Wassili verurteilt hat.«

Ich trank einen Schluck Wasser. »Diesen Namen werde ich niemals vergessen. Das war Genosse Wlad Duktschow vom Komitee für Volksgerechtigkeit.«

Der Professor machte unter den Augen der anderen Jurymitglieder einen Kringel um eine seiner Notizen. »Und der Name des Kommandanten im Staatsgefängnis Nummer vier?«

»Oberst Stohla.«

»Erinnern Sie sich an die Namen der Wärter?«

»Ich kannte nur zwei Gefängniswärter näher, Similenka und Bukar. Nach drei Monaten Haft erwähnte ich ihnen gegenüber, dass ich an der Seite von Hauptmann Hoxa gekämpft hatte. Bukar und Similenka sorgten daraufhin dafür, dass ich Vertrauenshäftling wurde und in der Wäscherei arbeiten durfte – und ihnen so die Geschichten vom Hauptmann erzählen konnte.«

»Wunderbar.« Er sah seine Notizen an. »Da ist noch etwas, was ich gerne wissen würde, worüber wir aber noch nicht gesprochen haben.«

»Ja?«

»Wie ist das Verhältnis zu Ihren Eltern in Minnesota, seit Sie wissen, dass Sie anders sind?«

Ich sah zu Samas und schob meinen Stuhl zurück. Dann begann ich zu erzählen. »In der Schule haben wir einmal einen Vogel namens Kuhstärling durchgenommen.[30] Der

---

30 In den Notizbüchern wird der Vogel als »Vogel der Kuh« bezeichnet (ПТИЦА ЧЛЕН КРАВА). Das Bulgarische kennt kein Wort für diesen in Nordamerika beheimateten Vogel.

Kuhstärling legt seine Eier heimlich in die Nester von Wanderdrosseln, die sie genauso wie ihre eigenen ausbrüten. Kleine Kuhstärlinge sind von kleinen Wanderdrosseln kaum zu unterscheiden. Die Stiefeltern füttern sie und beschützen sie und kümmern sich um sie, als wären sie ihr eigener Nachwuchs. Erst wenn die kleinen Vögelchen größer werden, bemerken die Eltern den Unterschied und verstoßen die betrügerischen Eindringlinge, die nun aber groß und stark genug sind, um auf sich selbst gestellt zu überleben. Die kleinen Betrüger wissen selbst nicht, wer sie sind oder warum sie anders sind. Sie wissen nur, *dass* sie existieren. Und so war es auch für mich – bis jetzt.« Ich ließ den Blick über die Jury und die Empore schweifen.

Es verstrichen einige Sekunden, die mir wie eine Ewigkeit vorkamen, bevor der Professor das Schweigen brach. »Mr. Michaels, Ihre erste Fürsprecherin hat uns erzählt, dass sie Sie entdeckt hat, nachdem Sie ein Feuer gelegt hatten. Erzählen Sie mir etwas über Feuer.«

Ich rutschte auf meinem Platz herum, spürte die Blicke der Jury auf mir. »Sie hat eigentlich alles dazu gesagt, was es da zu sagen gab. Ich habe das Feuer ...«

»Nein, ich möchte nichts über diesen einen Brand wissen. Erzählen Sie mir etwas über Feuer im Allgemeinen, Mr. Michaels.«

»Ich weiß nicht genau, was Sie von mir hören wollen«, antwortete ich.

Er lehnte sich vor. Alle Freundlichkeit war aus seiner Miene gewichen. »Wir wissen beide ganz genau, was ich meine.«

Ich hielt seinem Blick so lange stand, wie ich konnte, in dem verzweifelten Versuch, nicht vor ihm einzuknicken.

Vielleicht wäre es mir sogar gelungen, wenn ich nicht zusätzlich auch noch die Blicke aller anderen auf mir gespürt hätte. Schließlich nickte ich ergeben, zündete mir eine Zigarette an und stellte das noch brennende Feuerzeug vor mir auf den Tisch. Während ich sprach, betrachtete ich den kleinen weizenfarbenen bösen Geist vor mir. »Unsere erste Begegnung war ein Unfall. Ich war nicht darauf vorbereitet, wusste nichts von seinem Hunger und von seiner Wut. Seit es mich bei diesem ersten Zusammentreffen völlig überrumpelt hatte, habe ich immer dafür gesorgt, dass unsere künftigen Begegnungen zu meinen Bedingungen stattfanden. Mittlerweile kenne ich sein Verhalten ganz genau. Ich glaube, ich kenne es inzwischen ebenso gut wie mich selbst. Und ich entfache es immer wieder, rufe das Monster, weil ich mir selbst beweisen möchte, dass ich ihm überlegen bin. Ich will ihm zeigen, dass ich kein hilfloses Kind mehr bin, das sich vor Angst unter dem Bett versteckt. Ich habe mich erinnert und es durchschaut. Und ironischerweise war es bislang das einzige Wesen, das wusste, wer ich wirklich war, weil es sich wiederum an mich erinnerte. Es war mein Vertrauter und gleichzeitig mein Widersacher. Und wenn ich die Orientierung verlor, war es die einzige Konstante in meinem Leben.« Ich blickte auf. Der Richter lächelte wieder.

»Ich habe genug gehört«, sagte er und sah die anderen Jurymitglieder an.

»Ich auch«, sagte der alte Mann. »Legen wir eine kurze Pause ein.« Die fünf Richter standen auf und verschwanden hinter dem Vorhang.

Samas streckte die Beine unter dem Tisch aus und drehte sich zu mir um. »Ich muss schon sagen, Sie haben das mit Bravour gemeistert.«

»Werden sie ihre Entscheidung verkünden, wenn sie wiederkommen?«

»Oh ja«, sagte er und sah zur Empore hinüber. Die fünfzehn bis zwanzig Anwesenden waren aufgestanden und unterhielten sich. Einige von ihnen schienen Wetten abzuschließen.

»Danke für Ihre Hilfe«, sagte ich zu ihm.

»Gern geschehen.«

»Hey.« Ich tippte ihn am Arm an. »Ist im Anschluss nicht eine Party geplant?«

»Das ist die richtige Einstellung.« Er lachte. »Oh ja, und die wird ganz großartig. Aber ich muss Sie warnen, wir haben ein paar seltsame Gestalten in unserer Familie.«

»Wo ist Poppy? Ich dachte, zur Aufnahme müssten alle erscheinen?«

»Sie wird da sein, denn falls nicht, wird sie mächtig Ärger bekommen.« Er drehte sich mit seiner gesamten Leibesfülle zu mir um. »Haben Sie noch einmal über unsere Pläne nachgedacht?«

»Noch nicht sehr ausführlich«, gab ich zu.

Er drehte sich wieder zurück und blickte geradeaus. »Was werden Sie tun, nachdem Ihre Identität bestätigt wurde?«

»Ich bin mir nicht sicher. Vielleicht unternehme ich eine Reise nach Bulgarien.«

»Und haben Sie auch schon darüber nachgedacht, wohin es danach gehen soll?«

»Vielleicht bleibe ich hier. Oder ich gehe zurück nach Los Angeles, keine Ahnung.«

»Das Geld käme Ihnen doch sicher gelegen, egal, wohin Sie gehen.«

»Das versteht sich von selbst. Aber schauen wir doch erst einmal, ob ich dann hier auch ein Konto für das ganze Geld haben werde«, sagte ich mit einem nervösen Lachen.

»Sie haben es ja fast geschafft. Sieht so aus, als hätten sie sich entschieden«, erwiderte Samas und deutete auf den alten Mann, der durch die Öffnung zwischen Vorhang und Wand getreten war. Die anderen vier folgten ihm und nahmen wieder ihre Plätze ein. Samas legte die Hand auf meinen Arm und zwinkerte mir aufmunternd zu. Mein Herz raste, als ob es jeden Moment explodieren wollte. Trotzdem bemühte ich mich, möglichst ruhig sitzen zu bleiben.

Der alte Mann richtete sich auf. »Ich bin der Ansicht, dass wir Mr. Michaels über unsere Regeln in Kenntnis setzen sollten, bevor wir unsere Entscheidung verkünden.« Von den Zuschauern auf der Empore waren ein paar ungeduldige Seufzer zu hören. Der alte Mann flüsterte dem Professor etwas zu, woraufhin dieser aufstand und sprach.

»Hören Sie gut zu, Mr. Michaels, denn diese Richtlinien gelten verbindlich für jeden, der Cognomina beitreten will. Alle Mitglieder müssen einen Eid darauf ablegen, dass sie absolutes Stillschweigen über Cognomina bewahren, über unsere Existenz und Gemeinschaft. Sie sind außerdem dazu verpflichtet, uns jeden potenziellen Infinite vorzustellen. Sie müssen dem Ruf der Cognomina als Richter oder Juror unbedingt Folge leisten. Sie müssen Ihre Besitztümer an Cognomina vererben, wovon bei Ihrem Tod zehn Prozent in einen Gemeinschaftsfonds fließen, aus dem alle Unkosten sowie die laufenden Kosten unserer Einrichtungen bestritten werden. Über diese Ausgaben wird anlässlich des Sumerfests Rechenschaft abgelegt. Sie müssen sich auch dazu bereit erklären, sich bei jeder folgenden Inkarnation wieder einer Anhörung zu unterziehen, um Ihre Identität und damit den Anspruch auf Ihr Eigentum nachzuweisen. Sie müssen zustimmen, nach dem Rotationsprinzip als Verwalter der Fonds und Organisator der Aktivitäten von Cognomina zu fungieren. Und zu guter Letzt müssen Sie der Cognomina und ihren Mitgliedern die Treue schwören. Wir sind eine Familie, Evan Michaels, und wie jede Familie sorgen wir für unsere Mitglieder. Sind diese Bedingungen für Sie akzeptabel?«

Ich nickte stumm, aus Angst, dass meine Stimme brechen könnte.

»Sehr gut.« Er setzte sich.

Der alte Mann erhob sich langsam, und dann hallte seine müde Stimme durch den Raum. »Mit einer Vier-zu-eins-Entscheidung bestätigen wir, dass der Neophyt Evan Michaels tatsächlich ein Infinite ist. Wir heißen Evan Michaels als unseren Bruder bei Cognomina willkommen.«

Ich atmete erleichtert aus. Samas legte den Arm um mich und drückte mich fest. Eine Mischung aus Freudenrufen und Stöhnen erklang von der Empore, als die Wetten eingelöst wurden. Ich lehnte mich zurück und wischte mir ein paar Tränen aus den Augenwinkeln. Mr. Diltz kam als Erster zu mir.

»Meinen herzlichen Glückwunsch, Sir. Ich war mir sicher, dass Sie erfolgreich sein würden, und wir sind alle sehr glücklich, Sie nun in unserer Mitte willkommen heißen zu dürfen.«

»Auch diejenigen, die gegen mich gewettet haben?«, fragte ich lachend.

»Nun, Sir, die Gewinne wären im Fall Ihres Scheiterns besonders hoch ausgefallen.«

Ich lächelte. »Ich danke Ihnen für alles, Mr. Diltz. Ich danke Ihnen beiden«, sagte ich und legte den Arm um Samas. »Ich schulde Ihnen allen so viel. Ohne Sie hätte ich es nicht geschafft.«

»Unterschätzen Sie nicht Ihre eigene Rolle in dem Ganzen. Sie haben das wunderbar gemeistert, Sir«, erwiderte Diltz.

»Das sehe ich auch so«, sagte Samas.

Ich seufzte noch einmal, holte tief Luft und versuchte, mich zu beruhigen. »Was ist denn jetzt mit der Party?«, flüsterte ich Samas zu. »Ich muss ein bisschen Dampf ablassen.«

»Wie Sie sicher schon wissen«, sagte der alte Mann über den Lärm von der Empore hinweg, »tragen wir alle einen Namen, der unsere Persönlichkeit, unseren Charakter und Intellekt dauerhaft identifiziert.« Als der Lärmpegel im Raum wieder sank, wurde auch seine Stimme leiser. Er sah mir direkt in die Augen, während er weitersprach. »Unsere gegenwärtigen Körper werden alle verwelken und uns irgendwann im Stich lassen. Sie sind vergänglich. Wenn sie sterben, stirbt mit ihnen auch der Name, unter dem uns die übrige Welt kennt. Wir werden alle immer wieder in vielen verschiedenen Körpern zusammentreffen, aber wir erkennen darin das transzendente, unsterbliche Individuum, das diesen Namen trägt. Haben Sie für sich bereits einen Namen ausgewählt?«

Ich nahm den Gehstock und erhob mich, bevor ich ihm antwortete. »Jawohl. Ich wähle den Namen Evan, denn ich beginne diese Reise als der, der ich jetzt bin.«

»So soll es sein«, sagte er. »Willkommen, Evan.«

Die anderen Mitglieder verließen nun die Empore und traten der Reihe nach vor, um mir zu gratulieren.

»Willkommen zu Hause, Bruder.«

»Es freut mich, dass du anerkannt wurdest.«

»Evan – der Name gefällt mir, passt zu dir.«

»Ich habe mich schon sehr darauf gefreut, dich kennenzulernen, Evan.«

Ich bemühte mich, allen zu antworten und die Hände zu schütteln.

»Achtung, würdet ihr mir bitte kurz eure Aufmerksamkeit schenken?«, rief dann der älteste Richter. »Zuerst sollten wir noch Evans Aufnahme geziemend begehen.«

»Richtig, das hätte ich fast vergessen«, sagte die Frau mit dem Dutt.

»Oh ja, die Aufnahmezeremonie«, rief eine Stimme von hinten.

»Nehmt bitte alle eure Plätze ein«, sagte der hochgewachsene Professor und wies in die Richtung der Öffnung im Vorhang neben der Steinwand.

Die Gruppe stellte sich in zwei Reihen nebeneinander auf und bildete so eine Art Spalier. Drei Mitglieder der Jury kamen zu mir, während der Professor und der alte Mann bei ihren Plätzen blieben. Ich stand zwischen den beiden Reihen, unsicher, was ich nun tun sollte. Als ich mich Hilfe suchend zur Jury umdrehen wollte, wurde ich von einem halb nackten schwarzen Mann abgelenkt, der hinter dem Vorhang erschien und auf mich zukam. Er war riesig, etwa dreißig Zentimeter größer als ich. Seine ebenholzfarbenen Arme waren dick wie Baumstämme, und er trug nichts als feuerrote Seidenpumphosen und einen Fez mit einer Quaste.

Ich lächelte nervös und machte einen Schritt zurück. Während er sich näherte, nahm der hochgewachsene Richter mit der Brille den Speer von der Wand über der Jurybank. Ich wollte dem Riesen noch entweichen, aber es war zu spät. Seine pythonartigen Arme umschlangen mich, und binnen Sekunden war ich bewegungsunfähig. Der Professor ging mit dem Speer in der Hand ganz entspannt zum Ende der beiden Sitzreihen, während ich mich panisch im eisernen Griff des Riesen wand.

»Was in aller Welt geht hier vor sich?«, rief Samas hinter mir.

Unaufhaltsam kam der Mann mit dem Speer näher, bis die Spitze der Waffe mein Hemd berührte. Ich erstarrte, aus Angst, mich selbst daran zu verletzen. Die scharfe Stahlspitze reflektierte das Licht der flackernden Fackeln. Ich keuchte hektisch.

»Ich verstehe nicht«, sagte ich schwach und sah ihn direkt an. »Ich dachte, ich wäre aufgenommen worden.«

Er machte einen Schritt nach hinten, als ob er Platz zum Ausholen bräuchte. »Das bist du auch«, sagte er und zeigte dabei seine schiefen Zähne. Er trat noch einen weiteren Schritt zurück und schleuderte den Speer gegen die Wand, wo er eine an einem Haken festgebundene Schnur durchtrennte.

Der schwere Vorhang öffnete sich in rasender Geschwindigkeit und gab dabei ein lautes mechanisches Geräusch von sich, das in der gesamten Höhle widerhallte. Es klang, als würde alles um uns herum zusammenbrechen. Hinter dem Vorhang kam der Rest der Höhle zum Vorschein. Vier lange Kolonnaden erstreckten sich ins Dunkel. Im von knisternden Fackeln beleuchteten vorderen Teil standen lange Tische, die sich vor Essensplatten und Weinkrügen bogen. Große Kissen lagen auf riesigen Perserteppichen vor einer flachen mittelalterlich wirkenden Bühne mit Vorhängen und Fackelbeleuchtung. Hinter den Banketttischen befand sich ein großer rechteckiger Swimmingpool, der wie ein stiller Teich wirkte.

Der schwarze Riese ließ mich los, und ich landete auf dem dunklen Marmorboden, wo ich als nervöses Häufchen liegen blieb. Das Echo des mechanischen Klangs verhallte und wurde von brüllendem Gelächter abgelöst. Ich blickte in die vor Lachen verzerrten Gesichter der Umstehenden.

»Willkommen bei Cognomina, Evan.«

»Was zum Teufel soll das heißen?«, fragte ich und rieb mir meine schmerzenden Schultern.

»Tut mir leid. Ich hoffe, Chance hat dir nicht wehgetan«, sagte der lachende Professor und deutete auf den Riesen hinter mir. »Diltz sagte mir, dass du Angst vor dem Speer hättest, also haben wir uns damit einen kleinen Spaß erlaubt.«

»Sie haben es irgendwie aus mir herausgekitzelt«, sagte Diltz, und sein hageres Gesicht verzog sich dabei zu einem dünnen Lächeln.

»Und ich war auch nicht unwesentlich daran beteiligt.« Poppy trat hinter einer Säule hervor.

»Ach ja, das hätte ich fast vergessen: Poppy hatte natürlich auch ihre Hände mit im Spiel. Sie war mit der Organisation an der Reihe«, erklärte der Richter mit der Brille.

Poppy bewegte sich verführerisch auf mich zu. Ihr eng anliegendes schwarzes Abendkleid fiel über ihre Füße bis auf den Boden. Es wirkte beinahe so, als wäre sie direkt aus dem schwarzen Marmorboden aufgestiegen. Der tiefe

Rückenausschnitt zeigte ihr leuchtendes Tattoo. »Ich hoffe, du nimmst es mir nicht übel. Und ganz nebenbei hattest du es wirklich verdient, weil du dich wie ein Arsch benommen hast«, flüsterte sie.

»Brüder und Schwestern«, rief sie dann. »Lasst das Fest beginnen!« Sie klatschte zweimal in die Hände, woraufhin farbenfroh gekleidete Musikanten hinter den Säulen hervorsprangen und zu spielen begannen.

»Zigeuner!«, bellte der Riese hinter mir. Er ging zu ihnen, hob eine lächelnde junge Frau mit einem Tamburin in die Höhe und drehte sie wie einen Kreisel.

»Wir leben mittlerweile fast im einundzwanzigsten Jahrhundert, Chance. Sie möchten lieber Roma genannt werden«, ermahnte ihn Poppy.

Weitere in verschiedenfarbige Seidentücher und Schärpen gehüllte junge Frauen sprangen umher und sangen. Die Männer, die sie mit Gitarre, Geige und Akkordeon begleiteten, trugen ihre besten abgetragenen Anzüge und dazu schmuddelige Hemden.

»Wo hast du sie denn aufgetrieben?«, fragte eine Frau im Hintergrund.

Poppy drehte sich mit ihrer silbernen Zigarettenspitze in der schwarz behandschuhten Hand zu ihr um. »Ramsay hat viele Freunde unter den Roma. Es war verteufelt schwer, sie so kurzfristig hierherzubekommen. Die meisten haben nicht einmal einen Ausweis.«

»Wie hast du das gemacht?«, fragte der alte Mann besorgt.

»Keine Sorge. Ich habe in Rom ein Flugzeug gechartert. Sie mussten Augenbinden tragen, bis sie hier unten waren. Sie wissen nicht einmal, in welcher Stadt sie sich gerade befinden«, antwortete sie.

»Das scheint ihnen aber nichts auszumachen«, sagte der Professor und betrachtete die lächelnden Musikanten, die sich nun unter die Menschen mischten.

»Das will ich auch hoffen, wenn man bedenkt, was ich ihnen dafür zahle. Ich hoffe, sie gefallen euch!«

»Sie sind ganz wunderbar«, sagte jemand im Hintergrund und lachte.

»Ja, aber das ist noch nicht alles. Lasst euch überraschen – es ist für jeden etwas dabei.«

»Sogar für mich?«, fragte der androgyne Asiate aus der Jury.

»Ja, auch für dich, Mr. Ing«, rief Poppy.

»Für jeden etwas«, wiederholte der schwarze Riese lautstark und warf die Tamburinspielerin hoch in die Luft. »Dieses Mal hast du dich selbst übertroffen«, meinte er zu Poppy.

»Vielleicht sollten wir uns alle einmal vorstellen, bevor die Party so richtig losgeht«, rief Samas.

»Dem kann ich nur zustimmen, und ich möchte auch gleich den Anfang machen«, sagte der hochgewachsene Professor und kam auf mich zu. »Ich heiße Auda.« Er lächelte mich freundlich an und trat dann zur Seite.

»Mein Name ist Kress«, sagte die Frau, die ich im Speisesaal schon einmal getroffen hatte. Ihr Haar war auch heute zu einem strengen Dutt zusammengebunden. »Willkommen zu Hause.«

»Ich bin Mr. Ing«, folgte der geheimnisvolle asiatische Mann.

»Und ich Mara«, stellte sich die schöne rothaarige junge Frau in dem eng geschnittenen Hosenanzug vor.

Mein Puls beschleunigte sich, als der Riese die Frau mit einer Drehung aus seinen Händen entließ und vor mich trat. »Ich heiße Hazard«, sagte er mit einem französisch-kreolischen Akzent. »Aber hier nennt mich jeder Chance.« Seine Bassstimme dröhnte über dem Lied, das im Hintergrund gesungen wurde.

»Sehr erfreut«, erwiderte ich und nahm seine riesige Pranke.

»Ich hoffe, du trägst es mir nicht nach«, sagte er und klopfte mir auf die Schulter, die er mir vorhin beinahe ausgerenkt hätte.

Einer nach dem anderen stellten sie sich vor.

»Ich heiße Etyma.«

»Und ich Ramsay.«

»Jens.«

»Kerr.«

»Nestor.«

»Dilmun.«

»Castor.«

Die vielen neuen Namen und Gesichter überwältigten mich förmlich. Mit jedem Händeschütteln und jeder Umarmung stürmten ihre versammelten Leben auf mich ein. Ich genoss die Aufmerksamkeit und das Zugehörigkeitsgefühl, das ich so lange vermisst hatte. Seit ich begriffen hatte, dass ich anders war als die anderen, hatte ich einen geradezu fanatischen Individualismus gepflegt – einen Individualismus, der nun von der Freude über ihre Zuneigung verdrängt wurde.

Ich wischte mir gerade ein paar Tränen weg, als ich den alten Mann mit dem silberweißen Haar und Bart hinter den anderen stehen sah. Wie aufs Stichwort teilte sich die Menge, als ob sie seine Präsenz hinter sich spüren könnte. »Herzlichen Glückwunsch, Evan. Ich bin übrigens Clovis.«

»Danke, Clovis«, sagte ich und blickte ihm dabei in die traurigen grauen Augen.

»Ich würde gerne etwas loswerden: Ihr könnt euch alle gar nicht vorstellen, wie glücklich ich bin, endlich hier zu sein«, rief ich in die Runde, »oder vielmehr: Niemand weiß das so gut wie ihr – und gerade deswegen ist das hier ein ganz besonderer Moment für mich. Mir fehlen die Worte, um auszudrücken, wie ich mich gerade fühle. Aber vielleicht muss ich das auch gar nicht, denn ich bin endlich zu Hause.« Ich atmete tief aus. Die Musikanten hatten aufgehört zu spielen, und es waren nur noch die Atemgeräusche der Menschen und das Knistern der Fackeln zu hören, die leise im Raum widerhallten.

»Aber am allerglücklichsten bin ich darüber, dass ihr mich nicht getötet habt«, sagte ich lachend, was die anderen mit brüllendem Gelächter und Jubelrufen beantworteten. Die Musikanten begannen wieder zu spielen. Alle Anwesenden scharten sich auf einem ausgetretenen Teppich vor der grob zusammengezimmerten Bühne um eine rote Samtchaiselongue.

Poppy kam zu mir. »Noch ist es nicht ganz geschafft, Junior. Dir fehlt noch das Tattoo«, sagte sie und hielt mir einen fingerlosen Lederhandschuh hin, der sich an der Unterseite zusammenschnüren ließ. Sie öffnete ihn so weit, dass ich mit der Hand hineinschlüpfen konnte, wobei mir die getrocknete schwarze Tinte an den Ecken der Embe-förmigen Schablone auffiel. Ich trat näher zu ihr.

»Ich habe deinen Namen bei der Vorstellungsrunde nicht mitbekommen«, flüsterte ich ihr zu.

Sie hielt den Handschuh fest, bis er richtig saß, dann drehte sie ihn um, um ihn zuzuschnüren. Sie deutete auf die Samtcouch. »Evan, du hast meinen Namen doch im

Mausoleum gesehen. Ich bin Nez-Lah, aber hier sagt jeder Poppy zu mir.«

Ich setzte mich, und im gleichen Moment erschien Auda mit einem abgewetzten Lederbeutel, der mit drei grob geschnitzten Knochenknöpfen verschlossen war. Er öffnete den Beutel mit langen knochigen braunen Fingern und schlug eine Lasche zurück, worauf eine seltsame Sammlung von tintenfleckigen Knochenwerkzeugen zum Vorschein kam. Aus den schmalen Holzgriffen ragten Reihen mit winzigen nadelartigen Knochensplittern nach oben wie die Plastikborsten außerirdischer Zahnbürsten. Die Tinte unzähliger Jahre hatte die Spitzen jedes der winzigen Zähnchen schwarz gefärbt. Auda setzte sich und legte die Werkzeuge zwischen uns auf den roten Samt. Dann nahm er meine Hand und inspizierte die Lederschablone, bevor er in einem fleckigen weißen Keramiktiegel Öl mit einem schwarzen Pulver vermengte.

»Ist das die Farbe?«, fragte ich.

»Ja, das ist meine Spezialmixtur«, sagte er. »Eine Mischung aus Pappelholzasche, gemahlenen gerösteten Tamarindenkernen und ein paar Mohnkapseln, damit es nicht ganz so unangenehm ist.«

»Tut es weh?«

»Zuerst schon, aber nach einer Weile wird die Stelle taub. Lehn dich einfach zurück und genieß es«, sagte er und drückte mich sanft nach hinten.

Die Zuschauer um uns herum unterhielten sich, während Auda meinen Arm packte, eines der kleinen Tätowierinstrumente hervorholte und seine weißen Zähnchen in die teerartige Mixtur in dem Tiegel tauchte. Als er anfing, drehte ich mich weg und sah zu einer schönen jungen Frau aus der Musikantentruppe hinüber, die gerade ein melancholisches Lied sang, während die Männer sie auf Gitarre, Akkordeon und Geige begleiteten. Ihr langer, bauschiger Faltenrock bewegte sich, als sie sich langsam zum Rhythmus der Musik wiegte.

Der erste Schlag des Tätowierwerkzeugs versetzte mir einen Schock. Der Schmerz war so heftig, als ob jeder der kleinen Knochensplitter ein Nervenende gespalten hätte.

Auda arbeitete schnell. In Windeseile hatte er die Haut innerhalb der Schablone mit Stichen bedeckt. Meine rechte Hand begann zu pulsieren. Alle paar Minuten wischte er überschüssige Tinte und Blut mit einem zerschlissenen Lappen von der Wunde, der so alt wie der Rest der Werkzeuge aussah.

»Wie fühlst du dich?«, fragte er und griff nach einem größeren Werkzeug.

»Ganz okay. Es wird langsam taub.«

»Das hast du den magischen Mohnkapseln zu verdanken.«

»Hey, bringt mir mal jemand etwas Wein?«, rief er in das Ende des Lieds hinein.

Die junge Frau, der ich eben zugesehen hatte, stieg zu sechs anderen auf die kleine Bühne. Die Männer liefen immer noch spielend durch den Raum, die Klänge ihrer verschiedenen Instrumente kamen und gingen und hüpften als Echos durch die ganze Höhle.

Eine der Bediensteten, die ich schon von oben im Haus kannte, bahnte sich mit einer Amphore und zwei Silberbechern einen Weg durch die Menge.

»Hierher!«, rief Auda. »Und wehe, mein Becher ist nicht voll.« Sie tat wie geheißen und füllte beide Becher bis obenhin. Dann verbeugte sie sich respektvoll und ging. »Und vergessen Sie nicht, wo ich sitze, Liebchen«, knurrte er.

Er trank mehr als die Hälfte des Bechers in ein paar Zügen aus. »Ah, schon besser. Ich brauche eine ruhige Hand für die Konturen.«

Ich nahm einen tiefen Schluck und wandte mich der Bühne zu, während sich Auda wieder an die Arbeit machte. Unwillkürlich zuckte ich bei dem Schmerz zusammen, den das größere Instrument verursachte.

»Stillhalten«, sagte er streng. »Wir haben noch ein bisschen was vor uns.«

Ich nickte und starrte wieder auf die Bühne. Die Frauen trugen glänzende Münzen an ihren Halsketten, die das Licht der vor der Bühne angebrachten Fackeln reflektierten. Chance und einige andere tanzten auf den Teppichen davor.

»Wie kommst du voran?«, fragte Samas, der nun einen großen Bierkrug in der Hand hielt.

»Prima«, sagte Auda, ohne von meiner Hand aufzublicken.

»Wie lange wird es noch dauern? Clovis sagt, gegessen wird erst, wenn du fertig bist.«

»Es ist fertig, wenn es fertig ist, verdammt noch mal«, fauchte ihn Auda an.

Samas warf einen Blick auf das im Werden begriffene Tattoo, murmelte noch etwas und ging dann zurück zur Bühne.

»Wie alt bist du, Auda?«, fragte ich, als das Lied zu Ende war.

»Ich bin ein alter Sack, aber nicht so alt wie Clovis.« Er lachte und arbeitete weiter.

»Ich habe gehört, dass er der Älteste ist.«

»Das stimmt.« Auda griff nach dem Lappen. »Ich weiß nicht genau, wann ich dazukam. An den beiden Orten, an denen ich meine ersten beiden Leben verbrachte, kannte man keine Jahreszählung.«

»Wo war das?«

»Skythien und dann Westafrika. Ich schätze, das war vor etwa siebzehnhundert Jahren.«

»Machst du alle Tattoos?«, fragte ich und zuckte ein weiteres Mal vor Schmerz zusammen.

»Alle bis auf meine eigenen. Das hier hat Mara gemacht. Siehst du, wo sie es versaut hat?«, fragte er und zeigte auf eine schiefe Umrisslinie.

»Ja. Wer hat dich entdeckt?«

»Das war Chance.« Er deutete auf den Riesen.

Ich nahm noch einen tiefen Schluck. »Wirklich? Wo kommt er her? Ich meine, er ist wahnsinnig groß.«

»Das war er nicht immer. Eigentlich hätte Samas so einen Körper bekommen sollen«, sagte Auda und lachte.

»Wie alt ist Chance?«, fragte ich und beobachtete das lächelnde Gesicht des Riesen, der die anderen Tänzer weit überragte.

»Alt. Man munkelt, dass er Gedanken lesen kann.«

»Wie bitte?«, sagte ich ungläubig.

»Ja, ich halte das auch für Unsinn. Er behauptet, dass er das Gedankenlesen seit den Kreuzzügen trainiert, aber ich halte das für eine List. Ich glaube, dass er sich so beim Spielen einen Vorteil verschaffen will – das Glücksspiel ist nämlich seine Leidenschaft.

Aber wie auch immer, ich werde langsam müde. Lass uns ein paar Minuten Pause einlegen. Mehr Wein!«, rief er.

»Ich würde gerne etwas wissen«, fing ich an, während ich das halb fertige Tattoo betrachtete.

»Ja?«

»Woher wusstest du, dass ich so eine besondere Beziehung zum Feuer habe?«

»Das war einfach«, meinte er und verrenkte sich den Hals auf der Suche nach der Dame mit dem Wein. »Ich wusste, dass es etwas geben musste, das dich zum Brandstifter macht, Evan, denn so ist es immer. Das gilt für alle Menschen, auch für normale. Nur dass die normalen nicht wissen, warum sie vergewaltigen oder töten – oder einen Brand legen. Aber du kanntest diesen Grund, das war mir gleich klar.«

»Ich hatte ihn vorher noch nie jemandem erzählt.«

»Das dachte ich mir schon. Darum habe ich dich danach gefragt.«

»Das verstehe ich nicht.«

Auda sah mir in die Augen. »Evan, es ist wichtig, dass du uns gegenüber offen und ehrlich bist. Nicht, weil wir unbedingt alles über dich wissen müssen, sondern damit du weißt, dass du nichts vor uns verheimlichen musst. Sieh dich hier gut um. Dies ist jetzt dein Zuhause. Diese Leute hier sind deine Brüder und Schwestern, deine Vertrauten. Deswegen schließen wir uns mit unseresgleichen zusammen. Ohne das haben wir nichts.

Du hattest uns zu diesem Zeitpunkt schon längst überzeugt. Ich wollte nur, dass du dich uns gegenüber ein bisschen öffnest.«

»Hast du auch solche Neurosen?«

Er kicherte. »Sie sammeln sich mit der Zeit an, aber zum Glück verschwinden sie mit noch mehr Zeit auch wieder.« Er hielt eine Bedienstete auf, die eine große altertümliche Wasserpfeife vor sich hertrug. Sie wickelte den Schlauch mit dem Mundstück ab, der wie eine lange

Schlange um das Gerät lag. Auda nahm die gelbliche Elfenbeinspitze zwischen die Zähne und zog daran, bis die Luftblasen im Bauch der Pfeife zu blubbern begannen.

»Oh ja«, seufzte er und ließ den Opiumrauch beim Reden in Wolken aus seinem Mund strömen. »Das tut gut.«

Ich schüttelte den Kopf, als er mir das Mundstück anbot.

Dann nahm Auda sein Werkzeug und machte sich wieder an die Arbeit. »Worüber sprachen wir gerade?«

»Darüber, wie es ist, die Gründe für seine Neurosen zu kennen.«

»Ja. Die ganze Psychiatrie wäre überflüssig, wenn die normalen Menschen sich nur erinnern könnten«, sagte er und deutete nach oben in Richtung der Welt über uns.

Vielleicht hatte er recht, aber meiner Ansicht nach unterschätzte er dabei, wie segensreich ein wenig Unwissenheit sein kann.

»Ich hatte so langsam schon den Eindruck, dass Sie mich nicht leiden können«, sagte er zu der Bediensteten, die wieder mit der Weinamphore erschien und ihm nachschenkte. Sichtlich empört schritt sie davon.

»Sie scheint wohl nicht viel von dir zu halten.«

»Oh, sie ist nur neu«, sagte er herablassend. »Wir können alle ziemlich anstrengend sein.« Er nahm meine Hand und arbeitete in einem regelmäßigen Rhythmus weiter an dem Tattoo. »Hast du schon Pläne?«, fragte er.

»Für die nächste Zeit?«

»Ja.«

»Ich würde gerne ein bisschen herumreisen, vielleicht noch einmal Bulgarien besuchen.«

»Klingt gut. Und was willst du danach tun?«

»Das weiß ich noch nicht. Warum fragst du?«, erwiderte ich.

»Nur aus Neugier. Dies ist ein völlig neuer Anfang für dich, oder zumindest hat es sich für mich damals so angefühlt, als ich Mitglied wurde.«

»Ja, ich weiß, was du meinst. Aber ich bin mir nicht sicher, ob ich außer Zündeln sonst noch irgendetwas kann.«

»Das ist keine Frage von Können, sondern von Wollen.« Er sah mir in die Augen. »Was willst du, Evan?«

Darüber musste ich nicht lange nachdenken. »Ich möchte Spaß haben, reisen und die Welt sehen.«

»Klingt gut«, sagte er enthusiastisch. »Fertig. Nimm bitte die Schablone ab.« Er tippte auf das harte Leder des Handschuhs.

Ich beeilte mich, den Handschuh aufzuschnüren. »Das ging ja schnell.«

Auda nahm einen tiefen Schluck aus seinem antiken Weinbecher. »Vergiss nicht, dass ich schon viele Gelegenheiten zum Üben hatte.«

Ich nahm den Handschuh ab und bewunderte das frisch gestochene Symbol an meiner Hand. Die Haut war gereizt und angeschwollen. Die Umrisse des schwarzen Tattoos zeichneten sich klar und deutlich ab. »Es ist schön geworden«, murmelte ich.

»Lass dir später etwas Wundsalbe von Mr. Diltz geben«, sagte er und stand auf. »Ich bin fertig!«, rief er dann. »Lasst uns essen.«

»Na, endlich.«

»Wurde auch Zeit.«

»Nicht eine Minute zu früh«, grummelten einige der Zuschauer.

Poppy klatschte zweimal in die Hände, und die Musikanten schlugen nun ruhigere Töne an. Die Anwesenden, allen voran Samas, bewegten sich zu den langen Esstischen am Ende des Teppichs. Mithilfe meines Gehstocks humpelte ich hinüber zu der immer länger werdenden Schlange. Auda und Ramsay begleiteten mich.

»Wie ist es geworden?«, fragte Ramsay.

Voller Stolz hielt ich ihr meine Hand hin.

»Sieht gut aus.«

»So wie meistens«, sagte Auda und gab uns Teller.

Ich ging am Buffet entlang und lud mir viel zu viel auf den Teller – wie alle anderen auch. Als ich mich umdrehte, bemerkte ich, dass alle auf dem Teppich vor der Bühne Platz nahmen. Sie setzten sich im Halbkreis um einen Stapel von schwarzen Kissen mit Goldborten.

»Sie warten schon auf uns«, flüsterte Ramsay. »Der Ehrenplatz in der Mitte gehört heute Abend dir.« Sie deutete auf die Kissen.

Ich ließ mich also inmitten der lächelnden und grüßenden Menschen nieder. Sie ruhten auf großen Kissen um mich herum, stopften sich Essen in den Mund und tranken Wein, als wären sie römische Senatoren.

Sobald alle Platz genommen hatten, betrat Poppy die Bühne. »Darf ich um eure Aufmerksamkeit bitten. Für die Unterhaltung sorgt heute Abend unter anderem eine Schauspieltruppe, die ein Stück zu Evans Ehren aufführen möchte«, sagte sie und sah mich an. »Meine Damen und Herren: das Brojka-Ensemble.«

Alle spendeten höflichen Applaus, als die Schauspieler auf die Bühne kamen. Ihre Kostüme waren genauso farbenfroh wie die Kleidung der Musikanten. Nichts passte zusammen. Sie trugen den Text in ihrer Muttersprache vor – dabei mussten sie sich anstrengen, um das Geräusch des Silberbestecks auf dem weißen Porzellan und Samas' genüssliches Stöhnen zu übertönen. Der Lärm aus klappernden Tellern, klirrenden Gläsern, Gemurmel und schlechter Schauspielerei in einer unbekannten Sprache hätte jeden normalen Menschen wahnsinnig gemacht, aber für mich war er wie Engelsgesang. Ich legte meine Gabel hin, schloss die Augen und ließ die Geräuschkulisse auf mich wirken. Dabei hatte ich jeden Einzelnen in Gedanken vor mir, während ich ihre Stimmen hörte. Als ich meine Augen wieder öffnete, sah ich Chance, der auf einem Haufen großer Kissen lag und sich mit den dicken Fingern Essenshappen in den Mund fallen ließ.

»Was führen die überhaupt auf? Ich verstehe kein Wort«, rief Chance einer Frau zu. Die drei Männer auf der Bühne sprachen daraufhin noch lauter.

»*Das scharlachrote Siegel*, glaube ich«, erwiderte die Frau.

»Wie lange geht das denn?«, fragte Chance.

»Das ist Dinner Theatre«, sagte Poppy, die direkt vor der Bühne saß. »Es geht so lange, wie wir essen.«

»Beeil dich mal, Samas«, reagierten Auda und Chance im Chor. Aus Samas' vollem Mund kam eine unverständliche Antwort.

Sobald alle Teller geleert waren, verbeugten sich die Schauspieler unvermittelt und gingen von der Bühne. Die um mich lagernden Menschen sahen Samas an, während sie den abgehenden Schauspielern applaudierten.

»Wo bleibt der Nachtisch?«, fragte er eine vorbeigehende Bedienstete, ohne die Blicke der anderen wahrzunehmen. »Und ich hätte gerne einen Brandy, eine große Flasche.«

»Gehen wir eine Runde spielen, bevor die Schauspieler wiederkommen«, flüsterte Chance Ramsay und Auda zu. »Wer hat Lust auf eine Runde Karten?«, rief er dann laut in die Runde, woraufhin sechs andere Stimmen mit Ja antworteten. »Mr. Diltz, hätten Sie einen Tisch für uns?«, fragte er.

Poppy stand auf und betrat die leere Bühne. »Einen Moment noch. Wir sollten die Geschenke nicht vergessen.«

»Stimmt«, meinte Auda. »Das sollten wir erledigen, solange wir noch können. Denkt dran, was das letzte Mal passiert ist.«

»Schau mich nicht so an«, sagte Chance trotzig. »Ich habe nicht damit angefangen. Hoffentlich hat dieses Mal niemand ein Haustier mitgebracht.«

»Genug«, sagte Poppy streng. »Du machst den Anfang, Chance.« Dann wandte sie sich mir zu. »Evan, seit Jahrhunderten ist es bei uns Brauch, ein neues Mitglied mit Geschenken willkommen zu heißen. Jeder von uns hat dir etwas ganz Besonderes mitgebracht.«

Chance rollte sich zur Seite und streckte den Arm in meine Richtung aus. Ich hielt meine Hand unter seine Faust, die so groß wie ein Schinken war, und fing zwei kleine weiße Würfel auf.

»Ich habe sie aus den Knochen meines letzten Körpers schnitzen lassen. Mit dem hatte ich eine Menge Glück – die Würfel bringen dir also hoffentlich ebenfalls Glück.«

»Das war schon alles?«, fragte Kress, die Frau mit dem Dutt, und stieß dabei eine Wolke Opiumrauch aus. »Das ist aber dürftig.«

»Hey, das ist kein Scherz. So was bringt wirklich Glück. Ich weiß, wovon ich spreche.«

»Da könnte er recht haben«, meinte Samas.

»Dann zeig doch mal, was du hast«, sagte Chance herausfordernd.

Kress stand auf und verbeugte sich scherzhaft vor Chance. »Mit Vergnügen, mein Herr.« Sie kam zu mir und wäre dabei zweimal fast gestolpert. »Evan, mein Geschenk für dich ist einmalig. Ich habe es entworfen und eigenhändig angefertigt«, sagte sie.

Sie fummelte an ihrem Handgelenk herum, dann reichte sie mir eine schwarze Uhr. Das Uhrband bestand aus rechteckigen Kettengliedern. Die glatte Oberfläche hatte eine unergründliche Tiefe, die Licht förmlich zu absorbieren schien. Die raffiniert konstruierte Schließe war im geschlossenen Zustand nicht zu sehen. Das Zifferblatt bestand aus demselben glatt polierten schwarzen Material. Vier grüne Zeiger aus Jade waren darin eingelegt, die in der Form eines Malteserkreuzes in vier Richtungen zeigten. War das überhaupt eine Uhr? Ich konnte keine beweglichen Elemente entdecken.

»Was hat es damit auf sich?«, fragte ich verwundert.

»Zeit hat nun keine Bedeutung mehr für dich«, antwortete sie und lehnte sich an eine Säule, um das Gleichgewicht nicht zu verlieren. »Du hast ihre Ketten abgestreift. Wir messen unsere Lebenszeit in Schönheit und Vergnügen.«

»Bravo«, rief eine Stimme im Hintergrund.

»Das ist wirklich wunderschön«, sagte ich.

Kress lächelte und stakste zurück zu ihren Kissen.

»Samas, warum nicht du als Nächster?«, sagte Poppy von der Bühne aus.

»Keine Zeit«, erwiderte er, ohne den Blick von einem Tablett mit Desserts zu nehmen. »Später bitte. Ich bin gerade beschäftigt.«

»Möchtest du als Nächstes?«, fragte sie Mara, die junge rothaarige Frau im engen Hosenanzug.

»Nach ihr?«, sagte sie und deutete auf Kress. »Ganz bestimmt nicht.« Dafür erntete sie ein paar Lacher.

Ramsay stand auf und griff nach einem reich verzierten Schwert, das neben der Bühne lag. »Ich habe ein eher traditionelles Geschenk für dich – damit habe ich in der Vergangenheit schon vielen von uns beigestanden.« Sie drehte sich zu mir. »Evan, du kennst mich noch nicht so gut wie die anderen hier, aber ich bin ein Krieger und ich habe schon viele Schlachten geschlagen. Ich bin den meisten Menschen in diesem Raum schon einmal zur Seite gesprungen, wenn sie meine Hilfe brauchten.«

»Das ist eine Untertreibung«, sagte Chance und kicherte.

Ramsay reichte mir das Schwert mit dem Griff voran. »Evan, ich schenke dir mein Schwert als Symbol dafür, dass ich dir immer zur Seite stehen werde, wenn du mich brauchst. Das klingt jetzt vielleicht nicht nach viel, aber wie viele der Anwesenden bestätigen können, ist das unter Umständen mehr wert als alle Reichtümer der Erde.«

»Und das ist kein Scherz«, betonte Mr. Ing.

»Danke«, sagte ich mit der glänzenden Waffe in der Hand. »Hoffentlich werde ich es nie brauchen.«

»Dann führst du aber ein ziemlich langweiliges Leben«, meinte Chance, indem er lachend die Augen verdrehte.

Einer nach dem anderen trat vor und überreichte mir sein Geschenk. Die Präsente waren so verschieden wie die Schenkenden – von tönernen Keilschrifttafeln bis zum freien Zutritt zu einem Harem war alles dabei.

»Hast du etwa fertig gegessen, Samas?«, fragte Poppy mit einem sarkastischen Unterton.

»Ja, habe ich«, sagte Samas und wischte sich im Aufstehen die Hände ab. »Ich habe Evan bereits ein sehr großzügiges Geschenk gemacht, und zwar ein Angebot. Und damit möchte ich ihn auch in unserer Gemeinschaft willkommen heißen.«

»Was für ein Angebot ist das?«, fragte Auda.

Samas stand auf und stellte sich kerzengerade hin. »Nun, da das Ganze noch nicht in trocknen Tüchern ist, wollen wir in diesem Fall erst einmal Diskretion walten lassen.«

»In Ordnung. Dann bist nun du als Letzter an der Reihe«, wandte sich Poppy an Clovis.

Der alte Mann stand mühsam auf. »Ich habe etwas aus meiner Heimat mitgebracht. Einen Krummdolch. Die silberne Scheide ist mit Edelsteinen besetzt, der Griff ist aus Rhinozeroshorn. Sei vorsichtig damit«, mahnte er, während er den Dolch von seinem Gürtel nahm und mir reichte. »Die Klinge ist aus Damaszenerstahl und sehr scharf.«

Der Griff lag perfekt in meiner Hand. Ich zog die Klinge aus der seltsam gebogenen Scheide und betrachtete sie im flackernden Licht der Fackeln. »Danke«, sagte ich und bewunderte die Waffe.

»Und was ist mit dir?«, rief Ramsay Poppy zu.

Poppy lächelte. »Genau wie Samas habe ich Evan mein Geschenk bereits gegeben. Es ist der Gehstock, der neben ihm liegt. Ich bekam ihn von Charles Le Brun im Namen Seiner Majestät König Ludwig von Frankreich überreicht.«

»Nicht schlecht. Ich erinnere mich an den kleinen Drachen«, sagte Chance, lehnte sich hinüber und nahm ihn in die Hand. »Sehr schön.«

»Danke«, sagte ich zu ihm und nickte dann Poppy zum Dank zu.

»Das war's, oder?«, fragte Chance. »Ist unser Tisch bereit, Mr. Diltz?«

»Ja, er steht neben dem Pool, Sir.«

»Großartig. Spielen wir«, sagte Auda und stand langsam auf. Ein paar andere folgten ihm ebenfalls hinüber zum Tisch, während Poppy vier Frauen zur Bühne führte.

Ich beugte mich zu Ramsay vor und berührte sie an der Schulter.

»Ja?« Sie sah mich mit ihren hellgrauen Augen an.

»Die Abstimmung ist vier zu eins ausgefallen. Ich würde gerne wissen, wer gegen mich gestimmt hat.«

Sie schüttelte den Kopf. »Wir haben einen Eid auf unsere Verschwiegenheit geleistet. Ich war es nicht, so viel kann ich dir verraten. Mich hast du mit der Hoxa-Geschichte überzeugt. Ich beneide dich darum, dass du ihn kennengelernt hast.«

»Ironie des Schicksals«, sagte ich nachdenklich, »jeder, der ihn kannte, wünschte sich, ihm nie begegnet zu sein.« Unser Gelächter wurde von den vier Musikanten auf der Bühne, die gerade ihre Instrumente stimmten, mit finsteren Blicken quittiert.

»Vielleicht verziehen wir uns lieber«, sagte sie und warf einen Blick in Richtung der Kartenspieler. »Warst du schon einmal bei einer Wahrsagerin?«

»Nein«, antwortete ich verwirrt.

»Na, dann los.« Sie stand auf und ging zu einem kleinen, mit einem roten Tuch bedeckten Tischchen auf halbem Weg zwischen dem langen Bankettttisch und dem Pokertisch. Samas saß dort einer Frau im mittleren Alter mit ordentlich unter ein enges gelbes Kopftuch gestecktem Haar gegenüber. Sie hielt ein paar übergroße Karten in der Hand und nickte ihm nachdenklich zu.

»Sie sind ein sehr glücklicher Mann, ja?«, sagte sie gerade zu ihm, als wir näher kamen. Er nickte. »Aber ich spüre, dass Ihnen etwas Sorgen bereitet«, fuhr sie in ihrem starken Akzent fort und studierte dabei weiter die Karten. »Etwas, das Sie sich schon sehr lange wünschen, ja?«

»Ja.«

»Sie werden Ihr Ziel bald erreichen«, prophezeite sie mit einem übertriebenen Nicken.

Ramsay legte Samas die Hand auf die Schulter. »Das bedeutet wohl, dass du endlich die letzten fünf Kilo loswirst und dann wieder auf dein Idealgewicht von hundertsechzig Kilo kommst.«

»Hundertfünfundfünfzig«, sagte er und sah sie über die Schulter hinweg an. »Warum schauen wir nicht mal, was sie zu dir so zu sagen hat?« Er stand auf und bot ihr seinen Platz an.

»Aber sicher doch.« Ramsay setzte sich und hielt der Wahrsagerin die Hand hin.

»Madame«, sagte diese, nahm Ramsays Hand und betrachtete das schwarze Tattoo darauf. »Der Herr eben hatte auch so eins. Was ist das?«

»Das ist eine private Angelegenheit, die Sie hoffentlich übersehen können«, sagte Ramsay und hielt ihr einen Fünfzig-Franken-Schein hin.

Das Streichquartett begann zu spielen, während die Frau den Schein nahm und in ihrem Kleid verschwinden ließ. »Handlesen oder Tarot?«

»Natürlich Handlesen«, antwortete Ramsay.

Die Frau nahm Ramsays Hand und studierte die Linien

darauf ganz genau durch ihre Nickelbrille. »Sie werden weiterhin sehr erfolgreich in Ihrem Beruf sein. Sie werden mehr zu tun haben, als Ihnen lieb ist.«

»Weiter«, sagte Ramsay wenig überzeugt.

»Ich sehe viele Männer in Ihrer Zukunft.«

»Wirklich?«

»Ja, viele Männer werden Ihrem Charme erliegen, besonders in den nächsten zwölf Monaten«, sagte die Wahrsagerin und zog die Augenbrauen hoch.

»Sehr interessant.«

»Und Ihnen steht ein sehr langes Leben bevor.«

»Wie aufschlussreich.« Ramsay zwinkerte mir zu. »Warum versuchst du es nicht auch einmal, Evan?«

»Nicht für fünfzig Franken«, sagte ich und trat einen Schritt zurück.

»Na los, das geht auf mich.« Sie legte noch einen Schein auf den Tisch.

Die Wahrsagerin nahm meine Hand und fuhr mit ihrem langen, gelblichen Fingernagel einige Linien darauf nach. Ramsay legte mir eine Hand auf die Schulter. »Ich schaue mal, was beim Kartenspielen so los ist. Komm rüber, wenn du fertig bist«, sagte sie und ließ mich mit der Wahrsagerin allein.

»Sie sind lange Zeit Ihres Lebens allein gewesen, ja?«, fing die Wahrsagerin an.

Ich nickte.

»Und nun stecken Sie gerade mitten in großen Veränderungen, ja?«

Ich nickte wieder. Stand mir das alles etwa auf die Stirn geschrieben?

»Viele Möglichkeiten stehen Ihnen offen und Abenteuer erwarten Sie, doch das wissen Sie bereits, ja?«

Ich nickte.

»Aber trotzdem gibt es etwas, das Ihnen Sorgen macht, ja?«

»Ja …«

»Sagen Sie nichts«, fiel sie mir schnell ins Wort. »Es ist eine sehr verlockende Möglichkeit, aber Sie haben das Gefühl, der Sache nicht gewachsen oder würdig zu sein.«

»Ja, aber woher wissen Sie …«

Sie hob die Hand, um mich zu unterbrechen. »Ich spüre, dass es Ihnen schwerfällt zu vertrauen. Sie sind daran gewöhnt, sich nur auf sich selbst zu verlassen.« Sie blickte wieder auf meine Hand. »Ich sehe, dass diese Möglichkeit Ihr Leben dramatisch verändern kann, wenn Sie sie wahrnehmen.«

»Was ist mit Geld?«

»Oh, große Reichtümer warten auf Sie. Das kann ich hier deutlich sehen«, sagte sie und zog mit ihrem knochigen Finger eine lange Linie auf meiner Handfläche nach.

Sporadisch war vom Spieltisch, um den sich ein Kreis von Zuschauern gebildet hatte, lautes Gelächter zu hören.

Ich hatte genug. »Danke«, sagte ich und zog meine Hand weg. »Danke.«

Dann ging ich zum Spieltisch hinüber und dachte währenddessen darüber nach, was die Wahrsagerin gesagt hatte. Ich spähte über Samas' und Ramsays Schulter. »Was ist los?«

»Noch nie hat es jemand mit Chance beim Kartenspiel aufnehmen können, aber Auda ist gerade nah dran zu gewinnen. Er hat bislang keine einzige Runde verloren«, flüsterte Samas.

»Was hat sie dir erzählt?«, fragte Ramsay.

»Sie sagte, dass große Reichtümer auf mich warten.«

»Ach wirklich, mein junger Freund? Ob sie wohl Wahres sagt?«, lästerte Chance.

»Ich gehe mit und will sehen«, sagte Auda.

»Drei Königinnen«, erwiderte Chance mit einem breiten Grinsen, das mit jedem Herz, das Auda aufdeckte, schmaler wurde.

»Flush«, sagte Auda und zog einen ganzen Berg verschieden großer silberner und goldener Münzen zu sich herüber.

»Verdammt!«, rief Chance. »Das sind vierzehn Spiele am Stück.«

»Vielleicht betrügt er«, sagte Poppy zu Chance.

»Das ist doch egal«, erwiderte der Riese. »Niemand betrügt besser als ich.«

»Du hättest deine Glückswürfel nicht Evan geben sollen«, stichelte Auda.

Chance drehte sich zu mir um. Samas und Ramsay traten beiseite, damit er mich besser sehen konnte. »Ich gebe dir jetzt auf der Stelle tausend Dollar, wenn du mir die Würfel für ein paar Stunden leihst«, sagte er mit einer Mischung aus Hochmut und Verzweiflung in der Stimme.

Ich wollte schon in die Tasche greifen, als Auda ein Gegenangebot machte.

»Evan, ich gebe dir zweitausend, wenn du es nicht tust.«

Chance drehte sich zu seinem Gegner um. »Du bist wirklich unmöglich«, sagte er und sank auf seinem Platz nach hinten. Die Karten verschwanden förmlich in seinen dicken Wurstfingern.

Auda nahm eine der großen Goldmünzen von dem Haufen vor ihm und wog sie in der Hand. »Sollte so ungefähr stimmen.« Er warf sie mir zu.

Ich sah Chance über den Tisch hinweg an. »Keine Würfel für dich.« Es gab einige Lacher und Schulterklopfen, als ich die Münze einsteckte und die Karten neu verteilt wurden.

Eine zweite Bedienung, die frische Kelche verteilte, begleitete die Frau mit der Amphore. Ich nahm einen und bewunderte die Handwerkskunst. Die Ränder der silbernen Trinkgefäße waren mit geflochtenem Gold eingelegt. »Wie alt sind die?«, fragte ich und hielt meinen Kelch in die Höhe.

»Ist doch egal, solange sie ihren Zweck erfüllen«, meinte Chance und leerte seinen in einem langen Zug. »Mehr, bitte.« Er hielt seinen Becher unter die breite Öffnung der Amphore.

»Liebling, du hast mich endlich gefunden«, sagte Auda zu der Bedienung. »Komm her und still mein Verlangen.«

»Lass das arme Ding doch in Frieden«, sagte der Mann, der sich als Kerr vorgestellt hatte. Er war jung, mager und hatte harte, kantige Züge. Eine lange Narbe verlief schräg über die linke Seite seines Gesichts.

Die andere Bedienung mit der Wasserpfeife kam ebenfalls wieder zu uns.

Auf der Bühne musizierte weiterhin das Streichquartett. Einige Paare tanzten zwischen den Säulen Walzer. Mir schien fast, als ob sie jede Drehung gegen den Uhrzeigersinn ein Stück weiter zurück in jene Zeit versetzte, in der diese Musik der letzte Schrei gewesen war.

Ramsay tippte mich an der Schulter an und drückte mir das Mundstück der Opiumpfeife in die Hand. Ihr Gesicht war zur Grimasse verzogen, während sie den Rauch in den Lungen hielt. Ich nahm die Elfenbeinspitze und inhalierte, ohne weiter darüber nachzudenken. Der Rauch brannte mir in Kehle und Brust, und der teerartige, abgestandene Geschmack blieb noch lange nach dem Ausatmen in meinem Mund.

»Gut, oder?«, fragte sie.

Während ich in ihre grauen Augen blickte, spürte ich, wie mit einem Kribbeln die Wirkung einsetzte. »Ja«, sagte ich in einer einzigen lang gezogenen Silbe.

Ramsay lachte und zog noch einmal an der Pfeife. »Oh, das muss ich sehen«, sagte sie mit der Rauchwolke, die sie gerade ausblies. »Jetzt wird getanzt.« Sie zeigte auf die Frauen, die im Anschluss an das Streichquartett auf die Bühne kamen.

»Moment«, sagte ich zu der jungen Frau mit der Wasserpfeife. »Bleiben Sie doch noch ein bisschen.«

Ich sank inmitten der anderen auf ihren Polstern ruhenden Menschen langsam auf meine Kissen zurück. Geige, Tamburin, Akkordeon und Gitarren verbanden sich zu einem wilden Rhythmus, während die fünf jungen Frauen auf der Bühne einen Tanz mit stakkatohaften Drehungen aufführten. Ihre leuchtenden Kleider und Tücher verschwammen vor meinen Augen zu farbenfrohen Wirbeln.

»Wie geht's dir?«, fragte eine Stimme neben mir.

Ich drehte mich nicht um, sondern starrte eine besonders schöne Tänzerin in der Mitte der Gruppe an. »Ziemlich gut.«

»Schön für dich. Siehst du was, was dir gefällt?«

»Wie?«

»Die Tänzerinnen. Gefallen sie dir?«

»Ja, die da«, sagte ich und deutete mit unsicherer Hand in Richtung Bühne.

»Nur die eine?«, flüsterte mir die Stimme ins Ohr.

»Warum so bescheiden? Du bist ein junger Mann, und diese Party ist für dich. Hab Spaß.«

»Na schön.« Ich hörte, dass ich bereits lallte. »Die eine an der Seite ist auch ganz hübsch.«

»So ist's recht, so ist's recht« sagte die Stimme und wurde wieder von der Musik verschluckt.

Die Musik wurde immer schneller und die Tänzerinnen mit ihr. Sie drehten sich und warfen ihr schwarzes Haar in weiten Schwüngen nach hinten. Ich konzentrierte mich ganz auf die junge Frau in der Mitte und nahm mir jedes Mal einen neuen vollen Weinbecher, wenn eine Bedienstete vorbeikam. Aus der schrumpfenden Gruppe rund um den Spieltisch waren ab und zu Jubelrufe und enttäuschtes Stöhnen zu hören.

»Die sind ja reizend«, sagte ein hoch aufgeschossener Mann mit schwarzen Haaren in einem schwarzen, maßgeschneiderten Lederanzug und ließ sich auf die Kissen fallen, auf denen zuvor Chance gelegen hatte.

»Wie ist es gelaufen, Tobias?«, fragte Ramsay und deutete auf den Spieltisch.

»Ich habe etwa fünfundachtzigtausend verloren.«

»Nicht so viel wie letztes Mal«, meinte sie.

»Stimmt.« Er packte die Bedienstete mit der Wasserpfeife am Knöchel, als sie an ihm vorbeiging, und zog dreimal hintereinander tief an dem schlangenartigen Schlauch mit der geflochtenen Hülle.

Ich riss mich von der Tänzerin los und richtete meine getrübte Wahrnehmung nun auf den hochgewachsenen Mann in Leder. »Und was denkst du über all das hier?«, lallte ich.

»Ich denke ...«, wiederholte er und rollte sich auf die Seite, um mir beim Sprechen in die Augen sehen zu können. »Ich denke, dass wir von einer Gottheit geschaffen wurden, die die von Menschen erdachten Gottesvorstellungen infrage stellen will. Anders kann ich mir das alles nicht erklären. Du wirst auch noch feststellen, dass du dich immer weiter von Gott und seinen Predigern entfernst, bis es nur noch dich allein gibt. Denn wenn es keinen Gott gibt, dann gibt es nur noch das Selbst. In dem Vakuum, das durch den fehlenden Gott entsteht, verdrängt sich schließlich zwangsläufig auch der Egoismus selbst, aber das geschieht so langsam, dass der Durchschnittsmensch das während seiner kurzen irdischen Lebenszeit niemals erfahren kann. Das beantwortet das *Was*, aber es erklärt nicht das *Warum*. Ich glaube, dass wir dazu geschaffen wurden, die Menschheit über diese Wahrheit aufzuklären und sie aus ihrer selbst auferlegten Dunkelheit zu führen.«

»Die sind viel glücklicher in ihrer eigenen Welt, das kannst du mir glauben«, sagte Ramsay. »Du und Poppy, ihr müsst euch endlich diese Verrücktheiten aus dem Kopf schlagen.«

»Das sind nicht nur wir beide«, sagte er und drehte sich zu ihr um.

»Dieses Kapitel hat sich erledigt, vergiss das nicht«, erwiderte sie ernst.

Er ignorierte sie. »Du wolltest doch wissen, was ich denke«, sagte er zu mir.

Samas tauchte hinter uns auf. »Gibt es hier etwa Ärger?«, fragte er.

»Nein, ich höre mir nur verschiedene Meinungen an«, antwortete ich. »Manche sind anscheinend gefährlicher als andere.«

Samas' mächtige Silhouette schwankte bedrohlich über

mir. »Ironie des Schicksals, denn ich wollte gerade deine Meinung zu meinem Angebot einholen.«

Seine Frage drang durch meine vernebelten Gedanken, und schon begann ich wieder, mir Sorgen zu machen. »Jetzt nicht, Samas. Ich brauch ein bisschen Freiraum und Zeit zum Nachdenken. Ich sag dir Bescheid. Okay?«

»In Ordnung«, meinte er enttäuscht und torkelte in Richtung des Buffets davon, das mittlerweile wie ein Schlachtfeld aussah.

»Was war das?«, fragte Ramsay.

»Eine geschäftliche Angelegenheit«, sagte ich und stand auf. »Ich bin gleich wieder da, ich muss mir nur mal kurz die Beine vertreten.«

Auf meinen Gehstock gestützt, stolperte ich von Säule zu Säule in den hinteren Teil des Raums. Außer Auda und Chance war niemand mehr am Spieltisch. Die Bedienstete mit dem Wein saß mit resigniertem Blick auf einem Stuhl neben Auda und sah teilnahmslos dem Spiel zu.

Mr. Ing schlich um den Spieltisch herum und betrachtete die Karten der Spieler. Als Poppy in Begleitung einer kleinen, stämmigen Frau mit selbstbewusstem Gang auftauchte, kam Leben in ihn. Ich kniff die Augen zusammen, um besser sehen zu können. Als sie in den Fackelring rund um den Pokertisch traten, sah ich, dass die Frau eine russische Polizeiuniform trug, deren Minirock ihre muskulösen Oberschenkel sehen ließ. Das kurze blonde Haar unter der hohen blauen Polizeimütze war ordentlich hinter ihre Blumenkohlohren gekämmt. Sie hatte einen Defibrillator in der Hand. Alle Blicke richteten sich auf sie.

»Für mich?«, fragte Mr. Ing aufgeregt.

Poppy nickte vielsagend und machte der Polizeibeamtin ein Zeichen.

»Dann hast du wirklich an jeden gedacht.« Mr. Ing übernahm das vielsagende Nicken, als die Frau auf ihn zukam. »Frau Beamtin, wie kann ich zu Diensten sein?«, fragte er die Polizistin und streckte ihr seine blasse Hand entgegen.

Die kleine Frau lächelte, stellte den Defibrillator ab, nahm seine zarte Hand und hielt sie für den Bruchteil einer Sekunde fest, bevor sie sie auch mit der anderen Hand packte. Dann drehte sie ihn um die eigene Achse und drückte ihn mit einem lauten Grunzen gegen die nächste Säule. Sie wirbelte ihn noch einmal herum und schleuderte ihn mit einem gekonnten Judo-Wurf über ihre Schulter auf die Kissen.

Als Mr. Ing mit Gepolter gelandet war, legte sie ihre athletischen Beine wie einen Schraubstock um seinen kahlen Kopf. Er drehte sein errötendes Gesicht zu Poppy. »Sie ist ganz großartig«, keuchte er.

»Evan! Evan!« Kerrs Stimme tönte geisterhaft durch die Weite der Höhle. »Wir haben eine Überraschung für dich.«

Ich wandte mich von dem mit seiner neuen Freundin verschlungenen Mr. Ing ab und ging auf den Ruf zu. Dabei fragte ich mich, ob ich das gerade wirklich gesehen hatte oder einfach nur betrunken war.

Die Musik war verklungen, und alle hatten sich in einem Kreis um meinen Ehrenplatz versammelt. Ich ging durch den Kreis hindurch und entdeckte Kress mit den beiden Tänzerinnen, die ich vorhin auf der Bühne beobachtet hatte.

»Für dich«, sagte Kerr. »Sie wollten dich gerne kennenlernen. Viel Spaß«, sagte er und prostete mir mit seinem Silberkelch zu, während die beiden Tänzerinnen von rechts und links ihre Arme um meine Schultern legten.

»Pass auf deinen Fuß auf und lass sie führen«, rief mir Ramsay zu.

Die Roma-Musikanten begannen zu spielen. Die beiden Tänzerinnen bewegten sich zu dem sich steigernden Rhythmus und trugen dabei mein Gewicht auf ihren Schultern, während ich versuchte, auf einem Fuß mit ihnen mitzuhalten. Nach einer Minute gab ich auf. Die Musik wurde immer schneller, und der gesamte Raum und die Gesichter vor mir verschwammen in den Drehungen. Ich sah Samas und Clovis und Auda und Kerr und für einen Augenblick auch Poppy, die neben Jean ihr Spritzenetui öffnete.

In jedem der um mich herum aufblitzenden Gesichter schien sich meines kurz widerzuspiegeln, während ich unter ihren Jubelrufen weitertanzte und schließlich mit den beiden Tänzerinnen auf einem Berg Kissen landete.

# DRITTES NOTIZBUCH

»Meinst du, einer stirbt und kann wieder leben?
Alle Tage meines Dienstes wollte ich harren,
bis meine Ablösung kommt.«

HIOB 14,14

# 19

ALS ICH ERWACHTE, HÖRTE ICH EIN LEISES PLÄTSCHERN. Halb bekleidete Männer und Frauen schliefen zwischen den auf dem Boden verteilten Kissen und umgekippten Weinbechern. Die Fackeln flackerten nur noch schwach. Das Einzige, was sich bewegte, war ich – und das plätschernde Wasser.

Ich stand auf und suchte an einer Säule Halt, denn mein Gehstock war nirgends zu sehen. Ich ging hinüber zum Pool, indem ich von Säule zu Säule humpelte. In meinem Kopf hämmerte es unerträglich. Als ich um die letzte Säule spähte, entdeckte ich Clovis, der gerade aus dem Pool stieg. Das Wasser rann von seinem grauen Bart über die schlaffe Haut seines nackten Körpers. Das lange Haar klebte wie eine nasse Decke an seinem Kopf. Er sah mich an und lächelte.

»Guten Morgen, Evan«, sagte er und wischte sich mit der faltigen Hand die Wassertropfen vom Gesicht.

»Wie lange habe ich geschlafen?«, fragte ich.

»Ein paar Stunden.«

Ich rieb mir die Schläfen.

»Wie fühlst du dich?«

»Um ehrlich zu sein, ging es mir schon mal besser, wenn ich auch gerade nicht weiß, wann das gewesen sein soll«, antwortete ich.

»Du solltest etwas essen. Hast du Hunger?«

Ich nickte vorsichtig.

»Gut, ich auch. Diltz soll uns etwas zu essen zurechtmachen«, sagte er und zog einen dünnen Morgenmantel über. »Hat es dir gestern Abend gefallen?«

Ich drehte mich um und ließ den Blick zu den regungslosen Körpern auf dem Boden schweifen. »Ich glaube schon, aber das kannst du wahrscheinlich besser beantworten.«

Als er sich mir näherte und mich dabei mit seinen durchdringenden grauen Augen anblickte, bemerkte ich, dass er genauso groß war wie ich. »Es sah aus, als hättest du eine Menge Spaß.«

»Prima«, sagte ich und wandte den Blick ab.

»Wo ist dein Gehstock?«

»Keine Ahnung.«

»Gestern Abend hattest du ihn ja noch, er muss also hier irgendwo sein. Ich helf dir suchen – kommst du auch ohne zurecht?«

»Ich denke schon. Ich sollte sowieso mal üben, ohne ihn auszukommen.« Ich folgte ihm zurück zu der Stelle, an der ich geschlafen hatte, und mein Humpeln wurde mit jedem Schritt besser.

»Hier liegt er, auf der Bühne – und heil ist er auch geblieben«, sagte er und gab ihn mir.

»Danke.«

Clovis sah von der Bühne aus auf die überall verstreuten, tief schlafenden Männer und Frauen herab. »Sieh dir all diese müden Krieger an, die Helden unserer Zeit.«

»Halt die Klappe«, stöhnte eine gedämpfte Stimme von irgendwo unter einem Kissen.

Clovis lächelte mich an. »Lass uns was essen gehen.«

»Guten Abend, die Herren«, begrüßte uns Mr. Diltz, als wir in den Speisesaal kamen.

»Abend?«, fragte ich und sah die beiden anderen erstaunt an.

»Ja, es ist wird schon wieder Nacht«, sagte Clovis.

»Ich schätze, die nächste Frage wäre dann, *welche* Nacht«, meinte ich lachend.

Diltz lächelte höflich. »Würden die Herren gerne etwas essen?«

»Gebackenen Fisch, bitte«, sagte Clovis.

»Und Sie, Sir?«, fragte Diltz und sah mich an.

»Ein Käseomelett und ein Glas Tomatensaft.«

»Kommt sofort«, sagte Diltz und verschwand in der Küche.

Ich setzte mich Clovis gegenüber und hängte meinen Gehstock an den Stuhl neben mir. Der Dolch drückte gegen meinen Bauch, ich nahm ihn aus meinem Hosenbund und betrachtete ihn zum ersten Mal im Tageslicht. Die glänzende silberne Scheide war mit roten Rubinen und gelben Saphiren besetzt. Ich betrachtete sie einige Minuten lang schweigend.

»In dem schwachen Licht in der Höhle konnte ich ihn gar nicht richtig würdigen. Der ist ja fantastisch.«

Clovis lächelte bescheiden.

Ich ließ meine Fingerspitzen über die erhabene Schrift rund um den Griff gleiten. »Das ist Arabisch, oder?«

»Ja. Da steht *Tod allen Feinden des Islam.*«

»Sind Sie Muslim?«

»Nein.« Er lachte leise. »Ich bin kein Muslim, aber wenn ich nicht wäre, was ich bin, dann wäre ich wahrscheinlich einer.«

»Warum?«

»Der Islam ist die tugendhafteste der westlichen Religionen. Er verlangt von den Menschen strenge Rechtschaffenheit.«

»Glaubst du denn, dass es einen Gott gibt, der jene belohnt, die die strengen Regeln der Rechtschaffenheit befolgen, die der Koran vorgibt?«

Clovis lehnte sich in seinem Stuhl zurück und dachte nach. »Das nicht, aber ich glaube durchaus, dass die strengen Regeln des Koran vom Göttlichen beseelte Menschen hervorbringen, und davon braucht die Welt so viele wie möglich.«

Ich nickte und betrachtete wieder die seltsame Waffe. »Gestern Abend sagtest du, dass der Dolch aus deiner Heimat stammt. Wo ist das?«

»Arabien, an der Küste des Roten Meeres«, sagte er voller Stolz.

Nachdem ich den Dolch aus der Scheide gezogen hatte, inspizierte ich seine Klinge. Ich konnte mir nicht vorstellen, jemals Gebrauch von dieser Waffe zu machen, bewunderte aber ihre handwerkliche Qualität. »Ich würde gerne den Meister kennenlernen, der so etwas herstellen kann.«

»Ich fürchte, das ist nicht möglich – er ist schon vor zweihundert Jahren gestorben.«

»Oh, mir war gar nicht klar, dass das eine Antiquität ist«, sagte ich und schob die Klinge wieder in die Scheide.

»Mir auch nicht«, gestand Clovis.

Mr. Diltz kam mit einem Brötchenkorb, einem Glas Tomatensaft und einem mit Wasser zurück. »Ich habe Nachrichten für die Herrschaften.« Er wandte sich zunächst an Clovis. »Chance lässt ausrichten, dass er in ein paar Stunden nach Bali fliegt und Sie gerne mitnehmen kann – es sei denn, Sie reisen lieber auf Ihre übliche Art.«

Clovis nahm einen Schluck Wasser und stellte das Glas ab. »Sagen Sie ihm, dass ich das Angebot gerne annehme und in Kürze reisefertig bin. Ich muss nämlich schnell zurück zu meinem Garten und habe keine Zeit zum Segeln.«

»Sehr wohl«, sagte Diltz und wandte sich zu mir. »Samas trifft gerade einen Kunden in Bern und wird morgen früh zurück sein. Er lässt ausrichten, dass Sie herzlich eingeladen sind, wieder nach Marokko zu kommen und so lange sein Gast zu sein, wie Sie möchten. Er wird morgen Nachmittag über Tunis nach Rabat reisen.«

»Danke«, sagte ich und seufzte.

»Haben Sie eine Nachricht für ihn, falls er sich meldet?«, fragte Diltz.

»Nein. Ich treffe ihn ja morgen«, sagte ich und wünschte mir im Stillen etwas Ruhe und Bedenkzeit.

»Danke, dann weiß ich Bescheid, meine Herren. Das Essen kommt sofort.« Diltz verschwand wieder durch die Küchentür.

Der alte Mann nahm ein Brötchen und brach es in zwei Hälften. »Du siehst aus, als hättest du gerade keine Einladung, sondern eine schlechte Nachricht erhalten. Ist Samas denn wirklich so ein miserabler Gastgeber?«

»Nein, ganz und gar nicht«, beeilte ich mich zu sagen.

»Was ist es dann?«

»Es ist nur, dass ich im Moment über eine Menge nachdenken muss.«

Er nickte. »Eine Sache macht mich neugierig.«

»Und das wäre?«

»Samas' Geschenk.«

»Was ist damit?«

»Ist es dieses *großzügige Angebot*, das dir Sorgen bereitet?«

»Ist das so offensichtlich?«

Clovis schüttelte den Kopf. »Nein, aber ich sehe doch, dass es dich beschäftigt.« Er richtete sich in seinem Sitz auf. »Cognomina-Neulinge sind oft zunächst sehr beeindruckt von denen, die sie dort einführen. Und deswegen ist es für einen Neuling häufig schwierig, jemandem, von dem er glaubt, dass er über ihm steht, etwas abzuschlagen. Doch das muss nicht sein, das versichere ich dir. Wir sind hier alle Gleiche unter Gleichen.«

Ich wusste, dass das nicht stimmte, denn ich hatte ja selbst gesehen, mit welcher Ehrerbietung ihm die anderen Mitglieder begegneten. »Danke, Clovis. Ich weiß deinen Rat zu schätzen, aber darum geht es gar nicht – ich hätte gar kein Problem damit, sein Angebot abzulehnen, aber ich werde es höchstwahrscheinlich annehmen. Es ist nur einfach schlechtes Timing: Er möchte unbedingt etwas zurückhaben, das ihm sehr viel bedeutet, und ich möchte erst einmal die ganzen Veränderungen in meinem Leben verarbeiten. Ich kann ihm seinen Tatendrang nicht vorwerfen, aber ...«, sagte ich und beendete den Satz mit einen Schulterzucken.

»Vielleicht brauchst du eine Pause, um in dich zu gehen.«

»Ja, das sehe ich auch so.«

»Aber du glaubst, dass dir als sein Gast eine solche Pause nicht vergönnt sein wird.«

»Genau«, sagte ich. Sein Scharfsinn war bemerkenswert.

In einer der beiden Bedienungen, die unser Essen brachten, erkannte ich die Frau mit der Wasserpfeife vom gestrigen Abend wieder. Sie lächelte mir verschwörerisch zu, während sie mir meinen Teller hinstellte.

»Ich denke, ich habe da die Lösung für dein Dilemma«, sagte Clovis, als wir wieder unter uns waren.

»Und die lautet?«

»Ich lade dich zu mir ein. Dort kannst du in Ruhe über alles nachdenken.«

»Das ist wirklich nett. Würde ich denn auch keine Umstände machen?«

»Ganz bestimmt nicht. Ich habe nur selten Gäste, und ich würde mich sehr freuen, Evan.«

Wieso sollte ich mich nicht einfach für eine Weile aus dem Staub machen? Es war ganz einfach. Ich musste nur vom Tisch aufstehen und ihm folgen. Ich war nun ein neuer Mensch, und das würde die erste Entscheidung meines neuen Lebens sein. »Dann komme ich gerne mit«, sagte ich und erwiderte sein Lächeln. »In kann in einer halben Stunde reisefertig sein.«

Als ich wieder in den Speisesaal kam, hatte Chance neben Clovis Platz genommen. Ich stellte meine Tasche neben die Tür und setzte mich ihnen gegenüber.

»Clovis hat mir erzählt, dass du uns begleiten wirst«, sagte Chance.

»Ja. Wir nehmen dein Flugzeug, oder?«

»Das ist richtig.«

»Fliegst du das Flugzeug selbst?«, fragte ich.

»Ja«, sagte er voller Stolz. »Ich habe letztes Jahr meinen Pilotenschein gemacht. Du kannst gerne mit ins Cockpit kommen, wenn du möchtest.«

»Sehr gerne, aber ich lasse dir natürlich den Vortritt«, sagte ich an Clovis gewandt.

Der alte Mann lachte leise. »Nein, ich bleibe lieber hinten.«

»Er wird sowieso schlafen«, sagte Chance. »Er hat sich noch nicht an Flugzeuge gewöhnt.«

»Oder an Autos.«

»Apropos, vielleicht sollten wir dann mal so langsam Gute Nacht sagen«, warf Chance ein.

Clovis nickte. Chance trank den letzten Rest Kaffee aus seinem bierkruggroßen Becher. Ich sah leicht irritiert dabei zu, wie Clovis eine Plastikspritze und zwei Medizinfläschchen aus seiner kleinen gelben Teppichtasche holte.

»Ich kann das leider immer noch nicht selbst«, sagte der alte Mann matt und gab alles an Chance weiter.

»Ja, ich weiß«, erwiderte dieser mitfühlend und griff mit seinen dicken Händen so vorsichtig nach den Fläschchen wie ein Juwelier, der mit wertvollen Steinen hantierte. »Lass mal sehen, es ist diese hier.« Beim vierten Versuch gelang es ihm, die Nadel in das Fläschchen zu stecken, dann wandte er sich dem alten Mann zu. »Wo ist diese verdammte Poppy nur, wenn man sie mal braucht«, sagte er, während er die Flüssigkeit aus der Spritze in Clovis' Arm injizierte. »Und jetzt zähl bitte von hundert rückwärts.«

Clovis müde Augen flatterten. »Neunundneunzig, achtundneunzig, siebenundneunzig, *devyanosta shest, devyanosta pyat, jewla ... jewla khan, jewla ...*« Sein Kinn sackte auf seine Brust, dann bewegte er sich nicht mehr.

»Du hast vergessen, Gute Nacht zu sagen«, sagte ich und lächelte.

»Oh, Mist, du hast recht.« Chance packte die Spritze weg.

»Was hast du ihm gegeben?«

»Ein Beruhigungsmittel. Er wird für etwa zwölf Stunden weggetreten sein – bis wir ihn mit dem Zeug hier wieder wecken«, sagte er und hielt das zweite Fläschchen in die Höhe. »Bist du bereit?«

»Ja.«

»Ich trage ihn, wenn du seine Tasche nimmst.«

Ich hob beide Taschen auf und sah dabei zu, wie Chance sich Clovis' schlaffen Körper wie einen Kartoffelsack über die Schultern warf. »Hat er wirklich so eine Abneigung gegen das Fliegen?«, fragte ich.

»Armer Kerl. Er kann nichts dafür – die Welt hat ihn einfach vor langer Zeit überholt und hinter sich gelassen«, sagte er und duckte sich durch die Tür hindurch in den Flur. »Er mag keine Reisen, die man nicht zu Pferd oder auf einem Segelboot unternehmen kann.«

»Die Herren reisen ab?«, fragte Mr. Diltz, wie immer im Smoking, und öffnete die Riegel der Eingangstür.

»Ja, Mr. Diltz. Auf bald«, sagte Chance.

»Evan«, sagte Diltz, als wir hinausgingen. »Wollen Sie eine Nachricht für Samas hinterlassen?«

Ich stand unter dem grünen Vordach der Eingangstür und betrachtete den Abendhimmel über Zürich. »Sagen Sie ihm doch bitte, dass ich ihn anrufen werde, wenn ich so weit bin.«

»Ich werde es ihm so ausrichten.« Daraufhin schloss Diltz die Tür hinter uns.

Wir fuhren in den abgesperrten Bereich mit den Privatmaschinen. Der Mercedes hielt neben einem kleinen blau-weißen zweistrahligen Jet an.

»Ist das dein Flugzeug?«

»Ja. Ist es nicht ein Prachtstück?«, sagte Chance und trat hinaus in die kühle Nachtluft. Ich folgte ihm und fuhr mit der Hand über die glatte Außenhaut des Flügels, während er die Tür öffnete.

»Wie viel kostet so etwas?«, fragte ich und stellte mich auf eine gehörige Summe ein – ich wollte eine Vorstellung davon bekommen, in welcher Größenordnung sich mein finanzieller Rahmen künftig bewegen musste.

»Das kann ich gar nicht genau sagen. Ich habe es gewonnen.«

»Wie das?«

»Beim Bakkarat. Ein Gentleman, mit dem ich manchmal spiele, hat es gegen mein Haus gesetzt und verloren. Deshalb habe ich fliegen gelernt.«

Ich schüttelte erstaunt den Kopf. »Samas sagte mir schon, dass du eine Spielernatur bist.«

»Ach ja?«, fragte Chance und sah mich an. »Da liegt er falsch. Ich bin kein Spieler, sondern ich spiele. Und ich bin ein *Gewinner* – das ist ein Riesenunterschied«, betonte er und ging noch einmal zum Auto zurück, um Clovis zu holen.

Chance trug den alten Mann wie eine Braut über die Schwelle. In seinen kraftstrotzenden Armen wirkte er fast wie Isaak auf dem Weg zum Opferaltar. Clovis' schlaffer Kopf hing reglos herab, sein Mund stand offen. Chance stieg die wenigen Stufen hinauf und achtete dabei darauf, dass er beim Einsteigen nirgendwo mit Clovis' Kopf oder Füßen anstieß. Ich trug die Taschen hinterher.

Chance füllte mit seinem massiven Körper praktisch den Flugzeugrumpf. Er platzierte Clovis vorsichtig auf dem Rücksitz und schnallte ihn an. Ich stellte die Taschen auf dem Vordersitz ab und stieg noch einmal aus dem Flugzeug, während Chance, der sich in dem engen Raum kaum umdrehen konnte, mit dem Hintern zuerst den Gang wieder zurück tappte. Er hielt einen Moment an der offenen Tür über mir und entließ den Fahrer mit einem Winken. »Bereit?«

Ich nickte.

»Dann mal los.« Er schob seinen Oberkörper seitlich durch die Cockpittür nach vorn. Der Pilotensitz war offensichtlich an seine Körpergröße angepasst worden: Er war etwa fünfzehn Zentimeter tiefer und weiter zurückgeschoben als der andere Sitz – und er war doppelt so breit.

»Was muss ich tun?«, fragte ich und setzte mich in den normalen Sitz zu seiner Rechten.

»Hier, setz die auf.« Er gab mir Kopfhörer. »Lehn dich einfach zurück und genieß den Flug.«

Im Vergleich zu Chance wirkte alles in dem Cockpit winzig. Er sprach auf Deutsch in das Funkgerät, während er mit seinem kleinen Finger die Schalter bediente, und lenkte den Jet in Richtung Startbahn. Dabei wirkte er wie die vollkommene Verkörperung der modernen Welt. Über den knackenden Kopfhörer hörte ich ihn mit dem Schweizer Fluglotsen sprechen, und als das Flugzeug auf der Startbahn beschleunigte, klang das Dröhnen der anschwellenden Motorengeräusche wie ein brüllendes Feuer. Sobald wir uns in den Nachthimmel erhoben, wiegten mich die sonore Stimme von Chance und das Brummen der Triebwerke in den Schlaf.

Ein leichter Stups seiner dicken Hand riss mich aus dem Tiefschlaf. Wir flogen der Morgensonne entgegen, die sich gerade über dem Horizont erhob.

»Hey«, sagte Chance. »Da ist es.« Vor uns trennte ein schmaler Landstreifen das blaue Meer vom Himmel.

Ich rieb mir den Schlaf aus den Augen. »Was ist da?«

Er erhob einen anklagenden Finger und wies damit auf das braune Stück Land am Horizont. »Der Jemen.«

# 20

DIE GEBÄUDE DER KLEINEN STADT rauschten unter uns vorbei, während Chance eine Kurve flog und dann zum Landeanflug auf dem schmalen Asphaltstreifen im Sand ansetzte. Als das Flugzeug aufsetzte, stoben an den Seiten der Landebahn Staubwolken auf.

»Wo sind wir?«, fragte ich, sobald die Motoren schwiegen.

Chance überprüfte ein paar Instrumente und Schalter. »In Mokka in der Jemenitischen Republik.«

»Wohnt er hier?«, fragte ich und deutete auf den auf dem Rücksitz in sich zusammengesunkenen Clovis.

»Nein, sein Haus befindet sich etwa zehn Meilen weiter an der Küste. Keine Sorge, es ist schön dort. Ich muss schnell ein paar Meldungen machen, bevor ich wieder abhebe. Könntest du ihn wecken?«

»Und wie mache ich das?«, fragte ich leicht verwirrt.

»Spritz ihm zehn Kubikzentimeter aus dem Fläschchen mit der Aufschrift Tennler. Da steht etwas auf Deutsch drauf.«

»Ich werd's versuchen«, sagte ich, stand auf und fischte die Spritze sowie ein Fläschchen aus der gelben Tasche. »Wohin soll ich es ihm spritzen?«, fragte ich in das Cockpit hinein.

»Am besten in den Arm.«

Mit der Spritze in der Hand ging ich zu dem schlafenden Clovis im hinteren Teil des Flugzeugs. Ich krempelte ihm den Ärmel hoch und ließ meinen Finger über seinen Unterarm gleiten. Die altersfleckige Haut hatte alle Elastizität verloren, aber die Muskeln darunter waren immer noch überraschend kräftig.

»Denk dran, die Luftbläschen aus der Spritze zu drücken«, rief mir Chance zu.

»Danke.« Ich hielt die Nadel senkrecht in die Höhe und drückte den Kolben nach oben, bis ein dünner Strahl aus der Spritze in Richtung Decke schoss. Sobald ich Clovis die Spritze in den Arm gesteckt hatte, wurde sein Schnarchen unregelmäßig.

»Wie lange wird es dauern, bis er aufwacht?«, fragte ich über die Schulter hinweg.

»Hast du ihm die Spritze schon gesetzt?«

»Ja«, rief ich.

»Dann müsste er gleich aufwachen.«

Ich suchte in Clovis' faltigem Gesicht nach Lebenszeichen. Seine Augen bewegten sich hektisch unter seinen Lidern und flogen dann auf.

Ich bewegte meinen Kopf hin und her, bis ich seinen umherirrenden Blick auffing. »Guten Morgen.«

Er wirkte desorientiert. »Wo sind wir?«, fragte er gähnend.

Ich zeigte auf die kleine Stadt, die hinter den sich legenden Staubwolken vor dem Fenster erschien. »Sieh selbst.«

»al-Muchā«, sagte er und lehnte den Kopf vorsichtig gegen das kleine ovale Fenster. »Hilf mir bitte auf.«

»Gut geschlafen?«, fragte Chance und zwängte sich durch die Cockpittür.

»Ich glaube schon. Ich habe seltsame Dinge geträumt.«

»Oh je, ich würde gerne noch weiter mit euch plaudern, aber ich muss schnell wieder weg. Die jemenitischen Luftstreitkräfte haben den nationalen Luftraum gesperrt, deswegen musste ich illegal landen. Gibt es in diesem Ort Telefon?«

»Ja, zwei oder drei Anschlüsse. Warum?«, fragte Clovis.

»Die werden ganz sicher bereits die Sicherheitskräfte alarmiert haben, nachdem sie uns haben landen sehen.« Er öffnete die Flugzeugtür.

»Oh, diese Hitze ist einfach teuflisch. Ich weiß nicht, wie du das aushältst«, stöhnte Chance.

Clovis trat in die sonnendurchflutete Türöffnung, ohne ihn weiter zu beachten. »Wir sollten losgehen, bevor die Mittagssonne uns auf den Rücken brennt«, sagte er zu mir.

Ich folgte ihm hinaus auf das Rollfeld. Als ich mich umdrehte, griff Chance gerade nach der Tür.

»Viel Glück, Evan. Auf bald. Clovis, mein Alter, hat mich gefreut, dass wir uns mal wieder gesehen haben.« Chance schlug die Tür zu und verschloss sie, noch bevor wir antworten konnten.

»Er hat recht. Wir sollten hier weg, bestimmt kommt gleich jemand, um nach dem Rechten zu sehen«, sagte Clovis.

Das Heulen der Flugzeugmotoren am Himmel entfernte sich bereits, als wir der unbefestigten Straße nach Mokka folgten.

Von Maultieren gezogene Wagen rumpelten die Straßen des verschlafenen Städtchens entlang. Lachende Kinder spielten mitten auf einer breiten, nicht asphaltierten Straße, die zu beiden Seiten in die Wüste führte. Ihre schwarz verschleierten Mütter behielten sie im Auge, während sie den Boden vor ihren einfachen Lehmhütten fegten. Alles wirkte uralt, beinahe als ob sich die Welt unter dem jemenitischen Himmel langsamer drehen würde.[31]

»Hier entlang«, sagte Clovis und ging in Richtung eines größeren Gebäudes am Ende der Straße. Die arabische Schrift an der Lehmwand über der scheunentorgroßen Doppeltür war bis zur Unleserlichkeit verblasst. Die Art, wie sich die scheuen Stadtbewohner in den Hauseingängen zusammendrängten, verstärkte meinen Eindruck, dass nicht oft Fremde in diesen Ort kamen. Clovis klopfte an einer kleinen, hölzernen Seitentür, hinter der Pferdeschnauben zu hören war.

Ein dunkelhäutiger Mann mittleren Alters öffnete die Tür. Er hatte kurz geschorenes schwarzes Haar, aber einen langen Bart, und in seiner Lederschürze steckte ein Krummdolch wie der, den Clovis mir geschenkt hatte. Er lächelte breit, wobei er seine weißen Zähne sehen ließ, als er Clovis zur Begrüßung umarmte. Dann nahm er Clovis bei der Hand, zog ihn in das Gebäude und bedeutete mir, ihnen zu folgen.

Wir betraten einen Pferdestall, der fast eine exakte Kopie jenes Mietsstalls in Bulgarien war, in dem ich als Wassili Hunderte Male gewesen war. Clovis ließ die Hand des Mannes los, schob ihn in meine Richtung und stellte mich ihm auf Arabisch vor.

---

31 Evans etwas trostlose Schilderung des heutigen Mokka wird von dem bekannten Jemenforscher und Autor C.G. Brouwer bestätigt, der die einst blühende Hafenstadt als vergessenen und weitgehend verfallenen Ort beschreibt (*Al-Mukhā. Profile of a Yemeni Seaport* von C.G. Brouwer).

»Das ist Nusel«, sagte Clovis anschließend zu mir. »Sein jüngerer Bruder kümmert sich bei mir zu Hause um alles, wenn ich nicht da bin.«

Nusel sagte etwas zur Begrüßung, schüttelte meine Hand und neigte den Kopf zu einer leichten Verbeugung. Dabei fiel ihm wohl das frisch gestochene Tattoo an meiner Hand auf, und er hielt kurz inne. Clovis legte Nusel die Hand auf die Schulter und ging hinüber zu einer Box mit einem dünnen, erschöpft aussehenden braunen Pferd. Bei seinem Anblick kam etwas Leben in das Tier. Es schmiegte seine Schnauze an seinen Kopf. Er sprach leise mit ihm und streichelte ihm den Hals.

»Ist das dein Pferd?«, fragte ich.

»Ja. Nusel weiß nicht, was er mit ihm machen soll. Das arme Tier ist immer ganz außer sich, wenn ich nicht da bin.« Er drehte sich um und sprach mit dem arabischen Stallknecht, der alle paar Sekunden nickte.

»Es ist schon zu spät, um mein Haus noch vor der Mittagshitze zu erreichen. Ich habe Nusel vorgeschlagen, dass wir uns hier bei einem Kaffee entspannen, bis die Sonne den Zenit überschritten hat. So sollten wir gerade noch vor Einbruch der Dunkelheit zu Hause sein. Rechtzeitig zum Abendessen. Hast du Hunger?«

»Ja, großen«, sagte ich.

Clovis legte seine Hände zusammen und verbeugte sich leicht, während er mit Nusel sprach. Der Stallknecht verneigte sich tief, dann verschwand er durch die offene Seitentür. Ein paar Minuten später kehrte er mit einem Tablett mit schwarzem Kaffee in drei hohen Gläsern, Brot und einem großen, mit Zucker bestreuten Gebäck wieder. Ich tat es Clovis gleich und verbeugte mich, als Nusel das Tablett auf dem schmutzigen Boden zwischen unseren

Schemeln abstellte. Ich ließ mich vom Gestank nach Pferdemist, der in der stehenden Luft hing, nicht abhalten, brach mir ein Stück von dem Gebäck ab und aß.

Clovis unterhielt sich ausführlich auf Arabisch mit Nusel und übersetzte mir ab und zu etwas von ihrem Gespräch, während die Temperatur im Stall unbarmherzig immer weiter in die Höhe stieg. Ich war der Einzige, der schwitzte.

»Wie kommst du mit der Hitze klar?«, fragte mich Clovis nach dem zweiten Kaffee.

»Ganz gut. Alles in Ordnung.«

Er beugte sich zur offenen Tür, um nachzusehen, wie weit die Schatten draußen mittlerweile gewandert waren. »Wir sollten aufbrechen«, sagte er dann, drehte sich zu Nusel um und redete mit ihm, woraufhin dieser aufstand und ein Pferdegeschirr von der Wand nahm. Als Nusel das magere Pferd aus der Box heraus zur Hintertür des Stalls führte, bedeutete Clovis mir, ihm zu helfen. Ich trug das wettergegerbte lederne Kummet nach draußen, wo Nusel das Pferd gerade zu einer alten schwarzen Kutsche führte. Die Sonne brannte am wolkenlosen blauen Himmel.

Clovis spannte das Tier an. »Du kannst dein Gepäck hinter den Kutschbock stellen. Es geht los«, sagte er.

Ich legte unsere Taschen in die Kutsche und stieg auf den Kutschbock. Clovis setzte sich neben mich, und Nusel reichte ihm eine Lederflasche mit Wasser. Dann schnalzten die Zügel über dem Pferderücken, und die Kutsche rollte aus dem offenen Seitentor. Nusel winkte uns eifrig hinterher, bis Clovis um die nächste Ecke bog. Wir fuhren auf der breiten Straße Richtung Süden, vorbei an einigen verlassenen Häusern, die der gnadenlose

Sand bereits halb unter sich begraben hatte. Die Holzräder ließen uns jede noch so kleine Unebenheit deutlich spüren.

»Was ist los mit dieser Stadt?«, fragte ich Clovis.

»Was meinst du damit?«

»Sie wirkt, als läge sie im Sterben«, antwortete ich.

»Im Vergleich zu dem, was sie einmal war, ist sie wirklich fast tot. Sieh hinter dich, Evan. Das ist al-Muchā – Mokka –, die Stadt, die einst der Welt den Kaffee bescherte.«[32]

Ich drehte mich zu der geisterhaften Stadt um, die hinter uns immer kleiner wurde. »Mokka wie Mokka, der Kaffee?«

»Ja, das Hochland inmitten der Wüste im Inland war lange Zeit das beste Kaffeeanbaugebiet der Welt. Aber dann wurden die Bohnen gestohlen und im tropischen Erdboden von Indonesien und der Neuen Welt angepflanzt. Diese Erde war viel fruchtbarer, und schließlich kam der Handel mit Mokka zum Erliegen. Die Stadt stirbt Stück für Stück, seit die holländischen und englischen Schiffe nicht mehr kommen. Es ist kaum zu glauben, dass zu ihrer Blütezeit zwanzigtausend Menschen hier lebten.«

»Wie viele sind es heute?«

»Weniger als tausend, und die meisten von ihnen sind Fischer.«

---

32 Mokka ist synonym mit Kaffee, seit der islamische Einsiedler al-Shadhili hier um 1200 angeblich das Getränk und seine anregende Wirkung entdeckte (*Ein teuflisches Zeug. Auf abenteuerlicher Reise durch die Geschichte des Kaffees* von Stewart Lee Allen, 2003).

»Was ist mit dem Rest der Gebäude passiert?«

Clovis warf einen Blick über die Schulter zurück. »Die Wüste hat sie sich zurückgeholt. Es gibt hier ein Sprichwort, nach dem Städte, die sich zu schnell aus dem Sand erheben, auch schnell wieder darunter verschwinden.«

Als er das Pferd zum Galopp antrieb, waren die Unebenheiten der Straße in der Kutsche nur noch als schwache Vibration spürbar.

»Darf ich dich etwas Persönliches fragen?«

»Aber sicher«, antwortete Clovis.

»Was hast du gegen das Fliegen?«

Er beugte sich auf dem Kutschbock nach vorne, wickelte sich die Lederzügel um die Hand, damit sie nicht durchhingen, und richtete den Blick eine Weile auf die harte Schmutzpiste unter uns. Dann sah er zum Horizont auf. »Mich gibt es nun schon seit fast zweitausend Jahren, Evan, und in all dieser Zeit hatte ich niemals das Bedürfnis, schneller zu reisen, als man es mit einem guten Pferd kann. Das war während all meiner Leben völlig ausreichend.« Er schnalzte mit den Zügeln. »So ist's recht, mein Junge«, rief er dem Pferd zu.

»Warst du schon jemals mit einem Auto oder einem Flugzeug unterwegs, ohne dabei zu schlafen?«

»Nein. Warum sollte ich? Mir ist es so viel lieber. Gestern Nacht war erst das dritte Mal, dass ich mit einer von diesen Maschinen gereist bin. Und das habe ich nur getan, um mich an diese modernen Terminpläne zu halten, denen sich die anderen neuerdings unterwerfen. Nein, mein Freund, das ist alles nichts für mich.«

Er deutete auf einen Punkt in der Entfernung, wo unser Weg eine Biegung nach rechts machte und dann parallel zur Küste weiter verlief. »Dort beginnt die schönste

Straße der Welt. Es wäre eine Sünde, schneller zu fahren, als es unbedingt sein muss.«

Ich lächelte und betrachtete die wunderschöne Aussicht. »Die anderen haben gesagt, dass du der Älteste von uns bist. Ist das wahr?«, fragte ich.

»Die erzählen ziemlich viel, wenn der Tag lang ist.«

»Manchmal auch nicht genug.«

Er sah mich an und lächelte. »Ja, es stimmt. Ich bin der Älteste.«

»Wie viele Mitglieder hast du in all dieser Zeit entdeckt?«

»Ich persönlich?«, fragte er und sah mich an.

»Ja.«

»Sechs. Chance, Kress, Ramsay, Jens, Tobias und noch jemanden. Viele Jahre lang habe ich aktiv nach anderen Infinites gesucht, aber das war vor langer Zeit. In gewisser Weise war es damals einfacher. Propheten und spirituelle Anführer waren zum Beispiel besonders interessant, denn das waren oft Leute, die in fremden Zungen sprachen oder irgendeine Art von Wissen besaßen, von dem ihre Mitmenschen keine Ahnung hatten. In einigen Fällen handelte es sich bei ihnen um Infinite, die gar nicht wussten, was sie waren. Sie wussten nur, dass sie anders als die anderen waren, und sahen das als göttliches Zeichen an. So habe ich Chance, Tobias und Jens entdeckt. Heute ist das viel schwieriger. Wenn man Erleuchtung wie einen Laib Brot oder ein Stück Fleisch an jeder Straßenecke bekommt, dann sind die Stimmen der wahrhaft Göttlichen kaum noch zu hören. Die Welt war früher nicht so kompliziert, Evan.«

Ich lehnte mich zurück und sah den Wellen dabei zu, wie sie auf den leeren Strand rollten. Im Meer fischten weiße Möwen und schwarze Fregattvögel. Wir waren weit und breit die einzigen Menschen hier – und ohne die von Menschenhand gebaute, unbefestigte Straße hätte man fast glauben können, dass außer uns noch nie jemand zuvor hier gewesen war. Die Zeit verging schnell in dieser einsamen Gegend, und die Sonne stand bereits tief über den heranrollenden Wellen, als ich den kleinen Turm sah. Er erhob sich aus dem ewigen Sand wie ein Soldat, der vor der azurblauen Weite von Ozean und Himmel Wache stand.

»Ist das ein Leuchtturm?«, fragte ich.

»Ja.«

»Führt die Straße noch weiter?«

»Nein, sie endet dort. Das ist mein Zuhause.«

»Du lebst in einem Leuchtturm?«

»Mein Haus steht am Fuße des Leuchtturms.«

»Ist der Turm noch in Betrieb?«

»Oh ja, ich bin der Wärter.«

Je näher wir dem Turm kamen, desto höher schien er in den Abendhimmel zu wachsen. Die Straße schlängelte sich nach unten bis zu einem schmalen Landstreifen, der sich ins Meer hinaus erstreckte. Auf ihm stand der aus Steinblöcken errichtete Leuchtturm. Die Wellen, die im schwindenden Tageslicht flacher wurden, leckten zu beiden Seiten an dem Stück Land.

»Sosehr ich die Aussicht während der Fahrt genieße, ich bin immer froh, wenn ich endlich zu Hause bin«, sagte Clovis.

Ich nahm an, dass sein Hintern ebenso wund sein musste wie meiner. Clovis zügelte das Pferd und hielt neben der Hintertür des kleinen Steinhauses, das direkt an die größeren hellen Blöcke des Turms angebaut war.

Davor war ein graues Pferd angebunden, das an dem spärlichen Gras knabberte.

»*Aye, Sayedee!*«, rief ein junger Araber von oben. Er stand am Geländer eines schmalen Laufgangs, der um die Glaskuppel an der Turmspitze führte. Er wirkte überrascht von meiner Gegenwart.

Clovis winkte und rief zu ihm hinauf. »Das ist Drusel, der jüngere Bruder von Nusel«, sagte er zu mir. »Er hat sich in meiner Abwesenheit um das Leuchtfeuer gekümmert.«

Clovis rief ihm noch etwas zu und stieg vom Kutschbock. »Bring dein Gepäck rein, Evan. Ich zeige dir das Gästebett.« Der junge Mann am Geländer über uns beobachtete, wie ich zur Tür ging. Der silberne Griff des Dolches in seinem Hosenbund reflektierte die letzten Strahlen der untergehenden Sonne.

»Hier entlang«, sagte Clovis und öffnete eine grob gezimmerte Holztür.

Ich folgte ihm, hielt mich aber im schwachen Lichtschein, der durch die Tür drang. Er nahm ein Streichholz und entzündete damit eine Messinglaterne, die auf einem Tisch in der Mitte des dämmrigen Raumes stand. Er drehte den Docht hoch und griff nach einem Seil, das über dem Tisch hing. Als er die Laterne an dem Seil hinauf zu den Dachsparren zog, wurde es heller.

»Das ist die jemenitische Version eines Kronleuchters«, sagte er und band das Seil fest. Die Wände bestanden aus grob behauenen Steinblöcken, das Gebälk des Strohdaches aus mächtigen Balken, die aus irgendeiner abgelegenen Ecke dieses baumlosen Landes stammen mussten. An der gegenüberliegenden Wand befand sich eine große offene Feuerstelle, deren Ränder von vielen Jahren der

Benutzung geschwärzt waren. Zwei Stühle standen an dem rechteckigen Tisch, auf dessen polierter Holzoberfläche sich Dutzende runde, dunkle Astlöcher wie eine Sternenkonstellation verteilten. Zwei weitere Stühle hingen an dem Querbalken mit der Laterne.

»Du kannst deine Sachen im Schlafzimmer abstellen.« Clovis deutete auf die offene Tür gegenüber der Feuerstelle. »Du schläfst auf der rechten Seite.«

Ich ging hinein und wartete einen Moment, bis sich meine Augen an die Dunkelheit gewöhnt hatten. Zwei schmale Matten lagen zusammengerollt an der gegenüberliegenden Wand. Ich legte meine Tasche vor der rechten ab.

»Ich fange mal mit dem Eintopf an«, sagte Clovis.

»Klingt gut«, erwiderte ich. Mir fielen drei ledergebundene Bücher neben der anderen Schlafmatte auf. Durch die langjährige Benutzung war die Beschriftung der Buchrücken und der Einbände unleserlich geworden. »Was ist das?«, fragte ich und öffnete eines der Bücher. Handgeschriebene griechische Buchstaben bedeckten die dicken, brüchigen Seiten.

»Das sind Diokletians Gartenbücher. Ich habe sie vor ein paar Jahren wiederentdeckt.«

Als ich wieder aus dem Zimmer kam, trug ich den Dolch stolz in meinem Hosenbund. Clovis war gerade an dem kleinen Tisch in der Küchenecke bei der Essensvorbereitung und blickte auf.

»Ah«, sagte er und lächelte mich an, als ich zu ihm kam. »Ich sehe schon, du wirst dich hier ganz wunderbar einfügen.«

Ich spähte ihm über die Schulter. »Wächst in diesem Boden hier denn überhaupt etwas?«

»Mit ein bisschen Mühe schon. Ich muss jeden Winter frischen Lehmboden aus dem Hochland herbringen. Mein Garten liegt am Weg zu der Quelle auf dem Hügel«, sagte er und deutete mit dem Messer in die Richtung. »Wir essen heute von der Ernte.«

Meine nächste Frage ging in einem lauten mechanischen Klappern von oben unter. Es hörte sich beinahe so an, als ob der gesamte Leuchtturm ins Meer stürzen würde. Clovis schnitt in aller Seelenruhe weiter Gemüse.

»Was ist das?«, rief ich über den Lärm hinweg.

»Drusel zieht gerade den Antrieb neu auf«, rief er zur Antwort. »Die sich drehende Linse wird von einer Art Uhrwerk angetrieben, das jeden Abend aufgezogen werden muss und dann bis morgens läuft.« Mitten im Satz brach der Lärm ab, und seine Stimme hallte laut durch den Raum. »Fertig«, sagte er wieder in normaler Lautstärke. »Ich werde es dir morgen zeigen.«

Drusel kam durch die Tür neben der Feuerstelle, die zum Turm führte. Clovis rief ihn zu sich und stellte uns vor. Drusel umfasste meine rechte Hand mit seinen beiden Händen und betrachtete das frische Schwarz meines Embe-Tattoos. Er lächelte so breit, dass er dabei die weißen Zähne unter dem jugendlichen Bartflaum entblößte. Clovis sagte etwas zu ihm und deutete auf den kleinen eisernen Kochkessel, in dem er rührte. Drusel ließ widerstrebend meine Hand los und nahm auf seinem Weg zur Hintertür einen Eimer mit, der neben der Feuerstelle stand.

»Weiß er Bescheid?«, fragte ich.

»Worüber?«

»Darüber«, sagte ich und deutete auf mein Tattoo. »Er hat mich angelächelt, als ob er Bescheid wüsste.«

Clovis schüttelte den Kopf und rührte weiter. »Sie wissen, dass das ein besonderes Zeichen ist, aber nicht, was es bedeutet – auch wenn sie darüber gerne alle möglichen Mutmaßungen anstellen. Deshalb behandeln sie dich mit dem gleichen Respekt und der gleichen Neugier, mit der sie mich behandeln.«

»Mir ist aufgefallen, dass Nusel dir mit sehr viel Respekt begegnet.«

»Nun ja, ich lebe schon sehr lange hier, und deswegen bin ich für die noch übrig gebliebenen Stadtbewohner ein ziemliches Kuriosum. Drusels Großvater kannte mich nicht in diesem Körper, aber er erkannte das hier wieder«, sagte er und zeigte mit dem Holzlöffel auf sein Tattoo. »Die Dorfbewohner wissen, dass der Leuchtturm schon immer von einem geheimnisvollen Fremden bewohnt wurde, der dieses Symbol an der Hand hat. Und wenn nun noch jemand mit so einem Zeichen auftaucht, macht sie das natürlich neugierig. Es sind einfache Menschen, Evan, und sie sind wunderbar in ihrer Einfachheit. Ihre Neugier und Ehrfurcht scheint mir ein annehmbarer Preis für ihre Gesellschaft zu sein.«

»Bekommst du nie Besuch von den anderen?«

»Oh, der letzte ist schon lange her. Mein Lebensstil ist den meisten zu … beschaulich.«

»Das ist mir nicht entgangen. Und das Fest zu meiner Aufnahme hat dich auch nicht sonderlich interessiert. Warum?«

»Ich sehe die Dinge nun mal anders. Ohne dir eine Predigt halten zu wollen: Irgendwann wird auch für dich einmal der Tag kommen, an dem dir klar wird, dass du alles getan hast, was man tun kann. Und weder Bacchus' Früchte noch die Sirenen der Meere können dich dann noch in ihren Bann schlagen wie früher. Mich hat diese Erkenntnis zu einem einfachen Leben bekehrt.«

Drusel kam mit dem nun bis oben hin mit Kohle und Dung gefüllten Eimer wieder. Er stellte ihn ab und legte den schwarzen Schlund der Feuerstelle mit dem Brennmaterial aus.

»Los geht's«, sagte Clovis und trug den kleinen gusseisernen Kessel hinüber zu der Feuerstelle. Ich kam Drusel zuvor und hielt mein Feuerzeug an den pyramidenförmig aufgeschichteten Haufen. Clovis hängte den Kessel an einen Haken in der gemauerten Wand. Dann sagte er noch etwas zu Drusel und deutete auf die an den Dachsparren hängenden Stühle.

Der Araber nickte und holte den benötigten dritten Stuhl herunter. Er musste sich strecken, um die baumelnden Stuhlbeine erreichen zu können, und nahm ihn dann vorsichtig von seinem Haken. Dabei weiteten sich seine Augen vor Staunen über die dicke teppichartige Staubschicht auf der Sitzfläche. Mit dem Stuhl in der Hand sah er Clovis irritiert an.

Clovis nahm ihm den Stuhl ab. »So ist das Leben in Arabien – ein endloser Kampf mit dem Staub«, sagte er, trug den Stuhl nach draußen und wischte die Sitzfläche mit der Hand ab. Ein paar Minuten später kam er zurück und stellte ihn an den Tisch. An dem Stuhl hing immer noch Staub. Der viele Staub verriet lange Perioden der Einsamkeit, und Clovis schien beides peinlich zu sein.

Ich setzte mich auf einen der anderen beiden Stühle und sah Clovis dabei zu, wie er wieder zu seinem Kessel ging. Als das Essen fertig war, füllte er drei Holzschalen und stellte sie wortlos auf den Tisch. Drusel murmelte ein Gebet, bevor er zu essen begann.

»Schmeckt gut«, sagte ich.

»Vielen Dank. Finde ich auch«, sagte Clovis und lächelte. »Es ist eine Schande, dass ich das nicht öfter koche. Wenn ich allein esse, gibt es meist nur etwas Einfaches.«

»Warum lebst du so?« Ich hatte eigentlich vorgehabt, mit meiner Frage auf den richtigen Moment zu warten. »Versteh mich nicht falsch, ich weiß deine Gastfreundschaft wirklich sehr zu schätzen, das ist für mich gerade genau das Richtige – aber trotzdem. Du lebst sehr zurückgezogen.«

»Ganz genau«, sagte er und sah mich an.

Ich erwiderte verwirrt seinen Blick. Drusel aß, ohne von unserem Gespräch Notiz zu nehmen.

»Auf mich hat das eine beruhigende Wirkung«, fuhr Clovis fort. »Wie ich schon sagte, ich bevorzuge ein langsameres Tempo und ein unkompliziertes Leben. Und an diesem ruhigen Fleckchen Erde hier finde ich genau das. Mein Zuhause ist mein Refugium vor all den verrückten Veränderungen, die in der Welt vor sich gehen.«

»Was für Veränderungen meinst du?«

Er zog die Augenbrauen hoch, als hätte ich überhaupt nichts verstanden, und setzte noch einmal neu an. »Es ist wahrscheinlich eine Frage der Sichtweise. Über eintausendsechshundert Jahre lang war die Vergangenheit das Fundament der menschlichen Gesellschaft. Und dann geschah plötzlich innerhalb weniger Generationen ein kompletter Umbruch, die Renaissance, und die Menschen begannen, ihr Leben auf die Zukunft auszurichten. Ab diesem Zeitpunkt war die Verheißung des Neuen wichtiger als die Tradition. Seitdem lebe ich hier.«

»Aber was ist mit den Fortschritten, die wir seitdem gemacht haben?«

»Ach, all diese Veränderungen, viel mehr Veränderungen, als dass man sie alle begreifen könnte. Mit der Renaissance begann die Herrschaft der Jugend, und diese Jugend gelüstet es beständig nach Veränderung – aber ich bin nicht mehr jung und brauche keine Veränderung.«

»Ist Veränderung denn wirklich etwas so Schlimmes?«

»Vielleicht sind es nicht die Veränderungen an sich, aber die hitzige, unbekümmerte Art, mit der sie in die Welt gesetzt werden. Es ist doch immer die gleiche Geschichte: Eine neue Generation tritt an, lebt ihr Leben und formt die Welt, aber dann ist ihre Zeit vorbei und die nachfolgende Generation kann es kaum erwarten, das Ruder zu übernehmen. Und dann müssen die Eltern fürchten, dass ihre Kinder keinen Respekt vor dem haben, was sie sich so mühsam aufgebaut haben, vor ihren Werten und Traditionen. Das ist der ewige Konflikt zwischen Alt und Jung.«

Er sprach mit abwesendem Blick weiter. »Legionen unermüdlicher junger Menschen voller Enthusiasmus und Träumen gestalten die Welt nach ihren Ideen, ohne Rücksicht auf die Traditionen derer, die vor ihnen kamen. Die ältere Generation betrachtet das mit Sorge, aber die Jungen müssen unbedingt die in ihren Augen baufälligen und unzeitgemäßen Strukturen einreißen – um auf demselben Fundament neu zu beginnen. Sie können darin keinen Verlust erkennen, denn sie sehen immer nur den Fortschritt. Sie begreifen nicht, dass der Fortschritt ein zweischneidiges Schwert ist – bis es ihnen in den Händen ihrer eigenen Nachfolger wieder begegnet. Wer hat also recht? Wem kann man trauen? Der von der Zukunft träumenden Jugend oder den konservativen Alten, die sehnsüchtig an vergangene Zeiten denken? Ich möchte nicht in dieser im stetigen Wandel begriffenen Welt leben. Hier bewirkt Zeit zum Glück so gut wie keine Veränderungen. Das Bulgarien deiner Jugend war sicher ähnlich.«

Ich nickte. »Stimmt. Und deswegen war Istanbul auch ein ziemlicher Schock für mich – aber trotzdem war das nicht unbedingt etwas Schlechtes.«

»Wie gesagt, das ist eine Frage der Sichtweise.«

Ich nahm mir ein paar Holzlöffel voll von dem kälter werdenden Eintopf. »Aber warum ausgerechnet hier, Clovis?«

»Das Schicksal hat mich hierherverschlagen und dann dafür gesorgt, dass ich hierbleibe.«

Ich sah ihn ausdruckslos an und hoffte, dass er dieser kryptischen Antwort noch eine Erklärung folgen lassen würde.

»Also, es ist so: Ich habe diesen Turm selbst gebaut. Man könnte sagen zur Buße.«

»Was meinst du mit *Buße?*«

Er goss sich etwas hellbraunes Wasser aus einem Tonkrug in ein Glas und beobachtete, wie sich die Sedimente am Boden absetzten, während er erzählte. »Ich war einmal Soldat, wie Ramsay. Aber damals war das noch ein ehrenhafter Beruf. Ich kam in diese Gegend im Gefolge von Ali Abdul Pascha, der das Land konsolidieren wollte, das sein verstorbener Vater sich von den Osmanen erkämpft hatte. Er warb mich in Damaskus an und ernannte mich zum Stadtverwalter von al-Muchā. Das war eine gute Stellung mit angemessener Bezahlung – bis Ramsay mit einer Brigade englischer Dragoner auftauchte, die fest entschlossen waren, den Hafen und das Hochland mit seinen Kaffeeplantagen in ihre Gewalt zu bringen.«

»Du hast gegen Ramsay gekämpft?«

»Nein, dazu kam es nicht. Denk an den Eid, den auch du geschworen hast, Evan. Ramsay hat ihn ebenfalls geleistet. Unsere Loyalität gilt zuallererst uns gegenseitig.

Ich erinnere mich, wie sie mit der *Trades Increase*, einem stolzen Dreimaster unter englischer Flagge, in den Hafen einfuhren.[33] Die Einwohner von al-Muchā versammelten sich, wie sie es immer taten, wenn englische Handelsschiffe anlegten. Erst als das Schiff längsseits des Kais vor Anker ging und seine Kanonen auf sie richtete, wurde ihnen klar, dass etwas nicht stimmte. Ein Botenjunge wurde zu meinem Quartier in der steinernen Zitadelle im Herzen der Stadt geschickt. Ich nahm zwei meiner besten Männer mit und ging zum Schauplatz des Geschehens. Ramsay stand auf dem Landungssteg, flankiert von einem Dutzend Soldaten in roten Jacken, die lange Musketen mit Bajonetten trugen. Ich schritt durch die Menschenmenge und baute mich vor den Engländern auf. Ramsay drehte sich zu mir um und wurde kalkweiß.

›Davon wusste ich nichts‹, sagte er auf Deutsch, damit seine Truppen ihn nicht verstanden.

›Ich auch nicht‹, erwiderte ich.

›Ich, oh, ich weiß nicht, wo ich anfangen soll.‹

›Du könntest zum Beispiel damit anfangen, dass du mir

---

33 Die *Trades Increase* war das Schiff des englischen Händlers Henry Middleton, der Monate zuvor in dieser Gegend von den islamischen Behörden gefangen genommen worden war. Nach seiner Flucht kehrte er nach Mokka zurück und ließ die Stadt verwüsten (*The Honorable Society: A History of the English East India Company* von John Keay, 1991).

sagst, warum du hier bist und warum diese Kanonen auf meine Stadt gerichtet sind.‹

Ramsay schluckte schwer und konnte mir kaum in die Augen sehen. ›Ich soll im Auftrag des Kommandanten den örtlichen Behörden die Bedingungen überbringen, unter denen die Übergabe des Hafens und der Stadt Mokka stattzufinden hat.‹

›Und was für Bedingungen wären das?‹, fragte ich und bemerkte dabei, wie einer der Soldaten erst meine und dann Ramsays Tätowierung betrachtete.

›Könnten wir uns irgendwo in Ruhe unterhalten?‹

Ich nickte ernst, drehte mich auf dem Absatz um und befahl meinen Männern, uns einen Weg durch die immer größer werdende Menschenansammlung zu bahnen. Ramsay flüsterte einem Unteroffizier neben ihm etwas zu und folgte mir dann mit zwei Schritten Abstand.

Als wir die Zitadelle betraten, postierte ich meine Männer am Eingang und führte Ramsay vier Treppen hinauf bis auf das Dach. Die Messingknöpfe an seiner schicken roten Uniformjacke mit schwarzem Saum blitzten in der Sonne.

›Was zum Teufel hast du vor?‹, fragte ich und deutete auf sein Schiff.

Ramsay zögerte. ›Als Erstes werde ich mit sofortiger Wirkung meinen Dienst quittieren, denn ich kann und werde dich nicht angreifen. Zweitens werde ich dich trotzdem inständig darum bitten, dich zu ergeben.‹

›Was soll das heißen?‹

›Ich bitte dich nicht als dein Feind darum, sondern als dein Bruder. Ergib dich. Du hast keine Vorstellung davon, mit was du es hier zu tun hast, Clovis.‹

›Es wäre nicht das erste Mal, dass ich in Unterzahl kämpfe – oder dass man mich unterschätzt.‹

Ramsay schüttelte den Kopf. ›Du bist schon längst raus aus dem Spiel, alter Freund. Es geht nicht darum, ob du zahlenmäßig unterlegen bist, sondern darum, dass du gegen unsere Feuerwaffen nichts ausrichten kannst. Womit willst du diese Stadt denn verteidigen? Mit deinem Säbel? Oder mit dem Dolch da?‹, sagte er und deutete auf die Waffen an meinem Gürtel. Er drehte sich um und ging zu dem steinernen Geländer am Dachrand. ›Oder etwa damit?‹, fragte er und zeigte auf einen der beiden kurzen Mörser, die den Hafen sicherten.

Ich sagte Ramsay, dass meine jemenitischen Brüder mir zur Seite stehen würden, aber er war überzeugt davon, dass ich sie in den Untergang führen würde.« Clovis' Blick wirkte abwesend. »Ich erwiderte, dass der Jemen schon mehr Blut gesehen habe, als sein geliebtes England überhaupt vergießen könne, aber es war fruchtlos. Er sagte mir, dass hier bald ein englisches Heer von unvorstellbarer Größe auftauchen würde. Er flehte mich förmlich an, aber ich blieb hart und versuchte immer noch, etwas mit ihm auszuhandeln«, fuhr Clovis fort.

»Und ist dir das gelungen?«, fragte ich.

»Ich fragte Ramsay, wie die Forderungen des Kommandanten lauteten, und er sagte mir, dass ich sofort alle öffentlichen Ämter aufgeben müsse und dass alle Transportmittel als Eigentum der englischen Krone beschlagnahmt würden, sogar die Lasttiere. Am schlimmsten war, dass der Kommandant forderte, dass alle Kaffeevorräte und sämtliche künftige Kaffeeproduktion an die Krone verkauft werden müssten. Al-Muchā sollte als britisches Protektorat annektiert werden.« Clovis seufzte tief, als ob er die Niederlage in diesem Moment vor so langer Zeit noch einmal durchlebte.

»Bist du auf die Forderungen eingegangen?«, fragte ich.

»Nein«, antwortete er. »Ich konnte nicht zulassen, dass die Briten hier die Herrschaft übernahmen, ebenso wenig, wie ich hier der Herrscher war. Ich sagte Ramsay, dass die Forderungen inakzeptabel seien und ich es nicht erlauben würde.«

»Und wie ist es ausgegangen?«, drängte ich ihn fortzufahren.

»Nun«, sagte Clovis, »Ramsay bestand darauf, dass ich die Stadt unter britische Herrschaft stellen müsse, alles andere sei nicht akzeptabel. Ich sagte ihm, dass das nicht zur Debatte stehe. Er warf mir vor, ich würde meine Männer aus Sturheit in den Tod führen.« Clovis hielt inne und nahm einen tiefen Schluck von seinem Wasser. »Ich erwiderte, dass er nicht in der Position sei, meine Motive infrage zu stellen, woraufhin er entgegnete, dass er genau dazu sehr wohl in der Position sei. Ich sagte ihm, er solle nicht so selbstgerecht sein.«

Ich nickte, völlig gefesselt von der Geschichte.

»Ramsay fragte mich, ob ich seinem Kommandanten eine Nachricht übermitteln wolle. Stattdessen riet ich Ramsay, vorsichtig zu sein. Mir war klar, dass man ihn der Feigheit oder vielleicht sogar des Verrats bezichtigen würde, wenn er von seinem Posten zurücktrat. Ich lud ihn ein, zu mir auf die Seite der Gerechten überzulaufen, aber er blieb stur. Also ließ ich seinem Kommandanten ausrichten, er habe eine Stunde Zeit, um abzuziehen, sonst würden wir seine Männer ins Rote Meer werfen. Ich dankte Ramsay für die Warnung, und wir wünschten uns gegenseitig viel Glück, als er sich auf den Weg zurück zu seinem Schiff machte. Dann begann ich mit meinen Vorbereitungen.«

»Wie ging es weiter?«, fragte ich und ließ meinen Löffel sinken. »Sind sie abgezogen?«

Clovis nahm das Wasserglas und trank vorsichtig, damit er die Ablagerungen am Boden nicht aufwirbelte. »Nein, Evan, das sind sie nicht. Ramsay hatte recht gehabt. Sie besiegten uns mit Leichtigkeit, erschossen jeden mit einem Säbel oder Dolch, den sie auf den Straßen erwischten. Achtzig von meinem Trupp aus hundert Freiwilligen wurden gleich in den ersten Minuten des Kampfes erschossen. Den Rest von uns zwangen sie zurück in die Zitadelle, die sie dann mit ihren Kanonen schleiften. Als wir nur noch zu sechst waren, befahl ich den Rückzug. Wir flohen zu dem Brunnen auf dem Hügel«, sagte er und zeigte auf die offene Tür. »Dort schlugen wir zwei Nächte lang unser Lager auf. Die übrigen fünf Männer wollten alle zurück in die Stadt und den Tod ihrer Väter, Brüder und Söhne rächen. Ich versuchte, sie davon abzubringen, aber am Ende der zweiten Nacht ließen sie sich nicht mehr länger zurückhalten. Sie sahen, dass mich der Kampfgeist verlassen hatte. Am Morgen des dritten Tages erwachte ich allein. Ich lebte eine Woche lang von Brunnenwasser und Schnecken und wartete auf den richtigen Augenblick. Im Schutz der Dunkelheit schlich ich mich dann in die Stadt und stahl eine britische Kutsche, die ich fortan jede Nacht heimlich mit Steinen der zerstörten Zitadelle belud – bis ich genug hatte, um diesen Turm hier zu bauen.«

»Wie lange hat das gedauert?«

Clovis zuckte mit den Schultern. »Buße bemisst sich nicht in Zeit, sondern in der Anstrengung.«

»Was passierte mit Ramsay?«

Er schluckte den letzten Bissen des Eintopfs hinunter und legte den Löffel auf den Tisch. »Er wurde in Ketten gelegt und mit demselben Schiff zurück nach England gebracht, mit dem er gekommen war. Dort wurde er gehängt, weil er sich geweigert hatte, den Feind anzugreifen.«

»Und du?«

Er seufzte und rutschte in seinem Stuhl nach hinten. »Und ich, ich lebe seitdem hier.«

»Wann ist das alles passiert?«

»Vor langer Zeit«, sagte er und stand auf. »Darf ich deine Schüssel abräumen?«

»Ja, natürlich«, sagte ich. »Danke für das Essen. Es war köstlich.«

Er nickte knapp und nahm meine Schüssel. Es war ihm deutlich anzumerken, dass er mit dem Reden fertig war und vielleicht sogar das Gefühl hatte, zu viel erzählt zu haben. Drusel stellte seine Schüssel auf die beiden anderen und nahm sie mit nach draußen. »Drusel wird hier schlafen. Ich mache unsere Betten fertig«, sagte er und ging in den Nebenraum. Ich folgte ihm und half ihm. »Entschuldige, leider kann ich dir kein eigenes Zimmer anbieten.«

»Du musst dich nicht entschuldigen, Clovis.«

Ein Lächeln umspielte seine Lippen, als er sein Kissen aufschüttelte. Drusel verdunkelte die Laterne und legte sich vor die Feuerstelle. Das dumpfe Ticken des Uhrmechanismus oben im Leuchtturm durchbrach mit seinem Echo die Stille.

»Danke, dass du mir deine Geschichte erzählt hast«, sagte ich in die Dunkelheit hinein.

Seine Decke raschelte, als er sich umdrehte, um mich anzusehen. Ein paar Sekunden lang war wieder nur das Ticken zu hören. »Danke, dass du danach gefragt hast.«

# 21

STAUB TANZTE IN DEN STRAHLEN der Morgensonne, die in kleinen Lichtbündeln durch das Strohdach drang. Clovis war schon auf, seine Schlafmatte lag ordentlich aufgerollt an der Wand. Ich ließ den Gehstock stehen und hinkte hinaus in das gleißende Tageslicht. Drusels graue Stute war verschwunden.

Clovis' Silhouette hob sich vor dem weißen Schaum der sich brechenden Wellen ab. Er hielt einen Säbel in der Hand. Ich setzte mich auf eine Felskante unterhalb des Leuchtturms und sah ihm dabei zu, wie er sich in eleganten, genau abgezirkelten Schritten bewegte und dabei Stöße und Paraden ausführte. Das Licht spiegelte sich in seinem wirbelnden Krummsäbel, während er dieser zeitlosen Choreografie folgte, und sein müder Körper schien mit jedem Schritt geschmeidiger zu werden. Als er seinen Säbel durch die Luft schnellen ließ, verzog sich sein Gesicht zu einer wilden Fratze mit loderndem Blick, als ob er lange tote Feinde niederstreckte.

»Du kannst wirklich gut mit dem Ding umgehen«, rief ich zu ihm herunter, als er fertig war.

Er erschrak und sah sich um, bis er mich entdeckte. »Ich bin immer noch der Beste in diesem Teil der Welt«, rief er. »Komm her!« Er deutete mit dem Säbel auf den Strand.

»Du wirst mich aber nicht damit durchbohren, oder?«, scherzte ich, als ich zu ihm hinunterging.

»Nein, ich will dir zeigen, wo man Fische fangen kann. Ich habe dort beim Felsen drei Angeln«, sagte er und deutete darauf. »Normalerweise angele ich mit allen dreien. Unterhalb des Turms und da drüben bei den Felsen sind die besten Plätze.«

»Toll. Ich habe seit meiner Kindheit nicht mehr geangelt.«

Er zeigte auf die Brandung. »Öffne ein paar von den schwarzen Muscheln, die nehmen wir als Köder.«

Ich nickte und zeigte auf den Säbel an seiner Seite. »Gibt es zu dem auch eine Geschichte?«

Er hielt mir feierlich den Griff hin. »Bei deiner Aufnahme sagtest du, dass Feuer dein Vertrauter sei. Das hier ist meiner.«

Ich nahm den Säbel am verschwitzten Griff. »Trainierst du jeden Tag?«, fragte ich.

»Ja.«

»Und wann hast du ihn zum letzten Mal benutzt? In einem echten Kampf, meine ich?«

»Gegen Ramsays britische Dragoner.«

»Seitdem nicht mehr?«

Er schüttelte den Kopf und ging den Strand entlang in Richtung des Leuchtturms. »Nein, Evan. Danach war mein Kampfgeist gebrochen. Ihre Gewehre machten das Töten zu einfach. Der Kampf hatte für mich ab dem Moment, als es nicht mehr möglich war, den letzten Atemzug seines Gegners im Gesicht zu spüren, jegliche Ehrenhaftigkeit verloren. Seitdem lebe ich dieses einfache Leben hier. Und zu meiner Überraschung habe ich entdeckt, dass es für unsereiner viel geeigneter ist als der Lebensstil, den die meisten von uns pflegen.«

Ich sah an dem Turm hoch und dachte mir, dass ihm da

vermutlich keine große Wahl geblieben war. Das Leben, wie die anderen Mitglieder es heute führten, langweilte ihn, und er war allein in seiner Langeweile, weil keiner der anderen seine Ansichten teilte.

»Wann ist die beste Zeit zum Angeln?«, fragte ich.

Er sah erst zur Sonne auf und betrachtete dann den Wasserstand. »Jetzt gerade wäre gut. Du kannst schon mal vorausgehen, aber nimm dich vor der Sonne in Acht. Zum Abendessen gibt es dann deinen Fang«, sagte er und stieg auf das Plateau aus trockener Erde oberhalb des Sandstrands.

Ich befestigte die Köder am Haken und warf die Leinen aus. Dann setzte ich mich, um uns etwas fürs Abendessen zu fangen.

Als ich am späten Nachmittag mit den drei Fischen, die ich gefangen hatte, durch die Tür kam, saß Clovis mit Pinsel und Tinte über ein raues braunes Papier gebeugt am Tisch. »Leg sie neben den Kessel«, sagte er und schaute dabei nur kurz zu mir auf. »Den dünnen silbernen Fisch sollten wir lieber nicht essen.«

Ich legte den entsprechenden Fisch zur Seite. »Sind die anderen denn genießbar?«

»Ja«, sagte er und konzentrierte sich auf eine Reihe komplizierter Pinselschwünge. Ich trocknete mir die Hände an der Hose ab und spähte über seine Schulter. »Es ist eine Entschuldigung und eine Warnung, aber in Wirklichkeit ist es eine Übung, in der es um Perfektion geht«, sagte er, noch bevor ich fragen konnte. »Kalligrafie ist wie das Gärtnern eine Lektion in Geduld.« Mühelos malte er mit seinem schmalen Pinsel japanische Zeichen auf das Papier, bedeckte es von oben bis unten damit.

Dann tauchte er den Pinsel in das kleine Tintenfläschchen und kritzelte schnell eine Zeile in Arabisch an den unteren Seitenrand. »So, das wär's. Dann kümmern wir uns mal um deinen Fang.«

»Kann ich helfen?«, fragte ich.

»Geht es deinem Fuß besser?«, erwiderte er.

»Ja, ich bin heute ohne den Gehstock gelaufen und hatte gar keine Probleme.«

Er gab mir einen großen Lederbeutel. »Dann könntest du ja Wasser holen. Der Brunnen befindet sich hinter dem Garten, du musst nur dem Fußweg folgen. Geh am besten gleich, bevor es dunkel wird.«

Die Sonne brannte mir auf den Rücken, als ich aus dem Schatten des Turmes trat und dem gewundenen Pfad folgte. Clovis' Garten war größer, als ich erwartet hatte. Sand und Staub hatten sich in kleinen Wehen entlang der grob gehauenen Steineinfassung abgelagert, die die dunkle fruchtbare Erde des Gartens umschloss. Zwischen verdorrtem Braun bewegten sich saftig grüne Halme im Wind.

Der Brunnen war nicht mehr als ein mit Wasser gefülltes tiefes Loch, das mit ein paar Steinen eingefasst war, die noch verwitterter aussahen als diejenigen im Garten und am Turm. Ich zog an einem dünnen Seil und holte damit einen verrotteten, löchrigen Eimer aus den trüben Tiefen. Sobald ich den ledernen Trinkschlauch mit braunem Wasser gefüllt hatte, ließ ich den leeren Eimer mit einem dumpfen Geräusch zurück in den Brunnen plumpsen. Dann legte ich mir den Trinkschlauch über die Schulter und humpelte zurück. Der Leuchtturm hob sich schwarz gegen die sanften Pastelltöne des Sonnenuntergangs über dem Roten Meer ab.

Clovis wartete im Hauseingang auf mich. »Ich wollte gerade das Licht einschalten. Möchtest du sehen, wie es funktioniert?«

»Ja, sehr gerne.«

»Stell das Wasser ab und folge mir.« Er nahm eine Laterne und ging durch die Tür in den Turm. »Der Fisch kocht schon. Wenn wir fertig sind, sollte auch das Essen so weit sein«, sagte er, indem er die steinernen, in das Mauerwerk eingelassen Stufen hinaufstieg. In der Mitte der Wendeltreppe hingen zwei schwere schwarze Ketten von der Decke. Die Treppe endete an dem schmalen Laufgang, auf dem am Abend zuvor Drusel gestanden hatte. Die brillanten Violett- und Rottöne des Sonnenuntergangs schienen so nah, dass ich das Gefühl hatte, meine Hand in Farbe zu tauchen, als ich sie danach austreckte.

Eine Glaskuppel umschloss die durchsichtige bienenkorbartige Linse um das Leuchtfeuer. Clovis öffnete eine schmale Tür in der Kuppel und bedeutete mir, ihm zu folgen. Er ging um die Linse herum und öffnete eine kleine Glasklappe, hinter der sich der rußverschmierte Messingbrenner befand. Mit einem Lappen wischte er den feinen schwarzen Staub – die unverwechselbaren Überreste eines Feuers – von der Innenseite der kuppelförmigen Linse.

»Gib mir bitte die Flasche.« Er zeigte auf eine durchsichtige, halb volle Flasche mit gelbem Öl.

»So eine kleine Flamme ist hell genug?«, fragte ich.

»Nicht die Helligkeit der Flamme ist ausschlaggebend, sondern die Leistung der Linse.« Er zog den Korken aus der Flasche und goss ein wenig Öl in den Behälter unter dem verkohlten Docht. »Leihst du mir dein Feuerzeug?«

»Darf ich das machen?«, erwiderte ich und streckte die Hand aus.

»In Ordnung. Zünde es hier an.«

Ich zündete den Docht an der Stelle an, auf die er deutete, und zog meine Hand zurück, bevor er die Klappe wieder schloss.

»Sieh nicht in das Licht, sonst wirst du geblendet. Geh lieber nach draußen ans Geländer und schau dir das Meer an«, riet Clovis in einem väterlichen Tonfall. Ich gehorchte und blickte mich nur einmal halb um, als er eine große Kurbel neben mir bediente und daraufhin dasselbe mechanische Klappern ertönte wie am Abend zuvor. Als er sich schließlich neben mich ans Geländer stellte, wurden wir beide von dem warmen, weißen Licht des Leuchtfeuers umfangen. Der Lichtstrahl glitt alle zehn Sekunden über uns hinweg.

»Weit wie die dunkelnde Fern' ein Mann durchspäht mit den Augen, Sitzend auf hoher Wart', in das finstere Meer hinschauend.«

»Ist das von dir?«, fragte ich.

»Oh nein«, murmelte er. »Das war vor meiner Zeit. Es stammt aus Homers *Ilias*.«

Ich blickte hinaus auf das Meer. »Klingt schön.«

»Ja, das ist es«, sagte er und stieg die Treppe wieder herab. Er hatte die Laterne unten abgestellt, und nun beleuchtete sie die nautilusartige Wendeltreppe unter uns.

»Wohin führt die?«, fragte ich und deutete auf eine schmale Holztür.

»Vorräte.« Er legte mir die Hand auf die Schulter. »Komm, lass uns etwas essen.«

Die heißen Tage vergingen schnell. Clovis ließ mich allein angeln und an dem menschenleeren Strand spazieren gehen, während er sich um seinen Garten kümmerte, den allgegenwärtigen Staub wegfegte und sich in Kalligrafie und Säbelkampf übte. Er sprach nur während der Mahlzeiten mit mir, oder wenn wir uns im Haus begegneten – vermutlich war er einfach daran gewöhnt zu schweigen. In jedem Fall genoss ich die Ruhe und das langsamere Tempo seines abgeschiedenen Lebens. Am Morgen des fünften Tages kam Clovis zu mir an den Strand und setzte sich neben mich.

»Hast du etwas gefangen?« Die drei Angeln aus Bambus steckten hoch aufgerichtet im Sand.

»Noch nicht.«

»Darf ich es mal versuchen?«, fragte er.

»Aber bitte, zeig mir, wie es geht.«

Clovis nahm eine Angel und ging damit den Strand hinauf, bis der Haken mit dem Köder am Ende der durchsichtigen Angelschnur aus dem Wasser auftauchte.

»Diese Angeln sehen ziemlich neu aus. Woher hast du sie?«, fragte ich.

»Sie sind ein Geschenk von Nusels Vater. Das ist einfacher, als mit Netzen zu fischen.« Er schwang die Angel über seinem Kopf und warf sie dann mit einer schnellen peitschenartigen Bewegung nach rechts aus. »Ich habe etwas weiter unten immer mehr Glück«, meinte er und setzte sich in den Sand.

»Clovis, ich möchte dir dafür danken, dass du mir in den letzten Tagen Zeit für mich gelassen hast.«

»Das ist meine Art zu leben.«

»Es war ein guter Vorschlag. Danke für die Einladung.«

Er nickte kurz und ließ die Hände an der Angel entlanggleiten. Offenbar war ihm mein Dank unangenehm.

»Apropos, konntest du nun etwas Klarheit finden, oder kämpfst du immer noch mit deinen Dämonen?«, fragte er.

Überrascht von seiner direkten Frage, drehte ich mich zu ihm um. Mit undurchschaubarer Miene starrte er weiter auf die Stelle, an der die Angelschnur in den Wellen verschwand. »Ich kämpfe immer noch mit ihnen. Wie steht es mit dir?«

»Mit mir?«, wiederholte er, und sein Mundwinkel kräuselte sich zu einem faltigen Lächeln. »Meine Dämonen«, sinnierte er. »Die Menschen wies ich ab und ließ mich mit Dämonen ein; und wenn ich untergehe, verlieren sie ihr Heim.« Er drehte sich zu mir um. »Das ist von mir«, fügte er hinzu und zwinkerte mir zu.

»Denkst du immer noch so?«

»Wie?«

»Dass du alle Menschen abweisen musst«, sagte ich und deutete auf das Meer, als ob der Rest der Welt dahinter auf ihn wartete.

Er nickte langsam. »Evan, wir sind von Natur aus einsam – weil wir sind, wer wir sind.«

»Und was sind wir?«, fragte ich schnell.

Meine Frage schien ihn zu überraschen. »Warum fragst du mich das, wenn du die Antwort bereits kennst? Wir sind die Sänger der Bocksgesänge. Wir sind Zeus' Dioskuren-Söhne«,[34] sagte er mit zitternder Stimme.

---

34 Mit »Bocksgesänge« bezieht sich Clovis wahrscheinlich auf die Ursprünge der Tragödie, insbesondere auf die Bedeutung des altgriechischen Wortes *tragōidiā*, abgeleitet von *trag(o)-aoidiā* = »Bocksgesang«, von *tragos* = »Bock« und *aeidein* = »singen«.
Mit »Wir sind Zeus' Dioskuren-Söhne« spielt er möglicherweise auf eine weniger bekannte Geschichte über die Zwillingsbrüder Kastor und Pollux (die Dioskuren) an, der zufolge sie sich abwechselnd als Götter auf dem Olymp und als tote Sterbliche im Hades aufhielten.

Ich sah ihn verwirrt mit zusammengekniffenen Augen an, woraufhin er ungeduldig den Kopf schüttelte.

»Wir sind ihre Opfer, ihre Geiseln«, sagte er und wies mit derselben Geste auf das Meer, wie ich es eben getan hatte. Er vermied es, mich anzusehen, und holte tief Luft, um sich zusammenzureißen. »Heute ist alles so anders, Evan. Manchmal ist es für uns schwierig, einen Platz in dieser neuen Welt zu finden. Sehr schwierig.

Die Griechen und Ägypter in meiner Jugend glaubten an die Seelenwanderung, also glaubten sie auch an uns oder hielten so etwas wie uns zumindest für möglich. Aber diese Zeiten sind vorbei, und die wahre Tragödie besteht darin, dass ihr Glauben zwar für uns von Vorteil war, *sie* aber kläglich im Stich gelassen hat. Ihr Glaube verlangte einfach zu wenig von ihnen, und Göttlichkeit war viel zu leicht zu erreichen. Wenn die Götter nicht weit genug entfernt sind, dann kann sich auch ein einfacher Mensch auf die Zehenspitzen stellen und die Spitze ihrer Tempel berühren und somit alle Götter darin zu Zwergen machen. Und damit wird alles Streben nach Göttlichem wertlos, und alle Hoffnung schwindet. Am Ende schlichen sich jene mutigen Menschen, die so groß wie ihre Götter geworden waren, feige vor ihrem eigenen Spiegelbild davon, nicht aus Furcht, sondern aus Abscheu, denn ihre einst so erhabenen Götter erschienen nun genauso irdisch und fehlbar wie ihre ehrgeizigen Nachahmer.

Das Problem der normalen Menschen mit unserer begrenzten Göttlichkeit – wenn wir denn überhaupt irgendetwas Göttliches in uns haben – ist, dass sie das, was uns besonders macht, gar nicht erstrebenswert finden. Und ich frage mich immer öfter, ob sie damit nicht recht haben.«

Ich lehnte mich im warmen Sand zurück und sah hinauf in das endlose Blau des Himmels, während ich über seine Worte nachdachte. Dann ließ ich den Blick den Strand hinauf zu dem einsamen Leuchtturm schweifen und fragte mich, ob dieses Einsiedlerdasein seine Antwort auf all das war.

»Und sich in die Einsamkeit zurückziehen löst dieses Problem?«, fragte ich ihn und gab mir dann selbst die Antwort. »Mir scheint, dass die meisten Infinite dem Ganzen mit Gleichgültigkeit begegnen. Sie verschließen die Türen ihrer Elfenbeintürme vor der normalen Welt.«

»Und dann sind sie Gefangene in ihren eigenen Türmen, egal ob diese nun aus Elfenbein oder aus Stein sind«, sagte er und wies mit dem Kopf in Richtung des Leuchtturms.

»Aber wenn man schon ein Gefangener sein muss, warum dann nicht lieber in einem Elfenbeinturm?«, fragte ich.

»Ja, warum nicht? Und wenn wir schon dabei sind, warum dann nicht lieber gleich einem aus Gold?«, erwiderte er. »Aber du hast dir deinen Turm noch nicht gewählt, und das genau ist dein Problem, oder?«

Selbst nach Tagen des Nichtstuns und der Kontemplation hatte sich mein innerer Konflikt noch nicht gelöst – und das spürte Clovis. »Einfach betrachtet vermutlich schon. Aber wenn ich schon die Möglichkeit habe, mir mein Gefängnis selbst auszusuchen, warum sollte ich mir dann kein schönes wählen?« Im – zugegebenermaßen schönen – Exil zu leben war für mich ebenso unvorstellbar wie im Iowa Hotel, aber das konnte ich ihm so nicht sagen. »Ich will einfach nur so gut wie möglich leben.«

»Das ist nur zu verständlich. Wenn es dir darum geht,

dann machst du dir umsonst Gedanken.« Seine müden Augen begegneten meinem fragenden Blick. »Warum ein Risiko eingehen?«, fragte er herausfordernd. »Es ist doch sicher das mit diesem Angebot verbundene Risiko, was dich bislang davon abgehalten hat, es anzunehmen.«

»Ja, aber die Risiken können mir ja eigentlich egal sein ...«

»Und außerdem wartet dann sofort eine Riesenbelohnung«, beendete er meinen Satz.

»Genau«, pflichtete ich ihm bei.

Clovis setzte sich auf und veränderte die Position der Angel um ein paar Zentimeter. »Es ist wahr, dass uns Gefahren für Leib und Leben nicht so sehr schrecken müssen, aber es gibt andere Risiken, denen wir uns lieber nicht aussetzen sollten. Du bist jung und ehrgeizig, aber vergiss nicht, dass Samas das auch weiß. Warum etwas riskieren, Evan, wenn du dich eigentlich nur in Geduld üben musst?« Er stand langsam auf und beobachtete die zuckende Angelschnur. »Ja, Geduld.«

Genau in dem Moment, als sich die Schnur spannte, hob Clovis die Angelrute. Die Spitze der Rute bog sich in schnellen, ruckenden Bewegungen zum Wasser hin. Er ging rückwärts den Strand hinauf, bis ein rot-gelber Fisch von der Länge meines Oberschenkels aus dem Meer auftauchte.

»Schnapp ihn dir!«, rief er.

»Davon wird ja ein Dutzend satt«, sagte ich und fixierte den Fisch mit meinem Knie am Boden.

Clovis kam gerannt, um den Haken zu lösen. »Das ist ein seltener Fang, mein Freund. Diese Fische sind köstlich, und das hier ist der größte, den ich seit langer Zeit an der Angel habe«, sagte er und strahlte wie ein kleines Kind.

»Sieht fast so aus, als ob du mich eine Weile lang nicht mehr zum Angeln brauchst«, scherzte ich.

Er nahm den Fisch an den Kiemen und hielt ihn hoch. »Wenn du möchtest, kannst du ihn auch zubereiten.«

»Klar«, sagte ich und holte die anderen beiden Angeln ein. »Was muss ich tun?«

Er hielt mir den nach Luft schnappenden Fisch hin. »Hier, nimm ihn mit. Du musst ihn schuppen, ausnehmen und von innen salzen. Das Salz ist in der Vorratskammer. Heute Abend braten wir ihn dann.«

Ich nahm ihm den Fang ab und ging den Strand hinauf. »Was hast du vor?«, rief ich ihm zu. Da hatte er sich schon entkleidet und stand bis zur Hüfte im Wasser.

»Schwimmen«, rief er und tauchte in die nächste Welle hinein.

Auf halbem Weg zum Haus hörte der Fisch auf zu zucken. Das an einem Pflock angebundene Pferd schnupperte an uns beiden. Als ich den Fisch auf Clovis' kleinen Küchentisch legte, hingen Kopf und Hinterflosse über den Rand. Mit der gebogenen Klinge meines Dolchs legte ich sein rosa Fleisch frei. Als die ersten Innereien in den Eimer fielen, tauchten wie aus dem Nichts Fliegen auf. Ihr hektisches Summen erfüllte das Haus, und ich musste sie immer wieder vom Fischkörper herunterwischen. Dann eilte ich durch die Turmtür in Richtung Vorratsraum. Das trockene Scharnier protestierte quietschend.

An den Wänden des Vorratsraums hingen viele Reihen krummer Regale. Sie erstreckten sich bis in den hinteren Teil und weiter um eine Ecke. Offene Leinensäcke mit verschiedenen Getreiden und Samen standen am Boden. Von der Decke hingen Pflanzen zum Trocknen – es hätte mich auch nicht gewundert, wenn sich Samen im Flug verirrt und im Staub der Dachbalken Wurzeln geschlagen hätten.

Ich ging hinein und durchsuchte zuerst die Tontöpfe, die der Tür am nächsten standen. Während ich ein leeres Behältnis nach dem anderen kippte, um hineinzusehen, fiel mir ein kleines Fläschchen auf, das gefährlich nah am Rand des Regals über mir stand. Ich fing es gerade noch rechtzeitig auf, als es herunterfiel. Es war aus durchsichtigem Glas und innen voller schwarzer Streifen. Auf dem schwarz verschmierten Deckel über der breiten Öffnung stand das Wort *Tusche* auf Englisch innerhalb einer arabischen Schrift, die einmal um den Deckelrand lief. Das Fläschchen sah ziemlich genauso aus wie jenes, das Clovis bei seiner Kalligrafie benutzt hatte.

Meine Fingerspitzen hatten sich schwarz verfärbt. Als ich auf einen Getreidesack stieg, um das Tintenfläschchen wieder zurück auf das oberste Regal zu stellen, bemerkte ich eine Reihe identischer leerer Fläschchen, die am Rand des Regals standen, ein jedes mit den gleichen Flecken. Ich wollte das Fläschchen hinter der Reihe im Regal platzieren, aber als ich mich auf die Zehenspitzen stellte, entdeckte ich, dass dort bereits ebenfalls alles voller Fläschchen war. Die beiden Reihen hinter der ersten bestanden aus kleineren Fläschchen, die aussahen, als seien sie in Handarbeit aus kobaltblauem Glas geblasen worden. Sie hatten schmale, geriffelte Hälse. Die drei nächsten Reihen wiederum bestanden aus kleinen, grob gefertigten Tongefäßen, eine dicke Staubschicht lag über den schwarzen Flecken rund um ihre schon vor langer Zeit ausgetrockneten Korken. Alle Reihen setzten sich bis um die Raumecke herum fort.

Ich stieg von dem Sack herunter und ging zwischen den anderen Säcken und Kisten hindurch weiter nach hinten. Am Boden und auf den unteren Regalen an der Wand standen kleine Holzkisten. Auf halbem Weg in Richtung Zimmerecke entdeckte ich eine offene Kiste, in der lose Papierblätter lagen. Als ich eines davon aufhob, rutschte eine dicke Staubschicht in kleinen Lawinen davon herunter und brachte Clovis' japanische Kalligrafie zum Vorschein. Clovis war gleichzeitig ein Gefangener der Vergangenheit und ein Flüchtling vor der Zukunft. Ich musste lächeln, als ich mir vorstellte, wie er Tag für Tag und Strophe für Strophe an einem Epos schrieb. Jeden Tag eine Seite – er war der Inbegriff von Geduld.

Staunend blätterte ich weiter. Ich konnte die japanischen Schriftzeichen nicht lesen, aber mir fiel auf, dass sie sich unerwartet stark ähnelten. Mich überkam ein mulmiges Gefühl. Es war, als ob ich ein Kartenspiel aufdeckte, die üblichen Farben und Werte erwartete – und stattdessen folgte eine Pik-Zwei auf eine Pik-Zwei, und dann wieder eine Pik-Zwei und wieder eine. Jedes Blatt hatte die exakt gleichen Randabmessungen, und die identischen japanischen Schriftzeichen erschienen an der immer gleichen Stelle, als ob sie mit einer Schablone und nicht aus der Erinnerung angefertigt worden wären. *Aus der Erinnerung*, dachte ich. Dann stand ich auf und ging um die Ecke.

Reihen leerer Tintenfläschchen bedeckten weitere drei Regalmeter bis zur Wand ganz hinten. Ich öffnete den Deckel einer weiteren staubbedeckten Kiste am Boden. Die brüchigen, vergilbten Ränder der Blätter bröckelten, als ich sie mir ansah. Wieder waren sie alle identisch. Clovis schrieb nicht jeden Tag eine Seite eines großen Werks, sondern malte jeden Tag die immer gleiche Strophe. Und das seit zahllosen Tagen, Jahrzehnt um Jahrzehnt.

In meinem Kopf drehte sich alles. In den Regalen hinter der Biegung zählte ich Dutzende von identischen Kisten. *War das also das Ergebnis seiner Einsamkeit, seiner Jahrhunderte währenden Abgeschiedenheit?*, fragte ich mich ohne Hoffnung auf eine Antwort, während ich versuchte, irgendeine Form von Bedeutung in dem Wahnsinn zu entdecken, der mir aus diesen Blätterstapeln entgegenschrie.

Mein Blick irrte zwischen den Kisten hin und her. Am liebsten hätte ich sie alle aufgerissen. Ich stellte das Tintenfläschchen ab und beugte mich zu der offenen Kiste, um den Deckel wieder zu schließen. Das Blatt faltete ich vorsichtig zusammen und steckte es in meine Tasche. Als ich die Tür des Vorratsraums hinter mir schloss, quietschte sie wieder leicht.

In dem Versuch, der Beklemmung zu entkommen, die mir aus dem Vorratsraum heraus folgte, hinkte ich, so schnell es ging, zurück. Dann bog ich nach rechts in das Schlafzimmer ab und packte sofort meine Sachen. In meinem Kopf war nur ein Gedanke: so schnell wie möglich von hier verschwinden, damit mich nicht dasselbe Schicksal ereilte.

Das grasende Pferd schreckte auf, als meine Tasche mit einem dumpfen Schlag in der Kutsche landete. Als ich noch einmal ins Haus ging, hatte ich das Gefühl, kaum Luft zu bekommen. Die Mittagssonne leuchtete durch das Strohdach. Ich nahm den Dolch, den ich neben dem toten Fisch hatte liegen lassen, und steckte ihn mir in den Hosenbund. Mit dem Gehstock in der Hand hielt ich noch einmal kurz in der offenen Tür und sah mich um, ob ich etwas vergessen hatte. Aber ich vergesse ja nie etwas.

Ich erinnerte mich an Wassilis Pferdegespann und legte dem Pferd das grobe Zaumzeug und das einfache Joch an, so wie Nusel es getan hatte. Das Tier stellte sich aus Gewohnheit von selbst vor die Anhängevorrichtung der Kutsche und ließ sich anschirren. Ich kletterte auf den Kutschbock, ließ die Zügel krachen und fuhr hinaus in die brennende Mittagshitze.

Als ich die Kutsche auf die Straße nach Mokka lenkte, sah ich Clovis. Er stand nackt im Wasser, eine Welle umspielte seine Knie. Ich öffnete den Mund, wusste aber nicht, was ich sagen sollte. Also richtete ich den Blick geradeaus auf das Pferd und ließ es mit einem Schnalzen der Zügel angaloppieren.

Ich drehte mich nicht um, aber ich spürte, wie sich der Leuchtturm immer weiter entfernte. Dabei hatte ich das Gefühl, einer solchen gebrochenen Existenz noch einmal entkommen zu sein. Die Sonne war unerträglich und raubte mir all meine Kraft, während ich das Pferd immer weiter galoppieren ließ. Nach mehreren Stunden hatte ich das Gefühl, dass die Hitze eine seltsam hypnotische Wirkung auf mich hatte – ein ähnliches Gefühl der Verbindung mit mir selbst, wie es sonst nur Feuer bei mir auslöste. Die leblose Weite des Sandes und des Meeres um mich herum schien mir eine passende Metapher.

Ich sackte auf dem Kutschbock nach hinten und hielt die Zügel nur noch locker in der Hand, während die brennende Sonne und das konstante Vibrieren der Kutsche mich in einen eigenartig passiven, aber dennoch überdeutlich klaren Trancezustand versetzten.

Ich wurde aus meiner Trance gerissen, als die Kutsche abrupt vor dem Stall anhielt. Beide Brüder kamen heraus, um sich um das abgekämpfte Pferd zu kümmern. Nach etwa fünf Minuten wilden Gestikulierens brachte ich Drusel dazu, mich zu einem funktionierenden Telefon zu bringen. Eine halbe Stunde später hörte ich Samas' Stimme schwach durch das Knacken der Verbindung. Seine Begrüßung klang volltönend und warm.

»Ich bin bereit«, rief ich in den Hörer. »Ziehen wir's durch.«

# 22

DAS HARTE GERÄUSCH DER REIFEN auf der tunesischen Rollbahn weckte mich aus dem Zustand verbissener Konzentration, in dem ich mich befunden hatte, seit ich aus der Kutsche gestiegen war. Ich hatte seitdem nicht mehr an Clovis gedacht.

Ich ging davon aus, dass Drusel ihm seine Kutsche zurückbringen würde, aber was sollte ich zu Clovis sagen, wenn ich ihn wiedersah? Was *konnte* ich sagen?

Vor dem Flughafen stieg ich direkt in ein schmuddeliges Taxi. Dann holte ich einen Notizzettel aus meiner Tasche und las laut den Namen des Hotels vor, das Samas mir am Telefon genannt hatte. »Hotel Majeet«.

Der junge Taxifahrer drehte sich mit einem Lächeln zu mir um. »Ich kenne dieses Hotel«, sagte er und verzog den Mund missbilligend. »Ich fahre Sie zu einem besseren Hotel, ein schöneres, mit vielen Ausländern, wie Sie.«

Ich sah auf meine Notiz und las den Namen des Hotels noch einmal laut vor.

»Okay, okay, aber das andere Hotel würde Ihnen viel besser gefallen.«

Ich schwieg und sah aus dem offenen Fenster. Er manövrierte das kleine Auto durch die schmalen namenlosen Gassen wie ein erfahrener Schiffskapitän, der jede Untiefe auswendig kennt. Die einfachen Backsteinhäuser mit ihren bunten handgemalten Schildern hätten auch in Istanbul stehen können.

Schließlich hielt er vor einem unauffälligen braunen Gebäude mit einem einfachen arabischen Schriftzug über der Tür. Er sah in den Rückspiegel und wiederholte den Namen, den ich ihm vorgelesen hatte. »Hotel Majeet.«

Auf dem Schild über dem schmucklosen, wenig einladenden Eingang hätte genauso gut »verschwinde« stehen können.

Ohne mir Gedanken über den Fahrpreis zu machen, nahm ich eine Zwanzig-Dollar-Note und gab sie dem Fahrer. Als ich an seiner Reaktion abzulesen glaubte, dass der Betrag ausreichend war, stieg ich sofort aus. Ich war kaum zwei Schritte gegangen, als er schon mit aufheulendem Motor und quietschenden Reifen um die nächste Ecke verschwand. Aufgeschreckte Möwen flatterten hoch und beäugten mich neugierig. Vom nahen Hafen war das leise Grollen schwerer Maschinen zu hören.

An der Rezeption saß eine alte Frau, die mich genauso misstrauisch wie die Möwen musterte. Tiefe Falten sammelten sich um ihren dünnen Mund und betonten ihren von Natur aus mürrischen Gesichtsausdruck. Davon unbeeindruckt, marschierte ich zu ihr, stellte meine Tasche ab und legte beide Hände auf die blau geflieste Theke.

»Ein Zimmer bitte«, sagte ich und war mir dabei fast sicher, dass sie kein Wort verstehen würde. Während ihr Schweigen sich in die Länge zog, begann ich bereits, an Samas' Glaubwürdigkeit zu zweifeln.

»Wie lautet Ihr Name?«, sagte sie schließlich kühl. Ihr Englisch klang flüssig und routiniert.

Ich grinste breit. »Evan Michaels.«

»Hier, es ist alles bereits bezahlt«, sagte sie und legte einen Schlüssel und einen verschlossenen Umschlag zwischen meinen aufgestützten Händen auf die Theke. Mit einem krummen Finger wies sie in den Flur zu meiner Rechten.

Als ich den Umschlag und den Schlüssel mit der Nummer sechs an mich nahm, schwappte eine kleine Welle der Zuversicht über mich hinweg. »Vielen Dank«, sagte ich und ging an ihr vorbei. »Hoffe ich zumindest«, murmelte ich, als ich im Flur und außer Hörweite war. Das Zimmer mit der Nummer sechs befand sich am Ende des Flurs.

Das Zimmer war nur spärlich möbliert, aber die nackten Wände wirkten sauber. Neben dem weiß bezogenen Bett stand auf der einen Seite ein einzelner Nachttisch, auf der anderen ein Holzstuhl. Ich stellte meine Tasche auf den Stuhl und den Gehstock in die Zimmerecke. Dann setzte ich mich auf das Bett und öffnete den Brief. Ich glaubte, Samas' dröhnende Stimme in meinem Kopf zu hören, während ich ihn las.

*Lieber Evan,*
*willkommen in Tunis. Ich habe mich sehr gefreut, endlich von Dir zu hören. Und ich hoffe, dass Du Dich genauso darauf freust, die Sache endlich in Angriff zu nehmen, wie ich. Am besten siehst Du Dir erst einmal das Gemälde und das Museumsgebäude an – das Museum befindet sich in derselben Straße wie das Hotel. Geh in Richtung Meer, die Tunesische Nationalgalerie ist das letzte Gebäude vor der Promenade. Mach Dich außerdem unbedingt mit dem Weg vom Museum zum Hafen vertraut. Du findest mein Boot, die Panta Mine, am Liegeplatz Nummer fünfzehn. Der Kapitän heißt Flynn Coogan und ist ein Waliser. Er wartet auf Dich und hat auch alles Notwendige dabei. Was Du sonst noch brauchst, kannst Du Dir auf dem Basar in der Nähe des Mu-*

*seums besorgen. Alles Weitere liegt nun in Deiner Hand. In ungeduldiger Erwartung Deiner Rückkehr,*
*viel Glück,*
*Samas*

Die alte Frau schwieg, als ich auf meinem Weg nach draußen an ihr vorbeiging. Die Wanduhr über ihrem grauen Haarschopf zeigte fünfzehn Uhr an. Ich nahm meinen Gehstock und ging die Straße entlang in Richtung Museum.

Das Gebäude der Tunesischen Nationalgalerie war etwas von der Straße abgesetzt, damit die zwei lebensgroßen steinernen Elefanten, die den Eingang bewachten, genug Platz hatten. Ich ging an ihnen vorbei und spielte den unbeteiligten Passanten, während ich mir jedes Detail der Fassade einprägte: die bunten Farben der niedrigen Blumenkübel zwischen den Granitsäulen, die Uhr hoch oben unter dem Dachgiebel, den allgegenwärtigen weißen Taubendreck.

In der Stadt herrschte die in der Zeit zwischen Mittagshitze und vor Einbruch der Dunkelheit übliche Betriebsamkeit. Männer und Frauen, Alt und Jung, kamen und gingen, beladen mit allen möglichen Waren, durch eine Lücke in der Häuserzeile, die in den überdachten Basar führte. Als ich eintrat, fielen mir ein paar andere Ausländer auf.

Unter der hohen, mit einem Blechdach bedeckten Eisenkonstruktion im Inneren herrschte organisiertes Chaos. Jeder Händler gebot über eine drei mal drei Meter große Fläche des Betonbodens. Ihre wettergegerbten Gesichter waren so unterschiedlich wie ihre Waren. Neben Affen in Käfigen stapelten sich Messingtöpfe und bis zu zwei Meter hohe Pyramiden aus Zwiebeln oder Kürbissen. Alte Frauen waren beständig damit beschäftigt, mit langen Palmwedeln über Rindfleisch und Lammrücken zu fächeln, um die Fliegenschwärme zu vertreiben. Dabei verteilten sie in regelmäßigem Rhythmus einen unangenehmen Geruch in der stehenden Luft.

Ich blieb neben einem jungen Paar, das an seinem Stand zwischen aufgestapelten Gitarren miteinander stritt, bei einem T-Shirt-Verkäufer stehen und suchte mir ein T-Shirt mit dem Bild eines Kamelrennens darauf aus. Der Junge an dem Stand nahm den Zwanzig-Dollar-Schein und gab mir eine Handvoll zusammengeknüllter tunesischer Geldscheine zurück. Er kicherte, als ich das T-Shirt über mein verschwitztes weißes Hemd zog. Ich war mir nicht sicher, ob er sich über meine Wahl lustig machte oder über meine Naivität, da ich weder gehandelt noch das Wechselgeld nachgezählt hatte.

Ich ging die zwei Schritte zum Nachbarstand zurück. »Wie viel für eine Gitarre?«, rief ich mitten in das hitzige Wortgefecht der Inhaber hinein.

»Dreißig Dinar«, erwiderten beide mit einem strahlenden Lächeln.

»Inklusive des Gitarrenkoffers?«

»Ja!« »Nein!«, riefen sie gleichzeitig und verfielen sofort wieder in ein Streitgespräch.

Ich besah kurz mein zusammengeknülltes Bündel tunesischer Geldscheine und holte dann eine weitere Zwanzig-Dollar-Note aus der Tasche. »Reicht das?«, fragte ich und hielt sie den beiden hin.

»Nein«, sagte er, während sie mir den Schein so schnell aus der Hand riss, dass die Bewegung fast nicht zu sehen war. Sie fuhren mit ihrer Auseinandersetzung fort, während ich die Gitarre in ihrem Koffer verstaute und davonging. In dieser Verkleidung kämpfte ich mich durch den Strom der eintreffenden Händler zurück auf die Straße. Mit ihren Warenbündeln auf dem Rücken wirkten sie wie hintereinander herlaufende Ameisen.

Ich ging zwischen den Elefanten vor dem Museum hindurch und öffnete die gläserne Eingangstür. Mein Herzschlag beschleunigte sich, als ich den Wachmann an seinem Pult in der Mitte des Foyers passierte. Der uniformierte Araber sah nicht von seinem Buch auf.

Der Hauptraum des Museums war noch kleiner, als ich es erwartet hatte. Ich begann an der linken Wand, damit ich den Vermeer erst ganz zum Schluss erreichte. Ich betrachtete jedes Bild in nachdenklicher Pose und dachte dabei nur an den roten Punkt, den ich auf dem Grundriss auf Samas' Tisch gesehen hatte. So schlenderte ich von Gemälde zu Gemälde durch den Raum, suchte auch die Toilette auf und sah mir die Mülltonne an. Zwei große Ratten huschten davon, als ich den Deckel anhob, um das Innere zu inspizieren. Die anderen, hauptsächlich europäischen Besucher freuten sich darüber weit weniger als ich.

Als ich vor den Vermeer trat, empfand ich die anderen Besucher geradezu als Eindringlinge in meine Privatsphäre. Ich hatte mir vorgestellt, ganz allein mit dem Gemälde zu sein, wenn ich es zum ersten Mal sah. Ich bewunderte jedes Detail der ruhenden Figur: ihre engelsgleiche weiße Haut, die barocken Hüften und das mittlerweile vertraute schwarze Tattoo. Der Künstler hatte auch das reich ausgestattete Zimmer eingefangen: die roten Samtvorhänge, die vergoldeten Statuen, sogar die anderen Gemälde an den Wänden von Samas' Haus in

Amsterdam. Ich stand vor *Das Rendezvous*, bis das vertraute Gefühl einer kalten, kalkulierten Einsamkeit Besitz von mir ergriff, das mir schon viele Male zuvor in ähnlichen Situationen gute Dienste geleistet hatte. Mein Körper schwankte leicht, während es sich in mir ausbreitete. Aber als ich das Bildnis meines Auftraggebers dann eine Weile betrachtete, wurde meine kühle Rationalität wieder von etwas anderem abgelöst, etwas, das auch die letzten Reste von Furcht überstrahlte: Gier schlich sich wie ein Gespenst in das Gemälde. Ich sah mich selbst in derselben reich ausgestatteten Umgebung, und da wusste ich, dass ich nicht aus dem Gefühl einer Verpflichtung hier war, sondern dass mich die Vorfreude antrieb. Ich betrachtete Samas. Er mochte einen anderen Körper haben, aber sein listiges, wissendes Lächeln war genau dasselbe, und ich musste schmunzeln, als ich ihn mir als diese sinnliche Frau vorstellte. Ich trat näher an das Bild heran und lauschte dabei aufmerksam, wie es mir flüsternd Ruhm und Reichtum verhieß.

»Ganz reizend, nicht wahr?«, sagte eine dicke Engländerin hinter mir.

»Ja«, sagte ich, drehte mich um und lokalisierte bei dieser Gelegenheit die Tür des Notausgangs. Ich sah auf Kress' funktionslose Uhr und lächelte. Die vier grünen Zeiger waren wie immer an derselben Stelle. »Wie viel Uhr ist es?«, fragte ich.

»Viertel vor sechs. Du meine Güte, sie schließen bald. Jules, Schatz, wir müssen gleich gehen«, rief sie einem Ehemann nach, der nirgendwo zu sehen war.

*Bis morgen*, dachte ich, als ich mich von dem Vermeer entfernte.

Ein Wachmann stand mit dem Rücken zu mir am Empfang im Foyer, der andere ging an der Eingangstür auf und ab und beobachtete das hektische Treiben auf der Straße. Unbemerkt schlich ich mich am Durchgang zum Foyer vorbei und ging zurück zu den beiden Toilettentüren. Ich vergewisserte mich, dass mich niemand beobachtete, und schlüpfte dann trotz des stillen Protests der Strichfigur mit Rock auf der Tür in die Damentoilette.

Die einfachen Kabinen hatten braune Vorhänge anstelle von Türen. Eine Neonröhre flackerte und brummte leise. Der Boden bestand aus kleinen, zufällig angeordneten blauen, roten und gelben Fliesen. Ich fasste gerade nach dem Wasserhahn, als ich das Knarren der Tür zur Herrentoilette hörte. Mir schlug das Herz bis zum Hals, als ich meinen Gitarrenkasten und meinen Gehstock nahm und die Tür der Damentoilette gerade so weit öffnete, dass ich hinausspähen konnte.

»Wo warst du denn, Jules?«, fragte die dicke Britin ihren Mann.

»Da drin«, sagte er und zeigte über seine Schulter auf die Herrentoilette. »Meine Güte, ist mir denn kein Moment der Ruhe vergönnt? Wir sind im Urlaub, Herrgott noch mal.« Er eilte ihr voraus in Richtung Foyer.

Ich verließ die Toilette und folgte den beiden, während die Frau weiter auf ihren Mann einredete. Als ich an den Wachleuten vorbeikam, wandte ich meinen Blick ab. Sie schlossen die Museumstüren hinter uns.

Ich verschwand in der Menschenmenge jenseits der Elefanten. An der nächsten Kreuzung bog ich in die Seitengasse hinter dem Museum ein und merkte mir auch hier die Lage des Notausgangs. Als ich an der nächsten Querstraße wieder aus der Gasse auftauchte, tränten mir die Augen vom Gestank des Mülls.

Kaum hatte ich meinen Gehstock erhoben, hielt auch schon ein kleines blau-weißes Taxi direkt vor mir.

»Wohin Sie wollen? Ich kenne bestes Hotel, hübsche Mädchen, hübsche Jungen, gutes Restaurant – sage mir, was du willst«, radebrechte der junge Fahrer.

»Ich möchte zum Hafen.«

»Gut, gut, gut, einsteigen, wir fahren gleich.«

»Bitte auf dem kürzesten Weg«, sagte ich und schmiss die Tür zu.

Die Fahrt entlang einer schmalen Gasse mit Kopfsteinpflaster dauerte gerade einmal so lang, wie ich brauchte, um einen weiteren Zwanzig-Dollar-Schein hervorzuziehen. Ich zeigte ihm den Geldschein, als er am Hafenbecken hielt. Dann riss ich ihn entzwei. »Warte hier auf mich«, sagte ich und gab ihm die Hälfte. »Ich bin gleich wieder da.«

»Okay«, rief er mir hinterher, als ich zu den Liegeplätzen ging. »Aber schnell, viele Kunden jetzt.«

Ich wedelte ihm zur Antwort mit meiner Scheinhälfte zu und ging weiter. Eine Kruste aus weißgelbem Salz bedeckte die Kanten der grauen Holzplanken des Stegs. Am Liegeplatz Nummer fünfzehn hüpfte eine kleine weiße Motorjacht auf dem Wasser. Am Bootsheck war der Schriftzug *Panta Mine* in blutroten Lettern angebracht. Auf dem Steg neben dem Boot schlief ein Mann in einem Liegestuhl. Als ich mit dem Gehstock gegen die Planken klopfte, erwachte er abrupt.

»Sind Sie Michaels?«, fragte er in einem schweren walisischen Akzent und lugte unter seinem ausgefransten Strohhut hervor.

»Jep. Sind Sie Coogan?«, erwiderte ich im gleichen Tonfall.

»Ich hab Sie schon erwartet.« Er stand auf und rückte seinen Hut zurecht, sodass sein kantiges, hageres, sommersprossiges Gesicht sichtbar wurde. Er gab mir die knochige Hand und grinste breit. »Ich nehm mal an, Sie ham den Brief bekommen, den ich für Sie abgegeben hab.«

»Sonst wäre ich nicht hier.«

»Sonst wär er ja nich' hier.« Er nickte. »Da sin' Sie also. Und ich hab was für Sie.« Er ging an Bord und kramte in der kleinen Kabine herum. »Aha, da isses.« Die kleine blaue Reisetasche in seiner Hand beulte sich am Reißverschluss aus. »Der Boss sagt, Sie wissen schon, was damit zu tun is'.«

»Der Boss?«

Er zeigte mit einem knorrigen Finger auf mein Tattoo, als er mir die kleine Nylontasche reichte. »Jep, deswegen.«

Ich stellte die Gitarre ab und öffnete die blaue Tasche.

»Wie lang spiel'n Sie schon?«

»Wie bitte?«

»Die Klampfe«, sagte er und stieß den Gitarrenkoffer mit einer Sandalenspitze an. »Wie lang spiel'n Sie schon?«

»Ehrlich gesagt, habe ich gerade erst angefangen«, sagte ich und musste mir das Grinsen verkneifen.

»Hmm«, murmelte er.

Ich öffnete die Tasche. Darin befanden sich ein Hammer, eine kleine Taschenlampe, eine Drahtschlinge mit einem Bleigewicht und eine kurzläufige Pistole. »Was ist das?«, fragte ich und hielt die Pistole hoch.

»Das is'n Revolver. Lass'n Sie sich damit hier in der Stadt nich' erwischen. Gibt Riesenärger.«

»Nein, ich meine, was das bei den anderen Sachen zu suchen hat.«

»Weiß nich'. Ich bin nur der Überbringer. Und überbracht hab ich's hiermit. Oh, und ich soll Sie zu ihm fahr'n, wenn alles erledigt is'.«

Ich stopfte die Waffe zurück in die Tasche und zog den Reißverschluss wieder zu. »Ich bin morgen Abend wieder hier. Seien Sie dann bereit zur Abfahrt. Könnte sein, dass es schnell gehen muss.«

Er setzte sich wieder in seinen Liegestuhl. »Allzeit bereit, Meister.«

Der Taxifahrer ließ den Motor ungeduldig aufheulen, als ich wieder zurück an Land kam. Beim Einsteigen gab ich ihm die andere Hälfte des Geldscheins.

»Wo Sie jetzt fahren?«, fragte er und hielt die beiden Hälften aneinander.

»Fahr mich zu einem von deinen tollen Restaurants. Zum allerbesten. Ich hab was zu feiern.«

# 23

Ein heftiger pulsierender Schmerz in meinem Kopf erinnerte mich an jedes einzelne Glas Wein, das ich am Abend zuvor getrunken hatte. Ich zog meine saubersten Sachen an, nahm die Gitarre und lockerte die Saiten, bis sie sich etwas vom Schallloch wegziehen ließen. Als ich dann mit der Hand darüberstrich, gab das Instrument einen tiefen, ärgerlichen Ton von sich. Da ich befürchtete, dass die Wachmänner meinen auffälligen Gehstock wiedererkennen könnten, ließ ich ihn im Hotelzimmer an der Stuhllehne hängen. Dann nahm ich die Gitarre und die blaue Nylontasche und schloss die Tür hinter mir. Die alte Frau sah mich abfällig an, als ich den Gitarrenkoffer auf die Theke des Empfangs legte.

Nur um sie zu ärgern, setzte ich ein Lächeln auf. »Ich würde gerne noch eine Nacht bleiben.«

»Es ist bereits alles bezahlt. Sie können so lange bleiben, wie Sie möchten.«

Der Tag verging quälend langsam, und ich konnte mein Rendezvous am Nachmittag kaum erwarten. Ich ging meinen Plan immer und immer wieder im Kopf durch, visualisierte jedes Detail im Inneren des Museums, bis hin zur Höhe, in der das Gemälde an der Wand hing, der Tiefe der Mülltonne oder dem Klang der Schuhe der Wachmänner auf dem polierten Granitboden.

Ich ging noch einmal auf den Basar und gab zwanzig

Dollar für einen roten Stoffrucksack aus, der für den Inhalt der blauen Nylontasche gerade groß genug war. Dann aß ich in einem Café gegenüber den beiden Elefanten zu Mittag. Neue Besucher kamen und gingen etwa alle zwanzig Minuten, wie mir die Uhr hoch oben über der Eingangstür verriet.

Um halb sechs überquerte ich die Straße und betrat die Gasse hinter dem Museum. Ich holte tief Luft, ertrug tapfer den Ansturm der um mich herumsummenden Fliegen und verbarg den Gitarrenkoffer in einem etwa einen Meter hohen Abfallhaufen neben dem Notausgang des Museums. Ich bedeckte ihn so mit Müll, dass nur noch der unauffällige Griff sichtbar war, und legte dann zur Tarnung noch eine alte Zeitung darüber. In der Gasse war niemand zu sehen. Ich steckte meinen Arm durch einen Tragegurt meines Rucksacks und bog wieder um die Ecke.

Ich stieß die Glastür auf und ging unter Schmerzen, da ich mir das Humpeln verkniff, am Pult der Sicherheitsbeamten vorbei ins Museum. Beide Wachmänner starrten auf einen kleinen Fernseher neben dem leeren Bildschirm der Überwachungskamera. Keiner bemerkte, wie ich an ihnen vorbeilief und dann in dem Durchgang zum Ausstellungsraum hinter ihnen stehen blieb. Beim Anblick ihrer grauen Uniformen und ihrer Waffen bekam ich es unwillkürlich mit der Angst zu tun. Diese Angst legte sich aber seltsamerweise, als ich sie länger unbemerkt anstarrte. Die einfache Tatsache, dass die beiden Männer vor mir nicht den blassesten Schimmer hatten, was gerade vor sich ging, ließ mein Selbstvertrauen wachsen.

Wie ein lauerndes Raubtier stand ich hinter ihnen, die Luft um mich herum musste förmlich nach Diebstahl stinken, und doch ahnten sie nichts. Die ganze Verachtung, die ich im Stillen über sie ausschüttete, war mehr als gerechtfertigt. Meine bloße Anwesenheit verhöhnte sie und alles, wofür sie standen. Ich musste grinsen, denn ich hatte fast vergessen, welche Vorteile man als Angreifer stets genießt.

Dann riss ich mich los und hielt mich eine Weile bei den Skulpturen in der Mitte des Raums auf. Von dort konnte ich mit einem Auge die Wachen und mit dem anderen meine Beute im Blick behalten. Ich beobachtete die Besucher vor dem Vermeer, konnte aber kaum hören, worüber sie sprachen. Sie würden die Letzten sein, die das Bild zu Gesicht bekamen, bevor es wieder seinen Platz an Samas' Wand einnahm. Die beiden älteren Damen, die sich untergehakt hatten, das junge Paar mit seinem schlafenden Kind, alle drei mit Sonnenbrand – sie alle würden dank mir bald ehrfürchtig davon erzählen können, dass sie die Letzten gewesen waren, die *Das Rendezvous* von Jan Vermeer, kurz bevor es gestohlen wurde, noch gesehen hatten. Dass sie genau am Tag des Diebstahls im Museum gewesen waren. Und ich, der Dieb, weilte gerade unerkannt mitten unter ihnen. *Schaut ihn euch noch einmal gut an*, dachte ich.

Aus dem Augenwinkel sah ich, wie sich der fette Wachmann mühsam von seinem Stuhl erhob und an der Eingangstür postierte – das war der Startschuss. Ich bewegte mich rückwärts, ohne die Wachen aus den Augen zu lassen. Als ich die hintere Wand erreichte, hatte ich den ganzen Raum im Blick und bewegte mich nun in Richtung der Toiletten. Ich nahm den Rucksack ab und steckte ihn durch die Metallklappe in die Mülltonne. Da ich unbeobachtet war, warf ich noch einmal einen Blick in die Mülltonne hinein, um ganz sicherzugehen, dass ich auch wirklich hineinpasste.

Als die letzten Besucher Richtung Ausgang schlenderten, schlüpfte ich unbemerkt in die Damentoilette – und hörte jemanden vor sich hin pfeifen. Ich ging in die Hocke und spähte unter den braunen Stoffvorhängen hindurch. In der zweiten Kabine entdeckte ich ein paar Beine in Leggings. Ich sprang auf, schlich auf Zehenspitzen in die hinterste Kabine und schloss den Vorhang. Ein paar Minuten später hörte ich die Spülung. Ich beugte mich vor und erhaschte durch den Spalt im Vorhang einen Blick auf eine dickliche Blondine, die frischen Lippenstift auflegte und an der Leggings unter ihrem weiten schwarzen Rock zupfte. Dann wusch sie sich die Hände und verschwand wieder in den Ausstellungsraum. Ein paar Sekunden später verließ ich meine Kabine und ging wieder zur Toilettentür.

Die Gespräche der letzten Besucher im Eingangsbereich der Nationalgalerie waren von meiner Position an der Tür aus kaum zu verstehen. Es wurde aber immer stiller, bis schließlich nur noch der unverwechselbare Klang von ledernen Schuhsohlen auf Granitboden zu hören war. Das musste ein Wachmann sein, vielleicht der fette. Die Schritte kamen näher, und ich war mir völlig im Klaren darüber, dass mein Plan nun von der simplen Annahme abhing, dass der Wachmann zuerst in die Herrentoilette gehen würde. Als er näher kam, wünschte ich mir, ich hätte den Revolver mitgenommen, statt ihn draußen in dem Gitarrenkoffer im Müllhaufen zu verstecken. Die Schritte des Wachmanns verstummten einen Moment lang, als ob er zögerte, bevor er die Tür zu den Herrentoiletten öffnete.

Als ich in den Ausstellungsraum trat, sah ich gerade noch, wie sich die Tür zur Herrentoilette hinter ihm schloss. Die spärliche Beleuchtung des menschenleeren Museums schien alles zu dämpfen – nur meine Nerven waren bis zum Zerreißen gespannt. Ich handelte, ohne nachzudenken. Wenige Sekunden später befand ich mich in der Mülltonne und spähte durch den schmalen Schlitz im Deckel hinaus. Die Tür öffnete sich wieder, und dann sah ich seinen Schatten, als der Wachmann an mir vorbei in Richtung der Damentoiletten ging. Einige Sekunden später kam er wieder heraus. Seine dunkle Silhouette wurde immer kleiner, während sie sich zurück in Richtung des erleuchteten Foyers bewegte. Schließlich verschwand er um die Ecke. Ab und zu war leise der Fernseher zu hören.

Ich öffnete meinen Mund und atmete durch den Schlitz die frischere Luft von draußen ein. Alle paar Sekunden spähte ich nervös nach draußen. Bald würde der Wachmann auf seiner Runde wieder erscheinen.

Die enge, zylinderförmige Mülltonne war so breit wie meine Schultern, und nach der sechsten oder siebten Runde des Wachmanns taten mir vom Stillhalten die Gelenke weh. In den langen Pausen zwischen den Rundgängen schweiften meine Gedanken zu den auf mich wartenden Reichtümern ab – ein Haus am Schwarzen Meer, eine Wohnung in Istanbul, die Befreiung von den beengten Verhältnissen, in denen ich bislang hatte leben müssen.

Als ich durch den Spalt meines Verstecks an den beiden sichtbaren schmalen Oberlichtern erkennen konnte, dass es nun dunkel wurde, hörte ich unter mir ein leises Schaben am Metall der Mülltonne. Die ersten großen Ratten rannten an den Wänden entlang. Während der nächsten drei Wachmannrunden, was etwa einer Stunde entsprach, flitzten sie dann bereits kreuz und quer über den Boden.

Die beständig aufblitzenden roten Lichtpunkte der Bewegungsmelder verrieten den gleichgültigen Sicherheitsleuten die nächtliche Invasion.

Mittlerweile war es dunkel genug, und ich nahm mir vor, in Aktion zu treten, sobald der Wächter das nächste Mal an mir vorbeigegangen war. Aber noch bevor er kam, bekam ich Besuch in meiner Mülltonne. Eine junge Ratte war durch ein kleines Loch hereingeschlüpft und kletterte nun im Inneren herum, ohne sich um den Riesen über ihr zu kümmern. Ich spürte, wie sie von Krümel zu Krümel huschte, und konzentrierte mich auf das Knabbergeräusch ihrer Zähnchen, um mich von den Schmerzen in Knien und Rücken abzulenken. Mein kleiner Freund war nicht nur mit Fressen beschäftigt: Er bewachte auch den Eingang zur Mülltonne eifersüchtig und biss jede fremde Ratte weg, sobald sie es wagte, ihre Nase hereinzustecken. Das Drama, das sich zu meinen Füßen abspielte, brachte mich fast zum Lachen. Hier waren wir, zwei Ratten, die sich ihren Lebensunterhalt im Müll verdienten. »Wenn du nur die Chance hättest, deine Lebensumstände zu verbessern«, flüsterte ich meinem Freund zu. Ich fragte mich, ob ihm bewusst war, dass er irgendwann zu fett für das Loch sein würde. Vermutlich nicht.

Als sich die Schritte des Wachmanns näherten, verzogen sich die umherstreunenden Ratten. Ich tastete nach dem Rucksack unter meinen Füßen und ballte die Fäuste, als er an mir vorbeiging – die Gefahr schien ebenso greifbar wie die Aussicht auf die Belohnung dafür.

Ich hob den Deckel der Mülltonne ab, stand vorsichtig auf, legte den Rucksack auf den Boden und streckte meine Beine, bis das Blut wieder normal floss. Dabei behielt ich beständig den Durchgang zum Foyer im Auge. Nach wie vor drangen leise Fernsehgeräusche in den dunklen Ausstellungsraum. Ich musste dringend auf die Toilette und warf einen sehnsüchtigen Blick auf die schmale männliche Figur an der Tür zur Herrentoilette, bevor ich mich davonmachte.

Ich schlich mich an der Wand entlang durch das Museum, bis ich den etwa einen Meter breiten Lichtstreifen erreichte, den die Leuchtstoffröhren im Foyer durch den Durchgang warfen. Das kalte, weiße Licht erfasste mich. Beide Wächter saßen mit dem Rücken zu mir vor dem kleinen, flackernden Fernseher. Ich konnte den Verkehr auf der Straße hinter den beiden Elefanten draußen vor der Glastür sehen. Nur zwei Schritte trennten mich von der schützenden Dunkelheit auf der anderen Seite, aber ich zögerte, denn ein Gefühl der Verwundbarkeit machte mich für einen Moment tollkühn und ich hielt inne, badete in dem entlarvenden Licht. Mir schien, als könnte ich damit eine Art Chancengleichheit herstellen, wenn ich nur lange genug dort verweilte. Als ich endlich weiterging, wagten sich mehrere dunkle Ratten mit mir durch das aus dem Durchgang zum Foyer hereinfallende Licht. Ihre Schatten ließen sie größer erscheinen, als sie tatsächlich waren. Auf der anderen Seite glitt ich wieder zurück in die Dunkelheit und machte mich auf den Weg zum Gemälde.

Dort angekommen, kniete ich mich hin, öffnete den Rucksack, holte mein Werkzeug hervor und legte es auf den Boden: das Rasiermesser, die dünne Drahtschlinge, das Gewicht und den Hammer. Ich stand langsam auf und machte mit der Schlinge in der Hand einen Schritt auf das Bild zu. Vermeers unglaubliches Gespür für Details war sogar in diesem Schummerlicht verblüffend. Ich drehte mich zum Notausgang um und visualisierte meinen Fluchtweg durch die schlummernden Skulpturen in der Mitte der Halle. Dann erweiterte ich die Drahtschlinge etwas und schob sie von oben über das Gemälde. Auf etwa einem Drittel des Weges nach unten legte sich der Draht um die Aufhängung. Ich erstarrte einen Augenblick, dann drehte ich meinen Kopf in Richtung des beleuchteten Durchgangs zum Foyer und hielt nach einem alarmierten Wachmann Ausschau. Aber nichts passierte. Vorsichtig schob ich den Rest der Schlinge hinter den vergoldeten Rahmen und zog sie zu, bis der Draht unterhalb des Bildes wieder zum Vorschein kam. Die neugierigen Ratten untersuchten meine Werkzeuge und stoben auseinander, als ich nach dem Gewicht griff. Während ich den Haken mit dem Gewicht am Draht anbrachte, ließ ich den Durchgang nicht aus den Augen. Vorsichtig belastete ich den Haken immer weiter mit dem Gewicht, bis ich es schließlich ganz losließ. Noch immer schien am Tisch der Wachmänner im Foyer alles ruhig zu bleiben. Meine Haut kribbelte vor Aufregung. Eine berauschende Mischung aus Gefahr, Schuld und Macht breitete sich in mir aus. Ich fühlte mich wie ein Kind, das durch Ungehorsam die Tragfähigkeit seiner Moralvorstellungen zum ersten Mal auf die Probe stellt.

Ich richtete mich auf und umfasste den Rahmen vorsichtig mit beiden Händen. Dabei betrachtete ich Samas' süffisantes Grinsen aus einem früheren Leben. Ich atmete tief aus, bevor ich das Bild sachte anhob. Es war überraschend leicht und ließ sich mühelos von der Aufhängung nehmen. Dann hielt ich es in meinen Händen. Zwei Millionen Dollar. Ich hatte es fast geschafft.

Ich blickte noch einmal kurz in Richtung Foyer und legte das Gemälde dann mit der Vorderseite nach unten auf den Boden, sodass die Nägel sichtbar wurden, mit denen es am äußeren Rahmen befestigt war. Mit der Taschenlampe und dem Hammer in der Hand entfernte ich den ersten Nagel. Das leise Knarren war kaum lauter als die umherhuschenden Ratten. Als ich mich an den zweiten Nagel machte, fiel der Strahl der Taschenlampe auf eine verblasste handschriftliche Notiz an der Rückseite der Leinwand. Der dritte und der vierte Nagel ließen sich leicht entfernen. Das Gemälde löste sich, nachdem ich ein paarmal lautlos gegen die Ecken der Leinwand gedrückt hatte. Und nach all dem kam immer noch keinerlei Reaktion von den ahnungslosen Wachmännern.

Ich nahm die Rasierklinge und schnitt damit knapp an den groben Metallklammern entlang, mit denen die Leinwand an den Latten des inneren Spannrahmens gespannt war. Die dünne Klinge klickte bei jedem alten Faden des Leinwandstoffs, den sie durchtrennte. Die spröde Leinwand franste an den Schnittstellen sofort aus und die gelbe, unbemalte Kante des vom Spannrahmen befreiten Gemäldes knisterte, als ich es zusammenrollte.

Ich ließ mein Werkzeug am Boden liegen und befand mich schon auf halbem Wege in Richtung Notausgang, als ich den mittlerweile vertrauten Klang der schweren Schritte des Wachmanns hörte. Ich ließ mich instinktiv zu Boden fallen und erstarrte. Sein langer Schatten wuchs langsam in die Höhe, bis seine Silhouette das beleuchtete Ende des Durchgangs zum Foyer komplett ausfüllte. Der schmale Strahl seiner Taschenlampe zerschnitt die Dunkelheit und tanzte wild durch den Raum. Ich konnte ihn riechen und fragte mich, ob es umgekehrt auch so war. Meine Augen folgten dem tanzenden Lichtstrahl, und ich wünschte mir mit aller Kraft, dass er nicht auf den leeren Rahmen und den an der Wand hängenden Draht mit dem Gewicht fiel. Der Boden unter meiner Brust war kühl und schien das heiße Zittern, das sich in meinem Körper ausbreitete, zu absorbieren. Wenn ich es nur schaffte, mich zu beruhigen, würde ich mich voll auf den Lichtstrahl konzentrieren können und ihn so zum Stillstand bringen, da war ich mir sicher. Unglücklicherweise kam mir der Lichtstrahl zuvor und beleuchtete den etwa siebeneinhalb Meter entfernt von mir auf dem Boden liegenden Hammer. Ich hielt den Atem an, als der Wachmann zwei vorsichtige Schritte nach vorne machte und die Taschenlampe nun auch den leeren Rahmen und die kahle Stelle an der Wand erfasste. Ich suchte mit dem Blick die im Dunkeln liegende hintere Wand nach der Tür des Notausgangs ab. Im selben Moment schrie der Wachmann über das Geräusch des Fernsehers hinweg nach seinem Partner. Eine Sekunde später zerschnitt der schrille Ton eines Alarms die Luft. An der Decke angebrachte Blinklichter pulsierten in einem schnellen Stakkato und beleuchteten uns beide. Aus dem Augenwinkel sah ich in einer Serie von sechs weißen Lichtblitzen, wie der Wachmann wieder um die Ecke verschwand. Der Notausgang wurde im regelmäßig aufflackernden Licht sichtbar. Ich sprang auf, packte das zusammengerollte Bild und sprintete los. Der silberne Türrahmen des Notausgangs kam mit jedem Lichtblitz näher, bis ich schließlich dort hindurch in der schützenden Dunkelheit verschwand.

Die Blinklichter hinterließen pulsierende weiße Kugeln in meinem Blickfeld, was es zunächst fast unmöglich machte, die Augen an die nächtliche Dunkelheit zu gewöhnen. Ich steckte meine Hand in den Abfallhaufen, zog den Gitarrenkoffer heraus und humpelte, so schnell ich konnte, die Gasse entlang. Von den Wachmännern keine Spur. Als ich mich der nächsten Querstraße näherte, verlangsamte ich mein Tempo. Ich drückte mich um die Ecke herum in den Schatten einer Wand, öffnete den Koffer, schob die schlaffen Gitarrensaiten zur Seite und steckte das zusammengerollte Gemälde durch das Schallloch so weit in den Gitarrenkorpus, dass es von außen nicht mehr sichtbar war. Zum Alarm des Museums gesellten sich nun aus allen Richtungen weitere Sirenen. Ich hatte es geschafft. Die Aufregung war unbeschreiblich, als ich mir den kleinen Revolver in den Hosenbund steckte.

Ich lehnte mich mit dem Rücken gegen die Wand, um meine zitternden Beine für eine Sekunde zu entlasten. Mein Fuß hatte wieder zu schmerzen begonnen. Ich atmete tief ein und aus, schloss den Gitarrenkoffer, stand auf und ging wieder um die Ecke. Dann wich ich der Menschenmenge aus, die sich mittlerweile vor den Steinelefanten versammelt hatte. Ich hinkte zu den Taxis, die in einer langen Reihe am Bordstein warteten, und ging zu dem vordersten.

»Amerikaner?«, fragte der Taxifahrer.

Ich nickte.

»Wohin? Ich mache guten Preis. Amerika ist super. Sie müssen sagen wohin.«

»Zum Hafen«, antwortete ich und stieg mit der Gitarre in der Hand ein. »Oh, scheiße, der Stock«, murmelte ich. »Nein, erst zum Hotel Majeet.«

»Okay«, sagte er und wich den blau-weißen Mannschaftswagen der Polizei aus, die uns entgegenkamen.

Ich hielt den Gitarrenkoffer fest, während sie an uns vorbeifuhren, und hatte das Gefühl, die Zahnräder einer großen Maschinerie in Gang gesetzt zu haben, die nun in aller Stille gegen mich arbeitete. Mir blieb nichts anderes übrig, als ihr immer einen Schritt voraus zu sein.

»Ich war schon mal in Amerika«, sagte der Fahrer und riss mich aus meinen Träumen von Wohlstand und Reisen.

»Was?«

»Ich war schon mal in Amerika, vor zwölf Jahren. Mein Bruder fährt Taxi in New York.«

»Wie schön«, erwiderte ich uninteressiert.

»Sind Sie aus New York?«

»Nein, aber ich bin in Eile. Wie lange dauert die Fahrt?«

»Wir sind schon da«, sagte er und hielt gegenüber vom Hotel. »Fünf Dollar, bitte.«

Ich gab ihm zwanzig Dollar. »Warten Sie hier auf mich. Ich muss etwas holen.«

»Okay«, rief er mir hinterher, als ich mit dem Gitarrenkoffer in der Hand die Straße überquerte.

Die Frau am Empfang sah auf, als ich an ihr vorbeiging, und widmete sich dann wieder ihrem Buch. Ich holte den Schlüssel aus meiner Hosentasche und steckte ihn mit zitternden Händen ins Schloss.

Als ich das dunkle Zimmer betrat und die Tür hinter mir schloss, stieg mir Zigarettenrauch in die Nase. Ich griff unter meinem Hemd nach der Waffe, als das Licht neben meinem Bett anging. Ich riss den Revolver hervor, dabei entglitt er mir und schlitterte über den Boden in Richtung Poppy, die auf dem Stuhl neben dem Bett saß – Zigarette in der einen und Gehstock in der anderen Hand.

Sie sah erst den Revolver, dann mich an. »Ist der etwa

für mich? Du hast das hier vergessen«, sagte sie und klopfte mit dem Gehstock auf den Boden.

Meine Stimmung kippte, und das ganze Adrenalin in meinem Blut bewirkte einen Wutausbruch. Ich war verwirrt und zornig. »Was zum Teufel machst du hier?«, schrie ich. »Du hast mich zu Tode erschreckt. Woher weißt du überhaupt, dass ich hier bin?«

Sie stand langsam auf und kam zu mir herüber, wobei sie mit einem eleganten Schritt über die Waffe stieg. »Du hast immer noch nicht verstanden, was hier läuft, oder Evan?«

»Wovon sprichst du? Warum bist du hier?«

Sie durchquerte das Zimmer, trat die Zigarette aus und drückte mir den Gehstock in die leere Hand, in der ich eben noch den Revolver gehabt hatte. »Ich bin aus Rache hier«, sagte sie und sah mir in die Augen.

Ich starrte sie an. »Rache? Was habe ich getan, dass du dich an mir rächen willst?«

Sie lachte laut. »Du schmeichelst dir, Junior. Ich will mich nicht an dir rächen. Im Gegenteil, ich will dir sogar helfen.« Sie sah auf den Gitarrenkoffer. »Schlaues Bürschchen. Ist es da drin?«

»Ist was da drin?«, fragte ich trotzig.

Auf ihrem Gesicht machte sich ein hinterhältiges Grinsen breit. »Wie viel hat er dir dafür geboten? Eine Million? Zwei?«, fragte sie, während sie vor mich trat und mit der Hand über die Vorderseite meiner Hose fuhr.

»Zwei«, gestand ich.

»Da hat er dich aber ziemlich übers Ohr gehauen.« Sie öffnete den Reißverschluss und ließ ihre Hand hineingleiten. »Er würde auch zwanzig zahlen«, flüsterte sie und ging in die Knie.

Ich umklammerte den Drachen und ließ den Gitarrenkoffer fallen, als sie meinen Penis in ihren warmen Mund nahm. »Wa... Was willst du damit andeuten?«

Nach ein paar Sekunden hörte sie auf. »Ich denke, dir wird mein Angebot gefallen.«

# 24

»EVAN«, FLÜSTERTE POPPY und schüttelte mich an den Schultern. »Evan, wach auf. Wir müssen los.«

Es war wirklich Poppy. Ich hatte das Ganze nicht nur geträumt. »Wie spät ist es?«

»Kurz vor Sonnenaufgang«, sagte sie und zog ihre High Heels an.

»Wohin müssen wir denn?«

»Wir liefern etwas ab«, sagte sie und deutete auf das entrollte Gemälde, das vor dem offenen Gitarrenkoffer auf dem Boden lag. »Wo sollte die Übergabe denn stattfinden?«

Ich rutschte an die Bettkante. »Ich sollte mit dem Bild sofort zum Hafen kommen.«

»Bestimmt ist Samas bereits informiert, dass du nicht aufgetaucht bist, und nimmt vermutlich an, dass dir der Coup misslungen ist. Der Mistkerl telefoniert wahrscheinlich schon mit seinem nächsten potenziellen Helferlein.« Sie ging auf die Knie, wollte das Gemälde zusammenrollen und entdeckte dabei die handgeschriebene Nachricht auf der Rückseite. »›Für meine teuerste Emily, die einzige Frau, die ich jemals geliebt habe. Deine Gunst ist mir mein Leitstern.‹ Igitt«, seufzte sie. »Das ist ja widerlich.« Sie betrachtete das Porträt ein paar Sekunden lang. »Ich kann es mir einfach nicht vorstellen. Du?«, fragte sie und hielt es hoch.

»Darüber denke ich lieber nicht nach.«

Sie rollte das Bild zusammen, steckte es wieder in die Gitarre und schloss den Koffer. »Bereit?«

Ich sah sie an. »Wieso bist du noch mal hier? Willst du mir helfen? Wenn nicht, werde ich das jetzt weiter durchziehen, wie es geplant war – unten am Hafen.«

Sie sah mich mit ausdrucksloser Miene an. Dann nahm sie den Gitarrenkoffer, kam damit zu mir und stellte ihn neben mich auf das Bett. »Du kannst tun, was immer du willst, Evan. Aber ich glaube, dass ich dir helfen kann und du mir. Du musst nur in dich gehen und dich fragen, ob du mir vertraust.«

»*Kann* ich dir denn vertrauen?«, gab ich zurück.

Poppy sah ein paar Sekunden zu der von Rissen durchzogenen verputzten Decke auf, bevor sie antwortete. »Ja, du kannst mir vertrauen. Finanziell wirst du wegen mir hier keinen Schaden erleiden. Ich würde sein Angebot auch überbieten und dir das Gemälde jetzt sofort abkaufen – wenn du das möchtest.«

Ihr Angebot kam für mich wie ein Schock. Es war durchaus verführerisch. Wenn ich darauf einging, war ich das Diebesgut sofort los und konnte hier als Multimillionär aus der Tür marschieren. Ich dachte darüber nach, während ich ihre kohlschwarzen Augen funkeln sah. Offensichtlich lag ihr etwas an diesem Bild, und ich wollte wissen, warum. »Ich weiß dein Angebot zu schätzen, aber ich würde das Ganze gerne mit dir zusammen bis zum Ende durchziehen.«

Ein strahlendes Lächeln erhellte ihr Gesicht. »Oh, ich hatte gehofft, dass du das sagen würdest. Zieh dich an, jetzt wird abkassiert.«

Poppys Fahrer steuerte die weiße Limousine direkt zu dem einsamen kleinen weißen Jet auf der Rollbahn. *Fabric des Glaces Saint-Gobain* stand in den französischen Farben Rot, Weiß und Blau auf dem Flugzeugrumpf.

»Rabat«, rief sie ins Cockpit, als wir in das Flugzeug stiegen. »Das wird eine Überraschung, meinst du nicht?«, fragte sie mich.

»Er wird ganz sicher überrascht sein, dich zu sehen«, sagte ich. »Ich jedenfalls war es«, fügte ich leise hinzu.

Das Heulen der für den Landeanflug gedrosselten Motoren weckte mich. Ich hielt den Gitarrenkoffer immer noch fest gegen meine Brust gedrückt. Poppy saß weiter hinten im Flugzeug und telefonierte auf Französisch. Dann kam sie nach vorne zu mir.

»Guten Morgen. Am Flughafen wartet ein Wagen auf uns. Erinnerst du dich an den Weg zu seinem Haus?«

»Ja, den weiß ich.«

»Ausgezeichnet«, sagte sie und sah aus dem Fenster, während wir uns wieder der Erde näherten.

Der Schotter in der Einfahrt knirschte unter den Reifen, als wir vor Samas' Haus am Strand hielten.

»Wie malerisch, sieht aus wie eine Remise.« Poppy betrachtete sein Haus über die Ränder ihrer Sonnenbrille. »Bereit?«, fragte sie dann und griff nach dem Gitarrenkoffer.

Instinktiv wollte ich dagegen protestieren, denn vom Inhalt der Gitarre hing alles ab. Stattdessen zwang ich meine müden Augen zu einem ernsten Blick. »Ich vertraue dir.«

»Das weiß ich«, sagte sie und lächelte mich unschuldig an. »Los geht's.«

Die traurigen Klänge eines Cellos hingen in der Luft, als wir auf die offene Eingangstür zusteuerten. Ich klopfte leise am hölzernen Türrahmen an und ging dann hinein. Poppy folgte mir mit dem Gitarrenkoffer in der Hand.

Zohra saß auf einem Küchenstuhl und spielte, die Augen in Konzentration geschlossen. Sie hielt das Cello zwischen ihren Beinen wie einen Liebhaber aus Holz.

»Zohra«, sagte ich leise.

Sie öffnete vor Schreck die Augen, und der Bogen rutschte unkontrolliert von den Saiten, wobei sowohl sie als auch das Cello ein Quietschen von sich gaben.

»Du?«, keuchte sie. »Wir dachten, du wärst ...« Sie brach ab, als sie Poppys Embe-Tattoo entdeckte.

»Wo ist Samas?«, fragte ich.

»Oben, auf dem Balkon«, antwortete sie, immer noch etwas verwirrt.

Ich lächelte ihr zu und ging dann den Flur entlang. Der verstärkte Klang der Brandung schlug uns von der Treppe entgegen wie ein unsichtbarer Wasserfall. Wir gingen hinauf zu Samas, der in einem Liegestuhl auf dem Balkon saß.

Als er unsere Schritte nahen hörte, stellte er das schnurlose Telefon in seiner Hand wieder auf die Station zurück. »Das gefällt mir alles nicht, meine Liebe. Die Frau vom Hotel sagte, er ist abgereist, und zwar mit ...« Ihm blieb vor Überraschung der Mund offen stehen, als er sich umdrehte und uns statt seiner Frau sah. »Du!«, knurrte er Poppy an.

»Hallihallo«, sagte Poppy fröhlich.

»Was zum Teufel machst du hier?«

»Diese Frage stellt man mir ständig«, sagte Poppy und warf mir einen Seitenblick zu. »Und ich werde sie jetzt gerne beantworten.« Sie ging zu dem breiten Geländer und legte den Gitarrenkoffer darauf. Samas hielt die Luft an, als sie ihn öffnete und das Bild aus der Gitarre holte. Sie hielt die Leinwand am oberen Rand fest und entrollte sie vor seinen Augen. Er wurde erst weiß und dann rot, als ihm klar wurde, dass sie das Bild hatte und nicht ich.

»Was ist denn los, Juan? Dieses Mal lachst du ja gar nicht«, sagte sie. Ihr Grinsen verriet das perverse Vergnügen, das sie dabei empfand.

Widerstrebend nahm er den Blick von dem lang ersehnten Bild und drehte sich zu mir. »Warum hast du das getan?«

»Evan hat gar nichts getan«, sagte Poppy. »Ich habe es an mich genommen. Aus Gründen, die nur dich und mich etwas angehen.«

»Du willst mir doch nicht allen Ernstes sagen, dass es immer noch um Latsei geht?«, fragte er und stand auf.

»Natürlich. Wie sollte es ein *Vergeben* geben, wenn es kein *Vergessen* gibt?«

Samas vergrub seine Hände tief in den Taschen und trat an das Geländer. »Was willst du von mir?«, fragte er und sah dabei aufs Meer hinaus.

Poppy holte ein schlankes goldenes Feuerzeug aus der Handtasche. »Oh, ich will einfach nur deinen Gesichtsausdruck dabei sehen, wenn ich es verbrenne.«

Mir gefror das Blut in den Adern bei der Vorstellung, dass sie möglicherweise wirklich dazu fähig war.

»Das würdest du nicht tun«, sagte er. »Und übrigens hat Evan ein finanzielles Interesse daran, mir das Bild zu geben. Wenn du es zerstörst, stiehlst du ihm auch sein Geld.«

»Ich werde ihm den Schaden ersetzen. Und das wird

die beste Investition sein, die ich jemals getätigt habe. Ganz nebenbei: Findest du nicht auch, dass zwei Millionen selbst für dich ein ziemlich mickriges Angebot sind, Samas?« Sie drückte auf das schmale Feuerzeug. Beim zweiten Mal erschien eine kleine Flamme.

»Bitte, tu das nicht«, flehte Samas. »Was kann ich tun, um meinen Fehler wiedergutzumachen?«

Sie schüttelte ungläubig den Kopf. »Du bist unverbesserlich. Du denkst immer noch, dass du aus dieser Nummer irgendwie herauskommst, oder?«

Meine Augen fixierten das winzige Flämmchen, als sie das Feuerzeug langsam nach oben in Richtung des trockenen, ausgefransten Bildrands bewegte.

»Nein, nicht, bitte, um alles in der Welt!«, rief Samas.

Poppys Hand hielt inne. Die kleine Flamme schwärzte bereits eine Ecke des Gemäldes und konnte jeden Moment das Monster wecken, um die Leinwand zu verschlingen. »Vielleicht bist du bereit, Evan eine angemessenere Summe dafür zu zahlen – eine, die ich nicht überbieten kann?«

»Ja, ja, eine sehr gute Idee.« Seine Miene hellte sich auf. »Was sagen wir? Drei Millionen?«

»Zwanzig«, sagte sie kühl.

»Zwanzig?«, erwiderte er und kniff dabei die Augen zusammen, als ob die bloße Erwähnung einer solchen Summe ihm Schmerzen bereitete. »Ich habe keine ...«

»Scheiße, nun zier dich doch nicht so«, schrie sie. »Ich weiß, dass du die Kohle hast, und du weißt, dass es doppelt so viel wert ist.«

»Aber ich ...«

»Gut, dann ist da nichts zu machen«, sagte sie und hielt die Flamme näher an das Bild.

Samas riss vor Schreck die Arme hoch. »Okay, du hast gewonnen, Poppy«, stieß er hervor. »Zwanzig.« Er atmete laut hörbar aus, als Poppy das Feuerzeug zuschnappen ließ und das Flämmchen verlosch.

»Halbe-halbe von zwanzig Millionen, was hältst du davon?«, fragte sie mich.

»M...mehr als fair«, stammelte ich.

Sie schüttelte missbilligend den Kopf. »Du solltest nicht immer so bescheiden sein, Junior. Sonst werden Halunken wie dieser hier dich weiter ausnutzen.«

»Sieht so aus, als hätten wir einen Deal«, wandte sie sich wieder an Samas und gab ihm die Leinwand. »Ruf Diltz an. Damit auch alles seine Richtigkeit hat«

Samas, dessen beträchtliche Körperfülle geschrumpft zu sein schien, steckte sich das Gemälde unter den Arm und nahm das Telefon zur Hand.

»Was hast du als Nächstes vor?«, flüsterte Poppy mir zu, während Samas wählte.

»Reisen, denke ich. Mir mein Leben aufbauen. Eine Auszeit nehmen. Wie es Infinite eben so machen, oder?«

»Das ist schon mal ein guter Anfang. Soll ich dich mit zum Flughafen nehmen?«

Ich nickte. »Danke«, sagte ich hinter vorgehaltener Hand.

Sie lächelte. »Ich habe dir zu danken, mein Süßer. Das war ein Mordsspaß!«

Samas sprach mit brechender Stimme in den Hörer. »Ich möchte eine Überweisung in Auftrag geben, Mr. Diltz. An die Konten von Poppy und Evan. Zehn Millionen Dollar. Ja, für jeden.« Er legte auf, ohne sich zu verabschieden, und lehnte sich im Stuhl zurück. Die Bildrolle hielt er fest umklammert in der Hand. »Erledigt«, sagte er resigniert.

Poppy sah mich an und wies mit dem Kopf in Richtung der Treppe.

Ich ging zu Samas und legte ihm die Hand auf die Schulter. »Danke, dass du mir das alles ermöglicht hast. Es tut mir leid, dass es so gelaufen ist. Du kannst die Gitarre behalten. Vielleicht will Zohra sie ja.«

Poppy unterdrückte ein Kichern, hakte sich bei mir unter und wir gingen.

»Hey«, rief Samas Poppy über die Schulter zu. »Sind wir nun quitt?«

Sie blieb am Treppenabsatz stehen und dachte einen Moment lang nach. »Warum nicht? Das Leben ist kurz.«

Zohra stand unten an der Treppe und rang die Hände. Als sie uns sah, zuckte sie zusammen und rannte dann an uns vorbei die Stufen hinauf. Poppy legte ihren Kopf an meine Schulter und drückte meinen Arm, während wir schweigend zurück zum Auto gingen.

»Und was hast du als Nächstes vor?«, fragte ich sie, als der Fahrer neben ihrem Jet hielt.

»Ich will zurück nach Frankreich, dann wieder nach Los Angeles. Und du?«

»Zuerst nach Zürich, ich muss meine Finanzen in Ordnung bringen.«

Sie trat hinaus in die Mittagssonne. »Wie fühlt es sich an, reich zu sein?«

Ich steckte eine Hand in meine Tasche und holte mein letztes Geld hervor. »Kann ich noch gar nicht sagen. Im Moment habe ich noch fünfzig Dollar in bar. Apropos: Könntest du mir eventuell etwas Geld für den Flug in die Schweiz leihen?«

»Klar«, sagte sie und lief quer über die Rollbahn zu dem Jet. »Reichen dir zehntausend Franken?«

»Ich denke schon.« Ich folgte ihr die Treppe hinauf ins Flugzeug. Dort öffnete sie eine Holzkiste und nahm zehn Scheinbündel von einem Stapel mit mehr als hundert Stück heraus.

»Hier bitte«, sagte sie und gab mir die blauen Bündel. »Komm doch vorbei, wann immer du mal wieder in Los Angeles bist. Würde mich sehr freuen.« Sie kam näher und gab mir einen flüchtigen Kuss. »Pass auf dich auf, Evan.«

Dann blieb ich allein zurück, während das Flugzeug davonrollte, den Stapel Scheine in der einen Hand, den Gehstock in der anderen. Ich sah dem Jet nach, bis er langsam hinter einem Hangar verschwand, dann drehte ich mich um und machte mich auf den Weg über den Privatflugplatz hin zum öffentlichen Flughafen.

Das Geld beulte meine Tasche geradezu unanständig aus, während ich nervös in der Schlange am Ticketschalter wartete.

»Wohin soll es gehen?«, fragte die Frau hinter dem Schalter.

»Zürich«, antwortete ich und zog ein Scheinbündel hervor. »Erste Klasse.«

Ich stieg als Erster aus dem Flugzeug. Das mir mittlerweile vertraute Züricher Terminal wirkte irgendwie verändert. Die Farben erschienen mir frischer, die Böden sauberer, die Leute interessanter. Ich betrachtete ihre Gesichter, während ich durch die Absperrung der Zollkontrolle ging.

»Haben Sie etwas zu verzollen?«, fragte der Beamte mit leiser, monotoner Stimme. Sein Kollege stellte der Frau hinter mir gerade dieselbe Frage. Am Schalter nebenan saß ein dritter Beamter in einer anderen Uniform.

»Nur Bargeld und das hier«, sagte ich und hielt den Gehstock in meiner Hand in die Höhe.

»Was ist der Grund Ihrer Reise in die Schweiz?«

»Bankgeschäfte.«

Er sah kurz zu dem Drachenkopf an meinem Stock, dann fiel sein Blick auf mein Tattoo. »Herr Kollege«, sagte er zu dem dritten Mann am anderen Schalter.

Der Beamte nahm eine Akte, stand auf und kam auf mich zu. Auf dem Messingabzeichen an seiner braunen Uniform stand *Interpol.*

»Gibt es ein Problem?«, fragte ich den Zollbeamten nervös. Meine Kehle schnürte sich zu. Ich sah zu dem Interpol-Beamten hinüber und bekam gerade noch mit, wie dieser die Akte schloss und dem Zollbeamten zunickte. Daraufhin ließ der Zollbeamte eine Handschelle an meinem rechten Handgelenk zuschnappen. Ich zuckte zurück und riss dem überraschten Beamten das andere Ende der Handschellen aus der Hand. Der Interpol-Beamte ließ die Akte fallen und warf mich zu Boden. Ich rang in den verstreuten Papieren der Akte mit ihm. Als er mir das andere Ende der Handschellen umlegte, sah ich mich auf den überall am Boden verstreuten Schwarz-Weiß-Fotos. Mein ernstes und konzentriertes Gesicht starrte mir von unzähligen Bildern entgegen. Ich war im Museum mit jedem Blinklicht fotografiert worden. Zuerst auf dem Bauch liegend, dann beim Aufstehen und schließlich, wie ich zum Notausgang rannte. Mein Tattoo war auf jedem Foto deutlich zu erkennen.

# 25

GELD HATTE JEGLICHE BEDEUTUNG VERLOREN. Die nächsten zwei Wochen nach meiner Verhaftung machten mir deutlich, wie wenig Einfluss ich in dieser Welt besaß. Offensichtlich hatte ich dem Schicksal zu oft ein Schnippchen geschlagen, denn nun stürzte es sich wie ein hungriger Tiger aus dem Schatten auf mich, um mich für jeden meiner Fehltritte grausam zu bestrafen. Aber natürlich erwähnt nur derjenige das Schicksal, dem es übel mitgespielt hatte. Mir wurde klar, dass mein Leben nie mehr sein würde als die Zeit zwischen zwei knapp geglückten Fluchten. Aber mit diesem Leben war es nun vorbei.

Von der Haftzelle am Flughafen wurde ich in ein Züricher Gefängnis gebracht, wahrscheinlich nicht einmal weit vom Hotel St. Germain entfernt. Aber das war erst der Anfang.

Wenn man in Handschellen ein Gefängnis betritt, empfindet man zunächst Bedauern. Nicht etwa für das, was man getan hat, sondern für den Fehler, den man dabei offensichtlich gemacht hat. Wenn sich dann die erste Tür hinter einem schließt, beschleicht einen das Gefühl, dass hier eine Ordnung herrscht, die mächtiger ist als man selbst. Aber an dieser ersten Tür hat die Hilflosigkeit ihre Zähne erst in die äußere Schicht der Haut gebohrt. Man hängt immer noch der Vorstellung nach, dass man durch diese erste Tür zurück in die Freiheit stürmen könnte, wie ein Kaninchen, das gerade so noch einmal dem Rachen des Fuchses entkommen ist. Doch wenn man dann immer tiefer hineingeführt wird, durch eine zweite, eine dritte, vierte und fünfte Tür, merkt man instinktiv, dass sich die Fluchtchancen mit jedem Riegel, der hinter einem vorgeschoben wird, immer weiter halbieren. Und dann wird man in den letzten und kleinsten Raum geführt, die Wachen schließen diese letzte Tür und nehmen dann den letzten Rest Hoffnung mit. Auf der einfachen Stahlpritsche wartet dann unweigerlich die Resignation. Ich sank darauf wie ein Häuflein Elend in mich zusammen und fragte mich, warum ich mich nicht gewehrt hatte.

Dieser erste Vorgeschmack auf das Gefängnisleben war bitter, aber als die Haftbedingungen mit jeder weiteren Station – erst Italien, dann Tunesien – immer barbarischer wurden, erschien mir sogar dieser erste Gefängnisaufenthalt in der Schweiz noch wie das Paradies.

Mein Prozess war dann kaum mehr als eine fünfzehnminütige Sitzung in einem Nebenraum des Stadtgefängnisses von Tunis. Er bestand aus mit großer Geste auf Arabisch vorgetragenen Anschuldigungen, einem Vergleich meines inzwischen zerschrammten und geschwollenen Gesichts mit dem auf den Fotos und dem für mich ins Englische übersetzten Urteil: fünfundzwanzig Jahre ohne Bewährung. Später erfuhr ich, dass ich am selben Tag in Rom in Abwesenheit vor Gericht gestellt und ebenfalls zu fünfundzwanzig Jahren Haft verurteilt worden war, die ich laut Schreiben *nach der ersten zu verbüßenden Haftstrafe antreten sollte, weil ich mich geweigert hatte, bei der Wiederbeschaffung des Vermeers mitzuwirken.* Doch das spielte zu diesem Zeitpunkt schon keine Rolle mehr. Sie würden das

Gemälde nie finden, und ich hatte meinen Entschluss bereits gefasst – zumindest dachte ich das.

Nachts hörte ich andere Männer schreien, die verhört wurden. Am nächsten Morgen setzte man mich in einen alten, rostfarbenen Bus, dessen Fenster mit Stahlplatten zugeschweißt waren. Außer mir fuhren fünf weitere Fahrgäste und stoische, mit Maschinengewehren bewaffnete Soldaten mit. Ich hielt mich, so gut es mit den gefesselten Händen ging, fest, während der Bus über die tunesischen Sandpisten rumpelte und ruckelte. Gegen Mittag hatte die Hitze der Blechbüchse, in der wir saßen, jeglichen Sauerstoff entzogen. Ich konzentrierte mich darauf, wie mikroskopisch kleine Staubpartikel in den Sonnenstrahlen tanzten, die durch die Einschusslöcher im Dach fielen.

Kurz vor Sonnenuntergang hielt der Bus abrupt. Ich stieg als erster Häftling aus und betrachtete die uralte, bedrohliche Festung aus Backsteinmauerwerk. Sie hatte dieselbe bräunliche Farbe wie der endlose Sand, der sie von allen Seiten belagerte. Bewaffnete Soldaten hielten oben auf den Mauern Wache. Die Gesichter der jungen Männer waren angesichts des Pechs, auf diesen miserablen Posten beordert worden zu sein, zu finsteren oder wütenden Mienen verzerrt.

Die einsame Sandpiste, die sich bis zum Horizont und der Welt dahinter erstreckte, war das letzte Zeugnis von Zivilisation, das ich mit diesen Augen sehen sollte. Ich wartete barfüßig neben dem Bus, während die anderen herausgeführt wurden. Meine Schuhe hingen an den zusammengebundenen Schnürsenkeln um meinen Hals. Ich stellte mir vor, wie ich mit nackten Füßen voller Blasen zurück in Richtung Zivilisation rannte – *wäre das nicht*

*Buße genug?* Ich würde es nicht überleben, aber zumindest hätte ich dabei noch ein Ziel vor Augen. Alles war besser als dieses Gefängnis. Ob sie auf mich schießen würden, wenn ich mich einfach auf den Weg machte? Der Wärter packte mich am Hemd und schubste mich in die Reihe der Häftlinge, die nur zu bereitwillig einer nach dem anderen durch das offene Stahltor marschierten. Und wieder ging ich folgsam mit, mit gesenktem Kopf, den Blick auf die schwieligen nackten Füße des Arabers vor mir geheftet.

Schnell wurde mir klar, dass es für mich besonders hart werden würde. Die Wärter behandelten ihre Landsmänner mit Gleichgültigkeit, mich dagegen schrien sie an und schubsten mich herum. Zuerst wurden wir mit Weißkalk entlaust. Dazu mussten wir uns ausziehen und mit angehaltenem Atem und bedeckten Augen durch die weiße Staubwolke marschieren. Mich ließ man als Letzten gehen. Auf der anderen Seite bekam ich rot-weiß gestreifte Gefängniskleidung, aber weder Socken noch Schuhe.

»Hey, was ist mit Schuhen?«, fragte ich und zeigte auf meine Füße.

Wie aus dem Nichts traf mich ein Schlagstock in den Kniekehlen, und ich fiel auf den Steinboden, wo ich mich vor Schmerz zusammenkrümmte, während weitere Schläge auf meinen Rücken und meinen Kopf einprasselten.

»*Yallah!*«, bellte es hinter dem Kreis aus blauen Uniformen, der sich um mich herum gebildet hatte. Die Soldaten ließen von mir ab, und ich versuchte, wieder Luft zu bekommen.

»Steh auf«, sagte der Oberaufseher, beide Silben schwerfällig artikuliert. Seine blaue Uniform spannte über dem dicken, aufgeblähten Bauch. Auf ihre kurzen Ärmel waren gelbe, verblasste Winkel gestickt. Ein dichter schwarzer Bartschatten bedeckte seine vollen, gebräunten Wangen und unter seiner zusammengewachsenen Augenbraue saßen kleine Augen mit einem sadistischen Blick.

Ich rappelte mich mühsam hoch und stand dann schief vor ihm da. Er baute sich schweigend vor mir auf und betrachtete mich von oben bis unten.

»Nicht sprechen«, sagte er schließlich laut. »Verstanden?«

»Ja«, antwortete ich zwischen zwei flachen Atemzügen.

Er öffnete seine dicke Hand und verpasste mir eine Ohrfeige, die mich wieder zu Boden beförderte. Durch das Klingeln in meinen Ohren glaubte ich, die jüngeren Soldaten lachen zu hören.

»Nicht sprechen«, rief er. »Verstanden?«

Ich stand schnell wieder auf und schmeckte dabei das salzige Blut, das aus meiner Nase tropfte. Er öffnete und schloss seine Fäuste, während er auf meine Antwort wartete. Ich nickte und zuckte dabei vor Schmerz zusammen.

»Gut«, bellte er. »Du dahin.« Er schubste mich einen langen, spärlich beleuchteten Gang entlang, in dem sich zu beiden Seiten dicht an dicht mit Nieten besetzte Stahltüren befanden. Der Spießrutenlauf aus Schlägen, Stockhieben und Gebrüll endete erst, als ich vor der letzten Tür zu Boden ging und liegen blieb. Zelle Nummer 145.

Der fette Oberaufseher ließ seinen Schlüsselring klimpern und schloss auf. Die Tür öffnete sich knarrend und gab den Blick auf eine grau angestrichene kleine Zelle frei, deren offene Decke aus einem dicken Eisengitter bestand. Auf der grob gezimmerten Holzpritsche lag ein Afrikaner. Vier Wachen packten mich und warfen mich auf den staubbedeckten Boden, wo ich regungslos liegen blieb. Die Tür fiel ins Schloss und das Lachen der Wachen wurde leiser, während sie sich von der Zelle entfernten.

Als ich aufblickte, sah ich in die Augen des Mannes auf der Pritsche. Seine rot-weiß gestreifte Gefängniskleidung war zu einer Kombination aus Rosa und schmuddeligem Grau verblasst. Die Hosenbeine waren unterhalb der Knie zerfetzt und die Ärmel abgerissen, sodass seine schlanken schwarzen Arme zu sehen waren. Bei der kleinsten Bewegung spannten sich Muskeln unter seiner Haut. Im Kontrast zu seinem harten Gesicht und den tiefen Sorgenfalten auf seiner Stirn war sein rasierter, ebenholzfarbener Kopf glatt wie eine Billardkugel. Seine wilden Augen funkelten spitzbübisch.

»Der Witz daran ist, dass sie uns für die Wilden halten«, sagte er auf Englisch mit einem Cockney-Akzent. »Ich heiße Reginald. Und wer bist du?«

Ich blinzelte ihn mehrere Sekunden lang ungläubig an, bevor ich antwortete. »Evan Michaels, oder zumindest war ich das einmal«, sagte ich und blickte zu dem Eisengitter über uns hoch.

»Immer mit der Ruhe«, erwiderte er und stand auf. »Wir machen dich jetzt erst einmal sauber.« Er ging zu einer kleinen Eisenklappe, die in Bodennähe in der Wand neben der Tür angebracht war. Aus der Klappe holte er einen Holzeimer mit einem Deckel, in dem sich ein gestreifter nasser Lappen befand – offenbar einer seiner Ärmel.

»Sie haben dich wirklich schlimm zugerichtet, mein Freund.« Er setzte sich im Schneidersitz vor mich und tupfte die offenen Wunden in meinem Gesicht mit dem Lappen ab. »Bitte versteh das nicht falsch, aber ich freue mich sehr, dass du hier bist. Also, um ehrlich zu sein, ich würde mich über jeden freuen, der mir Gesellschaft leistet. Sie stecken die ausländischen Gefangenen alle zusammen. Sie nennen uns die Ungläubigen. Wirklich lächerlich. Der Typ vor dir war ein Holländer. Und während der letzten …« Er unterbrach sich und blickte zu den Kreidestrichen an der Wand über seiner Pritsche. »… siebzehn Monate war ich hier allein. Ich freue mich über den vielen Platz und so, aber sich mit niemandem unterhalten zu können ist wirklich schlimm.« Er wirkte aufgewühlt.

»Was ist mit dem Holländer passiert?«, presste ich zwischen meinen geschwollenen Lippen hervor.

»Er ist gestorben. An der Ruhr. Kein schönes Ende. Er hat mich auch angesteckt. Sieht man das nicht? Ich muss über zehn Kilo an Gewicht verloren haben. Aber was rede ich da – da fehlt dir ja der Vergleich.« Er lachte nervös. »Nimm es mir nicht übel, ich rede gerne viel. Das hat zumindest Steen immer gesagt – so hieß der Holländer, von dem ich gerade erzählt habe. Ich freue mich nur über die Gelegenheit, mich mit jemandem zu unterhalten – und dann noch mit einem englischen Muttersprachler.«

»Im Moment ist mir gerade gar nicht so nach Konversation zumute.«

»Oh, das ist schon in Ordnung. Hör mir einfach zu und ruh dich aus«, sagte er und säuberte das blutverklebte Haar um eine Platzwunde an meinem Kopf. »Aber den Umständen entsprechend sehe ich doch ganz gut aus, oder?«

In dieser Umgebung fiel es nicht schwer, sich vorzustellen, was er wohl alles durchgemacht haben musste. Und dann konnte er nicht einmal so etwas Alltägliches tun, wie sich selbst im Spiegel zu betrachten. Mir war klar, dass er mich deswegen fragte. Und deswegen log ich. Ich nickte, ließ meinen Kopf auf meinen Arm sinken und schlief ein, während er immer weiterredete.

Die ersten Strahlen der Morgensonne beleuchteten das Istanbul meiner Erinnerung. Tausende von Hausierern mit ihren Waren bevölkerten die Bürgersteige zu beiden Seiten der Straße. Ich ging mitten auf dem Kopfsteinpflaster, der Gehstock klopfte dabei in einem gleichmäßigen Rhythmus auf den Boden. Zusammen mit meinen eigenen schlurfenden Schritten waren das die einzigen Geräusche. Die Händler zu beiden Seiten schienen sich in einer Art akustischem Vakuum zu befinden. Ihre Münder formten stumme Worte, und sie schepperten geräuschlos mit Töpfen. Sie bemerkten meine Anwesenheit nicht.

Erst als ich an den Ersten von ihnen vorbeiging, erregte ich ihre Aufmerksamkeit. Sie wollten mir folgen, konnten aber kaum mit mir Schritt halten. Frauen traten vor und boten mir auf Servierplatten angerichtete Speisen an. Mit zusammengekniffenen Augen sahen sie mich flehentlich aus ihren wettergegerbten, alten Gesichtern an. Ihre ebenso alten Ehemänner hielten Hüte in der Hand. Sie streckten ihre Arme nach mir aus, nickten mit den Köpfen und ihre still lächelnden, zahnlosen Münder formten lautlose Lobpreisungen. Die kleine Gruppe verfolgte mich und zupfte mich beharrlich an den Ärmeln. Sie erregte die Aufmerksamkeit weiterer Händler entlang der Straße, die sich zusammenrotteten, um sich auf mich zu stürzen. Ich ging schneller und versuchte, sie abzuhängen, aber sie brachen wie Wellen von beiden Seiten über die Straße herein. Ihre Köpfe wurden von den zahllosen Platten verdeckt, alle gefüllt mit verfaulten und schimmligen Früchten oder madenzerfressenem Fleisch. Sie drängelten und schwärmten um mich herum, manche wurden handgreiflich in dem Versuch, ihre Ware besonders gut zu präsentieren. Ich kämpfte mich durch unzählige Platten mit verdorbenen Speisen und schwang dabei den Gehstock wie wild über dem Kopf. Die Menge vor mir hatte sich mittlerweile in eine brodelnde Masse aus Körpern verwandelt. Einer stieg über den anderen, und ihre Leiber bedeckten die Straße, so weit das Auge reichte. Alle streckten die Hände in meine Richtung aus.

Ich holte tief Luft und wollte sie gerade anschreien, mich in Ruhe zu lassen, als der einsame Gebetsruf eines Muezzins über der lautlos übereinanderkriechenden Menschenmenge ertönte.

Alle Köpfe drehten sich gleichzeitig zu dem einsamen nadelartigen Minarett in der Ferne um. Und dann begann die Wallfahrt.

Angelockt von der gespenstischen Melodie, irrten sie als lange unförmige Körperschlange durch die Straßen, und ich, gefangen in ihrer Mitte, hatte keine andere Wahl, als mit ihnen zu gehen. Niemand bot mir jetzt noch etwas an, ich war nur noch ein Pilger wie alle anderen. Je näher wir kamen, desto lauter wurde der Gesang und desto höher ragte der Turm über uns auf. Der Kopf der Menschenschlange erreichte den offenen Platz vor dem Turm und umrundete ihn gegen den Uhrzeigersinn, bis sie auf ihr eigenes Ende traf. Als der Teil der Schlange, in dem ich mich befand, den Platz erreichte, hatte ich mich in mein Schicksal ergeben. Das hier war von Anfang an das Ziel meiner Reise gewesen. Ich hob den Kopf und kniff die Augen gegen die ersten Strahlen der Morgensonne zusammen. Ein kalter Schauer lief mir den Rücken hinunter, als ich den Muezzin in seinem blau-weißen Bademantel entdeckte. Sein zierlicher Körper beugte sich über das dünne Geländer. Es war Judith, Bobbys Mutter. Die Adern an ihrem zarten Hals standen vor Anstrengung hervor, als sie die geheimnisvollen, uralten Worte herauspresste. Sie lächelte. Obwohl ich mich mitten in der unter ihr kreisenden Menschenmenge befand, zeigte sie am Ende eines jeden Refrains direkt auf mich. Ihre schwarzen Augen leuchteten.

Der Ruf zum Gebet ertönte noch immer, als ich mit einem Keuchen erwachte. Kühles, graues Licht drang von oben durch das Eisengitter.

»Das ist ihr Wecker«, sagte Reginald von seiner Pritsche auf der anderen Seite aus. »Fünfmal am Tag. Schlaf lieber weiter.«

Reginald, der eben noch im Tiefschlaf geschnarcht hatte, war aufgesprungen und bei der kleinen Klappe, noch bevor der Wärter damit fertig war, auf Arabisch sein Kommando zu brüllen. Er platzierte den Deckel wieder auf dem hölzernen Nachttopf und schob ihn dann einem anonymen Paar Hände zu, die durch die Öffnung griffen. Dafür bekam er einen frischen Holzeimer, zwei Schalen aus Edelstahl und ein rundes ungesäuertes Brot.

»So, hier, für dich«, sagte Reginald und gab mir eine Tasse. »Das Beste, was dieser Außenposten zu bieten hat.«

»Wie heißt dieser Ort?«

»Steen hat ihn immer ›den Außenposten‹ genannt. Das hatte er wohl irgendwo aufgeschnappt. Er hat mir auch erzählt, dass das hier früher einmal ein Posten der Fremdenlegion war.«

»Ist das die ganze Tagesration?«

»Nein, heute Nachmittag gibt es noch mal was. Und jeden zweiten Tag bekommen wir sogar einen Granatapfel«, sagte er und klang dabei fast, als wollte er damit angeben. »Weshalb bist du hier, Evan Michaels?«

Ich riss ein Stück Brot ab und tauchte es in den dicken Getreidebrei in der Schüssel. »Ich habe ein Bild gestohlen.«

»Du bist ein Kunstdieb?« Er machte große Augen.

Ich schluckte den geschmacklosen Brei herunter und schüttelte den Kopf. »Nein ... Ich bin kein ... Ich weiß nicht, was ich bin.«

»Wie lange musst du einsitzen?«

Ich sah ihm in die Augen und musste allen Mut zusammennehmen, um es auszusprechen. »Fünf... undzwanzig.«

»Jahre?«, fragte er fassungslos.

Ich lehnte mich gegen die Wand und sah nach oben, wo gerade ein Wärter den Steg über dem Eisengitter entlangging.

»Wow, Mann, das ist wirklich lang. Warst du schon mal im Knast?«

»Ja, in Bulgarien.«

Er zog erstaunt die Augenbrauen hoch. »Also, für einen Ami kommst du aber ganz schön rum. Wie war das bulgarische Gefängnis im Vergleich zu hier?«

»Weiß ich noch nicht. Müssen wir hier arbeiten? Kriegen wir Hofgang, oder sitzen wir ständig hier drin?«

»Oh, wir kommen schon mal an die frische Luft, aber das war's dann schon mit den guten Nachrichten. Die schlechte ist, dass die Ungläubigen in der Mittagshitze Hofgang haben. Aber wir müssen nicht arbeiten, und sie schlagen uns nur so lang, bis ihre Arme müde werden.« Er lachte. »Tut mir leid, darüber sollte ich wohl keine Witze machen. Aber im Ernst, nach einer Weile wird es ihnen langweilig. Am besten leistest du keine Gegenwehr. Meine einzige Regel ist, dass der Nachttopf erst nachts oder morgens benutzt wird, sonst ist das Wasser verdorben und wir haben nichts mehr zu trinken. Und wenn du Durst hast, lass das Wasser erst durch den Lappen laufen, das ist gesünder. Ich möchte nicht noch einmal so etwas erleben wie mit Steen. Das fehlt mir gerade noch, denn ich hab nicht mehr lang«, sagte er mit einem Grinsen, das seine Zähne entblößte. »Noch acht Monate, dann heißt es ›Leck mich, *Saheeb*‹ und ich sitze auf dem nächsten Kamel hier raus.«

»Wie lange bist du schon hier?«

»Fast drei Jahre. Ich habe dreieinhalb Jahre bekommen, für den Besitz von Haschisch und Pornografie. Beides ist gegen die Lehre Mohammeds, hat der Richter gesagt. Ich hätte da auch das ein oder andere, was ich dem Mohammed noch sagen möchte, und ich werde es laut herausschreien, sobald ich wieder im guten alten England bin.«

Ich musste leise lachen und prostete ihm mit meiner Tasse zu. »Trink ein Pint für mich mit!«

Er grinste breit und stieß mit mir an. »Versprochen.«

Im Verlauf des Vormittags verpestete der Gestank von Urin und Dreck die stickige Luft in unserem Zellentrakt. Die immerwährende geisterhafte Geräuschkulisse der anderen Gefangenen wurde nur von dem schwermütigen Gejammer der muslimischen Gebete und Reginalds endlosem Geschnatter durchbrochen. Reginald füllte jedes

Schweigen mit seinen Monologen, als wäre die Stille sein allergrößter Feind.

Um die Mittagszeit flog die Zellentür plötzlich auf. Vor uns stand der Oberaufseher, den Schlagstock fest in den schmierigen Händen.

»Auf geht's«, sagte Reginald fröhlich, während der fette Araber hereinkam.

»Wohin?«, fragte ich.

»Nicht sprechen!«, brüllte der Oberaufseher, machte einen Schritt nach vorne und ließ den Schlagstock quer über die blanke Sohle meines linken Fußes knallen.

Ich schrie auf, griff nach meinem Fuß und ging zu Boden, während er zu einem weiteren Hieb ausholte. Ich biss mir auf die Zunge und blieb wehrlos vor ihm liegen. Zu meiner Überraschung spürte ich aber dann statt des Schlagstocks Reginalds Hand auf meiner Schulter. Die andere streckte er dem Wärter entgegen, als wolle er mich in Schutz nehmen. Ich blieb liegen, während mein Zellengenosse lächelnd und mit entschuldigendem Nicken fließend Arabisch mit ihm sprach. Ich verstand nicht, was er sagte, erkannte aber an dem beschwichtigenden Tonfall und seiner Haltung, dass er für mich um Gnade bat. Reginald duckte sich neben mir, als der Oberaufseher wieder ausholte. Doch anstatt zuzuschlagen, spuckte der fette Mann auf uns beide und ging hinaus. Die jungen Wärter im Gang lachten.

»Kannst du laufen?«, flüsterte Reginald.

Ich nickte.

»Dann komm, wir müssen gehen. Ich stütze dich«, sagte er und half mir auf. Der Hof war nicht mehr als ein von Steinwänden umschlossenes Quadrat aus trockener Erde. Uniformierte Wachen mit Gewehren patrouillierten auf den Mauern. Eine Linie aus flachen, weiß gekalkten Steinen verlief mit etwas Abstand zu den Mauern um den Hof.

Reginald legte den Arm um mich, als wir hinausgingen. »Komm schon. Ein bisschen Bewegung wird dir guttun.«

Im Vergleich zum Mief in der Zelle war die Wüstenluft erfrischend, und der Anblick eines Stückchen Himmels munterte mich etwas auf.

»Wofür ist die Linie aus weißen Steinen?«, fragte ich.

»Das ist das sprichwörtliche ›Bis hierhin und nicht weiter‹. Wenn du dich nicht daran hältst, erschießen dich die Wachen ohne Vorwarnung. Ich habe es zweimal miterlebt. Sie haben die armen Kerle einfach per Kopfschuss ausgeknipst – wie wenn man einen Schalter umlegt. Wie geht es deinem Fuß?«

»Besser«, sagte ich und sah nach oben zur Mauer, um den Blick einer der vorübergehenden Wachen aufzufangen.

Sobald die Sonne unterging, wurde es in der Zelle schnell kälter. Ich saß auf meiner Pritsche und versuchte, den Gestank und Reginalds Vorträge – von Cricket-Strategien bis hin zur Unabhängigkeit Irlands – zu ignorieren. Ich nickte und grunzte gerade oft genug zustimmend, um nicht unhöflich zu wirken.

»Was ist das?«, fragte ich irgendwann und deutete im trüben Licht unserer Zelle auf den Karton unter seiner Pritsche.

Er beugte sich vor und zog ihn heraus. »Nur lauter Mist, den der Rote Halbmond geschickt hat. Die besuchen uns alle sechs Monate und bringen diese Carepakete mit«, sagte er und warf den Inhalt Stück für Stück auf den Boden. »Eine englische Version des Koran – nutzloser Schrott –, eins von diesen kleinen arabischen Käppchen für Männer – auch nutzloser Schrott – und Notizbücher und Stifte zum Briefeschreiben – noch mal nutzloser Schrott«, kommentierte er sarkastisch.

»Warum sollte Schreibpapier nutzlos sein?«, fragte ich.

»Weil es hier gar keine Post gibt. Man kann keine Briefe verschicken und bekommt auch keine. Es gibt keinerlei Kommunikation mit der Außenwelt. Wenn deine Angehörigen bis jetzt nicht wissen, dass du hier bist, werden sie erst wieder von dir hören, wenn du hier rauskommst. Das ist hier drin das Schlimmste für mich, Evan«, sagte er ernst. »Meine wunderschöne junge Frau und mein ein Jahr …« – er dachte einen Moment lang nach – »mein vier Jahre alter Sohn. Die sitzen daheim im West End und wissen nicht, was passiert ist. Sie denken wahrscheinlich, dass ich tot bin, und müssen das noch weitere acht Monate glauben. Jeden einzelnen Tag frage ich mich, ob sie noch an mich denken. Und jeden Tag frage ich mich, wer jetzt als Ersatz für mich in ihrem Bett liegt und für meinen Sohn den Vater spielt.«

Ich lehnte mich gegen die Wand und spürte, wie das letzte bisschen Hoffnung, diesen Ort lebend zu verlassen, in mir schwand. Und dann wurde mir klar: Es war, wie Samas sagte. Wenn mir hier niemand heraushelfen konnte, dann musste ich es eben selbst tun.

»So, dann wäre es jetzt an der Zeit«, sagte Reginald, stand auf und stellte den offenen Nachttopf an das Fußende seiner Pritsche.

»An der Zeit für was?«, fragte ich.

Er ging zu seiner Pritsche und sah zum offenen Nachttopf. »Zeit, die Flagge zu streichen.« Er knöpfte seine zerlumpte Hose auf und ließ sie fallen, sodass sie um die Knöchel herum am Boden lag. Dann zielte er mit seinem Penis in der Rechten und hielt seine Linke in die Höhe wie ein Dirigent zu Beginn eines Konzerts. Den Kopf hatte er zur Seite gelegt, als ob er auf ein Startsignal wartete. Einen Sekundenbruchteil, nachdem der Muezzin mit dem abendlichen Gebetsruf begonnen hatte, fing er an zu pinkeln. Der Klang seines Urinstrahls, der aus der erhöhten Position in den leeren Eimer traf und dort laut widerhallte, war im gesamten Zellenblock zu hören und stellte sicher auch die Frömmsten auf eine harte Probe. Er musste sich anstrengen, um den Strahl gleichmäßig weiterfließen zu lassen, während er mit der linken Hand zu dirigieren begann und dazu eine laut gepfiffene Version von *God Save the Queen* zum Besten gab. Er urinierte weiter, aber das Lied ging in seinem Gelächter unter.

»Ich vertraue darauf, dass du sie mit deinem *Star-Spangled Banner* ordentlich quälen wirst, wenn ich weg bin«, sagte er und lachte leise, während die letzten Tropfen im Eimer landeten.

Ich lachte laut. Weil Reginald ebenfalls lachte und weil mir seine Bosheit Spaß machte. Aber dann wurde mein Lachen hohl, denn mir wurde klar, dass ich nicht aus Zufall hier gelandet war. Dabei war es egal, ob man nach einem besseren Leben strebte oder aus Verzweiflung handelte – man kann seiner Natur nicht entkommen, früher oder später holt sie einen immer ein.

Bei jedem Hofgang betrachtete ich fasziniert die weiße Steinlinie. Ich ging jeden Tag an ihr entlang, und mit jedem neuen Tag wurde mir klarer, dass sie die wahre Grenze meiner Existenz darstellte. Als die Tage miteinander zu verschwimmen begannen und sich die Zeit hinter mir auftürmte, bemerkte ich ein seltsames Phänomen. Mein durch Stunde um Stunde untätiger Leere unbelasteter Verstand war plötzlich messerscharf und nahm jedes noch so winzige Detail in meiner Umgebung überdeutlich wahr. In den ersten Wochen spielte ich mit meinen geschärften Sinnen wie mit einem neuen Spielzeug und verbrachte ganze Tage damit, jede Ritze im Boden zu verfolgen wie einen Fluss bis zu seinem Hauptzulauf oder meine eigenen Atemzüge bis in die Tausende zu zählen. Später wurden meine derart empfindlichen Sinne unerträglich. Alles um mich herum wurde scharfkantiger, wie durch eine riesige Lupe betrachtet, deutlicher, als es ein Mensch ertragen konnte. Tag für Tag, Woche für Woche wurden die Kanten schärfer. Schließlich schien es mir, dass ein einziger Schlag genügen würde, um eines vom anderen zu trennen und die gesamte Existenz um mich herum zu zerschmettern. Aber so ein Schlag kommt nie, und diese unerträgliche Klarheit schreitet dagegen immer weiter voran, bis man sich selber mit all seinen Kanten wie vor einem verschwommenen Hintergrund wahrnimmt. An diesem Punkt ließ das sogar den Schrecken des Gefängnisses verblassen, und diese Klarheit war es, der ich einfach entkommen musste.

Kurz darauf nahm ich die Notizbücher und den Stift aus der Kiste unter Reginalds Pritsche und begann, meine Geschichte niederzuschreiben. Ich hatte mich beim Lesen von Autobiografien immer gefragt, wo sich der Autor wohl gerade befunden hatte, als er die Geschichte seines Lebens niederschrieb. Welche Fotos auf seinem Schreibtisch standen und ihn an längst vergangene gute und schlechte Zeiten erinnerten, welche Trophäen auf seinem Kaminsims Zeugnis seiner Leistungen ablegten. Ich schreibe meine in der Zelle Nummer 145 eines namenlosen tunesischen Gefängnisses mitten in der Wüste.

Das Aufzeichnen dieser Ereignisse während der letzten Monate hat dazu beigetragen, meinen unausgelasteten Verstand von meiner immer schärfer werdenden Wahrnehmung abzulenken. Es hat mir auch dabei geholfen zu verstehen, wie ich hier gelandet bin. Aber ich muss gleichzeitig gestehen, dass ich mir nicht mehr sicher bin, ob dies der Epilog meiner Geschichte ist oder ob die vorangegangenen Seiten einfach ein langer Prolog zu dem sind, was noch aus mir werden könnte.

Die Folter und die Schläge sind im Vergleich zu den ersten Wochen weniger geworden, aber in letzter Zeit scheint es mir, dass sie gründlicher und ernsthafter vorgehen, wenn sie mich aus der Zelle holen und die ganze Nacht lang traktieren. Ihre Fragen, wenn sie sich überhaupt die Mühe machen, welche zu stellen, prallen an mir ab, und die Schläge beeindrucken mich nicht mehr besonders. Reginald ist jedes Mal wach und wartet, bis ich in unsere Zelle zurückgebracht werde. Und jedes Mal macht er mich wieder sauber und sagt mir, dass ich gut aussehe. Ich glaube ihm nicht, aber es ist nett von ihm. Wenn ich nachts auf meiner Pritsche liege, kommt mir das Geräusch meines eigenen Atems lächerlich vor. Es ist, als würde der Wille eines anderen dafür sorgen, dass ich weiteratme.

Manchmal, meist nachdem mich der Oberaufseher wieder einmal für ein Verhör mit einem Spezialisten aus Tunis über den Verbleib des *Rendezvous* geholt hat, lese ich die ersten Teile dieser Notizbücher noch einmal und staune über die Veränderungen, die das Schreiben an ihnen in mir bewirkt hat.

Die Verletzungen summieren sich, und man ist gezwungen, alle seine schwindenden mentalen Ressourcen aufzubieten, um seinen schwachen Geist zu schützen. Dann fällt eine Verteidigungslinie nach der anderen, ein weiterer Posten wird eingenommen oder im Angesicht des übermächtigen Feindes aufgegeben. Und irgendwann sind die zerfledderten Überreste dessen, was du einstmals warst, zu weit verstreut, um wieder zu einem Ganzen zusammengesetzt werden zu können. Mit absoluter Klarheit erkennst du dann, dass du machtlos gegenüber allem bist, was du siehst. Du triffst eine Entscheidung, die dir zwangsläufig sinnvoll erscheint. Die Erlösung liegt in der Befreiung von den Fesseln dieses Lebens, denn du bist zu tief gesunken und kannst dich nur so wieder erheben. Du musst dieses Leben beenden, bevor du dich auflöst. Wenn du dann an diesem Punkt angekommen bist, bist du wie alle verzweifelten Menschen und als solcher zum Handeln gezwungen.

Aber ich weiß es besser. Ich weiß, dass das Versprechen eines friedlichen Endes trügerisch ist, denn ich lebe jetzt nur, weil die Person, die ich vorher war, tot ist. Und das bedeutet, dass ich nur existiere, weil ich jemanden ersetzt habe – auch wenn dieser Jemand derjenige ist, der ich einmal war. Wenn das stimmt, dann muss der Selbstmord als ein lebensspendender Akt betrachtet werden – ähnlich einer Raupe, die ihr Leben opfert, um die Existenz der Motte zu ermöglichen. Der Tag, an dem ich das erkannte, war der Tag, an dem ich den Glauben daran fand, ich selbst zu werden.

Die meisten Menschen denken, dass Glaube etwas mit Religion und Religion etwas mit Göttlichkeit zu tun hat, aber ich denke, dass jeder Mensch, der den Mut hat, sich das Leben zu nehmen, jeder Mensch, der die Stunde seines eigenen Todes selbst wählt, jeder Mensch, der an der Schwelle zu sich selbst stehen kann und dann hindurchgeht, dass dieser Mensch der Göttlichkeit so nahe ist, wie kein anderer es je sein kann. Denn wenn der Tod nicht das Vorspiel zu einem anderen Leben ist, ist dieses Dasein hier nichts weiter als eine grausame Farce.

Manchmal frage ich mich, ob ich mich selbst durch meine geschärfte Wahrnehmung zu genau betrachtet habe. Aber insgeheim weiß ich, dass die Tatsache, dass ich mich dazu entschlossen habe, keine Rolle spielt, denn ich bin an diesem Ende angelangt und mir ist klar, dass ein solcher Entschluss nur der blasse Prolog unendlicher Möglichkeiten ist. Jetzt kommt es nur noch darauf an, es zu tun – alle gedanklichen Vorreden dazu sind dagegen bedeutungslos. Ich habe mich nun lange genug in der Minderheit der lebenden Menschen befunden und sehne mich danach, mich in die geöffneten Arme der schweigenden Mehrheit zu werfen.

Reginald wird in zwei Tagen entlassen, und er hat mir versprochen, meine Notizbücher mitzunehmen. Ich hätte ihn auch gerne gebeten, Cognomina für mich zu kontaktieren, aber der Eid der Verschwiegenheit, an den mich mein Tattoo erinnert, verbietet es mir. Das ist auch der Grund, warum ich die Notizbücher auf Bulgarisch verfasst habe. So kann er nichts davon lesen. Ich habe ihn gebeten, die Büchlein aufzubewahren – in der Hoffnung, dass ein Fremder sie in etwa achtzehn Jahren bei ihm abholen wird. Diese Person wird vielleicht nicht einmal genau wissen, warum sie vor seiner Tür steht, aber er soll diesem jungen Mann oder dieser jungen Frau die drei

Hefte geben und ihm oder ihr von mir erzählen. Während ich diese letzten Worte an denjenigen schreibe, der ich einmal sein werde, kann ich mich kaum noch gegen sie wehren. Ich höre sie langsam und leise: meine tiefen, gleichmäßigen Herzschläge, die von den Wänden dieses verhängnisvollen Raumes widerhallen und mich in den Wahnsinn treiben.

Der unsterblichen Seele ich gedenk',

*Ihr Los, das Gott erschuf und doch nicht lenkt,*
*Ist vielerlei Gestalt …*
…
*Durch fremde Meere und Gefilde her,*
*Aus Eden segle ich der Heimat näher:*
*Vom dort gefund'nen Kurs ich hier nicht weiche;*
*Und hier die dort gehissten Segel streiche*
…
*Die große Seele weilet bei uns und*
*Beweget diese Hand und Stirn und Mund*
…
*Im Fleische Luthers und Muhammads lebte*
*Mit ihr sich Rom und Reich erhob und bebte*
*Die große Seele, die heilt und vergällt,*
*Und teil hatte an jeder neuen Welt.*
*So klein ihr Los in Eden, so doch verhängnisvoll …*

*Aus The Progress of the Soul*
*von John Donne, 1572–1631*